19,95

DOODGEWONE HELDEN

D1142534

Van Scott Turow zijn verschenen:

De aanklager (Presumed Innocent)*
De beschuldiging*
Het bewijs*
De wet van de macht*
Smartengeld*
Cassatie*

*In Poema-pocket verschenen

SCOTT TUROW

DOODGEWONE

HELDEN

Vertaald door J.J. de Wit

UITGEVERIJ LUITINGH

© 2005 Scott Turow
All rights reserved
© 2005 Nederlandse vertaling
Uitgeverij Luitingh ~ Sijthoff B.V., Amsterdam
Alle rechten voorbehouden
Oorspronkelijke titel: *Ordinary Heroes*
Vertaling: J.J. de Wit
Omslagontwerp: Pete Teboskins
Omslagfotografie: Corbis / TCS

ISBN 90 245 5692 9 / 9789024556922
NUR 332

www.boekenwereld.com

Ter herinnering aan mijn vader

DEEL

EEN

Vermeld het volledige adres in het kader hieronder en uw eigen adres in de
ruimte voor de afzender rechts. Gebruik schrijfmachine, donkere inkt of donker
potlood. Licht of klein schrift kan niet worden gefotografeerd.

(Stempel censor)

Aan:
Mej. Grace Morton
37 Wiberly Road
Kindle County 16, Iv.
USA

Van: Lt.e.k. David Dubin
0446192
Directie Juridische Zaken
Bureau Adv.-fiscaal
Dienstpostnummer 403 N.Y.
19 maart 1944
Op de Atlantische Oceaan,
5e dag a/b SS *King Henry*

Liefste Grace,

De zeeziekte is over en ik houd meer van je en mis je
meer dan ooit! Bij het opstaan gisteren had ik nergens
meer last van en haastte me naar het ontbijt en
sindsdien voel ik me prima. Ik begin te wennen aan de
routine aan boord. Op dit door defensie gevorderde
cruiseschip werken nog veel burgers van de
oorspronkelijke staf, zelfs Indiase bedienden voor ons
officieren in onze luxehutten. We hebben ook een
uitstekend orkestje aan boord dat drie of vier keer
per dag populaire klassieke muziek speelt in de
voormalige eetzaal voor de eerste klasse, waar nog
kroonluchters hangen en roodfluwelen gordijnen. De
gewone soldaten benedendeks leven heel wat minder
luxueus, maar ook zij beseffen dat hun accommodatie
aanzienlijk beter is dan ze aan boord van een van de
oude schuiten van de marine zouden krijgen.
Luisterend naar Tsjaikovski over de radio vergeet ik
soms dat we in oorlogsgebied verraderlijke zeeën
bevaren. Maar met zo weinig om handen gaan je
gedachten natuurlijk toch zo nu en dan naar wat ons te
wachten staat. In de vier dagen van zeeziekte na ons
vertrek uit Boston heb ik natuurlijk veel tijd aan dek
doorgebracht. Ondanks een zekere kennis van de wereld
die ik aan Easton College en in mijn rechtenstudie
hoop te hebben verworven, blijf ik toch een
boerenjongen uit het Midden-Westen. Ik had nog nooit
een breder water gezien dan de rivier de Kindle en er
zijn momenten geweest dat de immense watervlakte van
de Atlantische Oceaan me bang maakte. Om me heen
starend besefte ik hoe ver ik van huis was, hoe alleen
ik nu ben en hoe onbetekenend mijn leven is voor de
wereldzeeën en voor de meeste mensen om mij heen.
Door mijn overplaatsing naar de Directie Juridische
Zaken heb ik veel minder te vrezen dan toen ik nog bij
de infanterie op de officiersopleiding zat.
Waarschijnlijk zal ik hoogstens met een Duitser in

IS BOVENAAN HET VOLLEDIGE
ADRES INGEVULD?

antwoord door

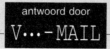

IS BOVENAAN HET VOLLEDIGE
ADRES INGEVULD?

Vermeld het volledige adres in het kader hieronder en uw eigen adres in de
ruimte voor de afzender rechts. Gebruik schrijfmachine, donkere inkt of donker
potlood. Licht of klein schrift kan niet worden gefotografeerd.

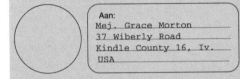

Aan:
Mej. Grace Morton
37 Wiberly Road
Kindle County 16, Iv.
USA

Van: Lt.e.k. David Dubin
0446192
Directie Juridische Zaken
Bureau Adv.-fiscaal
Dienstpostnummer 403 N.Y.
19 maart 1944
Op de Atlantische Oceaan,
5e dag a/b SS *King Henry*

aanraking komen als ik moet adviseren hoe zo'n man als
krijgsgevangene moet worden behandeld. Ik weet dat dat
voor jou en mijn ouders een opluchting is, en dat is
het voor mijzelf ook, maar ik heb een zee van tijd
(ha!) om me onzeker te voelen.
Ik begrijp niet waarom God mannen de confrontatie laat
zoeken in oorlog; ik weet ook nog steeds niet of ik in
God geloof. Maar ik weet wel dat ik mijn bijdrage moet
leveren. Wij moeten allemaal onze bijdrage leveren,
jij thuis en wij hier. Alles wat onze ouders ons
hebben geleerd, zowel de jouwe als de mijne, hoezeer
ze ook mogen verschillen, staat nu op het spel. Ik
weet dat deze oorlog gerechtvaardigd is. En het is wat
mannen, vooral Amerikanen, doen. Zij strijden voor
recht in de wereld en geven daarvoor als het moet hun
leven. Ik denk er nog net zo over als toen ik me
aanmeldde: dat ik geen man zou zijn als ik deze strijd
niet aanging. Geen man zoals ik moet zijn. Er zijn
ogenblikken dat ik zelfs afgunstig ben op de soldaten
met wie ik samen reis, zelfs als ik zie dat ze opeens
een lege blik in hun ogen krijgen die ik nu ken als
angst. Ze stellen zich voor hoe de fluitende kogels op
hen afkomen in hun schuttersputje, de sidderende aarde
en de bliksemschichten van bommen en mortiergranaten
om hen heen. Maar ik benijd ze om wat ze zullen zijn,
mannen die de vuurproef hebben doorstaan.
Ik verzeker je dat die waanzin snel overgaat en dat ik
graag advocaat wil blijven, in plaats van infanterist.
Het is al laat en ze zeggen dat er zwaar weer op til
is. Ik moest maar liever gaan slapen nu het nog kan.
Welterusten, lieveling. Ik zal je zien in mijn dromen!

Altijd je liefhebbende
David

. . .

IS BOVENAAN HET VOLLEDIGE
ADRES INGEVULD?

antwoord door
V···-MAIL

IS BOVENAAN HET VOLLEDIGE
ADRES INGEVULD?

1 STEWART:

ALLE OUDERS HEBBEN GEHEIMEN

Alle ouders hebben geheimen voor hun kinderen. En mijn vader blijkbaar meer dan de meesten.

De eerste aanwijzing kwam na zijn overlijden in februari 2003, op de leeftijd van achtentachtig jaar, nadat hij in een Bermudadriehoek van ziekten was verzeild geraakt: hartfalen, longkanker en emfyseem, allemaal min of meer toe te schrijven aan zestig jaar roken. Het was typerend voor mijn moeder het regelen van de uitvaart niet aan mijn zus en mij over te laten, maar samen met ons het gesprek met de uitvaartondernemer te voeren. Ze koos een kist zo groot als de motorkap van een auto uit de jaren vijftig en woog elk woord toen de uitvaartleider de voorgestelde rouwtekst voorlas.

'Was David veteraan?' informeerde hij. De uitvaartleider was de gladste man die ik ooit had gezien, met gelakte nagels, geëpileerde wenkbrauwen en een zo haarloos gezicht dat ik hem ervan verdacht een elektrolysebehandeling te hebben ondergaan.

'Tweede Wereldoorlog,' blafte Sarah, die me op haar tweeenvijftigste nog graag te snel af was met haar reactie.

De uitvaartleider liet ons een zwart-witplaatje zien van de *Stars and Stripes* dat, naast de naam van mijn vader, in de advertentie zou komen te staan, maar mijn moeder schudde al heftig haar dunner wordende grijze krullen.

'Nee,' zei ze. 'Geen oorlog. Niet voor deze David Dubin.' Als moeder geagiteerd raakte, nam haar taalbeheersing af. En mijn zus en ik wisten allebei maar al te goed dat we er beter het zwijgen toe konden doen als ze zich opwond. Ons hele leven was de oorlog al een te pijnlijk onderwerp geweest om over te praten, afgezien van de simpele feiten dat mijn vader Amerikaans officier was geweest en mijn moeder in een Duits concentratiekamp had gezeten, en dat het liefde op het eerste gezicht was geweest. Maar ik had altijd gedacht dat we erover zwegen terwille van haar, niet van hem.

Na het rouwbezoek was ma eraan toe om de bezittingen van pa uit te zoeken. Sarah liet weten dat zij geen tijd had om te helpen en reisde terug naar haar accountantskantoor in Oakland; ongetwijfeld was ze blij dat ik op dat moment geen vaste baan had. Op maandagochtend droeg ma me op de garderobekast van mijn vader door te nemen, waarbij ze erop aandrong dat ik de meeste kleding zou overnemen. Alles was hopeloos uit de mode en alleen mijn moeder kon denken dat ik, al heel lang aanzienlijk dikker dan hij, ooit zo drastisch zou afvallen dat de kleren me zouden passen. Ik legde een paar dassen opzij om haar een plezier te doen en deed zijn oude overhemden en pakken in dozen om aan The Haven te schenken, de joodse hulporganisatie die mijn moeder tientallen jaren geleden met anderen had opgericht en waarachter ze bijna twintig jaar lang de stuwende kracht was geweest.

Maar ik was niet bedacht op de emoties die me overvielen. Ik kende mijn vader als een afstandelijke, gereserveerde man, beheerst in vrijwel alles; briljant, ijverig en vriendelijk. Hij gaf de voorkeur aan werken boven sociale verplichtingen, hoewel hij op zijn ingetogen wijze heel charmant kon zijn. Maar zijn grootste succes behaalde hij in het machtige bastion van het recht. Elders voelde hij zich minder op zijn gemak. Thuis liet hij het bewind over aan mijn moeder, waar hij vijftig jaar lang hetzelfde flauwe grapje over maakte: dat hij als advocaat nooit het pleit van ma zou kunnen winnen.

In de talmoed staat dat een vader zijn zoon met zijn ene hand naar zich toe moet halen en met de andere moet wegduwen. In wezen faalde hij op beide punten. Ik voelde dat van hem een kalme belangstelling uitging die ik ervoer als genegenheid. Vergeleken met veel andere vaders deed hij het niet slecht, in een generatie van vaders die als voornaamste ideaal hadden een 'goede kostwinner' te zijn. Maar in de kern was hij niet te benaderen, alsof hij niet wilde dat ik hem te goed zou leren kennen. Op mijn vragen als kind reageerde hij gewoonlijk door zich af te sluiten of me naar mijn moeder te verwijzen. Ik bewaar een blijvende herinnering aan de keren dat ik als kind alleen thuis was en woedend werd omdat hij geen woord tegen me zei. Besefte hij wel dat ik bestond? Maakte het hem verdomme iets uit?

Nu pa er niet meer was, werd ik me pijnlijk bewust van alles wat ik nooit met hem had uitgepraat, en in veel gevallen zelfs nooit had gevraagd. Vond hij het jammer dat ik niet net als hij advocaat was geworden? Wat vond hij van mijn dochters? Vond hij de wereld goed of slecht en hoe verklaarde hij dat de Trappers, waarvan hij een onverbeterlijke fan was gebleven, tijdens zijn hele leven nooit de World Series hadden gewonnen? Kinderen en ouders kunnen niet alles uitpraten. Maar het was pijnlijk dat hij zelfs in de dood nog zo raadselachtig bleef.

En dus bezorgden het aanraken van de dingen die mijn vader had aangeraakt, de geur van Mennen-talkpoeder en van Canoe-aftershave me in vlagen gevoelens van gemis en verlangen. Zijn persoonlijke bezittingen zou ik nooit hebben durven hanteren als hij nog leefde. Het was pijnlijk en raakte me diep en ik huilde tranen met tuiten, snotterend in het verste hoekje van de kast in de hoop dat mijn moeder me niet zou horen. Zelf had ze geen traan vergoten en ongetwijfeld achtte ze een dergelijke stoïcijnse houding passender voor een man van zesenvijftig.

Nadat de kleding was ingepakt bekeek ik een stapel kartonnen dozen die ik in een schemerig hoekje had ontdekt. Ik trof een opmerkelijke verzameling aan waaruit een sentimentele verbondenheid bleek die ik bij pa zelf nooit had kunnen ontdekken. Hij had de zoetelijke Valentijnskaarten bewaard die Sarah en ik op de lagere school bij tekenen hadden gemaakt en de kampioensmedaille van Kindle County die hij met rugzwemmen had gewonnen. Tientallen pakjes donkere verkleurde Kodachrome-foto's gaven het leven van zijn jonge gezin weer. In de onderste doos vond ik souvenirs uit de Tweede Wereldoorlog, een stapeltje broze paperassen, een paar rode nazi-armbanden die hij, nam ik aan, als oorlogstrofeeën had bewaard, en een kromgetrokken stapeltje zwartwitfoto's die door iemand anders moesten zijn gemaakt, omdat mijn vader er vaak zelf op stond, mager en in zichzelf gekeerd. Ten slotte vond ik een stapel brieven in een oude koektrommel, waaraan een briefje was vastgemaakt met groen touw dat was verbleekt van ouderdom. Het briefje was in een keurig handschrift geschreven en voorzien van een datum: 14 mei 1945.

> *Lieve David,*
> *Ik geef je familie de brieven terug die je me hebt gestuurd toen je uitgezonden was. Het lijkt me niet onmogelijk dat ze in de toekomst betekenis voor je zullen hebben. Aangezien je hebt besloten dat je geen deel meer van mijn leven wilt uitmaken, moet ik aanvaarden dat ze, met het verstrijken van de tijd en het minder groot worden van mijn verdriet, niets meer voor mij zullen betekenen. Je vader heeft je zeker al laten weten dat ik hem vorige maand je ring heb teruggegeven.*
> *Al met al, David, kan ik niet boos worden omdat je onze verloving hebt verbroken. Toen ik je vader sprak, vertelde hij dat je nu voor de krijgsraad moet komen en mogelijk naar de gevangenis zult worden gestuurd. Dat kan ik nauwelijks geloven van iemand zoals jij, maar ik zou ook nooit hebben geloofd dat je me op deze manier in de steek zou laten. Mijn vader zegt dat bekend is dat mannen in oorlogstijd gek worden. Maar ik kan niet langer*

wachten tot je weer bij je verstand bent.
Wanneer ik 's avonds moet huilen, David – en ik
zal je niet sparen door voor te wenden dat ik dat
niet doe – zit één ding me het meest dwars. Ik heb
God zoveel uren gebeden dat Hij je zou behoeden;
ik heb Hem gesmeekt je leven te sparen en als
bijzondere gunst, dat je ongeschonden zou
terugkeren. Nu er een eind is gekomen aan de
gevechten daar, kan ik niet geloven dat mijn
gebeden zijn verhoord, maar dat ik te onnozel ben
geweest om te vragen dat als je behouden terug
zou keren, dat je dan naar mijn huis zou komen.
Ik wens je het beste nu je zoveel problemen hebt.

Grace

Ik was verbijsterd door deze brief. Voor de krijgsraad gesleept! Ik kon me van mijn onvermoeibaar correcte vader absoluut niet voorstellen, dat hij van een ernstig misdrijf was beschuldigd. En een hartenbreker! Over geen van deze gebeurtenissen had ik ooit een woord gehoord. Maar groter dan de verbazing was mijn besef, als licht dat tientallen jaren eerder door verre sterren was uitgestraald, van het grote verdriet dat deze vrouw was overkomen. Op een of andere manier raakte dat verbonden met mijn eigen verwarring, teleurstelling en onbeantwoorde liefde, waardoor direct een hevige nieuwsgierigheid ontstond naar wat er was gebeurd.

Mijn vader was gestorven terwijl ik zelf al groggy was door wat het leven me had gebracht. Een jaar eerder was ik vijfenvijftig geworden en was met prepensioen gegaan bij de krant, de in Kindle County verschijnende *Tribune*, de enige werkgever die ik als volwassene had gehad. De tijd was er rijp voor. Ik geloof wel dat ik als een goede verslaggever werd beschouwd – ik had genoeg oorkondes aan de muur om dat te kunnen bewijzen, maar niemand zou beweren dat ik de ambitie of het talent in de omgang met mensen had om redactiechef te worden. Ik was bijna twintig jaar rechtbankverslaggever geweest. Door het onveranderlijke gegeven van het menselijk tekort was ik me gaan voelen als een tv-criticus die uitsluitend naar herhalingen mag kijken. Na drieëndertig jaar bij de *Trib* bedroeg mijn pensioen, in combinatie met een genereuze afkoopsom, bijna evenveel als mijn salaris, en met mijn studentikoze cynisme ten aanzien van het kapitalisme had ik vreemd genoeg slag van beleggen. Met onze bescheiden manier van leven hoefden Nona en ik ons geen zorgen te maken over geld. Nu ik nog over voldoende energie beschikte, wilde ik de fantasie van elke journalist verwezenlijken: een boek schrijven.

Dat wilde niet lukken. Ik wist niet waar het over moest gaan. Wie zou nu nog belangstelling hebben voor de berechting wegens moord van de plaatsvervangend hoofdaanklager, een tientallen jaren oude zaak die me ooit zo'n spannend onderwerp had geleken? In plaats daarvan zat ik drie keer per dag aan tafel naar Nona te staren, mijn vriendinnetje van de middelbare school, waarbij snel duidelijk werd dat we geen van beiden veel waardering hadden voor het uitzicht. Kon ik maar een of ander melodrama aanvoeren, een verhouding of bedreigingen met de dood, ter verklaring van wat er was misgegaan. Maar in feite was het al heel lang glashelder, alleen hadden we er geen oog voor gehad. Na dertig jaar waren we in het soort huwelijk verzeild geraakt dat na het volwassen worden van onze dochters zinloos was geworden. Negen weken voor het overlijden van pa waren Nona en ik uit elkaar gegaan. Elke week aten we een keer samen om rustig onze lopende zaken door te nemen, ons te ergeren aan wat ons altijd had geïrriteerd en geen blijk te geven van verlangen of de wens terug te komen op het genomen besluit. Onze dochters vonden het natuurlijk vreselijk, maar ik vond het best moedig van ons allebei dat we in dit late stadium nog op iets beters hoopten.

Niettemin voelde ik me al beroerd genoeg voordat pa overleed. Toen we hem in zijn graf legden, kwam ik half en half in de verleiding erbij te gaan liggen. Ik wist dat ik vroeg of laat mezelf zou hervinden en doorgaan. Twee tijdschriften hadden me een schnabbel aangeboden, een plaatselijk blad en een nationaal verschijnend blad. Met mijn een meter vijfenzeventig en achtennegentig kilo ben ik niet bepaald een droomprins, maar op middelbare leeftijd zijn de vooruitzichten voor mannen veel gunstiger dan voor vrouwen, en ik had al gemerkt dat ik wel gezelschap zou kunnen vinden, als ik eraan toe was.

Voorlopig beperkte ik me, zonder werk en zonder geliefde, liever tot analyse. Mijn leven was als dat van anderen. Sommige dingen waren goed gegaan, andere niet. Maar mijn aandacht ging nu uit naar wat niet was gelukt en dat leek bij mijn vader te zijn begonnen.

Die maandag, toen mijn moeder dacht dat ik probeerde een broek van mijn vader te passen, bleef ik in zijn garderobekast zitten lezen in zijn brieven uit de oorlogstijd, voornamelijk getypte militaire V-post die overzee op microfilm was gezet en thuis op het postkantoor afgedrukt. Ik ging ermee door tot mijn moeder uit de keuken riep waar ik bleef. Ik zag haar aan de ovale oortafel zitten die nog de sporen droeg van talloze gezinsmaaltijden in de jaren vijftig en daarna.

'Wist je dat pa zich had verloofd voordat hij jou leerde kennen?' vroeg ik vanuit de deuropening.

Ze draaide zich langzaam om. Ze had thee gedronken die ze opzoog door een suikerklontje tussen haar tanden (waartussen ze een spleetje had); dat was een oud gebruik uit het getto. Het overgebleven bruine brokje had ze op haar schoteltje gelegd.

'Hoe kom je daarbij?'

Ik beschreef de brief van Grace. Die wilde ze natuurlijk direct zien. Op haar eenentachtigste was mijn moeder nog altijd een knappe vrouw, bleek van ouderdom, maar met gelijkmatige trekken en een opmerkelijk gladde huid. Ze was een onderdeurtje – ik weet het aan haar dat ik niet zo lang was geworden als mijn vader – maar de mensen zagen haar zelden zo, door de agressieve kracht van haar intelligentie, die diende als wapenrusting. Mijn moeder bestudeerde de brief van Grace Morton met een intensiteit waardoor het leek of het papier elk ogenblik zou kunnen ontvlammen. Toen ze hem ten slotte weglegde, had ze mogelijk een heel flauw lachje op haar gezicht.

'Arm kind,' zei ze.

'Wist je dit allemaal?'

'Of ik het wist? Nou ja, het was allang achter de rug toen ik je vader leerde kennen, Stewart. Het was oorlog. Mensen leefden soms jarenlang gescheiden. Meisjes leerden andere jongens kennen. En andersom. En dan maakten ze het per brief uit. Daar heb je toch wel eerder van gehoord?'

'Maar wat er verder nog in staat. Dat hij voor de krijgsraad moest komen. Wist je dat pa voor de krijgsraad is gesleept?'

'Stewart, ik zat in een concentratiekamp. Ik sprak nauwelijks Engels. Ik meen dat er op een gegeven ogenblik een juridisch probleem is geweest. Het was een misverstand.'

'Een misverstand? Hier staat dat ze hem gevangen wilden zetten.'

'Stewart, ik heb je vader ontmoet, ik ben met hem getrouwd, ik ben in 1946 met hem hierheen gekomen. Daaruit blijkt toch wel dat hij niet naar de gevangenis is gestuurd.'

'Waarom heeft hij er dan dan nooit met mij over gepraat? Ik heb twintig jaar lang alle grote rechtszaken in Kindle County verslagen, ma. De helft van die zaken heb ik met hem besproken. Dan zou je toch denken dat hij zich vroeg of laat zou laten ontvallen dat hij zelf ooit was verdacht?'

'Ik denk dat hij zich daarvoor geneerde, Stewart. Een vader wil dat zijn zoon hem bewondert.'

Die reactie was zo mogelijk nog ontmoedigender. Als het voor mijn vader ooit iets had uitgemaakt hoe ik over hem dacht, was me dat altijd ontgaan. De tranen sprongen me weer in de ogen en weer stamelde ik mijn eeuwige klacht. Waarom was hij godverdomme toch zo'n oester geweest? Hoe had pa kunnen leven en sterven zonder dat ik hem ooit had mogen leren kennen?

Aan de sympathieën van mijn moeder had voor mij nooit enige twijfel bestaan. Ik weet dat ze liever had gezien dat ik meer op mijn vader was gaan lijken en mijn emoties beter had leren beheersen, maar ik zag dat ze mijn emotie als moeder in zich opnam, als een plant die vocht opzoog. Ze liet een zware Europese zucht horen.

'Je vader,' zei ze en plukte een suikerkorrel van haar tong om na te denken over wat ze zou zeggen. Daarna gaf ze voor het eerst en het laatst toe wat ik met hem te stellen had gehad. 'Stewart,' zei ze, 'je vader had soms een moeizame band met zichzelf.'

Die dag smokkelde ik de brieven van pa het huis uit. Zelfs op mijn leeftijd vond ik het gemakkelijker mijn moeder te misleiden dan haar rechtstreeks te vragen of ik ze mocht hebben. En ik had tijd nodig om na te denken over wat erin stond. Over de oorlog had pa kleurrijk geschreven. Toch had zijn correspondentie iets onuitgesproken dreigends, als de enge muziek bij een film voordat er een crisis uitbreekt. Tegenover Grace Morton hield hij zich groot, maar toen hij in februari 1945 de banden met haar verbrak, leek er in zijn leven als militair iets onherroepelijk veranderd, wat ik natuurlijk in verband bracht met zijn verschijnen voor de krijgsraad.

Belangrijker was nog dat die indruk bevestigde wat ik mijn hele leven al had vermoed: dat er iets drastisch met mijn vader was gebeurd. In de juridische wereld genoot mijn vader veel respect, voor zover ik dat als zoon kon beoordelen. Hij was vijftien jaar lang hoofd van de juridische dienst bij een verzekeringsbedrijf, Moreland Insurance, en stond bekend om zijn betrouwbaarheid, zijn voorkomendheid en scherpe inzicht in de oneindig gecompliceerde verzekeringswetgeving. Maar net als iedereen had hij ook een privé-leven en thuis vertoonde hij de ontoegankelijkheid van een getraumatiseerde: het roken dat hij niet kon laten, de bel whisky die hij elke avond achteroversloeg alsof het medicijn was, opdat hij vier of vijf uur zou kunnen slapen zonder dat hij door ongewenste dromen wakker schoot. Familieleden beweerden dat hij als jongeman spraakzamer was geweest. Mijn oma had een theorie, die ze vaak debiteerde, dat Gilda (mijn moeder), David het zwijgen had opgelegd door zelf altijd als eerste en met gezag te spreken. Maar hij leefde alsof hij op zijn schouder de hand van een demon voelde die hem tegenhield.

Toen ik een jongen was, zag hij hoe ik op een haar na overreden werd door een auto die met hoge snelheid om de hoek kwam en rakelings langs me schoot terwijl ik met mijn vriendjes op de fiets aan het spelen was. Mijn vader sloeg zijn arm om me heen en droeg me weg tot hij me op ons gazon kon laten vallen. Zo jong als ik was besefte ik dat hij kwader was omdat ik hem zo had laten schrikken dan omdat ik mezelf in gevaar had gebracht.

Nu werd de gelegenheid om te weten te komen wat mijn vader had gekweld een speurtocht. Als journalist was ik befaamd om mijn hardnekkigheid: de verslaggever als hijgende terriër, noemde ik dat, en ik beet me in mijn onderwerpen vast tot ze zich gewonnen gaven. Ik vroeg het militaire dossier van mijn vader op bij het personeelsregister in St. Louis, en gebruikte dat om stevige brieven te kunnen schrijven aan het ministerie van Defensie en de Nationale Archieven. In juli bevestigde de hoogste ambtenaar van het Directoraat Juridische Zaken van de landmacht in Alexandria (Virginia) dat ze de hand had kunnen leggen op een verslag van mijn vaders zaak voor de krijgsraad. Pas nadat ik had betaald om het stuk te laten kopiëren, schreef ze terug dat er nu een embargo op de documenten lag: niet van het leger, maar van de CIA!

De veronderstelling dat mijn vader zestig jaar geleden iets zou hebben gedaan dat vandaag de dag nog geheim moest blijven was onzinnig. Ik ontketende een stortvloed van faxen, telefoontjes, brieven en e-mails aan diverse instellingen in Washington die evenveel aandacht kreeg als spam. Ten slotte wist een oude vriend, Stan Sennett, lid van het Congres, voor elkaar te krijgen dat de overheid me inzage gunde in een paar stukken die betrekking hadden op de zaak, terwijl de CIA de geheime status van het dossier in heroverweging nam.

In augustus 2003 ging ik naar de Nationale Archieven in Washington, naar het filiaal in Suitland (Maryland). Dat heeft wel iets weg van een vliegkampschip in een droogdok, een laag gebouw van rode baksteen met het oppervlak van veertig voetbalvelden. Het openbaar toegankelijke gedeelte bevindt zich aan een enkele sobere gang, met wanden van baksteen, geluiddempende plafondplaten en bikkelhard neonlicht. Daar kreeg ik inzage in tien pagina's officieel procesverslag uit 1945 die ik mocht lezen, maar niet kopiëren. Het papier was vergeeld en voelde aan als behang, maar ik zag er een flonkerende schat in. Eindelijk zou ik meer te weten komen.

De tekst zelf had niet zakelijker gesteld kunnen zijn, in de opgelegd neutrale taal van het recht, nog verder ingeperkt door militaire terminologie. Hoewel ik mezelf had voorgehouden dat ik op alles voorbereid moest zijn, was de inhoud toch een mokerslag. Mijn vader werden vier punten ten laste gelegd waarbij de bijzonderheden voor elk punt verwezen naar dezelfde gebeurtenis. In oktober 1944 had mijn vader, assistent-advocaat-fiscaal bij het Derde Leger, opdracht gekregen onderzoek te doen naar beweringen van generaal Roland Teedle van de 18e Pantserdivisie met betrekking tot een mogelijke berechting door de krijgsraad van een majoor genaamd Robert Martin. Martin was verbonden aan de afdeling bijzondere opdrachten van de oss, de voorloper van de cia die in de Tweede Wereldoorlog was opgericht (wat de reden was, nam ik aan, dat de cia mij nu de voet had dwarsgezet). In november 1944 kreeg mijn vader opdracht majoor Martin aan te houden. In plaats daarvan had hij in april 1945 bij Hechingen, in Duitsland, Martin volgens het verslag 'opzettelijk in staat gesteld te vluchten, waardoor het landsbelang van de Verenigde Staten ernstig is geschaad'. Dat waren niet zomaar grote woorden. Op de zwaarste beschuldiging die tegen mijn vader was ingebracht, het opzettelijk niet gehoorzamen van een officier, stond de doodstraf.

In juni 1945 volgde gedurende een week de behandeling van de zaak. Al in het begin werd de eis die hem voor het vuurpeloton had kunnen brengen afgewezen, maar de overgebleven drie beschuldigingen konden hem nog altijd komen te staan op dertig jaar gevangenisstraf. Ik vond nog een verkleurde pagina waarop vonnis stond.

De president van de rechtbank verklaart ter zitting dat de verdachte schuldig wordt verklaard aan al het bepaalde in de eis onder de punten ii, iii en iv; voorts dat bij geheime schriftelijke stemming een tweederde meerderheid onder de leden van de krijgsraad is vastgesteld, waardoor de verdachte wordt veroordeeld tot vijf jaar detentie met dwangarbeid in de penitentiaire inrichting Fort Leavenworth en onmiddellijk ontslag uit de krijgsmacht, waarvan bericht zal worden verzonden naar zijn verblijfplaats.

Deze pagina las ik verscheidene keren door in de hoop dat ik er iets anders van zou kunnen maken. Mijn vader was een verrader.

Het vonnis werd vlot bekrachtigd door het hof van beroep voor de strijdkrachten in Europa, waarna generaal Teedle het vonnis ten uitvoer kon brengen. In plaats daarvan trok de generaal eind juli de beschuldigingen die hij zelf had aangevoerd weer in. Hij vinkte simpelweg een hokje op een formulier aan. Maar het was geen administratieve vergissing. Een week later kwam de krijgsraad op last van de generaal opnieuw bijeen en trok in een eenregelig vonnis alles in wat anderhalve maand eerder pas bepaald. Mijn vader, die sinds april onder huisarrest had gestaan, kwam vrij.

De witte plekken in het verhaal maakten me razend nieuwsgierig, maar ik voelde me als de blind gemaakte Samson in de tempel. Het leger, de cia, niemand zou me kunnen beletten het antwoord te vinden op de vraag van wie ik afstamde. Was ik de zoon van een man die wegens landverraad was veroordeeld en door een maas in de wet was geglipt, of het kind van een man die het slachtoffer was geworden van een primitief onrecht dat hij in het verleden begraven had gelaten?

Ik vulde talloze aanvraagformulieren in en reisde een paar keer dwars door het land om meer te weten te komen; ik bezocht diverse vestigingen van de Nationale Archieven en allerlei militaire bibliotheken, onder meer die van het Army War College in Pennsylvania en het centrum voor militaire geschiedenis in Fort McNair. Wat nog het meest opleverde was mijn reis naar Connecticut, waar ik uiteindelijk de hand kon leggen op de documenten van Barrington Leach, de advocaat die zonder succes mijn vader voor de krijgsraad had verdedigd voordat de beschuldigingen waren ingetrokken.

Zodra ik was gaan reizen had ik het besluit genomen het verhaal van mijn vader op te schrijven. Pa was de enige militaire jurist die in de Tweede Wereldoorlog voor de krijgsraad was gesleept en dat was niet het enige bijzondere aan de kwestie. Overdag ploeterde ik heel tevreden in bibliotheken en archieven en 's avonds ging ik tot diep in de nacht door met schrijven. Het zou niet alleen een boek worden, het zou míjn boek worden, een geweldig boek, een boek dat mijn leven uit het diepe dal waarin ik me bevond zou verheffen naar een hoger hoogtepunt dan ik ooit had weten te bereiken. En toen maakte ik, net als de kruisverhoorders in de strafzaken die ik jarenlang had verslagen, de kardinale fout: ik stelde de vraag die ik nooit had moeten stellen, waardoor ik het enige feit ontdekte dat me het grote verhaal over mijn vader kon ontnemen.

Hij had het zelf geschreven.

2 DAVID:

WAT DE TENLASTELEGGING BETREFT

VERTROUWELIJK EN DIENSTGEHEIM

Aan: Lt. kol. Barrington Leach, plaatsvervangend
advocaat-fiscaal, Hoofdkwartier Operatiën van de
Amerikaanse strijdkrachten in Europa (etousa)
Van: Kapt. David Dubin
Over: De ten laste gelegde feiten
Datum: 5 mei 1945

Ik heb besloten in te gaan op uw voorstel de belangrijkste zaken
vast te leggen die ik me herinner in verband met mijn naspeurin-
gen naar majoor Robert Martin van de oss en de daaruit voort-
vloeiende gebeurtenissen, die mij binnenkort voor de krijgsraad zullen brengen. Omdat ik er geen behoefte aan heb hier met iemand
anders over te praten, ook niet met u als mijn advocaat, vind ik
schrijven een aanvaardbaarder alternatief, al moet ik toegeven dat
ik er niets voor voel u er een woord van te laten lezen. Ik weet dat
mijn stilzwijgen u stoort, waardoor u misschien denkt dat ik de vol-

le omvang van de situatie niet tot me laat doordringen, maar u kunt ervan overtuigd zijn dat het vooruitzicht van een vuurpeloton mij bepaald niet is ontgaan. Door mijn functie bij de juridische dienst heb ik in het jaar sinds mijn uitzending honderden krijgsraadzittingen bijgewoond, zowel in de rol van aanklager als die van verdediger, en ik ben er absoluut van overtuigd dat ik niets in te brengen heb. Generaal Teedle beschuldigt me ervan dat ik vorige maand in Hechingen majoor Martin opzettelijk uit gevangenschap heb laten ontsnappen. En dat is waar. Ik heb Martin laten gaan. Ik ben voornemens schuld te bekennen omdat ik schuldig ben. De redenen waarom ik Martin heb laten ontsnappen zijn juridisch irrelevant en eerlijk gezegd gaan ze niemand wat aan. Ik kan u echter verzekeren dat ik niets aan mijn situatie kan verbeteren door het volledige verhaal te vertellen.

Ik moest maar beginnen met te antwoorden op de vragen die ik gewoonlijk aan mijn cliënten stel. Ik kom uit het Midden-Westen en ben in 1915 geboren in DuSable, in Kindle County. Mijn ouders waren allebei immigranten uit stadjes in het westen van Rusland. Beiden hadden alleen lagere school. Mijn vader heeft vanaf zijn veertiende als schoenmaker gewerkt en heeft een kleine zaak, niet ver van de driekamerflat waar mijn ouders mijn oudere zus, mijn jongere broer en mij hebben grootgebracht.

Ik haalde goede cijfers op de middelbare school en werd bovendien kampioen van Kindle County op de 100 meter rugslag. Die combinatie was goed voor een volledige beurs voor Easton College. Easton ligt maar dertig kilometer van mijn ouderlijk huis, maar het is een volstrekt andere wereld waar al heel lang de elite van de Tri-Cities wordt opgeleid. Als telg van ouders die als hun grote droom het vooruitzicht koesterden dat hun kinderen 'echte Amerikanen' zouden worden, omhelsde ik Easton in alle opzichten, compleet met jas van wasbeerbont, ukelele en bruyèrepijp. Ik studeerde cum laude af en meldde me bij de prestigieuze rechtenfaculteit. Daarna had ik het geluk aan het werk te kunnen op de juridische afdeling van Moreland Insurance. Mijn ouders zeiden dat ik de eerste jood leek te zijn die op een andere plek dan de postkamer bij Moreland was aangenomen, maar ik had er altijd naar gestreefd niet zo naar de wereld te kijken.

Gedurende twee jaar behandelde ik kleine letselschadezaken bij de politierechter, maar in september 1942 nam ik vrijwillig dienst. Geen van mijn dierbaren kon die stap waarderen. Zowel mijn ouders als mijn vriendin Grace Morton wilden dat ik zou afwachten tot ik werd opgeroepen; zij hoopten tegen beter weten in dat ik om een of andere reden over het hoofd zou worden gezien, of in elk geval de tijd dat ik gevaar liep zou bekorten. Maar ik wilde zonder verder uitstel mijn bijdrage leveren.

Ik had Grace drie jaar eerder leren kennen, toen ik haar hielp bij het passen van pumps op de schoenenafdeling van Morton, het warenhuis waar ik als scholier en student mijn zakgeld verdiende. Met haar truitjes met ronde hals, parelsnoer en plooirokken is Grace het ideaal van het Amerikaanse meisje. Maar wat me het meest in haar aantrok was niet haar blonde pagekopje of haar ingetogen verschijning, maar haar hoogstaande principes. Ze heeft de beste bedoelingen van alle mensen die ik heb ontmoet. Grace werkte als onderwijzeres in North End, een buurt met een slechte naam, en wachtte een paar maanden voordat ze me liet weten dat haar familie eigenaar was van het warenhuis waar ik haar had leren kennen. Toen ik besloot dienst te nemen vroeg ik haar ten huwelijk, zodat we bij elkaar konden blijven zolang ik nog in de Verenigde Staten gelegerd was. Ze zei meteen ja, maar tegen onze trouwplannen stak een storm van protest op in beide families die alleen kon worden bezworen door uitstel van de bruiloft.

Na mijn basisopleiding in Fort Riley kwam ik op de kaderopleiding van de infanterie in Fort Benning, in Georgia. Op 6 april 1943 werd ik bevorderd tot luitenant tweede klasse. Twee dagen later werd ik onverwacht overgeplaatst naar de Directie Juridische Zaken. Ik was net achtentwintig geworden, waardoor ik in aanmerking kwam, en een superieur was zo vriendelijk geweest me voor te dragen. Zoals gebruikelijk in het leger had niemand me gevraagd wat ik zelf wilde; waarschijnlijk weet ik dat nu nog niet. Met gemengde gevoelens vertrok ik naar het imposante vierkante gebouw van de juridische faculteit van de universiteit van Michigan om me te gaan verdiepen in het oorlogsrecht. Dat ik tot de beste helft van mijn groep behoorde, leidde er automatisch toe dat ik tot luitenant eerste klasse werd bevorderd.

Toen ik bij de Directie Juridische Zaken kwam te werken, diende ik een verzoek in om overplaatsing naar de Pacific, omdat ik dacht daardoor meer kans te maken dat ik bij gevechtshandelingen betrokken zou raken; maar in augustus 1943 werd ik naar Fort Barkley in Texas gestuurd om tot assistent-advocaat-fiscaal te worden opgeleid, een zogeheten specialisme. Ik bracht de meeste tijd door met het geven van juridisch advies aan mannen met vrouwen die wilden scheiden en, in een merkwaardig contrast, met het nagaan van de tegenstrijdige verzoeken om ondersteuning die het leger had ontvangen van de vijf vrouwen met wie soldaat Joe Hark op zijn vijf eerdere opeenvolgende legerplaatsen was getrouwd, zonder ooit van iemand te scheiden.

Maart 1944 werd ik eindelijk naar het buitenland overgeplaatst, maar naar het hoofdsteunpunt in Londen in plaats van naar de Pacific. Ik trof het echter met kolonel Halley Maples als superieur. Hij liep tegen de zestig en was het toonbeeld van een advocaat: een rijzige man met grijzend haar en een brede snor. Hij leek me hoog aan te slaan omdat ik net als hijzelf aan Easton rechten had gestudeerd. Een paar weken na D-Day, in juli, kreeg de kolonel de leiding over de jurische dienst van het pas gevormde Derde Leger, en ik was heel verheugd toen hij me vroeg mee te gaan als zijn assistent. Op 16 augustus 1944 voer ik aan boord van de USS HOLLAND het Kanaal over, waardoor ik eindelijk in de buurt van het front kwam.

De juridische dienst maakte deel uit van Pattons achterhoede en wij reisden achter de generaal aan bij de opmars van het Derde Leger door Europa. Het was een opdracht die allerlei voordelen meebracht. Zonder aan de gevechten deel te nemen trokken we telkens weer dorpen en steden in Frankrijk binnen waar de bevrijding na een jarenlange bezetting door de nazi's uitbundig werd gevierd. Uit de laadruimte van halftonners en pantservoertuigen gooiden de infanteristen sigaretten en chocola naar de mensen terwijl de Fransen flessen wijn ontkurkten die jarenlang voor de Duitsers verborgen waren gehouden en ons om de hals vlogen, vaker ongeschoren mannen, helaas, dan toeschietelijke meisjes.

In de bevrijde steden ontbrak meestal een duidelijk gezag terwijl tientallen Franse partijen kibbelden om de macht. Bewoners verdrongen zich op politiebureaus en ons militaire hoofdkwartier om reispasjes te vragen of te informeren naar zonen en vaders die door de Duitsers waren afgevoerd. De etalages van winkels met nazi-artikelen en propagandamateriaal werden met bakstenen ingegooid en het Lotharingse kruis, het symbool van het Franse verzet, werd over elk hakenkruis geschilderd dat zich niet liet verwijderen. Collaborateurs werden door woedende menigten uit hun schuilplaatsen verdreven. In Brou zag ik hoe een serveerster werd aangevallen door zes of zeven jongens met armbanden van het verzet die al haar haar afknipten als straf omdat ze met nazi's had geslapen. Ze verdroeg het kaalknippen met een gelatenheid die misschien niet veel afweek van de wijze waarop ze met haar Duitse amants was omgegaan. Ze zei niets, huilde en bleef roerloos zitten; alleen haar ene arm sloeg onbeheerst tegen haar zij, als de vleugel van een gevangen kip die vruchteloos probeert te vluchten.

Patton vreesde dat de chaotische sfeer op onze manschappen zou overslaan en verzocht kolonel Maples en zijn staf de discipline op te voeren. Ik en mijn tegenhanger Anthony Eisley, een corpulente jonge kapitein uit Dayton die een paar jaar op het advocatenkantoor van zijn vader had gewerkt, kregen opdracht een groot aantal zware krijgsraadzaken af te handelen: moord, verkrachting, mishandeling, diefstallen en insubordinatie, in veel gevallen misdaden bedreven tegen Franse burgers. Bij andere onderdelen werden zulke zaken, vooral de verdediging van de verdachten, als bijkomende taak behandeld door frontofficieren, maar voor zaken die op zware gevangenisstraffen of zelfs de strop konden uitlopen, wilde kolonel Maples advocaten hebben die zich in het oorlogsrecht hadden verdiept.

De voornaamste belemmering bij het uitvoeren van onze opdracht vormde het feit dat, zodra de krijgsraad zich ergens had geïnstalleerd, we weer moesten opbreken omdat Pattons leger in een ongeëvenaard hoog tempo door Frankrijk trok. Nog voordat verkenners in het hoofdkwartier de kaarten hadden kunnen ophangen, stormden de eenheden al door het gebied. Wij berechtten mannen die van halsmisdrijven waren beschuldigd in een tent, waar getuigenverklaringen vaak onhoorbaar waren door het gedreun van overvliegende bommenwerpers en bulderende houwitsers.

Ik was dankbaar historische gebeurtenissen aan het front te kunnen volgen, althans van zeer nabij, en ik waardeerde kolonel Maples als commandant. Het in grote haast gevormde officierskorps telde heel wat commandanten, ook onder de hoge officieren, die geen enkele gevechtservaring hadden, maar Maples was niet alleen een advocaat van naam die bij een beroemd kantoor in St. Louis had gewerkt, hij had ook deelgenomen aan de Eerste Wereldoorlog, die hem door veel van deze zelfde dorpen en steden had gevoerd.

Begin september verhuisde het hoofdkwartier opnieuw, van La Chaume naar Marson, op de andere oever van de Marne. De kolonel vroeg me met hem mee te rijden op zoek naar de akker waar hij zijn zwaarste gevecht had beleefd. Het was nu weiland, maar Maples herkende een lange stenen afscheidingsmuur. Als luitenant tweede klasse had hij op zijn vijfentwintigste in een van de loopgraven gelegen die dit groene land doorsneden, op niet meer dan honderd meter van de Duitsers.

Hier was onlangs nog opnieuw gevochten. In het bos achter het weiland waren veel bomen door inslagen geveld en rupsbanden van tanks hadden sporen in de grond achtergelaten. Doden en defect materieel waren weggehaald, maar er lagen nog verscheidene dieren, koeien en legerpaarden, opgezwollen, stinkend en omzwermd door vliegen. Maar het was de strijd die hier een kwarteeuw geleden was gevoerd die de kolonel leek bezig te houden. Terwijl we langs het verwoeste grasland liepen, vertelde hij over een vriend die zich had opgericht om zich te ontlasten en door het hoofd was geschoten.

'Zo stierf hij, met zijn broek op zijn knieën, en viel achterover in de latrine. Verschrikkelijk. Het was allemaal verschrikkelijk,' zei hij en keek me aan.

Achter het hek van de buurman zagen we in een ondiepe sloot een dode Duitse soldaat die op zijn buik in het water lag. De ene hand lag op de oever en was vergaan tot een leerachtig omhulsel om wat binnenkort niet meer dan een skelet zou zijn. Hij was de eerste dode die ik zag op een slagveld en de kolonel stond geruime tijd te staren naar het lijk terwijl ik kampte met mijn bonzende hart.

'Goddank,' zei hij toen.

'Wat bedoelt u, kolonel?'

'Ik dank God, David, dat ik te oud zal zijn om hier nog een keer een oorlog te beleven.'

In de jeep vroeg ik: 'Denkt u dat we binnenkort weer een wereldoorlog moeten voeren, kolonel?' Eisley, mijn collega op de zittingen, meende dat een oorlog met de Russen onvermijdelijk was en misschien al zou uitbreken voordat we waren afgezwaaid. De kolonel reageerde op deze gedachte met ongewone ernst.

'Dat mag niet gebeuren, Dubin,' zei hij, alsof hij een bevel uitsprak met verreikende gevolgen. 'Dat mag niet gebeuren.'

Eind september was Pattons sprint door Europa vrijwel tot stilstand gebracht. Onze pantserdivisies waren te snel gevorderd voor onze aanvoersystemen en de stoffige tanks en halfrupsvoertuigen wachtten roerloos op brandstof terwijl het weer omsloeg van zonnig naar grauw, waarna het natste najaar volgde uit de geschiedenis van de meteorologie. Het front strekte zich uit in een statische lijn ongeveer vijftien kilometer ten zuiden van de Vogezen. Intussen nam de infanterie de positie van de pantservoertuigen over en groef zich in in schutterputjes die zich, als in de Eerste Wereldoorlog, op hoogstens een paar honderd meter bevonden van die van de vijand. De moffen schenen het donker te gebruiken voor scheldpartijen. 'Babe Ruth is Schwarz-zwart. Zwarte nikkers neuken thuis jullie vrouwen.' Er waren in onze linies veel mensen die Duits spraken, jongens uit New York en Cincinnati en Milwaukee, die hun eigen commentaar uitschreeuwden over de geringe omvang van Hitlers ballen, verborgen onder zijn uniform.

De stagnatie stelde de administratieve staf, ook de juridische dienst, in staat begin oktober voor het eerst een duurzaam hoofdkwartier in te richten in Nancy. Uit de Franse les op de middelbare school had ik de indruk overgehouden dat Frankrijk maar één echte stad telde. Maar het centrum van Nancy was in de achttiende eeuw ingericht door een koning zonder land, Stanislas Leszczynski, de latere hertog van Lotharingen, met een grandeur en verfijning die overeenstemde met mijn beeld van Parijs. Pattons vooruitgeschoven hoofdkwartier was in het Palais du Gouverneur, een koninklijke residentie aan het einde van een voorname laan die herinnerde aan foto's die ik van de Tuilerieën had gezien. Ons kantoor was met andere onderdelen van de achterhoede gehuisvest in het Lycée Henri Poincaré, de oudste school in Nancy, gelegen op een kwartier van het centrum.

Omdat er zoveel zaken waren blijven liggen terwijl wij probeerden Patton bij te houden, vroeg kolonel Maples de hoogmogende heren van personeelszaken op G-1 twee staande krijgsraden te benoemen. Uiteindelijk werden voor elke krijgsraad negen officieren aangewezen, die om de dag dienst konden doen. Eisley en ik moesten echter tien uur per dag zeven dagen in de week ter zitting aanwezig zijn. Voor de afwisseling besloten we om en om de rol van aanklager en verdediger te vervullen.

De militaire strafprocessen vonden plaats in de voormalige feestzaal van de school, waar drie eettafels aan elkaar waren geschoven. In het midden presideerde de hoogste officier, aan weerszijden geflankeerd door vier lagere officieren. Helemaal links zat Eisley of ik met onze cliënt en aan het andere uiteinde de advocaat-fiscaal van die dag. Een van de tribunalen werd voorgezeten door luitenant-kolonel Harry Klike, een kleine, plompe onderofficier van voor de oorlog die bij de intendance was opgeklommen en ernaar streefde de beschaving tentoon te spreiden die volgens hem passend was voor een officier en een gentleman. Elke dag werd de zitting beëindigd door Klike met de woorden: 'De Krijgsraad is verdaagd tot morgen nul-achthonderd uur, wanneer wij opnieuw bijeen zullen komen om het recht te doen varen.' Bij mijn weten had niemand het hart hem te corrigeren.

We gingen erergiek aan de slag en werkten elke dag vaak twee of zelfs drie zaken af. Ter verpozing tijdens schorsingen maakten Eisley en ik vaak een ommetje door de Rue Gambetta naar het schitterende plein, de Place Stanislas, met de rijkversierde overheidsgebouwen en smeedijzeren hekken met vergulde punten. Bij een café op de hoek dronken we cognac en keken naar de mooie vrouwen in de stad met hun opgestoken haar en sleehakjes. Tony, getrouwd maar op vijfduizend kilometer afstand weer een vrije jongen, prees de fantasie van de Franse vrouwen en hun energie bij het bedrijven van de liefde. Ik luisterde zonder commentaar terwijl de patron probeerde de Franse kinderen weg te houden van ons tafeltje, waar ze hun hand ophielden en in het Engels om kauwgum vroegen. Over de avenue trokken lange militaire kolonnes voorbij, komend van het front of op weg ernaartoe. De zwaarst getroffen onderdelen keerden terug in stilte, de mannen vuil, verbitterd en moedeloos, getekend door de toegebrachte verliezen. Ambulances passeerden soms met grote snelheid, om gewonden te vervoeren naar het plaatselijke veldhospitaal. Maar de vervangers op weg naar het front maakten de meeste indruk. Vaak werd het stil op straat; de soldaten staarden ons aan vanuit de vrachtwagens. Van hun gezichten was de wanhoop en verontwaardiging te lezen over de wrede loterij waardoor wij veilig achter konden blijven en zij wellicht de dood tegemoet gingen. Op die ogenblikken dacht ik vaak met wroeging aan de manier waarop de successen van het Derde Leger op het hoofdkwartier werden beschreven, met gebruik van het woord 'wij'.

Ten slotte bogen Tony en ik ons dan over de voorbereiding van de volgende dag. Als de ten laste gelegde misdrijven betrekking hadden op de plaatselijke bevolking, zochten we samen de getuigen op om hen te ondervragen. Met mijn school-Frans kon ik de taal goed lezen en verstaan, maar spreken kostte me meer moeite. Toch had ik in mijn twee maanden op het continent goede vorderingen gemaakt en met behulp van gebarentaal werkten we ons gewoonlijk door deze ontmoetingen heen zonder tolk.

De MP die ons meestal chauffeerde, sergeant Gideon Bidwell, werd Biddy genoemd, een verkorting van de bijnaam Iddy Biddy (Ietsepietsie) die hij tijdens de basisopleiding had meegekregen. Hij was zo breed in de schouders als een bank in een bus en was bijna een meter negentig, met zwarte krullen, een brede neus en groene ogen in een roze gezicht. Bidwell was heel bekwaam, maar stroef. Hij was een van die onderofficieren die beseffen dat zij het hart van het leger vormen, belast met de dubbele taak om de oorlog te winnen en te voorkomen dat officieren stommiteiten begaan. Hij sjouwde met spullen, bestuurde de jeep en draaide de kaart om zodat ik hem goed vasthield, maar dat alles met een stugheid waardoor hij iets ongenaakbaars had. Toen hij me bij mijn aankomst in Cherbourg afhaalde, hoorde ik aan zijn stem dat hij uit Georgia afkomstig moest zijn, want die manier van spreken kende ik uit Fort Benning, maar op mijn vragen wilde hij niet meer kwijt dan dat zijn familie al een paar jaar uit Georgia weg was. Hij wilde weinig over zichzelf kwijt, zijn gedrag was niet weerspannig maar grimmig, alsof hij met niemand veel ophad. Ik was bang dat het vroeg of laat tot een conflict tussen ons zou komen.

Op een avond gingen we naar het arrestantenverblijf om mijn cliënt te kunnen ondervragen voor de zitting van de volgende dag. Biddy was bij me toen we door de dubbele prikkeldraadomheining gingen waarbinnen drie lange rijen slaaptentjes onnatuurlijk dicht bij elkaar waren opgezet. Toen mijn cliënt met enkelboeien en handboeien om naar buiten werd gebracht, onderdrukte Biddy een ge-kreun van ergernis.

'Waarom zijn het altijd kleurlingen?' vroeg hij zich af, net zo luid dat ik hem kon verstaan. Bidwell leek nog wel zoveel uit het zuiden met zich mee te dragen dat ik het antwoord niet wilde horen. Ik keek hem bestraffend aan; hij verstrakte, maar was zo verstandig zich af te wenden.

Vreemd genoeg zette Biddy's vraag me aan het denken, zij het vanuit een andere hoek. Gezien de sympathie voor de Franse gezinnen die zo vaak als slachtoffer bij ons op de zitting kwamen, was het me aanvankelijk niet eens opgevallen dat veel soldaten die tot lange straffen werden veroordeeld negers waren. Toch had Biddy gelijk, in elk geval statistisch bezien, en de eerstvolgende keer dat ik onder vier ogen met kolonel Maples kon spreken, vroeg ik hem waarom de militairen die wij vervolgden zo vaak negers waren.

'Negers?' Maples keek me strak aan. 'Wat wil je daarmee beweren, Dubin? Er zijn ook heel wat blanken bij.' Dat was zeker waar. Veel militairen waren alleen in het leger terechtgekomen omdat een rechter ze had laten kiezen tussen gevangenisstraf en de dienst. Mannen die thuis roofovervallen met geweld hadden gepleegd of verslaafd waren aan dope veranderden niet automatisch van karakter op het slagveld. 'Twijfel je soms aan de schuld van die jongens?'

Bij de meeste zaken die ik behandelde waren de soldaten nuchter geworden tegen de tijd dat ik met hen in aanraking kwam en zij bekenden deemoedig schuld. En de misdrijven waarom het ging waren vaak zware vergrijpen. Enkele dagen hiervoor nog was ik aanklager geweest in de zaak tegen een gekleurde soldaat die letterlijk de voordeur had ingeslagen van het huis van een meisje dat hem afwees; hij had haar beide ouders mishandeld en vervolgens het meisje verkracht. Het bevreemdde me dat de gekleurde militairen zich in Engeland over het algemeen zo beheerst gedroegen, maar op het vasteland alle discipline verloren.

'Natuurlijk zijn ze schuldig, kolonel, dat staat buiten kijf. Maar ik heb erover nagedacht en ik vraag me af of we voor de gekleurde mannen evenveel begrip opbrengen.'

Ik hoefde niet naar incidenten te verwijzen, want die week hadden we de zaak behandeld van een gedecoreerde officier die sinds D-Day aan het front had gestaan. Terwijl hij naar een kolonne Duitse gevangenen keek die voorbijtrok had hij plotseling zijn karabijn gericht en was gaan schieten; hij had drie man gedood en vier anderen verwond. Zijn verklaring: 'De manier waarop ze naar me keken beviel me niet.' Kolonel Maples had besloten dat hij maar drie jaar zou krijgen.

'De negers worden over het algemeen niet in gevechtsfuncties ingezet, Dubin, vergeet dat niet. We kunnen ze niet net zo behandelen als mannen die dat wel hebben doorgemaakt.' Ik had erop kunnen wijzen dat de gekleurde bataljons in het algemeen niet de keus kregen, maar ik dacht dat ik al ver genoeg was gegaan. 'Drank en vrouwen, daar komt het door, Dubin,' voegde de kolonel eraan toe. 'Het is verstandig van je om drank en vrouwen te mijden.'

Ik merkte dat de kolonel getroffen was door mijn vragen en het verbaasde me niets dat hij me twee dagen later naar zijn kamer liet komen. Het was de kamer van de rector geweest, een vertrek met hoge, oude eikenhouten kabinetten.

'Hoor eens, Dubin, ik weet niet hoe ik het moet inkleden, dus ik zeg het maar ronduit. Wat betreft de opmerkingen die je laatst maakte. Daar moet je toch voorzichtig mee zijn, kerel. Je wilt de mensen niet op het idee brengen dat je het verkeerde soort jood bent. Ben ik te openhartig?'

'Natuurlijk niet.' In werkelijkheid riep de opmerking van de kolonel de gebruikelijke gemengde gevoelens op die mijn erfgoed altijd bij me teweegbracht. Mijn ouders waren socialisten met een minachting voor religie. Voor mij betekende het feit dat ik een jood was voornamelijk dat mensen me dat aanrekenden; het was een barrière die ik moest overwinnen. Ik had me mijn hele leven ingespannen om te geloven in een land waar alle mensen gelijk waren en op maar één eigenschap konden worden aangesproken: hun Amerikaan-zijn.

Het leger zag het soms anders. Ik zat een week op de basisopleiding toen ik te weten kwam dat de H op mijn legitimatieplaatjes voor 'Hebreeër' stond, wat me behoorlijk ergerde omdat de Italianen en Ieren niet met een I hoefden rond te lopen. Maar er heersten veel vooroordelen bij de strijdkrachten. De gewone soldaten konden niet met elkaar praten zonder scheldnamen te gebruiken. Portoricanen, Italianen, Ieren, mannen van buiten de stad en stedelingen werden uitgescholden voor Spic, Polak, Dago, Mick, boerenlul, boerenhufter, Okie of vissiesvreter. Om nog maar te zwijgen van de gekleurde mensen en oosterlingen die het leger liefst niet eens toeliet. Maar het officierskorps bestond uit ontwikkelde mensen en bij de juridische staf werkten meest protestanten met fatsoenlijke manieren die niet gedachteloos anderen beschimpten. Kolonel Maples had er de nadruk op gelegd dat hij geen vooroordelen had en zelfs eens tegen me gezegd dat hij in Berlijn naar de Reichstag wilde gaan met het woord 'Jude' op zijn helm. Maar nu herinnerde zijn opmerking me eraan dat mijn collega's wel zwegen over mijn herkomst, maar die niet hadden vergeten.

Een paar dagen later moest ik weer bij de kolonel komen.

'Misschien wil je er eens uit,' zei hij. 'Elke dag krijgsraad, dat is wel eentonig, hè?'

Gezien wat de soldaten aan het front te verwerken kregen, zou ik nooit de brutaliteit hebben gehad om te klagen, maar de kolonel had gelijk. Mijn activiteiten waren niet echt om vrolijk van te worden; elke dag stuurden we jongens die hier hun leven kwamen wagen voor hun land in plaats daarvan naar de militaire gevangenis. Maar de kolonel had een plan bedacht om ons allemaal afwisseling te bezorgen. Eisley zou een paar weken ruilen met majoor Haggerty van het hof van beroep, die vonnissen had beoordeeld en juridische adviezen gegeven bij een van de krijgsraden. Ik moest op mijn beurt een Artikel 35-onderzoek instellen om te beoordelen of een bepaalde officier voor de krijgsraad zou moeten verschijnen.

'Er is een probleempje bij de generale staf. De Britten hebben er een woord voor: "Kerfuffle." God, wat mis ik de Britten. Hoe die de taal verhaspelen! Daar had ik wel een paar keer per dag lol om. Maar goed, er is dus iets aan de knikker, ik neem aan dat je al van Roland Teedle hebt gehoord.' Generaal Teedle was een legendarische figuur; hij zou Pattons favoriet zijn onder de brigadegeneraals. Zijn 18e Pantserdivisie had in de voorhoede gefungeerd bij de opmars door Frankrijk. 'Teedle windt zich op over een majoor van de oss die op zijn flank heeft geopereerd. Wat weet je van de oss, Dubin?'

Niet veel meer dan ik in de krant had gelezen. 'Spionnen en commando's,' zei ik.

'Daar komt het op neer,' zei de kolonel. 'En zeker in het geval van deze man. Majoor Robert Martin. Al een hele tijd van huis.

Heeft in Spanje voor de Republikeinen gevochten. Woonde in Parijs toen de nazi's binnenvielen. Ingelijfd door de oss, kennelijk. Heeft goed werk geleverd. Hij is al sinds 1942, zoiets, werkzaam op het continent. Leidde een verzetsgroep achter de Duitse linies: een verzameling geallieerde spionnen en Franse verzetsmensen die sabotageacties tegen de nazi's uitvoeren.' Voorraadtreinen laten ontsporen, Duitse verkenners uitschakelen, de nazi's stangen tijdens de opmars van het 18e.'

Ik zei dat Martin zo te horen een moedig man was.

'Verdomd moedig,' zei Maples. 'Dat staat wel vast. Een held, drager van het Distinguished Service Cross. Twee keer de Silver Star gekregen. En dan tel ik de lintjes niet mee die De Gaulle op zijn borst heeft gespeld.'

'Jezus,' liet ik me ontvallen.

De kolonel knikte ernstig in de korte stilte, een stilte zoals vaak viel onder militairen die werden geconfronteerd met het bewijs van andermans moed. Dan vroegen we ons af: zou ik dat kunnen?

'Maar weet je,' zei de kolonel, 'wat de duivelse ironie is? Waarschijnlijk is Martin juist daardoor in de problemen gekomen. Hij heeft te lang in zijn eentje gewerkt. Hij kent geen angst meer. Niet voor de vijand, maar ook niet voor het gezag. Het leger is geen omgeving voor individualisten.' Ik merkte dat de kolonel over de zaak had nagedacht. Hij streek de uiteinden van zijn snor glad en vervolgde: 'Het fijne weet ik er niet van. Dat moet jij uitzoeken. Maar Teedle beweert dat Martin zijn dienstbevelen in de wind heeft geslagen. Al een paar keer. Volgens hem neemt Martin het ervan in een of ander château en trekt die een lange neus naar hem. Er zou een meisje in het spel zijn.'

De kolonel liet een stilte vallen waarin hij leek te denken aan de waarschuwing die hij vaak uitsprak: dat vrouwen en oorlog slecht samengingen.

'In ieder geval,' zei hij, 'moet er een Artikel 35-onderzoek komen. Volgens het boekje. Ga met Martin praten. Ga met de generaal praten. Ga met getuigen praten. Neem officiële verklaringen op. En pak het diplomatiek aan. Formeel gezien is het niet in de haak als een jonge officier zijn superieuren ondervraagt. Ik vertrouw erop, David, dat je niemand tegen de haren in zult strijken. Onthoud dat je namens mij optreedt.'

'Ja, kolonel.'

'G-1 hoopt dat die majoor Martin het licht zal zien wanneer hij beseft dat het menens is. Als het tot een krijgsraad komt, zou dat tragisch zijn. Teedle en Martin zijn allebei uitstekende militairen, Dubin. Generaal Patton heeft een hekel aan dit soort gedoe. Als het enigszins kan, zorg dan dat je Martin op andere gedachten brengt. Maar wees voorzichtig. Vergeet niet dat Roland uiteindelijk degene zal zijn naar wie Patton luistert.'

De kolonel liep om zijn bureau heen om zijn hand op mijn schouder te leggen, zodat ik het gewicht van zijn vaderlijke bezorgdheid kon voelen.

'Ik dacht dat je wel toe was aan iets anders, David. Iets waardoor je dichter bij het front komt. Daar kan het nu elke dag weer gaan gebeuren. Ik weet dat je dat graag wilt. En veel kansen krijg je misschien niet meer. Monty schijnt om vijf pop met Ike te hebben gewed dat de oorlog hier nog voor nieuwjaar is afgelopen. Dat zou pas een mooi kerstcadeau zijn, hè?'

Hij keek me stralend aan, tot zijn gezicht opeens verstrakte, ik vermoed door het besef dat kerst voor hem veel meer betekende dan voor mij. Maar ik zei zo enthousiast als ik kon: 'Ja, kolonel,' en salueerde model, waarna ik ging uitzoeken wat ik over majoor Robert Martin moest weten.

3 DAVID: DE GENERAAL

De 18e Pantserdivisie lag zo'n veertig kilometer ten noordoosten van Nancy, niet ver van Arracourt, voor een periode van rust en herstel. Toen Biddy en ik ons meldden bij het depot om een jeep te halen voor ons onderhoud met generaal Teedle, kregen we te horen dat we in verband met de brandstofrantsoenering vier jongens van de 134e Infanteriedivisie moesten meenemen die hun konvooi waren misgelopen. De divisie moest mannen aflossen die met het XIIe Legerkorps aan het front hadden gevochten en deze soldaten, die al het nodige hadden meegemaakt, waren norse reisgenoten. Een soldaat die achter me zat, Duck heette en uit Kentucky kwam, bracht een paar coupletten van 'Mairzy Doats' ten gehore, tot zijn kameraden hem luidkeels lieten weten dat hij zijn waffel moest houden.

De lucht bleef verzadigd van vocht en bij de nadering van het front strekte de troosteloosheid zich ook uit tot de over de wegen sjokkende mannen. De aarde was geschroeid en stuk gereden en van de pittoreske Franse boerderijen met hun rieten daken waren vrijwel alleen nog ruïnes over. Zelfs de gebouwen die er beter afgekomen waren hadden gewoonlijk hun dak verloren, en leken op een man zonder zijn hoed. Balken lagen her en der verspreid en vaak stond van een huis waarin een familie tientallen jaren of zelfs eeuwenlang had gewoond alleen nog de witgepleisterde schoorsteen of een vrijstaande muur overeind. Het puin was met een bulldozer naar de kant van de weg geschoven, maar soms waren er navrante verwijzingen naar slachtoffers onder de burgerbevolking: een ont-hoofde pop of een jas waarvan een mouw was afgescheurd.

De wegen waren zo slecht dat het ons enkele uren kostte om de 18e te bereiken. De divisie had zich verspreid over de drogere hel-lingen van uitgestrekte bonenakkers en weilanden. Door mijn er-varing met het regelen van schadevergoeding voor land dat onze mensen in Engeland hadden vertrapt kon ik me de vreugde voor-stellen van de Franse boer die nu een compensatie kon krijgen voor het gebruik van land waarop het gewas al was verregend.

De 18e Pantserdivisie had de heldenrol gespeeld in alle filmjour-naals die wij de laatste maanden hadden gezien, de mannen die door Frankrijk waren gestormd en Hitler zouden opjagen tot in een hol in Berlijn en hem met een mortiergranaat zouden opblazen. Hier hing een sfeer van overmoed nadat ze het front overleefd hadden, en hun stemmen klonken luid. Terwijl Patton op brandstof, muni-tie en rantsoenen wachtte, had hij veel infanteriedivisies een inten-sieve training opgelegd, maar de 18e, met haar tanks en mobiele ar-tillerie, kon door het brandstoftekort weinig anders doen dan wapens schoonmaken en lange brieven naar huis schrijven.

Lopend door het kamp met onze bepakking, op zoek naar Teedles hoofdkwartier, trokken Biddy en ik rancuneuze gezichten. Onze uniformen waren nieuw, zonder olievlekken of scheuren, en op on-ze helmen ontbraken de camouflagenetten die aan de gevechts-troepen werden uitgereikt. Een paar keer hoorden we verachtelijke geluiden achter onze rug, maar Biddy's forse postuur was reden ge-noeg om de meeste beledigingen te onderdrukken die ik gewend was te horen uit passerende troepentransportwagens in Nancy.

In plaats van een huis in de stad te vorderen voor zichzelf, zoals andere generaals wel deden, verbleef generaal Teedle bij zijn man-nen in een grote tent waarin hij ook sliep. De ingangen van zwaar verduisteringsdoek waren overdag opgebonden. In de tent was een in secties verdeelde houten vloer gelegd waarop diverse bureaus stonden, twee aan twee tegenover elkaar, waaraan korporaals op Remingtons hamerden. Naast een veldbed dat ongetwijfeld van de generaal was, stond een wat groter bureau dat niet in gebruik was. Er stonden twee kledingkisten naast met daarop een petroleumlamp om in het donker te kunnen lezen.

Ik liep naar de eerste korporaal toe, die zat te werken met een potlood tussen zijn tanden, en vertelde hem wie ik was. De korporaal was een magere man met een ironische blik en hij maakte aanstalten om op te staan. 'Plaats rust,' zei ik, maar hij bracht zittend de groet.

'Korporaal Billy Bonner, alineaspecialist bij de Leunstoeldivisie.'

'Leuk hè?' zei de tweede korporaal, zonder op te kijken van zijn werk. 'Zodra de oorlog voorbij is, wordt Bonner weer humorist.' Bonner sprak de andere korporaal aan als Frank en zei dat hij zijn bek moest houden. Ze kibbelden nog even door.

'Nou, praat dan gewoon helemaal niet meer met me,' besloot Frank. Hij had een hoge stem en maakte een dramatische hoofdbeweging. Ik keek even naar Biddy, die bij de tentopening was blijven staan. Het was duidelijk waarom deze man een kantoorbaan had.

Geïrriteerd kwam Bonner overeind en hinkte naar Biddy toe, met een gebaar naar mij dat ik mee moest komen. Bonner bleek zo toeschietelijk dat ik hem naar zijn been durfde vragen. Hij had bij Anzio een schotwond opgelopen, vertelde hij, en hij was liever schrijver geworden dan naar huis terug te gaan. De beloning voor zijn toewijding, zoals hij het formuleerde, was werken met Frank. 'Welkom bij het leger,' besloot hij. Terwijl ik naar hem luisterde, moest ik terugdenken aan een sergeant bij de basistraining die me had gewaarschuwd dat ik niemand moest vertellen dat ik kon typen, een goede raad zoals Bonner nu kon getuigen.

De korporaal had net uitgelegd dat Teedle elk ogenbik terug kon komen van een inspectie van vooruitgeschoven legeronderdelen, toen hij de generaal in het oog kreeg en haastig als een schoolkind weer ging zitten.

Ik sprong in de houding terwijl Teedle langs ons stormde. Een soldaat van de verbindingsdienst sjouwde achter hem aan met een enorme radiotelefoon terwijl Teedle in de hoorn brulde en afwisselend tegen de arme kerel aan de lijn en de verbindingsman tierde als het signaal zwakker werd.

'Zeg tegen hem dat twee van mijn bataljons nog maar één rantsoen per dag krijgen. Nee, verdomme. Twéé bataljons, één rantsoen. Een leger kan niet vechten op een lege maag. Vraag maar of hij daar al eens van heeft gehoord. Als de nazi's deze jongens doodschieten is dat één ding, maar ik verdom het ze door hun land te laten doodhongeren.' Ik had gehoord dat de fronttroepen vaak honger leden. In de officiersmess in Nancy was het voedselaanbod royaal: conserven, gebak met honing, thee, Nescafé. De middagmaaltijd was vaak overvloedig. Vlees en gevogelte, betrokken bij de plaatselijke bevolking, gingen schuil onder rijke sauzen.

Teedle duwde de verbindingsman de hoorn in de hand en liet hem inrukken; daarna liet hij zich op zijn stoel vallen en keek misnoegd naar de stapel documenten op zijn bureau. Hij had zijn helm nog niet afgezet.

'Wil je zeggen dat Halley Maples dat groentje heeft gestuurd om Martin aan te pakken?' Ik had niet gemerkt dat Teedle naar me had gekeken.

Bonner wendde zich tot mij en zei met zijn subversieve grijns: 'De generaal kan u nu ontvangen.'

Toen ik voor het eerst Teedles naam hoorde had ik een kleine, dikke man verwacht die thuishoorde in de wereld van een filmmusical in technicolor, zoals de *Wizard of Oz*. Maar de generaal maakte geheel de indruk van een militair, van het soort dat zich graag ziet als ijzervreter. Teedle was een forse man met een rood gezicht, zijn borst even rond als van een roodborstje, en kleine lichte ogen die sterk afstaken tegen oogleden die roodgerand waren, waarschijnlijk van uitputting of misschien door een allergie of zelfs, onmogelijk was dat niet, van tranen.

Voor het bureau van de generaal sprong ik weer in de houding, noemde mijn naam, rang en onderdeel en vroeg toestemming om hem een verklaring te laten afleggen in verband met de Artikel 35-zaak tegen Martin. Teedle bleef me bestuderen.

'Waar heb je je vooropleiding gevolgd, Dubin?'

'Easton College, generaal.'

'Nou, ik niet. Ik kom uit Kansas en daar heb je niet van die deftige opleidingen. En waar heb je rechten gestudeerd?'

'Easton. Met permissie, generaal, ik heb met een beurs gestudeerd.'

'Juist ja. Je bent een knappe jongen, wou je maar zeggen?'

'Dat wilde ik niet beweren, generaal.'

'Tja, als je iedereen die je tegenkomt meteen vertelt hoe knap je bent, ben je niet erg slim, toch?'

Ik zei niets. Hij had me in de tang en dat was zijn bedoeling. Teedle was kennelijk zo'n commandant die wilde laten merken dat hij voor geen van zijn mannen onderdeed. Hij nam even de tijd om zijn helm af te zetten. Zijn haar, voor zover hij dat nog had, was ergens tussen rood en blond en stond recht overeind. Hij diepte zijn veldfles op en schroefde de dop eraf. Zelfs op twee meter afstand kon ik de whiskey ruiken. Hij nam een stevige slok. 'Nou goed, wat moet ik je over Martin vertellen?'

'Zoveel mogelijk, generaal.'

'Dat zal ik niet doen. Dan zul je Martin nog een geweldige vent gaan vinden. Je zult hem hoe dan ook een geweldige vent vinden. Dat geef ik je op een briefje, Dubin. Je zult Robert Martin heel wat aardiger vinden dan mij. Hij is namelijk erg charmant. En moedig. Martin is misschien wel de moedigste klootzak aan het Europese front. Heb je gevochten, Dubin?'

'Nee, generaal. Ik zou het graag willen.'

'Meen je dat nou?' Hij trok een minachtende grijns en staarde nadrukkelijk naar het stafembleem op mijn kraag. 'Nou, luitenant, als je ooit op een slagveld terechtkomt, zul je om je heen mannen zien die het in hun broek doen van angst, en terecht, en een of twee klootzakken die lopen te dansen en te springen alsof ze immuun zijn voor kogels. Vroeg of laat worden die lui geraakt, neem dat van mij aan, maar het duurt verdomd veel langer dan je zou denken. Zo eentje is Martin. Denkt dat hij onoverwinnelijk is. Dat bevalt me ook niet. Een militair die niet bang is om dood te gaan is een gevaar voor iedereen.'

'Is dat het probleem, generaal? In de kern?'

'Nee. Het probleem, als je het zo wil noemen, is dat die klootzak zijn orders niet opvolgt. Hij heeft diverse operaties uitgevoerd waarvoor ik hem geen toestemming had gegegeven, hoewel ik word geacht zijn commandant te zijn. Succesvolle operaties, dat moet ik toegeven. Voornamelijk sabotage van treinverbindingen, waardoor de moffen hun troepen en voorraden niet kunnen overbrengen naar de plekken waarheen wij op weg zijn. Daar is Martin goed in. Elke spoorwegarbeider lijkt aan zijn voeten te zitten.

Maar twee keer heb ik eenheden de verkeerde kant op gestuurd omdat ik niet wist dat hij de rails al had vernield. Ik heb artillerie achter moeten houden omdat ik op het laatste moment te horen kreeg dat Martin en zijn mannen in het doelgebied waren opgedoken, zonder me dat vooraf te laten weten. En ik heb een paar keer eenheden niet kunnen inzetten omdat Martin de moffen aan het zieken was, in plaats van de verkenningen uit te voeren waartoe hij opdracht had gekregen. Maar het gaat me niet alleen om dat gebrek aan discipline, luitenant, hoewel ik even scherp ben op discipline als elke andere generaal. Waar mijn aambeien van jeuken is dat telkens mannen in gevaar zijn gebracht, mannen zijn gesneuveld die niet hadden hoeven sneuvelen. Niet op die plek. Niet op die dag. En dat raakt me persoonlijk.'

Mijn gezicht moet enige scepsis hebben uitgedrukt bij die woorden.

'Je hoort wat ik zeg, luitenant,' zei hij en kwam overeind. 'Het is een persoonlijke grief. Elke morgen word ik godverdomme wakker met het besef dat jonge mannen die onder mijn bevel staan de dood zullen vinden; zelfs als er niets bijzonders gebeurt, verlies ik elke dag dertig man, en hun zielen zal ik meedragen tot mijn laatste snik, Dubin. Dat meen ik. Zolang ik ademhaal zal ik altijd een schaduw van verdriet voelen. Ik wilde zo graag generaal worden, Dubin, dat ik er waarschijnlijk een moord voor had kunnen plegen, maar ik had niet begrepen dat de doden een generaal zo bijblijven. Ik heb er als gewoon officier vaak genoeg verdriet van gehad als mijn mannen sneuvelden, maar dat werd minder. Nu is dat echter niet meer zo, en als ik er anderen naar vraag, beamen ze dat.'

Hij zweeg om mijn reactie te peilen. Zijn gezicht, en vooral zijn grote knobbelneus, was nog roder geworden, en hij nam nog een teug uit zijn veldfles.

'Dat is in enkele woorden wat me niet bevalt aan Robert Martin. Ik ben mijn hele leven al soldaat, Dubin, ik weet hoe het spel wordt gespeeld, en ik weet donders goed dat ik bij de generale staf niet hoef aan te komen met klachten over Martins heldendaden. Maar ik heb de oss laten weten dat hij hier geen meerwaarde meer heeft. En uiteindelijk gaven ze me gelijk. Ik moest hem maar terugsturen naar Londen. En nu zijn de poppen aan het dansen. Want Martin wil niet terug.

Hij weigert terug te gaan, de lul. Ik heb hem drie keer een schriftelijk bevel doen toekomen, maar hij blijft hier zitten alsof hij vakantie heeft. Ik heb me geschikt naar die ellendeling zolang het moest, Dubin, maar nu heb ik hem bij zijn kladden en nu laat ik hem niet meer los. Begrepen? Tik dat maar uit, alleen het laatste, dan zet ik er mijn handtekening onder.'

'Ik dacht dat er iets was met een vrouw, generaal. Dat liet kolonel Maples doorschemeren.'

Teedle lachte opeens. Hij was zo grimmig en emotioneel dat ik er bijna van schrok. Ik had gedacht dat de man die ik voor me had nooit lachte.

'O, dat,' zei hij. 'Ik zal je zeggen hoe het zit, Dubin. De vrouw kan me geen donder schelen. Bij Pattons G-1 zitten ze ermee. Ik niet. Voor D-Day had Martin de leiding over een groep die op het vasteland opereerde: Sidewinder of zoiets. Spionage en de moffen sarren met prikacties. Hij moet zo'n dertig man onder zich hebben gehad, een paar geallieerde spionnen die met hem het Kanaal zijn overgestoken, maar de meesten verzetsmensen uit België en Frankrijk. De Fransen zijn allemaal naar huis om de vruchten van de overwinning te oogsten. Die zullen elkaar nu wel naar de keel vliegen om de beste baantjes.

Er zijn wat vreemde figuren bij Martin achtergebleven, waarschijnlijk omdat ze elders niet welkom zijn. Een van hen is een vrouw, een knap ding heb ik gehoord, die hij een paar jaar geleden in Marseille heeft aangeworven; zij helpt hem bij de listen en lagen waar de oss zo dol op is. De vrouwen van de oss hebben verdomd goed werk geleverd, Dubin. Je moet ze niet onderschatten. Je weet hoe die stomme moffen zijn, ze denken dat ze heren zijn, dus wantrouwen ze vrouwen minder dan ze zouden moeten doen. Dit meisje geeft zich soms uit voor verpleegster. Midden in een oorlog kun je in verpleegstersuniform vrijwel overal binnenkomen.

Nu is het wel zo dat ze een jaartje of twintig jonger is dan Martin, en het schijnt dat hij het met haar heeft aangelegd en misschien zelfs verliefd op haar is of denkt dat hij dat is. Ik vermoed dat ze in Londen denken dat hij daarom niet terug wil. Volgens mij blijft hij hier alleen hangen om mij voor aap te zetten.

Maar het feit dat hij het met dat meisje doet of zij aan zij vecht met zijn bedgenote wordt bij de generale staf waarschijnlijk niet gewaardeerd; ze denken dat het de discipline ondermijnt, maar mij kan het geen donder schelen. Soldaten willen altijd seks. Weet je waarom?'

Omdat ze ver weg zijn van hun vrouw, antwoordde ik. Van hun eigen vrouw of vriendin.

'Denk je dat ze hun vrouw pakken zoals ze achter de Franse meisjes aangaan? Nee hoor. Ze denken dat ze dood zullen gaan, Dubin. Degenen die nadenken. Zo zie ik het in elk geval. En als je aan het front terechtkomt, zoals je zelf beweert te willen, zul je het zelf ook zo gaan zien. En wanneer je het gevoel hebt dat de dood je boven het hoofd hangt, Dubin, dan wil je niet alleen zijn. In de kist lig je straks ook al alleen. Je wilt niets liever dan contact met het leven, leven in de zuiverste vorm. Seks dus. En God. Deze jongens willen ook God. Ze willen neuken en ze willen bidden. Dat is waar een soldaat naar verlangt wanneer hij geen heimwee heeft naar huis. Sorry dat ik zo'n preek tegen je houd, maar voor jou is dit allemaal nieuw en je moest maar liever wennen aan de realiteit.

Dus het kan me niets schelen als Martin dat meisje pakt, of een kalf langs de kant van de weg, dat komt bij onze mannen ook voor. Maar bevelen niet opvolgen, dat kan niet. Dus schrijf maar op wat ik je hebt verteld en zeg dan tegen die vuilak dat hij maakt dat hij wegkomt uit mijn sector, anders krijgt hij een escorte naar de strafbarak. Meer heb ik niet te zeggen.'

Teedle greep opnieuw naar zijn veldfles. Het was zijn vijfde of zesde borrel. Hij had aangeschoten moeten zijn, maar zijn verontwaardiging brandde zo fel dat de drank waarschijnlijk verdampte in zijn keel. Ik wist echt niet wat ik van generaal Teedle moest denken, zeker niet van de gretigheid waarmee hij me had uitgenodigd een afkeer van hem te krijgen. Hij leek me iemand die als jongen was gepest en zich had voorgenomen sterker te worden dan de pestkoppen, zonder ooit de pijn te boven te komen van het buitengeslotenzijn. Maar zijn ruwe eerlijkheid maakte indruk op me, vooral omdat hij er zelfs voor uit leek te komen dat hij ongelukkig was.

Na mijn onderhoud met generaal Teedle leek het zinniger niet terug te gaan naar Nancy, maar meteen majoor Martin op te zoeken, omdat hij in de omgeving scheen te zijn. De generaal droeg zijn G-1 op ons te helpen en zijn personeelsofficier, luitenant-kolonel

Brunson, lichtte ons verder in en liet kaarten aanrukken. Na afloop wilden we de jeep weer ophalen, maar de TD-officier van het voertuigenpark liet ons weten dat onze jeep voor andere doeleinden was ingezet en dat hij pas de volgende ochtend weer een jeep ter beschikking zou hebben.

Biddy had het direct door. 'Van onze benzine, niet de hunne,' zei hij met gedempte stem. Hij had natuurlijk gelijk, maar daar hadden we nog geen vervoer mee. In plaats daarvan gingen we er gescheiden op uit om onderdak te vragen. Een kapitein van de staf wees me een bedje in een viermanstent en liet me zien waar de officiersmess was, die van twee aan elkaar bevestigde tenten was gemaakt. De maaltijd bestond uit opgewarmde B-rantsoenen, een soort groene puree, maar niemand klaagde omdat zelfs de stafcompagnie, die gewoonlijk het beste wist te versieren, nog maar twee maaltijden per dag kreeg. Een van mijn meest genante geheimpjes was dat ik tijdens de basistraining de smaak had leren waarderen van de veldrantsoenen, zelfs de B- en C-blikken: groenten met vlees, bonen met vlees, spaghetti met vlees. De veelgehoorde klacht was dat het leek op hondenvoer en ook zo smaakte. Maar voor mij was het exotisch. Mijn ouders waren niet praktiserend religieus, maar bij ons kwam geen varkensvlees in huis. Varkensvlees met bonen was niet mijn lievelingseten, maar ham beschouwde ik als delicatesse en zelfs Spam vond ik lekker.

Na het eten liep ik naar de verzamelplaats met de tenten waar de manschappen waren ondergebracht om te controleren of Bidwell een slaapplaats had gekregen. Er was een kleine tentenstad ontstaan van diverse bataljons. Van de aanblik ervan ging een eigen bekoring uit. De rijen sheltertjes strekten zich in strakke rechte lijnen uit over honderden meters, met op regelmatige afstanden de gegraven latrines, alles verlicht door de vuurtjes die door de koks werden onderhouden. Ik liep langs de tenten, salueerde terug naar mannen die me opmerkten en probeerde de stafcompagnie te vinden waar Bidwell ingekwartierd scheen te zijn.

Af en toe informeerde ik ook of iemand nog romans wilde ruilen. Ik had voor mijn vertrek uit Nancy mijn zakken volgepropt in de hoop op nieuwe lectuur. Twee van de populairste boeken had ik gehouden: *Lost Horizon* en *Sanctuary* van William Faulkner; het laatste was in trek in verband met de smerigheid die Popeye erin uithaalde met een maïskolf. Ik hoopte op meer Faulkner en bofte; een roodharige soldaat uit Texas had een Faulkner voor me. Bovendien kreeg ik een roman van James Gould Cozzens in ruil voor *The Last Citadel*.

Ik kan nauwelijks uitleggen hoe belangrijk het voor me was om elke avond voor het inslapen nog even te kunnen lezen. Gedachten aan mijn ouders, mijn broer en Grace waren emotioneel beladen. Ik kon geen troost ontlenen aan de gedachte aan hereniging, aan de geborgenheid van het leven dat ik had geleid, omdat ik wist dat ik gek kon worden van verlangen en verdriet omdat ik zo vastbesloten was geweest mijn plicht te doen. Maar de mogelijkheid me ergens anders te kunnen voelen, niet hier en niet thuis, al was het maar even, was een uitkomst, een essentieel blijk dat het leven weer de rijkdom en nuancering zou kennen die het in vredestijd heeft.

Bidwell kon ik niet vinden. Maar na mijn laatste romanruil trof ik Billy Bonner. Hij had een cognacfles in zijn hand die al bijna leeg was.

'Ik probeer me de plaatselijke gebruiken eigen te maken, luitenant,' zei Bonner. 'Dit is misschien wel een goed idee van de Fransen.' Hij tilde de fles op en mikte eerst naast zijn mond. Veel soldaten die ik in Frankrijk in hun vrije tijd tegenkwam waren aangeschoten dank zij de voorraden wijn en nieuwigheden als Pernod en Bénédictine die ze in Amerika nooit hadden gezien. De officieren waren geen haar beter. Op het hoofdkwartier kregen we nog elke maand ons drankrantsoen en zelfs officieren in schuttersputjes werden geacht een liter whiskey, een halve liter gin, twee flessen champagne en een fles cognac te krijgen, al werden die zelden afgeleverd vanwege de transportproblemen. Ik ruilde mijn drankrantsoen meestal om voor andere dingen. Zelfs als student aan Easton, waar drinken vanwege de drooglegging een avontuur was geweest, had ik me meestal onthouden omdat ik niet hield van het benevelde gevoel dat drank je bezorgde.

'Je hebt je wel stevig verdiept in de plaatselijke gebruiken, Bonner.'

'Inderdaad, luitenant. Als ik morgen maar op appèl kan verschijnen.'

Bonner zag de pocket in mijn hand en we praatten nog even over romans. Ik besloot bij ons volgende bezoek *Light in August* voor hem mee te nemen. Ik was al doorgelopen toen Bonner achter me goed verstaanbaar zei: 'Ze laten je naar de verkeerde man zoeken, luitenant.'

Ik begreep hem niet en staarde hem aan.

'Teedle en Martin,' zei hij. 'Je zoekt naar de verkeerde man. Althans volgens mij. Vraag maar aan anderen.'

'Dan begin ik graag bij jou, korporaal. Wat bedoel je met die opmerking?'

Bonner staarde langdurig in de fles, alsof het antwoord op de bodem lag.

'Waarschijnlijk dat ik te veel op heb,' zei hij na een tijdje. Hij toonde me een samenzweerdersgrijnsje en verdween zonder een reactie af te wachten in het donkere kamp.

DEEL
TWEE

4 STEWART:

DE ADVOCAAT VAN MIJN VADER

Volgens de processtukken van mijn vaders zaak voor de krijgs-raad had een hoge officier van de Directie Juridische Zaken van Eisenhowers hoofdkwartier, Barrington Leach, mijn vader verdedigd. Zijn naam kwam me bekend voor en ik zocht hem on line op. In 1950 had Leach verlof genomen bij het promi-nente advocatenkantoor in Hartford waar hij partner was, om juridisch topadviseur te worden van senator Estes Kefauver, de voorzitter van de senaatscommissie die onderzoek verrichtte naar de georganiseerde misdaad. Kefauvers verhoren, die op de tv waren uitgezonden, waren voor veel Amerikanen een eerste kennismaking met de maffia en, geen toeval natuurlijk, met het recht geen voor jezelf belastende verklaring te hoeven afleggen. Sindsdien wekte 'een beroep op het vijfde amende-ment' onveranderlijk associaties op met een reeks heren met zwart haar en dure pakken die op elke vraag hun antwoord oplazen van een kaartje dat aan hun bezwete hand kleefde. Het was meestal Leach die hen deed zweten.

Na zijn terugkeer in Connecticut werd Leach mettertijd rechter en vervolgens rechter bij het Hooggerechtshof van Connecticut. In de tijd van president Johnson werd zijn naam zelfs enkele malen genoemd in verband met een kandidatuur voor het Hooggerechtshof van de Verenigde Staten.

Ik had Leach nagetrokken in de maanden dat de overheid me dwarsboomde bij mijn pogingen de hand op het dossier van de krijgsraad te leggen. (Pas in juni 2004 kreeg ik eindelijk inzage, maar pas nadat ik had aangetoond al vrijwel alles te weten wat erin stond.) Ik was van de veronderstelling uitgegaan dat Leach, in 1945 al een ervaren strafpleiter en dus een stuk ouder dan mijn vader, inmiddels overleden was en hoopte alleen maar dat zijn familie zijn papieren had bewaard. Eind oktober 2004 belde ik het Hooggerechtshof van de staat Connecticut om naar de nabestaanden van Leach te informeren.

'Is hij overleden dan?' vroeg de man die ik aan de lijn kreeg. Hij onderbrak het gesprek even om een collega te vragen: 'Is rechter Leach dood?' Ik hoorde de vraag als een pingpongbal door de ruimte gaan, tot de man weer aan het toestel kwam. 'Nee, meneer, rechter Leach leeft gelukkig nog.' Hij weigerde een adres of telefoonnummer te verstrekken, maar was wel bereid post door te sturen. Binnen een week ontving ik antwoord, met als adres van de afzender Northumberland Manor, een verzorgingshuis in West-Hartford. Het hoekige handschrift deed me denken aan nog altijd bestaand kinderspeelgoed, de Etch-a-Sketch.

Welzeker herinner ik me uw vader te hebben verdedigd. De krijgsraadzaak van David Dubin blijft een van de merkwaardigste zaken uit mijn loopbaan als jurist en ik ben bereid er met u over te spreken. Wat uw vraag aangaat, ik heb aangaande deze zaak enig materiaal bewaard waar u waarschijnlijk over zult willen beschikken. Zoals u wel ziet kost het schrijven van een brief me moeite in dit stadium van mijn leven. We kunnen desnoods telefoneren, maar ik zou u willen voorstellen mij een bezoek te brengen, als dat mogelijk is.

Hoewel ik graag mijn herinneringen en papieren tot uw beschikking wil stellen, zijn er enige juridische haken en ogen, omdat uw vader mijn cliënt was. U kunt een oude man geruststellen door, wanneer u mij bezoekt, een brief mee te brengen waarin alle wettelijke erfgenamen van uw vader – uw moeder, als zij nog leeft, en uw eventuele broers en zusters – verklaren dat zij geen bezwaar hebben tegen mijn mededelingen aan u. U kunt contact opnemen met de jurist die de nalatenschap afhandelt om te vragen u te helpen. Ik zal graag met hem spreken, als hij dat wenst. Zonder al te dramatisch te willen doen vestig ik uw aandacht op het feit dat ik de leeftijd van zesennegentig jaar heb bereikt en geen groene bananen meer koop. Ik verheug mij erop u binnenkort te leren kennen.

Met de meeste hoogachting,
Barrington V.S. Leach

Mijn familieleden, die me kriskras door het land zagen reizen om urenlang door te brengen in de bedompte souterrains van bibliotheken en me hoorden klagen over de tegenwerking van de cia, waren ervan overtuigd dat ik ze niet meer allemaal op een rijtje had. Nona achtte het bewijs geleverd dat ze me net op tijd had afgedankt, terwijl mijn dochters bij wijze van verklaring tegen iedereen die naar me vroeg kortweg antwoordden: 'Pa is aan de crack.'

Mijn moeder zei het minst, maar was misschien wel het verdrietigst. Ma bleef ook na de dood van pa nog even dominant in haar aanspraken op hem als zij altijd was geweest. Ze had elke dag zijn pak en das voor hem gekozen en was zijn voornaamste adviseur gebleven bij de moeizame manoeuvres in de zakenwereld, waarin hij vaak werd gehinderd door zijn instinctieve neiging vrijwel elke zaak op te vatten als een principiële kwestie. Maar bij mij thuis steunden we allemaal op ma's vitaliteit en inzicht en beschouwden het als een vaststaand feit dat ma, die de kampen had overleefd, beschikte over extra talenten voor wat het leven van een mens vergde. Ze zag het als mijn grootste tekortkoming dat ik niet zo verstandig was geweest om te trouwen met iemand zoals zijzelf.

In dat licht was het onwaarschijnlijk dat ze me zou toestaan dat ik zelf een deel van mijn vaders leven opeiste. Er waren geen harde verwijten, wel opmerkingen die erop wezen dat ze het ongepast vond dat ik de militaire geheimen van mijn vader tot onderwerp wilde maken van onderzoeksjournalistiek. Voor haar gevoel was dat op de trom slaan met gebeente dat ik op een begraafplaats had opgegraven. En het was erger dan een wrede ironie dat ik spitte in een periode die zij hun hele leven hadden geprobeerd te begraven.

De brief van Leach stelde me dus voor problemen. Mijn zuster zou zich voegen naar de wens van ma. Maar het zou me de grootste moeite kosten om mijn moeder tot toestemming te bewegen. Ruim een week zon ik op de juiste benadering. Meestal ging ik 's ochtends bij haar langs en die keer installeerde ik haar aan de keukentafel, waar belangrijke familiegesprekken altijd werden gevoerd, en presenteerde mijn argumenten. Ze luisterde gretig, met aandachtige zwarte ogen, en vroeg een dag of twee bedenktijd. Ik vertrok zonder enige hoop.

Toen ik een week later binnenkwam, wist ik meteen dat ik verloren was. Ze had gebakken. Rugelach, maantjes met een vulling van walnoten en rozijnen, lagen klaar op de keukentafel. Ze had met de maantjes ook het woord 'troosteten' kunnen vormen. Omdat ik ben die ik ben begon ik ervan te eten, en omdat zij is wie zij is wachtte ze tot ik bijna een delirium van genot had bereikt voordat zij begon.

'Stewart,' zei ze. 'Over die advocaat en zijn papieren. Stewart, ik heb er heel diep over nagedacht. Ik ben ervan overtuigd dat je vader, *alav hashalom*, tranen in zijn ogen zou krijgen als hij wist dat je zoveel moeite doet om zijn leven te begrijpen. En de enige vraag die ik me de afgelopen dagen heb gesteld is deze: of hij zich daardoor zou hebben bedacht. Want ik ben het eens met wat je bij zijn dood hebt gezegd, Stewart: dat hij moet hebben besloten er niet in huiselijke kring over te praten. Maar in feite vraag je me mijn loyaliteit aan hem opzij te schuiven. Het is niet aan mij nu nog beslissingen voor je vader te bedenken, Stewart. Hij heeft er recht op dat ik hem steun in zijn oordeel over wat hij over zijn eigen leven wilde zeggen.'

Natuurlijk protesteerde ik. Ik was zijn kind, zei ik. Ik had er recht op het te weten. Die opmerking stak haar.

'Stewart, waar staat geschreven dat een ouder zich door jou als journalistiek onderwerp moet laten gebruiken? Is een kind ter wereld brengen zoiets als je kandidaat stellen bij de verkiezingen, Stewart, waarbij het publiek er recht op heeft alles te weten? Heeft een ouder niet het recht te worden beoordeeld in zijn eigen termen? Kun jij volhouden dat je dochters op de hoogte zijn van alle minder mooie feiten van je jeugd?'

Dat was een stoot onder de gordel, maar hij trof doel. Ik dacht na.

'Ma, wil jij dan niet weten wat er is gebeurd?'

'Stewart, ik ken het enige verhaal dat ertoe doet en dat ken ik al sinds het ogenblik waarop ik in het concentratiekamp verliefd werd op je vader. David Dubin was een vriendelijke man. Hij was intelligent en ontwikkeld. En joods. Ik zag meteen dat hij trouw en principieel was. Wat kan er verder nog belangrijk zijn voor mij of voor jou? Indertijd, of nu?'

Natuurlijk belde ik mijn zus. Ma kon het inkleden zoals ze wou, zei ik, door te beweren dat ze zich naar de wensen van pa moest voegen, maar in feite ging het over haarzelf. En over de touwtjes in handen houden.

'God, Stewie, waarom heeft zij het bij jou toch altijd gedaan? Wat maakt het uit of het om haar gaat? Ze heeft achtenvijftig jaar met die man samengeleefd. En nu kom jij haar vertellen dat haar man een schurk was? Natuurlijk wil ze zich er verder niet in verdiepen. Laat haar met rust. Als je dit zo nodig moet doen, wacht dan tot ze er niet meer is.'

Ik wees Sarah erop dat Leach al zesennegentig was. 'Luister nou,' zei ik. 'Ik wil je best beloven dat ik haar niet zal vertellen wat ik te weten kom.'

'O Stew,' zei mijn zus, scherp als altijd, 'sinds wanneer kun jij iets geheim houden? Weet je nog altijd niet wat je aantrok in de journalistiek? Als ze er niet meer is, kun je mijn handtekening krijgen. Maar ik wil er nu geen woord meer over horen. Misschien moet je je eens in alle rust afvragen waarom je hijgend achter dit verhaal aanholt.'

Dat had ik al gedaan. Elke dag en elke nacht. Maar het eenvoudigste antwoord dat ik Sarah kon geven was waarschijnlijk het beste: hij was mijn vader. We kunnen allemaal als tiener verzinnen hoe heldhaftig we ons als volwassene zullen gedragen en als volwassene zullen proberen ons ideaal te verwezenlijken, maar vroeg of laat komen we tot het besef dat onze keuze wordt beperkt door het materiaal waarover we kunnen beschikken, de dosis DNA die we meekrijgen en de invloed van ouders, omgeving en opvoeding. Als jongeman zag ik mezelf niet in mijn vader terug. Als we nu de vele foto's bekijken die ik uit zijn jeugd heb verzameld, zijn er ogenblikken waarop ik niet zou kunnen zeggen of hij daar staat of ikzelf. Dat lichaam, dat jaren geleden al niet meer onszelf toebehoorde, was in wezen gelijk: dezelfde ronde rug en dezelfde als door de zon gebruinde huid, dezelfde onzekerheid voor de camera, dezelfde twijfel over hoeveel je van jezelf moet laten zien. Ik heb dezelfde neus, zeggen ze, en zijn gekwelde ogen. Van mijn vader heb ik mijn voorliefde voor zout eten en de gelatenheid waarmee ik reageer op de nederlagen van de Trappers.

In de loop van mijn onderzoek ontdekte ik dat ik mijn vader in allerlei opzichten tekort had gedaan. Bij het lezen van zijn brieven en later zijn stuk voor Leach viel me op dat hij kon schrijven. Mijn vader bracht elke avond twee uur door met het lezen van alle romans die hij te pakken kon krijgen, een zo vaste gewoonte dat hij twee kale sporen uitsleet op de leren sofa waar hij zijn voeten legde. Toch was het me nooit opgevallen dat mijn eigen voorliefde voor schrijven en lezen waarschijnlijk te danken was aan mijn vader, hoewel zijn bescheiden trots op mijn gepubliceerde stukken me altijd plezier had gedaan. Nu besefte ik dat hij mijn moeder moest hebben overgehaald me niet meer aan mijn kop te zeuren over een rechtenstudie.

Maar het waren niet de dingen die me aan mezelf bevielen die mijn honger voedden naar kennis omtrent zijn beweerde misstap. Eigenlijk was het meer mijn afwijking waardoor ik jarenlang met voldoening waarnemer was geweest bij de behandeling van strafzaken: ik wilde meer weten over de onvolkomenheden van mijn vader om meer vrede te kunnen hebben met die van mezelf.

En in het licht van wat er vervolgens gebeurde kun je zeggen dat jezelf accepteren een overschat fenomeen is. Maar ik heb me altijd eerder door mijn impulsen laten leiden dan door realiteitszin. Als ik in de spiegel kijk, zie ik een slanke man die helaas de last meedraagt van nogal wat extra kilo's die eigenlijk bij iemand anders horen. Dat komt omdat die slanke man, die de beste bedoelingen heeft, meestal de roerganger van mijn ziel is. Omdat ik permanent op dieet ben, bestel ik in een restaurant in gezelschap de kleine salade geserveerd met een minieme portie gepocheerde zalm, voordat ik me ontferm over de friet op de borden van anderen. Mijn eeuwige nederlagen lijd ik op die ogenblikken dat ik mijn eetlust niet kan bedwingen. Mijn dieptepunt als rechtbankverslaggever beleefde ik in de vroege jaren negentig, toen ik langs de jurykamer liep en in een opwelling mijn oor tegen de deur drukte, in de hoop op een primeur in een belangrijke zaak. Toen ik door iemand van het rechtbankpersoneel werd betrapt, schorste de krant me voor een maand; maar wat erger was, was dat al mijn eerdere en later successen er een bijsmaak door kregen. Zo gaat het mijn hele leven al: ik probeer me te beheersen. Ik worstel. En dan geef ik toe.

Wat in dit geval betekent dat ik Barrington Leach terugschreef en niet alleen aangaf op welke dag ik langs zou komen, maar hem ook formeel vrijwaarde voor juridische gevolgen. Hoe ik dat deed? Ik beweerde dat mijn moeder enkele jaren eerder was overleden en dat ik enig kind was. Precies zoals de criminelen die twintig jaar lang onderwerp van mijn stukken waren geweest maakte ik mezelf wijs dat niemand het ooit te weten zou komen.

5 DAVID: MAJOOR ROBERT MARTIN

22 oktober 1944

Bij het iiie Legerkorps in Frankrijk

Liefste Grace,
Ik ben naar het front gestuurd (vanwaar
geen nieuws te melden valt, dus maak je
alsjeblieft geen zorgen) om een onder-
zoekje in te stellen, een typisch leger-
conflict bij het kader. Omdat ik een
schrijfmachine heb kunnen lenen, wil ik
je een groet sturen en je laten weten
dat ik altijd aan je denk.
Gisteren was echt een gedenkwaardige
dag, want ik kreeg vier luchtpostbrieven
en een dienstpostbrief van jou. Ik heb
ze allemaal meegenomen om ze een tweede
(en derde!) keer te lezen. In je dienst-

postbrief, liefste, vertel je dat je
griep hebt; neem je alsjeblieft in acht.
Als je je niet goed voelt, kun je beter
thuisblijven dan naar school gaan. Ik
wil niet dat je iets overkomt; je bent
te belangrijk voor me en we hebben in de
nabije toekomst nog zo'n lang leven samen voor ons dat je geen risico mag nemen.
Vanavond slaap ik op een veldbed in een
tent, wat me eraan herinnert hoe goed
het leven in Nancy is. Eisley en ik hebben onderdak gevonden bij madame Vail-
lot; haar man is afgevoerd door de Duitsers naar God mag weten waar. Ze staat
elke ochtend om half zeven klaar met
sterke koffie en onze verschoning, zonder dat ze daar geld voor wil hebben. In
beschaafd Frans zegt ze tegen ons: 'Wij
worden al genoeg beloond omdat jullie de
Duitsers verdrijven en ons beschermen.'
Wat kunnen we daarop zeggen? We hebben
een nette kamer, maar het is er wel koud
omdat het voortdurend regent; door
brandstofgebrek stoken we alleen als we
langere tijd in de kamer willen zitten,
wat zelden het geval is.
Ik heb nagedacht over het sommetje waarover ik bij thuiskomst zal kunnen beschikken. Met toeslagen ga ik zo'n drie-
honderdvijftig dollar per maand
verdienen nadat mijn promotie erdoor is
gekomen (1 november, beweren ze bij hoog
en bij laag). Ik wil driehonderd dollar
per maand naar mijn moeder sturen, zodat
ze het onder de klasse E-regeling op
mijn spaarrekening kan zetten. (Zeg alsjeblieft tegen pa dat hij erop moet toe-

zien dat ze er een paar dollar van af-
houdt om een jurkje of iets anders te
kopen als verjaarscadeau van mij. Ze
doen het alleen als jij erop aandringt.)
Ik krijg een premie van driehonderd dollar wanneer ik met groot verlof ga plus
de verzekeringspolis van tweehonderdvijf-
tig dollar en vijftien of twintig obli-
gaties ten behoeve van de oorlogsinspanning. Al met al denk ik dat je gelijk
hebt en dat ik me als zelfstandig advocaat moet vestigen. Misschien is er
zelfs geld over om een auto te kopen. Ik
wil wel wat plezier hebben van dit geld.
Andere jongens hebben er meer voor gedaan om het te verdienen, maar het valt
niet mee om van jullie gescheiden te
zijn. Ik bewaar mijn huissleutel nog altijd in mijn portemonnee. Dat mag je
best excentriek vinden, maar een paar
keer per dag voel ik in mijn achterzak
de sleutel onder het leer, en dan weet
ik dat ik ergens terug kan komen.
Nu word ik sentimenteel, dus houd ik op.
Dag mijn liefste,
David

Luitenant-kolonel Brunson, generaal Teedles personeelsofficier, had gezegd dat Martin en wat er over was van zijn operationele groep ingekwartierd waren op het landgoed van de comtesse de Lemolland, ten zuidwesten van Bezange-la-Petite, vlak achter de linies waar schermutselingen werden uitgevochten. Brunson kon niet verklaren hoe Martin aan zo'n voornaam adres was gekomen, maar het was duidelijk dat het Teedles officieren, die in tenten op de grond sliepen, niet was ontgaan.

Het liep de volgende ochtend al tegen twaalven toen de materieelvoorziening van de 18e Divisie ons eindelijk een jeep wilde afstaan, en ik dacht even dat Bidwell op de vuist zou gaan met de soldaat die de brandstoftank vulde en dat met een oogdruppelaar leek te doen.

'We zijn met drie keer zoveel benzine gekomen,' protesteerde Biddy.

'Sergeant,' zei de jongen, 'ik volg een bevel op. En u kunt beter op de kaart kijken dan naar mij. De moffen zitten op drie kilometer van waar jullie naartoe moeten. Eén verkeerde afslag en jullie oorlog is afgelopen.'

Terwijl we door de heuvels naar het noorden reden, meldde de zon zich als hoorngeschal en kleurde vrijstaande bosschages op. Het glooiende landschap met veel open akkers en weilanden leek op het zuiden van Wisconsin, waar mijn ouders soms op zondag rondtoerden in de geleende Ford Model A van oom Manny, toen ik nog een jongen was.

Na een dag samen optrekken was Bidwell wat toeschietelijker geworden en we lachten samen om de soldaat die ons zo weinig benzine had meegegeven, alsof hij niet verwachtte dat we nog terug zouden komen.

Ik vroeg Biddy of hij al dichter bij het front was geweest. Hij snoof minachtend.

'D-Day,' zei hij. 'Telt dat mee, luitenant? D-Day en de dag daarna, om precies te zijn. Met mijn hele MP-ploeg op Omaha Beach aan land gegaan. Ze hadden ons nodig voor de bewaking van krijgsgevangenen, maar we moesten ons net als iedereen een weg naar het strand vechten.'

'D-Day! Mijn god, dan moet de dienst hier wel saai zijn.'

Dat vond hij een komisch idee.

'Jezus, nee, luitenant. Zoiets wil ik echt nooit meer meemaken. Ik had er al weinig aardigheid in om MP te worden. In de basisopleiding had ik me opgegeven voor de Technische Dienst, ik wou monteur worden. Ik had thuis al een paar jaar auto's gerepareerd, na schooltijd, dus dat leek me logisch. Maar ja, het leger. Ik kreeg het bericht van mijn overplaatsing door in een envelop met iets van provoost-geweldige erop en ik had geen idee wat dat was. Ik moest vragen wat het betekende en ik vloekte toen ik het hoorde. Ik heb niks tegen de politie, maar ik wou er niet zelf bij. Al blijkt het toch wel gunstig. De MP's worden er pas bij gehaald nadat er is geschoten en deze jongen heeft zijn moeder beloofd dat hij zijn best zal doen niet te sneuvelen. Ik hoef niet zo nodig te vechten, luitenant. Ik wil alleen wat foto's maken en dan naar huis.'

Zoals de helft van de militairen die ik kende was ook Bidwell een beetje toerist gebleven en hij had zijn camera altijd bij de hand. Ondanks zijn forse lichaam had hij iets fijnzinnigs als hij aan het fotograferen was. De meeste militairen maakten foto's van de schade die door de oorlog was toegebracht en van hun maten, maar Biddy leek serieuzer in zijn opvatting en trok er soms in zijn eentje op uit, wat bij zijn karakter paste, om bepaalde voorwerpen en beelden vast te leggen die niet direct interessant leken. Terugrijdend stuitten we op een konvooi van het 134e en stopten daarachter om in een greppel te kunnen plassen. De chauffeurs waren negers, zoals vaak het geval was, en met z'n zessen of zevenen hadden ze elkaars gezelschap opgezocht, omdat de blanke jongens hen gewoonlijk op afstand hielden. Vanachter een van de vrachtwagens maakte Biddy een paar foto's van pratende en rokende negers. Het stoorde me dat hij geen toestemming vroeg aan de mannen.

Naderhand herinnerde het voorval me eraan dat Biddy afkomstig was uit Georgia en ik vroeg hem wanneer zijn familie daar was weggegaan en waar ze terecht waren gekomen. Hij leek niet geïnteresseerd in mijn vraag. Daar was het leger niet voor wat hem betrof. Al tijdens de basisopleiding had je mannen die je foto's lieten zien van hun pa en ma en vriendinnetje en je alle mogelijke bijzonderheden vertelden, tot hun confectiemaat aan toe, en anderen die de huidige chaos en hun thuis zo veel mogelijk gescheiden wilden houden. Ik bevond me trouwens in de tweede categorie, maar nu drong ik een beetje aan, omdat ik Biddy's houding tegenover de negers niet wilde bekritiseren voordat ik zeker wist dat hij het verschil kende tussen het noorden en het zuiden.

'Pa was daar pachter. Ze hadden het land al God weet hoelang bewerkt, misschien wel honderd jaar of tweehonderd jaar, maar hij zag er niks meer in toen het zo'n slechte tijd werd. In 1935 nam hij ons allemaal mee naar het noorden. Wilde daar in de fabriek werken, denk ik.'

'Ja, maar waar zijn jullie toen gaan wonen, Bidwell?'

Hij glimlachte even terwijl hij naar de weg staarde.

'Ooit van Kindle County gehoord?'

Ik slaakte een kreet. 'Lieve god, Biddy! Maar je hebt me toch met Eisley zo vaak over thuis horen praten? Waarom heb je dat niet eerder gezegd? Aan de andere kant van de wereld blijk ik opeens rond te rijden met een buurman.'

'Juist daarom, luitenant. We zijn niet echt wat je noemt buren.'

'Zeg dat niet te snel, Biddy. Ik ben geen kind van rijke ouders. Mijn vader is schoenmaker.' Dat vertelde ik zelden, uit angst dat het mijn aanzien zou schaden, bij mijn collega-officieren en de soldaten, en zoals ik had voorzien bleek Bidwell verrast. 'Pa is dat zijn hele leven gebleven, van toen hij nog een jongen was, net aangekomen in de vs. Hij kwam bij zijn oom in huis en die leerde hem het vak. Ik ben opgegroeid in een driekamerflat aan Deering Road. Mijn ouders wonen daar nog steeds. En jij?'

Biddy schudde zijn hoofd alsof hij het niet wist.

'Zowat overal,' zei hij. 'Zo gaat dat als iemand moeite heeft werk te vinden. Tegen het eind van de maand waren pa en de huisbaas het soms niet eens over de huur. Ik was zowat achttien toen ik niet meer vroeg waarom wij niet overdag verhuisden, zoals andere mensen.' Hij glimlachte bij de herinnering, maar met zijn groene ogen keek hij wel tersluiks naar me hoe ik dat opvatte. Als zoon van een schoenmaker wist ik meer dan genoeg van slechte tijden. In de crisis had pa veel werk omdat de mensen lang met hun schoenen wilden doen. Maar vaak hadden de klanten de zes duppies niet die de reparatie moest kosten. Soms werkte pa op krediet, als hij de klant kende, ook als bijna zeker was dat hij zijn geld nooit zou krijgen. Maar hij stuurde iemand eerder op blote voeten weg dan dat hij zich liet bedriegen.

Nadat we het schieten hadden gehoord, stopten we een paar keer om aanwonenden om inlichtingen te vragen. Uiteindelijk reed een boer op een paard voor ons uit om de smalle toegang tot het landgoed van de comtesse de Lemolland aan te wijzen, die we anders zeker voorbij waren gereden. Om het landgoed lag een oude stenen muur met rode dakpannen erop, in de Franse stijl, maar het hek stond open en we reden een helling op, tussen wijngaarden door, waar verscheidene arbeiders tussen de knoestige wijnstokken de grond bewerkten. Van de ranken, opgebonden langs ijzerdraad dat tussen paaltjes was gespannen, leken de druiven kortgeleden geoogst.

Boven troffen we een carré aan van zandkleurige gebouwen. Ik dacht aan een fort, maar ik vermoedde dat hier een feodaal voorbeeld op bescheidener schaal was nagebouwd. De vleugels waren enkele verdiepingen hoog, met langgerekte rode luiken die diepe ramen flankeerden en een steil mansardedak. De hoge houten deuren van een poort stonden open en we reden een met keitjes geplaveide binnenplaats op. Aan de andere kant stond het woonhuis. De ronde toren daarvan stamde zeker uit de middeleeuwen, waardoor het geheel iets van een kasteeltje kreeg.

Een ongeschoren arbeider met een hak keek argwanend naar ons toen we parkeerden. Voorbij een hoek van het château van de comtesse was een vervallen kippenren te zien en een weiland, waar twee koeien met hun staart zwiepten.

Bij de ingang van het huis trok ik een paar keer aan het touw van de bel tot werd opengedaan door een grote, donkere man met een brandende sigaret in zijn mondhoek en één oog dichtgeknepen tegen de rook. Hij was een zigeuner, met een aardappelgezicht en lang haar in een staartje op zijn rug. In het Frans vroeg ik naar majoor Martin. De zigeuner keek even naar onze uniformen en liet ons toen binnen. Hij schreeuwde naar boven bij een trap rechts van ons.

'Ro-bert,' riep hij, de naam op zijn Frans uitsprekend, zonder hoorbare t. 'Een moment,' zei hij tegen ons en verdween door de voordeur.

Biddy en ik wachtten enkele minuten in de hal. De muren van het oude huis waren van monumentale dikte. Het was er donker en stil, afgezien van de lichte keuken aan het uiteinde van een lange gang. Daar hoorden we stemmen en het piepen van een handpomp, en we roken prettige geuren van brandend hout en iets dat op het vuur werd klaargemaakt. Terwijl ik daar stond werd ik herinnerd aan het wachten in de hal van het grote natuurstenen huis waarin Grace woonde, als ik haar kwam halen voor een avondje uit. Dat waren hoogst pijnlijke ogenblikken voor me, vooral als haar vader thuis was, omdat hij ervan overtuigd was dat het mij om haar geld te doen was. Ik mocht hem trouwens ook niet. Ik begreep eigenlijk wel dat Horace Morton nooit zou geloven dat mijn bedoelingen met zijn dochter eerzaam waren, omdat hij zelf nooit een meisje het hof zou hebben gemaakt zonder alles te weten over haar banksaldo.

Zwaar klossend daalde een man van gemiddelde lengte in een kaki uniformhemd van het leger de brede trap af. Hij droeg geen das of embleem, maar hij had een dolk aan zijn riem en een bajonet in een schede. Dit moest majoor Martin zijn.

Biddy en ik salueerden. Glimlachend tikte hij tegen zijn slaap, maar alleen uit beleefdheid.

'Daar doen we hier niet aan,' zei hij. De operationele groepen namen een minimum aan militaire formaliteiten in acht, kwam ik al snel te weten. Er was een 'leider' naar wie werd geluisterd, maar bij de operationele groepen waren militairen van verschillende nationaliteiten werkzaam, naast burgers uit de ondergrondse die zich niet aan de militaire omgangsvormen hoefden te houden.

'Waar kom je vandaan?' vroeg Martin, nadat ik mijn naam had gezegd. Ik herhaalde dat ik verbonden was aan de Directie Juridische Zaken van het IIIe Leger, waarop Martin lachte. 'Nee, dat zie ik wel aan je distinctieven, jochie. Waar in de Verenigde Staten? Waar staat het huis waaruit deze oorlog je heeft weggerukt?'

Toen ik hem vertelde dat ik afkomstig was uit Kindle County, straalde hij. 'Geweldig, daar heb ik de beste herinneringen aan.' Hij vertelde over bezoekjes aan een clandestiene negerkroeg in het North End die ik ook wel kende, waar illegaal gestookte drank werd geschonken, en vroeg toen naar mijn opleiding en familie. Het waren geen gebruikelijke vragen van een hogere in rang bij een eerste kennismaking, en ik vond zijn aandacht wel prettig. Hij stelde Biddy dezelfde vragen, maar die was terughoudend in zijn reactie, zoals ik van hem gewend was.

Martin was niet veel langer dan een meter vijfenzeventig, maar een opmerkelijke verschijning met zijn donkere haar, sterke kaak en energieke, krachtige uitstraling. Net als Grace vertegenwoordigde hij het ideaal van de Amerikaanse schoonheid, met zo'n regelmatig gevormd gezicht waar ik, met mijn lange neus, diepliggende ogen en gelige huid, altijd afgunstig op was. Er viel een enkele zwarte krul over Martins voorhoofd en zelfs bij zijn manier van traplopen was zijn souplesse opgevallen. Hoewel hij me met 'jochie' aansprak, was hij hoogstens veertig.

Toen ik probeerde uit te leggen waar ik voor kwam, viel hij me in de rede.

'O, dat heb ik gehoord,' zei hij met een lachje en ging ons voor door de gang. Toen we de keuken betraden, stond hier een jonge vrouw onder de gietijzeren pomp haar haren te wassen. Ze was klein en een markante verschijning in een te grote camouflagebroek met tot onder de knie opgerolde pijpen, en ze keek meteen schattend naar me op. Ze had een klein, bijna kinderlijk gezicht, maar de uitdrukking was kil en strak. Ik begreep meteen dat dit de vrouw moest zijn die het probleem was. Ze was niet onder de indruk en ging door met het uitknijpen van haar korte krullen boven de koperen kom. Tegelijkertijd richtte ze zich tot Martin.

'*Qui sont-ils?*' Wie zijn dat?

Martin gaf haar antwoord in het Frans. 'De luitenant is door Teedle gestuurd.'

'*Merde,*' zei ze. 'Zeg dat ze weg moeten gaan.' Op de tast pakte ze een sigaret en stak die op.

'Later,' zei hij. Hij wachtte tot ze klaar was met het droogwrijven van haar haar en stelde haar toen in het Engels voor. Ze was Gita Lodz en ze maakte deel uit van de Stemwinder-groep en de FTP, de *Franc-tireurs et Partisans*, een van de grootste verzetsbewegingen, georiënteerd op de vakbonden en, dat werd althans beweerd, het communisme. Toen Martin ons aan juffrouw Lodz voorstelde, glimlachte ze voor de vorm.

'*Enchanté,*' zei ik terug, om ze duidelijk te maken dat ik hun gesprek had verstaan, maar daar reageerden ze niet op.

'Excuseer,' zei Gita Lodz. 'Ik ga.' Ze had een zwaar Slavisch accent, dat ik in haar Frans niet had gehoord, en ze pakte haastig haar sigaret van de rand van het aanrecht voor ze vertrok.

Er werd eten gekookt en een dienstbode met een schort voor roerde in een gigantische zwarte pan op het fornuis. De keuken was boers ingericht, maar groot en licht. Aan kale plafondbalken gingen koperen pannen met aangekoekte bodems en de muren waren versierd met Delfts blauwe borden, een duidelijk teken dat hier nog geen gewapende strijd had gewoed.

'Riant onderdak, majoor,' zei ik.

'Zeker,' zei hij. 'Stemwinder kan op adem komen nu de oorlog stilstaat. Die lijkt hier ver weg.' Hij maakte een weids gebaar. 'De comtesse de Lemolland is een geweldige patriot en een grote steun voor onze groep.'

Het huis, vertelde hij, was al sinds de dagen van Napoleon als buiten in handen van de familie van de comtesse, bankiers in Nancy. Ze had het aangehouden na haar huwelijk met de comte de Lemolland na de Eerste Wereldoorlog, maar haar voornaamste verblijfplaats was een château in de Côtes du Nord. Dit landgoed had minder te lijden gehad onder de Duitsers dan veel andere. Van tijd tot tijd gebruikte de ss het huis om er officieren met verlof in onder te brengen, en elk najaar kwam een Duits onderdeel de oogst en de wijn vorderen. Met de terugkeer van de comtesse waren de wijngaard en de akkers tot nieuw leven gekomen. Met de comtesse zelf, vertrouwde Martin ons toe, ging het minder goed. Het stond nu vast dat haar zoon Gilles, die deel uitmaakte van een andere verzetsgroep, de *Forces Françaises de l'Interieur* (FFI), eerder deze maand door de nazi's gevangen was genomen en levend verbrand. Sindsdien leefde de oude vrouw teruggetrokken.

'Niettemin,' zei Martin, 'zou ze het me nooit vergeven als een Amerikaanse officier haar huis had bezocht zonder dat ik haar in staat had gesteld een welkomstwoord uit te spreken. De kennismaking zal je bevallen. Ze is een opmerkelijke en dappere vrouw.' Net toen hij naar de comtesse wilde gaan, zag Martin dat mademoiselle Lodz om de hoek van de keukendeur keek, waarschijnlijk om te zien of we al waren opgekrast. Ze had zich verkleed in een boerse blouse met pofmouwen en een gebloemde jurk met schortje en wijde plooirok.

'*Va leur parler,*' – praat met ze, zei hij en wenkte haar. Tegen ons zei hij: 'Als jullie me even excuseren, houdt Gita jullie gezelschap.' Met gedempte stem waarschuwde hij haar: 'Wees charmant,' voordat hij verdween.

Biddy had zich in een hoek teruggetrokken terwijl ik zwijgend naar Gita Lodz keek. Ze was zo rank als een hert, met een prettig figuur, maar zonder een tweede gelegenheid om haar te observeren zou ik haar geen schoonheid hebben gevonden. Ze had een brede neus en kleine, naar binnen staande tanden. Tegen het donker van haar ogen stak haar huid vreemd bleek af. Maar ze had wel wat ze in Hollywood 'it' noemen, een niet nader omschreven aantrekkingskracht die begon met een uitdagend zelfvertrouwen dat bijna voelbaar was.

Ik deed een poging een gesprek op gang te brengen.

'Mag ik een vrijpostige vraag naar uw naam stellen, juffrouw

Lodz? Komt u uit die stad in Polen? Uit Lodz?' Ik vroeg het in vloeiend Frans, waarop ze reageerde met omlaaggetrokken mondhoeken, mogelijk een erkenning dat ze me had onderschat. Maar ze gaf antwoord in het Frans, een taal die ze kennelijk beter beheerste dan het Engels.

'Ik ben wel Poolse, maar ik kom niet uit Lodz. Het is niet echt iemands naam. Ik ben een bastaard.' Ze zei het op neutrale toon, maar ze bleef me met haar kleine, donkere ogen strak aankijken. Ik dacht altijd dat ik van het kijken naar westerns goed had geleerd mijn pokerface te bewaren, maar ik vreesde onmiddellijk dat ze mijn reactie op haar openhartigheid had gezien en was dankbaar dat ze doorging. 'Mijn moeder was een Lodzka,' zei ze – ze sprak het uit als 'wodjka'. 'Naar haar eerste man. Ze had hem in jaren niet gezien, maar het kwam natuurlijk beter uit mij haar naam te geven. De Fransen spreken uitsluitend Frans, dus hier is het gemakkelijker Lodz te heten. En uw naam?' vroeg ze. 'Hoe wordt die gespeld?'

'Doe-ban?' zei ze nadat ik de letters had opgenomen. Ik zei de letters nogmaals en ze probeerde het nog een keer. 'Doe-bien?'

Ik haalde mijn schouders op; dat leek er genoeg op.

'Maar wat is dat voor naam? Geen Franse naam, toch?'

'Een Amerikaanse naam,' zei ik eenvoudig.

'Ja, maar Amerikanen komen allemaal uit Europa. Waar in Europa was Doe-bien?'

Rusland, zei ik, maar dat antwoord vertrouwde ze niet meteen. 'Waar in Rusland?' vroeg ze.

Ik noemde het dorp waar mijn beide ouders geboren waren.

'Bij Pinsk?' zei ze. 'Maar de naam klinkt niet Russisch.'

'Daar was het Dubinski,' zei ik, zonder erbij te zeggen wat ik erbij had kunnen zeggen. Maar ze lachte even.

'Zoals Lodzka,' zei ze. Een ogenblik verstreek waarin we ons allebei leken af te vragen hoe we verder konden gaan nu we iets gemeenschappelijks hadden gevonden. Ik vroeg uiteindelijk waar ze in Polen vandaan kwam, als het niet uit Lodz was.

'Hm,' zei ze, 'Pilzkoba. Dat is een gat. Eén punaise in de kaart en het is weg. *Que des crétins,*' voegde ze eraan toe. Allemaal idioten. 'Ik ben in 1940 weggegaan. Nadat de Duitsers mijn moeder hadden vermoord.'

Ik condoleerde haar, maar ze haalde haar schouders op.

'In Europa hebben we nu allemaal zo'n verhaal. Maar ik kon daar niet blijven. Ik haatte de Duitsers natuurlijk. En ik haatte de Polen omdat ze mij haatten. Onechte kinderen zijn niet gewenst in Poolse stadjes, Doe-bien. Daarom ben ik weggegaan. Begrijp je?'

'Ja,' zei ik. In het Engels citeerde ik Exodus: 'Ik was een vreemde in een vreemd land.'

Ze begon verrukt te stralen. *'Parfait!'* verklaarde ze en herhaalde het zo goed als ze kon.

Martin dook achter haar op en nam haar in zijn armen.

'Maar geen vreemde voor mij,' zei hij en zwierde haar aan haar middel in het rond. Zodra hij haar weer had neergezet, probeerde ze zich los te maken.

'Ik was net zo prettig in gesprek,' zei ze in het Frans.

'Dus deze Amerikaan bevalt je wel?' vroeg Martin.

'Ik houd van Amerikanen,' antwoordde ze. 'Dat moet zijn wat me aantrok in jou. *Pas mal,*' voegde ze eraan toe. Niet kwaad, over mijn uiterlijk, en ze knipoogde naar me terwijl Martin achter haar stond. Ze had kennelijk niet de wens hem te laten weten dat ik het verstond.

'Denk je dat hij zijden kousen en chocola heeft?' vroeg Martin.

'Merde. Je bent altijd jaloers.'

'Niet zonder reden,' zei hij terug.

'Ja, maar zonder rechtvaardiging.'

'Hm,' antwoordde hij. Ze dolden maar wat. Ze lachten erbij. Hij keek me aan en zei dat de comtesse zo meteen naar beneden zou komen.

Ik had een notitieboekje tevoorschijn gehaald en vroeg de majoor of we de tussentijd konden gebruiken om over de reden van mijn bezoek te praten. Ik liet hem het bevel van Pattons adjudant zien waarin opdracht werd gegeven een Artikel 35-onderzoek in te stellen, maar Martin las niet verder dan de eerste regels.

'Teedle,' zei hij toen, alsof dat het hinderlijkste woord in de taal was. 'Wat beweert hij? Nee, laat maar. Ga er maar van uit dat het waar is wat hij zegt. Allemaal waar. Insubordinatie. Verzet tegen de krijgstucht. Kan me niet verdommen hoe hij het noemt. Schrijf maar op in je boekje: hartstikke schuldig. Het leger weet nog altijd niet wat het met me aan moet.' Hij lachte, net zoals hij had gedaan toen hij over die clandestiene kroeg vertelde.

Ik liep door de keuken naar hem toe. 'Ik zou dit niet te licht op-vatten, majoor. Teedle legt u ernstige zaken ten laste.' Ik lichtte Martins rechten toe: hij kon een verklaring tegenover mij afleggen of me doorverwijzen naar andere getuigen. Als hij liever een hoge-re officier wilde spreken, had hij daartoe het recht. En hij kon ze-ker antwoord krijgen op de vraag waarvan hij precies werd be-schuldigd.

'Als het moet.' Hij at een paar druiven van een schaal.

'Generaal Teedle stelt dat hij u bevel heeft gegeven uw opera-tionele groep te ontbinden en terug te keren naar Londen. Dat hebt u geweigerd, volgens hem.'

'Geweigerd? Onzin. Ik ben hier in opdracht van de oss in Lon-den en Londen heeft me opdracht gegeven gewoon door te gaan. Gita en ik en de anderen maken ons werk in Frankrijk af en gaan dan door naar Duitsland. Daar heb ik ook netwerken opgezet, Du-bin. We gaan door tot het eind. Teedle kan naar de hel lopen met zijn onzin over insubordinatie.'

'Dus het is een misverstand?'

'Zo kun je het noemen.'

Ik vond het wel een opluchting dat de kwestie snel kon worden afgehandeld. Ik vroeg Martin of ik zijn instructies van de oss mocht zien, en hij lachte toegeeflijk.

'Je weet zeker niet veel van de oss, Dubin?' Ik had geprobeerd zoveel mogelijk te weten te komen, maar afgezien van een oud pro-pagandastuk in de *Stars and Stripes* en wat ik bij de 18e Divisie uit Martins gekuiste 201-dossier had kunnen opmaken, tastte ik in het duister.

'Bij de oss werken we niet met schriftelijke orders,' vertelde hij. 'De nazi's hebben openlijk verklaard dat ze elke oss'er zullen dood-schieten die ze gevangen kunnen nemen. Dat weet Teedle. Maar ik heb wel degelijk mijn orders gekregen.'

'Als ik vragen mag, majoor: van wie?'

'Mijn superieur in Londen. Ik ben afgelopen september nog bij hem ontboden.'

'Mag ik zijn naam noteren?'

Weer lachte Martin alsof hij een schooljongen voor zich had.

'Dubin, bij de oss wordt strikte geheimhouding in acht genomen. Het is geen normale militaire organisatie. Alleen Londen kan de gegevens verstrekken waar je naar vraagt. Ga daar gerust heen. Dan zullen ze bevestigen wat ik zeg.'

Ik fronste.

'Kom nu toch, Dubin, geloof je me soms niet? Kijk om je heen. We wonen openlijk op het Franse platteland, gevoed en gehuisvest door een bekend lid van het Franse verzet. Als Londen dat niet zou willen, denk je dan niet dat ze dat zouden doorgeven aan de plaatselijke netwerken van de Vrije Fransen, met wie ze al jaren innig samenwerken? Denk je dat de comtesse een bevel van Londen in de wind zou slaan? Ik ben hier alleen omdat ik toestemming heb van de oss.'

Er zat wel iets in, maar ik wist dat ik het onderzoek niet kon afsluiten met alleen zijn bewering. Martins aandacht was echter al afgeleid. Op de drempel stond een bejaarde vrouw, kaarsrecht, opvallend slank, heel ernstig. Haar grijzende haar was glad naar achteren gekamd en ze droeg een eenvoudige japon met ceintuur en geen andere sieraden dan de camee die tussen haar sleutelbeenderen hing. Biddy en ik werden voorgesteld aan de comtesse de Lemolland. Ik boog licht terwijl ik haar de hand drukte.

Ze richtte zich in het Engels tot ons.

'Ik ben alle Amerikanen uiterst erkentelijk voor uw moedige optreden ten behoeve van mijn land.'

'Ik ben maar jurist, comtesse. Uw dank geldt mensen zoals majoor Martin, niet mij.'

Martin kwam tussenbeide. 'De comtesse is zelf een grote heldin.'

'Helemaal niet waar,' zei ze.

'Mag ik dan een verhaal vertellen, comtesse, zodat luitenant Dubin zelf een oordeel kan vormen?'

Martin leunde tegen een groot hakblok in de keuken terwijl hij voor verteller speelde, een rol waar hij kennelijk plezier in had. Hij vertelde dat de nazi's bij hun aankomst in 1940 het voorvaderlijk huis van de comte de Lemolland in de Côtes du Nord hadden gevorderd waar de comtesse, al drie jaar weduwe, toen woonde. De Duitsers hadden het château ingericht als verbindingscentrum. De comtesse zag zich gedwongen als gast in een paar kamers van haar eigen huis te verblijven. Omdat de Duitsers erg opkeken tegen de adel, werd haar waardigheid niet verder aangetast, maar ze vermaakten zich met prostituees, prikten kaarten aan de lambrisering in de salon en waren grof tegen het personeel. Twee keer werd een dienstbode verkracht.

Iemand van het huispersoneel van de comtesse was lid van de ondergrondse en zij arrangeerde in het geheim een ontmoeting van Agnès de Lemolland met Martin. De comtesse stemde erin toe dat in haar salon afluisterapparatuur werd geïnstalleerd, een inductie-microfoontje ter grootte van een knoop, met een dun snoertje verbonden met een oortelefoontje in haar zitkamer. Daar luisterde de comtesse naar de dagelijkse inlichtingenstroom die beneden door haar salon vloeide en ze bracht verslag uit over wat ze had afgeluisterd. Toen de plannen voor D-Day werden gemaakt, begreep de comtesse dat vanuit ditzelfde centrum de Duitse versterkingen naar Normandië zouden worden gedirigeerd. Zonder dat Martin haar daarom had gevraagd, wees ze haar eigen château aan als doelwit voor een bombardement en vluchtte met haar personeel enkele minuten voor de eerste aanval.

'Het oordeel van majoor Martin is volkomen juist,' zei ik tegen de comtesse. Ik boog opnieuw, en ik was me er pijnlijk van bewust dat deze broze oude vrouw meer voor de oorlogsinspanning had gedaan dan ik ooit zou doen.

'Ik ben niemand,' zei ze eenvoudig, 'maar als u me zo belangrijk vindt, luitenant, moet ik daarvan gebruik maken om erop aan te dringen dat u en uw metgezel ons gezelschap houden bij de avond-maaltijd.' Zonder op antwoord te wachten vroeg ze Sophie, de dienstbode bij het formuis, voor nog twee mensen te dekken.

Ik ging op zoek naar Bidwell, die buiten tegen de jeep geleund foto's stond te maken. In het felle daglicht voelde ik me bij het omkijken naar het kasteeltje of ik net uit een lunapark was gekomen.

'Wat een mensen, hè?' zei ik. Ze waren allemaal innemend: de dappere comtesse, de felle mademoiselle Lodz en natuurlijk Martin. 'Ik geloof dat de majoor de eerste oorlogsheld is die ik heb ontmoet,' zei ik.

Biddy keek me aan met die blik die aan insubordinatie grensde.

'Met uw welnemen, luitenant, het kan ook allemaal zwaar overdreven zijn. Als jongen van het platteland kan ik het weten.' Hij borg zijn camera op in het leren etui. 'Maar het eten ruikt prima,' zei hij en ging naar binnen.

6 PRINCIPES

Het avondeten bij de comtesse de Lemolland was idyllisch. In een alkoof naast de keuken kregen we aan een lange houten tafel met vele lagen vernis een geurige stoofschotel voorgezet. Het kon kalfsvlees zijn, al zat er niet veel vlees tussen de wortels en raapjes die de voornaamste ingrediënten vormden. Maar door het gebruikelijke Franse raffinement smaakte het eten veel beter, al was er minder van, dan zelfs de uitstekende rantsoenen in het hoofdkwartier. Voor een deel was mijn waardering misschien toe te schrijven aan de wijn van de comtesse, de jonge wijn van dit jaar, die rijkelijk vloeide. Maar na enige tijd drong tot me door dat de voornaamste bekoring erin lag dat de wereld van de comtesse een andere was dan de militaire. Hier heerste de sfeer van de civiele wereld en de beschaafde conversatie. Ik zat naast de oude dame die ons in het Engels deelgenoot maakte van haar gedachten over de geschiedenis van de streek. Toen we aan tafel gingen had Biddy geaarzeld, alsof hij zich een indringer in de officiersmess voelde, maar Martin had hem een stoel gewezen. Sophie, die had gekookt, at ook met ons mee. De zigeuner die ik had gezien en met Antonio werd aangesproken, zat aan het andere einde van de tafel met Peter Bettjer, een blozende blonde Belg die de verbindingsman van de groep was.

De laatste die ging zitten was mademoiselle Lodz, die de stoel rechts van me innam. Halverwege de maaltijd voelde ik haar blik op me rusten. Ze bestudeerde me openlijk.

'Ik denk over je na, Doe-bien,' zei ze in het Frans. Het was al duidelijk dat ze mijn naam nooit anders zou uitspreken.

'Je aandacht vleit me. Waar denk je aan?'

'Als je inderdaad Dubinski uit Pinsk bent,' zei ze, tuitte haar lippen en keek me aan, '*vous êtes juif.*'

Dus dat was wat haar bezighield. In de sprookjeswereld van het kasteel van de comtesse kwam haar observatie hard aan, wat kennelijk van mijn gezicht te lezen viel.

'Het is niets om je voor te schamen,' zei ze in het Frans. 'In mijn stad waren ook veel joden. Ik kende ze goed.'

'Waarom zou ik me schamen?' zei ik haastig.

'Zijn er veel joodse militairen in het Amerikaanse leger?'

'Een aantal.'

'En zij vechten met de anderen mee?'

'Natuurlijk. We zijn één natie.'

'Maar de gekleurde mensen die ik zie, die chaufferen en verplaatsen materieel. De joden hebben geen aparte bataljons, zoals de negers?'

'Nee. Het is totaal anders. De negers waren slaven van de grootouders van sommige Amerikanen, die helaas geen streep onder het verleden hebben gezet.'

'En die joodse militairen. Zien die er net zo uit als jij? Jij hebt geen slaaplokken. Heb je *tsistes* onder je kleren?'

'Zo'n jood ben ik niet.'

'In mijn stad was er maar één soort, Doe-bien. *Red Yiddish?*' vroeg ze. Dat was de derde taal waarin ze zich tot me richtte, en haar glimlach onthulde een spleetje tussen haar voortanden.

'*Ayn bisel. Yich red besser am franzosich.*' Mijn grootouders, die mijn vader naar de Verenigde Staten hadden gevolgd, spraken Jiddisch, maar mijn vader en moeder spraken alleen Engels in de aanwezigheid van hun kinderen, omdat ze onze ontwikkeling als Amerikanen niet in de weg wilden staan. Mijn Jiddisch was een stuk minder goed dan mijn Frans, zoals ik net tegen haar had gezegd.

'*Ach mir,*' antwoordde ze, '*ayn bisel.*' Ik spreek het ook maar een beetje.

Aan de overkant van de tafel vroeg Martin haar in het Frans: 'Welke taal is dat?'

'We spreken de joodse taal, Robert.'

'Joods? Ik dacht dat je een afkeer had van de joden.'

Ze keek hem bestraffend aan. 'Verkeerd. En dom. Je luistert ook nooit als ik over thuis vertel. Als kind had ik alleen joodse vriendjes en vriendinnetjes. Het waren de enige mensen bij wie ik thuis mocht komen. Waarom zou ik een afkeer van ze hebben?'

'Omdat ze je te min vonden.'

'Als bruid, Robert. Zo zijn ze.'

Hij vroeg Sophie om het brood.

Mademoiselle Lodz legde het uit. '*C'est une histoire compliquée,*' zei ze. 'Mijn moeder, Doe-bien, wilde een jood als man voor me uitkiezen. Ze zei: "Het zijn zelden dronkelappen en ze slaan zelden hun vrouw."' De moeder van mademoiselle Lodz had kennelijk nooit Julius Klein ontmoet, die op twee hoog boven ons woonde toen ik een kind was en voor wie zijn vrouw en kinderen vaak vluchtten als hij een kwade dronk had en het hele gebouw ervan trilde. 'Maar geen jood wou natuurlijk met me trouwen.'

'Ben je katholiek?'

'Alleen in joodse ogen. Ik heb nooit een voet in een kerk gezet.'

'Dus je kreeg het gevoel dat ze je niet goed genoeg vonden, zoals de majoor zegt?'

Ze bewoog haar hoofd heen en weer alsof ze voor het eerst over die vraag nadacht.

'De Polen waren veel erger. Degenen die zichzelf als fatsoenlijk beschouwden wilden niet eens met mijn moeder praten, ook haar eigen familie niet. Dus leefden we gelukkig tussen de joden. En als ik een joodse man had gehad, had ik naast hem in de vrachtwagen gezeten. Voor mij was het uiteindelijk een bof.'

'Vrachtwagen?'

'*Vous m'étonnez.* Weet je daar niet van? In mijn stad zijn alle joden weggehaald. Door de nazi's. Ze zijn naar het getto in Lublin gebracht, waar ze achter een hek moeten leven, als vee. Dat is overal gebeurd. In Frankijk ook. In Vichy heeft Pétain de joden al bijeengedreven voordat de Duitsers erom hadden gevraagd. Als joods militair zou jij speciaal tegen Hitler moeten vechten.'

Toen ik dienst nam, was mijn eerste keus geweest om te vechten tegen Tojo en de sinistere Japanners die hun verrassingsaanval op Pearl Harbor hadden gelanceerd. Wat Hitler betrof: ik wist van zijn meedogenloze oorlog tegen de joden in Duitsland, het verwoesten van joodse winkels en het naasten van joodse woonhuizen, en ik voelde me betrokken bij de strijd om hem ten val te brengen, maar dat was niet hetzelfde als het gevoel direct te worden aangevallen dat ik had ervaren bij de Japanse bommen op Amerikaanse bodem.

Ik was niet van plan dat aan mademoiselle Lodz te vertellen. In plaats daarvan richtte ik mijn aandacht op Martin, die tegenover me Bidwell onthaalde op verhalen over de groep in de jaren voor de invasie. Martin introduceerde Antonio en Bettjer door te vertellen over hun amusante succes op de Duitsers in een dorp in het westen. Daar verkochten wijnboeren hun *vin ordinaire* door die in een vat op wielen door de straten te rijden; de gegadigden konden hun karaffen vullen door een spongat in de bodem. Samen hadden Antonio en Bettjer een schot in een vat ingebouwd; onderin zat de wijn, in de bovenhelft had Bettjer zich verstopt. Uitkijkend door een gaatje gaf hij Martin over de radio inlichtingen door over de bewegingen van een Duitse pantserdivisie, terwijl Antonio het vat door de straten reed zodat de radio niet kon worden gepeild door de Duitse afluisterwagens die op zoek waren naar zenders van de ondergrondse.

'Het was een briljante vondst,' zei Martin, 'alleen werd die arme Peter stomdronken van de dampen. Toen we het vat openmaakten, bleek hij buiten westen te zijn.'

Iedereen lachte en er werden grappen gemaakt over Bettjer en alcohol, waaraan hij inmiddels kennelijk meer gewend was geraakt. Hij had een rood hoofd gekregen van het drinken. Ik had me ingehouden, maar datzelfde kon niet worden gezegd van de meeste anderen en terwijl Martin doorging met het ophalen van herinneringen werd de stemming uitbundiger.

'U lijkt te zijn voorbestemd voor dit leven, majoor,' zei ik uiteindelijk.

'Welnee,' zei hij. 'Ik was organisator bij de Internationale Vervoersbond in Parijs toen de nazi's aan hun opmars begonnen. Ik had geen enkele behoefte aan een nieuwe oorlog, Dubin. Ik had in Spanje genoeg meegemaakt. Ik had bij de Abraham Lincoln-brigade

Amerikanen aangevoerd en was commando geworden toen de buitenlanders naar huis werden gestuurd. Het was een uitzichtloze toestand, eerlijk gezegd. Ik wenste niet mee te maken hoe nog meer vrienden en kameraden door de fascisten werden gemarteld en gedood. Na de val van Parijs ben ik teruggekeerd naar Madrid, waar ik werkte voor een oliemaatschappij. Spanje was neutraal en met een Spaans paspoort kon ik overal heen, zelfs naar Duitsland; daarom werd ik benaderd door de oss. Ik dacht aanvankelijk dat ik alleen inlichten zou hoeven door te geven. Maar van het een kwam het ander. Ik voelde er weinig voor om dienst te nemen, maar ik kon niet weigeren toen me werd gevraagd deze operationele groep te leiden.'

De vorige dag had ik bij het 18e een knipsel uit de *Stars and Stripes* gelezen over de vorming van de operationele groepen. Kolonel Donovan, de oprichter van de oss (Bureau Strategische Diensten), had overal zijn vechtjassen vandaan gehaald: Russische emigranten, veteranen van de Spaanse Burgeroorlog zoals Martin, en een aantal Italiaans sprekende mannen uit New York, Boston en Chicago. Ze waren opgeleid en getraind op de Country Club van het Congres, waar ze aan hun conditie hadden gewerkt op de beroemde golfbaan en vertrouwd waren gemaakt met sinistere vaardigheden als het geruisloos uitschakelen van de vijand, het plegen van bomaanslagen, de bediening van geheime zenderontvangers, judo, coderen en decoderen, inbraaktechnieken, kluizen kraken en het installeren van afluisterapparatuur. Martins conduitestaten uit die periode waren vaak onleesbaar gemaakt, maar het was duidelijk dat hij een uitblinker was geweest behalve in seinen: hij was nooit sneller geworden dan twaalf woorden per minuut.

Na zijn opleiding was Martin volgens het resumé van Teedles tweede man, luitenant-kolonel Brunson, met twee kameraden, acht bagageparachutes met radio's, wapens en hulpmiddelen zoals geld, in oktober 1942 door een laagvliegende bommenwerper boven Frankrijk gedropt. Elke man beschikte over valse papieren, een werkvergunning en een cyaankalicapsule. Bij toeval hadden de nazi's de dropping gesignaleerd. De Engelsman in het gezelschap was doodgeschoten, terwijl Martin en een Franse sergeant, naar ik aannam dezelfde als de zigeuner Antonio die nu hier aan tafel zat, twee dagen doorbrachten in de bossen en ternauwernood aan de Duitsers waren ontsnapt.

Gaandeweg was de groep gevormd. Door zijn vooroorlogse vakbondsactiviteiten was Martin in staat een actief netwerk te vormen van spoorwegmensen, van wie hij er velen al jaren kende. Samen saboteerden ze in de maanden die volgden 370 treinen, vernielden spoorweghoofden en rails, staken locomotieven in brand, lieten brandstofdepots in vlammen opgaan en achtervolgden vluchtende Duitse konvooien. Na D-Day gaf Stemwinder tijdens de opmars van het Derde Leger inlichtingen door over Duitse troepenbewegingen en saboteerde bruggen over de Loire. In het dossier zaten diverse lovende meldingen van dankbare commandanten. Behalve van Teedle.

'En voor Spanje?' vroeg ik. 'Mag ik vragen wat u mij ook hebt gevraagd, majoor? Waar staat het huis dat u hebt achtergelaten?'

Hij lachte, maar de wijn had hem melancholiek gemaakt.

'Heel goed, Dubin. Dat is de grote vraag. Maar dat alles heb ik al heel lang geleden achter me gelaten.' Zijn gezicht was verstrakt toen hij eraan toevoegde: 'Het antwoord is evenzeer verloren gegaan voor de geschiedenis als de glorie van het oude Griekenland.'

Na de koffie – Nescafé, wat de comtesse een ironische opmerking ontlokte over teloorgegane genoegens uit vroeger tijden – vroeg ik Martin me te helpen bij het vinden van bewijs dat de oss hem had opgedragen hier te blijven. Hij was nu zo dronken dat hij even nodig had om zich te vermannen, en aan zijn verstoorde blik kon ik zien dat mijn halsstarrigheid hem ergerde. Maar uiteindelijk lachte hij en gaf me een schouderklopje.

'Wat ben jij een serieuze kerel, Dubin. Ja, natuurlijk kan dat.'

Het eerste voorstel was om me de kortegolfradio te laten zien waarover ze orders van Londen kregen, maar ik had iets concreters nodig. Martin fronste weer bij mijn koppigheid, maar legde mijn vraag in het Frans voor aan de collega's van Stemwinder die aan tafel waren blijven zitten.

'Londres?' vroeg Bettjer. 'Les documents des cons, non?'

Martin lachte. 'O ja, schitterend.' 'De papieren van de idioten' sloeg op de afdeling financiën van de oss, die werd bemand door dezelfde genadeloze boekhouders als bij andere overheidsinstanties en van Martin eiste dat hij de besteding van de fondsen waarover de groep kon beschikken nauwgezet bijhield. Als ik geen militair was geweest had ik misschien niet geloofd dat, terwijl Martins opdrachten voor acties nooit op schrift werden gezet, de dubbeltjes en kwartjes exact verantwoord moesten worden. Mademoiselle Lodz zei dat ze de papieren bij de radio bewaarde en ik liep met haar mee naar buiten om ze te halen. Het was drie uur in de middag en komend uit het schemerige huis, en vooral na de wijn, moest ik mijn ogen afschermen tegen het felle licht van de zon.

'*Cela vous dérange si je fume?*' vroeg ze. Het was een frase, want ze hield het vlammetje van haar aansteker, een Amerikaanse Zippo, al bij haar sigaret. Aan tafel had ze niet gerookt vanwege de comtesse, die het roken door vrouwen afkeurde. Verder had ik mademoiselle Lodz amper zonder een Lucky Strike tussen haar vingers gezien. Ik meende dat het hese timbre van haar stem, zo mooi als dat van June Allyson, door het roken kwam. Ik sloeg de mij aangeboden sigaret af en zei dat ik er nooit mee was begonnen.

'De c-rantsoenen zijn smerig,' zei ze. 'Maar de sigaretten! Dit is het beste dat het Amerikaanse leger heeft meegebracht.' Ze drukte haar groene pakje Luckies tegen haar borst. 'In Vichy mochten de vrouwen helemaal geen sigaretten kopen. Martin zegt dat ik daarom in het verzet ben gegaan.' Ze glimlachte.

Aan tafel had Martin ook een paar van Gita's avonturen gememoreerd. Op D-Day bijvoorbeeld had ze kalmpjes bij een kruising de borden een kwartslag gedraaid om een heel Duits tankbataljon naar het zuiden te sturen, in plaats van naar het westen. Later die middag, had Martin verteld, hadden zij datzelfde bataljon zware verliezen toegebracht; Gita en hij hadden tientallen schapen een brug op gedreven waar de Duitsers overheen moesten. Terwijl de Duitse soldaten de dieren probeerden te verjagen, had Antonio onder de brug ontstekers en dynamiet aangebracht, die tot ontploffing werden gebracht toen de tanks weer doorreden.

'Martins verhalen over je wapenfeiten zijn treffend.'

Ze lachte. 'En nog beter als ze waar zouden zijn.'

Ik struikelde, waardoor ze weer moest lachen.

'Wij die bij Martin horen,' zei ze, 'hebben ons leven groter zien worden als hij onze activiteiten beschrijft. Maar hij doet het zo goed dat we hem allemaal geloven. Zo is Martin. Soms is hier niemand die weet of hij de waarheid spreekt. Ik weet niet eens zeker of hij Martin heet. Bij de oss nemen ze allemaal een andere naam aan.

Maar het maakt niet uit. Wat zijn wij anders, Doe-bien, dan de verhalen die we over onszelf vertellen, die geaccepteerd worden? Dat zei mijn moeder altijd.'

Zoiets had ik nog nooit iemand hardop horen beweren, dat we als het ware onszelf al gaande konden verzinnen. Maar het was een idee dat me wel aansprak en ik dacht er een poosje over na, me afvragend of het leven die ruimte liet en hoever dat zou kunnen gaan.

'Met alle respect voor je moeder: is het niet beter als die verhalen ook waar zijn?'

'Maar wie moet de waarheid vertellen, Doe-bien? In mijn stad zeiden ze dat mijn moeder een snol was. Ze was naaister, maar ze had rijke minnaars van wie ze geld aannam. In haar eigen ogen was ze een nonconformiste, een artieste. Dat wilde ze geloven en dat geloofde ik ook.'

'Dat zal zeker zo zijn,' zei ik, omdat mademoiselle Lodz met tederheid over haar moeder sprak. 'Het moet ellendig voor je zijn geweest om haar te verliezen.'

'Ja. Ellendig. Ze is nog elk ogenblik bij me. Als die moordenaars er niet waren geweest, zou ze honderd zijn geworden. In mijn familie worden alle vrouwen oud. Mijn moeder zei dat dat ons probleem is, van haar en mij. We hebben te veel levenskracht. Daarom zijn we wild in onze jeugd. En daar heeft ze de lasten van moeten dragen, haar hele verdere leven.' Met een droevig lachje raakte ze haar eigen blouse aan.

'En toen je na haar dood uit Polen vluchtte, waar ben je toen heen gegaan?'

'Ik landde in Marseille. Ik was zeventien. Ik zag mezelf als de nieuwe Sarah Bernhardt. Brutaal, hè? Ik sprak maar een paar woorden Frans. Ik deed wat nodig was. Van mijn moeder had ik kleding leren naaien en ik vond werk in de linnenkamer van een ziekenhuis, lakens verstellen. Ik maakte al gauw promotie, toen mocht ik po's legen.' Ze liet weer haar hese lachje horen. 'Ik redde me wel. Kom mee, dan laat ik je de stukken zien die je zoekt.'

Energiek liep ze door naar de koeienstal aan de overzijde van de binnenplaats, die net als de met elkaar verbonden gebouwen was opgetrokken uit forse natuurstenen, bestreken met een laag cement en zand. Boven was een personeelsverblijf. Te oordelen naar de rij ramen met gordijntjes ervoor die ons omgaf moest de comtesse tientallen mensen in dienst hebben gehad.

In de oude stal rook het sterk naar dieren en geschimmeld hooi. Mademoiselle Lodz pakte een oud melkkrukje. Met een schroevendraaier maakte ze een metalen plaatje onder de zitting los, zodat de radio en de accu zichtbaar werden.

'Peter zegt dat de radio's nog maar een paar jaar geleden groot en log waren. Tien, twaalf kilo. Nu niet meer.' Ze haalde het moderne apparaat tevoorschijn en legde het in mijn hand. Het was zo'n vijftien centimeter lang en woog minder dan een pond. Voor D-Day, vertelde ze, kregen ze hun opdrachten in code bij het avondnieuws van de BBC van negen uur. Inmiddels werden berichten eens per week uitgewisseld, als een overvliegend vliegtuig van de OSS een radioverbinding met Londen tot stand bracht. Ik knikte, maar het was mij om de papieren te doen en ik begon er opnieuw over.

'Voilà.' Mademoiselle Lodz trok een stapeltje uit de kruk tevoorschijn. Er zat de gele doorslag bij van standaardformulier 102a, Martins reisvoucher, met de handtekening en het stempel van de algemene betaalmeester van de centrale vestiging in Londen, met gegevens over Martins bezoek aan Londen van 26 tot 30 september. Er zaten ook bonnetjes bij van maaltijden die Martin onderweg had gebruikt en Frans oorlogsgeld. Martins reisroute was precies zoals hij had gezegd: de OSS had hem ruim drie weken eerder hierheen teruggestuurd. Toen ik de papieren wilde hebben, reageerde ze aanvankelijk afwijzend, maar ik beloofde ze binnen een week terug te sturen. In ruil wilde ze weten waar het om ging. Ik vertelde waarover Teedle zich had beklaagd.

'Londen heeft Martin gewoon teruggestuurd,' zei ze. 'Dat zie je toch.' De documenten lieten weinig ruimte voor twijfel. Het leek een typisch militair misverstand. 'Teedle wil graag het slechtste geloven,' zei ze. 'Martin en Teedle, die liggen elkaar niet. Ze zijn van het begin af onvriendelijk tegen elkaar geweest.'

'Teedle is hoger in rang.'

'Il a une dent contre lui.' Hij heeft een grief tegen hem. 'Het is waar dat Martin te velde niet graag orders krijgt,' zei ze. 'Hij overlegt liever met de commandanten. Teedle wil alleen gehoorzaamd worden.'

'Een oorlog vraagt om krijgstucht. Een commandostructuur.'

'In oorlog is krijgstucht niet meer dan goede bedoelingen. Krijgstucht is voor generaals. Niet voor soldaten. *Tu te mets le doigt dans l'oeil.'* Je houdt jezelf voor de gek.'

'Ik ben niettemin jurist. Ik moet de regels handhaven.'

'Juristen zijn ambtenaren. Kleine mensen. Ben jij een kleine man, Doe-bien? Dat lijkt niet zo.'

'Ik zie de wet niet als regelarij. Ik zie de wet als een poging het leven een fundament te geven van rede en waardigheid.'

'Gerechtigheid zorgt voor rede en waardigheid, Doe-bien. Niet regels. Kleine regels en groot onrecht zijn een slechte combinatie. Ik weet niet wat jouw regels zijn. Maar ik weet wel wat onrecht is. Net als Martin. De nazi's zijn het kwaad. Bestrijd ze. Dat is de enige regel die ertoe doet. Niet of Martin de bevelen van Teedle uitvoert.'

'Je verdediging is sterk,' zei ik. 'Als Martin een advocaat nodig heeft, moet hij zeker aan jou denken.'

Ze schaterde het uit om dat idee tot haar lach overging in een blaffende rokershoest. Ik was onder de indruk van haar rauwe optreden, dat schaamteloos leek vergeleken met Grace, die letterlijk haar hand voor haar mond hield als ze moest lachen. We stonden weer in de zon. Mademoiselle Lodz hield haar kleine hand boven haar ogen terwijl ze naar me keek.

'Ik vind je interessant, Doe-bien.'

'Ik ben gevleid. Is het omdat ik advocaat ben, of Amerikaan, of jood?'

'Ça ne rime à rien.' Dat slaat nergens op. 'Je bent toch wie je bent?'

'Dat denk ik wel. En wie ben jij, mademoiselle Lodz?'

'Waar zie je me voor aan, Doe-bien?'

'Voor een militair en filosoof.'

Ze lachte weer voluit. 'Nee,' zei ze. 'Voor filosofie ben ik te jong. Ik praat een eind weg, maar daar moet je niet op letten. Bovendien heb ik geen vertrouwen in intellectuelen. Die hechten te veel waarde aan ideeën.'

'Waarschijnlijk maak ik me daar zelf schuldig aan.'

'Het lijkt er wel op.'

'Maar principes doen er toch toe?'

'Mais oui. Maar gaan ze voor alles?'

'Ik hoop van wel. Het is toch wenselijk om principes voor alles te laten komen?'

'C'est impossible.'

Ik sprak mijn twijfels uit en ze zei dat ze me naïef vond.

'Misschien,' zei ik, 'maar als ik als advocaat sprak, of als filosoof, zou ik je voorhouden dat een overtuigend betoog bewijs behoeft.'

'Bewijs?' Ze lachte spottend. 'Bewijzen is te gemakkelijk.'

'Hoe dan?'

'Ah, Doe-bien. Je bent door en door onschuldig. Ik kan het je desnoods laten zien. *Un moment.*' Ze verdween weer in de stal, maar riep een ogenblik later: 'Kom.'

Ik keerde terug naar de vochtige geuren en duisternis. Aanvankelijk zag ik niemand.

'Hier,' zei ze achter me. Toen ik me omdraaide, had Gita Lodz haar rok tot aan haar middel opgeschort, zodat haar slanke benen en een katoenen onderbroek met pijpjes zichtbaar waren. Het kledingstuk zat zo strak dat het haar slankheid onthulde en, na nog een ogenblik van aandacht, de insnijding van haar vrouwelijkheid en de schaduw van de donkere driehoek eromheen.

'Komt het principe nu voorop, Doe-bien?'

Ik was allang tot de conclusie gekomen dat het moeilijkste van leven in een oorlogsgebied was dat er zo vaak geen routine was, geen orde, niets waarop je staat kon maken. Maar deze demonstratie overschreed de beperkte nog bestaande grenzen. Ik was letterlijk met stomheid geslagen.

'*Touché,*' zei ik ten slotte, het enige woord dat ik kon bedenken, en ze schaterde het weer uit terwijl ze haar rok gladstreek. Door puur toeval gold ik nu als gevat.

'We zijn primitief, Doe-bien. Als we dat niet willen zijn, hebben we elkaars hulp nodig. Maar eerst moeten we weten wie we zijn.'

Ik knikte alleen maar. Tevreden met haar overtuigende bewijsvoering liep mademoiselle Lodz de stal uit; in het zonlicht keek ze even om met een geraffineerd lachje. Ik wachtte in de schaduw af. Zij zou het als een streek beschouwen, maar terwijl ik vanuit de schaduw rustig kon observeren, kreeg ik een visioen van Gita Lodz en de stormachtige gevoelens waaruit haar overmoed voortkwam. Omdat ze bij het opgroeien met de vinger was nagewezen, was haar geen andere keus gebleven dan het tarten van de conventies, maar ondanks haar zelfverzekerde uitstraling en de verhalen die ze wilde geloven, was het voor mij bijna voelbaar dat haar karakter berustte op een fundament van wrok en een nog dieper liggende pijn. Toen ik weer de zon in liep, moet mijn deernis nog van mijn gezicht te lezen zijn geweest, want ze reageerde er met verbazing op. Terwijl we peinzend naar elkaar keken, viel er iets weg en ze draaide zich onmiddellijk om naar het huis.

Ik haalde haar in, maar we bleven verder zwijgen. Pas bij het kasteeltje vroeg ze: 'Heb ik je beledigd, Doe-bien?'

'Natuurlijk niet. Ik had je uitgedaagd. Je reactie was overtuigend.'

'Maar ben je gechoqueerd?'

'Dat geeft niet. Ik ben gauw gechoqueerd, mademoiselle Lodz.'

'Des te beter,' zei ze. 'In Frankrijk wil niemand ervoor uitkomen dat hij bourgeois is.'

Ik lachte. 'In Amerika is burgerlijkheid juist wat iedereen nastreeft. Maar ik kan me niet alles permitteren. Ik ben erop uitgestuurd om navraag naar iemand te doen. De autoriteiten zouden mijn onpartijdigheid in twijfel kunnen trekken als mijn belangstelling in plaats daarvan uitging naar zijn vrouw in haar ondergoed.'

'Niet zijn vrouw. Ik ben niet op die manier bij Martin, Doe-bien. Dat is tussen ons allang voorbij. Al heel lang.'

Ik dacht aan Martin die haar in de keuken had omarmd.

'Ik heb velen horen zeggen dat je zijn vrouw bent.'

'Dat komt ons allebei beter uit. Er zijn overal soldaten, Doe-bien. Het is beter als je de naam hebt dat je niet vrij bent. Laat je door Martin niet weerhouden. Alleen als je zelf wilt.' Weer dat sluwe lachje. '*D' la prochaine,*' en ze was al binnen.

Biddy wachtte op de binnenplaats. We moesten voor donker terug zijn bij het 18e, maar ik stond nog te trillen als een klok die is geluid. Het was maanden geleden dat ik contact met een vrouw had gehad, afgezien van de klinische contacten van de jurist die getuigen ondervraagt, en het was me ontschoten hoe het voelde om tot in alle vezels aangetrokken te worden. Ik was Grace trouw gebleven, zelfs in de bordeelsfeer in Londen, waar werd beweerd dat de onderbroeken van de meisjes maar één nadeel hadden: niet bestand tegen een Yank. Seks was overal: je kon het gekreun horen als je langs een zogenaamd lege schuilkelder kwam, of in het donker door Hyde Park liep. De Amerikaanse soldaten, met hun deodorantgebruik, leken rijk en verzorgd in vergelijking met de arme veelgeplaagde Britten, met hun identieke uniformen en luidruchtige laarzen met ijzerbeslag. Biddy en ik keken naar de deur waardoor Gita verdwenen was.

'Heb je thuis een meisje, Biddy?' vroeg ik.

'Nee. Eerst wel, maar die is me ontglipt. Joyce Washington. Mijn vriendinnetje van de middelbare school. We hadden trouwplannen. Toen werd ze typiste bij de First National Bank. Daar was iemand, luitenant, die heeft haar gewoon ingepalmd. Terwijl ze toch mijn ring droeg. Komt ze bij me om het te vertellen, zeg ik tegen haar: "Hoe kan je dat nou doen, met een andere kerel, terwijl je hebt beloofd dat je met mij zou trouwen?" En ze zegt: "Gideon, hij heeft een Hudson." Onvoorstelbaar, toch? Ik moet eerlijk zeggen, luitenant, dat ik het minder erg vond de bons te krijgen dan me te moeten afvragen hoe ik zo stom had kunnen zijn van zo'n vrouw te houden.' Hij staarde in de verte terwijl het verdriet hem weer overweldigde; toen vermande hij zich.

'Met die Engelse meisjes kon ik het goed vinden,' zei hij, 'maar met die Fransjes kom ik niet verder. Al dat olala-gedoe geldt misschien in Parijs, maar dit zijn gewoon meisjes van het platteland, luitenant, en die zijn net als in Georgia: mama's zeggen hun hele leven dat ze hun benen over elkaar moeten houden tot ze in de kerk hun jawoord hebben gegeven, oorlog of geen oorlog. En u, luitenant? Hebt u nog succes gehad?' Misschien onbewust keek hij opzij naar de deur.

'Ik heb thuis een verloofde, Biddy.' We wisten allebei dat dat geen antwoord was. Eisley, die thuis in Ohio getrouwd was, kon je in volle ernst uitleggen dat alle formaliteiten, zeker huwelijksgeloften, in oorlogstijd niet golden. Maar ik ging er niet verder op in.

Martin was naar buiten gekomen, met een rood hoofd van de wijn en een brede grijns op zijn gezicht. Ik veronderstelde dat hij Gita had gesproken en nu afscheid van ons kwam nemen.

'Dus je hebt je felbegeerde papieren? Ik wist toch dat je een verkeerde indruk van mij had gekregen. Neem maar van mij aan, Dubin, dat Teedle alleen moeilijkheden zoekt. Teedle geeft orders die nergens op slaan.'

'Mademoiselle Lodz sprak van een grief.'

'Zo kun je het noemen.' Zijn blauwe ogen richtten zich een ogenblik op de horizon; het was de eerste keer dat ik hem zag aarzelen voordat hij zich uitsprak. 'Hoor eens, Dubin, vroeg of laat kom je er wel achter hoe het zit. Daar heb je mijn *j'accuse* niet voor nodig.'

'Als er iets is dat ik beter niet aan generaal Teedle kan doorgeven...'

'Teedle kan me geen barst schelen. Hoor eens, Dubin, het is heel eenvoudig. Hij ziet me aan voor een communist. Omdat ik in Spanje heb gevochten. Na de Asmogendheden gaan de Sovjets eraan. Ik ben de nieuwe vijand. Dat denkt hij tenminste.'

'En bent u dat?'

'Een vijand van de Verenigde Staten? Zeker niet.'

'Communist, wilde ik vragen.'

'Ik vecht al zo lang, Dubin, dat ik me niets meer noem. Ik geloof in macht voor de machtelozen, voedsel voor wie honger heeft, onderdak voor daklozen. Ben ik daarom een revolutionair? Kijk, Dubin, het komt hierop neer. Die man verdoet je tijd en dat weet hij ook best. Ik ben voornemens mijn opdracht uit te voeren. En ik laat me niet dwarsbomen door Teedle of bureaucratische onzin. Als ik wil kan ik zó in dit landschap verdwijnen, hier of waar ook tussen hier en Berlijn.'

Hij keek me strak aan. Ik was onthutst dat hij zich zo openlijk uitliet over zijn insubordinatie, maar ik kreeg niet de kans iets terug te zeggen, want onze aandacht werd getrokken door het gebrom van overkomende vliegtuigen. Martin was onmiddellijk op zijn qui-vive, als een jachthond in het veld, en speurde de lucht af. Maar het waren onze eigen vliegtuigen.

'B-26s, volgens mij,' zei hij. 'Profiteren van de tijdelijke weersverbetering om te bombarderen.'

Zoals hij had voorspeld begon het gedreun even later. Eerst klonk het bombardement in de verte als olie die knettert in een pan, maar nadat er meer squadrons waren overgekomen, klonk het geluid dichterbij. Een golf van rook en stof kwam op ons af, zodat het licht werd verduisterd, wat de landerijen van de comtesse in een spookachtige schemering hulde, terwijl een geur van kruit werd aangevoerd. We hoorden het Duitse luchtafweergeschut. Hoogtens twee kilometer voor ons uit zagen we een brandend vliegtuig met parachutes eronder die zich in de hoogte ontplooiden.

Enkele arbeiders en Antonio hadden zich op de keitjes bij ons gevoegd om te kijken. Martin vroeg de zigeuner naar de positie van de 26e Infanteriedivisie om zich ervan te vergewissen dat zij de gedropte bemanning zouden kunnen bereiken. Terwijl we hierover spraken, trok er nog een squadron over, dat lager vloog. We hadden elkaar een kijker doorgegeven die iemand uit het huis had meegenomen en toen het mijn beurt was, kon ik de bomluiken onder de vliegtuigen zien openstaan. Ik had dat net tegen Martin gezegd toen een explosie de lucht om ons heen deed trillen en op een nabije heuvel was een vuurzuil te zien.

'Allemachtig,' zei Martin. 'Als ze er maar niet ook een op ons laten vallen.' Hij keek nog een keer omhoog en holde toen naar binnen om Gita en de anderen te waarschuwen. Even later kwam hij met de comtesse en haar personeel terug. In het Engels en Frans stuurde hij iedereen de stenen kelder onder het huis in. Hij bleef bij de deur staan om ons tot haast aan te zetten. De landarbeiders kwamen aangehold, sommigen op de lieslaarzen die ze in de onder water staande laaggelegen landerijen hadden gedragen. Ik was al in de kelder, die een aarden vloer had, toen er opnieuw een dreunende explosie klonk, dichterbij dan de eerste. Ik keek naar de ingang of Martin al binnen was, maar hij kwam een ogenblik later, sloeg de deur achter zich dicht en liep dreunend de trap af. De kelder was nog geen twee meter hoog en er was geen licht. Ik had Biddy ineengedoken in de hoek zien zitten, voor de kasten met potten ingemaakt fruit en een muurrek met stoffige wijnflessen. In het donker moesten wel twintig mensen hun toevlucht hebben gezocht. Het werd al snel benauwd. De gebruikelijke grappen werden gemaakt. 'Handen thuis,' zei een vrouw en een man zei: 'Jij ook.' In de verste hoek miauwde een kat.

'D'ici peu, on va se sentir tous comme des cons,' merkte iemand op: straks voelen we ons belachelijk. Hij was net uitgesproken toen er recht boven ons hoofd een explosie klonk.

De Duitsers hadden nog 280 mm-artilleriestukken op treinen in de Vogezen die op Nancy waren gericht, en een paar keer per dag klonk de waarschuwing voor inkomend vuur. Dan zochten allen die de zitting van de krijgsraad bijwoonden haastig de kelder van het Lycée op om daar te wachten tot het gedaver voorbij zou zijn. Maar dat was geen voorbereiding op een voltreffer. De lucht leek tegen me aan te slaan, de druk nam even af en daarna sloeg hij weer tegen me aan, terwijl de aarde onder mijn voeten werd losgewoeld. Ik voelde de schok door mijn hele lichaam trekken; zelfs mijn ogen en wangen werden ingedrukt. Tot op dat ogenblik had ik niet beseft dat geluid, zelfs als je wist waar het vandaan kwam, zo luid kon zijn dat je ervan in paniek raakte. Ik raakte even verdoofd en toen ik weer kon horen, voelde ik een bonzen in mijn oren.

Het volgende ogenblik nam ik aan dat het huis getroffen was en boven ons zou instorten, maar dat bleek nergens uit. In plaats daarvan was er nu wel licht. Uiteindelijk besefte ik dat de houten kelderdeur uit zijn voegen was geslagen. Martin ging als eerste naar buiten en riep even later naar beneden dat het veilig was om boven te komen. In het daglicht zag ik dat mijn laarzen doordrenkt waren met wijn.

Uit de bomkrater, zo diep en groot als een kleine vijver, was aarde tot aan het huis geblazen, maar het eigenlijke inslagpunt was zo'n honderdvijftig meter van het huis af. Alle mensen uit de kelder verspreidden zich om de schade op te nemen. Al snel stond vast dat er niemand om het leven was gekomen, hoewel een aantal van ons bij de muren door vallende flessen was getroffen; verscheidene mensen hadden snijwonden, ook Biddy, die een scherf zo groot als een pijlpunt uit zijn arm trok. Rond de boerderij waren de kippen van de comtesse en haar enige koe nergens te vinden, en een paard lag dood op zijn zij, met angstig opgetrokken lippen boven het enorme gebit. De hond was letterlijk aan flarden gereten. Zijn leren riem lag honderd meter bij het huis vandaan. Ik vermoedde dat de schokgolf tegen de kelderdeur de hond fataal was geworden, waarschijnlijk was hij daartegenaan weggekropen.

Wat het kasteeltje betreft was de schade beperkt gebleven. Alle ruiten aan de achterkant lagen eruit en de luiken waren weggeslagen. Een deel van het dak was als de hoek van een vel papier afgescheurd. Binnen zag ik dat het servies aan scherven lag. Voor de comtesse de Lemolland bleek dit te veel. Ze had de dood van haar man en zoon waardig doorstaan, en de vernieling van het château van haar man ook, maar het verlies van een antiek Delfts blauw bord dat zestig jaar eerder door haar moeder was opgehangen, beroofde haar van haar laatste weerstand. Met opgebolde rok lag ze op de keukenvloer, verzamelde de brokstukken en jammerde onbeheerst. Gita legde een hand op haar schouder om haar te troosten.

Ik vluchtte naar buiten, waar Martin met de kijker de lucht afspeurde om te zien of het gevaar was geweken.

'Een vergissing in de coördinaten?' vroeg ik.

'Misschien,' zei Martin en lachte kort. 'Misschien ook niet.' Hij liet de kijker zakken om me aan te kijken. 'Ik vermoed eigenlijk, Dubin, dat we een kaartje van generaal Teedle hebben ontvangen.'

DEEL
DRIE

7 STEWART: BEAR LEACH

Northumberland Manor was een groot complex in West-Hartford, een verzameling wit geschilderde houten gebouwen
waarin allerlei faciliteiten voor bejaarden waren ondergebracht, van aanleunwoningen tot een hospice en de verschillende tussenstadia van verval tot dood. Ik was te vroeg en
wachtte in de salon van het verpleegtehuis op rechter Barrington Leach, die lang geleden mijn vaders raadsman was geweest. Met zijn zachtblauwe vaste tapijt en elegante meubilair
zag het vertrek er heel wat beter uit dan de gebruikelijke be-
waarplaats voor de nog-niet-doden.

Na alles wat ik had moeten doen om met Leach in gesprek
te komen, waaronder mezelf voordoen als enig kind en wees,
waren mijn verwachtingen hooggespannen. Leach had een lange carrière achter zich als prominent jurist wiens bekwaamhe-
den kennelijk toereikend waren om dat ene smetje weg te werken van het verloren proces en generaal Teedle over te halen
de veroordeling van mijn vader en de daaruit volgende gevangenisstraf te herroepen. Ik was dan ook ondanks mezelf te-

leurgesteld toen een verzorgster de oude man binnenreed. Lichamelijk wekte rechter Leach de indruk van een afgevallen blad dat tot op de nerf was verdord. Zijn vlekkerige kale hoofd hing scheef en kwam nauwelijks boven de rugleuning van de rolstoel uit, het slangetje van een zuurstoftank verdween in zijn neus. Hij was zo vermagerd dat zijn pak van een degelijk Donegal-tweed in rimpels om hem heen hing en zijn huid had de bleke doorzichtigheid gekregen die aangaf dat zelfs de verpakking over de datum was.

Maar zodra hij begon te praten, werd dat allemaal onbelangrijk. Zijn stem trilde, net als zijn lange handen met de door reuma gezwollen gewrichten, maar zijn verstand was lenig genoeg. Hij was nog geheel bij de tijd. Om nu te zeggen dat Barrington Leach nog ten volle genoot van het leven zou niet alleen een cliché zijn, maar waarschijnlijk ook onjuist. De vrouw van de rechter en zijn enige dochter waren gestorven aan borstkanker. Zijn drie volwassen kleinkinderen woonden in Californië, waar ze waren grootgebracht, en hij had hun smeekbeden weerstaan om Hartford op te geven. Het gevolg was dat hij daar eigenlijk alleen was achtergebleven en hij had inmiddels Parkinson, naast andere kwalen. Ik betwijfel of hij het leven nog vaak aangenaam of amusant vond.

Maar dat stond zijn grote nieuwsgierigheid naar mensen niet in de weg. Hij hield van milde spot, had alle begrip voor de zwakheden van anderen en ontzag voor hun triomfen. Ik ben algauw afgunstig, maar denkend aan Barrington Leach, en me afvragend waarom ik niet meer kon zijn zoals hij, voelde ik zuivere bewondering. Hij was inspirerend.

Om te beginnen moest ik tegenover Leach iets rechtzetten. Niet wat mijn moeder en zus betrof, natuurlijk, maar over hoe hij me moest noemen. Hij had zijn brief gericht aan 'de heer Dubin', maar in 1970 had ik weer de naam aangenomen die mijn grootvader uit Rusland had meegebracht en in mijn volwassen jaren kenden de mensen me als Stewart Dubinsky. Die verandering van naam, om redenen die te ingewikkeld zijn om hier uit de doeken te doen, zei iets over de relatie met mijn vader. Leach stelde er een aantal gerichte vragen over voordat hij nader informeerde naar mijn werk, mijn ouders en de levensloop van mijn vader. Hij was zo nauwgezet en op een bepaalde manier voorzichtig dat ik eerst vreesde dat hij wist dat ik over mijn moeder had gelogen, maar hij bleek iets anders in gedachten te hebben.

'Weet je, Stewart, ik denk dat je de bedoeling hebt de nagedachtenis van je vader te eren, maar het zou een ernstig verzuim zijn als ik je niet waarschuwde. Als je ermee doorgaat, zou je wel eens dingen kunnen ontdekken die je als loyale zoon misschien liever niet had willen weten. Ik ben er altijd van overtuigd geweest dat het wijsheid is om voorzichtig te zijn met wat je wenst.'

Ik verzekerde hem dat ik daarover had nagedacht. Als ervaren rechtbankverslaggever wist ik dat het heel waarschijnlijk was dat er een serieuze reden was voor de veroordeling van mijn vader.

'Dat is in elk geval een goed begin,' zei Leach. 'Maar de concrete bijzonderheden zijn altijd pijnlijker dan het algemene begrip. En dat impliceert dat je al een algemeen begrip zou hebben. Je zou wel eens tot de conclusie kunnen komen, Stewart, dat je met oogkleppen op bent doorgedraafd.'

Ik zei dat mijn besluit vaststond. Wat er ook was gebeurd, ik wilde het weten.

'Dat is één probleem,' zei Leach.

'Wat zijn er dan nog meer voor problemen, meneer?'

'Zeg maar Bear.' Ik weet niet of hij die bijnaam dankte aan het lichaam dat hij als jongeman had gehad – hij leek nu bepaald niet meer op een beer – of dat de afkorting 'Bare' (naakt) indertijd te gewaagd was geweest. 'Ik moet bekennen, Stewart, dat ik na je verzoek lang heb nagedacht over de vraag of het wel aan mij is om je er iets over te vertellen. Ik voel nog altijd een grote sympathie voor David. Hij was een goed mens, hij dacht na over wat hij deed en kon dat goed onder woorden brengen. En het was zijn wens dat ik hier met niemand over zou praten, een wens waaraan hij zijn hele leven heeft vastgehouden, naar het lijkt. Bovendien was ik, afgezien van mijn persoonlijke verbondenheid, zijn advocaat, met de juridische plicht zijn geheimen te bewaren.

Anderzijds ben ik in het bezit van bescheiden van je vader,

een document dat jou als zijn erfgenaam toekomt. Ik heb niet de wens je dat te onthouden en daarom voel ik me vrij te spreken over de zaken die daarin aan de orde komen. Dat zal in elk geval mijn verweer zijn als de balie me wil royeren.' Hij had een opvallende cataract in zijn ene oog, zo groot dat hij duidelijk zichtbaar was, maar die kon niet verhullen dat zijn ogen altijd oplichtten als hij een grapje maakte. 'Jij en ik moeten nu van tevoren tot een afspraak komen. Ik kan me niet uitlaten over andere dingen dan wat er op schrift staat. Je zult merken dat ik op de meeste vragen van jouw kant antwoord kan geven, maar niet op alle vragen. Is dat duidelijk?'

Daar ging ik meteen mee akkoord. We haalden allebei even diep adem; toen stelde ik de naar mijn gevoel logische eerste vraag: hoe Leach mijn vaders advocaat was geworden.

'Dat is indirect gegaan,' antwoordde hij. 'De hele oorlog heb ik in een veilig oord doorgebracht, op Eisenhowers hoofdkwartier, eerst in Bushy Park bij Londen en later, in 1944, in Versailles. Tegenwoordig zou ik "beleidsman" worden genoemd. Ik was hier in Hartford openbaar aanklager geweest en de rechtszaal was vertrouwd terrein, maar mijn ervaring met het militair strafrecht was beperkt gebleven tot een paar vonnissen van krijgsraden die in laatste instantie aan Eisenhower werden voorgelegd, voornamelijk doodvonnissen. Maar de commandant van je vader, Halley Maples, kende mijn oudste broer van Princeton en Maples verzocht mijn superieuren persoonlijk mij met de verdediging te belasten. Ik had eigenlijk geen keus, niet dat ik er ooit spijt van heb gehad, hoewel je vader als cliënt zeker een uitdaging was.' Hij markeerde die opmerking met een grimmige lach.

Op zijn zesennegentigste was Bear Leach al heel lang wat we een oude man noemen, toch zeker twintig jaar, en hij was gewend geraakt aan de voorrechten en verzoeken behorend bij de gevorderde leeftijd. Er was hem zo vaak gevraagd naar zijn herinneringen aan bepaalde gebeurtenissen dat hij, zoals ik soms voor de grap tegen hem zei, zijn memoires in feite in zijn hoofd had. Hij sprak in vloeiende alinea's. Toen we in de maanden die volgden vertrouwelijker met elkaar waren geraakt, nam ik eens een opneemapparaat voor hem mee, in de hoop dat hij dat zou gebruiken om de belangrijkste verhalen van zijn leven in te spreken. Maar hij was te bescheiden om te denken dat hij meer was geweest dan een randfiguur, en hij kon geen belangstelling opbrengen voor het project. Hij was een man van de rechtszaal. Hij gaf de voorkeur aan levend publiek, en ik was graag bereid naar hem te luisteren.

'Eind april 1945 ging ik naar Regensburg in Duitsland om je vader te ontmoeten. Officieren kregen in afwachting van hun krijgsraadproces traditioneel huisarrest opgelegd, en je vader bevond zich in het kasteel van Regensburg, waar toen het hoofdkwartier van het Derde Leger was gevestigd. Het was een massief *Schloss* dat eeuwenlang in bezit van de familie Thurn und Taxis was geweest, een paleis zoals Amerikanen zich een paleis voorstellen, zo groot als enkele huizenblokken. De inrichting was tamelijk barok, met zuilen van gekleurd marmer, romaanse bogen met schitterende mozaïekversieringen en klassieke beelden. Ik moest bijna twintig minuten lopen om bij je vader te komen, die in een suite verbleef zo groot als deze salon, misschien nog groter, ingericht met schitterend antiek. In deze pracht en praal moest je vader binnen blijven tot het leger eraan toe was om hem dood te schieten. Als je van ironie houdt, kun je nergens beter terecht dan in het Amerikaanse militaire milieu, dat is zeker.' Leach glimlachte op zijn eigen manier; zijn expressie werd beperkt door ouderdom en ziekte en zijn kaak zakte scheef.

'Je vader was een onberispelijke verschijning, bijna een meter tachtig, meen ik me te herinneren, het toonbeeld van een officier en een gentleman. Hij had een uiterst verzorgd streepsnorretje zoals de filmster William Powell, op wie hij leek. Zodra ik hem zag, besefte ik dat het idee dat David Dubin ooit opzettelijk in strijd met een dienstbevel zou hebben gehandeld belachelijk was. Maar die overtuiging onderbouwen bleek een van de lastigste opdrachten in mijn loopbaan.'

'Waarom?'

'Omdat de man volhield dat hij schuldig was. Dat is op zichzelf natuurlijk niet ongebruikelijk. Er zijn mensen die van misdrijven worden beschuldigd die beseffen dat ze iets hebben misdreven. Maar je vader weigerde een nadere verklaring te geven. Vragen naar de gebeurtenissen die ertoe hadden geleid dat hij had besloten majoor Martin vrij te laten leverden niets anders op dan een verklaring van zijn kant dat het volkomen zinloos was daarop in te gaan. Hij liet me dat heel hoffelijk weten, maar week geen duimbreed van zijn eenmaal ingenomen standpunt af. Het was zoiets als Melvilles Bartleby the Scrivener verdedigen, alleen zei je vader "ik ben schuldig" in plaats van "dat doe ik liever niet". Ik zag me genoodzaakt de hele zaak zonder zijn medewerking te behandelen. Ik kwam van alles te weten over de oorlogservaringen van je vader, maar vrijwel niets over wat er tussen Martin en hem was voorgevallen.

Ten slotte kreeg ik een ingeving: ik stelde je vader voor dat hij, als hij het zo moeilijk vond om erover te praten, op zijn minst een poging moest doen om alles op te schrijven, nu de gebeurtenissen nog vers in zijn geheugen lagen. Als hij me geen inzage wilde geven in het resulterende document, dan was dat zijn beslissing, maar als hij tot een andere opvatting kwam, zou ik me veel beter kunnen voorbereiden. Hij was niet bepaald enthousiast over mijn voorstel, maar hij had natuurlijk weinig om handen. Hij las graag, ik heb hem stapels romans gebracht, maar ik denk dat hij net als andere militairen driftig had gecorrespondeerd en dat hij aan zijn correspondentie weinig genoegen meer beleefde. Zoals ik het me herinner had hij zijn verloofde teleurgesteld en paniek gezaaid bij zijn familie door zijn jobstijding. Het maken van een schriftelijk verslag over wat tot de beschuldiging had geleid bleek een geschikte afleiding, en na zijn aanvankelijke tegenzin kweet hij zich vol vuur van zijn taak. Als ik hem opzocht in zijn verblijf zat hij altijd op een kleine Remington-schrijfmachine te rammen die hij op een Louis Quatorze bureau had neergezet, ook al een kostbaar antiek meubelstuk, dat wankelde onder de kracht van zijn aanslagen. Na een maand ongeveer wees ik op de stapel vellen bij zijn elleboog, die nu zo'n drie centimeter hoog was.

"Het wordt wel een magnum opus," zei ik. "Weet je al of je het mij wilt laten lezen?" Ik had willen wachten tot hij er uit zichzelf over begon, maar nu de datum van de eerste zitting naderbij kwam, vroeg ik me bezorgd af of ik wel in staat zou zijn alles in me op te nemen uit wat een indrukwekkend werk leek te worden, zeker als zich nieuwe richtingen zouden voordoen voor nader onderzoek.

"Op sommige dagen denk ik van wel, kolonel," zei hij, "en op andere dagen denk ik van niet."

"Waarom niet?"

"Ik denk niet dat het me zal helpen."

"Omdat het mijn respect voor je zou ondermijnen? Of omdat ik je oordeel over je schuld zou overnemen? Je kent me goed genoeg, Dubin, om te weten dat niets me kan beletten je te verdedigen."

"Dat weet ik. Dit lezen kan uw nieuwsgierigheid misschien bevredigen, kolonel, en uit dit stuk blijkt waarom ik terecht verklaar schuldig te zijn. Maar voor het eindoordeel maakt het niets uit. U bent er ook niet mee geholpen. Integendeel eerder."

In mijn zwakke ogenblikken kwam soms de gedachte bij me op dat ik stiekem pagina's zou kunnen weghalen, alleen had hij gelijk: hij had het recht zijn eigen schip tot zinken te brengen. Maar ik bleef aandringen op inzage. Elke keer leek hij mijn overwegingen zijn volle aandacht te schenken, maar na ampel beraad te verwerpen. En zo begon het proces. David verklaarde meteen dat hij schuldig was. De auditeur-militair, de aanklager dus, had erin toegestemd in ruil daarvoor de zwaarste sanctie te laten vallen, maar hij zette zijn aanklacht wel door, zoals gebruikelijk was bij elke serieuze krijgsraadzaak. Dat was natuurlijk een belangrijk verschil met de gebruikelijke strafzaken, waarbij een schuldigverklaring leidt tot een schikking zonder dat de zaak ter zitting komt, en ik had moeite met dat verschil. Ik was fel in de kruisverhoren omdat geen van de getuigenverklaringen te rijmen viel met een militair die willens en wetens zijn plicht had verzaakt. Heel vaak bedacht ik voor het slapen gaan hoe goed ik het had gedaan, maar ik kon niet vergeten dat mijn cliënt de beschuldigingen zelf al had onderbouwd.

In de Handleiding Militair Strafrecht stond indertijd – misschien nog wel – dat de beklaagde het recht had een verklaring af te leggen waarover geen kruisverhoor mogelijk was, onmiddellijk na het laatste woord van auditeur-militair en de raadsman. De avond voor de laatste dag van de behandeling deed ik mijn laatste poging je vader over te halen het verslag in zijn geheel of in gedeelten ervan aan de rechtbank voor te leggen. Ik kon wel juichen toen hij de volgende dag op de zitting verscheen met twee mappen; maar hij hield zijn manuscript voor zichzelf. Hij legde een korte verklaring af die niet veel meer behelsde dan dat hij, door Martin vrij te laten, niet de bedoeling had gehad de Verenigde Staten te schaden; de grootste eer die hem in zijn leven te beurt was gevallen was zijn dienstverband geweest. Pas na de afsluiting van de zitting gaf hij de mappen aan mij. Dat was bedoeld als royaal gebaar van zijn kant, vermoed ik, als beloning voor mijn inspanningen, zodat ik vrede zou kunnen hebben met de afloop. Hij zei dat ik het maar helemaal moest lezen, als ik dat wilde, en het dan aan hem terug kon geven. Hij zei er openhartig bij dat hij het dan wilde verbranden.

Zelfs in dat stadium hoopte ik op een aanknopingspunt dat ik zou kunnen gebruiken om de zaak opnieuw geopend te krijgen. Die zondag was er geen zitting. Ik bracht de hele dag door met lezen en was er maandag pas enkele ogenblikken voor aankomst op de zitting mee klaar.'

'En wat stond erin?' Ik was als een kind dat bij het kampvuur naar een spannend verhaal luistert. Ik wilde wat alle kinderen altijd willen: weten hoe het afloopt.

Bear liet een droge lach horen.

'Tja, Stewart, verhalen die de moeite waard zijn kunnen meestal niet in een paar zinnen worden samengevat.'

'Maar was het te gebruiken?'

'Zeer zeker niet.'

'Waarom niet?'

'Omdat je vader gelijk had. Hij was een uitstekend jurist. Een buitengewoon kundig jurist. En zijn oordeel was juist. Als de leden van de krijgsraad het hele verhaal hadden gekend, zou dat de zaak erger hebben gemaakt. Misschien wel veel erger.'

'Waardoor dan?'

'Er waren allerlei complicaties,' zei hij, 'allerlei overwegingen. Zoals ik al heb verteld mocht ik je vader graag. Dat zeg ik niet zomaar. Maar een verdediger leert met een koele blik naar de feiten te kijken. En toen ik zo naar zijn zaak keek, naar het gunstigste geval en het ongunstigste geval, besefte ik dat er niets goeds kon voortkomen uit inzage. Het kon zelfs uiterst nadelig zijn voor de zaak.'

'Dat is nogal vaag. Wat was er dan zo erg aan?'

Bear Leach, zelden om antwoord verlegen, verschikte iets aan zijn hoogbejaarde das, die als een vaantje aan de boord van zijn oude overhemd hing, die inmiddels vijf centimeter te ruim was voor zijn rimpelige hals.

'Toen ik het verslag van je vader las, besefte ik dat ik van een veronderstellig was uitgegaan die een auditeur-militair ongefundeerd zou kunnen achten, nadat de achterliggende feiten beter bekend waren geworden.'

Ik maakte een gebaar. 'Dat is omzichtig uitgedrukt.'

'Er is ook omzichtigheid vereist, Stewart, dat staat wel vast. Ik spreek met een zoon over zijn vader.'

'Die waarschuwing heb ik al gehoord. Ik wil het weten.'

Leach voerde de langdurige manoeuvre uit die nodig was om de zuurstoftoevoer naar zijn neus te verbeteren.

'Stewart, je vader werd ervan beschuldigd opzettelijk een gevangene te hebben laten ontsnappen. Het bewijs daarvoor werd geleverd door verklaringen dat Robert Martin door diverse militairen van het 406e Regiment Pantsercavalerie het laatst is gezien onder bewaking van je vader. Je vader heeft erkend dat hij Martin heeft laten gaan, zijn handboeien en voetboeien heeft losgemaakt en hem uit het bivak heeft laten verdwijnen. In de tenlastelegging werd ervan uitgegaan dat Martin was gevlucht. Maar uit wat je vader had opgeschreven viel een onrustbarender gevolgtrekking op te maken, die mijns inziens werd versterkt door zijn zwijgzaamheid.'

'Welke gevolgtrekking?'

'Stewart, ik moet je waarschuwen dat het maar een ideetje was.'

'Toe nou, Bear. Welke gevolgtrekking?'

Leach vermande zich en knikte even.

'Dat je vader,' zei hij, 'Robert Martin had vermoord.'

8 DAVID: TEEDLES GEHEIMEN

Toen Biddy en ik terugkwamen bij de 18e na ons bezoek aan de comtesse de Lemolland troffen we in de tent van generaal Teedle niemand aan. De MP die op wacht stond zei dat beide adjudanten vrij hadden en dat Teedle de bataljons inspecteerde. Ik liep door en kwam opnieuw terecht op het terrein met de tenten van de manschappen. Door het bombardement op het kasteeltje had ik weer moeten denken aan Billy Bonners opmerking dat ik een onderzoek instelde naar de verkeerde man.

De hemel was inmiddels opnieuw betrokken, zodat verder luchtverkeer onmogelijk was. Nu ze zich niet hoefden te houden aan de verduisteringsregels hadden de mannen vuurtjes gestookt en er heerste de gebruikelijke kroegsfeer. Iemand had een luidspreker opgesteld zodat er naar de AFN, de militaire zender, kon worden geluisterd. In *Command Performance* was Harry James te horen, en ik bleef staan luisteren hoe hij zich meesterlijk door 'Cherry' blies. Het trof me opeens hoe ik muziek miste, waarnaar ik ooit een hunkering had gekend die leek op honger. Tegenwoordig werd dat verlangen verdrongen door de stapels wetboeken en de gedreven concentratie die vereist was voor zevendaagse weken in de rechtzaal. Ik sloot even mijn ogen en ervoer het vertrouwde gevoel van de taille van Grace onder mijn hand bij het dansen.

Onverwachts kwam ik Biddy tegen. Hij stond terzijde met zijn camera foto's te maken van vier kaartende mannen onder een lamp in de messtent. Ze waren naar binnen gegaan om te voorkomen dat het papiergeld dat ze vergokten, Franse francs die in de Verenigde Staten waren gedrukt, zou wegwaaien. Elk van de mannen zat op een lege patronenkist om de lege bazookakist die ze als tafeltje gebruikten.

'Godsjezus nog aan toe,' zei een van hen. 'Kom godverdomme eens uit, Mickey. Over een maand ben je dood en dan vraag je je nog af of je had moeten troeven.'

'Mortenson, dat moet je niet zeggen.'

'Denk je soms dat de moffen meeluisteren?'

'Nee, maar je hoeft me toch niets toe te wensen.'

'Ach, hou je stomme kop, moffenvoer, en leg eens een kaart neer.'

'Zeur niet, Witkins.'

'Nou, zie maar eens wat je hiermee doet.'

'Er zijn nog een paar soldaten eerder aan de beurt dan ik.'

'Die stomme Mickey begrijpt nog altijd niet waarom dat Franse grietje hem niet wou. Het halve peloton is er al over heen geweest, maar hem wilde ze niet.'

'Het halve peloton liegt dat ze blauw zien. Dat meisje was een keurig meisje. Ik wilde haar alleen een Coke aanbieden.'

'Dat was vast niet wat ze van je moest slikken.'

'Tjees, Mort, ben jij zo pervers?'

'Hoor eens, jongen, die Franse meisjes gebruiken hun mond.'

'Niet bij mij. Dat is toch smerig.'

'Jongens, hou nou toch op. Straks is het godverdomme reveille voor die slome een kaart laat zien.'

Ik was blij met het gezelschap van Tony Eisley, maar dit soort ruwe kameraadschap bestond niet onder mijn collega-officieren. Niet dat ik hier deel aan had. Negenentwintig was bejaard voor de meeste van deze jongens en de aanwezigheid van een officier werd als storend of zelfs ergerlijk ervaren. Mijn bezoeken aan de manschapsverblijven herinnerden me aan thuiskomen in DuSable, waar de buren navraag deden naar 'de student' op een toon die niet echt bewonderend was. Ik zou geld gaan verdienen, dachten ze. Ik zou afstand nemen van de buurt en de mensen. Onder de soldaten zaten inmiddels ook studenten, omdat het Congres begin dit jaar een einde had gemaakt aan het militaire opleidingsprogramma dat recruten in staat had gesteld voltijdstudies te volgen. Anderzijds was een handjevol onderofficieren uit het leger van voor de mobilisatie tot officier bevorderd. Over het geheel genomen kon je echter bordjes met ARM en RIJK ophangen boven het manschappengedeelte en het officiersgedeelte van het kamp. Ik was er nog niet achter waarom het leger dacht dat de krijgstucht of een ander militair doel door die scheiding werd bevorderd. Maar ik besefte wel dat ik me hier, net als bij de basisopleiding, tussen de echte soldaten bevond. Historici zouden de namen van de generaals vastleggen, maar dit waren de mannen die de echte oorlog uitvochten.

Ik liep de tent uit en zwierf wat rond tot ik Billy Bonner met enkele andere soldaten bij een vuurtje zag staan; ze hadden allemaal een donkere fles wijn in de hand. Bonner beschouwde mij kennelijk als het gezag en verstijfde met geheven arm, waardoor een paar van zijn maten zich haastig omdraaiden, tot ik zei: 'Plaats rust.'

We liepen samen een eindje op en ik legde Bonner uit dat Teedle onvindbaar leek.

'O, die duikt wel weer op. De generaal slaapt graag in zijn eigen tent.' Bonner liet zijn opmerking gepaard gaan met een sluw lachje.

'Bonner, dat klinkt alsof je geen hoge dunk hebt van de generaal.'

'Nee, dat is niet waar, luitenant. Betere heeft dit leger niet.'

'Maar?'

Bonner schudde zijn hoofd en zoog zijn lippen naar binnen, maar ik hield aan. Daarop loodste hij me verder weg van zijn maten.

'Dit hebt u niet hier gehoord,' zei Bonner. Hij bracht de wijnfles weer aan zijn mond om zich moed in te drinken. 'De schoft is een mietje, natuurlijk.'

'Pardon?'

'Teedle is een flikker, verdomme.'

'Hoe bedoel je?'

'Jezus, luitenant, weet u niet wat een poot is?'

'Allemachtig, Bonner.' Ik zei dat ik hem bij de MP's zou hebben aangegeven als hij niet bezopen was geweest.

'Onthoudt wat u zegt, luitenant. Dat is de reden dat niemand iets tegen hem doet.'

'Wat?'

'Dat zeg ik toch. De man is een homo. U weet, de generaal slaapt hier in zijn tent. Zogenaamd om dag en nacht te kunnen werken. Maar dat is de reden niet. Die vuile flikker drinkt zich lazarus – meer dan normaal is – en stuurt er dan Frank op af om een of andere dienstplichtige te halen. Altijd een jongen die eruitziet of hij net uit de hooiberg is komen rollen, een stoere boerenknul met blond haar. Als die binnenkomt, word ik weggestuurd. Af en toe als ik 's morgens de tent binnenkom, is zo'n stakker er nog. Soms ligt zo'n jongen prinsheerlijk te slapen. Maar soms gaat het anders, dan heeft iemand zich verzet, want dan heeft de generaal schade opgelopen, een blauw oog waarmee hij nog een week mooi is. Ik moet zeggen, luitenant, ik heb zelf twee of drie van die jongens naar buiten zien komen – niets dat de mof ze had kunnen aandoen had erger kunnen zijn. Hun eigen commandant. Ze zijn totaal van slag. Ze weten het niet meer.'

Ik had nog nooit zo'n weerzinwekkend verhaal gehoord.

'Wat een vuile schoft,' zei ik. 'En je hebt dit niet onder de aandacht van een officier gebracht?'

'Ik vertel het nu aan u, luitenant. Generaal Patton is de laatste tijd niet langs geweest voor een praatje. Maar wie zal zeggen dat ik het niet heb verzonnen? Die jongens praten er niet over: de jongens die ervan gediend zijn niet en de andere jongens zeker niet. Ik dacht dat de jongen die de generaal een blauw oog had geslagen, soldaat Lang, dat die misschien wel iets te zeggen zou hebben, maar zijn sergeant wilde er niet aan. Was niet van plan voor zijn jongen op te komen tegenover het kader, niet vanwege zoiets en niet in dit leger. Maar misschien kunnen jullie de tongen losser maken. Ik weet niets over kapitein Martin,' besloot Bonner. 'Maar als Teedle zo graag een krijgsraad wil, begin dan met hem.'

Om 7.30 uur, toen ik langskwam, was generaal Teedle in zijn tent en overlegde met zijn derde man, majoor Michaels. Als officier operatiën had Michaels de laatste tijd weinig te doen gehad, maar nu spreidde hij diverse grote stafkaarten uit op het bureau van de generaal. Dit was werk, het van moment tot moment plannen van gewapende initiatieven, waarin ik op de opleiding voor infanterieofficier in Fort Benning had uitgeblonken. In dit stadium, nog voordat het eerste schot was gelost, was het een zuiver intellectuele oefening, een kruising tussen schaken en spelen met tinnen soldaatjes, maar de dodelijke realiteit van deze beslissingen sprak uit de intense ernst van de beide mannen. Het was duidelijk, als ik ze zo bezig zag, dat de nieuwe voorraden brandstof en munitie onderweg waren. Binnenkort zou het afgelopen zijn met de rust van de 18e Pantserdivisie.

Ik bleef in de ingang staan wachten, kijkend naar Teedle met zijn parmantige houding en rode dronkemansneus, met de gedachte aan Bonners beschuldiging in mijn achterhoofd. Ik was de afgelopen nacht een paar keer wakker geschoten. Uiteindelijk had ik me gericht op het praktische probleem van wat me te doen stond. Omdat ik Billy Bonner graag mocht, had ik hem op zijn woord geloofd. Maar God mocht weten hoeveel redenen hij kon hebben om te liegen. Tegen vier uur in de ochtend had ik besloten te wachten tot ik het kolonel Maples onder vier ogen kon vertellen. Soms was het niet ongunstig dat het leger zo'n omslachtige commandostructuur had. Als een probleem ernstig genoeg was, kon je het altijd doorschuiven.

Toch wist ik niet of ik niet zichtbaar zou gaan transpireren wanneer Teedle me eindelijk zou kunnen ontvangen. Ik was blij dat Bonner er nog niet was, zodat ik hem niet hoefde aan te kijken.

'En hoe vond je Bob de charmeur?' vroeg Teedle toen ik voor zijn bureau stond en salueerde. 'Ontwapenend, hè? Heeft hij je onthaald alsof je koninklijk bezoek was?'

'Min of meer.'

'Heeft hij ook zijn vriendin met je laten flirten? Zij is namelijk net zo geraffineerd als Martin. Ze heeft al gelonkt naar diverse mensen die ik op hem af heb gestuurd. Die twee schuwen geen enkel middel.' Bonners opmerkingen hadden me zo beziggehouden dat ik niet vaak meer aan Gita Lodz had gedacht. Niettemin lukte het Teedle me een ogenblik van mijn stuk te brengen met zijn onthulling dat ik niet de eerste van zijn afgezanten was op wie mademoiselle Lodz een openhartige blik had laten vallen en aan wie ze had laten weten hoe interessant hij was. Anderzijds verbaasde het me niet dat een vrouw die haar rok opschortte om een debat te win-

nen niet verlegen was tegenover mannen. Toch voelde ik me geroepen voor haar op te komen.

'Ik zou het geen flirten willen noemen, generaal.'

'Dat verbaast me, Dubin. Zo'n knappe kerel als jij.' Hij keek me
ironisch aan, met zijn kin op zijn borst. Onder de omstandigheden
had ik moeite me goed te houden.

'Ik ben verloofd,' stamelde ik ten slotte.

'Heel goed,' zei hij, en vroeg toen wat Martin had aangevoerd.
Ik had me afgevraagd hoe ik generaal Teedle over Martins beweringen moest ondervragen; ik had niet het recht antwoorden van
een generaal te eisen. Maar Teedle was zo spraakzaam dat het geen
probleem bleek.

'Grote flauwekul,' zei hij, toen ik verklaarde dat volgens Martin
de oss hem tegen het einde van de afgelopen maand had teruggestuurd vanuit Londen met de opdracht naar Duitsland te gaan. Toen
ik Teedle Martins papieren liet zien, reageerde hij verbijsterd.

'God beware,' zei hij, nadat hij ze had bekeken. 'Ik geef toe dat
ik daar niets van wist. Mij heeft de oss twee weken geleden nog
gezegd dat ik hem eindelijk zijn congé kon geven. Ik had daar al
een paar keer om gevraagd. Ik kan je niet vertellen waarom ze zich
hebben bedacht.'

'Generaal, de enige manier om duidelijkheid te krijgen in deze
zaak is een schriftelijke bevestiging van de oss te vragen dat ze Martin nieuwe orders hebben gegeven.'

'Schriftelijk?' Teedle verschoof op zijn stoel. 'Jezus, dat is dus wat
erachter zit! Wat is het toch een handige donder. Het leger is nooit
opgewassen geweest tegen bekwame agenten, Dubin, en Martin is
een hele goeie. De oss zal heus niets op papier zetten over hun operaties en dat dan naar het front sturen. Soldaten worden krijgsgevangen gemaakt, Dubin, maar spionnen worden doodgeschoten.
Dat weet Martin. Berichten van de oss worden per radio verzonden in code en NLV.' (Na lezing vernietigen.) De generaal zweeg
even. 'Goed, ik handel het wel af.'

Hij maakte een aantekening. Het zou verstandiger zijn geweest
als kolonel Maples of ik contact met de oss zou opnemen, in plaats
van Teedle, die met de klacht was gekomen, maar de generaal leek
niet in de stemming voor juridische formaliteiten.

'En verder?' vroeg Teedle. 'Laat maar horen wat Martin nog meer te vertellen had, dan kan ik dat meteen afhandelen. Ik weet zeker dat hij het nodige over mij te zeggen had.'

Ik beschreef het bombardement. Ik moet Teedle nageven dat hij eerst naar slachtoffers vroeg.

'Ik heb daar iets over gehoord,' zei Teedle toen. 'Generaal Roy van het 19e Tactische Luchtcommando gaf gisteravond de melding door. Zei dat een squadron van hem uit koers was geraakt en mogelijk iets op onze mensen had laten vallen. Hij zat er verdomd mee in zijn maag. Als ik had geweten dat het op Martin was, had ik hem een bedankje gestuurd.'

'Ja, generaal, maar ik was daar ook.'

Teedle wierp me een ironische blik toe. Blijkbaar begreep ik niet wat het betekende om generaal te zijn, leek die blik te zeggen, als ik verwachtte dat hij zich daar druk om zou maken. Hij riep Frank toe dat de stafjurist de schadeclaims van de comtesse met spoed moest behandelen.

'En hoe reageerde Martin? Zei hij dat ik bij de luchtmacht die afzwaaiers had geregeld?'

'Hij overwoog dat het mogelijk was.'

Teedle lachte kort. 'Er zijn heel wat mensen van mijn rang, Dubin, die niet de moeite zouden nemen een Artikel 35-onderzoek in te stellen tegen een officier die insubordinatie had gepleegd. Die zouden Martin er persoonlijk op uitsturen om een heuvel te verkennen met een complete Duitse compagnie erop en daar geen nacht minder om slapen. Maar als ik er zo over dacht, had ik het hoofdkwartier er toch niet bij betrokken?'

'Inderdaad, generaal.'

'Je hoeft niet tegen me te slijmen. Als je me niet gelooft, zeg dat dan.'

'Het lijkt me redelijk, generaal.' Dat vond ik ook, maar Teedle leek te complex om te verwachten dat al zijn handelingen logisch te verklaren waren. Nu ik er nog eens over nadacht, begreep ik niet waarom generaal Roy Teedle zijn excuses had aangeboden. De 26e Infanterie, niet Teedles eenheid, lag onder de bommen van Roy. Tenzij het Roy was ontschoten dat ze van positie hadden gewisseld. Dat was ook mogelijk.

'Heeft Martin nog meer lasterlijke beweringen verkondigd waarop je een reactie wilt horen?'

'Mag ik vrijuit spreken, generaal?'

'Je hebt me net beschuldigd van een poging een van mijn officieren te bombarderen. Ik geloof dat je al aardig bezig bent, Dubin, maar ga verder.'

Ik besefte dat het geen enkele zin had Teedle te herinneren aan wat er door wie was gezegd. Hij vermaakte zich met onze woordenstrijd en wist dat hij door zijn rang in het voordeel was. Desondanks had ik niet het gevoel dat Teedle een kat-en-muisspel met me speelde uit wreedheid maar eerder om me te testen. Hij was een ongewone man. Openhartig. Vooringenomen. Grof. Kijkend naar zijn beweeglijke gezicht, de manier waarop hij wisselde tussen arrogantie en collegialiteit en de ongegeneerdheid waarmee hij je uitnodigde een hekel aan hem te hebben, was het niet moeilijk te geloven dat Teedles eigenaardigheden zich uitstrekten tot veel duisterder gebieden, zoals Bonner beweerde. Maar niet noodzakelijk tot wreedheid. Ik vermoed dat hij zou zeggen dat wreedheid in de aard van de mens lag. Vals zijn we allemaal. Maar hij was niet valser dan de meesten.

'Generaal, hij zegt dat u hem kwijt wilt omdat u denkt dat hij een communist is.'

Toen Teedle dat hoorde, legde hij zijn voeten op de kledingkist naast hem, terwijl hij glimlachend over zijn kin streek. Het was voor het eerst dat hij de tijd nam om na te denken, bijna zoals Martin hetzelfde onderwerp uit de weg had willen gaan. Intussen schudde hij zijn hoofd met dat knotje rode staalwol erop, naar het leek van bewondering. Martin was onvoorspelbaar voor hem. Dat leek het te betekenen.

'Nou, Dubin, ten eerste denk ik niet dat Martin communist is, ik weet dat hij communist is. Hij was partijlid in Parijs toen hij afreisde naar Spanje om te vechten. Dat is een van de redenen dat de oss in hem geïnteresseerd was. Vanwege zijn invloed op de communistische vakbonden.

Maar daar gaat het nu niet om. Ik beschuldig de man niet van verkeerde politieke ideeën. Ik beschuldig hem van insubordinatie en het in gevaar brengen van andere militairen. Zelfs in Rusland, waar ze me kameraad generaal zouden noemen, gaat het zo, als ik hem beval op zijn knieën mijn kont te kussen, dan had hij dat maar te doen.'

Tot die opmerking had ik Bonner bijna uit mijn gedachten verbannen.

'Of zijn politieke achtergrond de reden is dat de oss erin heeft toegestemd Martin ergens anders heen te sturen, niemand heeft dat beweerd, maar eerlijk gezegd lijkt het voor de hand te liggen en het is zinnig. De *Stars and Stripes* en de bioscoopjournaals vertellen je niet alles wat onze dierbare Russische bondgenoten uithalen, Dubin. Weet jij iets van wat er in augustus in Polen is gebeurd?'

Ik had er niet veel over gehoord en Teedle bracht me graag op de hoogte. Terwijl het Rode Leger aan de grens stond, waren duizenden Poolse patriotten in Warschau in opstand gekomen tegen de nazi's. Veel mensen aan onze kant, zei Teedle, geloofden dat Stalin bij het ondergrondse Poolse leger de verwachting had gewekt dat de Russen Polen zou binnenvallen om met vereende krachten de nazi's te verdrijven. Maar de Russen waren niet in actie gekomen. Stalin wilde zelfs de geallieerden niet toestaan wapens en voorraden te droppen. Het Poolse leger werd onder de voet gelopen. Duizenden werden ter dood gebracht, neergeschoten of opgesloten in gebouwen die in brand werden gestoken, waarna de nazi's het centrum van Warschau met de grond gelijk maakten.

'En waarom hebben de Russen dat gedaan, zul je vragen,' zei Teedle. 'Waarom hebben de Russen het Poolse verzet niet geholpen, en zo hun eigen verliezen beperkt bij de herovering van Polen? Enig idee?'

Er viel me niets in.

'Omdat, Dubin, een patriot die zich tegen de Duitse bezetting verzet, zich ook tegen de Russen zou kunnen verzetten. Stalin heeft de nazi's in Polen zijn vuile werk laten opknappen. Op dat moment wist het oppercommando, Roosevelt, Churchill, al die mensen, met absolute zekerheid wat ons te wachten staat. Stalin had het net zo goed door zijn luchtmacht in de lucht kunnen laten schrijven. Ze willen Oost-Europa veroveren en bezetten. Ze willen het nazi-bewind vervangen door een sovjetbewind. En je hebt volkomen gelijk, we hebben geen enkele behoefte aan een agent die voor onze troepen uit actief wordt en de kant van de Russen zou kunnen kiezen. Martin heeft veel vrienden in het Russische leger. Hij heeft in Spanje voor minstens drie verschillende Russische generaals gevochten. En ik verwed er wat onder dat hij heel wat beter naar hun orders zal luisteren dan naar de mijne. Dus ja, het feit dat hij communist is, daar maak ik me zorgen over. Ernstige zorgen. Vooral omdat hij zo'n verdomde dwarsligger is. Maar als hij geen dwarsligger was, mocht hij van mij elke nacht in een rode pyjama slapen.'

De generaal boog zich naar voren, met zijn vuisten op zijn bureau. 'En nu als mannen onder elkaar, Dubin, zeg eens eerlijk, heb je daar moeite mee? Want bij het luisteren kreeg ik de indruk dat de klacht van die klootzak dat ik hem moet hebben vanwege zijn politieke overtuiging – dat jij daar wel wat in zag.'

Ik nam de tijd, maar ik wist dat ik niet zou buigen voor generaal Teedle. Dat hoefde ook niet.

'Generaal, er zijn heel wat socialisten die trouw zijn aan de Verenigde Staten. En die Stalin haten.' Twee van die mensen woonden in een flatje in Kindle County en hadden mij grootgebracht. Zoals gewoonlijk zei ik dat niet. Wie ik was en waar ik vandaankwam was mijn geheim. Maar Teedle was scherpzinnig genoeg om te vermoeden dat ik uit ervaring sprak.

'Ben jij een van die mensen, Dubin? Is dat wat je wilt zeggen? Ben jij een loyale Amerikaanse socialist?'

'Ik ben een loyale Amerikaan, generaal. Ik ben het niet altijd eens met de socialisten. Mijn probleem met socialisten is dat ik er een aantal heb ontmoet die ik niet idealistisch vond. Ze haten de rijken uit jaloezie.' Natuurlijk had het onderwerp socialisme en mijn houding tegenover het socialisme me op de middelbare school en de universiteit jarenlang beziggehouden. Op Easton was ik in contact gekomen met veel mensen waar mijn ouders geen goed woord voor over hadden, en misschien viel Grace ook in die categorie, hoewel zij zich in het algemeen verre hield van de voorrechten die haar familie genoot. Samen konden we eindeloos bomen over de vraag of wij socialisten waren. Zoveel misstanden in de wereld werden veroorzaakt door het feit dat mensen arm waren. Maar ik voelde me nooit prettig bij de socialistische moraliteit van mijn ouders, die hun het recht gaf meer te willen hebben, terwijl de rijken minder moesten willen.

'Interessant, Dubin, heel interessant.' Ik twijfelde er niet aan dat Teedle het meende. Hij gooide een potlood op en ving het in de lucht. 'Jij en ik staan op dit punt lijnrecht tegenover elkaar. Wat ik tegen de communisten heb is waar jij meer van wilt. Ik heb een afkeer van communisten, Dubin, omdat het stommelingen zijn. Stommelingen. Onnozele idealisten die willen geloven dat mensen geneigd zijn met elkaar te delen en eerst aan anderen te denken, terwijl dat nooit het geval zal zijn. Nooit.

En omdat ze niet inzien hoe de mensen zijn, Dubin, niet inzien hoe grof en egoïstisch we zijn, daarom, Dubin, denken ze dat we het zonder God afkunnen. Dat is mijn grootste bezwaar tegen die mensen. Omdat zij denken dat de mensheid zonder Zijn hulp goed kan zijn. En wanneer we die weg op gaan, Dubin, zijn we verloren. Reddeloos verloren. Want we hebben God nodig, Dubin. Alle mannen hier hebben God nodig. En niet om hun ziel te redden of over hen te waken, dat is allemaal sentimenteel gelul. Weet je waarom we God nodig hebben, waarom we Hem moeten hebben, Dubin? Weet je dat?'

'Nee, generaal,' zei ik. Ik had niet meer zekerheid omtrent God dan omtrent het socialisme, maar het was zo'n ogenblik dat Teedle vol op stoom was, vol verontwaardiging die een uitweg zocht.

'Ik zal het je vertellen, Dubin. Waarom we God nodig hebben. Waarom ik God nodig heb. Om ons vergiffenis te schenken,' zei hij en bij die woorden sloeg zijn woede om in droefheid. Zijn kleine ogen werden vochtig, hij keek me somber aan en mijn twijfel aan Bonner verdween. 'Wanneer dit voorbij is, na de oorlog, dan is dat wat we nodig hebben, wij allemaal die hebben gedaan wat de oorlog van ons vergt en, erger nog, wat in oorlogstijd is toegestaan, dat is wat we nodig hebben om door te gaan met de rest van ons leven.'

Voor het eerst sinds ik was binnengekomen pakte Teedle zijn veldfles. Toen hij hem liet zakken, veegde hij met zijn hand zijn lippen af als een rouwdouwer in een bierhal, maar zijn roze omrande vogeloogjes bleven me aankijken, vol van treurig besef van de excessen in oorlogstijd en het troosteloze mysterie van een God die, voordat Hij vergiffenis schonk, al die dingen eerst liet gebeuren.

9 NIEUWE ORDERS

In de twee weken sinds we naar Nancy waren teruggekeerd werd duidelijk dat het tempo van de oorlog weer werd opgevoerd. Er was eindelijk een voorraad benzine afgeleverd. Aan andere benodigdheden zoals tenten, dekens, jassen, tweepits komforen, was nog altijd een tekort, maar de generale staf had viereneenhalf duizend liter motorolie no. 10 geruild met het Zevende Leger voor een gelijke hoeveelheid diesel en het lag voor de hand dat Patton zijn opmars zou voortzetten zodra die brandstof arriveerde.

Maar zelfs in die veranderde sfeer leek het leven in Nancy nog altijd even ontspannen als in een vakantieoord, vergeleken bij mijn drie dagen vlak bij het front. Zoals kolonel Maples had voorzien had ik de spanning prettig gevonden en ik had zelfs een merkwaardige voldoening gevoeld over het overleven van het bombardement, al was dat dan door onze eigen mensen uitgevoerd. Al met al waren mijn ontmoetingen met Teedle en Martin en Gita Lodz waarschijnlijk de eerste momenten sinds ik dienst had genomen dat mijn hoop in vervulling was gegaan.

Op 3 november verscheen een ordonnans bij de rechtbank om

me te melden dat kolonel Maples me aan het eind van de dag wilde spreken. Zodra Klike had beloofd recht te zullen doen ging ik
naar boven, waar de kolonel me documenten liet zien die per koe-
rier van de 18e Pantserdivisie waren gekomen. Teedle gelastte me
die aan Robert Martin ter hand te stellen.

HOOFDKWARTIER 18E PANTSERDIVISIE

VELDPOSTNUMMER 403, AMERIKAANSE LANDSTRIJDKRACHTEN

SAMENVATTING

```
1. Majoor Robert P. Martin wordt met on-
middellijke ingang ontheven van zijn
dienst bij deze Divisie en overgeplaatst
naar de Centrale Basis in Londen (Enge-
land). Bij aankomst zal hij zich onver-
wijld melden bij de bevelvoerend offi-
cier, ingevolge dienstvoorschrift.
Voorziene dvi: 1 november 1944 op last
van generaal Teedle
Namens deze:
                        Maj. James Camello


cc:
Kolonel Bryant Winters
Amerikaanse Landstrijdkrachten
Brook Street 68
Londen
```

Afgezien van de bestemming van een doorslag aan kolonel Winters, waaruit ik afleidde dat hij Martins oss-commandant was, ver-
schilde het bevel niet wezenlijk van eerdere die me onder ogen waren gekomen. Er waren echter reispapieren aan bevestigd die
identiek waren aan wat Gita bij mijn bezoek aan de comtesse had
laten zien. Ook die waren door de Centrale Basis in Londen op-
gemaakt en bedoeld voor Martins onmiddellijke terugkeer naar Engeland. Er was zelfs een vergoeding van twintig dollar per dag bij
in legergeld. Teedle had Martin met gelijke munt betaald. Omdat

de oss geen directe schriftelijke orders aan een agent wilde verstrekken, waren de reisbescheiden het beste bewijs dat de leiding van de oss Teedle steunde.

'Dat is dan de verklaring,' zei kolonel Maples nadat ik hem eraan had herinnerd dat ik iets van de oss nodig had om verweer te hebben tegen Martins bewering dat hij andere orders had gekregen. 'Toen hij belde, maakte generaal Teedle een opmerking over je. Hij vindt je een beetje te precies.'

'Ik dacht dat juristen geacht werden precies te zijn, kolonel.'

'Teedle ziet het als een belemmering.' Achter zijn grote eikenhouten bureau, zwaar als een halfrupsvoertuig, glimlachte Maples en raakte zijn snor aan, een gewoontegebaar van hem. 'Daarin verschilt hij trouwens niet noemenswaardig van de cliënten in mijn privé-kantoor, die knarsetandden als ze met hun advocaat moesten praten. Voor sommigen was het een even ongemakkelijke gang als de zondagse kerkgang.'

'Ik wil niet lastig zijn, kolonel, maar als ik er nog eens over denk, begrijp ik nog steeds niet hoe het zit. Waarom zou een gedecoreerde officier opeens zijn superieuren trotseren? Het meisje legt er nogal de nadruk op dat haar romance met Martin achter de rug is.'

'Misschien heeft Martin genoeg van de oorlog. Hij zou niet de eerste zijn. Maar het is niet aan ons om naar het waarom te vragen, David. Ik heb je al eens gezegd dat je Rollie Teedle beter niet tegen je in kunt nemen. Ga erheen en voer je dienstbevel uit. Teedle wil dat Martin onderweg is naar Londen voordat je vertrekt.'

'Ja, kolonel.' Maples' herhaalde waarschuwing met betrekking tot Teedle maakte het onmogelijk iets te doen aan Billy Bonners beschuldigingen. Ik had geaarzeld toen ik bij mijn terugkeer rapport uitbracht aan de kolonel; zodra ik in zijn kamer stond, had ik beseft dat Maples de beschuldiging als volslagen waanzin zou beschouwen en kwaad op mij zou worden omdat ik de pin uit deze handgranaat had getrokken en de granaat op zijn bureau had laten neerkomen. In feite had ik in het bijzijn van de kolonel, een zachtmoedige en door en door fatsoenlijke man, geen idee hoe ik onder woorden moest brengen wat Bonner had gezegd.

Met Teedles order in de hand kostte het Biddy en mij geen enkele moeite een jeep te krijgen en op 4 november vertrokken we kort na zonsopgang opnieuw naar Bezange-la-Petite. Er was veel verkeer onderweg op de smalle wegen, colonnes van trucks en pantservoertuigen. We schoten niet erg op en kwamen uiteindelijk tot stilstand achter een tankbataljon dat was gestrand op weg naar het noorden. Het 761e bestond uit donkere mensen, op enkele officieren na. Het waren de eerste zwarte militairen in actieve dienst die ik had gezien en ze keken net zo benauwd als iedereen die op weg was naar het front.

Na een halfuur ging ik met de jeep kijken wat de oorzaak van het oponthoud was; er bleken drie konvooien te zijn die elkaars pad kruisten. Twee MP's op motoren stonden op een kruispunt het verkeer te regelen, net als de verkeersagenten op drukke punten in de spits in Center City.

Toen ik terugkeerde hadden Biddy en een gekleurde soldaat woorden gekregen. Biddy dreigde met zijn vinger en zei tegen de andere militair, ook een sergeant, dat hij zijn kop moest houden. De man maakte een gebaar naar Biddy en liep weg terwijl ik terugkwam.

'Waar ging dat over?'

'Een jongen uit Georgia die stennis wou. Beweerde dat hij uit de stad kwam waar ik ben opgegroeid.' Biddy keek de man na.

'En was dat zo?'

'Misschien. Maar ik heb geen behoefte aan het ophalen van herinneringen, luitenant.' Biddy keek waakzaam, zoals altijd in zijn contacten met gekleurde mensen. Hoewel ik niet gauw mijn rang gebruikte en niet graag onze vriendschap op het spel wilde zetten, vond ik dat ik er toch iets van moest zeggen.

'Een gekleurde man is net zo goed als ieder ander, Gideon.' Dat hadden mijn ouders me krachtig ingeprent. Zodra de gojim klaar waren met de negers, wisten we allemaal wie er daarna aan de beurt zou zijn. 'Ik had een paar gekleurde vrienden op de middelbare school, jongens met wie ik muziek maakte en studeerde, die even aardig en intelligent waren als andere mensen die ik kende. Ik besef dat je uit Georgia komt, Biddy. Ik kan niets veranderen aan je manier van denken, maar ik wil er niets van zien of horen. Duidelijk?'

Gideons groene ogen bleven een tijdje naar me kijken, maar hij leek eerder getroffen dan opstandig.

'Ja, luitenant,' zei hij ten slotte.

Vóór ons zetten de tanks zich eindelijk in beweging.

Toen we de binnenplaats van het kasteeltje opreden, stapte Gita Lodz net uit de op houtskool rijdende Citroën van de comtesse met Antonio achter het stuur. Ze was gekleed als een dame uit de stad, in een geruite rok, met haar golvende bronskleurige haar in een knotje.

'Doe-bien!' riep ze uit en begroette me in het Frans. 'Dus je bent terug.' Ze kwam stralend op me af en kuste me op beide wangen. We waren al oude vrienden. Ik merkte op dat ze niet gekleed leek om de strijd aan te binden. 'Gekleed om te spioneren,' zei ze. 'We zijn bij mensen in Straatsburg langs geweest. Binnenkort heeft Martin ze nodig. Antonio heeft me van de trein gehaald.'

Straatsburg lag bijna honderd kilometer vanhier, ver achter de Duitse linies.

'Mijn god. Daar ben je zomaar naartoe gegaan?'

'Pourquoi pas? In onze papieren staat dat we uit Arracourt komen en naar Roberts *grandmère* wilden, die op sterven lag. De nazi's zijn ossen. Een slang met de juiste papieren kan met de trein reizen. We leven al jaren zo, Doe-bien.'

Achter haar werden reparaties verricht aan het huis van de comtesse na de schade van het bombardement. Voor veel kapotte ramen hingen zeilen, maar waar de luiken nog hingen waren ze gewoon dichtgedaan. Het zou een koude winter worden. Na de explosie was er sprake van geweest dat de comtesse zou moeten verhuizen naar het personeelsverblijf aan de overkant van de binnenplaats, dat geen schade had opgelopen.

Aan de andere kant van de auto verrees Martin. Tot dan had ik te veel aandacht voor Gita gehad om hem op te merken. Hij droeg een pak en een vilthoed, heel keurig en bourgeois. Ik salueerde; hij glimlachte flauw en toonde heel wat minder enthousiasme dan Gita.

'Nu al terug, Dubin?'

Ik herinnerde hem aan mijn toezegging zijn papieren terug te geven. 'En ik heb wat nieuwe voor je.'

Hij las enige tijd en knikte. 'Uitstekend,' zei hij. Met een grijns gaf hij de documenten terug. 'Deze ronde heb ik wel gewonnen, dacht ik.'

'Majoor?'

'Het bewijs is toch geleverd? Teedle beweert niet langer dat hij mijn commandant is. Ik werk voor de oss. En Londen heeft me opdracht gegeven hierheen te gaan. Dat is mijn plicht. Alles opgehelderd, volgens mij.'

'Majoor, deze documenten gelasten u onmiddellijk terug te keren naar Londen.'

'Ja, en dat heb ik gedaan en Londen heeft me weer teruggestuurd. Daarvan heb je het bewijs in je andere hand. Moet ik voor de krijgsraad komen omdat ik al mijn instructies heb opgevolgd?'

Martin lachte er weer breed bij, alsof het geen onzin was wat hij zei. Aan de andere kant zou het niet gemakkelijk zijn te bewijzen dat hij het bij het verkeerde eind had. Uit niets bleek de betrokkenheid van de oss en het was heel goed mogelijk dat een bereidwillige betaalmeester op Teedles verzoek wat geld had gestuurd, al bedacht ik dat nu pas.

'Majoor, het is niet oneerbiedig bedoeld, maar zelfs als er een vergissing in het spel is, had er direct klaarheid kunnen zijn als u de oss had gevraagd contact op te nemen met de commandant van het Derde Leger of kolonel Maples.'

'Nou, het ís een vergissing, Dubin, heel duidelijk, want ik heb gisteren over de radio toestemming gekregen voor een operatie die al maanden in voorbereiding is. En aangezien Teedle en ik het maar over één ding eens zijn, namelijk dat ik door de oss word aangestuurd, zal ik die bevelen uitvoeren. Zodra we terug zijn, zal ik die papieren afhandelen.'

Ik vroeg naar de aard van die nieuwe operatie, maar Martin schudde beslist zijn hoofd.

'Daar mag ik niet over praten, Dubin. De andere mensen van Stemwinder weten er nog niet eens het fijne van. Alleen wie ingelicht moet zijn wordt ingelicht. Bij dit werk loop je altijd gevaar gevangen te worden genomen, Dubin. En wat schiet je ermee op?'

'Het is me alleen maar om een bevestiging van uw positie te doen, majoor.'

Gita, die stond mee te luisteren, zei opeens: *'Laisse-le venir.'*

Martin schrok. Wat Gita had gezegd was: laat hem meekomen. *'Très dangereux, non?'* zei hij tegen haar.

'Demande-lui.' Vraag het hem. Martin dacht na en zijn gezicht klaarde op.

'Mijn god, ze heeft gelijk. Wat ben je toch een wonder, Gita, je houdt niet op me te verbazen.' Hij legde zijn arm om haar middel en drukte een vaderlijke kus op haar hoofd. 'Wil je bewijs dat ik mijn opdrachten van de oss krijg? Ga dan mee wanneer ik ze uitvoer. Ik mag in het kader van je onderzoek toch ook zelf bewijs aanvoeren?'

'Ja, majoor.' Dat was in elk geval voorschrift.

'Luister goed. Binnenkort trekt Patton weer op en deze operatie is een noodzakelijk voorspel. Je bent meer dan welkom als waarnemer, luitenant, om met eigen ogen vast te stellen dat ik hier op instigatie van de oss ben in plaats van vakantie te vieren, of wat Teedle zich ook in zijn hoofd haalt. Op alle vragen zal antwoord komen. Als je niet mee wilt, kan ik verder niets doen.'

Ik had natuurlijk geen idee waarop me werd gevraagd ja te zeggen. Ik had alleen het woord 'gevaarlijk' gehoord. Het was een uitdaging, van de man van actie aan de bureaucraat, en Martin rekende er waarschijnlijk op dat ik zou terugkrabbelen. Maar er was geen speld tussen te krijgen. Als ik nee zei, had ik hem de gelegenheid ontzegd om het enige bewijs te leveren waarover hij beschikte. In feite zou ik volgens de regels mogelijk zelfs nalatig zijn. Ik zei dat ik met Maples zou moeten overleggen.

'Zoals je wilt. Maar we beginnen vanmiddag, Dubin. Je moet voor drie uur terug zijn.'

Dat was onmogelijk, gezien het drukke verkeer waarin we urenlang vast konden raken. Met zijn hand op Gita's rug draaide Martin zich om en ze keek me even fronsend aan voor ze met hem meeliep. Ik was de man van de kleine puntjes, waarmee ze me een week eerder voor gek had gezet. Erger nog, ik voelde me een lafaard.

'Ik ga mee,' zei ik tegen Martin.

Martin vertrok geen spier toen hij me weer aankeek, hoewel ik hem waarschijnlijk had afgetroefd.

'Bravo, Dubin. Ik zal je straks inlichten. Blij dat je meedoet,' zei hij en liep met zijn arm nog om Gita heen door naar het huis.

Ik trof Biddy aan in het gezelschap van de zigeuner Antonio en een paar knechts; hij liet foto's zien die hij tijdens ons vorige bezoek had gemaakt. Ze waren vijf bij vijf centimeter en hij klaagde over het materiaal waarmee hij moest werken.

'Kan niet aan grotere formaten komen. Mijn ouders gevraagd om breedfilm, maar aan het thuisfront wordt zilver gehamsterd.'

Klein of niet, het waren treffende beelden. Na het bombardement had Biddy door een kapotte ruit het schemerige interieur van het huis gefotografeerd. Binnen kon je een hoge linnenkast onderscheiden, terwijl het glas de ontwortelde bomen weerkaatste die in de vorm van een tipi tegen elkaar hingen en, verder op de achtergrond, Antonio, met zijn lange haar en felle donkere ogen, die recht naar de camera keek. Biddy had verder een foto gemaakt vanuit de bomkrater, omhoogkijkend naar twee dode dieren. Hij had ook onderweg een paar foto's gemaakt van hooischelven op het land.

'Deed me denken aan die schilderijen in het Museum of Modern Art,' zei hij. 'Kent u die?' Ja, die kende ik. Beroemde impressionistische werken in levendige kleuren, maar ik kon niet op de naam van de schilder komen. 'Zelfde idee,' zei Biddy, 'maar dan in zwartwit. Vindt u dat dat kan?'

Het waren prachtige foto's. Ik vroeg wat er mis mee zou zijn.

'Ik weet het niet,' zei ik. 'Het is of je eigenlijk aan het leven moet denken als je foto's maakt, niet aan andere beelden. Maar ik had die schilderijen in mijn hoofd.'

'Heb je op de kunstacademie gezeten, Biddy?'

'Welnee, luitenant. Mijn vader zou een rolberoerte krijgen als ik over de kunstacademie was begonnen. Ik vond het gewoon mooie schilderijen, kijken wat er met onze wereld gebeurt als je hem plat maakt. Ik ging er zo vaak mogelijk heen. Veel van wat er tegenwoordig wordt gemaakt, dat spreekt me aan, begrijpt u?'

Mijn moeder nam me vaak mee naar het museum in de hoop dat ik er iets van zou opsteken, maar ik snapte niets van de schilderijen die Biddy zo boeiend vond.

'Ik geloof dat ik te praktisch ben ingesteld voor moderne kunst, Gideon. Voor beeldende kunst en opera. Daar is mijn moeder ook gek op. Maar ik vind je foto's mooi.'

Hij schudde zijn hoofd. 'Je ziet dingen door de lens die je niet met je ogen ziet, luitenant. En ik voel me prettig als ik zo kijk, met dat apparaat tussen mij en alles wat er verder is. Hier in de rotzooi, als ik afstand kan nemen, dan ben ik soms mijlenver weg.' Hij keek me aan. 'Ik weet verdomme niet wat ik zeg.'

'Het klinkt heel verstandig, Biddy. Je moet jezelf niet onderschatten. Misschien moet je nog eens goed nadenken over de kunstacademie.'

'Misschien. Eerst zien dat we er levend doorheen komen.'

Dat was een aanknopingspunt. Ik vertelde hem over mijn gesprek met Martin. Zijn gezicht kreeg een bedenkelijke uitdrukking en ik zag dat hij zich moest beheersen om me niet aan te vliegen.

'Met uw welnemen, luitenant, waar is dat verdomme goed voor?'

Ik probeerde de logica uit te leggen van de voorschriften die me noopten te volgen waar Martin het commando voerde.

'Nou,' zei Biddy, 'dan slaat de wet nergens op. Dacht wel dat Martin die tegen u zou gebruiken. Geen peil op te trekken in welke ellende we door die fantast terechtkomen.'

'Het is mijn uitstapje, Biddy. Je hoeft niet mee.'

'Bent u belazerd. Denkt u dat ze een sergeant van de MP met u meesturen om aan het stuur te draaien? Ik kan u echt niet in uw eentje laten gaan. Alleen zou ik denken dat een volwassen man eerst zou vragen waar het om gaat voor hij ja zegt.' Biddy had nog nooit zo onverbloemd tegen me gesproken, maar na de uitbrander van onderweg voelde hij zich kennelijk geroepen zich nader te verklaren. En zijn loyaliteit was onomstreden. Hoofdschuddend liep hij met me mee naar het kasteeltje om te horen wat ons te wachten stond.

Om halfvier waren we vertrokken. In een tijd van tekorten was Martin opmerkelijk goed voorzien. Hij mocht dan bonje hebben met generaal Teedle, in deze regio was hij gezien en de kwartiermeester van de Yankee-divisie had de majoor een maand eerder alles verstrekt wat hij voor deze onderneming nodig had. Biddy en ik konden kiezen uit rugzakken voor bewapening en bagage, munitiegordels en M1a1-karabijnen. Ik had na de opleiding niet meer geschoten, en ik oefende een tijdje met het wapen om er weer het juiste gevoel voor te krijgen. We hadden onze eigen regenjassen meegebracht, die we over onze koppels vouwden, naar het voorbeeld van de meeste anderen: Gita, Martin, Antonio en twee mensen uit de omgeving, Christian en Henri. Het waren slonzig geklede boeren, vader en zoon, allebei met het postuur van een vijg. Ze sjokten zwijgend naast Martin mee en fungeerden als gids, de Amerikaanse geweren over hun schouder. Naast me droeg Gita een boerenoveral, maar ook een legerhelm, met de kinband maximaal strak aangetrokken omdat hij te groot was.

'Houdt u van vechten, mademoiselle Lodz?'

'Niemand zou van vechten moeten houden, Doe-bien. Het is veel te angstaanjagend. Maar Martins stijl is het succesvolst als er geen schot valt. Dat zul je wel merken.'

'Maar ik blijf het een vreemd idee vinden, een vechtende vrouw.'

Ze lachte een beetje grimmig. *'Ça, c'est le comble!'* Dat is het toppunt. 'Mannen denken dat zij alleen kunnen vechten. Met geweren? Met vliegtuigen? Met artillerie. Wie is er niet sterk genoeg om een trekker over te halen, Doe-bien, of een granaat te gooien?'

'Ja, maar een man die niet vecht wordt een lafaard genoemd. Niemand verwacht dit van een vrouw. Integendeel zelfs. Ligt vechten volgens jou net zo in de aard van een vrouw als van een man?'

'Weten wat er moet gebeuren ligt in ieders karakter. Ik geef toe, Doe-bien, dat ik het niet prettig vind om te doden. Maar veel mannen denken er net zo over als ik, en vechten toch.'

Martin had zich met zijn vinger op zijn lippen naar ons omgedraaid, omdat we het land van de comtesse achter ons lieten. Ik wist nog altijd niet goed waar we naartoe gingen. Martin wilde ons pas op de hoogte stellen nadat we ons kamp voor de nacht hadden ingericht. Eerst wilde hij nog zoveel mogelijk profiteren van het zwakker wordende daglicht om verder te komen. We liepen naar het noorden, langs boerderijen. Henri, die de afrasteringen en oude paden kende, voerde ons aan in stevig tempo. Het bleef droog tijdens onze mars, maar de grond was overal zacht en in het laagland moesten we door plassen waden, waardoor mijn wollen broek doordrenkt raakte en mijn sokken ook.

Terwijl de duisternis inviel, raakte ik ervan overtuigd dat we ons achter de Duitse linies bevonden. Martin, Biddy en ik waren in uniform en hadden een kans, als we werden gepakt, krijgsgevangen te worden genomen in plaats van te worden geëxecuteerd. De Fransen in ons gezelschap zouden zeker de kogel krijgen. Maar er waren geen Duitsers te bekennen. De mensen die hier woonden waren overtuigde Vrije Fransen en Martin beschouwde zijn kennis van de vijandelijke posities als heel betrouwbaar. Toch bleven we zoveel mogelijk aan de andere kant van de lage heuvels zodat we vanaf de weg niet zichtbaar waren, en gebruikten bomen als dekking. Als we over open terrein moesten, deden we dat in tweetallen, alsof we wandelaars waren.

Op een plek waar we onze veldflessen bijvulden bij een bron kwam Martin naar me toe. Gita en Antonio stonden op de uitkijk en kennelijk was het veilig genoeg voor een gesprek op gedempte toon.

'Gaat het nog?'

Ik droeg geen volle bepakking. Ik had een dekenrol, een etensblik, een bajonet en ammunitie, maar ik had geen marsen meer gelopen sinds mijn basisopleiding en Martin had gelijk: ik was er wel moe van geworden. Ik zei dat het best ging.

'Zeker nog nooit zoiets gedaan?' vroeg hij.

'Ik ben opgeleid tot infanterieofficier, maar afgezien van manoeuvres niet, nee.'

'Je zult het spannend vinden. Je zult Gita dankbaar zijn voor haar voorstel.' Hij wachtte even. 'Ze lijkt je aardig te vinden.'

'O ja? Ik ben vereerd. Ze is erg charmant.' Als enige manier om de vraag te stellen die in de lucht was blijven hangen, zei ik: 'U hebt een charmante vriendin.'

'O zeker,' zei hij, 'heel charmant. Alleen betwijfel ik of Gita dat met je eens is.'

'Dat ze charmant is?'

'Dat ze mijn vriendin is. Eerlijk gezegd vraag ik me af of Gita ooit voor één man zal kiezen. Bovendien,' voegde hij eraan toe, 'is ze veel te jong voor me.' Hij keek naar haar op de heuvel, waar de wind speelde met de donkere gouden lokken die onder de helm uit kwamen. 'Ik heb eigenlijk maar één verlangen als het om haar gaat. Ik zou haar het liefst behouden zien, Dubin. Dat zou mijn laatste wens zijn. Als ik er één mocht doen. Dat ben ik haar verschuldigd.' Gita keek naar ons om en vertrok haar gezicht in een frons.

'Zie je wel. Ze is altijd kwaad op me.' Hij keek naar de grond. 'Spreekt ze kwaad over mij?'

Ik begreep de onderstromen niet, alleen besefte ik dat ze gevaarlijk waren.

'Integendeel,' zei ik. 'Ze bewondert je.'

'Toch niet altijd. Ze maakt me in mijn gezicht voor leugenaar uit.'

'O ja?' Ik was er zeker van dat Martin precies wist wat Gita me de vorige keer had verteld. 'Het ligt in de aard van deze manier van leven, Dubin. Ergens diep weggedoken in mijn geheugen zit de man die ik was voordat ik Robert Martin werd.' Hij sprak zijn naam op zijn Frans uit. 'Maar ik ben ervoor opgeleid om elk ander verhaal te vertellen dan het zijne. Niemand maakt een oorlog door zonder te veranderen. Dat zul je snel genoeg merken.'

Hij haalde een metalen kikkertje uit zijn zak en klikte er twee keer mee om aan te geven dat de pauze afgelopen was. Gita draafde de helling af en ging voorop, maar liet zich al vrij snel terugzakken naar mij terwijl we door een klein bos liepen. Ze had haar naam gehoord en wilde weten wat Martin had gezegd. Ik probeerde haar tevreden te stellen met de neutraalste opmerking die ik me kon herinneren.

'Hij zei dat hij je graag behouden wil zien. Na de oorlog.'

'Hij liegt. Altijd. Dat hoopt hij helemaal niet. Hij zou veel liever zien dat we zij aan zij sterven. *Tellement romantique.*'

Ik had allang geleerd niet de boodschapper te zijn in onenigheden tussen geliefden, een les die we als kind leren. Hoe beter ik Gita en Martin leerde kennen, des te onduidelijker werd hun relatie voor mij. Zelf leken ze er ook geen vastomlijnd beeld van te hebben. Ik kon beter een ander onderwerp aansnijden en vroeg haar naar Bettjer, de radioman, wiens afwezigheid me was opgevallen.

'Peter? Daar hebben we niets meer aan. Voor sommigen is dapperheid zoals bloed. Je hebt er maar een beperkte hoeveelheid van in je lichaam. Hij was erg moedig, durfde erg veel, maar na een maand rustig nadenken over alles wat hij had overleefd kwam de angst als een rotsblok van een helling op hem af rollen. Hij zal drie flessen cognac drinken op de dag dat we weg zijn. *C'est la guerre,'* besloot ze op tragische toon. Zo gaat het in oorlogstijd.

Het praten over Bettjer en zijn angsten maakte me bewust van mijn eigen angst. Ik had mijn nervositeit onder het lopen steeds sterker gevoeld. Nu ik hoorde dat Bettjer van angst tot niets meer in staat was, werd ik van alle kanten door twijfels besprongen. Kennelijk slaagde ik er niet goed in dat te verbergen.

'Het is niet goed om hierover te praten,' zei Gita. 'Ik had je iets anders moeten vertellen. Martin zal je beschermen. Hij beschermt ons allemaal. En je hoeft er niet midden in te blijven als de operatie eenmaal is begonnen.'

'Als ik kan helpen, wil ik graag helpen. Ik zou me een kind voelen als ik uit een veilig hoekje blijf toekijken.'

'Daar moet Martin over beslissen. Maar als hij ja zegt, zul je het er goed afbrengen, Dubin. Je bent toch een man van principes?

Principes zijn het voornaamste ingrediënt van moed. Een man met principes kan angst overwinnen.'

'Ik dacht dat je twijfelde aan het bestaan van principes.'

'*Touché,*' antwoordde ze en lachte ondeugend naar me. 'Ik twijfel niet aan de kracht van principes, Doe-bien. Ik beweer alleen dat het een illusie is te denken dat ze in het leven het belangrijkst zijn. Het is een illusie waarnaar we allemaal verlangen – beter principes dan de afgrond – maar het is toch een illusie. Daarom moet een mens voorzichtig zijn met bepalen wat principiële zaken zijn. Ik kijk neer op kleinzielige principes, koppige principes die bepalen wat goed en kwaad is bij zaken die niet van wezenlijk belang zijn. Maar er zijn ook grote principes, verheven principes die de meeste mensen gemeen hebben, Dubin, en daar ben jij ook een aanhanger van.' Ze lachte me vriendelijk toe en kneep even in mijn hand.

Voor ons uit was Martin bij de grens met open terrein blijven staan. Hij klikte weer met het kikkertje om stilte en Gita wuifde nog even naar me voordat ze haar aangewezen plek aan het hoofd van de groep innam. Antonio kwam naast me lopen. We keken haar allebei na, terwijl ze zich op meisjesachtig uitbundige benen naar Martin toe haastte. Ze was bijzonder. Dat stond wel vast.

'Wat is ze van hem?' vroeg ik opeens aan Antonio.

Hij lachte schokkerig en schudde zijn lange haar, alsof ik een retorische vraag had gesteld.

'Ik denk dat ze zijn glorie is,' antwoordde hij. 'Ik denk dat hij, als hij haar ziet, zich herinnert waar hij ooit in heeft geloofd.'

10 LA SALINE ROYALE

5 november 1944

Liefste Grace,
Morgen zal ik voor het eerst gevechtshandelingen zien. Het
is te ingewikkeld om uit te leggen waarom (en de censor zou
het trouwens toch schrappen). Maar concentreer je alsjeblieft
op het woord 'zien'. Ik ga alleen als waarnemer, één dag
maar, en tegen de tijd dat je mijn brief ontvangt, zal ik
veilig terug zijn en je dat ook hebben geschreven. Ik zal
beide brieven samen versturen, zodat je je niet ongerust
hoeft te maken. Ik voel me zoals ik me dat onder deze
omstandigheden altijd heb voorgesteld, alsof mijn huid te
strak is geworden, dus ik betwijfel of ik zal slapen. Maar ik
kijk er in elk geval naar uit.
We vertrekken heel vroeg in de ochtend, dus ik sluit nu af,
alleen om je te laten weten hoeveel ik van je houd en dat ik
altijd aan je denk.

David

7 november 1944

Lieve Grace,
Terug in het hoofdkwartier. Ik ben te zeer teleurgesteld in
mezelf om meer te zeggen. Zal later deze week schrijven.
David

La Saline Royale, de koninklijke zoutfabriek, was in 1779 geopend om een einde te maken aan conflicten en concurrentie tussen bisschoppen en aristocraten over de handel in een destijds kostbare zaak. De koning riep zichzelf uit tot eigenaar van alle zout in Frankijk en hield een veiling voor Europese kooplieden vanuit open schuren in Marsal, waar de kostbare korrels werden gedolven.

Na de inval in Frankrijk hadden de nazi's beslag op de zoutfabriek gelegd, die met zijn lange radiale gangen een ideale opslagplaats voor munitie was en de grootste in Lotharingen zou worden. De fabriek was gebouwd als een fort, omringd door zeven meter hoge muren van kalksteen en baksteen om dieven af te schrikken, met de rivier de Seille als een natuurlijke slotgracht in het noorden. Omdat de munitie, voornamelijk zware brisantgranaten, ruim tweehonderd meter diep in de aarde opgeslagen lag, waren ze niet kwetsbaar voor luchtaanvallen en bovendien was een Duits garnizoen in het voormalige mijnkantoor ondergebracht als extra bescherming.

Martin en zijn groep waren begin september naar de omgeving gezonden om de opslag te vernietigen, maar de operatie was uitgesteld toen de opmars vertraagde. Nu, zei Martin, wilde Londen dat de zaak zou worden doorgezet. De Duitsers hadden in de tussentijd hun opslagplaatsen verder versterkt, waardoor La Saline Royale een nog aantrekkelijker doelwit was geworden.

We bevonden ons op een kilometer of twee van de zoutfabriek, in een kleine herdershut op het land van een boer die hoorde bij een plaatselijke verzetsgroep, een *réseau*. Op de aarden vloer gezeten luisterden we naar Martin die bij het licht van een Colemanlantaarn het plan uiteenzette. Uit zijn jack haalde Martin een pak speelkaarten tevoorschijn, peuterde een laagje van elke kaart en legde ze naast elkaar tot ze een kaart van de zoutfabriek en omgeving vormden. Biddy en ik keken elkaar grijnzend aan. De vindingrijkheid van de oss was legendarisch, en terecht.

Er waren twee bressen in de versterking van de zoutfabriek, legde Martin uit. De officiële toegang was vanuit het noorden naar de zware toegangshekken, waarachter het Duitse garnizoen wachtte. In het westen was een onderbreking in de muur waar een spoortracé de mijn in voerde. Het spoor, aangelegd voor vervoer van het zout, werd nu gebruikt voor de aan- en afvoer van munitie en kwam naar buiten op een schraagbrug over de Seille, de verbinding met de westoever waar het verder liep.

Een grondaanval tegen de monding van het spoortracé leek evenmin gunstig. De Seille zonder brug oversteken was vrijwel onmogelijk. Seille betekent emmer en de naam was ontleend aan de diepte waarop de smalle, grijze rivier tussen steile oevers lag. Zelfs in het seizoen waarin de waterstanden recordhoogten bereikten, kwam het wateroppervlak niet hoger dan drie meter onder de stenen vestingmuren, die met mos en klimplanten begroeid waren. Nog ongunstiger was dat de plaats waar het spoortracé tussen de mijnmuren door liep werd bewaakt door ploegen die de beschikking hadden over twee zware MG42-mitrailleurs. Niettemin legde Martin hier zijn potlood op de kaart en zei dat deze opening het punt van aanval zou zijn voor onze groep van zeven mensen.

'Merde,' zei Henri.

'Tu perds la tête,' zei Christian vriendelijk tegen Martin. Je lijkt wel gek.

'Het kan,' zei Martin en in het bleke licht van de lantaarn keek hij als een schooljuffrouw de kring rond of iemand die het plan niet kende, kon raden wat de bedoeling was.

'Met de trein,' zei ik.

'Bravo, Dubin.'

Martins achtergrond had me op het idee gebracht. Leden van zijn vroegere vakbond, de Internationale Transportarbeiders, waren zo toegewijd aan het verzet dat de Duitsers voor D-Day de Franse spoorwegen hadden moeten overnemen en bijna vijftigduizend spoorarbeiders uit Duitsland hadden laten overkomen. Maar naarmate de geallieerden verder optrokken, waren de meeste burgers uit die werkploegen naar huis teruggestuurd of gedeserteerd. Hoewel de emplacementen nog steeds zwaar werden bewaakt, zagen de nazi's zich gedwongen de treinen door Fransen te laten rijden in de

hoek van Frankrijk waar de Duitsers het nog voor het zeggen hadden.

Vanavond zouden monteurs op het emplacement in Dieuze, een
paar kilometer oostelijker, de conclusie trekken dat de binnenko-
mende locomotief van een Duitse voorraadtrein aan reparatie toe
was. De loc zou naar de reparatiehal in een uithoek van het terrein
worden gerangeerd en langzaam rijden. Anderhalve kilometer verderop zou Antonio aan boord springen, de machinist en stokers
vervangen en doorstomen in de richting van de opslagplaats. De
volgende ochtend, na de operatie, zou het plaatselijke réseau de
spoormannen vastbinden en achterlaten in de bosjes langs de lijn,
waar zij, nadat ze waren gevonden, zouden verklaren dat ze door
tientallen saboteurs waren overvallen.

Martin verwachtte dat het allemaal gladjes zou verlopen. Problemen waren waarschijnlijker in La Saline Royale. Als de Duitsers daar beseften wat er gebeurde, zouden ze de brug naar de mijn
opblazen of blokkeren, dus de benadering moest uiterst omzichtig
gebeuren. Twee man bewaakten een wissel op ruim twee kilometer
vanwaar we ons nu bevonden, om illegaal verkeer tegen te houden.
Zij moesten geruisloos buiten gevecht worden gesteld. Daarna zou
een afleidingsmanoeuvre aan de andere kant van de zoutfabriek het
geluid van de naderende locomotief overstemmen. Die taak zouden Henri en Christian op zich nemen.

'Ooit zoiets gezien?' Martin gaf een voorwerp door ter grootte
van een appel, legergroen, met een gele opdruk: T13. Aan de ring
bovenop kon ik zien dat het een handgranaat was, maar dan twee
keer zo groot als ik ooit eerder had gezien.

'Dit wordt een Beano genoemd. Ik heb er nog maar verdomd
weinig van. Werkt als een granaat, maar met één groot voordeel.
Ontploft zodra hij is neergekomen. Niemand kan dit ding weg-
schoppen of in de rivier mikken. En als je hem moet vasthouden
nadat je de ring hebt losgetrokken, dan kan dat. Ik zou er niet mee
in mijn zak lopen, dat nu ook weer niet, maar ik heb er eens een
een paar minuten in mijn hand gehouden.'

De Beano's – ze hadden er twee van – waren voor Christian en
Henri. We zouden naderen vanuit het zuiden, door de heuvels ten
zuiden van de zoutfabriek, waarna Christian en Henri zouden afbuigen naar de hoofdingang. Ze hadden granaatwerpers die ze op

hun MIS konden schroeven; daarmee hadden ze, zelfs als ze zoiets groots als een Beano afschoten, een bereik van zo'n honderd meter. Doelwit waren de brandstoftanks van het garnizoen. Als de brandstof in lichterlaaie stond, zouden alle soldaten zich haasten de brand te blussen, omdat die gevaarlijk dicht bij de houten toegangspoorten van de mijngangen zou zijn en bij de tonnen munitie in de diepte. Maar zelfs als vader en zoon hun doel misten, viel te verwachten dat de Duitsers rustende eenheden erop uit zouden sturen om de heuvels uit te kammen. Intussen zou de locomotief over de schraagbrug razen, de toegangspoort rammen en de mijn in rijden. De kans bestond dat bij die klap van de locomotief de wagens vol granaten zouden ontploffen, maar liever dan erop te rekenen dat dat zou gebeuren, nam Martin een kleine springlading met lont mee die hij zou ontsteken voordat hij van de trein sprong.

De explosie in de mijn zou min of meer verlopen als die van een pijpbom: de gangen zouden de enorme kracht van de ontploffing aan weerskanten geleiden. Als we over de heuvel terug konden komen, zouden we ongedeerd ontsnappen. Martin zei niets over zijn eigen veiligheid, maar ik begreep niet hoe hij weg kon komen als hij de locomotief over de brug moest loodsen. Biddy en ik kregen opdracht van Martin om op de helling te blijven. Daar zouden we goed zicht hebben op zijn activiteiten, maar in enkele seconden over de top en naar beneden terug kunnen komen.

'Maar wees alert op moffen,' hield Martin ons voor. 'Die kunnen dan inmiddels op pad zijn om te zoeken naar de saboteurs die de handgranaten hebben afgeschoten.'

We zouden om vijf uur in de ochtend vertrekken. We hadden nog een uur of zes om te slapen, maar ik was veel te opgewonden om dat zelfs maar te proberen.

Gita kwam nog even naar me toe. Ze bleef er bezorgd om dat ze over Bettjer haar mond voorbij had gepraat.

'Ik voel me prima,' zei ik. 'Voor ik inslaap zal ik wel aan de mensen thuis denken en daar moeite mee hebben, zoals alle militairen. Maar ik ben blij dat ik eindelijk iets meer te weten kom over hoe het soldaten te moede is.'

'Dat geluk heb ik,' zei ze. 'Geen thuis.' Ze prikte met een stokje in de aarden vloer en keek er peinzend naar. 'Robert praat niet graag over thuis,' zei ze zacht. 'Dat is niet goed voor soldaten, vol-

gens hem. Maar het zou toch onnatuurlijk zijn om alles te vergeten?'

'Allicht,' zei ik.

Ze keek niet op, maar glimlachte melancholiek terwijl ze in de
aarde roerde.

'Heb ik je verteld, Doe-bien, dat mijn moeder is vermoord omdat ze joden in huis had?'

'Absoluut niet. Je hebt nooit verteld dat ze een heldin was.'

'Nee,' zei Gita beslist, 'ze was geen heldin. Ze deed het voor het
geld. Natuurlijk haatte ze de nazi's. Ze was voortdurend bezorgd
dat ze mij naar Duitsland zouden sturen om een Duitse van me te
maken, zoals ze met veel Poolse kinderen in mijn stad hadden gedaan. Maar een man, Szymon Goldstein, kwam naar haar toe toen
de Duitsers de joden begonnen op te pakken om ze naar Lublin af
te voeren. Goldstein had een looierij, en voor de oorlog was hij rijk.
Hij was ook een van mijn moeders minnaars geweest. Hun verhouding was slecht afgelopen, zoals mijn moeder vaak overkwam.
Ze waren nors tegen elkaar, maar ze was de enige Pool die hij kende die genoeg lef zou kunnen hebben zijn geld aan te nemen. Het
was een enorm bedrag. En toch, Doe-bien, was ik er heel erg tegen. Maar mijn moeder weigerde altijd te doen wat andere mensen
verstandig vonden.

Midden in de nacht slopen Goldstein en zijn vrouw en zijn vier
kinderen ons huisje binnen om in onze bietenkelder te komen wonen. Het duurde vier maanden en het was een vreemd huishouden:
mijn moeder onder één dak met mevrouw Goldstein, die op haar
neerkeek, die zes mensen van wie we altijd de geluiden beneden
konden horen, als muizen. Toen werden ze verraden. De nazi's hadden een andere jood gevonden die zich in de bossen had schuilgehouden. Hij probeerde zijn leven te redden door over de Goldsteins
te vertellen. De ss viel het huis binnen en vond mijn moeder en alle Goldsteins en schoot ze dood. Ik was die dag op pad om steen-
kool te zoeken. Toen ik terugkwam, lagen de lijken op een stapel
voor de voordeur om iedereen af te schrikken die hetzelfde zou willen doen.

Ik heb lang gedacht dat ik ze had kunnen redden als ik op tijd
terug was gekomen. Maar ik zou niet weten hoe. Natuurlijk zeggen de mensen dat ik geluk heb gehad dat ik niet samen met de

anderen ben gestorven, maar hoe kun je dat gevoel hebben als je aan zoiets terugdenkt?' Terwijl ze het verhaal vertelde, had ze het stokje steeds dieper in de aarde gedraaid. 'Wat denk jij, Doe-bien?'

'Het is een afschuwelijk verhaal. Ik heb erg met je te doen.'

'Tja.' Ze zweeg even en gooide toen het stokje weg. 'Vanavond gaan we dus allebei denken aan thuis toen we nog geen soldaat waren.' Ze hield mijn hand even vast en rolde zich toen in haar deken.

Ik was Gita dankbaar voor haar verhaal, dat me nog eens goed deed beseffen waarvoor we vochten, maar ik kon nog altijd niet slapen. In plaats daarvan keek ik hoe Martin de explosieven in ransels verpakte. Hij had een fles cognac bij zich, die hij mij aanbood, en ik nam een flinke slok in de hoop dat ik er slaperig van zou worden. Martin wilde de fles kennelijk zelf verder leegdrinken. Dat leek me niet verstandig, maar zijn handen waren soepel aan het monteren. Hij gebruikte voornamelijk dynamiet, zestien vierkante blokken TNT in zaagsel, elk ruim een pond zwaar. Martin zou ze om een slaghoedje bevestigen, maar eerst moest hij de lont gebruiksklaar maken. Hij ging naar buiten om verschillende lengten aan te steken en opnieuw aan te steken om vast te leggen hoe snel ze opbrandden. Hij wilde de ransels met dynamiet ophangen in de ramen van de cabine van de locomotief om het maximale effect te bereiken, maar de timing luisterde nauw. Als de lading te vroeg ontplofte, zou de locomotief in de Seille vallen; als het te laat gebeurde, konden de Duitsers eventueel de lont doven. Ik hield de uiteinden van de lonten voor hem vast en keek naar het vonkende vlammetje dat naar me toe kwam. Drie meter, concludeerde hij. Dan had hij ongeveer vier minuten om te ontsnappen. Toen hij klaar was, liet hij de ransels voorzichtig in een groene canvas zak glijden.

'Tijd om naar bed te gaan,' zei hij. Hij gaf me een klap op mijn schouder. 'Spannend, hè?'

'Majoor,' zei ik, 'ik wil graag meer doen dan toekijken.'

'Je bent er als waarnemer bij, Dubin.'

'Eerlijk gezegd, majoor, zal het de Duitsers niet kunnen schelen waarom ik hier ben als er iets misloopt. Dan kunnen we net zo goed meedoen.'

'We zien wel. Ga maar slapen.' Hij glimlachte. 'Morgenochtend mag je de zak dragen. Die is verdomd zwaar.'

Biddy had een sheltertje voor ons tweeën meegebracht. Daarin heerste een curieuze ordelijkheid. Ik vond mezelf geen sloddervos, maar Biddy was heel exact: laarzen, wapen, rugzak, alles keurig naast elkaar. Omdat ik als jongen gewend was geweest met mijn broertje in de keuken van het ouderlijke flatje te slapen, dacht ik soms dat ik me meer thuis zou voelen in de benauwde ruimte van een manschappenverblijf. Toen we de oceaan overstaken, sliepen de officieren in luxe hutten terwijl de gewone soldaten hun nachten onderdeks doorbrachten, waar ze in ploegen sliepen op rijen canvas britsen in twee lagen met zestig centimeter tussenruimte, als in legkasten. Hun dek leek wel een bijenkorf, zodat de opgewektheid van de mannen daar des te opmerkelijker was, en benijdenswaardig.

Ik kroop naar binnen, vond potlood en papier in mijn uniformjasje en ging naar buiten om bij het licht van het vuurtje gauw een briefje aan Grace en mijn ouders te krabbelen. Er was weinig kans dat de post zou worden bezorgd als het misging, maar het was een ritueel waartoe ik me verplicht voelde. Zodra ik klaar was, kroop ik weer in de tent. Al deed ik het nog zo voorzichtig, toch maakte ik kennelijk Bidwell wakker.

'Mag ik spreken, luitenant?' Biddy sloeg zelden zo'n officiële toon aan. 'Luitenant,' zei hij, 'u hebt me vandaag verkeerd begrepen. En dat zit me dwars. Over die negersoldaat met wie ik niet wou praten? Ik voel me echt niet beter dan hij, luitenant. Echt niet. Hij kende mijn vader en moeder en er is thuis wat voorgevallen waar ik niet over wou praten. Maar het was niet dat ik op hem neerkeek omdat hij een neger was. Dat zweer ik.'

Er waren te veel van dergelijke incidenten geweest, maar dit was geen ogenblik voor een debat over omgangsvormen.

'Ik ben blij het te horen, Biddy.'

'Ja, luitenant.'

Daarna werd het stil.

11 ACTIE

Ik werd wakker uit een muziekdroom. Biddy was al wakker en pakte zijn rugzak in, en samen braken we de tent af.

'Ik heb gedroomd dat ik klarinet speelde, Biddy.'

'Was dat wat u vroeger deed, beetje jammen?'

'Ja. Al heb ik nu niet veel embouchure meer. Ik dacht dat ik Benny Goodman was, Gideon, maar ik kon niemand vinden die het met me eens was.'

Hij lachte en we praatten over muziek. Ik vroeg naar welke musici hij graag luisterde.

'Duke,' zei hij. 'Als een trein.'

'Beslist.'

'Had u een band, luitenant?'

Hier in de heuvels van Lotharingen, waar ik op het punt stond voor het eerst welbewust risico te lopen sinds ik dienst had genomen, voelde ik de warmte van zomeravonden als we speelden op de stoep bij Mo Freeman. De buren waren minder enthousiast geweest over ons zeventienjarigen, maar twee jaar later kwamen er al mensen luisteren.

'*Killer-diller*,' zei ik, het compliment herhalend waarmee we elkaar in die tijd met een geslaagde improvisatie feliciteerden. 'Zo heb ik in jaren niet meer gespeeld.'

'Hoe komt dat?'

'Tja, de wereld zat in de weg. Ik ging doorstuderen aan Easton College. Mo had die beurs eerder verdiend dan ik, maar hij was gekleurd. Toch is hij ook goed terechtgekomen. Weet je nog, de mensen die we nog een keer wilden spreken voor het geval er iets zou gebeuren? Hij is medicijnen gaan studeren. Twee gekleurde mensen op college, maar hij heeft doorgezet. Hij is nu klaar. Hij moest lachen omdat het leger niet wist wat ze met hem moesten doen. Ze wilden geen gekleurde dokter hebben. Als hij ook hier is, dan is het als gewoon soldaat in een gekleurd onderdeel. En dat is niet in de haak, Biddy.'

'Nee, luitenant, dat is het zeker niet.' Ik kon nauwelijks geloven dat ik zo snel iemand had bekeerd, maar het klonk of hij het meende.

Antonio was al ruim twee uur weg. Met ons zessen gingen we kort na halfzes op pad, heel omzichtig door de heuvels. Toen we ergens stilstonden wees Henri ons een ooievaarsnest op een wagenwiel aan op het dak van een boerderij bij een meertje.

Halverwege de heuvel voor de zoutfabriek namen we afscheid van Henri en Christian. Elk op onze beurt wensten we hen succes.

'*Merde*,' antwoordde Henri. Ik geloof niet dat ik hem in twaalf uur tijd iets anders heb horen zeggen. In het donker zouden zij hun posities innemen op een naastgelegen heuvel, verder naar het noorden. Overdag patrouilleerden de Duitsers langs de muren, maar in het donker vertrouwden ze op de schildwachten die de torens bemanden. Als Henri en Christian stil te werk gingen, konden ze hun granaten gooien en er vrijwel onmiddellijk tussenuit knijpen. De muur zou hen beschermen tegen de Duitsers, die er enige tijd over zouden doen om buiten te komen.

Ten teken dat Henri en Christian in actie moesten komen, zou Martin de fluit van de locomotief een keer laten klinken om aan te geven dat de bewakers bij de wissel waren uitgeschakeld. Het was onwaarschijnlijk dat de Duitsers iets bijzonders zouden opmerken aan dat geluid van het hoofdspoor, maar een minuut later zouden de granaten tussen de zoutketen exploderen.

Nu hij zonder zijn gidsen verder moest, raakte Martin een knopje aan dat aan de tuniek was genaaid die hij onder zijn jack droeg en een kompas sprong open voor zijn borst, ondersteboven gemonteerd zodat hij de fosforescerende wijzerplaat kon aflezen. Tot nu toe was ik zo in mijn eigen vrees opgegaan dat ik bijna was vergeten waarvoor ik kwam. Maar nu ik ervoer hoe geraffineerd de voorbereiding was en de vernuftige hulpmiddelen zag waarmee Martin was uitgerust, en de loyale medewerking van de bevolking, kon ik alleen concluderen dat Martin in opdracht van de oss handelde. Of het een politiek vooroordeel was, egoïsme of een door de mist van de oorlog ontstaan misverstand, het was duidelijk dat Teedle het bij het verkeerde eind had.

Na het afscheid van Henri en Christian waren Martin en Gita ernstiger geworden; stilzwijgend leidden ze ons heuvelopwaarts. Nu en dan haalde Martin een reepje stof uit zijn zak om dat aan een meidoorn of ander boompje vast te binden, om de weg terug te kunnen vinden. Ik wist niet of de hemel een fractie lichter werd, maar onder de bedekte lucht waren mistwolkjes zichtbaar. Toen we de kam van de heuvel bereikten, draaide Martin zich om en nam de zak met dynamiet over van Bidwell. Ik had ermee lopen zwoegen en Biddy had hem ruw van me overgenomen en verder omhooggedragen alsof hij niet zwaarder was dan een lunchpakket.

'Heren,' zei Martin, 'hier nemen we afscheid. Ik stel voor dat jullie nog een honderd meter naar beneden gaan. Vandaar zullen jullie onze activiteiten goed kunnen volgen. Nogmaals: kijk uit voor de moffen.'

'En als we willen helpen?' vroeg ik.

Martin haalde zijn schouders op, alsof het hem niet kon schelen. 'Gita kan wel iemand gebruiken om Bettjer te vervangen.'

Ik keek naar Biddy. Hij zag het simpel. 'Volgens mij zijn we veel beter af bij mensen die weten wat ze doen, luitenant.'

Ik zag dat Martin die reactie had verwacht, niet omdat er iets bijzonders was aan Biddy of mij, maar omdat dat er niet was. Het was een eerbetoon aan onze soldaten, van wie de meesten hetzelfde zouden hebben gedaan.

Voordat hij afscheid nam, trok Martin de kinband van mijn helm was losser.

'Die wil je niet voelen als de boel de lucht in gaat, Dubin. Dan kan hij je wurgen. Ga met Gita mee,' zei hij. 'Zij geeft jullie aanwijzingen.'

Onze rol was Martin dekking geven. We schuifelden achter hem aan de heuvel af. Aan de voet daarvan bereikten we het vlakke terrein bezijden de Seille, vierhonderd meter ten zuidoosten van de wissel. Het spoor lag voor ons uit en een voor een gingen we op een drafje over de rails om weg te duiken in de dichte begroeiing aan de andere kant. Gita ging achter Martin aan en ik volgde haar voorbeeld; Biddy sloot de rij. We kwamen langzaam vooruit. Martin spreidde de takken als een gordijn, maar de doorns haakten aan mijn kleren en schramden mijn gezicht, en ik struikelde een paar keer op de zachte bodem. Zo slopen we een half uur door tot Martin opeens met opgestoken hand bleef staan.

Hij had de beide Duitsers gezien die de wissel bewaakten. Het waren natuurlijk nog jongens. Ze zaten op munitiekisten en gebruikten een derde kist als tafeltje om te kaarten; ze gokten om sigaretten en vervloekten bij elke ronde het lot. Hun geweren hingen op hun rug, zodat ze die net lang genoeg niet zouden kunnen gebruiken om het gemakkelijk te maken ze met vier tegen twee te overmeesteren. Met handsignalen gaf Martin aan wat hij zou doen. Hij zou doorlopen tot hij achter de twee schildwachten was gekomen. Zodra hij uit de bosjes vandaan stormde en hun toeriep dat ze zich moesten overgeven, zouden wij drieën toesnellen om hen te omsingelen.

Martin was tien passen verder geslopen door de begroeiing toen hij opnieuw verstijfde. De soldaten kaartten rustig door, maar een seconde later hoorde ik wat Martin had gehoord: het geraas van de naderende locomotief.

De twee Duitsers merkten het gedender op het spoor op hetzelfde ogenblik op; ze stonden op en zwaaiden met hun geweren. Ik had gedacht dat ze een vaste routine zouden hebben bij passerende treinen, maar ze reageerden verrast en schreeuwden tegen elkaar terwijl ze probeerden te bedenken wat ze moesten doen. De een rende over het spoor en bleef maar een meter of wat van onze schuilplaats in de struiken staan; hij rende in de richting van de trein, die nog achter de heuvel was. De ander keek over zijn schouder en liep naar zijn radio. Hij liep recht op Martin af, die in de bosjes naast het spoor zat.

Martin doodde hem snel. Hij was even bedreven als zijn verhalen hadden gesuggereerd. Zodra de soldaat zich weer omdraaide naar zijn kameraad, glipte Martin uit de bosjes tevoorschijn, in een vreemde zijdelingse sluipgang die zijn voetstappen onhoorbaar moest maken of hem minder zichtbaar moest maken als hij werd ontdekt. Toen hij bij de jongen kwam, gooide hij een steentje weg om de aandacht van de soldaat op een punt voor zich uit te vestigen. De Duitser richtte zijn geweer in die richting en Martin pakte hem van achteren om een stuk ijzerdraad om zijn luchtpijp te slaan. Hij trok de draad strak, liet de soldaat op zijn achterste zakken en zette zijn knie in de rug van de jongen terwijl hij hem afmaakte. Het enige geluid was dat van de zware laarzen van de jongen op de door het aanwezige zout keiharde grond.

Ik had de verminkte zwaargewonde mannen gezien die in Nancy uit de ambulances kwamen, en ik had nu en dan lijken gezien, zoals die dag met kolonel Maples, maar ik had nog maar één keer een man zien sterven, toen ik als afgevaardigde van de juridische dienst aanwezig moest zijn terwijl iemand werd opgehangen. Ik had onmiddellijk mijn blik afgewend toen ik het valluik hoorde opengaan. Maar nu had het ogenblik van sterven iets veel gewoners dan ik misschien had gedacht. Het leven koerste op dit moment af, dat wisten we allemaal, al deden we nog zo ons best het te vergeten. Robert Martin, die het ijzerdraad afveegde voordat hij het weer in zijn zak stak, was daarvan volstrekt doordrongen. Hij leek volslagen onveranderd door wat hij had gedaan.

In plaats daarvan wenkte hij ons terwijl hij over het spoor in de richting van de trein rende. Toen we aankwamen, lag de andere Duitse militair met bebloed gezicht op de grond. Op bevel van de jonge soldaat had Antonio de trein tot stilstand gebracht en hem toen met een moersleutel in zijn gezicht geslagen zodra hij naar de cabine wilde klimmen. Hij kreunde nu, een diep grommend geluid dat diep uit zijn lichaam kwam. Ik wist niet of hij het wel zou halen, maar Martin stopte een handvol bladeren in de bloederige mond en bond hem vast met de veters van de halfhoge suède laarzen die hij onder zijn beenkappen droeg.

Toen stonden we zwijgend naast de enorme stoomlocomotief die Antonio en het réseau hadden gestolen. Hij was zo hoog als minstens vier mannen, met zes paren stalen wielen die door de rails waren gepolijst, en een grote zwarte ketel achter het voorlicht. Anders dan Amerikaanse treinen was hij niet gestroomlijnd. Maar er was weinig tijd om de loc te bewonderen. Op een gebaar van Martin zette Gita het op een lopen en Biddy en ik sprintten achter haar aan. Toen ik omkeek, waren Antonio en Martin bezig de wissel om te zetten.

We renden zo snel als de begroeiing toeliet terug langs de oever van de rivier. Honderd meter verderop, achter een kromming in de muur, staken we het spoor weer over om de steile helling op handen en voeten te beklimmen.

Drie of vier minuten nadat we Martin hadden achtergelaten hoorden we de lage, sonore stoomfluit. De trein was onderweg. Ik telde tot zestig onder het klauteren en de explosies van Henri en Christian volgden prompt. We waren zo dicht bij de zoutfabriek dat we de geschrokken reactie van het Duitse garnizoen konden horen: geschreeuw en een sirene, en we konden kleur zien aan de lage wolken. We klommen verder naar boven tot we neer konden kijken op de fabriek en de schraagbrug, tweehonderd meter van de treinpoort die Martin wilde aanvallen. Er leek maar een van de mitrailleurposten bemand. Achter de hoge muren was een deel van de rode vlammen zichtbaar en we zagen soldaten als mieren die kant op zwermen.

De locomotief kwam stampend door de bocht, in een sukkelgangetje van hoogstens vijftien kilometer per uur over het oude tracé. De drie mannen van de mitrailleurpost keken om naar de brand, maar de aandacht van één van hen werd afgeleid door de trein. Hij liep met zijn handen in zijn zij naar de schraagbrug, één ogenblik een bedaarde toeschouwer, en dan zonder overgang iemand die met maaiende armen zijn kameraden alarmeerde, alsof hij plotscling had beseft dat de granaten en de naderende locomotief deel uitmaakten van dezelfde aanval.

Terwijl ik vanuit mijn hoge positie toekeek, raakte ik even in paniek toen ik besefte wat er zou gebeuren als de mannen met de mitrailleurs slim genoeg waren om op de brug te gaan schieten. Met hun wapen, een MG42 waarmee negenhonderd kogels per minuut konden worden afgevuurd, waren ze waarschijnlijk in staat voldoende schade aan rails en bielzen aan te richten om de trein te laten ontsporen en misschien wel in de Seille te laten vallen. Maar die keuze maakten ze niet; zij wilden hun aanvallers rechtstreeks afslaan. Eén soldaat zette de mitrailleur steviger op zijn driepoot, terwijl de schutter zijn helm opzette en de derde man de patronengordel uitlegde. Naast ons richtte Gita haar MI en beduidde met haar kin dat Biddy en ik uit elkaar moesten gaan. Voordat de Duitsers konden schieten, schoten wij al op hen. Eerst waren onze schoten onzuiver, en de Duitsers draaiden hun MG42 opeens naar ons toe. Zodra ik de lange loop op ons gericht zag, trok mijn hele lichaam samen van angst en ik begon als een razende te schieten, tot een van onze kogels, misschien wel een van mij, de schutter velde. Daarna trokken de beide anderen zich binnen de muren terug, waarbij ze de getroffene achter zich aan sleepten.

Toen ik de karabijn liet zakken, merkte ik dat mijn hart bonkte als een bezetene en ik was volkomen buiten adem. Ik voerde oorlog. Ik nam deel aan de oorlog. Het onthutsende besef overmande me, maar al in ditzelfde ogenblik voelde ik het eerste spoortje teleurstelling. In de diepte schommelde de locomotief als een kip over de schraagbrug; de brandende lont naar het dynamiet was zichtbaar in de cabine.

Op dat ogenblik zag ik Martin, rollend over het spoorpad tussen de rivier en de hoge muur van de zoutfabriek. Terwijl de locomotief hem passeerde, schoot hij overeind om over het spoor te rennen in de dekking van het enorme metalen gevaarte. Zodra hij voorbij de kromming in de muur was, draaide hij zijn rugzak om en haalde er twee touwen uit, allebei met een haakanker aan het uiteinde, dat hij bij de voet aan twee kleine bomen vastmaakte. Hij zette zich schrap en liep achteruit naar de rivier; zonder aarzeling gleed hij over de betonnen oevermuur naar beneden en verdween in het water.

Opeens werd er links van me geschoten. Ik schrok en hoorde Biddy een kreet slaken. Hij schoot en Gita schoot meteen ook. Een schutter was teruggekomen bij de andere MG42. Ik schoot ook, waarbij het bokkende geweer een keer van mijn schouder gleed zodat ik de terugslag pijnlijk tegen mijn wang voelde, maar na een ogenblik was de man weer binnen de muren. Een van de Duitsers had het lagere ijzeren hek gesloten, maar dat hield de locomotief niet tegen terwijl hij het hek ramde en omlaagschoof, de mijn in. Met een zachte kreet gebaarde Gita dat we moesten rennen.

Zodra we over het hoogste punt van de heuvel waren, viel Gita op haar knieën en liet zich toen tot een bal opgerold naar beneden vallen. Ik viel waar ze was begonnen, maar kwam met mijn zij tegen een boomstam. Biddy kwam stuiterend omlaag, als een vallende steen. Ik holde verder, struikelde en daarna lukte me pas wat ik wilde doen: op mijn zij de heuvel af rollen. Ik stootte me een paar keer pijnlijk en kon mijn val niet echt beheersen.

Terwijl ik daarmee bezig was, hoorde ik een enorme echo van gillend metaal uit de tunnel komen en ik wist dat de locomotief tegen de volgeladen goederenwagons was gebotst. In de werkelijkheid van natuurkundigen waren er twee ontploffingen, eerst het dynamiet en daarna de munitie, maar in mijn ervaring was het een enkel sensationeel geraas dat volslagen daglicht bracht en de hitte van het haardvuur en een ogenblik van gewichtloosheid. Ik vloog een volle seconde door de lucht en smakte neer. Toen ik opkeek, zag ik reusachtige vuurzuilen boven de heuvelrand en dichtbij een kurketrekker van rokend zwart ijzer, een onderdeel van de locomotief dat zich rechtstandig in de aarde had geboord, als een pijl. Ik had een bonzende pijn in mijn knie.

'Dekking,' brulde Biddy. Mijn helm was weg. Ik zag hem achter me op de helling liggen, maar er kwam een regen van aarde en stenen en heet metaal op me neer. Het neerkomen van brokstukken duurde ruim een minuut, boomtoppen en granaatscherven floten door de lucht en rivierwater en dikke modder van de oever daalden over ons neer. Ik was halverwege naar mijn helm teruggekropen toen er een tweede explosie volgde, die me terugblies naar waar ik tevoren was geweest. Deze explosie was minder zwaar dan de eerste, maar de vlammen stegen hoger op in de lucht en de hete brokstukken van wat was vernield bleven nog langer neerkomen.

Ik had mijn hoofd nog in mijn handen toen Gita me een klap op mijn achterste gaf. Ik schoot overeind en ze moest lachen. *Allons-y!* Ze draafde verder naar beneden. Biddy was al in beweging en ik sprintte achter hen aan. Hij bewoog zich goed voor zo'n grote kerel, maar het ontbrak hem aan uithoudingsvermogen. Door mijn zwemmersverleden had ik meer longinhoud en ik haalde hem in, maar ik kon niet op tegen Gita, die als een vos langs de stukjes stof holde die Martin had vastgeknoopt en pas bleef staan toen we het laatste weiland over waren dat we die ochtend hadden overgestoken. Aan de rand van een klein bos speurde Gita naar Duitsers, maar we wisten allemaal dat het geraas uit de tunnel, als uit de bek van een draak, het garnizoen moest hebben uitgeschakeld. Hijgend legde Biddy zijn handen op zijn dijen.

'En Martin?' vroeg ik aan haar, toen ze had beduid dat we veilig waren.

'Over Martin maken we ons nooit zorgen,' zei ze.

'Omdat hij het heeft gehaald?'

'Omdat het iemand tot waanzin zou kunnen drijven. *Regarde.*' Aan de overkant van het weiland kwamen Henri en Christian naar ons toe, allebei zo totaal bevrijd van hun eerdere grimmigheid dat ik de mannen niet direct herkende. Ze hadden zich van hun geweren ontdaan om er onschuldig uit te zien en kwamen op modderige laarzen en in drijfnatte overals naar ons toe gesjokt, breed grijnzend. Henri bleek zijn meeste boventanden te missen. Eerst omhelsden ze Gita, daarna omarmden de twee Biddy en mij. Henri tilde me zowat van de grond, en in zijn sterke greep en warme, kruidige lichaamsgeur voelde ik voor het eerst iets van trots op onze prestatie en mijn eigen rolletje daarin.

'We hebben ze wat laten zien,' zei Henri in het Frans. De terugweg naar de herdershut was veilig, zei hij. Ze hadden een vuurtje gemaakt en een bak water gevuld bij een bronnetje, en we gingen op de grond zitten om te drinken en warm te worden, in afwachting van Antonio en Martin. Terwijl we door elkaar heen praatten leek elk vonkje gezamenlijke herinnering ontzettend grappig, maar eigenlijk was er maar één ding hilarisch: we leefden nog.

Toen ik het warmer had gekregen, trok ik mijn wollen broekspijp op om te kijken wat ik met mijn knie had gedaan. Ik had een jaap van een paar centimeter breed, maar wel diep, een glimlach in een dikke paarse zwelling. Ik had geen flauw idee hoe het was gekomen. Als ik de wondranden betastte, voelde ik niets.

'Krijg je daar een Purple Heart voor?' vroeg Gita aan Biddy in het Engels, toen ze me bezig zag. Ik had het eerstehulpsetje in mijn jack gevonden en Gita hielp me de wond schoon te maken met een gaasje. Ze stoof er sulfapoeder over en legde vakkundig een verband aan. Terwijl ze mijn knie inpakte, zei ze dat het wel een week kon duren voor ik weer in de Follies zou dansen.

'Uw verpleegkundige vaardigheid is indrukwekkend, mademoiselle Lodz. Waar hebt u dat vak geleerd?'

'In Marseille, in het ziekenhuis, heb ik gekeken en geleerd.'

'Is dat wat u daar bracht, een roeping als verpleegster?'

'Absoluut niet. Ik wilde opium stelen.' Ze lachte trots. Gita Lodz leek niets zo leuk te vinden als mensen choqueren en aan mij had ze een gemakkelijk slachtoffer.

'Was je verslaafd aan verdovende middelen?'

'Een beetje. Tegen de pijn. Ik verkocht voornamelijk aan opiumkitten. De oorlog is heel zwaar voor zulke mensen. Door hun wanhoop heb ik overleefd, Doe-bien, tot ik Robert ontmoette. Maar ik ben een goede verpleegster. Ik heb wat daarvoor nodig is, een sterke maag en een zacht hart. Zelfs iemand die ik zou verachten als hij gezond was, ontroert me als zieke.'

'Is dat niet een paradox? Oorlog voeren en verplegen?'

Haar smalle schouders schokten even.

'Ik heb al gezegd dat ik niet vecht om te doden, Doe-bien. Of om te winnen.'

'Waarom dan wel?'

Ze trok mijn broekspijp omlaag en streek hem glad. Daarna ging ze op haar hurken zitten.

'Ik zal je vertellen hoe het mij is gegaan, Doe-bien. Ik heb gevochten omdat de nazi's het verkeerd hebben en wij zien het goed en dus moeten de nazi's verliezen. Maar ik vecht ook tegen de dood. Die zie ik in de loop van elk vuurwapen, in elke boche, en wanneer ze verslagen zijn, denk ik elke keer: vandaag mag ik blijven leven. *Tu comprends?*' Ze bewoog grappig met haar wenkbrauwen, maar haar koffiebruine ogen waren doodernstig gebleven. Ik wist dat ze dacht dat ze me iets opmerkelijks had verteld, maar ik vatte het niet helemaal. Op dit ogenblik voelde ik de opwinding van het overleven in al mijn ledematen, alsof ik zo sterk was geworden als tien mannen.

'Ik vrees dat ik niet scherpzinnig genoeg ben om het echt te begrijpen, mademoiselle.'

'Nee, Doe-bien, daar komt het niet door.' Met een strak lachje kwam ze overeind. 'Het betekent dat je geluk hebt gehad.'

Het plan was dat we in de herdershut zouden blijven tot we weer compleet waren en het plaatselijke réseau ons veilig kon terugbrengen. Christian liep naar de boerderij om te vragen of er waarschuwingen waren uitgegaan.

'Het is rustig,' zei hij. Pattons leger zou de opmars hebben hervat. De Duitsers hadden dringender zaken aan hun hoofd dan het opsporen van een paar commando's.

Antonio kwam een halfuurtje later terug en werd weer door iedereen omhelsd, ondanks het feit dat zijn gezicht en uniform dik onder de modder zaten.

'Nom de nom,' zei hij. 'Wat een explosie! Ik was er ruim een kilometer vandaan en ik smakte zo hard tegen de oever van de rivier dat ik dacht dat ik zou stikken. Toen ik opkeek, stond er vijfhonderd meter in de omtrek geen boom meer overeind.'

Door zijn verhaal over de klap maakte ik me nog meer zorgen over Martin, maar Gita wilde daar niet van weten. Precies zoals ze had gezegd kwam Martin anderhalf uur later aanlopen. Zijn rugzak en helm waren weg en zijn broek was gescheurd bij de knie. Hij was doorweekt, maar opgewekt. Hij kwam fluitend aangewandeld door het weiland.

Toen de oss de operatie in het najaar opzette, hadden de technici berekend dat Martin de ontploffing kon overleven door van de schraagbrug in de Seille te springen en zo snel mogelijk weg te zwemmen. Omdat hij het tijdverloop kende, zou hij net voor de klap naar de bodem duiken, waar het water hem zou beschermen tegen neerkomende brokstukken.

Maar dat plan was opgesteld voordat het in het najaar was gaan hozen. De Seille, anders een traag stroompje, stond drie meter hoger dan normaal en was nu een onstuimige rivier. Daarom had Martin de touwen vastgemaakt zodat hij kon voorkomen dat hij door de stroom naar de tunnel werd teruggetrokken. De theorie bleek niet opgewassen tegen de praktijk toen de tunnels ontploften.

'Verdomd stom,' zei hij. 'Ik mag blij zijn dat ik mijn armen nog heb.' Bij de explosie had Martin door de wrijving van de touwen zijn handen gebrand, ondanks zijn handschoenen, en hij was uit het water getild. Verderop was hij er weer in gesmakt, maar te versuft om ergens houvast te zoeken; hij was zeker honderd meter door de stroom meegevoerd tot hij was gestuit door een dam van stenen en modder die de ontploffing in de Seille had opgeworpen, vrijwel recht tegenover het punt waar de aanval was ingezet. Hij was naar de westelijke oever gezwommen, haastig de heuvel op gekrabbeld in de verwachting dat hij elk ogenblik kon worden neergeschoten, maar toen hij zich boven omdraaide, zag hij geen soldaten meer bewegen in de rook. Het garnizoen leek tot de laatste man uitgeschakeld.

'Zo'n schitterende locomotief,' zei Martin weemoedig. '*Hochdruck bei Henschel.*' Zijn vermaaktheid en ontzag verdwenen snel. 'Het was erg van die jongens,' zei hij kort. Daar had niemand iets aan toe te voegen.

Nadat we nog een weiland hadden overgestoken kwamen we bij de weg, waar een oude boer het zeildoek opensloeg van een met pas geoogste druiven gevulde wagen. Met hun bedauwde velletjes leken ze op hoge wolken aan een donker wordende hemel. Martin zei dat we op moesten stappen en op de bodem van de kar moesten gaan liggen. Biddy en ik gingen eerst. Ik voelde de druiven knappen onder mijn gewicht en het sap doordrenkte mijn uniform. Ik werkte me op mijn zij om mijn knie te ontzien en hoorde Gita's gesmoorde kreet terwijl ze door de druiven zwom. Opeens lag ze op me, met haar been over het mijne, maar ze verroerde zich niet en ik ook niet. Zo bleven we liggen op de lange rit met paard en wagen naar het kasteeltje van de comtesse de Lemolland.

12 VIERING

Bij de comtesse de Lemolland vierden we onze triomf. De explosie was zelfs hier te horen geweest en de fosforescerende oranje vlammen waren vijftienhonderd meter hoog opgelaaid. In het huis was de enige vraag of we het hadden overleefd. De comtesse weigerde aan een andere mogelijkheid te denken en zodra de lampen niet meer schommelden, was ze voorbereidselen gaan treffen voor *une grande fête*. Toen wij aankwamen, hadden zich inmiddels enkele tientallen buurtbewoners, die allemaal banden hadden met het verzet, zich verzameld op de binnenplaats. Het werden de gebruikelijke bevrijdingstaferelen: omhelzingen, geschreeuw, flessen wijn en cognac voor elke hand. Een heel lam werd geroosterd aan een spit in de buitenlucht voor de stal. Met ons zevenen – Biddy, Henri, Christian, Antonio, Gita, Martin en ik – stonden we schouder aan schouder tussen de druiven, zwaaiden met onze vuisten en prezen Frankrijk en Amerika te midden van eindeloos gelach en gelukwensen. Het was drie uur in de middag en Biddy en ik hadden voor donker terug kunnen zijn op het hoofdkwartier, maar daar dacht ik niet aan. Met mijn arm om Gita's slanke middel en mijn andere hand op Biddy's brede schouder voelde ik een verrukking en vrijheid die nieuw voor me waren.

De geur van het vlees wekte een enorme eetlust op, maar allereerst wilde ik mijn uniform kwijt, vol modder, druivensap en bloed, en bovendien doorweekt en schurend. Gita stuurde de dronken Bettjer erop uit om droge overals voor ons te halen en we verkleedden ons in een kamertje in het personeelsverblijf in de stal. Mijn knie begon stijf te worden, maar in mijn huidige stemming was dat niet meer dan een aangenaam souvenir.

'O, kijk nou eens,' zei Bidwell. Zijn broek kwam tot halverwege zijn kuiten. Ik bood aan om te ruilen, maar de mijne was even kort en Biddy vond het wel mooi zo. De Fransen reageerden opgetogen toen hij in zijn 'culottes' verscheen.

Ik was nooit zo'n liefhebber geweest van feestjes, maar waarschijnlijk had ik nog nooit zoveel te vieren gehad. Toen het weer begon te regenen troepten de mensen naar binnen, waar ik dronk en het verhaal van de aanval opnieuw vertelde aan groepjes Fransen die zich om me heen verdrongen. Bijna allemaal hadden ze in de achterliggende maanden op een of andere manier meegewerkt; sommigen hadden de Seille verkend of in alle stilte de wacht gehouden terwijl wij door de Duitse linies gingen. Steeds weer kwamen ze terug op de omvang van de explosie, het tastbare bewijs van gevaar en triomf.

Ten slotte kwam het gesprek op de verdere ontwikkelingen in de oorlog. Pattons hoofdmacht zou oprukken naar Metz. Veel Fransen waren ervan overtuigd dat er spoedig een einde aan de gevechten zou komen, dat over enkele maanden *la vie normale* kon worden hervat en dat de Amerikanen terug zouden keren naar de States. Als antwoord op hun vragen naar thuis haalde ik mijn kodaks uit mijn portemonnee en legde ze neer op de lange houten eettafel waaraan ik was gaan zitten, een beetje beneveld van de cognac. De fotootjes waren allemaal enigszins vervormd geraakt door de huissleutel die ik erbij bewaarde, maar mijn publiek was er toch nieuwsgierig naar en ze prezen mijn ouders, zus, broertje en Grace.

Ik merkte dat Gita over mijn schouder meekeek. Ze was weer in burger, in een eenvoudige blouse en rok. Met haar gebruikelijke ongegeneerdheid pakte ze de foto van Grace. Alle anderen hadden gedaan alsof de foto's heilig waren, relieken die je niet mocht aanraken.

'*Ta soeur?*' Je zus?

'*Ma fiancée.*' Mijn verloofde.

Ze keek me recht in de ogen, trok een zuinig mondje en lachte. '*Mes félicitations,*' zei ze en wendde zich af.

Even later, net toen ik ze wilde opbergen, liet Biddy zich naast me zakken en vroeg of hij ze ook mocht zien. Traag geworden door de drank bestudeerde hij ze allemaal uitvoerig.

'Niet zo goed als die van jou,' zei ik, 'maar zo kan ik hun gezichten beter onthouden. Heb jij kodaks van je familie, Biddy?'

Hij schudde plechtig zijn hoofd.

'Hoe kan dat nou,' zei ik. 'Jij fotografeert toch zo graag?'

'Het lijkt me beter zo, luitenant. Ik heb ze hier en hier zitten.' Hij raakte zijn hoofd en hart aan. Ons gesprek in het Engels had tot afstand met de Fransen geleid. Gideon raapte de foto's voorzichtig op en gaf ze aan mij.

'Kom je uit een groot gezin, Biddy?'

'Niet zo groot als sommige. Ik, ma, pa, twee broers.'

'Broers ook bij het leger?'

'Nee. De oudste is te oud en mijn middelste broer heeft nooit een oproep gehad.'

'Vrijwillig aangemeld bij de marine?' Ik wist van verschillende mensen dat ze zich voor de marine hadden opgegeven, maar nog niet waren opgeroepen toen ik al weg moest.

'Nee. Niet door de keuring gekomen.'

'Hoezo?'

'Lichamelijk is hij in orde, daar hebben ze niets over gezegd.' Hij haalde zijn schouders op, net als wij allemaal vol onbegrip over de eeuwige onredelijkheid van de militaire instanties.

Ik vroeg of hij had gehoord hoe het met ze was.

'Van ma. Je weet hoe moeders zijn. Ik krijg elke week wel vier brieven van haar. Mijn middelste broer is niet zo'n schrijver, mijn pa ook niet. Maar pa stuurt me dingen toe, je weet wel, knipsels uit tijdschriften en zo. Het is moeilijk voor ze dat ik hier zit. Mijn ouders hebben de grootste bonje gehad toen ik dienst nam en dat is nog niet helemaal over. U weet hoe het gaat in families.'

'Dat weet ik zeker. Mijn oudelui hebben het me nog niet vergeven dat ik met dat meisje ga trouwen.'

'Hoe is dat nou mogelijk, luitenant? Het lijkt me een schoonheid.'

'En ze is slimmer en aardiger dan ze eruitziet. Maar Grace komt uit een episcopale familie en ik ben joods, Biddy.' Ik zweeg om me af te vragen of ik dat in het leger ooit zo onomwonden had gezegd. 'De verschillen vallen slecht in beide huizen.'

Toen Horace Morton hoorde van mijn aanzoek was hij tegen het plafond gegaan. Grace vertelde alleen dat hij me een 'intrigant' had genoemd, stellig had hij me een joodse intrigant genoemd. Maar de moeder van Grace had partij voor mij gekozen en samen hadden de vrouwen meneer Morton bewerkt. Weldra mocht ik het grote huis binnenkomen om hem om de hand van zijn dochter te vragen. Inmiddels had ik als verzoenend gebaar aangeboden episcopaal te worden, zodat Grace in haar kerk kon trouwen.

Omdat mijn ouders wars van elke godsdienst waren, had ik mezelf wijsgemaakt dat ze zich over zo'n detail niet zouden opwinden. Ik wist dat mijn moeder mijn romance met iemand die zo anders was niet goedkeurde, maar die kijk op de zaak had ik afgedaan als iets van de Oude Wereld. Later hoorde ik dat mijn vader mijn moeder had overgehaald er niets meer van te zeggen en dat hij erop had gewezen dat de Mortons gezien hun hoge positie er nooit in zouden toestemmen dat hun enige dochter zo ver beneden haar stand trouwde. Nu ik vertelde over mijn aanzoek en toekomstige bekering had mijn moeder waarschijnlijk het gevoel dat ze was misleid. In elk geval stond ze op van de keukentafel, en was zo woedend dat ze zich nauwelijks kon beheersen.

'Dit is waanzin, David,' zei ze, mijn naam met opzet op zijn Jiddisch uitsprekend, zoals mijn ouders soms deden. 'Denk je dat een of andere priester met een toverstokje kan zwaaien en dan poe, poe, poe, een kip kan veranderen in een eend? Voor zulke mensen blijf je altijd een ordinaire jood en meer niet.'

Bij wijze van antwoord beschreef ik de kerkdienst die Grace en haar moeder zich voorstelden, als bewijs van mijn acceptatie. Mijn moeder begon te huilen.

'Naar de synagoge ga ik niet,' snikte ze. 'Moet ik dan knielen in een kerk zodat mijn zoon zijn herkomst kan vergeten? *Feh*,' zei ze. 'Liever dood. Niet voor al het goud in Fort Knox. Als je zo trouwt, dan trouw je zonder mij.'

'Ze meent het, David,' vulde mijn vader aan. 'En ik ook.'

Dagenlang aarzelde ik dit aan Grace te vertellen, omdat ze hier onmogelijk mee kon aankomen bij haar moeder. Mevrouw Morton had partij getrokken voor de liefde, maar ze zou zich de mooiste dag niet kunnen voorstellen zonder het orgel en middaglicht door het roosvenster van haar kerk. Omdat we zo weinig tijd hadden om te onderhandelen, bespraken we de mogelijkheid van weglopen om te trouwen, maar ik kon niet de oorlog in gaan terwijl er tussen mij en de familie zo'n kloof bestond. Zonder goed te weten waar we stonden ging ik naar de basisopleiding met Grace als mijn verloofde in plaats van mijn echtgenote.

Ik vertelde Biddy mijn verhaal in het kort, maar zo dronken als hij was leek het hem toch aan te grijpen.

'Is het niet verschrikkelijk, luitenant, als families zo moeilijk doen? Eens zullen mensen gewoon mensen zijn.' Hij keek deernis-wekkend verward en somber en mompelde wat met een vertrokken gezicht. Ik legde troostend mijn hand op zijn schouder en hij keek me getroffen aan, en glimlachte.

'U bent een beste kerel, luitenant. U moet minder boven uw boe-ken zitten en meer van de wereld zien, maar u bent een beste kerel.'

'Dank je, Biddy. Jij bent ook een beste kerel. En vandaag hebben we zeker wat van de wereld gezien.'

'Ja, luitenant. Dat kun je wel zeggen. Zoiets maak ik nooit meer mee. Die Martin, luitenant. Misschien zat ik ernaast met hem. Mis-schien is hij ook een beste kerel.'

Ik wist dat het beeld van Martin die zich zo elegant in het snel-stromende water van de Seille liet vallen ondanks de vele gevaren een speciale plaats in mijn geheugen zou houden.

Enkele Fransen liepen nu met borden eten rond; in de keuken was een buffet ingericht en ik haastte me erheen. Zelfs na de be-trekkelijke luxe van de maaltijden in Nancy was het lamsvlees een spectaculaire delicatesse, vooral voor de mensen van hier, na jaren gebrek in de oorlog. Het beest was voor de Duitsers verstopt ge-houden, hoorde ik. Het was buiten het seizoen geslacht, eerder schaap dan lam, zei een boer, maar ik vond het erg lekker.

Martin kwam de keuken binnen en vroeg bij de grote potkachel om stilte. Hij prees ons succes en de moed van alle aanwezigen en bedankte de comtesse nogmaals voor haar dapperheid en onover-troffen gastvrijheid tijdens het wekenlange wachten.

'Ik hef mijn glas ten slotte voor degenen onder jullie die vandaag bij me waren. Je moet geluk hebben om te overleven wat wij doen. Vandaag hebben jullie me geluk gebracht.'

Er werd geklapt, er werden gelukwensen geroepen en uiteindelijk voegde zich daar uit een hoekje achterin ook Gita's stem bij.

'Ik breng je altijd geluk,' riep ze. 'Het is saai. Elke keer hetzelfde. Martin vecht, ik kom hem redden. Martin vecht, ik kom hem redden.'

Dit was komedie en haar parodie van een boerse feeks ontlokte dronken gelach. Geïnspireerd door het enthousiasme van haar gehoor klom Gita op een stoel, helemaal het meisje dat zichzelf als de nieuwe Bernhardt had beschouwd. Nu begon ze aan een dramatische versie van het verhaal over hoe Martin begin 1943 door de Gestapo gevangen was genomen. De nazi's hadden hem niet als Amerikaan herkend. En als Fransman moest Martin wel banden hebben met het verzet, dus hielden ze hem vast in het plaatselijke gemeentehuis terwijl ze onderzoek deden. Gita wist dat ze weinig tijd had, stopte wat hooi onder haar rok en vroeg in het hôtel de ville de Duitse commandant te spreken. Zodra ze hem zag, barstte ze in snikken uit en begon te schelden op de vuilak die haar zwanger aan de dijk had gezet en nu naar de gevangenis zou gaan zonder met haar te trouwen. Nadat ze zich twintig minuten had aangesteld, was de commandant bereid Martin een lesje te leren, en stuurde vier SA'ers om hem, geboeid en al, naar de kathedraal te brengen waar het huwelijk kon worden voltrokken. Dat ging natuurlijk niet door. De vier mannen die Martin en Gita escorteerden werden overmeesterd door vijfentwintig *maquisards* die het tweetal snel bevrijdden.

'Ik vervloek het lot dat tussenbeide kwam,' riep Martin in het Frans en hief zijn glas voor haar. 'Ik wil nu met je trouwen.'

'Te laat,' riep ze, draaide zich om op haar stoel met haar neus in de lucht en haar ene arm gestrekt om hem op afstand te houden. 'Je paard heeft *le bébé* opgegeten.'

Er klonk weer schallend gelach en applaus. Een ogenblik later, toen de eerste bezoekers vertrokken, ging Martin naast me zitten. Ik was nauwelijks van mijn stoel gekomen. Het duizelde me van de cognac.

'Je hebt het goed gedaan vandaag, Dubin.'

Ik vertelde hem eerlijk dat ik niet veel meer had gedaan dan een paar keer mijn MI afschieten, maar hij herinnerde me eraan dat we allemaal in gevaar hadden verkeerd toen de mitrailleur onze kant op werd gedraaid. Hij zweeg om naar de cognacspiegel in zijn glas te kijken.

'Dat was ongelukkig van die jonge soldaten. Ik vind het niet moeilijk om te schieten als iemand een wapen op me richt, maar zoiets is bepaald geen genoegen.' Ik had zelf geen moment meer aan die doden gedacht. Ik zweefde op de wolk van onze triomf en mijn heldenontvangst. Ik moest wel veranderd zijn, meende ik, een andere man zijn geworden.

'Toen ik zo oud was als die twee Duitsers,' zei Martin, 'zou ik hebben gedacht dat ze goed aan hun eind waren gekomen. Onnozel, hè? Maar als jongeman ben ik vaak wakker geworden met de gedachte dat dit mijn laatste dag zou kunnen zijn. Dat hebben Gita en ik trouwens gemeen. Ik herkende hetzelfde fatalisme toen ik haar ontmoette. De afspraak die ik met mezelf maakte om die gedachten voor te blijven was dat ik eervol zou sterven. Zodat ik als de kogel in mijn hersenen drong, mezelf kon voorhouden dat ik had geleefd voor een betere wereld. Ik heb jarenlang gezocht naar een zinvolle strijd totdat ik die vond in Spanje. Maar nu blijkt dat ik een lafaard ben, Dubin. Ik leef nog steeds en ben een oude ijzervreter geworden.'

'Ik heb nog nooit iemand ontmoet die zo weinig heeft van een lafaard, majoor.'

Hij trok een gezicht. 'Ik houd mezelf elke keer voor dat ik de dood niet moet vrezen, maar natuurlijk doe ik dat toch. En ik vraag me af waar het allemaal goed voor is geweest.'

'Maar u gelooft toch wel in deze oorlog, majoor?'

'Het einddoel? Natuurlijk. Maar ik voer al zo'n tien jaar oorlog, Dubin. Ik heb gevochten voor de goede zaak. Voor een belangrijke zaak. Maar ik rouw om elke man die ik heb gedood, Dubin. En niet alleen om de beste reden, omdat doden zo vreselijk is, maar omdat de dood in veel gevallen zo zinloos is. Die jongen van vandaag? Die heb ik gedood omdat ik zo ieder van ons op dat moment kon redden. Maar ik maak mezelf niet wijs dat zijn dood essentieel was, laat staan die tientallen, waarschijnlijk honderden doden en verminkten in dat garnizoen. We voeren oorlog tegen Hitler. Dat is onontkoombaar. Maar miljoenen mensen lopen ons voor de voeten en sterven voor de Führer. Wat denk je? Hoeveel mensen zouden we echt om het leven moeten brengen om deze oorlog te winnen? Tien? Vast niet meer dan honderd. En in plaats daarvan zullen miljoenen en nog eens miljoenen sterven.'

De tragiek van de oorlog, zei ik.

'Ja, maar het is ook een tragedie voor elk van ons als individu, Dubin. Elk ogenblik van doodsangst staat voor een maand lang nachtmerries in het latere leven. En bij elke mens die je doodt zoals vandaag ben je een kilometer verder van ooit weer vreugde voelen. In het begin denk je: Ik weet wie ik ben. In de kern ben ik onschendbaar. Blijvend. Dat ben je niet. Ik wist niet dat oorlog zo verschrikkelijk kon zijn, dat die alle andere dingen in het leven zou kunnen verdringen. Maar ik vrees dat oorlog dat doet, Dubin.'

Ik schrok van zijn betoog, gezien mijn eigen euforie. Maar Martin was niet de eerste man met een sombere dronk die ik tegenkwam. Bij wijze van troost herhaalde ik de voorspelling die ik die avond had gehoord dat we nu korte metten zouden maken met de Duitsers en Martin reageerde met een schouderophalen. Ik vroeg wat hij dan zou gaan doen.

'Wachten op de volgende oorlog, denk ik,' zei hij. 'Ik geloof niet dat ik voor veel andere dingen deug, dat zeg ik eerlijk, tenzij ik de wereld de moeite kan besparen en er zelf een eind aan maak. Ik kan me geen bestaan in vredestijd meer voorstellen. Ik praat over een goede hotelkamer en een goede vrouw, maar wat is dat? En zoveel verschil ik niet van anderen, Dubin. Binnenkort draait iedereen rond in deze tredmolen. Oorlog en nog meer oorlog.'

'Denkt u dan dat we binnenkort tegen de Russen zullen vechten, majoor?'

'Ik denk dat we zullen vechten. Zie je dan niet wat er gebeurt, Dubin? Niemand heeft meer een keus. Hier niet en thuis niet. Ik dacht altijd dat de geschiedenis zich in opwaartse richting bewoog, minder lijden en meer vrijheid voor de mensheid, het verbreken van de ketenen van gebrek en tirannie. Maar dat is niet wat ik zie als ik naar de toekomst kijk. Alleen de ene groep gedoemden in oorlog met de andere. En de vrijheid lijdt.'

'U dient in het leger, majoor. Niemand heeft ooit beweerd dat dit het walhalla van de vrijheid was.'

'Ja, dat wordt beweerd. Maar kijk nu eens wat er aan het thuisfront is gebeurd. Ik krijg brieven, ik lees de krant. De oorlog heeft alle vrijheden opgeslokt. Je ziet propaganda in de tijdschriften en op het bioscoopscherm. Boeken op rantsoen en blik inleveren. De liedjes meezingen en het moreel hooghouden. Er is nergens meer vrijheid. Nog een oorlog, Dubin, daar zal de fatsoenlijke samenleving zich niet meer van kunnen herstellen. De oorlogsprofiteurs, de militaristen, de handelaars in angst: zij zullen blijvend de dienst uitmaken. Let op mijn woorden. De mensheid valt in een lange, donkere tunnel. Het zijn de nieuwe Middeleeuwen, Dubin. Dat is wat ik hartverscheurend vind. Ik dacht dat fascisme de plaag was. Maar het is de oorlog. De oorlog!' Hij keek weer in zijn glas.

Terwijl hij sprak, moest ik aan Teedle denken. Ik vroeg me af of Martin en hij hierover in discussie waren gegaan. Of alleen vermoedden hoe de ander erover dacht. Beiden meenden ze dat de wereld in hoog tempo naar de bliksem ging. Ik waardeerde het in hen dat ze zich zorgen maakten. Allebei. De grote zorg van de meeste mannen hier, en ik rekende mezelf daar ook toe, was teruggaan naar huis.

'Mag ik aannemen dat je de beschuldigingen tegen mij intrekt?' vroeg Martin.

Ik zei dat ik die aanbeveling zeker zou doen, maar dat het de veiligste weg zou zijn als hij de volgende dag met me meeging naar Nancy om de zaak uit te leggen. Hij dacht erover na, en ten slotte knikte hij.

'Ik kan er een paar uur aan besteden,' zei hij, 'maar dan moet ik door naar mijn volgende opdracht.' Dat moest de operatie in Duitsland zijn waarover hij bij mijn eerste bezoek had gesproken, de opdracht waarvoor hij naar Londen was teruggeroepen. 'Ik denk dat het de belangrijkste taak tot nog toe wordt, Dubin. We zullen er ontelbare levens mee kunnen sparen.' Bij dat verheffende vooruitzicht keek hij op en vroeg hoe laat ik de volgende ochtend dacht te vertrekken. Zodra het licht werd, zei ik, aangezien we zo lang waren weggebleven.

Dat herinnerde me eraan dat ik mijn uniform op moest halen. Aarzelend kwam ik overeind, met een stijve knie, en ging op zoek naar Gita. Ze had buiten afscheid genomen van de omwonenden. Ik kwam haar tegen in de hal, waar Bidwell zich op een van de elegante fluwelen sofa's van de comtesse had uitgestrekt en onder een kanten doek van de rugleuning lag te slapen.

'Laat hem maar,' zei ze.

'Best, maar ik kan hem niet in culottes meenemen naar het hoofdkwartier.'

Gita ging navraag doen bij Sophie, het dienstmeisje dat onze uniformen had gewassen en te drogen had gehangen over hetzelfde, nu lage vuur waarboven het schaap was geroosterd. We liepen naar buiten, waar Gita me gezellig een arm gaf terwijl ik voortstrompelde tussen de plassen die glansden in het licht van de kaarsen in huis. Het had een poosje hard geregend, maar nu dropen alleen nog de dakranden en de bomen. De overige gasten van de comtesse waren gezamenlijk vertrokken en hun dronken rumoer droeg ver in het klamme donker.

Ik vertelde haar over mijn gesprek met Martin. 'Is het normaal dat hij zo somber is?'

'Na afloop? Na afloop altijd. Ken je gokkers, Dubin? Ik heb vaak gedacht dat Martin, als er geen oorlog zou zijn, waarschijnlijk aan een goktafel zou staan. Veel gokkers kennen zulke stemmingen als hij. Ze genieten van het spel en zetten hoog in, en na hun overwinning is de spanning weg. *Voilà la raison.* Martin spreekt de waarheid als hij zegt dat hij zonder oorlog ongelukkig is. Zo was het ook toen ik hem leerde kennen.'

'In Marseille?'

'Ja. Ik verkocht hem opium als hij overkwam uit Spanje.' Ik slaagde erin niet uit mijn ritme te vallen. Blijkbaar was ik voorbereid op alles van haar kant. 'Hij rookte er te veel van, maar een paar maanden later was hij eroverheen, toen hij eenmaal had toegestemd terug te keren naar de States voor de opleiding tot commando.'

'Zijn nieuwe gok?' Ik dacht aan de manier waarop Martin had gekeken toen hij het over zijn nieuwe opdracht in Duitsland had.

'Precies,' antwoordde Gita.

De uniformen hingen bij de deur van de stal. Er zat een stevige rookgeur aan, maar ze waren droog. Ze hielp me de uniformen op te vouwen en ik nam ze onder de arm waaraan ze had ingehaakt.

'Martin zegt dat hij zichzelf verwijt dat hij niet meer is wie hij was,' zei ik.

'O ja?' Dat trof haar. Ze tuurde in het duister.

'Nou ja, wie wel? Ben ik nog wie ik was toen ik op mijn zeventiende naar Marseille vluchtte? Toch,' zei ze, 'is het waar dat hij eronder lijdt.'

Uit wat ze me had verteld, zei ik, leek het of Martin altijd had geleden.

'*D'accord.* Maar daar zijn toch niveaus in? Het martelt hem nu zelfs in zijn slaap. Hij ziet de doden. Maar dat is waarschijnlijk niet het ergste. De oorlog kent geen principes, Dubin. En Martin voert al zo lang oorlog dat hij geen principes meer heeft. Ik wist niet zeker of hij dat erkende.'

'Ach, dat woord weer,' zei ik. We stonden in de open toegang tot de stal, waar stof en dierlijke geuren wervelden in de wind. Ze fronste haar dikke wenkbrauwen en keek me onderzoekend aan.

'Principes,' zei ik.

Ze lachte verrukt. 'En hier hebben we gedebatteerd,' voegde ze eraan toe.

'En jij hebt gewonnen,' zei ik.

'Ja, ik heb je mijn principes laten zien.' Ze lachte, we lachten allebei, maar er viel een afwachtende stilte tussen ons die een keerpunt kende terwijl Gita me met haar snelle ogen, klein en donker en soms gretig, onderzoekend aankeek. 'Zal ik je mijn principes nog eens laten zien, Doe-bien?'

Dat ik naar deze vrouw smachtte, was geen geheim voor me. In de heftige emoties van de afgelopen dag had het toenemende fysieke contact natuurlijk en zelfs nodig geleken, en de richting die we kozen leek duidelijk. Maar ik was er evenzeer van overtuigd geweest dat de rede tussenbeide zou komen en ons zou weerhouden. Nu besefte ik dat dat niet zou gebeuren. Even voelde ik een heftige angst, maar ik had vandaag geleerd die te overwinnen, en ook de alcohol sleepte me mee. Toch lag het niet aan de drank. Gita was eenvoudig een deel van dit alles, deze plek, deze avonturen. Ik beantwoordde haar vraag met een enkel woord.

'Graag,' zei ik. En daarop schoof ze centimeter voor centimeter haar rok op tot ze net zo voor me stond als twee weken eerder, subtiel onthuld. Toen lag ze in mijn armen. Haar nabijheid bracht drie snelle indrukken mee: hoe klein en licht ze was, de geur van oude tabaksrook aan haar vingers en in haar haar, en de bijna oneindige aard van mijn verlangen.

Een ogenblik dacht ik dat het hier in de schuur zou gebeuren, tussen de dieren, letterlijk rollebollend in het hooi, maar ze trok me mee naar de smalle trap en we slopen naar het kamertje waar Biddy en ik ons hadden verkleed. Haar blouse was open en een kleine borst was bloot. Ze stapte snel uit haar lange onderbroek, legde zonder aarzeling haar hand op mijn riem en maakte mijn gulp open, waarna ze me met de kordaatheid van een verpleegster vastgreep. We vielen neer op het bed en zo verenigden we ons in een plotselinge, schokkende en wanhopige gemeenschap, maar die leek voor ons allebei een behoefte, ontstaan op dat ogenblik van bezit en verklaring. Mijn knie bleef van het begin tot het einde pijn doen, wat op een of andere manier passend leek.

Na afloop bleef ze op mijn borst liggen. Ik lag op de gestreepte tijk van het onopgemaakte bed, met mijn broek op mijn enkels, ademde de geur van de beschimmelde matras in en de geuren van mest en kippenveren van beneden, terwijl ik naging wie ik werkelijk was.

Zo, dacht ik. Zo. De daad had iets barbaars gehad, niet tussen Gita en mij, maar in het feit dat het was gebeurd. De gedachte aan Grace drong zich op en vervulde me met wanhoop. Het was niet alleen dat ik geen rekening met haar had gehouden. Het was alsof ze nooit had bestaan. Had Gita gelijk? Geen principes in oorlogstijd en dus geen principes bij degenen die oorlog voerden? Het kwam door deze dag, dacht ik, deze dag. Ik maakte het mezelf gemakkelijk door me voor te stellen dat Grace het zou begrijpen als ze het hele verhaal kende, hoewel ik niet de illusie koesterde dat ik het haar ooit zou vertellen.

Gita bracht haar gezichtje bij het mijne en fluisterde. We hoorden de knechts snurken aan de andere kant van de dunne houten scheidingswanden.

'*De quoi penses-tu*, Doe-bien?' Waar denk je aan?

'Van alles. Voornamelijk aan mezelf.'

'Vertel cens.'

'Dat begrijp je wel. Er is thuis een vrouw.'

'Je bent hier, Doe-bien.'

Voorlopig moest dat voldoende zijn.

'En ik denk ook na over jou,' zei ik.

'*Vas-y*. Wat vraag je je af?'

'Ik vraag me af of ik ooit een vrouw zoals jij heb ontmoet.'

'Bedoel je dat je zulke mannen wel hebt ontmoet?'

Ik lachte hardop en ze legde haar hand over mijn mond.

'Is dat je enige vraag?' vroeg ze.

'Zeker niet.'

'*Continue.*'

'De waarheid?'

'*Bien sûr.*'

'Ik vraag me af of je met alle mannen slaapt met wie je vecht.'

'Is dat belangrijk voor je, Doe-bien?'

'Anders had ik het niet gevraagd, denk ik.'

'Ik ben niet verliefd op je. Maak je geen zorgen, Doe-bien. Je draagt geen verantwoordelijkheid. Ik ook niet.'

'En Martin? Hoe is het nu echt tussen Martin en jou? Jullie lijken net een stel dat al heel lang getrouwd is.'

'Dat heb ik je toch al verteld. Ik heb veel aan Robert te danken. Maar we zijn geen stel.'

'Zou hij hetzelfde zeggen?'

'Zeggen? Wie weet ooit wat Martin zal zeggen? Maar hij weet de waarheid. We doen allebei wat we willen.'

Ik begreep het niet helemaal, maar trok een gezicht bij wat ik dacht dat de zin ervan was.

'Keur je dat niet goed?' vroeg ze.

'Ik heb je al verteld dat ik een bourgeois ben.'

'Neem me niet kwalijk, maar dat is niet mijn zorg.'

'Maar Martin is mijn zorg. En je bent van plan bij Martin te blijven.'

'Nu ben ik niet bij hem. Ik ben bij jou.'

'Maar ik ga weg en jij blijft bij Martin. Ja toch?'

'Voorlopig wel. Voorlopig blijf ik bij Martin. Hij zegt dat hij de dag vreest waarop ik weg zal gaan. Maar ik blijf bij Martin om te vechten. Zullen de Amerikanen me toestaan dienst te nemen?'

'Dat betwijfel ik.'

Ze ging rechtop zitten om naar me te kijken. Zelfs in het donker kon ik zien dat ze smal en mooi was. Ik liet mijn hand van haar schouder naar haar middel glijden; ze bleef me aankijken met dezelfde intensiteit.

'Hoeveel vrouwen, Doe-bien? Voor jou? Veel?'

Ik was verlegen op dit punt, niet het doen maar erover praten. Op mijn negenentwintigste had ik een beperkte seksuele ervaring. Soms betaalde liefde, soms dronken geworstel. Het geheel liet zich het best samenvatten in een opmerking die ik ooit van een studievriend had gehoord: dat hij nog nooit had geneukt met zijn schoenen uit. Vanavond was nog zo'n voorbeeld.

'Niet zo veel,' zei ik.

'Nee? Vergeef me, maar dat denk ik niet. Niet door de daad, maar door hoe je nu bent. En hoe is het met die vrouw thuis?'

Voor die vraag deinsde ik terug, maar ik besefte dat ik haar hetzelfde soort vragen had gesteld.

'Ze is mijn verloofde, niet mijn vrouw.'

'Was dat haar keus?'

Het was wederzijds goedvinden, dacht ik. Niet dat er veel overleg was geweest. Grace en ik hadden dezelfde opvattingen, namelijk dat de vereniging van man en vrouw een bijzondere betekenis had.

'Ik vereer Grace,' zei ik tegen Gita. Dat was het volmaakte woord. 'Verering.' Pas nu besefte ik dat ik niet op dezelfde manier kon zeggen dat ik naar haar smachtte.

'Ze had moeten aandringen, Dubin. Ze had geen idee waar ze je heen stuurde.'

Dat zag ik zelf ook wel.

Gita ging naar beneden. Ik hoorde een pomp piepen. De meeste vrijgezellen die ik kende deden altijd erg stoer over de vrouwen met wie ze sliepen. Mijn ervaring was altijd het tegenovergestelde geweest. Na seks volgde onvermijdelijk een golf van tederheid, zelfs toen ik een plaatselijke zottin vier dollar had betaald voor mijn eerste ontmoeting. Nu Gita niet meer naast me lag, verlangde ik ernaar dat ze terug zou komen. Ik lag me af te vragen of ik ooit eerder mensen zoals Martin en Gita had leren kennen door wie zo snel mijn kijk op mezelf was veranderd.

Haar kleine passen kraakten op de trap en ze sloop binnen, naar het bed. Ik zag dat ze zich had aangekleed en trok mijn broek op.

'Ik moet weg,' fluisterde ze. 'Anders word ik straks gemist. *Au revoir.*' Ze tuurde niet onvriendelijk naar me. 'Ik denk dat we andere ogenblikken samen zullen hebben, Doe-bien.'

'O ja?' Ik had geen idee of ik dat wilde, maar ik zei dat ik waarschijnlijk nog een keer terug zou komen om Martin het eindverslag van mijn onderzoek te geven.

'Dan dus,' zei ze. Ze aarzelde, maar drukte een zachte kus op mijn lippen. Het was meer een concessie dan een liefkozing. Ze zei nogmaals *au revoir*.

Ik was de hele dag zo heen en weer geslingerd door gevoelens dat ik had gedacht niet te kunnen slapen van de zenuwen, maar zoals al mijn verwachtingen van de laatste tijd werd ook deze niet bewaarheid. Ik had opzettelijk de luiken laten openstaan en werd om half acht wakker, zoals ik van plan was geweest, bij de bleke stralen van de opkomende zon die door de wolken drong. Ik merkte dat ik nog steeds last had van mijn knie; ik was 's nachts een paar keer wakker geworden van de pijn, die me als een hondenriem uit de slaap had gesjord. Mijn been was dik en stijf en ik kwam voorzichtig overeind, kleedde me aan en speldde mijn wapenteken weer op. Terwijl ik terugging naar het huis om Bidwell wakker te maken en Martin te spreken, hoorde ik mortiervuur. De 26e Infanteriedivisie was bezig Bezange-la-Petite in te nemen. Ik stond me af te vragen uit welke richting het mortiervuur kwam toen Bettjer, nog met een cognacfles in zijn hand, naar buiten wankelde.

Ik vroeg of hij wist waar Bidwell was. Peter gaf antwoord in uitstekend Engels.

'Binnen. Net wakker geworden. De anderen zijn al een paar uur weg.'

'Wie?'

'Martin. Antonio. Voorgoed vertrokken. Mij hebben ze achtergelaten. Na alles hebben ze mij achtergelaten.'

'Vertrokken?'

'Het was nog donker toen ze weggingen. Uren geleden. Ze probeerden weg te sluipen, maar de comtesse huilde hartverscheurend. Je moet wel heel diep hebben geslapen, anders had je haar wel gehoord.'

'Vertrokken?' zei ik weer.

Bettjer, het toonbeeld van een dronkelap, ongeschoren en onverzorgd in zijn bruine Belgische uniform met zijn halve hemd uit zijn broek, tilde zijn fles voor me op. Hij was in de loop van de nacht gevallen en had een bloedneus gehad en nu hij lachte, zag ik dat er ook een stuk van een voortand was afgebroken, bij die val of een eerdere keer. Maar hij ging op in zijn leedvermaak.

'Ik begrijp het,' zei hij. 'Ik begrijp het.'

'Wat begrijp je, Peter?'

'Nou, dat ze jou ook hebben achtergelaten.'

DEEL

VIER

13 ZWEMMEN

Mijn vader had als kind in het Ellynmeer leren zwemmen, een door mensen uitgegraven meer dat in feite een grote waterberging in South End was, aangelegd om te voorkomen dat de rivier de Kindle in het regenseizoen buiten zijn oevers trad. Zijn ouders hielden kennelijk ook van water, want er zijn veel foto's van het hele gezin in de belachelijk veel bedekkende zwemkostuums uit die tijd; ze spelen bij het meer, of in het Garfieldzwembad, een gigantisch overdekt zwembad dat erg populair was bij arbeidersgezinnen in Kindle County, tot de sluiting in de jaren vijftig nadat was geconstateerd dat het een poliobesmettingshaard was.

Ik zag mijn vader heel graag zwemmen. Zijn sierlijkheid in het water en zijn zorgeloze spelletjes waren onverenigbaar met de man op het droge. Badkleding onthulde zijn verrassende lichaam. Hij was tamelijk lang, bijna een meter tachtig, en niet echt zo'n bodybuilder als Charles Atlas, maar wel flink gespierd. Als ik zijn stevige lichaam zag dat anders verborgen was onder het overhemd en de das die hij droeg tot hij 's avonds naar

bed ging, was ik verbaasd. Dus dit was hem. Ik voelde me tegelijkertijd gerustgesteld en verward.

Pas rond mijn veertiende gaf mijn bescheiden vader toe, op
vragen van mijn kant, dat hij op de middelbare school zwem-
kampioen van de Tri-Cities was geweest op de honderd meter
rugslag. Toen al wilde ik zoveel mogelijk weten over wie hij
was, en toen ik op een dag voor *The Argonaut*, de schoolkrant,
naar de Atletiekunie moest, nam ik de gelegenheid waar om
te kijken of ik mijn vaders naam kon vinden.

Dat lukte. Zo'n beetje. Want de rugslagkampioen in 1933
had niet David Dubin geheten, maar David Dubinsky. Ik wist
natuurlijk dat emigranten van allerlei komaf hun naam in Amerika hadden aangepast. Cohens waren Coles geworden, Waw-
zenski's waren Walters geworden. Maar het zat me niet lekker
dat hij die verandering had doorgevoerd vlak voordat hij met
een beurs naar Easton College was gegaan, een bastion van de
gojim. Het was bitter hypocriet om je verleden te verloche-
nen en, erger nog, door te capituleren voor de Amerikaanse
smeltkroes waren veel burgers gemarginaliseerd, vooral diegenen met een donkere huid, die minder gemakkelijk in het
geheel konden opgaan. Toen ik ontdekte dat pa zijn ouders
had overgehaald zijn voorbeeld te volgen, opdat hij niet kon
worden ondermijnd in zijn nieuwe identiteit, voelde ik me geroepen tot een confrontatie.

Hij verdedigde zichzelf zoals gebruikelijk met weinig woorden. 'Dat leek toen eenvoudiger,' zei hij.

'Ik wil mijn erfgoed niet verdonkeremanen,' zei ik tegen mijn
vader. 'U schaamde u er misschien voor, maar ik niet.' Dat was
een tamelijk goedkope opmerking. Thuis hield mijn moeder
vast aan joodse rituelen en joodse scholing. Op vrijdagavond
kwam er een sjabbesmaal op tafel, ik moest naar thora-les en
ze hield zelfs op een merkwaardige manier vast aan een ko-
sjere keuken, waarin alle soorten treife, zoals boterhammen
met ham, waar ze zelf dol op was, wel mochten worden gegeten, maar alleen van een papieren bordje, en zulk eten werd
bewaard op een bepaalde plank in de koelkast. Pa was daar
nooit zo handig in, waarschijnlijk omdat hij van huis uit niets
religieus had meegekregen, maar aan de andere kant hoefde

ik er nooit aan te twijfelen dat hij vierkant achter mijn moeder stond. Toch zette ik het mijn vader in 1970 betaald door mijn naam terug te veranderen. Sinds mijn eenentwintigste ben ik Stewart Dubinsky.

De natuur neigt er natuurlijk toe ons zoiets betaald te zetten. Dochter nummer 1 heeft me vanaf haar zesde laten weten dat ze een hekel heeft aan de naam Dubinsky (door valse klasgenootjes verhaspeld tot Poepinsky); zij heeft gezworen de naam aan te nemen van degene met wie ze trouwt, al heet hij Bozo D.E. Clown. En ik deed mijn vader niet veel meer aan dan hij zijn eigen vader. Mijn grootvader, de schoenmaker, was in zijn laatste jaren toen ik de wijziging doorvoerde, en hij leek ermee ingenomen. Maar toen ik me in 2003 verdiepte in wat mijn vader me nooit had willen vertellen, herinnerde ik me steeds met een beetje pijn in mijn hart de afwijzing van wat mijn vader me had willen geven.

Dit was dan ook het verhaal dat ik Bear Leach na onze eerste ontmoeting meteen vertelde in de salon in Northumberland Manor. Bear ontlokte me het hele verhaal met handige vragen en aanvaardde mijn tegenwoordige bedenkingen met een wijze glimlach.

'Tja, Stewart,' zei hij, 'ik denk soms dat dat alles is wat misgaat tussen ouders en kinderen. Wat er wordt afgewezen. En wat er wordt achtergehouden.'

In die tweede categorie plaatste ik het manuscript van mijn vader, waar ik Leach uiteindelijk om wilde vragen. In dat stadium nam ik nog aan dat pa zijn dreigement had uitgevoerd en het had verbrand. Toen ik dat zei, boog Leach zich naar links en naar rechts om een map te zoeken die hij tegen de verchroomde spaken van zijn rolstoel had gezet. In de harmonicamap die hij me overhandigde zat een wel vier centimeter dikke stapel paperassen, maar terwijl ik ze doorbladerde, herkende ik direct het fraaie schuinschrift van mijn vader op verschillende plaatsen. Ik ben zo sentimenteel dat ik meteen op dat onnozele bankje begon te huilen.

Ik had elke regel gelezen toen ik thuiskwam; ik had nog drie uur op het vliegveld van Tri-Cities doorgebracht nadat ik was geland, omdat ik het lezen zelfs geen halfuurtje wilde onderbreken om naar huis te rijden. Ik moet er raar hebben uitgezien, een gezette kerel van in de vijftig die in een lege aankomsthal jankend zit te lezen, onder de bezorgde blik van andere reizigers, die haastig doorliepen naar hun gate.

De dag dat Bear me het manuscript overhandigde, vroeg ik ook hoe hij eraan kwam.

'Ik moet zeggen, Stewart, dat ik het bezit van dit document altijd heb beschouwd als een gevolg van tweeslachtige bedoelingen. Zoals ik je al heb verteld, had je vader gezegd dat hij het wilde verbranden nadat ik het had gelezen, en toen ik het uit had, leek me dat ontzettend zonde. Dat is de reden waarom ik het manuscript heb bewaard; ik beweerde dat ik het nodig had om bepaalde punten te verhelderen in verband met zijn beroepen. Eind juli 1945 werd je vader onverwachts vrijgelaten en hij vertrok halsoverkop uit Regensburg, met andere zaken aan zijn hoofd. Ik verwachtte dat hij vroeg of laat over het document zou beginnen, maar dat gebeurde niet, niet in Europa en later evenmin, toen we allebei terug waren in de vs. Ik overwoog een paar keer hem te gaan opzoeken, in ieder geval elke keer als ik het manuscipt van kantoor naar kantoor verhuisde, maar ik concludeerde dat je vader een keuze had gemaakt die hem het beste voor alle betrokkenen leek, en zeker voor hemzelf: dat hij zijn leven wilde voortzetten zonder de complicaties en herinneringen die een hernieuwd onderling contact zou oproepen. Het manuscript is jarenlang bij mijn papieren op het Hooggerechtshof van Connecticut bewaard, met een aantekening voor mijn executeurs dat zij David Dubin of zijn nazaten moesten benaderen voor instructies wat er verder mee moest gebeuren. Ik was natuurlijk heel verheugd van jou te horen, want daarmee bespaar je mijn kleinkinderen het zoeken.'

'Maar waarom wilde hij het verbranden?' vroeg ik. 'Omdat hij Martin zou hebben vermoord?'

'Dat vermoedde ik natuurlijk, althans in het begin.' Bear zweeg; kennelijk zat hem iets dwars, misschien de gedachte hoe dicht hij de grens was genaderd van wat hij met fatsoen kon vertellen. 'Ik geloof dat ik alleen met zekerheid kan zeggen wat David me heeft verteld, Stewart.'

'En wat was dat?'

'Vreemd genoeg hebben je vader en ik er nooit rechtstreeks over gepraat. Ook nadat ik het had gelezen, wilde hij kennelijk niet praten over de gebeurtenissen die hij had beschreven, en dat begreep ik wel. Een dag of twee na de uitspraak was het er bijna van gekomen. Je vader moest hangende zijn beroep onder huisarrest blijven, maar hij begon te wennen aan het vooruitzicht dat hij vijf jaar dwangarbeid zou krijgen. Ik vertelde hem wat strafpleiters hun cliënten in deze situatie altijd voorhouden: dat er een nieuwe dag zou komen, een leven daarna, en dat hij jaren later misschien met andere ogen naar de hele kwestie zou kijken. En in dat verband begon ik over het manuscript, dat ik op dat ogenblik voor de zekerheid op mijn nieuwe kantoor in Frankfurt in bewaring had.

"Ik vind dat je het moet bewaren, Dubin," zei ik tegen hem. "Het zal in elk geval erg interessant zijn voor je kinderen. Je wilt toch niet volhouden dat je het voor mij hebt geschreven. En zeker niet om het in vlammen te laten opgaan." Hij dacht daar zo lang over na dat ik meende een snaar bij hem te hebben geraakt, maar uiteindelijk stak hij zijn kin naar voren en schudde resoluut zijn hoofd. En op dat moment, Stewart, gaf hij me de enige verklaring die ik ooit heb gehoord voor zijn vaste voornemen te vernietigen wat hij op papier had gezet.

"Ik hoop vurig," zei hij, "dat mijn kinderen dit verhaal nooit te horen krijgen."'

14 STOP

16 november 1944, nog in Nancy

Liefste Grace,
Het spijt me dat je zo lang niets gehoord hebt. Zoals je uit de berichten
in de krant kunt opmaken, zijn de legers weer in beweging gekomen en dus is
er ook weer meer werk voor ons. In de
gevechtszone doen zich incidenten voor
die door hun aard spoedeisend zijn en
we houden er rekening mee dat de ver-
huizing naar een nieuw hoofdkwartier
aanstaande is. We hopen allemaal dat
het in Duitsland zal zijn, en liefst in
Berlijn.
Ik ben weer wat tot mezelf gekomen sinds
ik je het laatst schreef. Je moet je
verbaasd hebben over de brieven die ik

je een paar weken geleden in haast heb
geschreven, voor en na mijn korte kennismaking met 'actie'. Nu ik wat meer
afstand heb kunnen nemen heb ik besloten
die hele ervaring achter me te laten.
Dat hoor je ook van veteranen: dat je
het verleden achter je moet laten en
moet beseffen dat de kloof tussen oorlog
en het normale bestaan breder en dieper
is dan de Grand Canyon en niet overbrug-
baar.
Lieveling, geloof me, als dit allemaal
voorbij is wil ik dat jij naast me zit,
zodat ik je haar kan strelen terwijl ik
hieraan terugdenk. Maar trek het je alsjeblieft niet aan als blijkt dat ik er
niet veel over wil zeggen.
Een vrolijker onderwerp: je nieuwste
pakketje, nummer 15, is vandaag gekomen.
Er waren maar twee suikerkoekjes gebroken en zo vond ik ze ook lekker, neem
dat van mij aan. Nog blijer was ik met
het flesje Arrid dat je hebt gestuurd,
want ik weet dat het schaars is en veel
mensen zijn jaloers op me. Door het gebrek aan brandstof is er vaak geen warm
water, wat meebrengt dat we minder gebruik van douche en bad kunnen maken.
Laat je broer weten hoe blij ik was met
de deodorant. Je kunt zeggen wat je
wilt, maar soms is het een voordeel je
eigen warenhuis te hebben. Op dat gebied
wil ik een gunst vragen. Als George film
nr. 620 ziet, wil ik graag hebben wat
hij maar kan vinden. Mijn sergeant, Biddy, fotografeert graag en hij heeft
moeite aan film te komen. Hij is waarschijnlijk de beste kerel die ik in

dienst heb leren kennen en ik wil hem
erg graag helpen.

Het is winter geworden. Het weer is van
klam omgeslagen naar ijzig koud. Het regent nog wel, althans in naam, maar wat
er nu naar beneden komt zijn ijzige korrels die prikken in de huid en binnen
een paar uur bevriezen. Ik zit met mijn
wollen handschoenen aan achter mijn bureau, al wordt de rechtszaal wel enigszins verwarmd. Voor de jongens in de
schuttersputjes is deze afwisseling van
regen en ijs heel wat erger. Loopgraaf-
voeten zijn een plaag geworden. Naar
schatting een derde van onze militairen
lijdt eraan, vaak in zo ernstige mate
dat ze naar het ziekenhuis moeten. Patton heeft vijfentachtigduizend paar extra sokken besteld en schijnt de mannen
te hebben voorgehouden dat voethygiëne
in oorlogstijd belangrijker is dan tan-
denpoetsen. Overschoenen zijn zeer gewild. De moed en volharding van de jongens daar verbaast me steeds weer.

Hun ontberingen staan ver af van mijn
leven hier, in de veilige maar saaie
routine van de juridische dienst. Ik heb
één nieuwtje. Gisteren is mijn promotie
erdoor gekomen (vier maanden te laat).
Ik ben nu kapitein Dubin en het woord
'functioneel' is geschrapt uit mijn
functieaanduiding. Ik heb meteen mijn
zilveren distinctieven opgenaaid en de
gehele dag grote voldoening gevoeld als
een luitenant in het voorbijgaan voor me
salueerde.

Een heel fijne Thanksgiving toegewenst,
mijn lief. Ik verwacht dat ik volgend

```
jaar om deze tijd met jou bij het vuur
zit.
Ik houd van je en denk altijd aan je,
                                        David
```

Op een middag in de tweede week van december liet een klerk mijn post op mijn bureau vallen, drie brieven en een prentbriefkaart. Ik wilde ze al wegstoppen in mijn tuniek om er later ongestoord van te kunnen genieten, toen de kaart mijn aandacht trok. De voorkant was een zwartwitfoto van een gebouw met puntdak en verschillende slanke torentjes. De tekst in kleine drukletters op de achterkant gaf aan dat dit de synagoge in Arlon was, de oudste in België. Maar ik was verbaasder over de met de hand geschreven tekst:

Dubin,
Sorry voor gefopt. Kon niet anders zegt Robert. Je bent
beste kerel. Denk alsjeblieft niet slecht over me. Misschien
wij zien elkaar terug als geen oorlog is. Mag Joyeux Noël
voor een jood?

         G.

Het handschrift van Gita Lodz was spichtig en tamelijk onregelmatig, zoals ik had kunnen verwachten. Ze had zich van het Engels bediend omdat ze wist dat een bericht in het Frans er maanden over zou doen om langs de legercensor te komen.

De volgende dag las ik de prentbriefkaart wel twintig keer op zoek naar een diepere betekenis. Waarom had ze de moeite genomen? Kon het me eigenlijk schelen? Ten slotte vroeg ik me af of ze wel echt in België zat of dat dit weer zo'n list was van Martin. Ik vroeg iemand in de postkamer of hij kon zien waar de kaart op de bus was gedaan; er stond een paarse ring op van het legerpostkantoor. De driecijferige code in het midden was van het hoofdkwartier van het Eerste Leger bij Spa.

Na ampele overweging stuurde ik een telex naar Teedles hoofdkwartier bij de 18e Pantserdivisie om te laten weten dat ik iets had ontvangen waaruit Martins verblijfplaats zou kunnen blijken. De 18e Pantserdivisie viel weer aan en was langs Metz naar Luxemburg getrokken, waar schermutselingen plaatsvonden met de Duitsers die zich terugtrokken op de zware betonnen fortificaties van de Siegfriedlinie. Met goedkeuring van de generale staf had Teedle enkele dagen na Martins verdwijning om zijn arrestatie verzocht, waarmee mijn onderzoek formeel was beëindigd. Ontheven van deze taak probeerde ik niet meer te denken aan Robert Martin of Gita Lodz, die me beiden hadden misleid en schade berokkend. Bij mijn schuldbewuste bezoek aan Teedle op de dag dat Martin ervandoor was gegaan had ik de verwachte uitbrander gekregen, maar niet alleen omdat ik niet wist waar de majoor was. Patton was razend geweest over de explosie in La Saline Royale; hij wilde, in de woorden van Teedle, 'met Thanksgiving Martins kloten op zijn bord'. De overval op de opslagplaats was in het najaar voorbereid door de oss, maar niemand had Martin toestemming gegeven die nu uit te voeren. Kennelijk was het een avontuur dat hij niet had willen missen voordat hij ervandoor ging. De ongecoördineerde actie bleek een tactische ramp. De 21e Pantserdivisie van de Duitsers was zo geschrokken van de enorme vuurbal dat de opmars naar Marsal was gestuit, waardoor ze zonder het te weten ontkwamen aan de drie Amerikaanse antitankbataljons die Patton voor ze gereed had gehouden.

Op mijn bericht aan Teedle volgde een snelle reactie. Later diezelfde dag werd ik voor een dringend telefoontje uit de zitting gehaald. Ik sprintte naar boven en kreeg Billy Bonner aan de lijn. Teedle had kennelijk bereik in het Antrac-net en wilde mij persoonlijk spreken. De geluidskwaliteit van de veldtelefoon was zwak en krakerig, en toen Bonner de generaal ging halen klonk er gedreun van artillerie over de lijn.

'Ik heb godverdomme je telex hier, Dubin,' zei Teedle zonder inleiding, 'en zoals gewoonlijk is het weer juristentaal. Ik moet meer weten voor ik contact kan opnemen met het viiie Legerkorps. Wat heb je nou precies ontvangen?'

'Een prentbriefkaart, generaal.'

'Een prentbriefkaart? Die klootzak heeft je een kaartje gestuurd? Wat denkt hij wel, dat hij Zorro is?'

'De kaart was van het meisje, generaal.'

'Zijn vriendinnetje?'

'Ja, hoewel ik niet denk dat ze echt zijn vriendinnetje is, generaal.'

'Meen je dat nou? Dubin, je blijkt veel interessanter te zijn dan ik dacht. Hoe je haar ook wilt noemen, ze zit toch aan hem vast-geplakt?'

'Ja, ik denk wel dat ze bij hem is. Ik betwijfel alleen of ze iets zal doen dat verkeerd voor hem kan uitpakken. Daarom aarzelde ik u hiermee lastig te vallen. Ik besef heel goed dat u uw handen vol hebt, generaal, maar de arrestatie valt onder uw gezag.'

'Je hebt er goed aan gedaan, Dubin. Maak je geen zorgen over ons. We geven die zakken ongenadig klop. Al zou het nog beter gaan als de president ophield met de Russen te slijmen. We hadden al in Saarbrücken moeten zijn, maar FDR is bang dat Stalin in de gordijnen klimt als we te snel Duitsland binnentrekken.' Teedle zweeg en vroeg zich kennelijk af of het wel verstandig was zulke opmerkingen te maken over een open telefoonlijn. De zware kanonnen bulderden weer en de verbinding werd verbroken.

Een paar dagen later, op 15 december, zat ik om zeven uur 's ochtends in de officiersmess roerei van eipoeder te eten met Tony toen een ordonnans met acne, een verse rekruut die bij vrijwel elke ontwikkeling hysterisch werd, kwam aandraven om te zeggen dat ik naar verbindingen moest. Het was Teedle, ditmaal via een codetelex. Nadat de verbindingsman had doorgegeven dat ik aanwezig was, begon het apparaat papier te spuwen dat de codelezer met veel geklik doorgaf aan de gele baal in het apparaat.

'Klootzak gelokaliseerd,' schreef Teedle. 'Nu bij Houffalize in de sector van het VIIIe Legerkorps. Is nu Robin Hood. Vrolijke bent aan zijn zijde. Tegen de staf van VIII beweerd dat hij was gestuurd door de OSS om Duitse posities te verkennen. Wens dat je naar Houffalize gaat voor arrestatie.'

'Ik?' Dat zei ik tegen de verbindingsman, die vroeg of hij dat antwoord moest terugsturen. Ik koos iets diplomatieker bewoordingen voor mijn suggestie dat dit meer op het terrein lag van de provoost-geweldige.

'Onzin. Jij kunt gezochte herkennen,' schreef hij terug. 'Bent bekend met achtergrond. MP's moeten krijgsgevangenen bewaken. Het is hier namelijk oorlog.'

Ik vroeg me af of ik een andere keus had, maar antwoordde ten slotte dat ik het bevel had begrepen.

'Verdachte wordt over 72 uur terugverwacht. Verkent nu op vijandelijk gebied.'

'Hoe waarschijnlijk dat hij terugkomt?'

'Zeer. Meisje achtergelaten. Vertrek onmiddellijk. Zal Londen inlichtingen dat arrestatie aanstaande.'

Ik ging meteen door naar kolonel Maples. Tegenover Teedle had ik niet over technische aspecten gesproken omdat hij daar zoals ik wist een hekel aan had, maar er was een fundamenteel probleem. Ik sloeg het Handboek voor het Militair Tuchtrecht op het bureau van de kolonel open bij hoofdstuk 20.

> 20. Krijgsraadprocedure voorafgaand aan proces –
> Arrestatie en insluiting – Strafbevoegdheid – De
> volgende personen onderworpen aan de krijgstucht
> kunnen aangehouden of ingesloten worden ingevolge
> de Krijgswet, artikel 69, als volgt:
> Officieren – alleen door commandanten, in persoon, via
> andere officieren, of door mondeling of schriftelijk
> bevel of bericht. De bevoegdheid zulke personen onder
> arrest te plaatsen of in te sluiten kan niet worden
> overgedragen.

Met andere woorden: Martin kon alleen worden aangehouden door iemand die rechtstreeks onder Teedles bevel stond, iemand van de 18e Pantserdivisie. Na enige discussie ten tijde van het uitvaardigen van het arrestatiebevel had onze staf geconcludeerd dat Teedle, niet de oss, het bevel over Martin was blijven voeren, omdat Martin het bevel zich te melden had genegeerd. Maar ik stond niet onder het bevel van de generaal. Ik kon derhalve Martin niet arresteren, zonder het daaropvolgende krijgsraadproces te compromitteren.

Maples kneep met duim en wijsvinger in zijn snor, die in de afgelopen maanden naar zuiver wit was verkleurd en nu leek op een streep scheerschuim. Zoals gewoonlijk bleek dat hij Teedle niet voor het hoofd wou stoten en hij kwam met een juristenoplossing. Hij zou zorgen dat de commandant van het Derde Leger mij tijdelijk toevoegde aan de 18e Divisie, alleen voor de arrestatie van Martin.

'We moeten het papierwerk sluitend maken. Maar je moest er maar vast heen gaan, David. Patton zal niet blij zijn als Martin hem nogmaals ontglipt. Wat een merkwaardige situatie.' De kolonel schudde zijn grijze hoofd. 'Menselijk wangedrag, David. Daar steekt meer fantasie en mysterie in dan in de wereld van de kunst.'

'Mag ik Bidwell meenemen, kolonel?'

'Ja, natuurlijk.' Hij stuurde me weg om een vervanger voor de zitting te zoeken.

Om twaalf uur hadden Biddy en ik onze papieren en waren onderweg. Het was klam weer, met een deken van witte mist over de heuvels, en we hadden de zijpanelen van de jeep aan het canvas dak gemonteerd. Houffalize was op de kaart nauwelijks terug te vinden, maar het lag ergens in de buurt van St. Vith, tweehonderdveertig kilometer rijden. We zouden een gebied naderen waar zwaar werd gevochten en meenden er goed aan te doen de volgende dag voor zonsondergang aan te komen. Aangezien we niet wisten wat ons te wachten stond, hadden we onze volledige bepakking en winterjassen meegenomen.

Toen we Metz naderden en het gebied dat de Amerikanen in de achterliggende weken hadden veroverd, zagen we borden met ACH-TUNG MINEN, achtergelaten door het zich terugtrekkende Duitse leger. Ik wist niet zeker of die waarschuwingen voor hun eigen militairen waren bedoeld of dat het een vorm was van psychologische oorlogvoering. Tijdens een rustpauze maakte ik contact met eenheden van de Zesde Pantserdivisie en vernam dat de wegen op mijnen waren gecontroleerd, maar dat we van de weg af heel voorzichtig moesten zijn. 'U zou niet de eerste zijn, kapitein, die even in de bosjes gaat plassen en een been verliest,' hoorde ik van een sergeant.

Onderweg naar het noorden passeerden we van tijd tot tijd rijen ambulances op weg naar de plaatselijke veldhospitalen. Bij gebrek aan wagens van het Rode Kruis waren jeeps ingezet; de gewonden waren op brancards vastgesjord over motorkappen en achterbanken. Tegen halfvijf, toen we aan een overnachtingsplaats moesten denken, werden we bij een wegversperring tegengehouden door de MP. Een schele politieman stak zijn hoofd helemaal naar binnen in de jeep. Ik haalde onze orders uit mijn binnenzak, maar daar had de MP geen belangstelling voor.

'Waar woont Li'l Abner?' vroeg hij aan mij.

'Ben jij wel nuchter, soldaat?'

'Wilt u antwoord geven op de vraag, kapitein.'

'In Dogpatch.'

'En hoe heet het honkbalteam van Brooklyn?' Hij wees naar Biddy achter het stuur.

'De Dodgers,' zei hij nors. 'En ze kennen er geen hout van.' Merkwaardig genoeg begon de MP te lachen en het probleem was meteen opgelost. De politieman vertelde ons dat er berichten waren over Duitsers in Amerikaans uniform die zouden infiltreren om sabotage te plegen, telefoonlijnen plat te leggen, borden weg te halen en soms eenheden van ons een kant op te sturen waar zich Duitse eenheden bevonden, zoals Gita had gedaan met de Duitsers op D-Day.

'Als het nog eens gebeurt,' zei de MP tegen me, 'kunt u ook uw pasje laten zien. Op hun pasjes staat: Alleen voor identificatie.' Op onze officierspasjes stond een zetfout: indentificatie, door pas bevorderden al snel aangemerkt als blijk van de waarde van hun promotie. Een stomme mof had de verleiding niet kunnen weerstaan om het Engels van de Amerikanen te verbeteren.

We reden de zone van het Eerste Leger binnen en brachten de nacht door in de stad Luxemburg, in een hotel dat als hoofdkwartier in de achterste linies werd gebruikt door eenheden van de Negende Pantserdivisie. We waren verder gekomen dan verwacht en het zag ernaar uit dat we de volgende middag in Houffalize konden zijn. Om half zes werd ik wakker van zware beschietingen in het noorden. We moesten pal die kant op en ik vroeg de majoor die ons onderdak had verzorgd wat er aan de hand was.

'Geen zorgen. De Duitsers gebruiken hun kanonnen graag zolang het nog kan. Aan het front zijn onze linies dun bezet, maar de moffen weten dat ze op een enorme overmacht zouden stuiten als ze probeerden op te trekken. Het gedonder duurt hoogstens een uur.'

Toen we de stad uit reden, vroeg een jonge bazookaman met een vreemd accent of hij kon meeliften naar zijn eenheid vijftien kilometer verderop naar het noorden, en hij klom op de achterbank naast onze bepakking. Hij kwam uit een stadje in Pennsylvania waar nog een Duits dialect werd gesproken en was een verbazend opgewekte jongen, die zich van de oorlog niets aantrok. Hij zong een paar liedjes voor ons die hij thuis had geleerd met een krachtige, niet altijd geheel zuivere tenor, en midden in een ballade over een meisje dat hunkerde naar haar geliefde die ten oorlog was getrokken schoot de jeep omhoog op een vloedgolf van lucht en aarde. Ik kwam in een sloot naast de weg terecht. Toen ik opkeek, zag ik een rokende kuil in de akker naast me, waarschijnlijk van een zware mortiergranaat. De jeep stond een paar meter verderop, dertig graden scheef en met voor- en achterwiel in de sloot. Het canvas waar ik doorheen was gevlogen klepperde nutteloos in de wind en op de akker krabbelde de jongen uit Pennsylvania lachend overeind. Ik schreeuwde hem toe dat hij moest uitkijken voor mijnen, en ontdekte toen dat de raket uit zijn bazooka was gevallen en naast me in de sloot terecht was gekomen. Ik keek naar het ding in het water en durfde het niet aan te raken uit angst dat het vanzelf tot ontploffing zou komen. Heel voorzichtig vergrootte ik de afstand, waarna een volgende granaat vierhonderd meter voor ons uit insloeg en een krater veroorzaakte die de weg spleet over de volle breedte. De Duitsers waren kennelijk dichterbij dan iedereen dacht.

Ik schreeuwde twee keer naar Bidwell. Hij bleek tegen de bodem van de jeep te zijn gesmeten en keek op, ongedeerd. De motor van de jeep liep nog, maar Biddy keek eens goed en verklaarde dat onder die hoek de achterwielen niet konden worden aangedreven. We vloekten op het ding alsof het een paard met droes was en probeerden de jeep weer op de weg te duwen, in het volle besef dat er elk ogenblik nog een mortiergranaat op ons af kon komen.

Achter ons kwam een klein konvooi aanrijden. De luitenant met gouden streep die de leiding had sprong uit de vrachtwagen om te helpen, terwijl hij zijn sergeant vooruitstuurde om te kijken hoe ze langs de krater in de weg moesten komen.

'Voor ons uit wordt verdomd zwaar gevochten, kapitein,' zei hij tegen me, nadat ik had uitgelegd waar we heen moesten. 'U hebt de verkeerde dag gekozen voor juridisch werk. Hitler lijkt aan zijn laatste offensief te zijn begonnen.' Hij raadde ons aan in westelijke richting te rijden.

Met hulp van een paar soldaten kregen we de jeep weer op de weg en repareerden de rechterachterband. De bazookaman maakte zijn wapen gebruiksklaar en klom in een van de vrachtwagens van het konvooi, terwijl Biddy en ik doorreden naar Neufchâteau. Twee van de canvas zijstukken van de jeep waren gescheurd en klapperden en we voelden een ijzige wind.

Door de laaghangende, donkere bewolking kon er niet worden gevlogen en dus niet gebombardeerd, maar voortdurend klonk het zware dreunen van artillerie. Na ongeveer een uur bereikten we een kruising waar wegen naar alle kanten afbogen, met borden voor Aken, Luxemburg, Düsseldorf, Neufchâteau en Reims. Twee MP's stonden midden op het kruispunt om alle voertuigen tegen te houden. Een van de twee vroeg naar onze papieren, die hij een tijdje bleef bestuderen.

'Als jullie naar het noorden moeten, waarom rijden jullie dan naar het westen?'

Ik vertelde hem van de mortiergranaten.

'Hm,' zei hij. 'En hoelang bent u al in Nancy gelegerd?' Toen ik daar antwoord op had gegeven, zei hij: 'Hoe heet het grote plein daar?'

Ik gaf weer antwoord, maar haalde ook mijn pasje tevoorschijn. 'Kijk dan.' Biddy wees het woord 'indentificatie' aan, maar de MP keek alsof we ons van een andere taal bedienden.

'Sergeant, je probeert er toch achter te komen of we verklede Duitsers zijn?' vroeg ik.

'Kapitein, met alle respect, ik probeer na te gaan of u geen deserteur bent.'

'Deserteur?' Het idee alleen al was een belediging.

'Inderdaad. Ja, kapitein. Als ik het mag zeggen, die reservisten,' doelend op de troepen die als aflossing waren gestuurd, 'die weten verdomme niet hoe ze het hebben als er op ze wordt geschoten. Bij de 28e lijkt het wel of de halve divisie zich heeft teruggetrokken. Ik heb er een paar gehad die lijken vervoerden en deden of ze naar de medische hulppost zochten. Iemand anders beweerde dat hij ordonnans was, alleen kon hij zich niet herinneren wat voor bericht hij aan wie had moeten overbrengen. En er zijn er ook heel wat die met zakdoeken zwaaien naar de moffen en zich overgeven als er nog amper een schot is gelost. Ik heb gehoord dat bijna tienduizend dienstplichtigen van de 106e zich al aan de moffen hebben overgegeven. En echt niet alleen manschappen. We komen ook heel wat officieren tegen die op de loop zijn voor de kogels en beweren dat ze contact zoeken met een bataljon.'

'Hebben we het over Amerikanen?' vroeg ik. 'Wat is hier verdomme aan de hand?'

'Dichte bossen in het noorden. De hele Zesde ss-Pantserdivisie schijnt daar tussen de bomen te zitten. Von Rundstedt is met tanks en artillerie door onze linies gegaan als een mes door de boter. Het viiie Legerkorps krijgt het ook zwaar te verduren. Ik hoor de gekste dingen. Sommige jongens beweren dat tachtig kilometer naar het westen al Duitse tanks staan. Twintig minuten geleden kwam hier een terugtrekkend luchtafweerbataljon langs en sommige dienstplichtigen beweerden dat ze orders hadden om terug te vallen voor de verdediging van Parijs. Ik zal u één ding vertellen, kapitein: die rotoorlog is nog niet afgelopen.'

We sloegen hier af naar het noorden, maar binnen een half uur bleek, zoals de MP al had gewaarschuwd, de weg verstopt met vrachtwagens en pantserwagens die in volle vaart naar het zuiden vluchtten. Veel eenheden verkeerden in volslagen verwarring, afgesneden van hun commandanten en alleen onderweg om zich in veiligheid te brengen. We kwamen een kolonne pantserinfanterie tegen die was gestrand door gebrek aan brandstof. Een jonge soldaat zat op een wielkap onbeheerst te huilen en te jammeren; af en toe keek hij om zich heen of hij verwachtte dat iemand zou zeggen dat hij moest ophouden. Zo nu en dan legde een soldaat een hand op zijn schouder. Een sergeant verklaarde dat de beste vriend van die jongen nog geen meter bij hem vandaan aan flarden was gescheurd.

In de jeep zei Biddy: 'Kapitein, dit lijkt me niet het moment om iemand te arresteren, midden op een slagveld.'

'We hebben orders, Biddy.' Ik wist ook niet wat ik anders moest doen.

'Ik wil alleen maar zeggen dat we wel in staat moeten zijn om uw orders uit te voeren. We kunnen hier beter een dag of wat wachten tot de rookwolken zijn opgetrokken. Waar Martin ook zat, het is verdomd onwaarschijnlijk dat hij niet op pad is gegaan en vanzelf deze kant op komt.'

Daar zat wat in. We reden weer naar het westen en werden nog twee keer aangehouden door patrouillerende MP's die deserteurs terugstuurden. Het was bijna donker toen we Neufchâteau binnenreden. Het was een pittoresk stadje met veel mooie, smalle huizen en steile met keien geplaveide straatjes, maar er hing een sfeer van chaos. We meldden ons bij het hoofdkwartier van het viiie Legerkorps in Neufchâteau, gevestigd in het paleis van justitie, waar onheilstijdingen binnenkwamen van het vooruitgeschoven commando in Bastogne. Mannen leken kamer in, kamer uit te rennen en schreeuwden de laatste berichten naar binnen die door anderen onmiddellijk weer werden ontkracht. Verscheidene regimenten hadden zich zonder verzet overgegeven, van veel eenheden was niets bekend. Telkens als ik even iemands aandacht had kunnen trekken ging zijn blik naar het raam alsof daar elk ogenblik Duitse tanks te zien zouden zijn. Op de gangen waren mannen bezig documenten in dozen te pakken en uit te zoeken wat mee moest, zodat de rest in geval van de aftocht kon worden verbrand.

Na lang wachten bij verbindingen kreeg ik eindelijk een jonge seiner zover dat hij een telegram naar generaal Teedle stuurde met onze huidige verblijfplaats en een verzoek om nadere instructies. Vervolgens informeerde ik naar een onderkomen. Ik werd verwezen naar het officiersverblijf dat twee straten verderop was ingericht in het gemeentehuis. Terwijl ik door de gangen liep op zoek naar een leeg stapelbed zag ik kleine clusters officieren die na de dienst bijeenzaten en de whiskey rond lieten gaan tijdens hun gefluisterde overleg. Niemand leek te kunnen accepteren wat er gebeurde. Sinds mijn aankomst in Europa was er nog geen dag geweest dat de Duitsers over een breed front vorderingen hadden gemaakt. Iemand die beweerde de meest recente kaarten te hebben gezien zei dat we te ver naar het oosten waren gelokt, dat de nazi's op het punt stonden de Twaalfde Legergroep te splijten en het Eerste Leger zouden afsnijden van het Derde en het Negende van de andere twee, waarna op de noordelijke flank en de zuidelijke flank tangbewegingen zouden worden uitgevoerd. Niemand wist hoever de Duitsers waren gevorderd, maar het was duidelijk dat ze de overhand hadden en verschillende van de hier aanwezige officieren spraken over eerdere rapporten van Duitse bewegingen die generaal Bradley zou hebben genegeerd. Van elk gezicht was dezelfde gedachte te lezen: het gaat nog heel lang duren voor we naar huis mogen. De overwinning komt niet voor Kerstmis, of nieuwjaar, of zelfs Valentijnsdag. Toen ik in bed kroop, stelde ik mezelf de vraag die niemand hier hardop durfde uit te spreken: waren we wel bezig de oorlog te winnen?

Natuurlijk, dacht ik toen. We moesten wel. We moesten deze oorlog winnen. Ik was bereid mijn leven te geven om Hitler tegen te houden. En ik wist dat, ondanks de paniek bij de onervaren troepen die aan het front waren gedeserteerd, de meeste ervaren officieren die in dit gebouw sliepen er net zo over dachten. Ik deed het licht uit en bedacht toen pas dat ik vergeten had om te eten. Ik had nog een K-rantsoen in mijn rugzak, maar ik was te moe en teleurgesteld om er moeite voor te doen.

Een paar uur later werd ik wakker van licht in mijn ogen. Mijn eerste gedachte was weer een explosie, en ik begreep niet hoe het geluid me had kunnen ontgaan. Toen zag ik de jonge korporaalseiner van de verbindingstroepen die mijn bericht voor Teedle had doorgegeven. Hij hield een zaklantaarn voor zijn gezicht zodat ik hem kon herkennen. Mijn horloge stond op tien over twee. Hij fluisterde me toe om de officieren die om me heen lagen te snurken niet wakker te maken, en ik volgde hem in mijn ondergoed naar de gang.

'Kapitein, dit bericht is zojuist binnengekomen en er staat "Onmiddellijke aandacht" op.' Ik zag aan het gezicht van de jongen dat hij het telegram in de envelop had gelezen en oprecht meende dat onmiddellijke aandacht geboden was. Het was van Teedle en het was in code binnengekomen, zei de jongen, zodat het eerst door de cryptografen ontcijferd had moeten worden.

```
Dienstgeheim/Top secret/Na lezing vernie-
tigen
Volgens OSS man die je zoekt Sovjetspion
STOP Arrestatie topprioriteit STOP Nade-
re instructies per radio 0600 STOP
```

15 SPRINGEN

Teedle kwam er niet door op 17 december. Veel van de geallieerde verbindingsposten rond St. Vith waren door de Duitsers afgesneden. Wij bevonden ons ten zuiden daarvan maar de overgebleven lijnen en relais werden in beslag genomen door berichtenverkeer dat belangrijker zaken betrof dan het lot van één man, ook al was die een spion, en ik bracht zo'n veertig uur door op een bank in de verbindingencentrale van het viiie Legerkorps, wachtend op een bericht van de generaal.

In Neufchâteau hadden de verbindingstroepen als in veel andere plaatsen hun hoofdkwartier gevestigd in de stoffige kantoren van de posterijen, die gehuisvest was in een smal roze gebouw op een straathoek. Het dak was voorzien van een vreemde ijzeren koepel, waardoor het leek of het gebouw een helm droeg. Van mijn bank in de hal had ik uitzicht op de rij jonge vrouwen met felgekleurde lippenstift en de gladde kapsels, vereist voor de koptelefoons, die lijnen verbonden en verbraken met de stekers in de hoge schakelborden. Amerikaanse manschappen wandelden op en neer om een oogje op de vrouwen te werpen, zoals de Duitsers dat enkele maanden eerder hadden gedaan. Af en toe kwamen burgers langs om een brief of pakje op de post te doen, wat de norse loketbedienden aanpakten zonder te kunnen zeggen of het bezorgd zou worden.

Het enige dat het wachten verlichtte was dat waarschijnlijk nergens anders in Neufchâteau zoveel informatie circuleerde. Ik stelde geen vragen, maar uit wat ik opving van ordonnansen en adjudanten die de trappen op renden vormde ik me een beeld. Vrijwel al het nieuws was slecht. Sepp Dietrichs 6e ss-Pantserleger kwam steeds dichterbij en rolde over de onderbemande posities van het VIIIe Legerkorps heen. En het was nog lang niet zeker dat het VIIIe versterking zou krijgen, aangezien de 5e Pantserdivisie van de Duitsers inmiddels oprukte naar het zuiden om Patton tegen te houden.

Luisterend vanaf mijn bank voelde ik een zekere onwillige bewondering voor de Duitse strategie. Gezien de 'zak' die Dietrich in het front creëerde leek Von Rundstedts plan erop gericht de Amerikaanse strijdkrachten af te snijden, de Maas over te steken en door te stoten naar Antwerpen. Slaagden de Duitsers daarin, dan zou een derde van de geallieerde strijdkrachten in Nederland en het noorden van België geheel zijn afgesloten, zonder ontsnappingsroute. Duinkerken zou daarbij vergeleken niet meer zijn dan een kleine tegenslag. Als Hitler zo een derde van de geallieerde strijdkrachten kon gijzelen, zou hij misschien in een positie zijn om te onderhandelen over een wapenstilstand. En als hij volhardde in zijn waanzin, zou hij ze kunnen vernietigen en dan afbuigen naar het zuiden, terwijl andere legers uit Duitsland aangestormd kwamen in een laatste poging het westen van Europa te heroveren. In de verbindingencentrale overheerste de overtuiging dat Hitler, gek of niet, vrede zou willen sluiten, al was het maar om zichzelf de tijd te geven om zijn militaire macht opnieuw op te bouwen. Gezeten op mijn bank dacht ik herhaaldelijk aan Martins voorspellingen over oorlog en nog meer oorlog. Het was moeilijk te vatten dat een overwinning die onvermijdelijk had geleken in enkele dagen hoogst onzeker kon worden. Om de paar minuten voelde ik de vastberadenheid weer in me opgloeien als een rood knipperlicht, al vanaf mijn aankomst hier. We moesten deze oorlog winnen. Ik moest iets doen.

Af en toe liep ik een beetje wanhopig terug naar het paleis van justitie, een groot gebouw van oranjekleurige steen met zuilenrij, om te vragen of mijn orders hier misschien per abuis waren binnengekomen. Biddy kwam af en toe ook langs en we liepen rondjes door de smalle, steile straten van Neufchâteau, hoewel er een verraderlijke laag ijzel op de straatkeitjes lag. Beide dagen sneeuwde het, dikke vlokken uit een zo laaghangende hemel dat die maar een meter boven ons hoofd leek te zijn. Hitler had ofwel goed gepland ofwel geluk gehad, want door de laaghangende bewolking konden we geen vliegtuigen laten opstijgen, tenzij ze vlak boven de lopen van het Duitse luchtafweergeschut wilden vliegen.

Ik aarzelde aanvankelijk of ik Biddy op de hoogte zou brengen van Teedles streng geheime boodschap, maar besloot dat ik het hem moest vertellen, zodat hij zou begrijpen wat er stond te gebeuren.

'Een spion!' Ik was erop voorbereid dat Biddy zou zeggen dat hij Martin allang had verdacht, maar hij leek net als ik moeite te hebben met het idee. 'Kap'tein, hoe kan dat nou kloppen met wat we hem hebben zien doen?' Ik overwoog zijn vraag en een van de meest verontrustende gedachten die de afgelopen dagen bij me waren opgekomen: dat de overval op de zoutfabriek, waaraan we met volle overtuiging hadden meegewerkt, in werkelijkheid was uitgevoerd om het Amerikaanse leger te hinderen ten gunste van de Russen. Ondanks Pattons verontwaardiging over het tijdstip van de explosie begreep ik niet helemaal wat dan de opzet was geweest, maar ik besefte wel dat spionnen vaak successen behaalden door zich uit te geven voor patriot. De oss moest zijn redenen hebben gehad voor de conclusie die ze hadden getrokken.

Op 19 december maakte dezelfde korporaal, Lightenall, me om vier uur 's nachts wakker op de bank waar ik lag te slapen. Teedle had opnieuw de beschikking over een codetelex en er was een bericht doorgekomen. Ik ging zelf aan het toetsenbord zitten. Tijdens het wachten had ik geleerd hoe ik het apparaat moest bedienen.

'Bevestig ontvangst van mijn bericht van 16/12/44.'

Dat deed ik.

'Zover ging ik zelfs niet,' vervolgde Teedle. 'Londen houdt vol dat ze bewijs hebben.' Nu de generaal geen angst had voor onderschepping, kon hij zich uitleven. Ik stelde me voor hoe hij na een dag van gevechten, met zijn veldfles in de hand, schreeuwend naar de man achter de telex en midden in de zoveelste slapeloze nacht afleiding zocht in een duel met mij. De dialoog verliep merkwaardiger dan ooit door het tijdsverloop voordat het antwoord met veel geratel binnenkwam.

In bedekte termen stelde ik de vraag die me had beziggehouden: of de operatie waaraan we hadden deelgenomen bij La Saline Royale op de een of andere manier een dienst was, bewezen aan Martins nieuwe bondgenoot.

'Geen idee. Londen spreekt nog steeds in raadselen. Onze man schijnt in zijn huidige spel niet tegen de goede jongens te werken. Maakt zich gereed voor volgende, kiest positie om rode team op de hoogte te houden van onze bewegingen, en tegelijk ze te vertragen. Als ons team en het rode team niet in conflict komen, krijgt rode team meer van wat is binnengehaald na afloop van deze ronde. Begrepen?'

'Ja.'

'Londen eist arrestatie, maar niets op schrift als gewoonlijk. Wil liever niet aan 535 fans in D.C. uitleggen dat onze ster nu voor ander team speelt. Zet actie mijn order door. Aangenomen dat onze man nog in sector VIIIe. Zoek contact met generaal Middleton voor uitvoering arrestatie.'

Ik legde uit wat de problemen waren met dat directief. Middleton had inmiddels besloten Bastogne als vooruitgeschoven hoofdkwartier op te geven. Zijn artillerie, zes of zeven bataljons met 155-mm-kanonnen en 8-inch-houwitsers, had al een begin gemaakt met gefaseerd vertrek, maar het was niet mogelijk gebleken de voorbereide achterhoeposities in te nemen omdat de pantsereenheden er zo snel bij waren geweest. In feite waren ze op de vlucht. Een sneller inzetbaar onderdeel, de 101e Luchtlandingsdivisie, zou de posities overnemen en was in vrachtwagens op weg vanuit Reims. Ik liet de generaal weten dat het zeer de vraag was of berichten door zouden komen. Belangrijker nog waren de juridische aspecten. Zoals ik met kolonel Maples had besproken, kon alleen iemand die direct onder Teedles commando stond Martin arresteren. Teedle reageerde zoals ik had verwacht.

'Leger is al naar de kloten sinds Washington op het paard is getild.'

'Voorschriften, generaal. We zouden hem moeten ontslaan van rechtsvervolging.'

Het antwoord liet op zich wachten. Ik wist zeker dat Teedle zich nu afvroeg wat hij moest zeggen tegen de oss en Patton als Martin zou ontsnappen door een maas in de wet.

Ten slotte schreef Teedle: 'Bied je je aan als vrijwilliger?'

Mijn vingers aarzelden boven de toetsen. Maar ik zag de logica er wel van in. Bidwell en ik waren de enige militairen in een straal van een paar honderd kilometer van wie je met enige grond zou kunnen zeggen dat ze onder Teedles bevel stonden. Ik had geen idee hoe twee man in een jeep zich door gebied moesten bewegen dat door Duitse pantsertroepen werd aangevallen, maar wat me de laatste drie dagen had beziggehouden bleef voor mij het belangrijkste. Ik zou doen wat ik moest doen om deze oorlog te winnen.

'Ja, generaal,' schreef ik.

'Mooi,' schreef hij direct terug.

'Generaal, ik heb nadere inlichtingen nodig over zijn verblijfplaats. Onwaarschijnlijk dat hij nog in Houffalize is.' Biddy had me een verbijsterend verhaal verteld dat hij van een MP had gehoord die op 17 december in Houffalize was geweest. Mannen van de Amerikaanse en Duitse militaire politie hadden rug aan rug gestaan op een kruispunt in het centrum om het verkeer te regelen; beide partijen hadden het te druk gehad en waren te licht bewapend geweest om de strijd met elkaar aan te binden. De Amerikanen dirigeerden de aftocht, terwijl de Duitsers verkenners en mijnopruimers doorstuurden voor hun tanks uit, die volgden op enkele kilometers. Houffalize was inmiddels gevallen.

'Londen al in contact met geallieerd hoofdkwartier, dat hoogste prioriteit ziet. Zal bijstand vragen. Wacht nadere orders af.'

Ik dacht dat we klaar waren, maar even later ratelden de toetsen weer.

'Hoe slecht situatie daar?'

'Hier prima,' typte ik. 'Enkele kilometers verderop hel losgebroken.'

'Zeg dat ze moeten volhouden. Cavalerie komt eraan. Tot kijk aan Siegfriedlinie. Verwacht die klootzak dan achter tralies. Uit.'

Het duurde nog twee dagen voordat telegrafisch nadere instructies kwamen.

```
Bevestiging dat gezochte officier batal-
jon leidt NW Bastogne STOP Vertrek RAF-
```

veld Virton voor transport mbt aanhouding STOP

In de middag van 21 december reden Biddy en ik pal naar het zuiden. Het had de hele afgelopen nacht gesneeuwd in vlokken die zo
dicht vielen dat het leek of iemand een pak bakpoeder had omge-
keerd, en het hield pas op met de komst van een koudefront dat
aanvoelde als de Canadian Express, de ijzige wind die in de winter
Kindle County teisterde.

De airstrip bij Virton bleek niet meer te zijn dan een breed zand-
pad dat kortgeleden door een besneeuwd veld was aangelegd, maar
we werden verwacht door het grondpersoneel, voornamelijk monteurs. Er waren geen hangars, omdat het waanzin zou zijn geweest
vliegtuigen zo ver naar het oosten te stationeren, maar de Britten
voerden hier al enkele dagen nachtelijke landingen uit met voorraden die van Montgomery's strijdkrachten waren gebietst, waarna ze
per vrachtwagen naar onze troepen werden vervoerd. Onze militairen, van wie eerder was verwacht dat ze moeiteloos door de Duitse linies zouden breken, hadden nu gebrek aan alles behalve, ironisch genoeg, brandstof; daarvan waren voorafgaand aan hun
bliksemoffensief grote hoeveelheden opgeslagen.

'U bent de man die naar Bastogne gaat?' vroeg een RAF-sergeant
aan mij. 'Daar zijn ze verdomme zo goed als omsingeld, kapitein.
De Duitsers schieten alles in puin daar. Alle grote wegen gaan door
Bastogne, dus de mof komt niet verder zolang hij de stad niet heeft
ingenomen.' De Ardennen hadden de Duitse pantsereenheden goede beschutting geboden, maar een van de redenen dat Bradley en
Middleton berichten over tankconcentraties van de Duitsers niet
serieus hadden genomen was dat bossen zo'n ongeschikt terrein waren voor een tankoffensief. Het was gemakkelijker over mannen
heen te rijden dan over duizenden bomen. En nadat de Duitse tanks
uit de bossen tevoorschijn waren gekomen, konden ze zich nog niet
ontplooien omdat in de natte herfst de helft van de akkers en weilanden in moerassen was veranderd. Ik had vaak gehoord over tanks
van ons die waren weggezakt. De Duitse tanks werden als superieur beschouwd (onze Shermans waren zo brandgevaarlijk dat ze
Ronsons werden genoemd), maar Duitse rupsbanden kwamen in
dezelfde modder vast te zitten en de zwaarste Tiger-tanks zakten

door hun gewicht nog verder weg in de natte grond. Omdat de Duitse pantsereenheden alleen vooruit konden komen over bestaande wegen, was het zo lang mogelijk vasthouden van de onverharde zijwegen en landwegen de sleutel tot vertraging van de Duitse opmars, wat de Amerikanen de gelegenheid zou bieden om te hergroeperen voor een tegenoffensief. Patton scheen in een omtrekkende beweging de 5e Pantserdivisie te zijn gepasseerd en zich naar het noorden te haasten om hulp te bieden.

'Zo te horen zal het dan niet meevallen om daar te landen,' zei ik tegen de sergeant.

'Landen?' Hij had een moersleutel in zijn hand en speelde met een motoronderdeel, maar nu draaide hij zijn markante Engelse kop naar me toe. '*Crikey!* Hebben ze niet gezegd dat u wordt gedropt?'

'Gedropt?'

'Met een parachute. U weet wel, zo'n bedlaken in de lucht?' Zijn glimlach verdween. 'U bent toch para, kapitein?'

'Ik ben jurist.'

'O lieve jezus.'

Zijn reactie was veelzeggend. Ik moest lachen. Terwijl ik wegliep om het aan Biddy te vertellen, hoorde ik hoe hij de situatie uitlegde aan zijn maten. 'Die stakker dacht dat hij naar Bastogne ging in de gouden koets.'

Bij Biddy kon er geen lachje af.

'Parachute? Shit, kapitein, ik heb thuis op het dak van mijn flat al hoogtevrees. Ik weet niks van parachutes. Hebt u daar een opleiding voor gehad?'

Dat niet. Maar ik hield mezelf al drie dagen voor dat ik alles zou doen wat ik moest doen om deze oorlog te winnen. Die plechtige belofte aan mezelf zou ik nakomen. Als Martin er echt op uit was om onze opmars in Duitsland te belemmeren, moest ik dit doen.

'Biddy, we hoeven niet allebei te gaan.'

'Ach verdomme, kapitein. Ik zeur maar wat, dat weet u ook wel. Ik laat u niet alleen gaan, dus zo hoeven we niet te praten.'

Het plan dat ons werd voorgelegd was in feite een experiment. Voorlopig konden de eenheden in Bastogne niet geravitailleerd worden. De voornaamste verbindingsweg van Neufchâteau was afgesneden en in Hitlers weer konden vliegers niet op zicht vliegen en droppings uitvoeren op een hoogte waarop ze buiten bereik bleven van het afweergeschut. De vliegers van de RAF hadden zich bereid verklaard één keer een lage nachtvlucht uit te voeren, met het idee dat als die lukte, de poging de volgende avond met meer toestellen zou worden herhaald. Drie pallets met medische hulpgoederen zouden samen met ons worden gedropt. Als het Biddy en mij lukte, zouden er misschien ook artsen volgen.

We hadden nog een paar uur voordat we zouden opstijgen en in die tijd zouden we para-instructie krijgen, of wat daarvoor doorging: tenen naar beneden, knieën en voeten tegen elkaar, recht vooruit kijken. We oefenden het omrollen zodra onze zolen de grond zouden raken. De knie die ik had opengehaald bij de explosie in de zoutfabriek was goed genezen en ik had er al weken geen pijn meer aan, maar nu voelde ik bij elke gesimuleerde landing fantoompijn. Na het eerste halfuur was me duidelijk geworden dat onze instructeurs op één man na zelf nooit hadden gesprongen. Toch wisten ze ons ervan te overtuigen dat als de parachute openging, wij niet veel meer hoefden te doen dan volhouden en proberen niet onze benen te breken. Aan echte instructie, waarbij je ook leerde wat je moest doen als het doek scheurde of omklapte, of als de draaglijnen verstrikt raakten, hadden we toch niets omdat we op honderdvijftig meter zouden springen. Geen van die problemen viel op te lossen voordat we de grond zouden raken.

'Eerlijk gezegd, kapitein, is de sprong niet waar u zich zorgen over hoeft te maken. Als een appeltje aan een boom hangen als de mof je in de gaten krijgt, dat is pas zorgelijk.'

Onze parachutes werden voor ons gevouwen en onze overjassen opgerold en vastgesjord onder onze *val-packs*, die achter ons aan zouden komen, met de medische vracht. We trokken over ons wollen buitenuniform een overal aan en verruilden onze hoofddeksels voor parachutistenhelmen met leren kinstukken waarmee we beter bestand zouden zijn tegen de klap van de opengaande parachute. Daarna moesten we wachten. Om de tien minuten ging ik naar buiten om te plassen. Mijn lichaamstemperatuur was ongeveer die van een marmeren standbeeld. Ik kon me onmogelijk voorstellen hoe ik de eerstkomende twee uur moest overleven.

Tegen halfnegen werden kolonnes geformeerd van de vrachtwagens die de voorraden uit de verwachte vliegtuigen zouden afvoeren, maar de vliegtuigen zelf waren nog niet te bekennen. Om negen uur kreeg ik het vermoeden dat ze niet zouden komen en ik vroeg me af of ik teleurstelling kon veinzen, terwijl ik bij die gedachte alleen al een immense opluchting voelde.

En toen kwamen ze. In een ander jaargetijde had het aanvankelijke gebrom afkomstig kunnen zijn van insekten. Het grondpersoneel ontstak tientallen Coleman-lantaarns en rende ermee naar buiten om de randen van het veldje te markeren, waarna de toestellen met amper een halve minuut tussenpoos aan de grond werden gezet. De laadploeg haastte zich om de vracht uit te laden.

De sergeant die me had bijgestaan hielp me met de rest van mijn uitrusting. Eerst een Mae West, het reddingsvest dat we nodig hadden omdat ze niet konden garanderen dat we niet in een meer of vijver zouden landen, en dan de gordel, een systeem van riemen die om mijn kruis werden aangesnoerd.

'Het zit niet echt lekker, maar anders raken uw kloten in het ongerede, kapitein.' Wat ik al aanhad hinderde me in mijn bewegingen, maar het bleek nog maar het begin. Omdat we op vijandelijk terrein konden neerkomen, schoof de sergeant een Thompson-machinepistool onder de riem om mijn middel, haakte er twee vijfponds-munitietassen aan, bevestigde met pleister een vechtmes aan mijn been en plakte ook nog eens een kleine Hawkins-mijn, die leek op een blikje verfverdunner, aan mijn laars. Hij maakte van de canvas riem om mijn middel een gevechtskoppel door er een pioniersschopje en drinkfles aan te hangen, mijn pistool in de holster, een eind touw, een nijptang en een zakmes. Een gebogen zaklantaarn ging onder een band op mijn borst. Toen ik dacht dat hij klaar was, bond hij een reserveparachute op mijn buik. Ik dacht dat ik elk ogenblik kon omvallen. Zelfs de forse Biddy zag er bepakt en gezakt uit.

'Dit is een lichte bepakking, omdat het voor jullie de eerste keer is. Para's dragen meestal nog een Griswold-tas onder hun ene arm.'

Biddy en ik werden met een jeep naar ons vliegtuig gebracht, een lichte bommenwerper van het type Hampden. Het toestel had twee motoren, een zilverkleurige romp en een lage glazen neus waardoor hij op een vliegende schildpad leek. We klauterden moeizaam op de motorkap van de jeep en gingen, door twee man van onder gesteund, een ladder op naar het bomluik en de kale metalen buik van het toestel.

Er zat een bemanning van vier man in: vlieger, bomrichter, boord-schutter en navigator, maar hun houding tegenover ons was nogal afstandelijk, zelfs voor Britten. Ik vroeg me af of de RAF dit experiment had willen uitvoeren zonder druk van Teedle of de OSS die op het geallieerde hoofdkwartier duidelijk moesten hebben gemaakt hoe belangrijk het was dat Biddy en ik naar Bastogne konden. Misschien, concludeerde ik, vertonen deze vier een natuurlijke geremdheid om zich te hechten aan gedoemden.

Door alles waarmee we behangen waren konden we alleen op het puntje van de klapstoeltjes zitten die aan de romp waren gemonteerd, maar de navigator maakte ons vast met de gordels waarmee de uitgeladen vracht was gesjord. De vlieger, een RAF-officier, kwam naar achteren om ons in te lichten. Over twintig minuten zouden we Bastogne bereiken, volgens hem. Zodra de bak openging, het bomluik in de zilveren vloer voor ons, moesten we onze ontsluit-kabel aanhaken aan een lijn boven ons hoofd en onmiddellijk springen. Het beoogde terrein was open land, even ten westen van Bastogne, bij een plaatsje dat Savy heette. Als de Duitsers ons opmerkten, zouden de boordschutter en de navigator dekkingsvuur geven met de vaste Vickers-mitrailleurs voorin. Maar de vlieger dacht niet dat de moffen de parachutes in het donker zouden zien, omdat het motorgeluid van het toestel alle aandacht van het lucht-afweergeschut zou trekken. Hij zei het zakelijk, maar maakte wel duidelijk dat als het erom ging wie hier de grootste stommelingen waren, zij dat waarschijnlijk zouden winnen. Nu begreep ik waarom de begroeting zo koel was geweest.

In de ogenblikken voordat het vliegtuig opsteeg voelde ik me volkomen onthecht. Ik dacht dat ik de hoop op overleven had opgegeven, maar zodra de motoren aansloegen, voelde ik een fel protest in mijn hart. Dit is krankzinnig, dacht ik. Krankzinnig. Daar beneden zijn mannen die me dood willen hebben, mannen die ik nooit een haar heb gekrenkt. Opeens kon ik me niet meer voor de geest halen waar dit goed voor was.

We kregen meer snelheid en beleefden de seconde van gewicht-loosheid bij het loskomen van de grond. Ik keek naar Biddy, maar die staarde naar de vloer en had kennelijk moeite zich goed te houden. Terwijl we opstegen, bedacht ik dat ik al die tijd wachtend had doorgebracht zonder aan mijn familie of Grace te schrijven, maar ik wist ook niet wat ik had kunnen schrijven, behalve: 'Ik houd van jullie en ik ga jullie verlaten voor een waanzinnige onderneming.'

Tijdens de vlucht werd het ondraaglijk warm, maar ik had de meeste moeite met het beheersen van blaas en darmen. De bomrichter kwam naar me toe en hurkte bij me neer. Hij was het Britse equivalent van een luchtmachtkorporaal, een knappe jongen met donker haar.

'Eerste keer dus?' Hij moest het een paar keer herhalen omdat het hele laadruim door het dreunen van de motoren werd gevuld.

Ik knikte en vroeg of hij nog tips had.

Hij glimlachte. 'Poepgat dichthouden.'

Bijna meteen moest Biddy overgeven; hij schudde zijn hoofd en was zichtbaar beschaamd. 'Het komt door de warmte,' brulde ik. Het leek wel een steenoven in de Hampden en het stonk er naar uitlaatgassen. Ik was zelf misselijk. De bomrichter reageerde alsof het voor hem de zoveelste keer was.

'Je voelt je vast beter nu,' zei hij tegen Biddy.

Toen de telefoon naast het luik oplichtte, greep de bomrichter de hoorn en gebaarde dat we onze kinriem moesten aantrekken.

'Ziezo,' brulde hij. 'Wie gaat eerst?'

Dat hadden we niet besproken, maar Biddy stak aarzelend zijn hand op en zei dat hij eruit moest. Hij haakte de kabel aan de lijn en kroop naar de rand van het bomluik. Langzaam vielen de deuren omlaag en er sloeg een ijzige wind naar binnen. Een deel van mijn hersenen functioneerde nog, want ik besefte dat het vliegtuig te warm was gestookt om ons voor te bereiden op deze kou. Het luik was nog niet eens helemaal open toen Gideon zijn hoofd boog en opeens verdween zonder nog een keer om te kijken.

Nadat ik de kabel had aangehaakt, probeerde ik te gaan staan, maar mijn benen konden me bijna niet dragen en het staan werd ook bemoeilijkt door mijn zware bepakking. Net als Biddy ging ik op handen en knieën naar het luik, waarbij ik te laat bedacht dat hij had overgeven. Zodra hij weg was leunde ik tegen de machtige luchtstroom. Mijn gezicht werd op slag gevoelloos, terwijl ik onder me de vage contouren van het land zag. In de witleren parachutistenhandschoenen hielden mijn handen verkrampt de rand van het bomluik vast. De boordschutter bracht zijn gezicht dicht bij het mijne.

'Kapitein, nu moet het. Anders moet ik u eruit schoppen, kapitein.'

Ma, wat doe ik hier? dacht ik. Wat doe ik? En toen dacht ik: ik moet dit doen, ik moet dit doen, ik moet dit doen omdat het mijn plicht is, en als ik niet mijn plicht doe, is mijn leven niets waard.

Maar mijn lichaam wilde niet gehoorzamen. Ik schreeuwde de bomrichter toe: 'Schop me maar.'

Het was als een duik in een ijzig zwembad: de schok van de kou, de plotselinge afwezigheid van geluid. Ik ging over de kop in de lucht en kwam weer rechtop met een doodsbang bonkend hart, vervuld van één heldere gedachte. Terwijl mijn parachute werd opengerukt en ik tegen de lucht aan smakte, voelde ik een vlammende pijn in mijn armen. Ik had er niet aan gedacht dat ik de schouderriemen moest vasthouden en had mijn handen voor me uit gespreid als een vallend kind, en even was ik bang dat mijn beide armen uit de kom gerukt waren. Maar zelfs dat bood geen afleiding. Want op het ogenblik van de vrije val had ik beseft dat ik niet echt voor Martin kwam. Degene die ik voor ogen had gehad terwijl ik zweefde was Gita Lodz.

De eerste helft van de afdaling was er geen geluid of gevoel, behalve de striemende kou. Ik zag alleen de aarde, zwart tegen zwart, een deinende vorm zonder perspectief. En toen was het of er in de nacht, als in de schaal van een uitkomend ei, gaatjes van licht werden gepikt. Salvo's van luchtafweergeschut kwamen van minstens drie kanten en de raketten gierden voorbij als massieve dodelijke insekten. Zonder waarschuwing brachten rode lichtspoorkogels daglicht in de nachthemel. Ik zag Biddy's bolle parachute onder me en voelde me even wat bemoedigd omdat ik niet alleen was, maar meteen was er weer die verlammende doodsangst zodra ik besefte dat de Duitsers op ons schoten. Het afweergeschut bleef in vol bedrijf, maar kleinere patronen flitsten als vallende sterren om ons heen. In de kortstondige gloed zag ik dat Biddy's stofkoepel werd doorboord; zijn valsnelheid nam toe. Maar dat was gunstiger, gesteld dat hij het overleefde, omdat hij buiten bereik van de beschieting kwam.

Nadat ik op zaterdagmiddag mijn zakcent had neergelegd, had ik uit de luidsprekers in de bioscoop schoten langs Tom Mix horen fluiten. Maar het werkelijke geluid van een kogel die naast gaat is een kort, sinister sissen en een kleine turbulentie, een bij die in het voorbijgaan een wind laat, direct gevolgd door de terugslag van het wapen waaruit de kogel was afgevuurd. De Duitse infanterie had goddank niet geoefend op het schieten op vallende voorwerpen. Tien kogels gingen rakelings langs me heen. Maar toen de grond naderde, werd mijn oor door een felle pijn doorpriemd.

Daarna herinner ik me dat ik in de sneeuw lag. Onder mijn neus bewoog Biddy een ampul met ammoniak die hij uit zijn eerste-hulptasje voor op zijn helm had gehaald. Ik probeerde de stank te ontwijken.

'Toe nou, kapitein. Die 88's kunnen elk ogenblik bij ons zijn.' Ik bleef liggen terwijl ik naging wat er was gebeurd. Ik merkte dat hij de parachute al had losgesneden. 'U bent flauwgevallen. Misschien een hersenschudding.' Hij sleurde me overeind. Ik wilde mijn rug-zak pakken, die hij ook van me af had getild, toen ik tot mijn ver-bijstering iets voelde tegen de achterkant van mijn dij. Ik herken-de het gevoel onmiddellijk uit mijn allervroegste jeugd. Ik had in mijn broek gescheten.

Achter Bidwell aan holde ik half gebogen over een akker waar de sneeuw tot aan onze knieën kwam tot we de rand van een bos bereikten. Al dat gedoe om te leren parachutespringen en we wa-ren neergekomen op een kussen. Door de lichtspoormunitie wisten we dat de Amerikanen ons zouden zoeken, als we in hun sector wa-ren neergekomen. Terwijl Biddy probeerde het kompas om zijn arm in het donker af te lezen, deed ik mijn parachutegordel af en drong dieper door in de bosjes, waar ik beide broeken liet zakken. Het vroor dat het kraakte, maar liever zo naakt staan dan doorlopen met stront langs mijn benen. Ik sneed mijn onderbroek los met het zak-mes aan mijn koppel, maakte me zo goed als het ging schoon en smeet het smerige ding weg, dat aan het struikgewas bleef haken. Biddy keek inmiddels naar me, maar verlangde niet naar uitleg.

Vijf minuten later hadden de verkenners ons bereikt. We ren-den met hen mee naar de gedropte medicamenten voordat de Duitse artillerie op ons werd gericht en klommen in de achterbak van een van de twee tweetonners van een munitie-eenheid die wa-ren komen aanrijden. Terwijl de wagens optrokken, bracht Biddy naast me zijn hand naar mijn helm. Toen ik hem afzette, zag ik een deuk in het staal boven mijn rechteroor en een breuk van vijf centimeter in de rand. Dat was van het schampschot waardoor ik was flauwgevallen. Ik schudde mijn hoofd, alsof ik de betekenis van het schampschot zou kunnen duiden, maar er viel me niets in. Er was leven en er was dood zijn. Ik was niet dood. Waarom of hoe weinig het had gescheeld betekende niets meer dan het kale feit.

We hadden een kilometer of wat gereden toen ik iets opving van het radioverkeer in de cabine. Iemand was niet gevonden.

'De Britten,' zei Biddy. 'De Hampden is neergehaald zodra u was geland.' De luchtafweer van de moffen had een voltreffer afgeschoten, een reusachtige bol van vuur en rook, maar toen waren ze al verder naar het oosten dan wij, boven de Duitsers. Ik dacht aan de vier mannen met wie we hadden meegevlogen, maar hun sneuvelen zei me niets meer of minder dan mijn overleven. In plaats daarvan beklaagde ik me bij Biddy over de kou.

De soldaten die ons hadden opgehaald hoorden bij het 110e Infanterieregiment van de 28e Infanteriedivisie die bij het terugtrekken afgesneden waren geraakt en hier terecht waren gekomen, bij de 101e Luchtlandingsdivisie, de hoofdmacht die Bastogne verdedigde. Ze brachten ons naar hun commandopost in het gehucht Savy. Het plaatsje bestond uit een paar lage gebouwen van grijze natuursteen. In het grootste daarvan, een koeienstal, had de tijdelijke commandant, luitenant-kolonel Hamza Algar, zijn hoofdkwartier ingericht.

Algar werkte aan een kleine tafel in het midden van de aarden vloer toen we ons meldden. De corveeërs hadden hun best gedaan maar het bleef een stal, met hokken aan weerskanten, ventilatiesleuven en de geur van de vroegere bewoners. Ze hadden jacks en handschoenen aan en kromden hun schouders tegen de kou. Het was hier beter, uit de wind, maar verwarming was er niet.

Algar stond op om terug te groeten en bood me zijn hand.

'Hoe lang hebt u instructie gehad voor die sprong, doc?' vroeg hij. 'Dat was verdomd moedig. Maar u bent op de juiste plaats terechtgekomen. Helaas wel.' Het was al de derde of vierde keer dat ik zo werd aangesproken. Misschien kwam het door de hersenschudding of de gevoelloosheid van het overleven, maar ik besefte nu pas dat ze me voor iemand anders aanzagen.

'Pardon, overste, maar u hebt de verkeerde indruk gekregen. Ik ben geen arts maar jurist.'

Algar was klein, nog geen een meter zeventig, en besteedde, misschien ter compensatie, veel aandacht aan zijn uiterlijk. Hij had een in tweeën gedeeld snorretje, dat ook in actie keurig was onderhouden, en hij had pommade in zijn haar. Maar hij keek verbijsterd.

'Ik had gehoord dat u zou worden gedropt met de medicamenten. Sulfa. Verband. Plasma.' Algar ging zitten en richtte zich tot zijn adjudanten. 'We krijgen juristen door de lucht aangevoerd,' zei hij. 'En munitie? Of versterkingen? Jezus christus.' Na een seconde was hij eraan toe mij te vragen wat ik hier kwam doen. Toen hij mijn verklaring had gehoord, staarde hij me nog langer aan dan toen ik had gezegd dat ik geen arts was.

'Martin?' vroeg hij. 'Bob Martin? Ze hebben je hierheen gestuurd om Martin te arresteren? Weten ze dan verdomme niet wat hier aan de hand is? We hebben aan iedereen een wapen uitgereikt, tot en met de keukenploeg. Ik heb drie onderofficieren als commandant. Ik heb luitenants tweede klasse die samen een week ervaring in Europa hebben. En jij zou een van onze beste gevechtsofficieren moeten aanhouden?'

'Dat is me bevolen, overste.'

'Dan krijg je van mij een ander bevel, kapitein. Als jij majoor Martin arresteert of wie dan ook die een wapen kan vasthouden en terugschieten naar de Duitsers, dan zet ik je niet achter de tralies. Dan schiet ik je dood, kapitein Dubin, en denk maar niet dat ik een grapje maak.'

Ik keek hulpeloos het kringetje officieren rond.

'Over drie dagen,' zei Algar, 'vier dagen, zo lang als het duurt om met de moffen af te rekenen, kunnen we deze zaak uitzoeken. McAuliffe kan met Teedle praten. Vervolgens kunnen ze het met Patton opnemen, als ze dat willen. Of zelfs met Eisenhower. De top moet de knoop maar doorhakken. Op dit ogenblik proberen we allemaal deze verdomde stad in handen te houden. En door te gaan met leven. Begrepen?'

Ik gaf geen antwoord. Het bleef even stil.

Toen zei Algar: 'Ik ben gewoon nieuwsgierig, Dubin. Wat zou Martin hebben misdaan?'

Ik dacht even na over wat ik moest zeggen en verzocht toen om een onderhoud onder vier ogen. Het was zo koud dat Algar zijn officieren niet kon vragen naar buiten te gaan, maar hij stuurde ze de hoek in.

'Overste,' fluisterde ik, 'het is een loyaliteitskwestie.'

Algar boog zich zo snel naar me toe dat ik dacht dat hij me wilde slaan.

'Luister, Dubin, Bob Martin leidt al bijna een week een gevechtsgroep bij het 110e, en hij doet dat verdomd goed. Hij is door de hel gegaan, net als wij, en hij heeft net een nieuwe opdracht aanvaard die meer lef dan verstand vergt. Ik verwed mijn leven onder zijn loyaliteit.'

'Aan de geallieerden, overste. Het is de vraag aan welke.'

Algar keek me opnieuw onderzoekend aan. Hij verried pas nu enige nervositeit door op zijn snorretje te bijten, maar dat deed hij, zo bleek, alleen om zijn verontwaardiging de baas te blijven.

'Juist ja,' zei hij, 'ik begrijp het. Moeten de rooien weer eens worden gepest? Zit dat erachter? Ik heb het kader hier allerlei Franse verzetsmensen zien katten omdat hun politiek ze niet aanstond, mannen en vrouwen die alles voor hun land hebben geriskeerd terwijl half Frankrijk door de knieën ging in Vichy. Nou, daar moet ik niets van hebben, Dubin. Helemaal niets.

Ik zal je eens wat zeggen, kapitein. Ik heb medelijden met je. Echt waar. Want die sprong, daar was moed voor nodig. En dan voor zoiets stompzinnigs. En nu ben je niet van de regen in de drup geraakt, maar in een orkaan terechtgekomen. De Duitsers hebben ons omsingeld. We hebben verdomd weinig te eten, heel weinig munitie en aan medicamenten alleen wat er achter je gat is neergekomen. Dus ik weet niet wat je je verdomme had voorgesteld, maar ik kan je één ding beloven: jij gaat niet Bob Martin arresteren. Ralph,' zei hij, 'zoek een slaapplaats voor kapitein Dubin en zijn sergeant. Heren, meer kan ik niet voor u doen. Ingerukt.'

16 NACHTELIJK BEZOEK

Biddy en ik werden overgebracht naar Hemroulle, een dorp met een natuurstenen kerkje en wat donkere boerderijen met bijgebouwen; daar brachten we de nacht door bij een infanterie-eenheid onder Algars commando. Ik sliep op een eikenhouten kerkbank, te smal om prettig op te liggen maar beter dan de koude vloer. Daardoor en door de weerslag van mijn sprong en de schampende kogels sliep ik slecht en ik was dan ook meteen wakker toen ik twee Amerikanen achter in de kerk tegen elkaar hoorde schreeuwen. Iemand anders riep dat ze buiten maar kabaal moesten maken. De oplichtende wijzerplaat van mijn horloge gaf drie uur in de nacht aan. Ik bleef liggen omdat ik verder wilde slapen, en herkende opeens beide stemmen.

Toen ik overeind schoot, was Biddy zichtbaar bij het licht van een kaars naast de deur. Hij sleepte Robert Martin mee naar binnen aan de kraag van zijn jack, als een vader met een ongehoorzame zoon. Ik vroeg mezelf even af of ik echt wakker was, greep toen mijn tommygun en liep haastig naar het tweetal toe. Biddy had Martins polsen geboeid met zijn koppel. De majoor was razend.

'Hoe komt het dat ook een fatsoenlijke vent zich als een schoft gaat gedragen zodra je hem hebt wijsgemaakt dat hij politieman is?' vroeg Martin zodra hij me zag.

Volgens Bidwell was Martin net komen aanrijden terwijl hij terugkeerde van een bezoek aan de latrine.

'Lacht me toe of hij mijn tante is die op bezoek komt en vraagt naar u,' zei Biddy. 'Ik heb orders om hem te arresteren en dat heb ik gedaan.'

Ik wist dat Biddy zich op Martin had uitgeleefd na wat we hadden doorgemaakt. Ik nam het hem niet kwalijk. Maar Algar zou het als muiterij beschouwen.

'Laat hem los, Gideon.'

Hij keek me nors aan. 'Maar verdomme, kapitein.'

'Ja, ja, Biddy. Maar je moet hem toch losmaken. We moeten eerst orde op zaken stellen.'

Een van de mannen die achter ons lag te slapen ging overeind zitten, schold ons uit en zei eveneens dat we naar buiten moesten.

We liepen naar het kleine portaal van de kerk. Er waren twee kaarsen neergezet voor degenen die naar de latrine moesten. Zodra Biddy Martins polsen had bevrijd, liep de majoor stampvoetend naar buiten. Ik dacht dat hij weg zou gaan, maar hij kwam even later terug met zijn stalen veldfles. Die bleek hij te zijn kwijtgeraakt nadat hij hem Biddy had aangeboden. Met zijn beheersing van judotechnieken maakte Martin een redelijke kans tegen Gideon, maar Biddy was hem zonder waarschuwing aangevlogen, terwijl Martin hem een slok aanbood.

Ik bleef verbijsterd dat Martin hier was. Als hij wist van onze aanwezigheid hier, moest hij ook weten waarom.

'Komt u ons uitlachen, majoor?'

'Eerder een paar zaken ophelderen. Dat was althans de bedoeling, tot ik het met die Primo Carnera aan de stok kreeg. Ik begrijp dat jullie dat waren, op wie we afgelopen nacht in de lucht zagen schieten. Waar ben je daarvoor opgeleid, Dubin?'

Ik wist niet goed of ik hem antwoord wilde geven, maar schudde mijn hoofd.

'Heldhaftig,' zei Martin. 'Ik hoop niet dat je een voorbeeld aan mij neemt.' Hij lachte om zijn eigen grap. Martin droeg hetzelfde als bij de aanval op de zoutfabriek, een lang jack en gevechtskleding, met een vest vol apparatuur. Hij was ongewassen en ongeschoren en wreef over zijn ene pols, waar hij kennelijk pijn aan had na zijn handgemeen met Gideon. Af en toe veegde hij de sneeuw weg die bij de vechtpartij voor de kerkdeur aan zijn broek was blijven plakken.

'Ik zie mezelf niet als held, majoor. Die titel verdien ik niet. Ik zou er ook niet blij mee zijn.'

'Is die opmerking hatelijk bedoeld, Dubin?'

Natuurlijk, maar dat wilde ik niet toegeven. 'Ik heb bewondering voor wat u hebt gedaan.'

'Kom je me daarom arresteren?' Hij zei dat hij ervan had gehoord van Ralph Gallagher, Algars tweede man. Ik had nog een kopie van Teedles schriftelijke directief in mijn binnenzak, gekreukt en vochtig van mijn zweet. Martin vouwde het papier open en liep naar een van de kaarsen toe om het te kunnen lezen; zijn schaduw achter hem was gigantisch.

'Iedereen lijkt wel kwaad op me, Dubin,' zei Martin terwijl hij het document teruggaf. 'Jij ook.'

'U hebt tegen me gelogen, majoor. En u bent er in het holst van de nacht vandoor gegaan.'

'Ik had je verteld dat ik weg moest om een missie uit te voeren, Dubin. Dat had ik je die dag dat je aankwam bij de comtesse al verteld.'

'Dat ging over het opblazen van de zoutfabriek.'

'O ja? Dan heb je me verkeerd begrepen. Het spijt me. Heb je de oss al gesproken? Wat hebben ze je over mijn huidige orders verteld?' Ik besefte dat dit de reden van Martins komst was. Hij wilde weten hoe de oss zijn verdwijning had opgevat: of ze dachten dat hij gek was geworden, of desertie had gepleegd of dat ze, erger nog, erachter waren gekomen dat hij voor de Russen werkte. Ik was niet van plan op die vragen in te gaan.

'Londen heeft uw arrestatie goedgekeurd, majoor.'

'Onzin. Ik wil er heel wat onder verwedden, Dubin, dat je dat niet van iemand van de oss zelf hebt gehoord. Dat zijn degenen die me hierheen hebben gestuurd. Weet je dat niet meer? Ik heb je toch een paar keer verteld dat ik naar Duitsland word gestuurd.' Zijn oude netwerk weer opbouwen en levens redden, had hij gezegd. Het stond wel vast dat de oss in dit stadium belang had bij Duitse steun.

In de andere hoek van het portaaltje keek Bidwell geconcentreerd van Martin naar mij en weer terug of ik me niet weer zou laten ompraten, maar hij had zich geen zorgen hoeven maken. Ik kende het motto van de wet. *Falsus in uno, falsus in omnibus.* Onoprecht op één punt, onoprecht in alles. Eén leugen was voldoende om de geloofwaardigheid van een getuige te ondermijnen en Martin had op talloze punten gelogen. Hoe ironisch het ook was, ik had een groot vertrouwen in Teedles oprechtheid. Hij was te bot om te liegen. Ik schudde mijn hoofd tegen Martin.

'Ga maar gauw naar Londen, Dubin, voor een goed gesprek met kolonel Winters. Dan zul je begrijpen dat ik de waarheid spreek.'

'Ik hoop voor u dat u dat doet, majoor. Maar de orders die ik heb gekregen laten aan duidelijkheid niets te wensen over. U moet aangehouden worden. Zodra we veilig naar het westen kunnen reizen, nemen Bidwell en ik u mee naar het hoofdkwartier van het Derde Leger. Als officier moet u daar onder huisarrest blijven in afwachting van berechting.'

'Huisarrest?' Hij blies wat lucht achter de woorden aan. 'Dat klinkt naar mijn jeugd. En wat zal Teedle voldaan zijn!' Die gedachte zat hem dwars. Hij leunde tegen de muur tegenover Bidwell en draaide zijn veldfles open. Hij bood me een slok aan, maar ik had genoeg van Robert Martins royale gebaren.

'Heb je Nietzsche gelezen, Dubin?' vroeg Martin even later.

'Ja.'

'Ik ook. Generaal Teedle heeft ook Nietzsche gelezen, neem dat van mij aan. "Het leven onderwijst door oorlog: wat me niet ombrengt maakt me sterker." Het is allemaal onzin,' zei hij. 'En Teedle is Superman niet. Weet je waarom de generaal de wereld wil laten denken dat hij een groot krijgsman is, met zijn armen voor zijn borst? Heb je hem in bioscoopjournaals die pose zien aannemen? De generaal is een flikker,' zei Martin. 'Wist je dat?'

Ik zei niets.

'Ik heb niets tegen homo's,' zei Martin. 'In de afgelopen jaren hebben verschillende heel goed werk voor me gedaan. Een ervan was kelner in Parijs. Je hebt geen idee wat een kelner allemaal opvangt, Dubin. Maar hij was zo'n nichterig type dat er niet omheen draaide. De generaal beschouwt zichzelf als een man die met mannen slaapt.'

'Wilt u zeggen dat dat zijn rancune tegen u versterkt, majoor?'

'Wie zal het zeggen? Waarschijnlijk niet. Wat Teedle beweegt zal wel zijn dat hij me voor een communist houdt. Heb je hem daarnaar gevraagd?'

'Volgens Teedle was u lid van de partij, majoor. In Parijs.'

Martin, die niet vaak hardop lachte, uitte een hoog hiklachje. 'Nou, ik ben altijd al graag van de partij geweest,' zei hij. 'En word ik daarom nu gearresteerd?'

'U wordt gearresteerd wegens insubordinatie, majoor. Maar generaal Teedle zou waarschijnlijk tegen u zeggen dat hij vermoedt dat u, als de legers elkaar ontmoeten, eerder de bevelen van Russische generaals zult aannemen dan die van hem.' Gezien mijn ervaring met Martin zou ik weinig vertrouwen hebben in zijn ontkenningen. Toch trof het me dat een ontkenning uitbleef. Hij grinnikte weer.

'Daar kun je gerust je geld op zetten, Dubin. Ik gehoorzaam nog liever een krijsende papegaai dan Teedle. Maar gelukkig heb ik hier een uitstekende commandant. Met Algar heb ik geen problemen, dat zul je wel merken.'

'Luitenant-kolonel Algar zei iets over een nieuwe operatie die u zou ondernemen, majoor.'

'Klopt. We vertrekken over een uur.' Ik verwachtte dat hij over de vereiste geheimhouding zou beginnen, maar kennelijk was de bedoeling van de missie algemeen bekend. De militaire situatie rond Bastogne zou nog ernstiger zijn dan het grondpersoneel in Virton had vermoed. De Duitsers hadden gisteren de laatste wegen afgesneden en het hele gebied nu omsingeld. Ze zouden hun greep versterken tot ze de Amerikaanse troepen door hun overmacht op de knieën konden dwingen. Onze positie was hachelijk, maar de mannen die ik was tegengekomen, ook die rond Algar, bleven er kalm onder. Patton zou onderweg zijn, maar het enige wat de mannen hier wilden was kogels en materieel om zelf een uitbraak te kunnen forceren. Daar hing Martins operatie mee samen.

Op 19 december, toen de Duitsers hun flankbeweging ten zuiden en westen van Bastogne uitvoerden, hadden ze bij Vaux-les-Rosières een Amerikaanse goederentrein veroverd, het tracé met tanks geblokkeerd en de trein daar laten staan, waarschijnlijk om te zien of ze de vracht zelf zouden kunnen gebruiken. Met een aantal mannen van het 110e Regiment, aan wie hij sinds een week leiding gaf, wilde Martin naar die trein toe, waarvan de wagons waren geladen met munitie. Het idee was dat als hij met zijn mannen en drie Hellcat-antitankwapens door de dunne Duitse linies brak, de moffen zich zouden terugtrekken om hun positie te consolideren, omdat ze zouden denken dat dit het speerpunt was van een massale Amerikaanse poging om de omsingeling te doorbreken. Martin en zijn mannen zouden waarschijnlijk onbelemmerd de trein kunnen bereiken. Als Martin de locomotief op gang kon krijgen, zouden ze daarmee onder stoom gaan naar Bastogne. Als dat niet lukte, zouden ze zoveel mogelijk 75 mm-munitie en kogels voor kleinere vuurwapens uitladen en zich daarmee uit de voeten maken.

Het enige lastige, dacht Martin, was dicht genoeg bij te komen om de doorbraak te forceren.

'Veel infanterie zit er niet,' zei hij, 'daar komen we wel doorheen. De Panzer-Lehr-divisie moet ook nog ergens zwerven, maar zelfs McAuliffe vindt het een goed plan.' Hij doelde op de commandant van de 101e Divisie, die de verdediging van Bastogne leidde. 'Als de moffentanks komen opdagen, kunnen we ons terugtrekken. En als we erdoor komen, is de kans op succes heel groot.'

'Treinen en munitie,' zei ik. 'Dat lijkt wel uw specialisme, majoor.'

'Samenloop van omstandigheden,' zei hij. 'Verdomd saai, een specialisme. Als jongen wilde ik me nergens in specialiseren. Maar toen werd ik verliefd op het spoor.'

Ik vroeg of hij het soort kind was geweest dat treintjes liet rijden over een spoorbaan met miniatuurboompjes en stations.

'Daar had ik het geduld niet voor. Ik was als kind al niet te houden. Dat is me waarschijnlijk nog aan te zien. Nee, het spoor is bij mij later gekomen. Op mijn zeventiende ben ik een tijdje van huis gegaan. Ik ben in een goederenwagon gesprongen. Het was de eerste keer dat ik me vrij voelde toen ik in die wagon Poughkeepsie uit denderde. Ik vond het spoor de meest fantastische uitvinding die de mensheid ooit had gedaan. Ik hing veel op emplacementen rond. Toen ik na het afbreken van mijn studie naar de familie van mijn moeder in Parijs ging, wilde ik bij het spoor. Begonnen als kruier. Opgeklommen tot machinist. Mijn vader gruwde van het idee dat ik een gewone arbeider was, maar ik vond het een heerlijk leven.'

'Ik geloof niet dat ik u eerder over uw ouders heb gehoord, majoor.'

'Dat is geen toeval, Dubin.' Hij nam weer een slok en keek naar de kaarsen. 'Mijn vader is hoogleraar Romaanse talen aan Vassar College. Heeft mijn moeder leren kennen aan de Sorbonne. Een academisch kopstuk, dat is mijn vader. En de meest doortrapte man die op Gods groene aarde rondloopt. Ik ben het in alles met hem eens. De politiek. Muziek. Ik heb iets tegen zijn kleding, vooral zijn hoeden. Maar zo blijkt maar weer dat overtuiging niet alles is. Hij is een enorme schoft.'

'Moeilijk als vader?'

'Reken maar. En voor mijn moeder nog veel moeilijker. Zij kon niet per trein de vrijheid tegemoet reizen. Dus heeft ze met zijn jachtgeweer haar kop eraf geschoten toen ik zestien was.'

Buiten wakkerde de wind aan, de houten kerkdeuren rammelden en de kaarsen flakkerden, maar hij bleef strak naar de hoek staren. Ik condoleerde hem.

'Tja,' zei hij. 'Het was natuurlijk moeilijk. Akelig. Maar daarvoor was het ook geen lolletje. Mijn moeder lag altijd in bed, een onmogelijk knappe vrouw, maar ondraaglijk somber. Ik kan me haar gezicht niet goed herinneren omdat ik haar vrijwel altijd in een verduisterde kamer heb gezien.' Hij dronk en keek naar de muur. 'Ik vertel dit niet vaak, Dubin.'

Dat begreep ik wel. Maar ik besefte ook dat Martin altijd instinctief het ogenblik naar zijn hand zette. Zijn charme was ondermijnd door zijn leugens. Dus nu deed hij een beroep op mijn medeleven. En vestigde de aandacht op de perversies van Teedle.

'Ik denk dat ik vanavond maar met u mee moet gaan, majoor.' Ik overwoog dat al enige tijd. Biddy, in de andere hoek van het portaaltje, kon zich niet meer inhouden.

'Jezus Christus aan het kruis,' klaagde hij. Ik vond een kiezelsteentje op de vloer en gooide het naar hem toe; daarna herhaalde ik mijn verzoek voor Martin.

'Bang dat ik ervandoor ga, Dubin?'

'Het zou niet de eerste keer zijn, majoor.'

'Maar nu zijn er de Duitsers voor je gemoedsrust. Alle wegen zijn afgesneden. En er ligt veel sneeuw. En ik heb mensen bij me die ik terug moet brengen.'

Ik zei dat ik toch mee wilde.

'Doe niet zo stom, Dubin. Je wilt niet mee om te helpen. Je wilt mee om mij in het oog te kunnen houden. Dat betekent dat je voor ons allebei een risico bent. Je loopt verdomme alleen in de weg.'

'Bij de zoutmijn liepen we ook niet in de weg.'

'Bij de zoutmijn, Dubin, kon je op je reet blijven zitten. Het gaat nu om een mobiele operatie. In pantservoertuigen waar je nooit voor bent opgeleid.'

'Ik ga wel naar Algar.'

'Het is niet aan Algar om te beslissen. Dat doe ik. En ik wil je er niet bij hebben.'

De kans dat Algar Martin een dienstbevel zou opleggen was minimaal, maar gezien de situatie moest ik het proberen. Ik vroeg Martin of hij bereid was me naar Algars hoofdkwartier terug te brengen, zodat ik hem de zaak kon voorleggen. Hij schudde ongelovig het hoofd, maar moest toch een beetje lachen om mijn koppigheid, zoals wel vaker.

'Ik moet voorwerk doen, Dubin, maar ik wil je daar wel afzetten. Ga maar mee.'

Ik zei tegen Biddy dat hij in de kerk moest blijven slapen. Hij leek niet overtuigd.

'Hij heeft een tommygun, sergeant,' zei Martin. 'Ik denk dat hij tegen mij een redelijke kans heeft.' Martin maakte Gideon voor 'spierbonk' uit en stak nog even zijn hand naar hem op.

Zodra we in zijn jeep onderweg waren, zei Martin: 'Moet je me niet naar Gita vragen?'

Ik wachtte een seconde. 'Ik hoop dat ze het goed maakt.'

'Dat hoop ik ook.'

'Ik heb begrepen dat ze in de buurt van Houffalize moet zijn.'

'Als je haar daar gaat zoeken, zul je haar niet vinden, Dubin.' Martin keek even met een strak gezicht opzij en we staarden elkaar aan. Het was het eerste ogenblik van harde confrontatie, niet verzacht door ironie. Hij wilde dat ik zou vragen waar ze was, maar dat genoegen gunde ik hem niet. Toch herinnerde de wrijving tussen ons mij weer aan de verschrikkelijke fout die ik met haar had begaan.

'Als u zich met betrekking tot mademoiselle Lodz bij mij wilt beklagen, moet u dat vooral doen, majoor.'

'Geen klachten,' zei hij snel. 'Dat wil zij niet hebben. Ze maakt zelf uit wat ze met haar leven doet. Dat is altijd zo geweest en dat zal ook altijd zo blijven.' Het was een gedisciplineerd antwoord, als van een militair die een bevel aanvaardt. 'Ze is in Luxemburg. Dat hoop ik althans. In Roder. Aan de Duitse grens. We hebben allebei aan Middleton gerapporteerd dat de Duitsers pantsereenheden samentrokken, maar dat wilde niemand horen. God zegene het Amerikaanse leger.' Hij maakte een verbitterde beweging met zijn hoofd, terwijl hij de jeep parkeerde voor de schuur waar Biddy en ik enkele uren eerder met Algar hadden gesproken. Toen Martin me zijn hand voorhield, wilde ik die drukken, maar hij wees naar mijn zij.

'Ik zou best die tommygun willen gebruiken, Dubin. Zoiets hebben we niet. Hij zou van pas kunnen komen en ik geef je mijn woord dat je hem terugkrijgt. Ik wil wel voor een paar uur ruilen met mijn MI.'

Ik keek naar de pistoolmitrailleur. Ik was blij dat Bidwell er niet bij was, zodat ik niet het geluid hoefde te horen dat hij zou maken als ik Martin iets gaf.

'Wilt u beloven dat u zich overgeeft, majoor, zodra we terug kunnen?'

Martin lachte. 'Dubin toch,' zei hij. In het donker keek hij naar de sneeuw. 'Ja, dan geef ik me over. Op voorwaarde dat je persoonlijk contact met de oss opneemt voordat je me uitlevert aan Teedle.'

We schudden elkaar de hand en ik gaf hem de tommygun en het enige munitietasje dat ik bij me had.

'Over een paar uur krijg je hem terug,' beloofde Martin en reed door.

Hij was net uit het zicht verdwenen toen de schildwacht voor de schuur me vertelde dat Algar naar de verzamelplaats was gegaan voor een laatste kaartbespreking met Martin en zijn mannen. Hij vertelde dat Martin en Algar het tijdstip van die bespreking een halfuur geleden hadden vastgesteld, toen Martin hier de eerste keer langs was gekomen. Ik bleef in de wind staan. Ik zou nooit uitgeslapen genoeg zijn om Martin aan te kunnen. Ik was niet eens kwaad op mezelf; zo was het nu eenmaal.

Ik overwoog te voet terug te gaan naar Hemroulle, maar ik had de vage hoop dat Algar nog terug zou komen voordat Martin met zijn team vertrok. Er was een hooizolder bij de schuur, een verhoogd gedeelte met een opening waardoor hooi kon worden binnengehaald uit een wagen. De schildwacht zei dat de mannen daar al twee nachten sliepen. Hij beloofde me wakker te maken zodra Algar terug was.

Veel hooi lag er niet meer hartje winter, maar de zoete geur was blijven hangen. Mijn voorgangers hadden de halmen bijeengeveegd om op te slapen en zodra ik me uitstrekte, viel ik in een diepe slaap. Mijn dromen waren schokkend en wanhopig, het soort droom waarin je het uitschreeuwt, maar ik bleef vele uren in die wereld, liever dan in de omsingeling in België.

Ik werd wakker van mijn naam. Hamza Algar stond vermoeid en knabbelend op zijn snor een paar meter onder me in de stal. Hij schoof mijn tommygun over de vloer van de hooizolder.

'Die moest ik je van Martin beslist teruggeven,' zei hij en wendde zich af. Terwijl ik overeind krabbelde, liep Algar naar zijn tafel midden in de stal. Er was daglicht zichtbaar in de naad tussen de stenen muren en het golfplaatdak van het gebouw. Algar ging zitten en steunde zijn hoofd in zijn handen.

'Hoe is het gegaan?' vroeg ik.

Hij zuchtte. 'Slecht. Betrapt door de moffen die bij het eerste licht massaal het vuur openden. De mannen die terug zijn gekomen waren te voet.'

'En Martin?'

'Weg,' zei Algar.

Dat was hetzelfde woord dat Bettjer had gebruikt toen ik wakker werd in het kasteeltje nadat we de zoutfabriek hadden opgeblazen. Ik had geweten dat het zou gebeuren. Ik ging in gedachten na wat ik had doorgemaakt: de doodsangst van de sprong, het schot en de nog niet vergeten vernedering van het bevuilen van mijn broek, waarna Martin opnieuw was ontsnapt. Ik moest aan Sisyphus denken.

'Enig idee waarheen?' vroeg ik.

Ik kreeg weer die strakke blik van onbegrip van Algar. Tot nu toe waren al onze gesprekken geëindigd in een strijd om sprakeloosheid uit te lokken. De luitenant-kolonel zuchtte weer diep.

'Tja, als er in dat aanhoudingsbevel enige waarheid zit, is hij waarschijnlijk op weg naar de hel. Kapitein Dubin, u begrijpt me verkeerd. Bob Martin is dood.'

17 CHAMPS

Sinds 16 december had Robert Martin het commando gevoerd over eenheden die van het 110e Infanterieregiment afgesneden waren geraakt tijdens de terugtocht via de *Skyline Drive* in Luxemburg in de vroege uren van die dag. Hergroeperend met de resten van het regiment waren Martins twee compagnieën jagers en twee affuit-kanonnen van een tankvernietigingsbataljon samengevoegd met een peloton M18-Hellcats. Dat waren de troepen die Martin inzette voor de operatie bij Vaux-les-Rosières, waar de geblokkeerde trein stond. Ten noorden en westen van de plaats Monty waren ze door onze linies gegaan en troffen er lichtbemande Duitse posities waar zij in hoog tempo door trokken.

Een paar honderd meter verderop waren ze aangevallen door de Panzer-Lehr-divisie, de tankdivisie die was samengesteld uit opleidingseenheden. Minder drieste militairen hadden zich kunnen terugtrekken om een sterkere linie te vormen, zoals McAuliffe en Algar hadden verwacht, maar de mannen van de Panzer-Lehr-divisie beroemden zich erop dat zij voor niemand uit de weg gingen, en ze waren uitgewaaierd om Martin en zijn mannen aan te vallen. In de loop van het daaropvolgende langdurige vuurgevecht hadden Martin en de zijnen zich verplaatst naar de top van een lage heuvel vanwaar ze een aantal Duitse tanks hadden kunnen uitschakelen. Tegen het aanbreken van de dag had de Panzer-Lehr-divisie zich teruggetrokken. Martin en de commandanten van zijn eenheden waren naar de bovenverdieping van een jachthuis op de heuvel gegaan om te kijken of ze de munitietrein nog zouden kunnen bereiken. Van daaruit konden ze zien wat voor de Duitsers de aanleiding was geweest om zich terug te trekken: een bataljon Amerikaanse tanks in een spookachtige opmars door de vallende sneeuw. Patton was aangekomen.

Zelfs toen het eerste projectiel jankend op Martin afkwam had niemand van zijn officieren in de gaten dat de tanks die ze zagen door de nazi's waren veroverd op de 9e Pantserdivisie. Aan een georganiseerde verdediging kwam Martins eenheid niet toe en er waren maar enkele overlevenden. De majoor zelf was gevallen toen de eerste tankgranaat het raam raakte waarachter hij stond. Er waren nog minstens vier voltreffers geweest en het huis was in vlammen opgegaan.

Dit werd me allemaal op de ochtend na onze sprong boven Savy verteld door een jongen die Barnes heette. Hij was klein van stuk en zo licht als een vlinder. Tijdens het gesprek had hij een loopneus en elke keer als er in de verte een mortiergranaat werd afgevuurd, kromp hij in elkaar. Voorlopig leek er alleen enkele kilometers verderop naar het noorden en oosten te worden gevochten.

'Kapitein, we werden aan gort geschoten, anders kun je het niet noemen. Ik bedoel: dat waren Amerikaanse tanks. Hoe moesten wij weten hoe het zat?'

Algar had deze jongen en een van de weinige andere overlevenden van Martins team, korporaal Dale Edgeworthy, opgevangen, en nu zaten die twee met Biddy en met mij op houten stoelen in een hoek van de stal.

'Martin werd meteen bij het begin van de aanval geraakt,' zei Edgeworthy. 'Dat hoorden we over de radio. We hebben dat gebouw allemaal tegen de grond zien gaan, kapitein. Het was het enige wat daar nog overeind stond. Het leek op wat er gebeurt als je een meloen uit een truck weggooit en hij op de weg terechtkomt. Overal brokstukken. Daarna nam de sergeant het commando over.

Maar dat duurde nog geen kwartier. Algauw was het rennen en verspreiden, rennen voor je leven. We hadden geen keus, kapitein, we moesten de doden en gewonden achterlaten.'

Edgeworthy, een lange man van tegen de dertig, barstte in snikken uit. Hij zei telkens weer dat ze geen keus hadden gehad.

Ik wilde ze al laten inrukken toen me nog een vraag inviel. Ik bedacht dat ik die beter niet kon stellen, maar deed het toch. Deze mannen hadden bijna een week met Martin opgetrokken.

'En de vrouw? Ik heb gehoord dat Martin aanvankelijk een vrouw bij zich had.'

Barnes en Edgeworthy keken elkaar aan.

'Ik weet het niet, kapitein,' zei Barnes. 'Toen het offensief op de zestiende begon, waren we bij Marnach in Luxemburg. De eerste avond, toen Martin het commando overnam nadat kolonel Gordon was gesneuveld, nam de majoor ons in het donker mee naar een boerderij. Daar waren drie mensen, de boer en zijn dikke oude boerinnetje en hun dochter. Die leken Martin te kennen, dat dacht ik tenminste, want de moffen hadden dat gebied in handen, maar ze lieten ons toch binnen, met een paar man tegelijk, zodat we warm konden worden terwijl we onze rantsoenen aten. Maar dat was maar een paar uur. De moffen vochten die hele nacht door. Ze hadden hun tanks wit geschilderd om niet op te vallen in de sneeuw, kaatsten hun schijnwerperlicht tegen de wolken en kwamen zo de heuvel op. Dat hele gebied hebben ze nu in handen.'

'Hoe oud was die dochter?'

'Jong, geloof ik.' Barnes veegde met zijn mouw over zijn neus. 'Weet u, kapitein, ik ben net als de anderen, maar ik was erg blij dat we even warm konden worden en ik wou niks van dat meisje. Ze was klein,' zei Barnes en lachte voor het eerst in het halve uur dat we met hem hadden doorgebracht. 'Weet u, daar let ik op bij vrouwen, of ze klein zijn. Meer kan ik u niet vertellen. Ik herinnerde me dat ze de juiste lengte had.'

Toen ze weg waren, wachtten Biddy en ik op de terugkeer van Algar en praatten wat met de manschappen en officieren die het hoofdkwartier aandeden. De beschieting in de verte ging nog steeds door. Het was begonnen bij het aanbreken van de dag en met tussenpozen de hele dag doorgegaan. De berichten over Pattons opmars liepen uiteen. Voor elke man die had gehoord dat het Derde

Leger voortgang boekte, waren er twee die geruchten hadden gehoord dat de divisies waren vastgelopen. Intussen was het gebrek aan voedel en munitie nijpend geworden, om nog maar te zwijgen van de medische voorzieningen. Dit was geen ogenblik om gewond te raken. Het veldhospitaal van de 101e Divisie was met de achttien artsen die daar werkten op 19 december veroverd. Amerikaanse artillerie-eenheden ten zuiden van de Duitse linies hadden geprobeerd verband en plasma in te schieten met houwitserhulzen, maar alles was aan barrels gegaan. Iedereen die we ontmoetten bedankte ons voor de medische vracht die met ons was gedropt.

Maar waar de mannen het meest naar verlangden was naar een stijging van de temperatuur. Het gehucht werd niet langer Savy genoemd. Iedereen, ook de officieren, noemde het de Noordpool. Tankkoepels en brandstofleidingen waren bevroren en de soldaten konden vaak hun m1 niet gebruiken voordat de schuiven waren losgetikt met een handgranaat. Sommige mannen die al een paar dagen last hadden van bevriezingsverschijnselen beweerden dat ze het zo lang koud hadden gehad dat de brandende pijn was verdwenen. De jongens noemden zichzelf 'hondjes' en maakten allemaal dezelfde grap: 'Dit hondje voelt zijn pootjes niet meer.'

Algar kwam binnen en stampte de sneeuw van zijn laarzen. Hij vroeg of ik tevreden was na de gesprekken.

'Ik wil niet luguber of cynisch doen, kolonel, maar ik zal het lijk moeten zien als het gevonden is. Martin is zo glad als een aal gebleken en er zijn mensen in Londen die onweerlegbaar bewijs zullen eisen. Ik wil me graag zelf overtuigen.'

Dat viel weer helemaal verkeerd bij Algar, die zei dat ik wel anders zou praten als ik ooit een houten gebouw had gezien dat door vier tankgranaten was geraakt. Maar hij zegde toe dat we, zodra het beter weer was geworden en we weer waren bevoorraad, allemaal terug zouden gaan naar die helling, niet om mij een genoegen te doen, maar om de mannen die daar waren gesneuveld fatsoenlijk te begraven. Aan zijn bureau gezeten deed Algar verwoede pogingen de brand in zijn pijp te steken.

'En weet je al naar welke dienstorder van Teedle je je nu verder moet richten, kapitein?' vroeg Algar op neutrale toon, alsof het geen beladen vraag was. Biddy en ik hadden die kwestie uitvoerig besproken nadat Gideon en ik hierheen waren gelopen.

'Nou, overste, Biddy en ik hebben een *Yellow Cab* gebeld om ons terug te brengen naar Nancy, maar bij de centrale zeiden ze dat het wel even kan duren voor die hier is, dus we dachten dat we zolang misschien onder u konden dienen.' Biddy had knorrig gereageerd toen ik tegen hem zei dat we ons vrijwillig moesten melden voor actieve dienst, maar ik begreep inmiddels dat dat bij hem alleen een voorspel tot dapperheid was. Hij wist hoe de zaken ervoor stonden. Als we ons niet vrijwillig meldden, zou Algar ons moeten dwingen. En er viel ook verder niets te kiezen. We waren omsingeld. We moesten vechten om te overleven.

'Jullie hebben zeker geen van tweeën gevechtservaring, kapitein?'

Ik zei dat Bidwell op Omaha Beach was geland. Daar was Algar ook bij geweest.

'Dat was goor,' zei hij tegen Biddy.

'De hel op aarde, overste.'

'Zeg dat wel. En jij, Dubin?'

Ik vertelde dat ik pas twee keer was beschoten, de nacht van de dropping meegeteld. 'Maar ik ben opgeleid tot infanterieofficier voordat ik bij de juridische dienst kwam, overste.'

Algar schoot overeind.

'Een echte infanterieofficier? God nog aan toe,' zei hij. Hij richtte zich tot zijn adjudant, Ralph, die net binnenkwam. 'Er is een infanterieofficier uit de lucht komen vallen, Ralph. Kerstmis valt vroeg dit jaar.'

Het 110e Infanterieregiment, althans wat ervan over was, vormde inmiddels een parate eenheid die door Algar en zijn officieren Team Puinhoop werd genoemd. Het viel nu onder de 101e Luchtlandingsdivisie, vulde lacunes op instructie van generaal McAuliffe en werkte samen met het 502e Infanterieregiment. Ik kreeg de leiding over een nieuw gevormde compagnie jagers in een nieuw gevormd bataljon. Door mijn gebrek aan ervaring was het leiden van een peloton eigenlijk al te hoog gegrepen, maar daar stond tegenover dat de G-Compagnie op volle sterkte honderddrieënnegentig man telde en nu nog maar achtennegentig. Luitenants had ik niet, alleen drie sergeants, Biddy meegeteld, en nauwelijks ondersteunend personeel.

Op 22 december verzamelde de pas gevormde G-Compagnie

zich in de middag in het centrum van Savy. Overdag was aan de Noordpool weinig meer te zien dan in het donker: een stel boerderijen van leigrijze steen met dikke voegen van gelige mortel. In de loop van de eeuwen was her en der aangebouwd en de ramen en deuren waren allemaal van verschillende afmeting en hoogte, zodat het leek of ze aan de bestaande bouw waren vastgeplakt.

Mijn sergeant eerste klasse Bill Meadows fungeerde als mijn eerste luitenant. Meadows begroette me alsof we samen een avond gingen borrelen.

'Hoe gaat-ie, kapitein?' Hij grijnsde breed en leek me joviaal op mijn schouder te willen slaan. Bill Meadows was een stevig gebouwde veertiger met een stalen bril. Net als mijn andere militairen was hij ongeschoren en na bijna een week vechten zag zijn gezicht grauw van het zweet, kruit en alles wat bij inslagen door de lucht was geslingerd. 'Ziezo, jongens,' riep hij de troep toe. 'Effe luisteren. Kapitein Dubin gaat ons zijn orders geven.'

Met de lichtste bezetting en bewapening van vrijwel alle onderdelen had Team Puinhoop een positie ten westen van Bastogne toegewezen gekregen omdat het de onwaarschijnlijkste plek voor een aanval was. De meeste tanks en artillerie van de Duitsers bevonden zich in het noorden en het oosten. Gezien de transportproblemen in de besneeuwde heuvels, vooral op de laag gelegen plekken waar de doorweekte bodem zacht was gebleven, was het onwaarschijnlijk dat de Duitsers in deze richting een groot offensief zouden inzetten. Het punt was dat ze dat ook niet hoefden te doen. Door de zwakke bezetting van de verdediging in het westen had Team Puinhoop de Duitsers niet kunnen beletten om ons heen te trekken en zuidelijk af te buigen in de richting van de stad, waar ze nu in de directe omgeving posities innamen.

Maar nergens rond Bastogne was het veilig. Er was de vorige dag in de ochtend nog een schermutseling geweest bij Champs, waar opeens een Duitse grenadierseenheid en een rupsvoertuig voor korte tijd waren opgedoken. Maar zoals McAuliffe Algar naar een veiliger positie had gedirigeerd, stuurde Algar de G-Compagnie naar de plaats waar een aanval minder waarschijnlijk was. We moesten een smalle landweg afsluiten die uit het westen door Champs en Hemroulle leidde en bij Savy op de verbindingsweg uitkwam. Algar wilde dat G zich in het donker zou ingraven in een beboste geul even ten noorden van Champs, hoog gelegen terrein met uitzicht over de weg, de spoorbaan en een koeienpad pal naar het westen. In theorie konden de Duitsers over alle drie de routes komen. We losten de E-Compagnie af, die dichter bij Hemroulle had gelegen en zwaar was bestookt door Duitse artillerie die hun positie had bepaald. E, nog maar tweeënzeventig man sterk, zou fungeren als hoofdkwartiercompagnie en als versterking op een aanval wachten.

Algar was ervan overtuigd dat de confrontatie bij Champs een afleidingsmanoeuvre was geweest. Als de Duitsers zwaar in het westen zouden aanvallen, was het veel waarschijnlijker dat ze naar Savy zouden komen, dat aan een van de hoofdwegen naar Bastogne lag. Die weg liep naar het noorden, naar Longchamps, en was breed genoeg om kwetsbaar te zijn voor Tiger-tanks. Daarom hield Algar zijn weinige pantservoertuigen zelf. Als de Duitsers een pantserkolonne naar Champs stuurden, zou hij natuurlijk zijn tanks en pantservoertuigen en tankafweergeschut gebruiken om ons te versterken. Wij hoefden alleen de weg korte tijd in handen te houden, tot de komst van de cavalerie, maar dat was gezien de schaarse munitie al een hele taak. Algar beval ons niet te schieten, zelfs als we werden beschoten, tenzij we een menselijk doelwit konden zien. Ik was bij Algar toen kolonel Hunt, de commandant van het 502e Infanterieregiment, hem belde, en Algar beschreef zijn voorgenomen verdediging van de weg naar Champs als 'een paar lege musketten'. Het was niet echt een blijk van vertrouwen.

Ik zei tegen de mannen dat ze zich om 16.15 uur moesten opstellen. Meadows deelde de magere rantsoenen uit en verzamelde de kaarten. Om kwart over vier, toen het begon te schemeren, inspecteerde ik de mannen, groette elke man bij naam en controleerde zijn bepakking. Niemand had een overjas. Ze droegen alleen de tuniek, soms een paar lagen over elkaar. Ze zagen er allemaal smerig, grimmig en onuitgeslapen uit, maar ik was al trots dat ik hun commandant was. Ze waren bereid te vechten en dat, besefte ik, was wat ik bij al mijn gepieker erover had willen weten: wat de inspanning van het vechten waard was.

De gevoelens van bewondering waren verre van wederzijds. De meeste mannen hadden meteen een hekel aan me en reageerden nors op mijn bejegening. Ik beschikte over warmere kleding en een Thompson-pistoolmitrailleur, die ik geen van beide wilde afstaan, ook niet nadat ik had gehoord dat het afgeknepen 101e opdracht had gekregen iedereen in een overjas dood te schieten, omdat het wel een Duitser in een buitgemaakt uniform zou zijn. Maar jaloezie was niet het voornaamste motief voor het ongenoegen van mijn mannen. Ze wisten dat ze onder commando waren gesteld van een man zonder gevechtservaring. Het had net zo goed een kruipende baby kunnen zijn.

Ik wist op dat ogenblik nog niet goed wat deze jongens hadden meegemaakt, omdat niemand iets wilde vertellen over de verliezen die het 101e de voorgaande week had geleden. Door mijn antichambreren bij het viiie Legerkorps op het postkantoor wist ik dat het lviie Pantserkorps de hele 28e Infanteriedivisie van de kaart had geveegd, waarvan het 101e deel uitmaakte. Maar door zijn positie met maar twee van de drie bataljons aan de Skyline Drive, de verharde weg waarlangs de grens liep tussen Luxemburg en Duitsland, had het 101e in het begin de zwaarste aanvallen te verduren gekregen, toen Duitse pantsereenheden in het donker op rubberboten de rivier de Our waren overgestoken en hen bij het aanbreken van de dag met overmacht hadden verslagen.

In de wanhoop van de eerste uren, zonder Amerikanen in de rug, had het 101e opdracht gekregen zich niet over te geven en had de Duitsers gedwongen tot huis-aan-huisgevechten in Clervaux, Consthum en Holzthum. De meeste mannen in mijn onderdeel waren alleen nog in leven omdat ze waren weggerend toen de verbindingen tussen de linies waren verbroken. Gezien hun orders wisten ze waarschijnlijk niet hoe ze erover moesten denken dat ze het hadden overleefd. De meerderheid van mijn mensen waren zelf aflossers geweest, die minder tijd op het continent hadden doorgebracht dan ik, maar ze leken allemaal het gevoel te hebben dat ze nog revanche op de Duitsers wilden, hoe riskant ook.

Om 16.30 uur riep Meadows: 'Potlood loslaten en veters strikken, heren, we gaan op stap.' We marcheerden een paar straten naar het zuiden tot aan de kruising, en liepen toen in noordwestelijke richting tot we twee kilometer buiten de stad waren. Ondanks de kou klaagde niemand; de mannen wisten dat ze het in de open laadbak van een truck kouder zouden hebben gekregen. Halverwege onze positie passeerden we de E-Compagnie, die naar de stad marcheerde. Een sergeant had de leiding, omdat alle andere officieren dood waren, en we salueerden voor elkaar. De manschappen waren minder formeel. Sommigen wensten ons geluk. Enkelen merkten op dat mijn soldaten hun vrouw of vriendin beter konden schrijven dat een gezin er niet meer in zat. 'Straks hebben jullie ijsklonten in plaats van kloten.' Meadows maakte een einde aan het geklep. We waren te voet omdat het van het grootste belang was dat we onopgemerkt zouden aankomen. De schermutseling van de dag daarvoor had duidelijk gemaakt dat de moffen vlakbij waren. De inlichtingenofficieren van McAuliffes G-2 dachten dat de grenadiers zich ten noorden en westen schuilhielden in de bomen.

Toen we aankwamen op de op de kaart gemarkeerde plek troffen we een zigzagnetwerk van schuttersputjes aan, met een onderlinge afstand van zo'n vijf meter. Waarschijnlijk waren ze in de nazomer gegraven door de Duitsers, elementen van de achterhoede die terugtrekkende onderdelen tegen de geallieerde strijdmacht vanuit het zuiden moesten beschermen. Na overleg met Meadows beval ik de meeste mannen deze putjes uit te diepen in plaats van zelf te gaan graven. Elk van de drie pelotons had een Browning-mitrailleur met waterkoeling, een log zwaar wapen dat door een ploeg van drie man werd bemand, en ik posteerde de Brownings op drie punten dicht achter de gebogen bosrand. Daarna wees ik twee secties aan om de verdedigingslinies voor en achter ons te verkennen. De sectie die naar achteren ging ontdekte een oud pompgebouw, wat goed nieuws was omdat er een paar mannen tegelijk voor de striemende wind zouden kunnen schuilen.

Bij het wegscheppen van de sneeuw werd het afval van de Duitsers zichtbaar: lege etensblikken en ransels, hulzen, verroeste geweren en veldflessen. Het stonk er, ondanks de felle kou. Dit gebied was medio september bevrijd door het ve Legerkorps van het Eerste Leger, en ik kon me geen grote actie bij Hemroulle herinneren. De nazi-compagnie die ons hier was voorgegaan, waarschijnlijk bestaande uit ss'ers, gezien hun moeilijke opdracht, hadden de geallieerden weerstand moeten bieden en oponthoud bezorgen, in het besef dat ze geen versterkingen in de rug hadden. Twee van de schuttersputjes waren door geallieerde artillerie getroffen; daar waren nog twee halve cirkels van over, dubbel zo diep als de andere. Wat we roken waren, vermoedde ik, de Duitse soldaten die erin hadden gezeten en letterlijk aan flarden waren geschoten; de verspreide resten moesten in het natte najaar verrot zijn en nu onder een dikke laag sneeuw liggen.

Toen we klaar waren met graven, sneden we takken van de dennenbomen om ons heen om in elk putje een bodem te leggen. Er werden ook wat takken aan de rand van elk putje neergelegd om, wanneer de mannen sliepen, als dak tegen de sneeuw te gebruiken. Het stond vast dat er Duitse militairen in het bos waren, want als de wind uit het noorden kwam, roken we vuurtjes, een luxe die ik niet kon toestaan als we onopgemerkt wilden blijven.

Elk peloton was verantwoordelijk voor een derde van onze buitenring; we stelden een wachtschema op en stuurden de mannen naar hun nest. Ze wilden graag gaan slapen nu ze het nog warm hadden van het graven. Zoals ik nog te weten zou komen, kon je het te koud hebben om te kunnen slapen.

Biddy en ik deelden een putje dat het commandoputje moest zijn geweest en dat met Duitse precisie was ingericht. Het volmaakte trapezium stelde twee mannen in staat naast elkaar te schieten, maar bood meer woonruimte achter hen. Aan de voorkant was een versterking in de vorm van een houten wand met een plank voor persoonlijke bezittingen. Ik legde er boeken op neer, granaten en mijn scheermes, niet dat er veel kans was dat we aan stromend water konden komen. Het voelde vreemd om hier je spullen uit te pakken alsof het een hotelkamer was, maar bij die gedachte werd ik gestoord door het gemopper van Biddy.

'Mijn tandenborstel vergeten,' zei hij. 'Niet scheren, niet wassen. Kun je tenminste nog je tanden poetsen. Verdomme.' Ik begreep meteen dat dit een uiting was van onvrede over het veilige oord dat we hadden verlaten om te zoeken naar een man die dood bleek te zijn. Ik bood hem mijn tandenborstel aan.

'We kunnen samen doen,' zei ik. 'Kleinigheid in vergelijking met wat we nog met elkaar te stellen krijgen in dit gat.' Omdat we uit het zicht moesten blijven, zouden we overdag niet naar de latrine kunnen. En Biddy en ik hoefden ons voor elkaar niet meer groot te houden. Dat was voorbij sinds hij me met een volle broek van dat sneeuwveld had weggesleept.

Biddy leek niettemin getroffen door het gebaar. Hij staarde naar de tandenborstel of die in brand stond, voordat hij hem aanpakte.

Tegen negen uur in de avond, toen de meeste mannen zich hadden geïnstalleerd, hoorde ik motorgebrom achter ons en een van de mannen van de mitrailleurpost vroeg het wachtwoord. Ik stuurde Biddy en een van de maten erop af, maar hij kwam terug om te vertellen dat het mensen van de verbindingsdienst waren. Ze waren zonder licht over de weg komen aanrijden, een tamelijk gedurfde manoeuvre in het pikdonker onder de dikke wolken. De ploeg van de verbindingsdienst was hier om kabels te trekken voor een veldtelefoonverbinding voor mij met Algar en elk van de pelotons. Ik vond het een opluchting dat we niet meer geïsoleerd waren, maar de mannen van de verbindingsdienst benadrukten dat we de telefoons zo min mogelijk moesten gebruiken en uitsluitend in code. De communicatie over de grond werd soms onderschept binnen een straal van bijna twee kilometer, dus de Duitsers in het bos waren daarvoor dichtbij genoeg. We hadden ook een draagbare radio, een scr-300, voor het geval we ons moesten verplaatsen.

Voordat we gingen slapen voerden Biddy en ik een inspectieronde uit. Hij ging naar zijn peloton, terwijl ik de mitrailleurposten langsging.

'Flits,' klonk het.

'Donder,' riep ik terug, het wachtwoord dat de G-Compagnie al de hele week gebruikte, volgens Meadows. De Browning-ploegen hadden zich dieper ingegraven dan wij, in ronde schuttersputjes. Op de meest zichtbare locatie moesten de mannen helemaal onder de oppervlakte blijven, maar wel bij een aanval een volledige cirkel kunnen bestrijken. Alle drie de secties waren doodmoe. Ze lagen met de voeten tegen elkaar om wakker te blijven.

Toen ik voor Biddy terugkwam in mijn slaapplaats, zag ik dat mijn bepakking niet lag waar ik hem had achtergelaten. Bij het licht van mijn zaklantaarn zag ik dat ik was beroofd. Een extra uniformbroek was weg en ook mijn tweede paar handschoenen. Ik had al besloten weg te geven wat ik over had, maar ik betreurde het dat er nu een dief van profiteerde. Hij had ook dingen van mezelf gestolen, onder meer drie brieven van Grace die ik bij me had gehad. En het kaartje van Gita.

De naastgelegen putjes, waaruit ik stemmen had gehoord toen ik kwam aanlopen, waren inmiddels afgedekt met dennengroen en poncho's. Ik overwoog wat me te doen stond en haastte me toen naar sergeant Meadows om te melden dat iemand spullen van me had gepikt. Hij zei dat dat van meet af aan in de compagnie was gebeurd.

'Vraag me niet om een verklaring, kapitein. Ik weet dat het idioot is om naast een maat te staan en te sneuvelen en dan zijn spullen te jatten, ik weet dat het idioot is. Ik wil alleen maar zeggen dat u niet de eerste bent.'

'Maar dit is niet onopgemerkt gebeurd, sergeant.'

'Waarschijnlijk niet, kapitein.' Hij keek opzij en achterom. 'Ze hebben het niet op nieuwelingen en zeker niet op nieuwe officieren.'

'Waarom niet?'

'Dat begrijpt u niet, kapitein. Moet u horen: deze mensen zullen voor u vechten. Ik heb ze meegemaakt. Het zijn stuk voor stuk goede militairen en ze zullen vechten omdat ze weten dat ze er anders aan gaan. Ze moeten u niet omdat ze het hier verschrikkelijk vinden. De enige manier om weg te komen uit een jagerscompagnie is als dode of gewonde. Het is zo'n draaihekje dat maar één kant op gaat. Je kunt wel naar binnen, maar je komt er niet meer uit. Er is er niet één bij, kapitein, die vroeg of laat niet begint te bidden: God, laat me gewond raken zodat ik naar huis mag. D'r zijn er genoeg die daar een arm of voet voor over hebben. Ik zeg alleen wat elke soldaat denkt. En wat u ook zult denken. Ik zie aan uw gezicht dat u me niet gelooft. En daarom hebben ze een hekel aan u. Omdat u uzelf hoger aanslaat dan zij zichzelf aanslaan, terwijl zij weten dat ze gelijk hebben. Zet het maar van u af, kapitein. Als we niet hoeven te vechten, doet het er niet toe. En als we wel moeten vechten, is het daarna geen probleem meer.'

Twee uur lang was ik nog te kwaad om te kunnen slapen; toen stond ik op voor een nachtronde. Als officier kon ik daarvoor een ander aanwijzen, maar we waren met zo weinig dat ik afzag van dat voorrecht, en ik dacht dat het goed zou zijn voor het moreel. Onderweg kwam ik bij het pompgebouw, een gemetseld gebouw dat gedeeltelijk in de heuvel verzonken was om te voorkomen dat de hydro-elektrische pomp zou bevriezen. Er zaten geen ramen in de uitstekende muur, alleen een houten deurtje, dat mijn mannen hadden geforceerd. Binnen trof ik de meeste soldaten van Meadows' peloton, die liever bij het licht van een Coleman-lamp wilden kaarten dan gaan slapen. Ze schoten overeind en ik beval plaats rust. De pomp, een oud zwart gevaarte van ijzer, stak in een put en de mannen hadden zich in een kring eromheen verzameld. Ik nam even de tijd om elk van de acht soldaten te vragen waar hij vandaankwam, maar ik kreeg dezelfde norse reacties en ging weer naar buiten.

'Bent u een smous, kapitein?' Toen ik me weer omdraaide, keek niemand in het pompgebouw naar zijn kaarten. Degene die me het strakst aankeek, de man die de vraag had gesteld, was een jongen uit Mississippi, ene Stocker Collison.

Elke kandidaat op de officiersopleiding leert dezelfde regel: het belangrijkste is dat ze respect voor je hebben. Maar anders kan het ook met de wind eronder.

'Is dat een zuidelijke term?' vroeg ik.

'Het is maar een vraag.'

'Maakt het antwoord je iets uit, Collison?'

Natuurlijk was dat zo. Dat gold waarschijnlijk voor de helft van de mannen in de compagnie, misschien meer.

'Nee, kapitein.'

'Mooi. Hoe laat moet je op wacht, Collison?'

'Driehonderd uur, kapitein.'

'Waarom loop je niet vast een rondje om te kijken of alles in orde is.'

Hij bleef lang naar me kijken voordat hij naar buiten ging. De andere mannen zwegen. Ik had het er beter afgebracht dan ik had gedacht, maar ik wist wie ik instinctief had nagespeeld: Teedle. Daarover zou ik nog eens moeten denken.

Ik had wachtdienst met Sal Masi, een pienter mannetje uit Boston, mijn derde sergeant. Hij was te velde bevorderd en had zijn strepen nog niet gekregen. Met twee soldaten van Masi had ik hoger op de helling de wacht, een positie die ik had uitgekozen omdat het het hoogste punt van ons gebied was en dus het minst beschut.

Mijn plaats was ongeveer vijftien meter van het pompgebouwtje. Het had een blikken schoorsteenpijpje op het dak om in de zomer de warmte van de pomp af te voeren, maar door dat pijpje kwamen buiten de geluiden van binnen door als op een radio. De mannen daarbinnen hadden zich dat kennelijk nog niet gerealiseerd. Daarom bracht ik mijn twee uur op wacht voornamelijk door met luisteren naar de gesprekken van de maten, die door de noordenwind werden aangevoerd, ook hun commentaar op mij, dat begon toen Collison terugkwam van zijn rondje door de sneeuw.

'Jezus christus nog aan toe, Collison. Waarom vroeg je niet of hij zijn lul liet zien zodat je kon kijken?'

'Man moet zeggen wat hij is. Gaat niet aan om het achter te houden.'

'Gelul, man. Jij bent een blanke schooier uit het zuiden, daar loop je toch ook niet mee te koop.'

'Ga je mond spoelen, O'Brien. De ellende met die verdomde joden is dat je nooit weet wanneer je er een te pakken hebt.'

'Godallemachtig, Collison,' zei iemand anders. 'Dat kun je zien. Jij hebt er gewoon nog nooit een gezien omdat je van niks weet, als boerenhufter uit Mississippi zijnde.'

'Dat hoef jij niet tegen me te zeggen, Marshall.'

'Wat heb je, Collison, heeft hij je op je teentjes getrapt? Ik ga huilen, hoor. Ik ga tranen met tuiten huilen. Ik heb niet meer zo erg gehuild sinds ik *My Friend Flicka* heb gelezen.'

Die opmerking van O'Brien, een smalle jongen met een scherp gezicht uit Baltimore, lokte luid gelach uit. O'Brien ging nog even door tegen Collison.

'Weet je wat het verschil is tussen een dierentuin in het noorden en een dierentuin in het zuiden?'

Collison gaf geen antwoord.

'In het zuiden staat niet alleen de naam van het beest op de kooi. Er staat ook een recept bij.' Er werd weer gelachen. 'Weet je hoe ze een boer uit Mississippi noemen met een schaap onder elke arm? Nou? Een pooier.'

Kennelijk vond O'Brien het zo wel genoeg. De mannen pokerden verder, voornamelijk in stilte, behalve de verliezers. Zonder die afleiding en zonder iets anders te zien dan een akker voor me maakte ik me zorgen. Ik maakte me voornamelijk zorgen over de vraag of ik in het gevecht verlamd van angst zou raken zoals was gebeurd toen ik moest springen, en wat er dan met de mannen moest gebeuren die ik werd geacht te leiden. Dat ogenblik in het vliegtuig was me de hele dag bijgebleven, zoals slapte na koorts. Het had me iets ontnomen, van alles wat ik zag en van elke keer dat ik ademhaalde. Ik was een lafaard. Ik had niet verwacht dat ik geen angst zou voelen. Maar het had me ontgoocheld dat ik mijn angst niet had kunnen overwinnen. De man die vrijwillig de sprong had ondernomen, de Amerikaan die in het goede geloofde, had geen macht over die andere kant van mezelf. Het was wat Gita me had geprobeerd te leren toen ze haar rok optilde. Alles was schijn behalve instinct.

In de hoop op andere gedachten te komen speurde ik de hemel af. De wolken in het zuiden leken niet zo dik meer. Als ik gelijk had, betekende dat luchtsteun, bevoorrading, misschien zelfs hulptroepen. Ik weifelde weer eens; ik wist niet of ik vervangen wilde worden voordat de Duitsers aanvielen. Als ik alleen maar als pelotonscommandant zou hoeven fungeren, kon ik doen waarop ik was voorbereid. Als Meadows sneuvelde, zou ik Algar letterlijk elk uur om instructies moeten bellen.

Tegen vijf uur ging iemand anders die was opgestaan om wacht te lopen het pompgebouwtje binnen, kennelijk ook een soldaat, die in geuren en kleuren te horen kreeg hoe de nacht was verlopen, en ook hoorde van het schandelijke bedrag dat Bronko Lukovic had gewonnen en van Collisons aanvaring met mij.

'Nou, Collison, leep bekeken. De nieuwe commandant is vast erg onder de indruk.'

'Ik dien gewoon liever onder een christen,' zei Collison. 'We voeren die kloteoorlog al om de joden te redden.'

'Jezus, Collison, hou je kop. Je lijkt wel die zwartrok met zijn praatjes op de radio.'

'Dat vind jij. Maar het waren niet de nazi's die Pearl Harbor hebben aangevallen. Wat kan het ons verdomme schelen wat Hitler uitvreet? Het komt door al die joden rond Roosevelt, volgens mij. Daarom moeten wij hier vechten.'

'Collison, we hebben allemaal dezelfde reden om te vechten. Omdat het moet. Omdat we geen keus hadden.'

'Dit peloton,' zei Collison, 'is er het ergst aan toe van alle hondjes aan het front. We krijgen het telkens weer voor onze kiezen. Ik meen het. Tweederde van de sterkte gesneuveld en dan sturen ze ons een jood van een officier nu we omsingeld zijn.'

'Shit, Collison. Vreet je niet op over Dubin. We zijn al onze officieren kwijt. En die wisten verdomme wat ze deden. Hoelang gaat het duren, denk je, voordat deze man een kogel in zijn bast krijgt? Hij kan in het bos de latrine amper vinden.'

Ze lachten allemaal. Even later hoorde ik een bekende stem. Biddy was er om mij af te lossen.

'Koppen dicht allemaal. Door dat gat in het dak klinkt het of jullie op de tribune zitten. Op vijftig meter afstand te horen.' Het werd stil. Ik dacht wel dat enkelen zich pas nu afvroegen op hoeveel afstand ik me bevond. 'En ik zal jullie nog iets anders vertellen. De kapitein is een beste kerel, dat zullen jullie nog wel merken.'

Ik hoorde O'Brien vragen: 'Is hij bij de tijd? Ik kan niet tegen officieren die alleen weten wat er in het handboek staat.'

'Hij is bij de tijd,' zei Biddy. Even later stond hij voor me. Hij zei niets, maar bracht kort de groet toen ik terugging om te gaan slapen.

18 KILLE WAARHEID

Bill Meadows schudde me even na zeven uur wakker, bij het eerste vale vermoeden van licht aan de hemel. Hij wilde de dagorder doornemen. Als we onze positie geheim wilden houden, konden we niet riskeren contact te zoeken met de mannen op wacht en moesten we ze niet laten aflossen na zonsopgang. Meadows wilde de teams die het de hele nacht stervenskoud hadden gehad vervangen en ik zei dat hij zijn gang kon gaan.

Samen inspecteerden we een ogenblik het terrein. De boomloze glooiende heuvels, hooiland of weiland voor koeien, lagen onder een dik sneeuwdek en vee was nergens te zien. Ik vermoedde dat de meeste dieren allang waren geslacht en opgegeten. Ten noorden van ons, achter de spoorbaan en de sneeuwbanken die her en der waren ontstaan, zagen we golvende akkers, alleen gescheiden door stenen zuiltjes. Door mijn kijker zag ik dat daar al was gevochten. De Duitsers die in onze schuttersputjes hadden gezeten hadden zware verliezen geleden voordat ze zich terugtrokken. Er stond een verkoolde Duitse tank, met sneeuw op de rupsbanden en de koepel, en ik kon ook de as en bumpers van een vrachtwagen onderscheiden. Ik vermoedde dat er nog meer wrakken waren geweest die door onze genie waren weggesleept voor de geïmproviseerde wegblokkade die een paar honderd meter bij ons vandaan was opgericht. Die bestond uit gevorderde trekkers en twee uitgebrande tanks, een van ons en een van de Duitsers.

Naar het westen lag in de verte het hoge dennenbos waar de Duitse grenadiers zich waarschijnlijk schuilhielden. Zelfs overdag zag het bos er donker en ondoordringbaar uit. Ik dacht aan de gebroeders Grimm en hun trollen en kwade geesten die tussen de bomen op de loer lagen om zielen te stelen en vervloekingen uit te spreken.

Het laatste waar Meadows op wees was het bos waarin wij ons bevonden, dezelfde ijle dennen met dikke takken als aan de overkant en loofbomen, meest beuken waarvan sommige nog hun koperkleurige bladeren droegen. Elke dag bestookten de Duitsers een brede sector met hun artillerie, overal waar ze dachten dat misschien Amerikanen posities hadden betrokken om de wegen te bewaken; vaak gebruikten ze daarvoor hun 20-mm-luchtafweergeschut, dat ook effectief was gebleken als aanvalswapen, of de voor beide doelen inzetbare 88's. Op vierwielonderstellen en rupsvoertuigen gemonteerd werden de verticale lopen schuin naar voren gericht waarna op de boomtoppen werd geschoten. Het gevolg was iets als een bom die in de lucht tot ontploffing kwam, zodat het granaatscherven regende op wie zich eronder bevond. Algar had ons verder naar het noorden gestuurd dan E had gelegen, in de hoop dat de Duitsers daar nog niet op zouden richten, maar in de hoogte waren de bomen beschadigd, alsof ze door motten waren aangevreten. Van diverse beuken waren de meeste takken weggeslagen en de overgebleven stammen stonden er geamputeerd en geblakerd bij. Met andere woorden: we konden erop wachten. De Duitsers hadden geschoten in het uur na de dageraad en net voor zonsondergang, tijdstippen waarop ze zeker wisten dat onze vliegtuigen, die zich in dit weer alleen overdag konden oriënteren, niet in de lucht zouden zijn.

'Ik ga de jongens zeggen dat ze beneden moeten blijven als het begint,' zei Meadows. 'En anders in de buurt van de bomen.'

'Heel goed.'

'Maar de sergeants moeten op wacht blijven. Het kan een goed ogenblik zijn voor de Duitse pantserinfanterie om uit het bos te komen, nu wij hier vastzitten.'

'Heel goed,' zei ik weer. Leiding geven met Bill Meadows als tweede man was een beetje als rijden in een auto met chauffeur. We salueerden, maar Meadows bleef nog even staan.

'Kapitein, ik heb gehoord dat u afgelopen nacht last van Collison hebt gehad.'

'Een korte woordenwisseling, Bill. Niets om je zorgen over te maken.'

'U moest zich maar niets aantrekken van Collison, kapitein. Het is geen kwade jongen, zeker als hij eenmaal aan u gewend is. We hebben veel van zulke plattelandsjongens in het leger en het maakt niet uit of ze uit Mississippi komen of uit een ander gat. Voor de basisopleiding nog nooit een toilet met waterspoeling gezien. Ze hebben veel meegemaakt, die jongens, kapitein. Ze zeggen soms stomme dingen.'

Nadat Meadows was weggegaan sjorde Gideon zijn laarzen aan zijn voeten en knoopte zijn jas dicht om de dagorder aan zijn peloton door te geven. Hij was nog maar enkele minuten terug in het putje om zijn tanden te poetsen toen de Duitse beschieting begon. De moffen waren in elk geval punctueel.

Tijdens de aanval zou ik ontdekken dat bepaalde zegswijzen steeds opnieuw in mijn hoofd klonken, alsof het een Victrola was met een naald die was blijven steken. 'Een gewaarschuwd man telt voor twee', was het die dag, voornamelijk omdat het volkomen onwaar bleek. De Duitsers pasten een techniek toe die ik op de officiersopleiding had geleerd: TOD, tijd op doel. Het idee was dat de mortiergranaten tegelijkertijd in verschillende richtingen zouden gaan, voordat iemand in zijn putje terug kon vluchten. Zonder precies te weten waar we waren richtten de Duitsers alle vuurlopen met een onderlinge afstand van een meter of dertig.

De eerste salvo's waren gillers, granaten met raketaandrijving die met een hartverscheurend gegier overkwamen, maar dat bleek nog niets vergeleken bij mijn angst toen het bombardement begon. Ik had gedacht dat het niet erger kon worden dan bij de comtesse, maar het emotionele effect van langdurig bestookt worden viel niet te schatten. Ik had nog nooit zo'n hard geluid gehoord – oren kunnen het niet meer verwerken – in combinatie met het schokken van de aarde, zodat ik al snel door een primitieve paniek werd bevangen zodra ik de 88's hoorde. Dat geluid was net zo herkenbaar als iemands hoest en zo klonk het ook, maar dan oorverdovend luid. De granaten ontploften met een schitterend boeket van vuur en sneeuw en aarde en de scherven kwamen gloeiend heet neer, vaak stukken van wel een halve meter die tegen de stammen ketsten, terwijl dikke takken op ons neerploften. Bij de dichtstbijzijnde inslag, ongeveer vijftig meter bij me vandaan, schrijnden mijn ogen in de kassen en mijn borst werd zo hard ingedrukt dat ik dacht dat ik iets had gebroken. Na elke klap hield ik mezelf voor dat het de laatste was; aan die hoop klampte ik me vast tot ik weer het keelgeluid hoorde van de vurende artillerie en het gieren van de volgende mortiergranaat die ons dreunend trof.

En na bijna precies een uur hield het op; de lucht was nevelig en het rook naar kruit. In de plotselinge stilte was alleen de wind te horen en het ruisen van vallende takken. Na de eerste paar minuten van de beschieting had ik tussen de explosies door om een hospik horen gillen en dat geschreeuw klonk nu opnieuw. Ik belde het tweede peloton. Masi vertelde dat twee mannen in eenzelfde putje waren getroffen bij een treffer tegen een boom. Ik wist niet wat me als bevelvoerend officier te doen stond, maar ik dacht niet dat het de bedoeling was dat ik me zou verstoppen en haastte me erheen, van boom tot boom. De Duitsers konden toch niet veel zien, met al die rook en dat stof in de lucht.

Ik trof Hunt, een jongen met rood haar, dood aan; een granaatscherf was als een pijl van een kwaadaardige god neergedaald, op de zachte plek bij zijn sleutelbeen terechtgekomen en recht naar zijn hart gegaan. Hij lag er met open ogen roerloos bij. Het meest trof me dat zijn armen naar achteren gebogen lagen in een houding die niet met leven te verenigen was.

De andere man werd door een hospik verzorgd. Onder de knie was zijn been rode pulp. Het bot was verbrijzeld en hij huilde van pijn, maar de hospik dacht dat hij het wel zou halen. Na donker zouden ze hem afvoeren, al was hij daarmee waarschijnlijk niet gered. In dit stadium had deze man, Kelly, ongeveer evenveel kans als soldaten die in de Burgeroorlog gewond waren geraakt. Het sulfapoeder dat werd gebruikt in de hoop de wond te ontsmetten was dagenlang verzameld uit de noodverbandpakketten van de gesneuvelden. Kelly zou worden overgebracht naar een veldpost die Algar in de kerk in Hemroulle had ingericht waarin we allemaal hadden geslapen. Terug in mijn putje hoorde ik de telefonische rapporten van de andere pelotons aan. Twee man uitgeschakeld. De schade was beperkt gebleven.

Tijdens de aanval was het gaan sneeuwen. Ik had gedacht dat het te koud was voor sneeuw – dat zeiden we thuis – maar kennelijk hield het weer in België zich niet aan de wetten van het Midden-Westen. Het was geen felle bui. De grote vlokken dwarrelden bijna nonchalant omlaag. Zoals de meeste kleine jongens had ik sneeuw altijd fijn gevonden. Sneeuw was mooi en leuk en je kon erin spelen. Maar ik had nog nooit sneeuw meegemaakt in een schuttersputje. De sneeuw bleef bijna twee uur dansen. Zodra Biddy en ik hem hadden afgeklopt, zaten we weer vol. Uiteindelijk werden we doornat en ijskoud. En het bleef maar sneeuwen. Met onze overjassen waren Biddy en ik beter af dan veel van onze manschappen, die in hun poncho's en dekens gewikkeld in hun schuttersputjes weggedoken zaten, met hun koude MI op het lichaam om te voorkomen dat het mechanisme vastvroor. Maar ik had geen gevoel in mijn handen en voeten en verbaasde me er steeds meer over dat het bloed in mijn aderen niet bevroor.

Het omgaan met de kou bleek een kwestie van wilsinspanning. Ik hunkerde naar afwisseling en stak van verveling een van de sigaretten op die ik bij mijn rantsoen had gekregen. Dat was misschien een van de weinige dingen waaraan geen gebrek was, sigaretten, hoewel de mannen vaak klaagden dat alleen de goedkopere merken, Chelsea, Raleigh en Wings, naar het front waren gestuurd.

Het bleef zo schemerig dat het leek of licht een olie was die druppelsgewijs werd uitgegoten. Ik zocht naar vogels. Merkwaardig genoeg waren die er nog steeds. De meeste moesten bij de beschietingen zijn gedood, en tijdens de Duitse bezetting was voedsel zo schaars geweest dat de bewoners mussen hadden gegeten, had ik gehoord. In het bos scharrelden wat kraaien en er fladderden een paar snelle eksters met lange staarten voorbij. Ik wees Biddy op een havik, maar hij schudde zijn hoofd.

'Geen havik, kapitein,' zei hij. 'Dat is een buizerd.'

Tegen de middag wisten we dat het niet erg waarschijnlijk was dat we aangevallen zouden worden. De offensieven vonden om ons heen plaats: schokkerige artilleriesalvo's, ratelende mitrailleurs en scherpe knallen van geweerschoten een kilometer of twee verderop, geluiden die ver droegen in de koude lucht. Bij mijn overwegingen was ik tot de slotsom gekomen dat we waarschijnlijk zouden worden ingezet als versterkingen als de Duitsers Savy aanvielen. Maar als dat al gebeurde, dan pas morgen of overmorgen. Zolang er daglicht was, konden we weinig anders doen dan uit het zicht blijven in ons putje en de kou bestrijden.

'Wordt het volgens jou in Kindle County ooit zo koud?' vroeg ik aan Biddy.

'Volgens mij wel, in mijn herinnering. Ik weet nog dat ik ruim een halfuur naar de middelbare school moest lopen en dat het kwik onder in de thermometer bleef steken. Achtentwintig graden vorst.'

Ik had zelf ook naar school moeten lopen en kon er achteraf om lachen. Ik was te ijdel geweest om een muts te dragen. Ik wist nog dat mijn moeder voor de achterdeur had staan roepen en dat ik, lopend door de schoolgangen, het gevoel had gehad dat mijn oren, als ik ze aan iets hards stootte, zomaar van mijn hoofd zouden vallen.

Midden overdag klonk er opeens geschreeuw vlakbij. Ik sprong naar buiten met mijn tommygun en dacht al dat de Duitsers ons hadden beslopen, maar twee man van Biddy's peloton bleken een achtergelaten Luger in hun schuttersputje te hebben ontdekt – het wapen blokkeerde door de vorst – waarna een gevecht om het souvenir was uitgebroken. Ik zette beide mannen op rapport, al was dat zonder betekenis, en bepaalde dat de Browning-ploegen, die urenlang zonder contact met anderen paraat waren geweest, om het pistool konden loten wanneer ze waren afgelost. We moesten de vechterbazen in andere schuttersputjes indelen en hoewel ik stilte had geëist, hoorde ik dat ze elkaar voor moederneuker uitscholden zodra ik me omdraaide. De term werd onder officieren niet vaak gebruikt; die hielden het meestal tamelijk beschaafd.

'Heb jij ooit iemand gekend die echt zijn moeder neukte?' vroeg ik aan Biddy.

'Op de middelbare school had ik een vriend die de moeder van een van mijn vrienden neukte. Dat heb ik wel gehoord.'

'Maar dat is niet hetzelfde.'

'Nee, kapitein, zeker niet.' We zwegen een tijdje.

'Biddy, op welke middelbare school ben jij eigenlijk geweest?' Hij had me eerder verteld dat hij geen eindexamen had gedaan. Hij moest geld verdienen.

'Die school kent u toch niet, kapitein.'

'Dat moet je niet zeggen. Ik heb tegen alle scholen in Kindle County gezwommen.'

'Maar u hebt vast niet gehoord van de Thomas More. Daar werd niet gezwommen.'

'Thomas More? In North End? Dat was toch een gekleurde school? Ik wist niet dat er op die school ook blanken waren.'

'Waren er ook niet,' zei hij. 'Twee blanke meisjes. Geen blanke jongens.'

Ik had intussen naar de lucht gekeken en besefte dat er een blauwe rand was ontstaan naast de vuilgrijze massa. Dat betekende dat de vliegtuigen zouden opstijgen. Toen ik Gideons uitspraak tot me had laten doordringen, was ik ervan overtuigd dat ik hem verkeerd had begrepen. Hij had zijn helm afgezet en zo groot als hij was keek hij op me neer, terwijl hij achteloos met zijn vinger op de letters MP voor op zijn helm tikte.

'U hebt me gehoord, kapitein.'

'Wat probeer je me verdomme nou duidelijk te maken, soldaat?'

'Ik vertrouw u, is wat ik bedoel. Tegen beter weten in.'

Opeens werden me honderd dingen duidelijk. Na de beschieting was ik te moe om geschokt te zijn, maar ik wist niet wat ik hiermee aan moest.

'Waar denkt u nou aan?' vroeg hij.

'Eerlijk zeggen? Ik geloof je niet.'

'Dat is dan stom. Want het is Gods waarheid.' Hij was nors en waarschijnlijk verbaasder over zichzelf dan ik. Maar zijn woordkeus onderstreepte zijn bewering.

Nu hij het had verteld, nu ik met die kennis naar zijn neus en haar keek, kon ik me wel indenken dat hij een gekleurde man was. Maar er zaten mannen in het schuttersputje naast ons, Rapazzalli en Gomez, om van mezelf nog te zwijgen, die een donkerder huid hadden, en niemand had zulke lichte ogen als Biddy met zijn groene kijkers.

'Ik kreeg mijn oproep,' zei hij. 'Ik erheen. Niks gezegd. Ze keken naar me en ik werd ingedeeld. Dat had ik wel vaker gehad, dat ze tegen me zeiden dat ik ervoor door kon gaan. Als kind in Georgia, als we dan van huis waren, dan wist ik altijd dat ik rustig kon gaan wandelen waar mijn broertjes zich beter niet konden vertonen. In het noorden leek het allemaal niet zo belangrijk meer. Maar ik zat ermee. Ik naar huis om het mijn ouders te vertellen.

"Heb je gelogen?" vroeg mijn pa.

"Helemaal niet."

Ma en pa kregen er woorden over. Zij wou dat ik meteen terug zou gaan om de waarheid te vertellen. Als het leger me niet wou hebben, vond zij het wel best zo. Maar pa wou daar niet van horen. "Wat is dat voor waarheid? Dat hij er net zo goed uitziet als wie ook, maar dat hij anders moet worden behandeld omdat hij gekleurd is? Is dat de waarheid? De dag is nog niet aangebroken waarop ik mijn kind dat laat zeggen. Nog niet." Ik weet niet of ze er nu samen al helemaal uit zijn.

Maar eigenlijk, kapitein, heb ik doorgezet omdat ik hetzelfde had als u. Ik wou juist vechten. Ik wilde net als Jesse Owens die Adolf Hitler zo hard door de modder halen dat die verdomde snor zou loslaten van zijn gezicht. En ik wist dat er niet veel gekleurden naar het front zouden gaan.

Halverwege Omaha Beach vroeg ik me wel af wat ik daar deed. Toen had ik ze net zo lief uit hun droom willen helpen om terug te gaan naar Engeland. Het is waanzin waar ik in terecht ben gekomen. Dat denk ik elke dag wel een paar keer. Ik had naar mijn moeder moeten luisteren. Ik heb soms het gevoel dat ik mijn eigen mensen verraad, al heb ik nooit gelogen. En ik houd mezelf altijd voor dat ik levend thuis moet komen, al was het maar omdat niemand dan kan zeggen dat het verkeerd is voor een gekleurde man om te denken dat hij hetzelfde kan als de blanken. Het is allemaal een grote rotzooi.'

Hij keek weer even naar me en pakte mijn tandenborstel van de plank, die hij daar had neergesmeten toen het schieten begon.

'Wilt u hem terug?'

Ik had al bijna ja gezegd, maar pakte de tandenborstel aan zonder een woord.

'Ja, verdomme,' zei ik en stopte de tandenborstel in mijn mond. Het tandpoeder was keihard bevroren op de borstels. 'Ik heb hem vanmorgen niet kunnen gebruiken. En morgen mag ik eerst. Mag jij de dag daarna eerst.'

Hij keek een poosje naar me.

'Ja, kapitein,' zei hij toen.

19 DE LUCHT

Later die dag kwamen Amerikaanse c-47's over. Toen we omkeken naar Savy, zagen we de parachutes en voorraden omlaagzweven uit de grote 'Gooney Birds' en de lichtsporen van het Duitse luchtaf-weergeschut, als van kwaadaardige vuurvliegjes. De rode, gele en blauwe parachutes leken op bloesems, een prachtig gezicht aan de heldere hemel, maar we konden er niet lang van genieten. Duitse bommenwerpers en jagers kwamen van de andere kant aanzetten en de felheid van het luchtafweergeschut veegde de hemel snel schoon. Zodra onze toestellen waren verdwenen, verlaagden de Duitsers de instelling van hun artillerie en begon de beschieting. Ze waren kennelijk bevreesd dat de Amerikanen, terwijl het lucht-afweergeschut zich op andere doelen concentreerde, troepen op de grond had verplaatst en de nieuwe salvo's leken twee keer zo lang te duren als die van de ochtend. Terwijl we wegdoken in ons put-je, voelde ik mijn tanden zo hard op elkaar slaan dat ik dacht dat er wel een kapot zou zijn.

Zodra het voorbij was, ging de veldtelefoon. Het was Algar, die de codenaam Lebanon had gekozen.

'Hoe staat het er daar voor, Jurist?'

Er waren nog twee slachtoffers gevallen, beiden betrekkelijk licht gewond. Eén man zou naar het veldhospitaal moeten, samen met de jongeman die aan zijn been gewond was geraakt. Algar beloofde dat de ambulances na donker zouden komen.

'Ik heb gehoord dat de commandant van jouw Leger naar het zuiden is doorgebroken,' zei Algar. 'Een gat heeft gemaakt, wordt gezegd. Er zouden versterkingen in aantocht zijn. Zorg dat je mannen op de hoogte zijn. We hebben hier nu honderdzestig droppings gehad. Niet genoeg. Maar er is nieuwe munitie. Em medisch materiaal.'

'Ja, overste.' Het nieuws over Patton was welkom, maar mijn mannen geloofden alleen hun eigen ogen nog. Tot die tijd bleven het geruchten.

'Hoe is de stemming?'

De stemming is goed, vertelde ik, de omstandigheden in aanmerking genomen. De mannen beseften dat er niets tegen de kou te doen was, maar ze klaagden wel omdat ze overdag hun putje niet uit mochten, ook niet om hun behoefte te doen. Het voorschrift luidde dat je desnoods in je helm moest poepen, maar omdat niemand zijn helm kwijt wilde zolang er twee keer per dag werd geschoten, was dat een belachelijk idee.

Kort daarna ging de zon onder, een heel plechtig ogenblik, omdat het betekende dat het gevaar afnam. De Duitse tanks zouden niet in het donker komen in deze omstandigheden, omdat ze gemakkelijk van de weg konden raken en vastlopen. En na het zware Duitse offensief waardoor ze ons uit de Ardennen hadden teruggedrongen had de vijand te weinig munitie over voor de hinderlijke artilleriebeschietingen die ze normaal in het donker zouden hebben uitgevoerd. We moesten gespitst zijn op Duitse verkenningseenheden die over het akkerland naar ons toe konden sluipen om onze positie te bepalen, maar we wisten allemaal dat we het hadden overleefd en binnenkort weer in beweging konden komen. De zon, die urenlang met tussenpozen had geschenen, doorboorde de wolken met een schelle koperkleurige straal op het bos achter de akker. Biddy greep zijn camera; kennelijk zag hij een zwartwitfoto in dat kleurenspektakel.

Meadows belde en we deelden de nacht in. Bill had ook een ver-

zoek. De mannen wilden een vuurtje stoken in het pompgebouwtje. Het strijdpunt was de rook, die onze positie zou kunnen verraden. Maar de wind kwam nog steeds uit het noorden, zodat de geur
richting Savy zou gaan. Het was een afweging van risico's, maar we
besloten het toch te doen. Ik betwijfelde of de Duitsers, zelfs als de
wind draaide, onze rook van de hunne zouden kunnen onderscheiden. Elke sectie mocht een halfuur in het gebouwtje blijven om te
eten, plus een kwartier voor en na het nachtelijke wachtlopen. De
mannen die de hele dag zonder iemand te spreken de mitrailleurs
hadden bemand kregen tweemaal zo lange periodes toebedeeld en
mochten er als eersten heen.

De ambulance kwam tegen zes uur, begeleid door een bevoorra-
dingstruck. De kwartiermeesters zouden de rantsoenen voor de volgende dag brengen, maar ze hadden maar twee kratten met nood-
rantsoenen. Het betekende dat ik de mannen de volgende dag maar
één keer kon laten eten.

'De overste hoopt op meer met kerst,' zei de sergeant-kwartier-
meester. Ik wist dat hij zoveel mogelijk probeerde op te sparen om
met Kerstmis royaal te kunnen zijn, maar het uithongeren van militairen in opmars leek een slechte manier om de waardering uit te
drukken. 'Maar hij heeft wel deze gestuurd. Gevorderd in een café
in Bastogne. Eigenaar mekkerde verschrikkelijk, maar ach, die heeft
dezer dagen toch weinig klanten.'

Ik stak mijn mes in een van de zachthouten kratten en trof tafellinnen aan. Het duurde even voordat ik het begreep, en gaf toen
mijn drie sergeants, Meadows, Biddy en Masi, opdracht ze aan de
pelotons uit te delen.

'Krijg nou wat!' zei Meadows.

Ik legde uit dat de mannen de witte tafelkleden als camouflage
konden gebruiken als ze bij daglicht hun putje uit moesten. Het
was een bof dat het tafellinnen gesteven was. Anders was het aan
repen gescheurd om als verband te gebruiken.

Nadat hij de tafellakens had uitgedeeld kwam Meadows terug.
Hij wilde me laten weten dat ik hierdoor in de achting was gestegen, een effect dat ongetwijfeld teniet zou worden gedaan zodra ik de mannen op half rantsoen moest stellen. Toch waardeerde ik het dat Meadows probeerde ook mijn moreel op peil te
houden.

'Als Algar verstandig was, Bill, had hij jou aangewezen als commandant.'

'Ik zal u een geheimpje vertellen, kapitein: dat heeft hij me aangeboden. Maar ik zie mezelf niet als officier. Luitenant twee is de ergste baan in het leger. In elk geval bij de infanterie.'

Biddy, in ons schuttersputje, liet een instemmend gebrom horen. Ik had de statistieken gezien, maar ik zei: 'Het kader eet beter.'

'Dat zal wel,' zei Meadows. 'Maar ik ben niet iemand die de leiding wil hebben. Als er gevochten wordt.'

'Waarom niet?'

'Als je het overleeft en je mannen niet, dat wil ik niet voor mezelf. Met alle respect, kapitein.'

Dat was nog een probleem waarover ik nooit had nagedacht omdat ik zo groen was, en nadat Meadows was weggelopen, hield ik me er in stilte mee bezig.

Als kapitein had ik mezelf de laatste periode in het pompgebouwtje toebedeeld en ik besloot te proberen voordien nog wat te slapen. Ik trok mijn overjas uit. Door de sneeuw was de lange jas keihard bevroren, zodat hij rechtop bleef staan tegen een van de wanden. Ik had het te koud om in slaap te vallen. In plaats daarbegon ik te tellen. Toen ik ten slotte aan de beurt was, bleek de warmte een van de prettigste dingen die ik ooit had meegemaakt, hoewel ik een brandende pijn in mijn handen en voeten had toen ze ontdooiden. De mannen van Meadows tweede waren er weer en zij deden zo lang mogelijk over hun rantsoen. Ik wist dat ze al weg hadden moeten zijn omdat ze allemaal overeind schoten toen ik binnenkwam.

'Rust, heren.'

O'Brien zei dat ik moest oppassen en niet te snel bij het vuur moest komen. Deze mannen waren vertrouwd met de gevaren van bevriezing.

'Kapitein,' zei O'Brien. 'Mag ik wat vragen? Hebt u ooit gehoord van een man met een bevroren geval? Collison is bang dat zijn lul erafvalt.'

Daar had ik nooit van gehoord. Ik dacht terug aan de biologielessen op de middelbare school en legde uit dat het gevaar het grootst was voor de lichaamsdelen met de grootste afstand tot het hart.

'Zei ik toch, Collison,' zei O'Brien. 'Jij bent zo stom, weet je hoe ze de ruimte tussen je oren noemen? Een tunnel. Weet je wat je gemeen hebt met een bierflesje, Collison? Boven de hals zijn jullie allebei leeg.'

Collison hurkte en keek in het vuur terwijl O'Brien hem te grazen nam. Ik vermoedde dat O'Brien het voor mij deed, na wat er afgelopen nacht was gebeurd.

'Zo kan hij wel weer, O'Brien. Bewaar nog een paar moppen voor na de oorlog.'

Steun uit onverwachte hoek ervarend keek Collison even naar mij.

'Hoe is het mogelijk dat hij dat allemaal onthoudt? Ik kan nooit moppen onthouden.'

Meadows kwam binnen om de mannen terug te sturen naar hun schutterspuntjes. De mannen van het eerste waren al onderweg. Ik kroop iets dichter naar het vuur toe en Meadows bleef even staan om zijn bril met stalen montuur te warmen, die beslagen was. Ik zag rode putjes opzij van zijn neus.

'En, Bill, wat voerde jij uit voor je hier terechtkwam?'

'Ik? Voor mij waren het slechte tijden, eerlijk gezegd. Ik kom uit Californië, uit Petaluma. Mijn ouders hadden een boerderij, maar ik ben naar Frisco gegaan om in de haven te werken, dat verdiende leuk. Maar na '34 of '35 was er geen werk meer. En toen ging het niet goed tussen mijn vrouw en mij. Ik dronk. Ten slotte ging ze met mijn beide jongens terug naar Denver, naar haar ouders. Ik begon op goederentreinen te springen om werk te zoeken. Maar elke avond zaten er op elk emplacement heel wat mannen zoals ik rond een vuurtje. Het was een beroerde tijd, kapitein. Ik stond vooraan toen de mobilisatie voor het leger begon, in '40. Die verdomde oorlog was een mooie meevaller. Als ik het overleef. De vrouw is hertrouwd maar dat is niks geworden en nu doet ze weer heel lief als ze me schrijft. Ik wil de jongens graag terugzien. De oudste is zestien. Ik hoop verdomme maar dat de oorlog afgelopen is voor hij in dienst moet. Ik weet niet hoe ik bij mijn verstand moet blijven als ik me ook nog zorgen over hem moet maken. Denkt u dat het binnenkort afgelopen is?'

Nog maar een week geleden had ik gedacht van wel. Nu zag het ernaar uit dat de Duitsers meer verzet zouden bieden dan verwacht.

Toch leek het me beter de mannen te vertellen dat de overwinning volgens mij niet lang meer uit kon blijven. Meadows keek me scherp aan om te zien of ik het meende.

Ik at een cracker uit mijn rantsoen en besloot de rest voor de volgende ochtend te bewaren. Ik sliep twee uur en ging toen weer naar het pompgebouwtje om warm te worden voordat ik moest wachtlopen. De mannen van Masi's peloton, te klein om in secties te worden onderverdeeld, kwamen een voor een binnen. Meadows en ik hadden hetzelfde schema en we gingen samen naar buiten.

'Tjee,' zei Meadows terwijl hij zijn handschoenen aantrok, 'waarom sturen ze iemand uit Californië nou naar Europa om te vechten?'

'Man, je kan toch geen logica verwachten van het leger, sergeant?' riep een van de binnenkomers.

We lachten allemaal. Ik bleef buiten nog even luisteren naar mijn mannen van wie de gesprekken door de schoorsteen opstegen in de nacht.

'Zie jij het dan als pech dat we hier zitten en niet in de Pacific?'

'Daar is het een stuk warmer, dat weet ik wel.'

'Mijn broer,' zei een ander, 'schrijft in elke brief dat het zo verdomd warm is. Hij zegt dat hij last heeft van uitslag, hij wist geeneens dat de huid van een man die kleur kon krijgen. En je moet enorm boffen, wil je eens een borrel krijgen. Niet zoals hier in Europa met al die wijn en cognac, helemaal niks. Of hoogstens als iemand een blik perziken van de kwartiermeester kan krijgen, dat hij dan een stokerijtje opzet, maar dat smaakt naar bootlak. De jongens daar drinken zoveel Aqua Velva dat die amper meer te krijgen is. En ze vechten erom.'

'Maar het is daar niet koud.'

'Ja, maar ik sterf liever door een blanke, echt waar.'

'Godverdomme, waar slaat dat nou op?' vroeg een ander.

'Zo zie ik het. Ik vraag jou toch niet om het zo te zien, Rudzicke.'

'Maar intussen.'

'Zo voel ik het gewoon. Het lijkt me makkelijker om er op die manier aan te gaan. Ik wil gewoon niet dat het laatste gezicht dat ik zie bruin is.'

'Dat begrijp ik best,' viel iemand in.

237

'Ik zal je nog iets zeggen,' zei de eerste man, die Garns heette, 'die Jappen zijn wilden. Net als de wilde indianen, die eten het hart van een mens op. Ze denken dat wij een mindere soort zijn, zoals apen. Echt waar.'

'Maar ze lijken zelf op apen. Toch? De moffen behandelen je fatsoenlijk als je krijgsgevangen wordt gemaakt. Vriend van me schreef dat hij op een eiland tegen de Jappen vocht en dat die een van onze mensen te pakken kregen. Sneden zijn rug open terwijl hij nog leefde, stopten er kruit in en hielden een vuurtje bij die arme klootzak. Onvoorstelbaar, toch? De rest van het peloton had zich verstopt en zij moesten dat aanzien.'

Er kwamen genoeg gruwelverhalen uit de Pacific. Ik had al een paar keer gehoord dat de Jappen levende gevangenen de oren afsneden.

'Ja, maar het is er wel warm,' zei iemand. Er werd gelachen.

'Je hoort over die Polynesische wijven. Vriend schreef dat ze op een paar plaatsen aan land zijn gegaan waar de meisjes geeneens een hemd dragen. En ze neuken of ze gedag zeggen.'

'Er zijn helemaal geen vrouwen die neuken of ze gedag zeggen. D'r is geen vrouw die dat doet zonder dat ze er beter van wordt. Dat heb ik van mijn pa gehoord en ik heb nooit meegemaakt dat hij ongelijk had.'

'Ja, maar die Polynesische wijven schijnen anders te zijn. Die vriend van me zei dat een van die grietjes een zilveren dollarmunt kon pakken met haar jeweetwel. Ten slotte haalde iemand zijn zakie tevoorschijn en legde de dollar daarop en dat meisje werkte allebei naar binnen. Dat zal je toch gebeuren.'

'Zou het waar zijn wat ze zeggen?'

'Wat?'

'Dat de nazi's hoeren bij zich hebben.'

'Echt iets voor de nazi's.'

'Ja, maar wij zijn godverdomme Amerikanen. Wij geloven in vrijheid. De vrijheid om niet te kunnen neuken.'

Meadows kwam met knerpende stappen door de sneeuw terug. Hij knipoogde naar me en deed toen de deur open om te zeggen dat de mannen hun koppen moesten houden.

'De moffen zitten er nog altijd,' zei hij.

Toen ik wegging was een soldaat die Coop Bischke heette bezig zijn naam in een rode beuk te snijden, ongeveer halverwege mijn positie. Hij had daar nu al twee avonden aan gewijd en had er zijn nachtrust voor opgegeven. Ik had overwogen hem te vragen waarom hij dat zo belangrijk vond, maar misschien had Coop er zelf geen verklaring voor. Misschien wilde hij hier na de oorlog terugkeren of misschien wilde hij zijn familie laten weten waar hij was gesneuveld. Misschien wilde hij gewoon iets op aarde achterlaten dat van hemzelf was. Ik zag hem bezig met zijn zakmes, zonder mij of wat ook op te merken, en liep toen verder de heuvel op.

Na het wachtlopen ging ik terug naar het pompgebouwtje en haastte me vervolgens naar mijn slaapplaats voordat mijn laarzen weer konden bevriezen; ik legde ze onder mijn benen in de hoop dat mijn lichaamswarmte zou voorkomen dat ze in de loop van de nacht weer keihard zouden worden. Het was verspilde moeite. Toen ik wakker werd, waren mijn broekspijpen aan elkaar gevroren en het kostte me grote moeite om zelfs maar overeind te komen.

De ochtend van 24 december was onbewolkt en niet lang na het eerste licht was onze luchtmacht present. Terwijl de formaties bommenwerpers met hun escorte van P-47s brullend overkwamen, zwaaiden mijn mannen in hun putjes. Het Duitse afweergeschut klonk zwaar, vooral als de vliegtuigen boven Duits gebied kwamen. We zagen rode lichtspoorkogels opstijgen en een paar maal veranderde een toestel in een vuurbal. Maar gedurende bijna vijf uur bleven de bommenwerpers en transportvliegtuigen komen, met condensstrepen achter elke motor, zodat de hemel deed denken aan een omgeploegde akker. De escortejagers vlogen afwisselend hoog en laag op de uitkijk naar de Duitse jachtvliegtuigen, terwijl telkens opnieuw parachutes opbolden in de hemel boven Savy. Af en toe, als de wind ging liggen, hoorden we motorgeronk van de vrachtwagens die met medische hulpgoederen, voedsel en munitie terugreden naar Bastogne.

De mannen bleven in hun schuttersputjes, maar nu ik mezelf kon camoufleren, kon ik er elk uur uit om onze posities te controleren. Gehuld in een tafellaken schichtte ik door het bos, met een servet om mijn hoofd geknoopt als mijn oma's baboesjka. Verscheidene soldaten begroetten me met 'vrouw Holle'.

De meeste tijd bracht ik met Biddy door in het schuttersputje en hield mezelf voor dat als ik gisteren de kou had kunnen verdragen, ik dat vandaag ook kon. Het zal vandaag makkelijker zijn, dacht ik, omdat ik nu weet dat straks de warmte in het pompgebouwtje wacht. Maar misschien was het ook erger vanwege de herinnering hoe het was om het warm te hebben.

Elk uur rookte ik een sigaret. In de tussentijd rook ik aan mijn handschoenen. Ik begreep niet goed waarom ik me daardoor getroost voelde, tot ik dacht aan Gita Lodz en de sterke geur van haar haar en kleding. Ik vroeg me af of ik haar ooit terug zou zien. En of ik dat wilde. Daarna vroeg ik me hetzelfde af met betrekking tot Grace. En mijn ouders. Als ik maar één mens kon kiezen om de laatste ogenblikken bij door te brengen, wie zou dat dan zijn?

'God, Biddy,' zei ik opeens, 'niets anders doen dan in dit gat staan nadenken, daar zou je stapelkrankzinnig van kunnen worden.'

Hij bromde instemmend.

'Ik vraag me af of het niet beter zou zijn als de Duitsers maar kwamen, zodat we het karwei konden afmaken.'

'Kapitein, dat moet u niet zeggen. Neem dat van mij aan.'

Ik vroeg hem naar Omaha Beach.

'Ik weet het niet, kapitein. Het was heel anders dan alles wat ons hier kan overkomen. Het meest bijzondere van D-Day was de omvang. Ik was er de dag na D-Day. En overal was het oorlog, kapitein. De marine schoot op de Duitsers in de rotsen en de Duitsers schoten naar beneden. Onze bommenwerpers waren in de lucht en de Duitse luchtafweerbatterijen gaven ons de volle laag. Duizenden soldaten renden het strand op, schietend op waar maar op te schieten viel. Overal werd gevochten, mannen brulden strijdkreten en de gewonden kreunden en gilden. Toen we uit het landingsvaartuig waren gesprongen en door het water moesten waden, was dat zo rood als een verkeerslicht van het bloed, en ik zag niet hoe we ooit het verzamelpunt moesten bereiken. Overal lagen lijken. Je kon niet in een rechte lijn naar het strand lopen zonder op de doden te trappen. Bij elke stap keek ik ernaar en dacht: dit is mijn laatste stap, ik ben de volgende. Toen ik mijn maten bij elkaar had, draaide ik me om en besefte dat het precies was zoals ik me had voorgesteld. Zo had ik het me mijn hele leven voorgesteld.'

'Oorlog, Biddy?'

'Nee, kapitein. De hel. Het was de hel van de duivel, echt. Als de dominee in de kerk vertelde waar de zondaars hun ellendige einde zouden vinden, en als ik daar dan echt over nadacht, was dat wat ik voor me had gezien. Het geraas, het gegil, de pijn. Oorlog is de hel, zeggen ze, en dat is waar. De gillende zielen die wegzinken. En de hemel die omlaag komt. Als ik er soms aan denk, vraag ik me af of ik eigenlijk niet dood ben.' Hij schudde zijn hoofd als om zich van die gedachte te ontdoen. 'Ik praat er liever niet over, kapitein.'

Ik zei dat ik het begreep. Hij zweeg even.

'Weet u wat het is met Martin, kapitein?'

'Wat bedoel je?'

'Mannen die al jaren oorlog voeren. Ik begrijp wel waarom ze ermee doorgaan. Want het is waar, kapitein. Het is de hel. En tegelijk is het de waarheid. Begrijpt u wat ik bedoel?'

Eigenlijk niet. Maar het idee joeg me net zoveel angst aan als de gedachte aan de Duitsers die wachtten om aan te vallen.

Het was een uur voor zonsondergang toen er een soort gepruttel boven ons te horen was. Mijn eerste gedachte was aan Duitse raketten, de v-1's waarover we hadden gehoord, maar toen ik mijn kijker pakte, zag ik een klein eenmotorig vliegtuig. De veldtelefoon ging meteen over. Het was Meadows, die zei dat het toestel een Duitse verkenner was en dat we met onze tafelkleden diep moesten wegduiken. Maar een minuut of vijf later cirkelde het vliegtuigje opnieuw boven ons hoofd. Toen ik de motor een derde keer hoorde, was ik ervan overtuigd dat we gezien waren. Ik belde Meadows.

'Is het zeker dat hij ons heeft gezien?'

'Ja, kapitein.'

'Laten we dan proberen hem neer te halen.'

'We moeten zuinig zijn met onze kogels, kapitein.'

We waren het erover eens dat alleen de Brownings een kans maakten om een doelwit op honderdvijftig meter te raken en we holden naar de posten om de mannen te instrueren. Het leek eindeloos te duren voor de driemansploegen de logge mitrailleurs hadden gericht, maar de linkervleugel werd geraakt en beschadigd voordat het toestel klom en buiten bereik was.

Ik belde Algar.

'Shit,' zei hij. 'Enige kans dat het toestel uitgeschakeld is?'

Onmogelijk was dat niet, maar het was nog in de lucht toen het uit het zicht verdween. Als de vlieger zijn basis bereikte, kon de Duitse artillerie gehakt van ons maken. We moesten hier weg, maar eerst moesten we een andere locatie hebben gevonden die even goed te verdedigen viel als deze. Algar wilde ook weten of onze verkenners enig idee hadden waar de Duitsers zich in het bos bevonden. Terwijl ik de telefoon neerlegde, dacht ik aan hetzelfde waar al mijn mannen aan zouden denken: verplaatsing betekende dat we het zonder pompgebouwtje moesten doen.

Een paar minuten later belde Algar weer. Bij de inlichtingendienst en op operatiën dachten ze dat de Duitsers hun artillerie zouden verplaatsen naar aanleiding van de vliegactiviteit van die ochtend. Als dat zo was, waren ze waarschijnlijk nog niet gereed om op ons te schieten, en zowel de tweede man als de derde man betwijfelde of de Duitsers een spervuur bij avond zouden wagen, waardoor ze de nieuwe positie van hun batterijen prijs zouden geven aan onze luchtverkenning, een uitnodiging tot een bombardement bij het aanbreken van de dag.

'De keus is aan jou,' zei Algar. 'In elk geval verplaatsen we jullie morgen.'

Dat was mijn eerste echte beslissing als commandant. Vanwege het pompgebouwtje en het vuur wilde ik hier blijven, maar in het halve uur daarna leek elk kraken van een boom in de wind het eerste teken van aansuizende mortiergranaten. Ik ging staan en speurde de hemel af in de hoop de artillerie te kunnen ruiken, als een jachthond. De veldtelefoon ging zodra de duisternis inviel. Het was Meadows.

'Kapitein, veel van de mannen willen vuur maken. Het is kerstavond, kapitein. Ze willen een dienst te velde. Ze zullen wel denken dat als God ze ooit zal behoeden, dat vanavond moet zijn.' Ik gaf toestemming.

Omdat ik de nacht daarvoor als laatste naar het pompgebouwtje was gegegaan, mocht ik nu vroeg en ik ging er voor het begin van de dienst heen. Zoals Meadows had voorspeld was mijn prestige door de uitreiking van de tafellakens gestegen, en ik trof binnen een van Biddy's secties, die me dankzij hem beter gezind was. Een lange, magere Texaan, Hovler, zat op een steen bij het vuur en keek naar me op toen ik naast hem mijn handen warmde.

'Bent u getrouwd, kapitein?'

'Verloofd,' zei ik, hoewel dat nu we onder de grond leefden schimmiger leek dan ooit. Thuis was zo ver weg.

'Knap,' zei Hovler toen ik de foto liet zien. 'En dit is mijn Grace.'

'Grace? Maar zo heet mijn verloofde ook.' We verbaasden ons over het toeval. Zijn Grace was zonnig en mollig. Op de foto wapperde haar haar naar achteren in de wind die ook haar jurk strak trok om haar lichaam.

'Mooie vrouw.'

'Dat is ze zeker,' zei hij. 'Dat is ze zeker. Alleen, dat zet je wel aan het denken. Denkt u dat uw Grace op u zal wachten?'

Eisley en ik hadden in ons logement in Nancy twee jongens leren kennen van wie de vriendin het in een brief had uitgemaakt. Ik vroeg me af hoe het zou zijn als Grace iets vermoedde van mijn intermezzo met Gita en de verloving verbrak. Voor mezelf had ik het goedgepraat als iets dat gebeurde in oorlogstijd, maar stel dat zij het onvergeeflijk vond? Grace had thuis twee bewonderaars, jongens die ze voor mij had leren kennen, de ene was afgekeurd omdat hij een glazen oog had en de andere werkte in een fabriek die onontbeerlijk was voor de oorlogsinspanning. Af en toe, als ik jongens zoals Hovler hoorde die zich bezorgd afvroegen of ze niet door hun vriendinnen werden bedrogen, trof het idee dat Grace het met een van die jongens zou aanleggen me als een pijl, maar het duurde nooit lang. Ik geloofde niet dat ze dat zou doen. Zo eenvoudig was het. Verveling, verlangen, eenzaamheid, en zelfs jaloezie of rancune: die konden Grace niet van haar deugdzaamheid afbrengen. Tot Gita had ik dat een principe kunnen noemen. Maar zelfs als Gita gelijk had met haar opvatting dat elke man en vrouw een verhaal was dat hij of zij over zichzelf had bedacht en dat ze probeerden te geloven, dan was dat het verhaal van Grace: dat haar deugdzaamheid een vanzelfsprekendheid voor haar was. Ze zou het mij nooit aandoen omdat ze daardoor zichzelf zou vernietigen.

'Ik hoop het,' antwoordde ik.

'Als ik hier zo zit, krijg ik het idee dat ze onmogelijk op me kan wachten. Als ze kan rekenen weet ze ook wel dat ik al voor driekwart op weg naar de dood ben, nu ik hier omsingeld ben. En als ik het haal, keer ik waarschijnlijk terug minus een of ander onderdeel. Waarom zou ze wachten? Al die afgekeurde jongens en handige bliksems en USO-commando's thuis, die goed geld verdienen omdat er niet veel mannen meer zijn. Waarom zou een knappe meid niet een vriendje nemen?'

Ik had de foto nog in mijn hand.

'Ze lijkt me niet het soort meisje dat dat zou doen, Hovler.'

'Ik hoop van niet. Ik zou niet graag alles hier overleven en dan thuis de bons krijgen. Ik weet niet wat ik dan zou doen. Ik zou haar aanvliegen, denk ik.' Van die gedachte werd hij zo ongelukkig dat hij naar buiten ging.

Om negen uur kwam er een jeep stapvoets aanrijden. Ik moest bij Algar komen. Hij zat aan dezelfde tafel als de eerste keer, maar die was nu opgetuigd met dennentakken. Hij had zijn pijp in zijn hand, maar zo te ruiken had hij die met sigarettentabak moeten vullen.

'Goede kerst gewenst, David.' Hij drukte me de hand. Hij en zijn staf hadden overleg gevoerd over de situatie waarin mijn compagnie zich bevond en onze rol in het grote geheel. De moffen, die steeds dichterbij waren geslopen, hadden McAuliffe uitgenodigd zich over te geven, een bevel waarop hij 'nuts' (de ballen) zou hebben geantwoord. Er was reden om aan te nemen dat hij een verstandige beslissing had genomen. Pattons troepen zouden over de weg van Assenois naar Bastogne optrekken en er waren meer dan twaalfhonderd ladingen per parachute gedropt. Daarom was de generale staf ervan overtuigd dat de Duitsers geen andere keus hadden dan de volgende dag zo zwaar mogelijk aan te vallen. Ze konden hun tanks niet in stelling brengen om de strijd met Patton aan te binden zolang ze Bastogne niet in handen hadden. En ze wisten dat elk uur de bevoorrading van de perifere eenheden doorging; hoe langer ze wachtten, des te heviger zou de tegenstand worden.

Vanwege het verkenningsvliegtuig dacht Algar dat een van de Duitse aanvallen vanuit het westen zou kunnen komen, misschien via Savy. Misschien zelfs via Champs. Het viel niet te zeggen. En in elk geval zouden de Duitsers in het bos ons aanvallen, in elk geval voor enige tijd, om ons vast te pinnen. Dus Algar en zijn staf wilden ons in een positie handhaven waarin we de weg in handen konden houden. Ze wilden ons een eindje verplaatsen, naar het bos aan de oostkant, om de kans te verkleinen dat de Duitse artillerie ons zou vinden. Als de eerste aanval op ons werd ingezet, moesten we naar het noorden trekken en contact zoeken met de vijand. Als we geluk hadden, zouden we ze verrassen en de Duitse tankgrenadiers afsnijden. Algar zou tanks en versterkingen sturen en zelfs luchtsteun inroepen als het weer goed bleef. Het was waarschijnlijker dat we ingeschakeld zouden worden om Savy te versterken. Zo luidden de bevelen.

Ralph, de tweede man, kwam rapport uitbrengen over een gesprek met McAuliffes staf in Bastogne, waar ze teleurgesteld waren over Pattons vorderingen.

'Ham, ik weet niet wat ik ervan moet denken, maar die Murphy, die liet doorschemeren dat Bastogne misschien als lokaas wordt gebruikt.'

'Lokaas?'

'Dat Ike zoveel mogelijk Duitse inzet rond de stad wil concentreren en dan de hele zaak aan gort bombarderen. Zorgen dat er nooit meer zo'n offensief komt als nu. Op de lange termijn zou dat beter zijn.'

Algar dacht na en schudde toen resoluut zijn hoofd.

'Mogelijk zou Patton zijn eigen mensen bombarderen, maar Eisenhower zeker niet. Dit houden we onder ons, Ralph.'

'Ja, overste.'

Toen Ralph weg was, keek Algar me aan. 'Nog iets dat onder ons moet blijven, David. Een paar dingen. Ik vind het niet prettig om het te moeten zeggen, maar het is voor ons allemaal beter er niet omheen te draaien. Sta niet toe dat je mensen zich overgeven aan Duitse tankeenheden. Met naam, rang en dienstnummer zullen ze niet ver komen. Nadat we de Luftwaffe zo krachtig hebben aangepakt, zijn ze voor hun inlichtingen afhankelijk van wat ze uit onze mensen kunnen slaan. En als ze eenmaal weten wat ze nodig hebben, hebben die schoften niet de middelen om gevangenen vast te houden. Dat doen ze dan ook niet. Ik heb gehoord dat ze bij Malmédy tientallen van onze mensen hebben neergemaaid. Maar begrijp me goed. Ik heb met Fuller bij Clervaux gestaan, toen Cota niet toestond dat we ons zouden terugtrekken. Dat bevel zal ik nooit geven. Ik wil die weg niet kwijt. Maar ik wil niet dat een handjevol soldaten met geweren probeert tanks tegen te houden.

Vecht als kerels zolang jullie kunnen, maar bescherm je mannen. Dat is een bevel.'

Ik salueerde.

Ik deed de ronde langs de posten en noemde het wachtwoord. Ik kwam iemand anders van Masi's peloton tegen, Massimo Fortunato, een knappe reus op wacht. Massimo, een emigrant, beweerde dat hij 'lang tijd' in Boston had gewoond, maar hij sprak nauwelijks een woord Engels. Zelfs Masi, die beweerde dat hij Italiaans sprak, gebruikte bij Massimo meestal gebarentaal, net als iedereen. Fortunato was als vervanger gekomen, maar hij had gevechtservaring, wat betekende dat hij serieus werd genomen. Hij had in Noord-Afrika en in Italië gevochten, tot een meelevend commandant hem had overgeplaatst naar het noorden na een vuurwisseling waarin Fortunato meende te schieten op een jongen met wie hij was opgegroeid.

Ik vroeg Fortunato of alles rustig was.

'Rust,' antwoordde hij. 'Helemaal.'

Ik liep terug naar het pompgebouwtje om Meadows te spreken. O'Brien hielp Collison met een brief naar huis; hij schreef op wat Stocker tegen hem had gezegd en zei hem hele zinnen voor. Bill en ik kwamen overeen dat hij verkenners naar de overkant van de weg zou sturen om onze nieuwe positie te inspecteren. Daarna zouden we de mannen opdragen hun spullen te pakken. Bill ging naar buiten om de verkenners aan te wijzen, terwijl de mannen van Biddy's peloton een voor een binnenvielen.

'Denkt u dat we ooit een beroerdere kerst zullen beleven, kapitein?' vroeg Biddy's tweede man, een soldaat die Forrester heette.

'Ik hoop het niet.'

'Nee. Volgende Kerstmis zijn we dood of de oorlog is voorbij. Toch?'

'Dan is de oorlog afgelopen. Dan ben je weer thuis. Dat wordt dan je beste kerst.'

Hij knikte. 'Dat zou fijn zijn. Ik weet niet of ik wel ooit een beste kerst heb gehad.' Ik zei niets, maar ik zal nieuwsgierig hebben gekeken. 'Ik ben een aangenomen kind, kapitein. Pa is gesneuveld bij Verdun. Mijn moeder kon niet goed meer verder. Vrienden van mijn tante namen me in huis. Ze hadden nog zes kinderen in dat huis. Ik weet niet waarom ze dat deden. Brave mensen, denk ik. Het waren Ieren. Maar Kerstmis was altijd een beetje vreemd. Ze waren katholiek en ze gingen naar de nachtmis. Mijn familie was Schots-Duits, presbyteriaans. Zo belangrijk was dat niet, maar Kerstmis zette me aan het denken. Deze broers zijn niet mijn echte broers. Ma en pa zijn niet mijn echte ma en pa. Als je zo jong wordt geadopteerd, kapitein, krijg je het gevoel dat niets echt is in het leven. Niet zoals voor andere mensen.' Hij keek me weer aan. Ik kon niets bedenken, maar gaf hem een klap op zijn arm. Hij lachte.

Terug op onze vooruitgeschoven positie schreef ik brieven aan mijn ouders en aan Grace, zoals ik voor de aanval op de zoutfabriek had gedaan, in de hoop dat mijn berichten ze op een of andere manier nog zouden bereiken als het verkeerd afliep. Het schrijven aan Grace werd moeilijker. Ik wist wat ik moest schrijven, maar ik leek het elke dag minder te menen. Het kwam ook niet door mijn stommiteit met Gita Lodz. Maar er was iets met mijn gevoelens voor Grace waardoor ze steeds minder bij me pasten. Nadat ik met Hovler had staan praten had ik me afgevraagd of Grace me zou bedriegen; nu voelde ik iets van spijt dat ze daar niet toe in staat was, omdat het misschien maar beter zou zijn geweest.

Onder het schrijven werd ik me er geleidelijk van bewust dat ik muziek hoorde. De Duitse soldaten in het bos zongen kerstliederen en hun gezang werd aangevoerd door de wind. Veel melodieën waren vertrouwd en de tekst kon ik hier en daar verstaan omdat ik wat Jiddisch kende. 'Stille Nacht,' zongen ze. 'Heilige Nacht.' Rudzicke kwam haastig naar me toe.

'Kapitein, ik wou ook zingen,' zei hij. 'Veel mensen willen dat. Nu we toch gaan verplaatsen.'

Ik overlegde door onwennig de som van de voordelen en de nadelen tegen elkaar af te wegen, terwijl een officier met gevechtservaring waarschijnlijk op zijn instinct zou afgaan. Zou ik de Duitsers misleiden over de positie die we de dag daarop zouden innemen, of iets verraden? Kon ik, nu de aanval aanstaande was, de mannen met Kerstmis een eenvoudig genoegen misgunnen? En wat te denken van de valse hoop dat deze demonstratie van verwantschap de moffen minder bloeddorstig zou maken bij het aanbreken van de dag?

'Zingen,' zei ik. En dus zong de G-Compagnie, ook ik, terwijl we onze spullen pakten. Kerstmis betekende niets bij ons thuis, het werd niet gevierd, en ik had daardoor het gevoel dat ik geen deel had aan de verbondenheid en vrolijkheid die hoorde bij Kerstmis overal elders. Maar nu zong ik. We zongen met onze vijanden. Het duurde bijna een uur en toen werd het weer stil, in afwachting van de aanval die, dat beseften de soldaten aan beide kanten, eraan kwam.

DEEL
VIJF

20 ZEG HET NIET TEGEN DE KINDEREN

Nog lang na de eerste lezing van wat mijn vader voor Barrington Leach had geschreven hield een vraag me bezig. Waarom had pa gezegd dat hij vurig hoopte dat zijn kinderen dit verhaal nooit zouden horen? Weliswaar eindigde het verhaal met wat ik beschouwde als een episode van hartverscheurende naïveteit, om nog maar te zwijgen van aperte misdadigheid. Maar daaraan was een zee van heldenmoed voorafgegaan. Waartegen wilde pa ons beschermen? Ik zou denken dat hij te veel had geleerd om nog te geloven dat iemand kon worden afgeschermd tegen het eeuwige universum van door mensenhand toegebracht menselijk leed. Pa's beslissing alles te onderdrukken was alleen te zien als horend bij zijn gesloten karakter en de zoveelste gelegenheid voor teleurstelling. God weet dat het bij talloze gelegenheden enorm veel voor mij zou hebben betekend als ik ook maar een fractie had geweten van wat hij had opgeschreven.

Zoals alle jongens van mijn leeftijd had ik in de jaren vijftig op de tv en in de bioscoop allerlei heroïsche films over de

Tweede Wereldoorlog gezien. Ik wilde heel graag horen dat mijn vader zijn bijdrage had geleverd, liefst dat hij een twee-de Audie Murphy was geweest, maar op zijn minst iemand die zijn rechtmatige aandeel in de glorie in ons huis had gebracht. Maar al mijn vragen over de oorlog waren door beide ouders keer op keer afgewimpeld.

Het stilzwijgen was zo totaal geweest dat ik niet eens wist of pa had gevochten. Ik dacht van wel, vanwege zijn gespannen zwijgen als er gevechtsscènes uit de Tweede Oorlog werden getoond in *The Way It Was*, zijn favoriete documentaire-serie. Het was de eerste aanschouwelijke geschiedenisles op tv, gepresenteerd door de wijze en ernstige Eric Sevareid. Ik zag de zwartwitbeelden bewegen voor de starre ogen van mijn vader. Artillerie hoorde er altijd bij, zware stukken veldgeschut vurend met felle lichtflitsen en schokkende loop en dan de opspattende modder bij de terugslag van het geschut in de grond, en ondertussen scheerden vliegtuigen door de lucht. De besmeurde soldaten, gevangen in het licht van de camera, toonden soms een vluchtige glimlach. Ik geloofde heilig dat mijn vader een van die mannen was geweest, een bewering die ik vaak herhaalde als mijn vrienden vertelden over wat hun vader in de oorlog had gedaan.

Maar het enige waarover ik zekerheid had was dat mijn ouders oorlog allebei beschouwden als een ramp en vurig hoopten dat Sarah en mij een herhaling daarvan bespaard zou blijven. Niemand was er in 1970, toen ik aan de beurt was, fanatieker tegen dat ik naar Vietnam zou gaan dan mijn vader en moeder. Ze waren bereid advocaten in de arm te nemen of zelfs het land te verlaten om te voorkomen dat ik zou worden opgeroepen. De aanblik van Richard Nixon op tv riep bij mijn vader een zeldzame furieuze verontwaardiging op. Hij leek te vinden dat een elementair contract dat Amerika met hem had gesloten eenzijdig werd opgezegd. Het kwam erop neer dat hij vrijwillig de oorlog in was gegaan om zijn kinderen daarvoor te behoeden, en niet om ze nu op hun beurt uit te zenden.

Maar die periode zou misschien minder ontwrichtend zijn geweest als ik wat meer had geweten over wat mijn vader in zijn oorlog had meegemaakt. Op de universiteit werd door tegenstanders van de oorlog soms de vraag gesteld of het wel ethisch was om de dienstplicht te ontduiken. Het lag voor de hand dat een jongen uit een eenvoudig milieu dan mijn plaats moest innemen. Veertig jaar later sta ik nog altijd achter de manier waarop ik me hieruit heb gedraaid: ik ben afgekeurd op een klepdefect in de neuswegen, waardoor ik theoretisch aan het front ademhalingsproblemen had kunnen krijgen. Mijn eerste verantwoordelijkheid gold mijn eigen handelingen. Ik begreep dat Vietnam verkeerd was, dus het was duidelijk dat ik daar niet mocht doden of zelfs gedood worden.

Maar degenen die niet gingen bleven zitten met een sluimerende vraag. Zeker, we waren bevoorrecht, moralistisch en vaak belachelijk grof. Maar waren we ook laf? We hadden onze vlag wel geplant in een nieuw gebied. Voor Vietnam was sinds de revolutie van generatie op generatie een denkbeeld doorgegeven, als een antiek erfstuk, dat je leven wagen ter verdediging van het vaderland de ultieme test was voor een echte Amerikaanse man. Als ik had mogen weten hoe mijn vader het zware beroep op zijn vaderlandsliefde en kracht had doorstaan, had ik eventueel de troost kunnen hebben dat ik dat ook kon, als het moest; dan had ik meer het gevoel kunnen hebben dat ik me verzette, in plaats van me te verbergen.

Het enige verhaal over de oorlog van mijn vader dat ik ooit heb gehoord kwam van zijn vader, mijn grootvader de schoenmaker. Mijn grootvader kon prachtig vertellen, in de joodse traditie, en zonder pa in de buurt vertelde hij me een paar keer in geuren en kleuren hoe mijn vader dienst had genomen. In 1942, toen mijn vader het gevoel had dat hij nu toch zijn bijdrage moest leveren, was hij bij de medische keuring afgewezen op grond van hetzelfde klepdefect dat ik van hem had meegekregen (en waarvoor ik, toen ik me op mijn beurt moest laten keuren, op zijn wijze aanraden een kno-arts raadpleegde).

Mijn vader vond het zo erg dat hij was afgekeurd dat hij mijn grootvader ten slotte overhaalde samen met hem een bezoek te brengen aan Punchy Berg, de plaatselijke Democratische leider van het kiescomité, die invloed had op de meeste bestuurlijke zaken in Kindle County. Punchy behandelde verzoeken in de kelder van een deelraadkantoor, waar op stalen rekken archiefdozen waren opgeslagen. Onder een kaal peertje zat Punchy te midden van zijn kornuiten aan een leraarstafel petities te behandelen. Hij zei of nee, of hij zei niets. Als het stil bleef, kwam een van Punchy's kornuiten naar voren om een tarief in te fluisteren: vijf dollar voor overplaatsing van een kind naar een betere school, vijftien dollar voor een rijbewijs voor een gezakte kandidaat. Gunstige rechtbankuitspraken waren ook mogelijk, maar te duur voor arbeiders.

Mijn vader ging voor Punchy staan en stortte zijn hart uit over hoe hem het recht werd ontzegd om zijn land te dienen. Punchy had iets anders verwacht: een verzoek, zoals vaker voorkwam, om uitstel of afstel. Mijn grootvader zei dat Punchy, een ex-bokser met een platgeslagen neus als het blad van een spade, een tijdje zijn hoofd schudde.

'Luister eens goed, jongen. Misschien moest je er nog maar eens over nadenken. Ik ken je vader al heel lang. Schmuel, hoelang repareer je mijn schoenen al?'

Mijn grootvader kon het zich niet herinneren.

'Heel lang,' zei Punchy. 'Je bent de eerstgeboren zoon. Dat maakt je een belangrijke man voor je familie.'

Die opmerking volstond voor mijn grootvader om zijn eigen mening te spuien over wat mijn vader wilde. Het was volslagen krankzinnig, volgens mijn grootvader. Hij was net als zijn broers naar Amerika gegaan omdat ze niet geprest wilden worden in het leger van de tsaar te dienen, zoals joden vaak overkwam. En nu wilde zijn zoon de oceaan weer oversteken om te vechten, zij aan zij met de Russen nog wel?

'Daar heeft je vader gelijk in,' stemde Punchy met hem in.

Mijn vader was niet te vermurwen.

'Tja,' zei Punchy, 'dit wordt lastig. Wat ik heb gehoord is dat het ouders twaalfhonderd dollar kost om hun zoon uit het leger te houden. Maar om erin te komen?' Punchy wreef over zijn kin. 'Nou goed, jongen,' zei hij. 'Ik moet je zeggen dat ik zelf behoorlijk rood-wit-blauw ben. Ik kan wel janken dat ik te oud ben om naar de overkant te gaan en een hap uit Hitlers pik te nemen. Als jij erin wilt, kom je erin.' En toen toonde Punchy zich een ware patriot. 'Jongen,' zei hij, 'voor jou is het gratis.'

21 STRIJD

24/12/44 – Aan het front

Lieve Grace,
Ik schrijf je om jou en je familie een heerlijke Kerstmis toe te
wensen. Ik stel me voor hoe jullie allemaal samen gezellig
om de haard zitten, maar misschien doe ik dat vooral om
mezelf te troosten, want ik heb het nog nooit zo koud gehad
in mijn hele leven. Op dit moment weet ik zeker dat we
naar Florida moeten op onze huwelijksreis, en ik probeer
mezelf te verwarmen met die gedachte.
Ik neem aan dat het nieuws over het Duitse offensief je
heeft bereikt, maar de bevelhebbers hier zijn bemoedigend.
Het landschap is prachtig, geweldige beboste heuvels onder
een dikke laag sneeuw en in de dalen ertussen
schilderachtige stadjes, maar daar is in de gevechten veel
van in puin geschoten. Ik ben hier terechtgekomen vanwege
het onderzoek waarover ik het al eerder gehad heb en gezien
de situatie hier is me zelfs een rol toebedeeld in de strijd, als

aanvoerder van een compagnie jagers. Toch nog een kans
om iets te doen met mijn opleiding! Eindelijk zal ik wat te
vertellen hebben aan jou en onze kinderen.
Breng je familie mijn hartelijke groeten over. Ik neem aan
dat je vanavond zult bidden. Ik ben zelf niet goed in het
zeggen van gebeden, dus doe er alsjeblieft een paar extra
voor mij bij, fortissimo. Ik heb alle hulp nodig die we
kunnen krijgen.
Nou, genoeg gekletst voor vanavond. Je weet dat ik van je
houd, lieveling,

David

Om twee uur in de ochtend zetten we ons in beweging in het spoor
dat het verkennersteam in de sneeuw langs de bosrand had gemaakt.
Instructies werden gefluisterd doorgegeven. 'Verkenners vooraan bij
elke sectie. Patrouilletucht. Stilte. Tempo en laag blijven. Hou de
man vóór je in het oog.'

In totaal trokken we ongeveer vierhonderd meter op naar een andere helling aan de oostkant van de weg, en installeerden ons in een
kleine inkeping in het bos. De positie was minder goed dan onze
vorige. We zaten hier zo'n dertig meter van de weg af en zelfs nadat we uitwaaierden hadden we in noordelijke richting niet echt
goed zicht. Maar oostelijk van ons liep een beek, een geschikte natuurlijke hindernis. Kennelijk ontsprong de beek ondergronds want
het water stroomde nog, ondanks de felle kou.

Hier was niet eerder een kampement geweest, wat betekende dat
de mannen in de sneeuw en bevroren grond moesten graven. Het
ging moeizaam en we besloten dat vier man een schutterspuutje zouden delen en om en om zouden slapen. Bidwell en ik waren nog
met onze pioniersschoppen aan het werk toen Masi naar ons toe
kwam. Hij knipte zijn gebogen zaklantaarn aan om me een Duits
etensblik te laten zien. Het was niet geroest en de draadjes vlees
onder de rand waren nog niet vastgevroren.

'Nog geen tien meter verderop lag een drol, kapitein. Zo warm
dat er wat sneeuw was gesmolten en nog zacht toen ik er een stokje in stak.'

Ik ging met het blik naar Meadows.

'Waar zitten ze?' vroeg ik aan Bill.

'Ergens daarachter,' zei hij, en wees naar het bos zeshonderd meter verderop. 'Waarschijnlijk op aanwijzing van dat verkenningsvliegtuig, kapitein. Het is maar goed dat we een andere positie hebben gekozen.'

Ik had er minder vertrouwen in. De moffen besteedden wel veel aandacht aan ons als ze niet van plan waren over deze weg te komen. We besloten zodra het licht begon te worden verkenners uit te sturen om te proberen meer over de Duitsers te weten te komen. En vannacht zouden we de wacht verdubbelen. Dat was toch beter, gezien de krappe accommodatie.

Ondanks mijn zorgen was ik kalm. Ik leek domweg te veel gevraagd te hebben van mijn zenuwstelsel en gaf toe aan de gelatenheid die de ware soldaat zich eigen maakt. Als het gebeurt, gebeurt het. Ik sliep ongeveer een uur, tot ik wakker werd van zwaar gedreun, en ik zag dansend licht boven Bastogne. De Duitsers bombardeerden het stadje bij wijze van kerstcadeautje voor generaal McAuliffe na de hartelijke groeten die hij had laten overbrengen. De luchtaanval duurde een minuut of twintig.

Ik dommelde weer in tot Biddy me een uur later wakker schudde om wacht te gaan lopen. Ik had van thuis gedroomd. Daar was het de gebruikelijke chaos. Ik klopte aan de voordeur en kon niet naar binnen. Maar door het raam kon ik mijn ouders, zus en broer aan de keukentafel zien zitten. Mijn gezette, spraakzame en hartelijke moeder schepte soep op en ik genoot door het glas mee van de warmte en geur van de kommen die ze op tafel zette. Nu ik het beeld weer voor ogen kreeg, kreunde ik zacht.

'Wat?' vroeg Biddy. Hij schoof in zijn slaapzak. Er was al wat licht aan de hemel, maar we waren allemaal het grootste deel van de nacht wakker gebleven. In de verte klonk al het gedaver van de Duitse artillerie. De moffen waren er vroeg bij.

Ik vertelde dat ik van thuis had gedroomd.

'Nooit doen,' zei hij. 'Ik probeer er niet eens aan te denken, kapitein. Word je alleen maar beroerd van.' Dat had Martin ook tegen Gita gezegd.

'Denk je dat je weer naar huis gaat, Biddy? Na afloop, bedoel ik. Je weet wel. Voorgoed?' Het was een vraag die ik hem al dagen had willen stellen.

'U bedoelt: ga ik naar huis om mezelf te zijn? Wie ik was? Of ergens anders heen om te zijn wat ik voor u ben?'

Dat bedoelde ik. Zijn forse lichaam zwol op in een diepe zucht.

'Kapitein, daar denk ik al zo lang over dat ik er doodziek van word. Eerlijk gezegd vind ik het wel mooi zoals hier, dat ik niet de nikker van elke blanke ben. Het gaat meestal goed. Daar in Engeland hadden de meisjes een voorkeur voor de gekleurde soldaten, die waren beleefder, zeiden ze, en ik probeerde het bij een meisje en zij gaf me een klap op mijn wang toen ik zei dat ik een neger was. Afgezien daarvan is het wel goed gegaan.

Maar thuis kan ik niet mijn eigen mensen negeren. Ik kan niet over straat lopen en doen alsof ik jongens niet ken die ik wel ken, jongens met wie ik heb gehonkbald en tikkertje gespeeld, dat kan ik niet. De jongen waar ik vorige week woorden mee had, dat ging daarover, en ik had wel in de grond willen zakken toen u zo kwaad was. Het gaat niet. En ik kan ook niet de mensen die van me houden de rug toekeren. Ik ga terug. Dat weet ik bijna zeker. Maar wat ik ook doe, kapitein, het zal niet goed voelen.'

'Het zal geen verschil maken, Biddy. Je moet teruggaan en een opleiding voor fotografie gaan volgen. Dan zal het niet meer uitmaken.'

'Dat gelooft u toch zelf niet, kapitein.'

'Dat geloof ik wel, Biddy. Ik weet hoe het is geweest. Maar met die stupiditeit kunnen we niet doorgaan. Hier hebben we mannen uit het zuiden en mannen uit het noorden, rijk en arm, immigranten uit alle landen, die allemaal vechten en sterven voor hun land. De mensen kunnen niet teruggaan naar huis en daar volhouden dat we allemaal verschillend zijn, terwijl we dat niet zijn. Wees jezelf, Biddy, en niemand zal je ooit veroordelen, blank of gekleurd.'

'Kapitein,' zei hij. Hij zweeg om na te denken en begon opnieuw. 'Kapitein, ik wil u iets zeggen. U bent een goed mens, echt waar. Een oprechter en eerlijker officier ben ik nog niet tegengekomen. En u hebt geen verbeelding. Maar, kapitein, u hebt geen flauw idee waar u het nu over hebt. En meer zullen we er niet over zeggen.'

Ik kreeg geen gelegenheid hem tegen te spreken omdat op hetzelfde ogenblik de eerste artilleriegranaat jankend in onze richting kwam. Hij sloeg tweehonderd meter bij ons vandaan in, zodat de aarde schokte en een pluim van vuur oplichtte in de schemering. Ik kwam overeind, nog op mijn sokken, en brulde dat iedereen moest duiken; ik was net op tijd om een volgende inslag te zien, die een soldaat met zijn schouder tegen een dikke boom smeet. Het was Hovler, de Texaan die zich bezorgd had afgevraagd of zijn vriendin hem wel trouw was. Door de kracht van de explosie werden zijn armen en benen zo hard ruggelings om de boom gevouwen dat hij de stam omvatte voor hij dood ineenzakte.

Wat volgde had de dubbele intensiteit van de gebruikelijke bombardementen. Dit was geen routineuze beschieting met dertig meter tussenruimte van aangepast afweergeschut of mortieren. Dit was vuur van zwaarder geschut, 88's en zelfs nog zwaardere Nebelwerfer, allemaal precies gericht, en het scheen elke meter te bestrijken van de beboste helling waar we ons hadden ingegraven. Bij de inslag van elk projectiel spoten fonteinen van vuur, sneeuw en modder in de lucht. Ineengedoken probeerde ik mijn laarzen vast te maken, hoorde het geschreeuw om me heen en besefte dat de Duitsers exact wisten waar we zaten, ondanks onze verplaatsing. De grond schudde en alles gebeurde zoals in de bioscoopjournaals: geweren, soldaten en boomstammen vlogen door de lucht in het oranje licht van de explosies en daardoor ontstane branden. Brokken staal boorden zich gloeiend heet in de bomen, waaruit rook vloeide als bloed. Maar zoals altijd was het lawaai het ergst, het metaal dat gierend neerkwam, het titanische gedreun van de artilleriegranaten en de seconden daartussen als ik de angstkreten van mijn mannen hoorden, die brulden van pijn, om een hospik gilden of smeekten om hulp. Ik keek over de rand en zag dat twee mangaten verderop een voltreffer kregen en dat de soldaten naar me toe vlogen. In het zwakke licht leek een van beiden, Bronko Lukovic de pokerkampioen, bij het dalen te breken. Hij sloeg twintig meter bij me vandaan neer, op zijn rug. Zijn armen en benen waren gespreid alsof hij in een zwembad lag te zonnebaden, maar zijn hoofd was weg en uit zijn nek spoot iets dat zo rood was als het gekrulde lint van een geschenkverpakking.

'Haal ze eruit,' begon ik te schreeuwen. Ik klom uit mijn schutterspuitje, maaide met mijn armen en riep orders naar Biddy en Masi en Forrester. Bill Meadows was er vreemd genoeg niet bij. Ik trof hem in zijn schutterspuitje, op handen en knieën.

'Ik ben mijn bril kwijt, kapitein, ik zie geen hand voor ogen zonder mijn bril.' Ik sprong in de kuil, zocht met hem mee en klom er

toen weer uit om de mannen van zijn peloton in beweging te krijgen. Ik besefte dat we aan flarden zouden worden geschoten als we
hier bleven en anders zouden worden afgemaakt bij de aanval over
de grond die zeker zou volgen. Maar enkele soldaten hadden in het
meedogenloze bombardement hun bezinning verloren. In een
schuttersputje lag soldaat Parnek op zijn knieën hysterisch te huilen, terwijl hij met zijn vingers in de bevroren grond klauwde. Een
andere man in zijn sectie, Frank Schultz, wilde niet weg omdat hij
zijn helm kwijt was.

'Waar is mijn helm?' brulde hij. 'Waar is mijn helm?' Ik greep
hem bij de schouders om te zeggen dat hij zijn helm op zijn hoofd
had. Hij raakte hem aan en vluchtte.

Met de beek achter ons konden we alleen naar de weg gaan, en
terwijl we de helling af renden, hoorde ik de naderende tanks. Mijn
mannen haastten zich naar voren, ook de gewonden die nog mo-
biel waren. O'Brien, de grapjas uit Boston, strompelde achter me
aan. Zijn ene been was onder de knie weggeslagen en hij gebruikte zijn MI als kruk. Zodra we de open plek bereikten, ging ik achter Biddy en zijn peloton aan, en voor me uit lieten zijn mannen
zich opeens op hun buik vallen. Ik wilde de mannen al bevelen op
te staan en door te lopen, toen ik het zwarte uiteinde van een 75
mm-tankkanon zag, hoogstens honderd meter voor ons uit. Terwijl
ik me platdrukte in de sneeuw gierde een granaat over ons heen,
die ontplofte te midden van de mangaten die we net hadden verlaten. De meeste mannen van Meadows' peloton waren nog niet
weg en ik hoorde gegil. Links van ons begon een mitrailleur te ra-
telen, vrijwel onmiddellijk gevolgd door geweervuur uit de schuttersputjes die we tot afgelopen nacht in gebruik hadden gehad. Er
stonden nu twee tanks op de weg, allebei Mark IV's die wit waren
geschilderd; de grote vuurmonden lichtten op en gleden terug terwijl ze vuur het bos in spoten. Zo'n vijftien infanteristen zaten op
de tanks en schoten hun geweren op ons leeg.

De verwarring was totaal. Fortunato was overeind gekrabbeld en
keek als een toeschouwer naar wat er gebeurde, met de SCR-300 op
zijn rug. Wie had de radio gegeven aan de man die geen Engels
sprak? 'Schieten,' schreeuwde ik en richtte mijn Thompson. Ik wist
zeker dat niemand me kon horen, maar op een van de tanks werd
een soldaat geraakt, die voorover in de sneeuw viel. Drie meter links

van me werd Rudzicke, de man die kerstliederen had willen zingen, in de rug getroffen. De kogel maakte een keurig gaatje dat met een boorbit gemaakt leek. Omdat hij voorover schokte, dacht ik dat hij door een van mijn mannen was geraakt, maar de Duitsers vielen ons van alle kanten aan en de mannen hadden geen idee waarop ze moesten richten. Achter ons in het bos ontploften granaten en tussen de branden die daar woedden herkende ik Volksgrenadiere, gewone infanteristen die ongezien naderbij hadden kunnen sluipen in witte gevechtskleding. Ze schakelden de mannen van Meadows uit die in de schutterspuitjes waren achtergebleven. Tussen het mitrailleurvuur en de geweersalvo's door klonk geschreeuw, kameraden die aanwijzingen brulden of het uitgilden in pijn en doodsangst. Stocker Collison wandelde voorbij, met bebloede handen voor zijn buik. Ik dacht eerst dat hij een bloemkool tegen zijn uniform drukte, tot ik besefte dat de blauwwitte massa zijn darmen waren.

Biddy liet zijn bazookaploeg schieten op de tanks, maar na het eerste salvo kwam er een granaat in hun midden neer. Ik wilde Masi zeggen dat hij met zijn peloton moest omkeren om de schutters tussen de bomen achter ons aan te vallen, maar hij ging neer zodra ik bij hem was. Het was een beenwond, maar een zware. Blauwzwart bloed stroomde bij elke hartslag. Hij wierp me een wanhopige blik toe, maar tegen de tijd dat ik een tourniquet had aangelegd, zakte hij achterover. Nog twee keer een golf bloed, toen niets meer.

Bij het begin van het kruisvuur was waarschijnlijk tweederde van de compagnie over een breedte van veertig meter uit het bos gekomen. In hoogstens een minuut was de helft neergegaan. In het tumult draaide ik me om mijn as. De zon kwam op en in het vroegste harde licht tekende de wereld zich ongekend helder af. Het was zo'n pregnant ogenblik als ik wel eens in een museum had beleefd, maar intenser, want ik besefte de grootsheid van het leven.

Op dat moment begreep ik wat het enige was dat we nog konden doen. Algar had gezegd dat we ons niet mochten overgeven; de slachtpartij in het bos achter ons bewees de juistheid daarvan. Ik rende en gleed naar de mannen toe en brulde steeds weer: 'Hou je dood, hou je dood, hou je dood.' Ze lieten zich allemaal vrijwel onmiddellijk vallen, en ook ik plofte neer met mijn gezicht in de sneeuw. Na enkele minuten hield het schieten op. Ik hoorde motorgeronk van voorbijdaverende zware tanks en het schreeuwen van Duitse commando's. Niet onverwacht bleek Algar zijn belofte te zijn nagekomen. Dichtbij klonk mortiervuur dat de aarde deed trillen. Ik nam aan dat Algar haastig zijn artillerie had aangevoerd en dat hij nu de Duitse tanks aanviel een kilometer of anderhalf verderop, vanwaar je het geratel van mitrailleurs en het dreunen van de tankgranaten kon horen. Op de weg zag ik andere voertuigen, waarschijnlijk pantserwagens, waarin de eenheid die mijn mannen had gedecimeerd leek te klimmen om de strijd verderop voort te zetten. Terwijl het geschreeuw wegstierf explodeerden nog twee granaten op de open plek waar we lagen, en opnieuw trilde de aarde en klonk er gegil op.

Dat was nu het voornaamste geluid: mannen die kreunden en huilden. Stocker Collison riep: 'Mama, mama,' een klacht die al enige tijd te horen was. Gewonden zouden snel aan hun eind komen in dit weer. Badend in hun eigen bloed zouden ze snel bevriezen, een proces dat door het bloedverlies zou worden versneld. Toen de laatste Duitse stem was verdwenen, hoopte ik de radio te kunnen vinden.

Ik wilde net overeind komen toen er één enkel schot klonk, een droge knal als van een brekende tak. Die schoften hadden een sluipschutter achtergelaten, minstens één, die waarschijnlijk had geschoten op iemand die bewoog. Ik overwoog een waarschuwing te laten horen, ook al zou ik mezelf daardoor verraden, maar daaruit zou blijken dat veel anderen die hier lagen nog leefden. Ik kon alleen maar hopen dat de mannen het zelf zouden begrijpen.

In plaats van overeind te komen concentreerde ik me op het vertragen van mijn ademhaling. De stank die me nu pas opviel was weerzinwekkend. Niemand had me ooit verteld dat vechten stinkt naar kruit en bloed, naar uitwerpselen, en mettertijd naar de dood. Ik lag heel onaangenaam, op de pistoolmitrailleur, en de kolf drong pijnlijk in mijn dijbeen, zodat ik me bezeerde aan mijn eigen gewicht. Maar dat zou ik moeten verdragen. De pijn was me zelfs welkom na mijn falen als commandant. Ik vroeg me af hoe de Duitsers ons hadden gevonden. Hun verkenners moesten in het donker onderweg zijn geweest en ons spoor in de sneeuw hebben gevonden. Misschien hadden ze ons zelfs de weg zien oversteken. Herhaaldelijk ging ik mijn beslissingen na. Had ik moeten beseffen dat er zo'n grote strijdmacht gelegerd was? Hadden we achteraf gezien beter in onze oorspronkelijke positie kunnen blijven om vandaaruit te vechten? Hadden we de moffen langer kunnen ophouden, ze grotere verliezen kunnen toebrengen? Na dagen kou te hebben geleden hadden we de opmars van de Duitsers over de weg met hoogstens enkele minuten vertraagd.

Ik lag natuurlijk te bevriezen. Ik had het al dagen ijskoud, maar roerloos liggen in de sneeuw was nog erger. Mijn ledematen brandden alsof mijn huid van binnenuit was aangestoken. Niet ver van me af kreunde iemand dat hij dorst had en Collison vroeg nog steeds om zijn moeder. Hij ging zeker een uur door en toen klonk het enkele schot van een sluipschutter dat er een eind aan maakte. Ik vroeg me af of hij uit mededogen of minachting had geschoten. Maar binnen een seconde klonken er nog meer schoten en gekwelde kreten van de getroffenen. De sluipschutters, ik dacht nu dat het er twee waren, leken onze gewonden systematisch af te maken. Ik had het hele gevecht, dat een paar minuten had geduurd, zonder bewuste angst beleefd, maar nu ik besefte dat ze iedereen doodschoten die nog een teken van leven gaf, voelde ik een alles omvattende doodsangst. Een gedachte trof me in mijn kern, als een mokerslag: nu zou ik te weten komen of God bestond.

Maar ik stierf niet. Na vijf of zes schoten was het afgelopen. De gewonden, althans degenen die hadden gekreund of geroepen om water en hulp, lieten niets meer horen en er hing een beklemmende stilte op de open plek. Ik hoorde ochtendgeluiden, de wind in de bomen en krassende kraaien. Ik lag nog altijd op de pistoolmitrailleur. Uit de laatste schoten maakte ik op dat de sluipschutters aan de overkant van de weg zaten, in het bos waar we eerst waren geweest. Ik had geen idee van het aantal overlevenden. Misschien tien. Maar als we allemaal opstonden om te schieten, hadden we een kans om de sluipschutters te doden voordat we zelf werden gedood. Dat zou mijn bevel zijn als de sluipschutters weer begonnen.

Zonder stemgeluid was het gevecht verderop aan de weg beter te volgen. Het doffe gerommel van de explosies werd keer op keer door de heuvels weerkaatst. Laat in de ochtend voegde zich daarbij motorgeronk van vliegtuigen en werd de lucht verscheurd door vallende bommen. Ik hoopte dat we de Duitse tanks bombardeerden, maar dat was niet zeker.

Enkele uren later deed ik even mijn ogen open. Niet ver van me af lag Forrester, die was afgestaan door zijn moeder toen ze weduwe was geworden, dubbelgeslagen. Hij had een gekartelde kogelwond in zijn nek. Zijn halsslagaders waren leeggelopen en hadden zijn jack donker gekleurd, en hij had zijn broek bevuild toen hij stierf, een geur die ik al een hele tijd rook. Maar ik had mijn ogen niet open gedaan om de doden te tellen of de levenden. Nu er vliegtuigen in de lucht waren, wist ik dat de bewolking dunner was geworden en ik hunkerde naar de aanblik van dat frisse blauw, zo vol belofte. Ik keek ernaar zolang ik durfde en deed toen mijn ogen dicht. Ik miste de wereld nu al.

Mijn blaas deed pijn. Urine zou de sneeuw doen smelten en een aanwijzing voor de sluipschutters kunnen zijn. Nog belangrijker was dat ik eerder zou bevriezen als ik doorweekt was geraakt. Een poosje besloot ik te tellen om besef te blijven houden van het verstrijken van de tijd. Ten slotte dacht ik aan de mensen thuis. Terwijl ik daar lag had ik veel spijt van Gita. Wekenlang was ik te verward geweest om ten volle de schaamte te voelen die me nu aangreep. Het kwam door mijn droom die me was bijgebleven, een zachtmoedig verwijt. Ik wou naar huis. Ik wilde mijn eigen warme huis, met een vrouw en kinderen. Ik zag het beeld van een leuke bungalow zo scherp voor me als in de bioscoop. Het licht achter het grote raam in de huiskamer wenkte me. Ik voelde de warmte van het huis, van het vuur dat daar brandde, het leven dat daar leefde.

Iemand kwam tussen de bomen naar voren. Waren de Duitsers gekomen om ons af te maken? Maar de voetstappen waren te licht en te vlug. Ten slotte concludeerde ik dat het een beest moest zijn dat zich hier ophield, een aaseter vreesde ik, wat betekende dat ik hier zou moeten liggen terwijl hij knaagde aan de doden. Ten slotte kwamen de geluiden naderbij. Ik herkende de warmte en geur van de adem in mijn gezicht direct en moest een glimlach bedwingen terwijl de hond zijn koele snuit tegen mijn wang drukte. Maar algauw kreeg de angst weer de overhand. Ik vroeg me af of de Duitsers de hond als verkenner gebruikten. Kon de hond de levenden van de doden onderscheiden, of was hij erop uitgestuurd om onze reacties te testen? Ik bleef doodstil liggen, al voelde ik dat het beest om me heen liep. Hij liet zijn kop zakken, snuffelde nog wat en begon toen te janken, hartverscheurend zoals honden dat kunnen doen. Ik hoorde hem lopen, snuffelend tussen de mannen. Hij jankte nog een keer en verdween toen.

Laat in de middag leek het gevecht dichter bij ons te komen. Ik probeerde dat te analyseren. We waren aan de winnende hand. We moesten aan de winnende hand zijn. Een paar honderd meter verderop werd geschoten, aan de westkant van de weg waar we de vorige dag waren geweest. Het betekende dat de Amerikanen dichtbij waren. Een uur later voerde de wind Engelse stemmen aan en ik vroeg me af of ik zou schreeuwen. Ik besloot in beweging te komen zodra het donker was.

Toen ik mijn ogen weer opendeed, was de schemer ingevallen. Veertig minuten later was het donker en ik begon op mijn ellebogen over de open plek te kruipen. Ik wilde naar de Amerikanen toe, maar van die kant waren de schoten van de sluipschutters gekomen, dus kroop ik terug naar het bos waar diezelfde ochtend zoveel mannen van de G-Compagnie waren afgeslacht. Ik gleed op mijn buik door een zwarte doolhof, door sneeuw en bloed en stront en God mocht weten wat nog meer, en kon me niet losmaken van de gedachte aan de slang in het paradijs.

Ik raakte elk lijk aan waar ik voorbij kwam. De levenden waren gemakkelijk te herkennen, zelfs met een loodzware gehandschoende hand. In het donker zag ik ogen opengaan en ik wees naar het bos. Ik herkende een gedaante als Biddy en aarzelde. Alsjeblieft, dacht ik. Hij leefde nog.

Ik sleepte mezelf nog een uur voort om de mannen te verzamelen die zich konden bewegen en droeg ze op naar het bos te kruipen, als een nachtelijke schildpaddentrek. Ik baadde in het zweet en mijn ellebogen en knieën waren ontveld. Ik zag de bomen voor me, hield in toen ik stemmen hoorde. Duitsers? Kropen we na al die ellende terug in de armen van de moffen? Maar ik was te mismoedig om iets anders te bedenken. Terwijl ik de bosrand naderde, besefte ik dat iemand naar me toe sloop. Ik greep mijn pistoolmitrailleur terwijl de ander naar me toe kroop. Toen zag ik het rode kruis op zijn helm.

'Gaat het?' fluisterde hij.

Toen ik de bomen bereikte, kwamen twee man van de geneeskundige dienst naar voren om me te ondersteunen. Terwijl ik overeind kwam, werd mijn aandrang me te machtig en ik haalde nog net een beuk om tegen te plassen, genietend van de warme damp die opsteeg in de kou. Ik had verschrikkelijke kramp in mijn ene been en was bang dat ik zou omvallen en op een fontein zou lijken.

De hospikken lichtten ons in over de situatie. De Duitsers die over de weg waren opgetrokken waren verslagen. McAuliffe had versterkingen gestuurd en het artillerieduel had geduurd tot Amerikaanse bommenwerpers waren overgekomen om alle Duitse tanks van de weg te bombarderen. Meer dan honderd grenadiers hadden zich overgegeven, maar een kleine groep was ontkomen in het bos aan de overkant van de weg. Algar wilde artillerie laten komen, maar hij had erop gestaan dat de hospikken eerst naar overlevenden van de G-Compagnie zouden zoeken. Ze waren vanuit het westen met jeeps over de veeweg gereden en hadden nog een paar honderd meter te voet afgelegd voordat ze ons zagen bewegen, op onze buik in de sneeuw.

In wat er over was van de schuttersputjes waarin we die ochtend hadden gezeten zochten de hospikken met lugubere efficiëntie naar doden, voelden aan pols en keel of er een hartslag was en als die er niet was, zoals in bijna alle gevallen, trokken ze het naamplaatje tevoorschijn om het werk te verlichten voor de mannen van de gravendienst. Met de hospikken overlegde ik hoe we de gewonden moesten ophalen die nog in open terrein lagen. We moesten rekening houden met de aanwezigheid van Duitsers in het bos aan de overkant van de weg, maar de mannen begrepen dat ik niet weg kon gaan zonder de zeven mannen die ik levend had aangetroffen op de helling maar die zich niet konden bewegen. Biddy en ik kropen met de beide hospikken terug. We maakten de mannen versleepbaar door hun koppel om hun borst onder hun armen vast te maken, de tuniek over het hoofd terug te slaan en het geweer onder de stof te schuiven. Op een teken van de hospikken kwam ik als eerste overeind om mijn man, O'Brien, naar de bomen te verslepen. Opnieuw verwachtte ik te worden beschoten, maar al na een paar meter was duidelijk dat aan de overkant niemand meer aanwezig was, althans niet iemand die zijn positie wilde verraden door te schieten. Terwijl ik O'Brien versleepte, kreeg ik de hond achter me aan.

Vanuit het bos vroegen de mannen van de medische dienst om

trucks en ambulances, die naar ons toe kwamen op de plaats voorbij de beek, waar het karrenspoor langs het bos liep. Bij het licht van de voertuigen zag ik een cracker uit een C-rantsoen in cellofaan in de sneeuw liggen. Ik brak hem in stukjes en deelde die uit aan de drie mannen die samen met mij moesten wachten. We aten in volslagen stilte.

'Verdomme,' zei een van hen, Hank Garns, ten slotte.

Minuten later waren we terug in Algars hoofdkwartier en moesten de koude schuur in. We waren met ons dertienen. Met de gewonden meegeteld hadden tweeëntwintig man van de G-Compagnie het overleefd, van de tweeënnegentig waarmee we de dag waren begonnen. Meadows en Masi waren dood.

'Jezus, dat was heftig,' zei een man met een donkere huid die Jesse Tornillo heette. 'Dat scheelde niet veel.'

'Ja,' zei Garns. 'Zeg dat wel. Valt me nu pas op.' Garns lachte en scheen niet te beseffen dat hij onbedwingbaar trilde over zijn hele magere lijf.

'Kapitein,' zei Tornillo, 'misschien heeft die hond van u ons wel gered.' Ik had niet gemerkt dat het beest mee naar binnen was gelopen, maar hij keek de kring rond alsof hij het gesprek kon volgen; het was een zwart vuilnisbakje met een bruine ster op zijn borst en een bruine poot. 'Toen hij zo begon te janken, dachten die schutters zeker dat we allemaal dood waren.' Tornillo boog zich over de hond om hem achter zijn oren te krabbelen. 'Ons leven gered,' zei hij. 'Wat vind je daarvan? Ik lag daar te luisteren terwijl hij aan het scharrelen was. Zodra ik door had dat het een hond was, hombre, bad ik nog maar één ding. Lieve Heer, zei ik telkens weer, als de moffen me moeten doodschieten, laat dat beest dan niet op mijn hoofd pissen voor het zover is.'

We lachten met harde uithalen, vol van het dierbare leven. Over de doden werd nu niet gesproken. Ze waren weg, kort gezegd. Ik twijfel er niet aan dat deze mannen, van wie sommigen maandenlang met elkaar hadden opgetrokken, rouwden. Maar daarvoor was nog geen plaats in ons gesprek. Zij waren dood. Wij leefden nog. Het was geen geluk of verordening van het universum. Zo was het gegaan.

Algar kwam binnen en ik bracht rapport uit.

'Goed idee, goed idee,' zei Algar, toen ik toegaf dat we het hadden overleefd door ons dood te houden.

'Het was een hinderlaag, overste.'

We wisten nu allebei dat de G-Compagnie op een zelfmoord-missie was uitgestuurd. We hadden niet over de mannen of de vuur-kracht beschikt om de weg in handen te houden, ongeacht onze positie. Dat zei ik niet, maar dat hoefde ook niet.

'Dubin,' zei Algar, 'het spijt me. Het kan niemand meer spijten dan mij.'

Ik ging naar de medische post om navraag te doen naar de ge-wonden van de G-Compagnie, maar hoorde dat ze al per ambu-lance naar het veldhospitaal werden overgebracht. Er waren nu art-sen in Bastogne, vier chirurgen die dezelfde ochtend per zweefvliegtuig waren geland.

Toen ik terugkwam, had Algar de koks laten halen en opdracht gegeven de mess te openen en ons de kerstmaaltijd uit te reiken. We kregen gebakken smac en puree van aardappelpoeder, met ge-droogde appeltjes toe. Bij wijze van traktatie waren er een paar ver-se bieten. We hadden de afgelopen dagen maar één keer gegeten en pas toen ik de etensgeuren rook, besefte ik dat ik uitgehongerd was. Ik beschouw die kerstmaaltijd in de koude mess, gegeten van een metalen bord, als een van de culinaire hoogtepunten in mijn le-ven.

Biddy kwam naast me zitten. Onder het eten zeiden we niet veel, maar zodra hij klaar was, richtte hij zich tot mij.

'Geen kwaad woord over die hond, kapitein, maar u bent dege-ne die ons heeft gered.'

Een paar andere mannen lieten een instemmend gemompel ho-ren. Maar ik weigerde voor held te spelen. Er waren ogenblikken geweest waarin ik mijn mannen zowaar leiding had gegeven, toen ik bij de eerste aanval van schuttersputje naar schuttersputje was ge-rend en zelfs toen ik ze met rampzalige gevolgen naar de open hel-ling had gedirigeerd. Op die ogenblikken had een in mijn hart ver-stopt stemmetje verbaasd gezegd: moet je mij zien, ik geef leiding. Of vaker: moet je mij zien, ik ben niet geraakt. Maar ik had niet de illusie dat dat mijn ware ik was. Een paar minuten kunnen we al-lemaal een rol spelen. Maar ik was geen Martin – hij was de man aan wie ik moest denken – in staat dat keer op keer te doen.

De echte David Dubin had zich laten vallen en zich dood gehouden, en zich ten slotte aan zijn doodsangst overgegeven. Ik had mijn mannen een levensreddend advies gegeven omdat het was wat ik wilde doen: als een kind gaan liggen en hopen dat de aanval – de oorlog – voorbij zou gaan. Zeker, het was de zinnigste reactie geweest. Maar ik had het besluit genomen omdat ik in mijn diepste wezen een lafaard was. En daarvoor werd ik nu geëerd. Ik was alleen maar dankbaar dat ik niet geschokt was over mijn gedrag of kapot van schaamte. Ik wist wie ik was.

De mannen praatten door over wat er was gebeurd, vooral in de acht of negen uur dat we in de sneeuw hadden gelegen.

'Goddank zijn het de kortste dagen van het jaar.'

'God, die arme klootzak van een Collison, hè? Dat gaat me drie nachten mijn nachtrust kosten.'

Maar terwijl ik mijn bord leegat, wilde ik nog maar één ding, het enige waaraan ik wilde denken: ik zou zorgen dat ik nooit meer voet hoefde zetten op een slagveld.

22 HERGROEPEREN

Mijn wens de strijd verder te mijden ging, als zoveel van mijn wensen, niet in vervulling. Er volgden nieuwe gevechten, maar nooit meer zo'n dag als eerste kerstdag. Pattons strijdkrachten trokken vanuit het zuiden verder op naar Bastogne en steeds meer voorraden bereikten ons. Als dankbaar publiek juichten we bij elke vrachtwagen beladen met dozen met rantsoenen, bruingroene munitiekisten en de grijze kartonnen kokers met mortiergranaten en bazooka-munitie.

Op 27 december werd het 110e Regiment op sterkte gebracht door samenvoeging met het 502e Luchtlandingsinfanterieregiment. Algar werd bataljonscommandant. De G-Compagnie werd de E-Compagnie, maar ik hield de leiding. Na zes dagen vechten was ik een van de meer ervaren officieren te velde waarover Algar de beschikking had. Een luitenant tweede klasse genaamd Luke Chester, net een maand eerder van de opleiding gekomen, werd mijn tweede man. Hij was een uitstekende jonge militair, die zijn vrije tijd grotendeels doorbracht met bijbellezing, maar hij was geen Bill Meadows.

We trokken verder over de weg door Champs, waar zoveel van mijn mannen waren gestorven, en zwenkten toen af naar het noordoosten, richting Longchamps. Al leek dat onmogelijk, het weer werd slechter: minder sneeuw, maar het soort krakende, intense kou waarvan ik op de middelbare school het gevoel had gekregen dat mijn oren van mijn hoofd zouden vallen. Maar onze opdrachten lieten toe dat we de meeste nachten ten dele onderdak konden zijn. Algar beschermde mijn compagnie. Bij veel operaties zaten we niet in de voorste linies. Meestal werden we toegevoegd aan pantserinfanterie, voor flankdekking. Twee of drie keer per dag vochten we korte schermutselingen uit om kleine Duitse eenheden te verjagen, commando's terug te dringen, posities te versterken die al door anderen waren ingenomen, vaak krijgsgevangenen makend die we vasthielden tot ze door de MP werden opgehaald.

Maar het was oorlog. We zagen nog steeds beelden die Biddy had vergeleken met Dantes *Inferno*: de doden met hun van smart vertrokken gezichten, huilende soldaten die te bang waren om zich te kunnen verroeren, brandende voertuigen met gillende inzittenden, gevallen soldaten met ontbrekende ledematen en een stralenkrans van bloed en modder om het hoofd, anderen die voortstrompelden, verblind door wonden of angst.

Elke ochtend was ik bij het wakker worden een ogenblik misselijk als ik besefte dat ik hier was om te vechten. Ik dacht zo vaak hetzelfde dat het geen gedachten meer waren. De vragen stroomden door mijn hersenen met mijn bloed.

Waarom ben ik geboren?

Waarom vechten mensen?

Waarom moet ik nu dood, voordat ik mijn leven heb kunnen leven?

Er waren geen antwoorden op die vragen en dat deed vaak pijn. Het was alsof je telkens weer in volle vaart tegen een muur aan rende. De enige troost, een schrale troost, was dat ik die gedachten weerspiegeld zag in de ogen van alle mannen die ik kende. Ze dansten als tengere ballerina's over het dunne membraan dat alles scheidde van het gesmolten oppervlak van mijn constante angst.

Bijna had ik 1945 niet gehaald. We duwden de Duitsers voet voor voet terug, maar wie het terrein in handen had bleef buitengewoon onduidelijk. Het strakke cordon dat de Duitsers om Bastogne hadden gelegd was doorbroken, maar niet altijd met voldoende kracht om de moffen op de knieën te dwingen. Op de stafkaarten leken de her en der verspreide Amerikaanse en Duitse posities op verstrengelde vingers met zwemvliezen.

Op 31 december stuurde Algar ons erop uit om een heuvel achter Longchamps veilig te stellen. Onze artillerie was daar al in actie geweest en verondersteld werd dat de vijand zich had teruggetrokken, maar zodra het eerste peloton zich vertoonde werd van bovenaf geschoten. Twee man sneuvelden en er vielen twee gewonden. Ik bevond me in de achterhoede, maar haastte me naar voren om iedereen te bevelen zich in te graven. Een schot ketste tegen een steen bij mijn voeten. Ik zag de Duitser die had geschoten. Hij stond op de heuvel, misschien tweehonderd meter bij me vandaan, en tuurde van achter een buiten-wc naar ons, in zijn lange groene jas met hoge kraag en de helm die elke mof iets komisch gaf, alsof hij een kolenkit op zijn hoofd droeg. Terwijl hij door het vizier van zijn geweer naar me keek, zag ik dat hij in tweestrijd verkeerde of hij mij zou doden. Het lukte me om naar hem te knikken en op handen en voeten weg te schieten, wat de Duitse infanterist weinig tijd gaf om na te denken. Toen ik omkeek, was hij weg. Ik nam me voor in het voorkomende geval een Duitser te sparen. Ik probeerde te berekenen hoe snel het fenomeen van militairen die elkaars leven spaarden zich moest verspreiden voordat de strijdende partijen een eigen wapenstilstand hadden gesloten.

Natuurlijk doodde ik. Ik kan me een mitrailleursnest herinneren dat we hadden omsingeld en dat we beschoten. Een Duitse soldaat stuiterde letterlijk over de grond elke keer dat mijn kogels hem troffen, bijna alsof ik op een blikje schoot. Elke keer leek de .45 tommygun waarmee ik was gedropt, en die Robert Martin van me had geleend, een machtiger wapen, en ik had bij het richten soms het gevoel dat ik een toverstokje gebruikte.

Inmiddels meende ik ook een dierlijk instinct te ontwikkelen. Ik wist dat er Duitsers in de buurt waren, ook als ze niet te zien waren of te horen. In dat ogenblik voordat de vijandelijkheden begonnen, ging ik door een bizarre corridor. Ik moest afstand doen van het leven, dat zo stabiel had geleken, zo geheel onder controle. Ik ging me schietend een weg banen over een brug tussen bestaan en niet bestaan. Dat, besefte ik somber, was wat oorlog was.

Niet de essentie van het leven, zoals ik had gemeend, maar een chaotische zone tussen leven en sterven. En dan kwamen de kogels en ik schoot terug.

Op nieuwjaarsdag, nadat we naar het oosten richting Recogne waren afgebogen, stuitten we op enkele vooruitgeschoven verkenners, Waffen-ss'ers. Ze waren maar met vier man. Ze hadden zich schuilgehouden achter een berg omgehakte dennenbomen in het bos en hadden ons moeten laten passeren, ongeacht hun bedoelingen, of ze ons in een hinderlaag wilden lokken of alleen onze positie wilden doorgeven. In plaats daarvan raakte een van de vier van de kook en begon te schieten zodra hij onze uniformen zag. De vier waren niet opgewassen tegen een compagnie. Al na een minuut waren drie van de vier dood, terwijl verscheidenen van mijn mannen de vierde verkenner in het struikgewas zagen verdwijnen. Bij de drie lijken zagen we een bloedspoor dat de vluchtende Duitser had achtergelaten, en ik stuurde Biddy's peloton erop af om hem te vinden voordat de man weer aansluiting kon krijgen bij zijn eenheid.

Toen Bidwell een halfuur later terugkwam, was hij somber.

'Doodgebloed, kapitein. Hij lag in de sneeuw met zijn blauwe ogen wijdopen te kijken naar wat hij in zijn hand had.' Biddy liet me een fotootje zien van hetzelfde formaat dat hij zelf altijd gebruikte, maar dit was een opname van het gezin van de Duitser, zijn magere vrouw en twee zoontjes, naar wie hij had gestaard toen hij stierf.

Op 2 januari werd de E-Compagnie op sterkte gebracht met dertig nieuwelingen, allemaal groene rekruten. Ik haatte die mannen met dezelfde verbetenheid als mijn mannen mij nog maar een paar dagen eerder hadden gehaat. Ik had er heel veel moeite mee dat ik deze mannen leiding moest geven. Ik vond het ellendig verantwoordelijk voor hen te zijn in het besef van de risico's waaraan ze gedoemd waren ons bloot te stellen. Een van die jongens, Teddy Wallace uit Chicago, vertelde iedereen die het horen wilde dat hij thuis een gezin had. Vaders werden als laatsten opgeroepen en hij maakte zich hardop zorgen over de vraag wat er van zijn zoons zou worden als hem iets overkwam, alsof anderen geen dierbaren hadden die van ons hielden en ons nodig hadden. Bij zijn eerste actie moest zijn peloton een Duitse mortierploeg uitschakelen. Twee secties hadden de positie omsingeld en er een granaat op gegooid. Toen ik kwam kijken, trof ik Wallace op de grond aan. Hij was over een steen gestruikeld en had zijn broekspijp opgestroopt om naar een blauwe plek te kijken, terwijl twee mannen met kogelwonden nog geen meter bij hem vandaan lagen te kreunen.

Hij stierf de volgende dag. We zaten vast in het bos terwijl we naar het noordoosten probeerden te komen, richting Noville. De artillerie had opnieuw de Duitse positie aangevallen, maar twee sluipschutters waren in bomen geklommen en probeerden ons af te schieten alsof ze op hertenjacht waren. Daardoor waren ze krankzinnig kwetsbaar, maar in plaats van te proberen ze uit te schakelen met bazooka's vroeg ik over de radio om tanksteun en beval mijn mannen zich in te graven achter zo'n Belgische boerderij met dikke muren. Opeens stond Wallace op, alsof hij net wakker was geworden. Ik weet niet of hij dacht dat de sluipschutters waren uitgeschakeld, of misschien was het slagveld hem te veel geworden. Op het moment waarop ik hem zag, leek hij een vraag te willen stellen, maar een schot vermorzelde zijn gezicht. Een kameraad trok hem omlaag. Ik bedacht dat Wallace nu terug kon naar zijn gezin, zij het zonder neus of mond, maar toen ik later naar hem toe kroop, was hij dood. Ik schreef zijn vrouw en zoontjes die avond een brief waarin ik liet weten hoe dapper hij was geweest.

In de nasleep van de strijd was de voornaamste bezigheid van mijn compagnie, zoals van elke vechtende eenheid, het verzamelen van souvenirs. Duitse vuurwapens, Lugers en Mausers, waren het meest geliefd en iedereen kreeg er vroeg of laat een in handen, ik ook. Een van de mannen vond een goede Zeiss-cameralens en gaf die aan Biddy. Mijn soldaten maakten ook polshorloges, vlaggen, wimpels en armbanden buit en ze sneden oren af, tot ik daar een eind aan maakte. Ik begreep de jacht op trofeeën wel, het verlangen naar een tastbaar bezit na wat ze hadden doorgemaakt.

De dag dat Wallace sneuvelde, zag ik (nadat twee Sherman-tanks waren gearriveerd die de bomen hadden vernietigd waarin de Duitse sluipschutters waren geklommen) dat een andere nieuweling, Alvin Liebowitz, naar het lijk van Wallace liep. Aan hem had ik de grootste hekel. Hij was een magere jongen met rood haar en dat air van Newyorkers alsof ze de wereld in hun broekzak hebben. In de diverse schermutselingen die we inmiddels hadden meegemaakt had ik zijn gezicht niet gezien. Wallace en hij waren samen uitgezonden en ik dacht dat Liebowitz zich over Wallace boog om afscheid te nemen. Ik was geschokt toen ik zag dat iets het zonlicht weerkaatste voordat hij het in zijn zak stopte.

Ik ging onmiddellijk op hem af.

'Wat?' zei Liebowitz met een belachelijke geveinsde onschuld.

'Ik wil zien wat je in je rechterhand hebt, Liebowitz.'

'Wat?' zei hij weer, maar liet het horloge van Wallace zien. Hij had kunnen zeggen dat hij het naar het gezin van Wallace wilde sturen, maar dan had hij het moeten afgeven. Zo gemakkelijk gaf Alvin Liebowitz het niet op.

'Verdomme, Liebowitz, hoe haal je het in je hoofd?'

'Nou kapitein, ik denk niet dat Wallace nog vaak wil weten hoe laat het is.'

'Doe het weer om, Liebowitz.'

'Ja maar kapitein, er zijn ook jongens in het bos die met moffen bezig zijn. Duitsers, Amerikanen, wat maakt het uit?'

'Het zijn jouw doden, Liebowitz. Dat is een wereld van verschil. Dat horloge zal misschien het enige zijn dat de zoons van Wallace ooit van hun vader zullen hebben.'

'Maar verdomme, het is een goed klokje, kapitein. Dat is weg lang voordat het lijk thuiskomt.'

Zo was Liebowitz: altijd een brutaal antwoord. Er waren er heel wat in het leger zoals hij, maar hij was meer in staat het bloed onder mijn nagels weg te halen dan alle andere mannen in mijn commando en ik voelde opeens een razernij die ik zelfs in gevechten niet had gekend. Ik vloog hem aan met mijn bajonetmes en hij sprong maar net op tijd weg, met een kreet van verbazing.

'Godverdomme, wat krijgen we nou?' zei hij, maar hij legde het horloge neer. Hij liep weg en keek over zijn schouder alsof hem grof onrecht werd aangedaan.

Biddy was er getuige van. Toen we ons later installeerden in de lege treincoupé waarin we de nacht zouden doorbrengen, zei hij: 'Dat was verdomd goed gedaan, kapitein. Veel mensen vonden het goed dat u Liebowitz op zijn nummer zette, maar het leek echt of u hem zou neersteken.'

'Dat was ook zo, Biddy. Ik miste hem maar net.'

Hij keek me peinzend aan. 'Ik denk dat we allemaal strenger zijn voor onze eigen mensen.'

Op 8 januari was het tij gekeerd. Elke dag bemachtigden we grote stukken van het terrein dat de Duitsers bij hun offensief hadden heroverd. Die ochtend werd ik wakker met een droom die ik een keer of wat eerder had gehad, dat ik dood was. De wond, het wapen, het ogenblik: ik voelde de kogel in mijn borst dringen en mijn geest boven mijn lijk zweven. Ik zag de mannen van de gravendienst die me meenamen. Zodra ik goed en wel wakker was, kon ik alleen zeggen wat iedereen zei: dan is dat wat er zal gebeuren.

Bidwell werkte me onbedoeld op de zenuwen. Mijn tandenborstel stak uit zijn mondhoek. We waren ingekwartierd in een bij een kerk behorend schooltje en Biddy had ongegeneerd water gepakt uit de doopvont.

'Ik droomde dat ik dood was, Biddy. Heb jij dat ook wel eens gehad?'

'Kapitein, het is de enige manier om hier niet meer te zijn.' Hij wees naar de deuropening, waar een jonge soldaat stond. Hij kwam me vertellen dat luitenant-kolonel Algar me aan de andere kant van Noville wilde spreken.

Algar zat als altijd aan zijn tafel kaarten te bestuderen. Hij had een partij dunne zwarte sigaartjes op de kop getikt en daar had hij er tegenwoordig altijd een van in zijn mond als ik hem sprak. Hij beantwoordde mijn groet en wees me een canvas-klapstoel.

'David, ik heb vanochtend telexcontact gehad met ene majoor Camello. Dat is een adjudant of assistent-adjudant van generaal Teedle. Ze wilden weten waar je was. Toen ik antwoordde dat je hier was, schreef hij terug om te vragen wanneer je je opdracht kon hervatten. Ze maken zich zorgen over je lijfsbehoud.'

Ze maakten zich zorgen over Martin, althans Teedle. Ik vroeg of hij had laten weten dat Martin dood was.

'Dat wou ik aan jou overlaten. Bovendien heb je gezegd dat je het pas zou geloven als je een lijk zag. Ik heb generaal Teedle nog een week langer om je diensten gevraagd. Dan zijn we weer een eind verder met onze opdracht Dietrich de Ardennen uit de trappen. Als het goed gaat, hoop ik dat ik je hele compagnie kan laten aflossen.'

Ik vond het buitengewoon grappig dat Teedle midden in de nacht nog wakker was en zich druk maakte over Martin. Als ik niet had geweten dat ik in de komende week zou sneuvelen, had ik erom kunnen schateren. Want dat was zeker. Als ik het niet was, dan Biddy. Maar ik zei: 'Ja, overste.'

'Je hebt je aandeel geleverd. Er is een luitenant eerste klasse bij de A-Compie die je compagnie kan overnemen. Dus op 15 januari onthef ik je formeel van je commando. Jou en Bidwell. Dan moet je je eerdere orders opvolgen en rapport uitbrengen aan generaal Teedle.' De 18e Pantserdivisie had de strijd aangebonden met de 6e Panzerdivision en dreef die nu terug. Ze bevonden zich ten zuiden van ons in Luxemburg.

Algar zei dat hij de volgende dag schriftelijke orders zou hebben. Daaraan zouden we kunnen zien dat hij Bidwell en mij had voorgedragen voor een onderscheiding. De Silver Star, zei hij. Voor onze sprong en omdat we ons vrijwillig hadden gemeld om te vechten.

'Een disciplinaire straf zou passender zijn,' zei ik.

Hij zei dat hij een Distinguished Service Cross passender zou vinden, maar daarvoor was een onderzoek nodig waaruit zou kunnen blijken in welke staat mijn broek verkeerde toen ik bij Savy was neergekomen.

Lachend drukten we elkaar de hand. Ik zei dat ik het een voorrecht had gevonden onder hem te dienen.

'Ik kom je opzoeken als ik ooit in Kindle County ben, David.'

Ik beloofde hetzelfde te doen als ik in New Jersey was, weer een wens die niet uitkwam. Hamza Algar kwam in juli 1945 in Duitsland om het leven, na de overgave, toen zijn jeep over een mijn reed. Op dat moment waren viereneenhalfduizend soldaten van de vijfduizend man in het 110c Regiment die de eerste Duitse aanval in de Ardennencampagne op de Skyline Drive hadden opgevangen, gesneuveld of gewond geraakt. Bij mijn weten was Hamza Algar het laatste slachtoffer.

Op de ochtend van de vijftiende januari liet Luke Chester de E-Compagnie aantreden en luitenant eerste klasse Mike Como aanvaardde formeel het commando. We hadden een zware week achter de rug. De Duitsers leken Patton en de 11e Pantserdivisie veel heviger verzet te bieden dan de legers van Montgomery en Hodges die vanuit het noorden waren gekomen. Ik denk dat Dietrich zich vastklampte aan zijn droom Bastogne te veroveren, of misschien wilde hij zijn laatste woede richten op de strijdmacht die hem had gestuit. Mijn compagnie verloor die week nog zes man, en dertien mannen raakten gewond, allemaal ernstig, op vier na. Maar nu zouden er een paar dagen geen doden vallen. De meeste infanteristen van 502, met inbegrip van de E-Compagie, werden afgelost door de 75e Infanteriedivisie. Mijn mannen kregen een week verlof in Theux, in frontstijl, wat neerkwam op niet meer dan een warm bed en het gebruik van stromend water. Niettemin verklaarde ik dat ik jaloers op hen was, omdat elke man gegarandeerd een bad zou kunnen nemen. Het was nu een maand geleden dat we ons uitvoeriger hadden kunnen wassen dan door sneeuw in een helm te smelten boven een brandertje, wat erop neerkwam dat we ons een keer per week haastig schoren als we binnenshuis waren ondergebracht. De rook en het vet van onze wapens was in onze huid gedrongen, zodat we allemaal zwarte vette gezichten hadden. We leken wel een negerkoor en daar hadden Biddy en ik onder elkaar al grapjes over gemaakt. Nu ik naast Como stond, zei ik tegen de mannen dat het de grootste eer in mijn leven was geweest om het commando over hen te hebben en dat ik ze nooit van mijn leven zou vergeten. Ik had nog nooit zo hartgrondig gemeend wat ik zei.

De hond, die de mannen Hercules hadden genoemd, was een probleem. Hercules was doof, waarschijnlijk omdat hij te dicht bij een ontploffing was geweest. Op het slagveld vluchtte hij jankend weg bij de eerste lichtflits, en we dachten dat de eigenaar hem daardoor was kwijtgeraakt. Ondanks zijn handicap had hij zich de afgelopen veertien dagen populair gemaakt door zijn talent voor de jacht. In het bos ving hij konijntjes en soms legde hij er wel een paar per dag voor mijn voeten neer. We verpakten ze in sneeuw tot hij er zoveel had gevangen dat de koks alle mannen een stukje vlees bij hun rantsoen konden geven. Hercules zat bij het vuur om de ingewanden te verorberen en wanneer hij klaar was, kwamen de soldaten naar hem toe om hem te aaien en te bedanken. Ik beschouwde hem als de mascotte van de compagnie, maar omdat Biddy en ik hem te eten gaven, sprong hij in onze jeep nadat we het commando hadden overgedragen. We zetten hem er zeker drie keer uit, maar hij kwam elke keer terug en uiteindelijk lieten we het maar zo. De halve compagnie kwam afscheid van Hercules nemen en toonde daarbij veel meer aanhankelijkheid dan Gideon en ik ooit hadden ervaren.

Daarna reden we naar het zuidwesten, voorbij Monty, om uit te zoeken wat er met Robert Martin en zijn team was gebeurd. De heuvel waar ze waren gesneuveld was nog maar zesendertig uur eerder heroverd en de lijken die er lagen moesten nog worden weggehaald. Er waren mannen van de gravenregistratiedienst bij, maar de meeste mannen van dat onderdeel waren bij een andere heuvel aan het werk. Met handschoenen aan zochten ze aan de hals van elke dode het identificatieplaatje; aangetroffen bezittingen werden in een zak gedaan die aan de enkel van de man werd vastgebonden. Daarna sorteerden ze de lijken op lengte, opdat het transport stabiel zou zijn. Kwartiermeester Salvage was erbij om de stoffelijke overschotten te inspecteren. In september, toen de oorlog stillag, had Salvage bepaalde slagvelden zo grondig afgezocht dat er geen stuk prikkeldraad of huls meer te vinden was. Maar nu gold hun belangstelling wapens, munitie, en ongebruikte eerstehulpsetjes. Nog voordat de gravendienst naar de lijken kwam kijken, waren ze vaak al ontdaan van hun tuniek en laarzen. Waarschijnlijk hadden de Duitsers dat gedaan, maar het konden ook onze mensen zijn geweest of zelfs de plaatselijke bevolking. Ik nam niemand kwalijk wat hij had gedaan om zich te wapenen tegen de kou.

Biddy en ik liepen de heuvel op. De meeste mensen van het team dat Martin had geleid waren neergemaaid toen ze vluchtten voor op de Duitse tanks gemonteerde mitrailleurs. De lijken waren stijf bevroren, als standbeelden. Een man die op zijn knieën lag, alsof hij bad, had waarschijnlijk gesmeekt zijn leven te sparen. Ik liep tussen de doden door, gebruikte mijn helm om de gezichten vrij te maken van sneeuw en stond bij elk van de gevallenen een ogenblik stil, uit respect. Hun huid was inmiddels vergeeld. Ik maakte een soldaat wiens hoofd was afgerukt vrij van sneeuw. Het bevroren hersenweefsel, dat leek op wat zich afscheidt van vlees dat te lang op het vuur heeft gestaan, lag overal om hem heen. Vreemd genoeg was zijn achterhoofd nog intact; het leek op een porseleinen kom met het uiteinde van zijn wervelkolom erin.

Biddy en ik zochten minutenlang naar Martin. Vier weken eerder had ik nog nooit zoiets gezien. Nu bleef het verschrikkelijk, maar niet bijzonder. En toch voerde ik, zoals ik vaak deed, weer een gesprek met God. Waarom leef ik? Wanneer ben ik aan de beurt? En dan, zoals altijd: en waarom zou U willen dat Uw schepselen zo worden behandeld?

Het jachthuis dat Martin als observatiepost had gebruikt stond een meter of vijftig westelijker. Volgens Barnes en Edgeworthy was het als een kaartenhuis ingestort. Alles was ingestort, op de onderste helft van de achtermuur na. De krater van de tankgranaten was bijna zo groot als het vloeroppervlak en was gevuld met de verbrande resten van het gebouw: sintels en glas en grote stukken van houten balken, en geblakerde stenen van de buitenmuren. We konden het uitzicht zien dat Martin naar het westen had gehad waar de Amerikaanse tanks als een spookbeeld in de ochtendnevel waren verschenen. Hij was op een prachtige plek gestorven, met een schitterend panorama van glooiende heuvels, gerond door de dikke laag sneeuw.

Ik liet de officier van de gravendienst komen en hij gaf opdracht met een stoomschuiver in het puin te zoeken, maar na een uur hadden ze nog geen volledig lijk kunnen vinden. Op de film wordt simpel gestorven: mannen verstijven en vallen om. Hier waren mannen uiteengereten. Vlees en bot, stront en bloed waren op kameraden neergedaald. Met Kerstmis waren mannen van mijn compagnie op die manier gestorven, en een van de lasten die ik met me meedroeg, met de pijnlijke herinnering aan de dankbaarheid die ik had gevoeld omdat zij dood waren en niet ik, was de geringere schaamte over mijn weerzin als de laatste brokstukken van goede mannen op me terechtkwamen. Maar mocht er al iets van Robert Martin over zijn, dan was dat waarschijnlijk verkoold. Biddy wees naar een boom twintig meter verderop. Daar hing een lint van menselijke darmen omheen, verijsd, maar wapperend in de wind als de staart van een vlieger.

Edgeworthy en Barnes hadden gezegd dat Martin achter het raam op de bovenverdieping had staan kijken naar de terugtrekkende Duitsers toen de eerste tankgranaat was ingeslagen. Door vanuit de fundering te werken, was het niet moeilijk de juiste plek te vinden, maar het lijk kon overal naartoe zijn geslingerd, in een kring van tweehonderd meter. De sergeant liet zijn mannen bijna een uur graven bij de westmuur. Er werden twee plaatjes gevonden, geen van beide van Martin.

'Meestal verbranden die niet,' zei de sergeant over de plaatjes. Hij verwachtte dat hij Martin vroeg of laat zou kunnen identificeren. Gebitsgegevens, wasserijmerkjes, schoolringen. Maar het kon weken duren. Terwijl we al weg wilden gaan, werden er nog een hand en arm ontdekt, maar met een trouwring om de ringvinger. Niet van Martin.

'Duitse tanks maken weinig gevangenen,' zei de sergeant, 'maar moffen zijn moffen. Een officier zou beter zijn behandeld, als ze hem levend hadden gevonden. Maar wie dit heeft meegemaakt kan er niet best aan toe zijn geweest. Dan zou hij in een lazaret voor krijgsgevangenen moeten zijn, denkt u niet? En de moffen hebben niet eens de middelen om hun eigen gewonden te helpen. Ik denk niet dat uw man er goed aan toe is.'

Ik zond een rapport naar Camello over onze bevindingen en vroeg het Derde Leger contact op te nemen met het Rode Kruis, dat krijgsgevangenen registreerde. In dit stadium kon het wel een maand duren voordat kwam vast te staan dat de Duitsers Martin niet gevangen hadden genomen, en zelfs dan zou het nog niet definitief zijn. Generaal Teedle had een andere suggestie uit te zoeken wat er met Martin was gebeurd. Het idee was ook al bij mezelf opgekomen, maar ik had er niet op willen ingaan. Op dat sneeuwveld liggen met Kerstmis leek een einde te hebben gemaakt aan mijn nieuwsgierigheid. Nu kreeg ik een direct bevel, een telegrafische reactie van drie woorden:

Vind het meisje

23 HERENIGING

Ik hechtte geen geloof aan wat Martin in Savy had gezegd over de verblijfplaats van Gita, al was er een vage bevestiging geweest door de herinnering van de kleine soldaat Barnes aan een meisje op een boerderij aan de Skyline Drive, waarvan Martin de bewoners kende. We begonnen met een eerder bericht na te trekken dat Gita bij Houffalize zou zijn. Na diverse pogingen kregen we het advies naar de plaatselijke leidster van het Belgische verzet, het Geheime Leger, te gaan, een vrouw die Marthe Trausch heette.

De reis kostte twee dagen omdat Houffalize pas op 16 januari werd bevrijd, toen de 84e Infanterie van het Eerste Leger en Pattons 11e Pantserinfanterie ter plekke aansluiting vonden en samen verder trokken naar het oosten. Zoals veel stadjes in de Ardennen was ook Houffalize fraai gelegen in een besneeuwd, bebost dal uitgeslepen door de Ourthe, een kleine zijrivier van de Maas, maar van het stadje zelf was nu niet veel meer over. Amerikaanse bommenwerpers hadden alle gebouwen die groot genoeg waren om er een Duits commandocentrum in te vestigen met de grond gelijk gemaakt; daarbij waren honderden Duitsers om het leven gekomen, maar ook tientallen inwoners van Houffalize. We werden niet bepaald ingehaald. Voor deze mensen waren de verschillen tussen de strijdende partijen in de oorlog steeds minder belangrijk geworden.

Madame Trausch bleek een zeventigjarige cafébazin te zijn, een vlezige weduwe in een kleurige rok die de vloer veegde. Ze had de rol van haar man in het verzet na zijn overlijden overgenomen; haar café bood uitstekende gelegenheden om de nazi's af te luisteren en informatie door te geven. Ongeveer de helft van het oude stenen café was blijven staan en toen ik binnenkwam, was ze kalm bezig met twee kleinkinderen rommel en puin op te ruimen. Haar moedertaal was het Luxemburgs en door haar accent vond ik haar Frans moeilijk te verstaan, maar ze reageerde direct toen ik over Martin en Gita begon.

Bij uitzondering bleek Robert Martin de waarheid te hebben verteld. Madame Trausch zei dat Martin absoluut naar Zuid-Duitsland wilde en haar om hulp had gevraagd om Gita in Luxemburg onderdak te bezorgen aan de Duitse grens. De Luxemburgers hadden minder verzet tegen de Duitsers geboden dan de Belgen, maar er bestond een los netwerk van inwoners daar die het Geheime Leger bijstonden. Ruim een maand geleden was Gita bij een van die families ondergebracht op een boerderijtje aan de Ourthe, in de steile heuvels onder Marnach. Gita werkte als melkmeisje en dreef de koeien van het gezin elke dag naar hun weiland en weer terug. Bij haar omzwervingen kon ze vanuit de hoogte Duitse troepenbewegingen observeren, wat had geleid tot haar in de wind geslagen waarschuwing voor tankactiviteit bij Dasburg, in Duitsland.

'In de oorlog is alles lawaai, niemand luistert,' zei madame Trausch. Ze had geen idee of Gita of de boer de oorlogshandelingen hadden overleefd. Van niemand was nog iets vernomen, maar het was onduidelijk of de Duitsers daar waren teruggedreven. We reden naar het oosten, moesten omrijden omdat er gevochten werd en bereikten het dorp Roder pas in de middag van de negentiende januari. Drie kilometer naar het oosten werd nog gevochten.

Hier lagen de okerkleurige boerderijen en bijgebouwen net als in België niet her en der verspreid in het landschap maar rond een gemeenschappelijke binnenplaats waarachter het land van de families zich uitstrekte. De middeleeuwse gedachte daarbij was gemeenschappelijke bescherming geweest, maar nu waren al dit soort gebouwen buitengewoon kwetsbaar voor moderne explosieven. Alle huizen waren beschadigd en een ervan was ingestort; er stonden alleen nog brokstukken van twee haaks op elkaar gemetselde muren gedeeltelijk overeind, als drakentanden. De ronde kruisbalken van het dak lagen schots en scheef op de grond, naast een berg hout en stenen waarop een gezin en enkele buren waren geklommen. Zij waren kennelijk op zoek naar iets bruikbaars en gingen daarbij vastberaden en stoïcijns te werk. Op de berg raapte een man stukken papier op die hij op een bepaalde manier sorteerde: sommige stopte hij in zijn broekzak, andere in zijn jas. Een andere man was met een hamer aan het werk om mortel los te bikken van stenen die waarschijnlijk een eeuw eerder waren uitgehouwen; hij stapelde ze zo dat ze konden worden gebruikt om de muren weer op te bouwen.

Maar ik had het gevoel dat dit de boerderij moest zijn die ik zocht, waarbij ik niet zozeer op de informatie van madame Trausch afging als op wat ik van soldaat Barnes had gehoord. Hij had de vrouw des huizes beschreven als 'een dik oud boerinnetje' en precies zo zag de vrouw eruit die wiebelig boven op de stapel stond. Ik wilde naar haar toe lopen toen ik mijn naam hoorde. Op het andere uiteinde van de stapel hield Gita haar hand boven haar ogen. Ze was wat merkwaardig gekleed: een hoofddoek, een dikke winterjas van stof waarvan de mouwen met bont waren afgezet en een gescheurde werkbroek.

'Doe-bien?' Ze leek niet echt verbaasd me te zien, alsof ze had verondersteld dat ik haar al weken zocht. Ze kwam lachend naar me toe. Mijn fysieke verschijning leek haar wel te verwonderen.

'Jij, soldaat!' zei ze in het Engels.

Ondanks alle eden die ik had gezworen op het slagveld merkte ik dat ik haar bewondering prettig vond. Ik bood haar een sigaret aan. Ze slaakte een gilletje toen ze het pakje zag en inhaleerde zo gretig dat ik dacht dat ze de sigaret in één ademteug zou oproken. Ik zei dat ze het pakje mocht houden en ze drukte het tegen haar borst van dankbaarheid.

We gingen op het Frans over. Ik zei dat ik Martin zocht.

'*Pourquoi?* Nog steeds die Teedle?'

'Er zijn vragen. Heb je hem gezien?'

'*Moi?*' Ze lachte verrast. Het ronde boerinnetje kwam wankel naar me toe om te praten. Even later beschreef de hele familie wat er de afgelopen maand was gebeurd. In Marnach waren net als overal elders collaborateurs zwaar gestraft toen de geallieerden het stadje innamen, en toen de Duitsers terugkwamen, liepen degenen van wie bekend was dat ze de Amerikanen hadden geholpen gevaar, minder van de ss dan van wraakzuchtige buren. Gita en de Hurles hadden het er een paar keer ternauwernood levend afgebracht. Enkele dagen hadden ze als muizen in het bos geleefd, waren ten slotte weer hierheen geslopen en hadden onderdak gevonden in de houtschuur van kennissen. Niemand had te eten en het was afwachten welke partij hen het eerst zou bombarderen of doodschieten. De Hurles hadden nog steeds geen idee wie hun huis had vernield; het deed er ook niet toe. Alles was weg, op twee van hun twaalf koeien na. Maar de vader, de moeder en hun twee getrouwde dochters hadden het overleefd en ze hoopten er het beste van wat hun zoons betrof, die zoals de meeste jongemannen in Luxemburg door de Wehrmacht waren opgeroepen en naar het oostfront waren gestuurd. Madame Hurle bleef op hand van de Amerikanen, maar hoopte wel dat ze wat meer vaart zouden maken met het winnen van de oorlog.

'*Qu'est-ce que qu'ils nous ont mis!*' Ze hadden een pak slaag gekregen van de Duitsers.

'Maar geen teken van Martin?' vroeg ik aan Gita. Ze had me eigenlijk nog geen antwoord op mijn vraag gegeven.

'*Quelle mouche t'a piqué?*' antwoordde ze. Wat heb je toch? 'Je bent zeker kwaad op Martin? Omdat hij een streek heeft uitgehaald. En je bent zeker ook boos op mij.'

'Ik heb je prentbriefkaart ontvangen,' antwoordde ik.

'Robert was boos toen hij hoorde dat ik je had geschreven. Maar ik moest iets van me laten horen. Ik was bang dat je gekwetst zou zijn toen je wakker werd.'

'Dat was ook zo.'

'Het was een ogenblik, Dubin. Een opwelling. Oorlog is geen tijd waarin opwellingen worden onderdrukt.'

'Ik heb sindsdien in dezelfde richting gedacht.'

'Aha,' zei ze. 'Dus tussen ons beiden is de vrede gesloten.'

'Natuurlijk,' zei ik. We lachten elkaar een beetje verlegen toe. 'Maar ik moet weten hoe het met Martin zit. Vertel eens wanneer je hem het laatst hebt gezien.'

'Een maand geleden, schat ik. Langer. Sinds ik bij de Hurles ben. Na de gevechten zal hij me hier opzoeken. Dat doet hij altijd.' Ze was onbekommerd, kinderlijk zelfs in haar overtuiging. Uit haar reacties kon ik het antwoord opmaken op de vraag waarmee ik hierheen was gestuurd. Martin was niet op wonderbaarlijke wijze ontsnapt en had geen geheime boodschappers gestuurd.

'Dan vrees ik dat Martin dood is,' zei ik.

'*Qu'est-ce que tu dis?*'

Ik herhaalde wat ik had gezegd. Er trok een trilling over haar kleine gezicht en het onverzettelijke dat ze altijd had leek op slag verdwenen. Toen schudde ze resoluut haar korte krullen en sprak me in het Engels toe zodat ik goed zou begrijpen wat ze bedoelde.

'Dat is vaak gezegd. Heel vaak. Is niet dood.'

'De mannen van zijn compagnie hebben hem zien vallen, Gita. Het huis waarin hij zich bevond is met tanks beschoten. Hij is dapper gestorven.'

'*Non!*' zei ze op zijn Frans, door de neus.

Ik had tijdens het gesprek als het ware naar mezelf gekeken. Zelfs nu nog kon ik niet goed hebben dat Martin haar zo na aan het hart ging. Maar ik had ook met haar te doen. Toen ik me afvroeg waar ze naartoe zou gaan, had ik veel herkend van het motief voor haar gehechtheid aan hem. Ze was opnieuw een Poolse wees in een vernield land. Zonder Martin kon ze niet vechten.

'Ik had nog een heel klein beetje hoop, Gita. Tegen beter weten in, zeg maar. Daarom ben ik hierheen gekomen. Als hij het had overleefd, had hij contact me je opgenomen, dat weet ik zeker.'

Ze sprak het niet tegen. Ik had met de waarheid gespeeld in mijn rol van ondervrager en ze kon haar antwoorden aan mij hebben gekleurd. Ze wilde immers Bernhardt zijn. Maar haar verdriet leek oprecht. Uit zichzelf kwam ze naar beneden. Maar ze huilde niet. Ik vroeg me af of Gita ooit huilde. Ze stond in haar eentje naar een weiland te staren waar een dode koe lag, bevroren in de sneeuw.

Ik vroeg Biddy wat hij van haar dacht.

'Kapot,' zei hij. 'Ik denk niet dat het gespeeld is.'

Een paar minuten later liep ik om de berg puin heen naar haar toe.

'Je kunt beter met ons meegaan,' zei ik. Ze kon nergens heen.

'Zelfs de koeien die je hebt gehoed zijn weg. En mijn superieuren willen je vragen stellen. Dat kunt je beter zo snel mogelijk achter de rug hebben.' Ik vermoedde dat de oss alles zou willen weten wat ze over Martin kon vertellen.

Ze knikte. 'Ik ben ze niet graag tot last,' zei ze en keek om naar de Hurles.

We reden naar Bastogne. Biddy zat achter het stuur en Gita en ik zaten op de achterbank te roken en te praten terwijl ze Hercules aaide, die haar meteen aardig vond. We waren het er allemaal over eens dat hij van een vrouw moest zijn geweest.

We praatten voornamelijk over wat we in de afgelopen weken hadden doorgemaakt. Ik beschreef hoe we bij Savy waren gedropt, ook de toestand van mijn broek. Elk verhaal dat goed afloopt is een komedie, had ik op de universiteit horen betogen, en ons verhaal over een parachutesprong zonder voorafgaande para-opleiding en neerkomen in het heetst van de strijd deed ons alle drie schateren.

'Maar waarom moest je naar Bastogne?' vroeg ze. Ik had al meer verraden dan ik wilde, maar alleen met de waarheid kon ik me eruit redden. 'Martin arresteren?' herhaalde ze. 'Dat is een onzinnig bevel. Martin heeft een truc uitgehaald. Dat is geen zwaar misdrijf. Hij heeft niets gedaan om de Amerikaanse landmacht te schaden.'

Ik zei dat Teedle daar anders over dacht.

Merde. Teedle est fou. Martin est un patriote.' Teedle is gek, Martin is een patriot.

'Het doet er nu niet meer toe,' zei ik somber.

Ze kneep even haar ogen stijf dicht. Ik bood haar weer een sigaret aan. Ik had een Zippo opgeduikeld en stak de hare aan voor de mijne. Ze wees naar mijn sigaret.

'Daardoor weet ik zeker dat je nu soldaat bent.'

Ik liet haar het eelt zien aan de zijkant van mijn duim, dat ik aan het gebruik van de aansteker had overgehouden.

'Zie je wel, uiteindelijk is Martin goed voor je geweest, Doe-bien. Je zou hem dankbaar moeten zijn. Toch? Je hunkerde ernaar om te vechten.'

Ik was onthutst dat ik zo doorzichtig was geweest. Maar die illusie behoorde tot het verleden. Ik had nog geen manier gevonden om Grace of mijn ouders te vertellen over wat er met Kerstmis was gebeurd, maar ik vertelde Gita nu het verhaal, met zachte stem. Biddy bracht de jeep tot stilstand en stapte uit. Hij zei dat hij de weg moest vragen naar Bastogne, maar ik vermoedde dat hij niet naar de herinneringen wilde luisteren. Ik vertelde haar hoe ik op die open plek in de sneeuw had gelegen en op de dood had gewacht, waarin de mannen om me heen me voorgingen, en mijn schaamte omdat ik zo wanhopig graag wilde blijven leven.

'Ik dacht voor het laatst over alles na,' zei ik. 'Ook over jou, moet ik zeggen.'

Haar zware wenkbrauwen schoten omhoog en ik haastte me het te verduidelijken.

'Niet met verlangen,' zei ik.

'O nee? Wat dan? Spijt?' Ze plaagde me, maar bleef aandachtig.

'Ik zou willen zeggen: helder,' zei ik ten slotte. 'Door ons ogenblik samen was het me helder geworden. Ik hunkerde naar huis en haard. Een normaal leven. Mijn gezin rond de haard. Kinderen.'

Ze had de Zippo gepakt en hield hem lange tijd bij haar sigaret. Door het blauwe waas keek ze me zo scherp aan dat ik ervan schrok.

'En wat ben ik, Doe-bien? Een vagebond? Denk je dat ik niets geef om zulke dingen? De haard, de warme maaltijd, kleine kinderen om je heen?'

'Nou?' vroeg ik onnozel.

'Denk je dat ik geen plaats in de wereld wil hebben, zoals andere mensen? Dat ik niet wil wat jij wilt of wat wie dan ook wil? Een bestaan, in plaats van overleven? Denk je dat ik niet het recht heb om dit leven net zo beu te zijn als wie ook?'

'Dat bedoelde ik niet.'

Opeens kon ze me niet meer aankijken. Haastig stapte ze uit en ik zag me genoopt achter haar aan te lopen. Haar donkere ogen waren vochtig toen ik haar inhaalde, maar haar blik was woedend. Ze vloekte me uit in het Frans en smeet me toen om haar uitval kracht bij te zetten het pakje sigaretten toe.

Ik was verbijsterd. Dat zijn mannen altijd wanneer ze een vrouw hebben gekwetst, vermoed ik. Maar ik had beter geweten. Ik had de essentie van Gita gezien op het ogenblik dat ze in die stal haar rok had opgetrokken. Ze zou altijd het afgewezen kind van de paria van de stad blijven. Haar hele karakter was gebouwd op een afgrond van verdriet.

Ik liep achter haar aan door de sneeuw. Ze trok al de aandacht van soldaten bij een wegversperring verderop. Ze drukte haar handschoen tegen haar gezicht en ik raakte haar schouder aan.

'Ik rouw om Martin,' zei ze. 'Denk maar niet dat ik me je gepraat over jezelf aantrek.'

'Dat dacht ik ook niet.' Ik wist dat ik niet moest zeggen dat ze om zichzelf huilde. 'Maar het spijt me. Ik had dat niet moeten zeggen. Over wat ik dacht. Dat ik geen verlangen voelde. Het spijt me.'

' "Geen verlangen"?' Ze draaide zich om. Ze was nu zo mogelijk nog bozer. 'Denk je dat dát me iets kan schelen? Denk je dat je me dáármee hebt gekwetst?' Ze vermorzelde haar peuk onder haar schoen, kwam naar me toe en dempte haar stem. 'Het is je geringe dunk van me die ik verafschuw, niet je begeerte. Je weet niets, Doe-bien. Je bent een stommeling. "Geen verlangen." ' Ze snoof. 'Ik geloof het niet eens, Doe-bien.' Toen bracht ze haar gezicht heel dicht bij het mijne. 'En jij evenmin,' fluisterde ze.

Ze was natuurlijk een ijsberg gedurende de rest van de reis; ze zweeg als het graf, behalve tegen de hond, die ze woorden influisterde die ik niet kon verstaan. Ik zat voorin bij Biddy, maar hij had gemerkt dat er een persoonlijke uitbarsting was geweest en zei weinig. Voor Bastogne kondigde Gita aan dat we haar moesten afzetten bij het militaire ziekenhuis waar ze werk als verpleegster zou zoeken. In een oorlogsgebied was altijd vraag naar bekwame hulpkrachten. Ze wilde maar zeggen dat ze mij niet nodig had.

Ik was verbaasd over de afmetingen van Bastogne. Het was nauwelijks te geloven dat duizenden mannen waren gestorven voor zo'n klein stadje. Er was maar één hoofdstraat, de rue Sablon, maar de voorgevels van grote gebouwen aan die laan waren beschadigd door granaatscherven en geweervuur. IJzeren hekjes omlijstten balkonnetjes onder ramen waarvan in veel gevallen niet meer over was dan een zwart gat. Hier en daar was een spits steil dak, karakteristiek voor de streek, vernield door artillerievuur, maar over het algemeen had Bastogne door het slechte weer vanuit de lucht weinig andere schade opgelopen. De kathedraal was de dag voor Kerstmis gebombardeerd als onderdeel van het Duitse kerstcadeau, een grofheid die bedoeld was de bewoners de troost van de nachtmis te ontzeggen, maar het puin was al bijeengeschoven en werd met paard-en-wagen afgevoerd door de bewoners. Afgelopen nacht was er weer veel sneeuw gevallen en soldaten te voet sjokten voort terwijl de vele jeeps en kolonnes op de rue Sablon traag over de hellende laan gleden.

Ik kon Gita niet langer ophouden. In plaats daarvan vroegen we de weg naar het Amerikaanse veldhospitaal dat in een van de grootste gebouwen in de stad gevestigd bleek: een klooster met drie verdiepingen van de zusters van Onze-Lieve-Vrouwe van Bastogne. Ondanks het feit dat het dak eraf was waren de onderste etages bruikbaar en de nonnen hadden hun grote school van rode baksteen en het achterste gedeelte van het complex ter beschikking gesteld voor de verzorging van zieken en gewonden. De sneeuw op straat was weggeveegd op soms manshoge hopen aan de stoeprand. Er stonden diverse ambulances geparkeerd, dezelfde Fords die thuis als boevenwagen werden gebruikt maar hier van enorme rode kruisen waren voorzien. Gita greep het bundeltje dat ze van de boerderij van de Hurles had meegenomen en marcheerde naar binnen. Ik liep achter haar aan voor het geval ze iemand nodig had om haar een referentie te geven.

Op de receptie zat een non met een bijzonder grote gesteven wijde kap, waardoor haar gezicht leek op een rijpe perzik in een witte schaal. Ze was een merkwaardig serene verschijning in de hal, die beschoten was. Er zaten kogelgaten in de muren en rijkversierde houten rococobalustrades naar de bovenverdiepingen, terwijl er een kleine bomkrater was ontstaan in de mozaïekvloer, een gat dat doorliep tot in de kelder. Na een kort gesprek leken Gita en de non tot overeenstemming te komen.

Terwijl ik op een afstandje stond te kijken, hoorde ik tot mijn verbazing iemand mijn naam roepen.

'David?' Een arts in een groen operatieschort en mutsje stond met geheven armen naar me te kijken, een kleine, donkere man die een beetje op Algar leek. Nadat hij zijn mutsje had afgezet herkende ik Cal Echols, de vriend van mijn zus tijdens de eerste twee jaren van zijn medicijnenstudie. Onze hele familie was dol op Cal, die slim en aardig was, maar hij had als kind van vier zijn moeder verloren en Dorothy zei dat ze het had uitgemaakt omdat ze hem kleverig vond. Die kant van hem hadden we natuurlijk niet gezien. Cal en ik vielen elkaar als broers in de armen.

'Allemachtig,' zei hij toen hij me eens goed had kunnen bekijken, 'wie had dat gedacht. Ik dacht dat jullie advocaten alle trucs wel kenden.'

'Voor anderen misschien,' zei ik.

Hij dacht dat ik in het ziekenhuis was om een soldaat te bezoeken en ik schaamde me dat ik zo met Gita bezig was geweest dat ik niet had beseft dat verscheidene gewonden van mijn compagnie waarschijnlijk hierheen waren overgebracht. Cal had zijn dienst in de operatiekamer erop zitten en bood aan me te helpen om de mannen te vinden. Toen ik me omdraaide naar de balie om afscheid van Gita te nemen, was ze al weg.

Zodra Biddy de jeep had kunnen onderbrengen, namen we samen met Cal de ziekenhuisadministratie door. Vier van onze mannen waren hier nog. Een korporaal, Jim Harzer, was bij een gevecht in de heuvels bij Noville gewond geraakt door een granaatscherf. Hij was ook een vervanger, vader van twee kleine meisjes, en de laatste keer dat ik hem had gezien had hij op de grond gelegen, terwijl twee verplegers boven zijn knie een tourniquet aanbrachten. Waar zijn laars had gezeten, was alleen een bloederige massa te zien. Toch had Harzer me stralend aangekeken. 'Ik ben klaar, kapitein,' zei hij. 'Ik ga naar huis. Straks kan ik mijn meisjes weer knuffelen.' Ook nu trof ik hem in een optimistische stemming aan. Hij was zijn rechtervoet kwijt, maar hij zei dat hij verscheidene maten had leren kennen die hun linkervoet kwijt waren, en ze wilden contact met elkaar blijven houden om geld op schoenen te kunnen besparen.

In het klooster waren alle klassen ingericht als ziekenzaal. De lange houten tafels waaraan de leerlingen hadden gezeten werden als bed gebruikt, met nog meer britsen ertussen. Het kostbare lesmateriaal zoals opgezette vogels, reageerbuisjes en microscopen was in kasten opgeborgen.

Vrijwel iedere patiënt had een operatie ondergaan; bij de gelukkigen was alleen een granaatscherf verwijderd uit een niet levensbedreigende wond. Maar er lagen ook mannen zonder ledematen, zonder gezicht, mannen met een buikschot in hun laatste dagen. De kelder die zich onder het hele gebouw uitstrekte fungeerde als mortuarium.

Aan het einde van de bovenverdieping stond een MP voor een

volle zaal met Duitse krijgsgevangen patiënten.

'Die hebben het hier beter dan onze jongens bij de mof,' zei Cal. Enkele Duitsers zwaaiden naar Cal zodra ze hem in de deuropening zagen. 'Aardige jongen, uit München,' zei Cal over een van hen. 'Spreekt goed Engels, maar zijn ouders zijn allebei lid van de NSDAP.'

'Weet hij dat je joods bent?'

'Dat heb ik hem meteen verteld. Zijn beste vrienden thuis waren natuurlijk allemaal joods. Allemaal. Hij heeft me een lijst gegeven.' Hij glimlachte een beetje.

Cal was hier sinds de dag na Kerstmis en ik vroeg naar de andere mannen van mijn compagnie die per ambulance het front hadden verlaten. Hij kon zich er een paar herinneren. Te veel waren bezweken, maar er was ook goed nieuws. Cal had zelf Mike O'-Brien geopereerd, de grapjas die Stocker Collison zo had geplaagd en die ik met Kerstmis over de open plek had versleept. Hij had het overleefd. Datzelfde gold voor Massimo Fortunato, uit wiens dij Cal een scherf zo groot als een softball had verwijderd. Hij was naar een algemeen ziekenhuis in de stad Luxemburg overgebracht, maar Massimo was zo voorspoedig hersteld dat Cal dacht dat hij over een maand of twee zou worden teruggestuurd naar de compagnie die ik had overgedragen.

Cal bood ons onderdak in het klooster en dat aanbod grepen we met beide handen aan, want het bespaarde ons een problematische zoektocht in de overvolle stad. De dienstplichtigen, vooral van de geneeskundige dienst, waren ondergebracht in een groot schoollokaal dat als slaapzaal was ingericht. Het was niet ruim, maar de mannen klaagden niet, zei Cal. Het gebouw had elektriciteit van een noodaggregaat en er was centrale verwarming gestookt op kolen, maar er was nog geen stromend water in de betegelde badkamers en douches. Nog beter was het dat de dienstplichtigen naast de mess sliepen, op dezelfde verdieping als de nonnen en verpleegsters, van wie sommigen geneeskrachtige verzorging van niet-medische aard schenen te verstrekken. Of het waar was of niet, het deed het moreel van de mannen veel goed.

De artsen woonden boven in de kamers die de nonnen vrijwillig ter beschikking hadden gesteld. Het waren kale cellen, twee bij drie meter, elk met een veren matras, een tafeltje en een crucifix aan de

muur, maar het was voor het eerst in een maand dat ik me kon terugtrekken. Cals kamer was twee deuren verderop. Hij had de dag
daarvoor een pakje van thuis gekregen en hij bood me een stukje
chocola aan. Hij schaterde het uit om mijn gezicht na de eerste hap.

'Kalm aan,' zei hij. 'Je ziet eruit alsof je een hartstilstand zult krijgen.'

Bij het avondeten in de officiersmess vertelde ik weer over Kerstmis. Ondanks de gevechten die ik daarna nog had meegemaakt,
leek ik in mijn verhalen nooit verder te komen.

'Deze oorlog,' zei Cal, 'ik bedoel: als arts, is paradoxaal, David.
Je doet je vervloekte best ze erdoor te slepen, maar als je een uitstekende prestatie levert, krijgen ze alleen maar nóg een kans om
dood te gaan. Er kwam hier gisteren een jonge verpleger binnen.
Derde keer in een maand. De eerste keren was hij lichtgewond,
maar gisteren was zijn hele rechterzij weggeslagen. Wat een jongen. Zelfs in zijn delirium bleef hij ja, kapitein en nee, kapitein zeggen. Gisteren ben ik de hele dag bij hem gebleven om te proberen
hem in leven te houden, en hij is tien minuten nadat ik was weggegaan gestorven.' Cal staarde in het niets en beleefde het verlies
opnieuw. 'Veel van die jongens haten ons zodra ze beseffen dat ze
terug worden gestuurd. Je weet wat ze zeggen: het enige wat een
dokter je kan geven is een pil en een schouderklopje en de leger-
dokter laat het schouderklopje weg.'

Het was bijna acht uur geworden en Cal moest terug naar de
operatiekamer. Hij zou tot vier uur moeten doorwerken. De operatiekamer was permanent in gebruik. Voordat hij wegging, zette
hij een fles Pernod in mijn kamer neer. Na twee glazen viel ik met
mijn laarzen nog aan in slaap.

Midden in de nacht werd ik wakker toen mijn deur op een kier
openging. Eerst dacht ik dat het door de wind kwam, maar toen
verscheen er een silhouet, van achteren belicht door de lampen op
de gang.

'Ton chien te cherche,' zei Gita. Ze glipte naar binnen, deed de deur
dicht en maakte licht. Ze trok Hercules mee aan de gevlochten hals-
band die hij had gekregen van een van de mannen in mijn compagnie. Ze had haar haar weggestoken onder een wit verpleegstersmutsje en droeg een wijd grijs uniform. De hond, die Biddy
had achtergelaten in de garage van het klooster, waarin ruimte was

voor één automobiel, was zoekend op een zaal aangetroffen. Harzer en een paar anderen hadden hem herkend en beweerd dat hij hen was komen begroeten voordat hij naar Biddy en mij ging. Zodra ze de hond losliet, kwam hij op me toe gesprongen. Ik aaide hem voordat ik haar aankeek.

Cals bewering over verpleegsters die in het donker over de gangen slopen had de gedachte bij me opgeroepen dat Gita misschien zou komen. Het leek niet waarschijnlijk, gezien de stemming waarin we uit elkaar waren gegaan, maar ik had me zowaar een ogenblik afgevraagd of ik haar zou vragen te blijven of haar weg zou sturen. Maar toen het gebeurde, was er geen keuze. Zoals altijd presenteerde ze zichzelf als een uitdaging. Maar ik betwijfelde of haar vrijmoedigheid bedoeld was om het bewijs te leveren van mijn verlangen. Haar behoefte was even duidelijk als mijn begeerte naar haar, die zich net als mijn verlammende angst in de lucht boven Savy niet door voorbereiding of rede liet beheersen. Ik wenkte met mijn hand, het licht ging uit en ze lag naast me.

Terwijl ik haar omhelsde, bood ik haar mijn verontschuldigingen aan omdat ik niet schoon was en onfris rook, maar we bewezen elkaar alle tederheid waaraan het de eerste keer had ontbroken, verzacht door wat we allebei in de tussenliggende tijd hadden moeten verduren. Terwijl ik genietend haar wonderbaarlijk gladde buik en rug streelde, verrukt dat ik een zo sierlijk, klein menselijk wezen kon aanraken, bleef een innerlijk stemmetje zich afvragen of deze romance niet onecht was, en hoogstens de hitsigheid van het front. Misschien was het zoals Teedle me had voorgehouden. Als een mens tot het brute bestaansminimum werd teruggebracht, bleek begeerte de kern te zijn. Maar dat maakte in deze kleine kloostercel niet uit. In de heftige emoties die Gita keer op keer bij me opriep was deze avond een nieuw element gekomen. Van meet af aan was ik geboeid geweest door haar intelligentie en moed; en mijn fysieke verlangen naar haar was groter dan ik ooit voor een vrouw had gevoeld. Maar op deze avond voelde ik me ook innig dankbaar. Ik drukte haar zo stevig tegen me aan dat ik leek te hopen voorgoed met haar te versmelten. Ik kuste haar telkens weer en hoopte dat mijn waardering op haar zou kunnen overgaan terwijl ik, David Dubin, al was het maar voor even, de elementaire vreugde terugvond dat ik David Dubin was.

24 VEROVERING

We bleven twee dagen in Bastogne. Ik had Teedle bericht gestuurd
dat Gita hier was als de oss haar wilde ondervragen en wachtte op
zijn formele bevel mijn pogingen te staken om Martin te arresteren. In afwachting van een antwoord werkte ik aan een lang rapport over de afgelopen maand voor kolonel Maples, die was overgeplaatst naar het nieuwe hoofdkwartier van het Derde Leger in de
stad Luxemburg. Ik bracht ook elke dag een paar uur door met de
mannen die onder me hadden gediend en die hier werden verpleegd.
Maar elke minuut was niets anders dan lang en hunkerend wachten op het donker en het einde van Gita's dienst; dan sloop ze mijn
kamer binnen.

'Je bent een ongewone vrouw,' had ik die eerste avond weer tegen haar gezegd, toen we in het smalle bed lagen te fluisteren.

'Zie je dat nu pas?' Ze lachte. 'Maar ik denk niet dat je me wilt
prijzen, Doe-bien. Wat vind je zo ongewoon?'

'Dat je rouwt om Martin en hier bij mij bent.'

Ze dacht even na. 'Geen soldaat in Europa heeft zo gretig de
dood gezocht, Doe-bien. Dat wist ik, al heb ik nog zo vaak gepro-

beerd iets anders te zeggen. Bovendien, als mijn vader stierf of mijn broer, zou het dan ongewoon zijn om troost in het leven te vinden?'

'Martin was niet je vader of je broer.'

'Nee,' zei ze en werd weer stil. 'Hij was allebei. En mijn redding. Hij heeft me gered, Dubin. Toen ik hem leerde kennen, kookte ik, ik was altijd razend, behalve op ogenblikken dat ik wilde sterven. Hij zei: "Als je kwaad bent, ga dan vechten. En als je dood wilt, wacht dan tot morgen. Vandaag kun je eventueel nog iets goeds voor iemand anders doen." Hij wist de juiste toon te vinden. Omdat hij zo vaak zichzelf de juiste woorden had voorgehouden.'

'Maar je rouwt om hem als minnaar?'

'*Qu'est-ce qui te prend?*' Ze tilde haar hoofd van mijn borst. 'Waarom is dat zo belangrijk voor je: ik met Martin? Ben je bang dat ik Martin in dit opzicht liever had dan jou?'

'Denk je dat het daarom gaat?'

'Daar gaat het bij elke man op gezette tijden om. En het is onnozel. Bij elk mens is het anders, Doe-bien. Niet beter of slechter. Het is ermee als met een stem, ja? Alle stemmen zijn verschillend. Maar er is altijd een gesprek. Heeft iemand de voorkeur door zijn stem of door wat hij zegt? Wat wordt gezegd is toch veel belangrijker?'

Ik gaf haar gelijk, maar bleef peinzen in het donker.

'Doe-bien,' zei ze ten slotte, nadrukkelijker dan gewoonlijk. 'Ik heb het je toch verteld. Bij Martin en mij was dat aspect allang voorbij. Het werd onmogelijk.'

'Waarom?'

'Omdat het voor hem geen activiteit meer is.'

Nu begreep ik het eindelijk. 'Was hij gewond geraakt?'

'In zijn geest. Het is al vrij lang zo. Misschien straft hij zichzelf omdat hij zo geniet van het doden. Hij heeft zich aan me vastgeklampt, maar alleen omdat hij meent dat er na mij geen andere vrouw meer zal zijn. *Comprends-tu?*'

Vreemd genoeg bleef er nog iets hangen. Ik staarde in het donker en zocht naar woorden, alsof ik een zenuw in mijn borst zocht.

'Als ik aan Martin denk,' zei ik toen, 'vraag ik me af waarom je in mij geïnteresseerd bent. Ik ben zo saai. Mijn leven is klein en het jouwe met hem is zo groot geweest.'

'*Tu ne me comprends pas bien.*' Je begrijpt me niet goed.

'Ik begrijp je niet goed? Je bent de meest mysterieuze persoon die ik ooit heb ontmoet.'

'Ik ben een eenvoudig meisje met weinig ontwikkeling. Jij bent geleerd, Doe-bien. Soms geestig. Heel dapper. Je bent solide, Doe-bien. Zou jij drinken en je vrouw slaan?'

'Niet tegelijkertijd.'

'Tu m'as fait craquer.' Ik kon je niet weerstaan. 'Bovendien ben je een rijke Amerikaan.'

'Mijn vader is schoenmaker.'

'Evidemment! Les cordonniers sont toujours les plus mal chaussés.' De zoon van de schoenmaker loopt op blote voeten. 'Ik heb me misrekend.' Toen we uitgelachen waren, voegde ze eraan toe: 'Je hebt een geweten, Doe-bien. Dat is een aantrekkelijke eigenschap bij een man in een oorlog.'

'Een geweten? Terwijl ik hier nu met jou lig, hoewel ik mezelf aan iemand anders heb beloofd?'

'Hmf,' zei ze. 'Als jullie voor elkaar bestemd waren, zouden jullie voor je vertrek zijn getrouwd. Welke vrouw houdt van een man en laat hem naar het front vertrekken zonder hem eerst in haar bed te halen?'

'Het was niet alleen haar keus.'

'Dan dus juist. Hier heb je niet zoveel scrupules, waar geen verwachtingen zijn.' Ze legde haar vinger op het uiteinde van mijn penis om haar woorden te onderstrepen. 'Je hebt ervoor gekozen om vrij te zijn, Doe-bien. Zo is het toch? *Qui se marie à la hâte, se repent a loisir.'* Overhaast trouwen, in rust berouwen.

Gita's opmerking, met haar gebruikelijke aplomb gebracht, leek te cru om waar te kunnen zijn, maar ik kon er niet omheen. Ik hunkerde naar het aura dat Grace als een wolk omgaf: haar wellevendheid, haar blonde haar en zachte sweaters, de manier waarop ze door het leven gleed, haar ongerepte Amerikaanse schoonheid. Maar niet zozeer dat ik afstand zou nemen van mijn ouders op de onherroepelijke manier die mijn huwelijk had vereist. Mijn plotselinge beslissing om dienst te nemen, in plaats van te wachten op mijn oproep (als ik die al had gekregen), leek op deze afstand, in een kloosterbed in België, vrij verdacht. Net als de balsem die deze conclusies voor mijn geweten waren.

'In elk geval ben je nu hier bij mij, Doe-bien. Hoewel je geen verlangen voelde.' Ze streelde me waar ze haar vinger had gelaten en ik reageerde direct. 'Aha,' zei ze. 'Je verraadt je opnieuw, Doe-bien.'

'Nee, dat is alleen om jou niet te kwetsen.'

'Dan kan ik beter ophouden misschien.'

'Nee, nee, ik maak me te veel zorgen om je om dat toe te staan.'

Naderhand sliepen we in, maar na een tijdje werd ik wakker van een gegrom. Ik had het in mijn dromen al een poosje gehoord, maar nu klonk het aanhoudend en ik richtte me op om Hercules te vermanen. Maar het bleek Gita te zijn. Haar onophoudelijk gerook had kennelijk dit effect op haar neuswegen. Op mijn elleboog bestudeerde ik haar in het licht van de gang dat doordrong in de cel. Zoals ze daar lag leek ze, als wij allemaal in onze slaap, kinderlijk; haar kleine, scherpe gezicht was beweeglijk in haar slaap. Ze maakte een zuiggeluidje, ze beschermde zich met haar arm en haar ogen bewogen heftig onder de oogleden. Het maakte indruk op me dat ze zo klein leek nu de stroom van haar krachtige persoonlijkheid als het ware was uitgeschakeld. Ik bleef minutenlang naar haar kijken. Zoals ze me had geprobeerd uit te leggen was ze, in de kern, veel eenvoudiger dan ik veronderstelde.

Nadat Gita die eerste avond in Bastogne weer naar beneden was geslopen, had ik een ontbijtafspraak met Cal in de officiersmess. Hij had tot vier uur in de nacht staan opereren en was daarna op de zalen bij zijn patiënten langs geweest. Hij droeg een bebloed operatieschort en wilde iets naar binnen schrokken voordat hij ging slapen. Hij bleek degene te zijn die Gita met de hond naar mijn kamer had gestuurd, en hij liet me meteen weten dat hij op de hoogte was.

'En, hoe beviel je logies? Bed een beetje smal?'

Ik merkte dat ik bloosde en, als een telefoniste in een centrale, razendsnel allerlei dingen met elkaar verbond; toen schrok ik. Cal zou naar huis schrijven dat hij me was tegengekomen. Hij zou zeggen dat ik hier een vrouw had. Grace zou het vroeg of laat te horen krijgen.

'O, maak je maar geen zorgen,' zei hij toen hij mijn gezicht zag. Hij deed alsof hij zijn mond dichtritste.

Maar ik kreeg toch een visioen van Grace die dit nieuws verwerkte. Zou ze vluchten in een cliché: zo zijn mannen nu eenmaal?

Of zou ze troost zoeken bij de uitzonderlijke omstandigheden in oorlogstijd? Mijn gedachten bolderden de trap af, langs allerlei beelden van wat er zou gebeuren als Grace ervan hoorde, tot ik struikelde en voor de onderste tree bleef liggen. Figuurlijk voelde ik hoe ik eraan toe was en het schokte me dat ik geschrokken was, maar me niet had bezeerd – geen blauwe plekken, niets gebroken. Op dat moment wist ik heel zeker en onherroepelijk dat ik niet met Grace Morton zou trouwen. Ik gaf veel om Grace. Ik kon me nog niet voorstellen dat ik haar moedwillig pijn zou doen. Maar ze was niet een onlosmakelijk onderdeel van mijzelf. Gita's rol in het geheel leek vrij toevallig. Het was geen kwestie van de ene vrouw verkiezen boven de andere, want ik betwijfelde ook nu nog dat Gita's belangstelling blijvend zou zijn. Maar wat ik naast Gita liggend had bedacht bleef in het daglicht hetzelfde. Grace was een idool. Een droom. Maar niet mijn lotsbestemming.

Ietwat verwonderd zag Cal al die overwegingen in de wisselende uitdrukkingen op mijn gezicht.

'Wie is dat meisje trouwens, David? Ik heb het aan de nonnen gevraagd. Ze zeggen dat ze weet wat ze doet, dat ze van aanpakken weet en slim is. Bepaald niet lelijk,' zei Cal, 'als ik dat mag zeggen. Elke man in dit ziekenhuis zal groen en geel van jaloezie worden, zelfs de koude maten in het mortuarium.'

Ik glimlachte en vertelde hem wat over Gita. Weggelopen. Verbannen. Commando geworden.

'Is het serieus?' vroeg hij.

Ik schudde mijn hoofd alsof ik het niet wist, maar ik hoorde duidelijk een stemmetje in mijn hoofd dat ja zei. Het was volstrekt serieus. Niet in de zin die Cal bedoelde. Het was eerder serieus op de manier dat het gevecht serieus was, omdat onmogelijk te zeggen viel of ik het zou overleven.

Als verpleegster moest Gita ook bedlegerige patiënten wassen. Ik werd bijna gek van jaloezie als ik daaraan dacht, hoewel ik tegenover haar toegaf dat ik twijfelde of ik jaloers op haar aanraking was of de kans om schoon te worden. Toen ze de tweede avond kwam, duwde ze een zware metalen emmer met heet water naar binnen. Het water was op het fornuis in de keuken gekookt, de enige mogelijkheid door het wegvallen van de voorzieningen.

'Je bent een engel.'

'Een natte engel.' De mouwen van haar vormeloze uniform waren zwart.

'Dus je kunt mijn stank niet meer verdragen?'

'Je ruikt als iemand die heeft geleefd, Doe-bien. Het is het geklaag erover waar ik niet tegen kan. Sta eens op. Ik ga je niet in bed wassen als een zieke.'

Ze had een doek, een handdoek en een kom meegebracht. Ik kleedde me uit en ging voor haar staan en ze begon me methodisch te schrobben. Mijn kuit, mijn dij. Er was een schitterend intermezzo voordat ze aan mijn buik toekwam.

'Vertel eens over Amerika,' zei ze toen ze weer doorging.

'Wil je weten of het goud daar op straat ligt? Of King Kong aan het Empire State Building hangt?'

'Nee, ik wil de waarheid horen. Houd je van Amerika?'

'Ja, zeer zeker. Het land. De mensen. En het meest van het idee. Dat alle mensen gelijk zijn. En vrij.'

'Dat is in Frankrijk ook het idee. Maar is het in Amerika waar?'

'Of het waar is? Amerika heeft nooit een koningshuis gehad. Ook geen Napoleon. Maar het is nog steeds veel beter om rijk te zijn dan arm. Al is het waar, denk ik, dat de meeste Amerikanen de idealen nog koesteren. Mijn vader en moeder kwamen uit net zo'n stadje als Pilzkoba. Nu leven ze vrij van de angst waarmee ze zijn opgegroeid. Ze kunnen hun gedachten uitspreken. Ze kunnen stemmen. Ze mogen bezit hebben. Ze hebben hun kinderen naar openbare scholen gestuurd. En ze kunnen met recht de hoop koesteren dat mijn zuster en broer en ik een beter leven zullen krijgen dan zij.'

'Maar haten de Amerikanen de joden dan niet?'

'Jawel. Maar minder dan de gekleurde mensen.' Het was een bittere grap die zij minder leuk vond dan ik. 'Het is niet zoals Hitler,' zei ik. 'Elke Amerikaan komt weer ergens anders vandaan. Iedereen wordt gehaat om wat hij meebrengt dat afwijkt. We leven op gespannen voet met elkaar maar meestal blijft het vrede.'

'En is Amerika mooi?'

Magnifique.' Ik vertelde haar over het westen dat ik vanuit de trein had gezien toen ik naar Fort Barkley moest.

'En jouw stad?'

'Wij hebben zelf ons landschap gebouwd. Er zijn reusachtige gebouwen.'

'Zoals King Kong?'

'Bijna zo hoog.'

'Ja,' zei ze. 'Ik wil naar Amerika. Europa is oud. Amerika is nog nieuw. De Amerikanen zijn zo verstandig op andermans bodem te vechten. Europa zal een eeuw nodig hebben om van alles hier te herstellen. En misschien komt er binnenkort weer een oorlog. *Après la guerre* ga ik naar Amerika, Doe-bien. Je moet me helpen.'

'Natuurlijk,' zei ik. Natuurlijk.

De volgende ochtend scheen iedereen in Bastogne te weten wat er 's avonds in mijn verblijf gebeurde. Gita had nogal wat lawaai gemaakt toen ze haar zware emmers de trap op droeg. Ik was bang dat de nonnen ons allebei op straat zouden zetten, maar zij namen een waardig stilzwijgen in acht. Het waren de militairen die zich niet konden inhouden en achter hun hand 'Valentino' smiespelden als ik me vertoonde.

Het Derde Leger had in Bastogne een commandocentrum ingericht en Biddy en ik liepen er om de paar uur heen om te kijken of er al orders van Teedle waren. Al twee dagen was de stad niet bestookt en er liepen energiek doorstappende burgers op straat. Ze waren beleefd maar gehaast en niet geneigd hun eerdere fout te herhalen door te denken dat deze periode van rust al de vrede was.

Terwijl we door de steile straten liepen, zei ik: 'Ik heb gemerkt dat er over me wordt gepraat, Gideon.'

Hij wachtte even voordat hij antwoord gaf. 'Tja, kapitein,' zei hij ten slotte, 'er is nogal wat rumoer midden in de nacht.'

We lachten er samen om.

'Ze is heel bijzonder, Biddy.'

'Ja, kapitein. Zit er toekomst in?'

Ik bleef stokstijf staan. Mijn besef was verder gegroeid na mijn ontbijt met Cal van de vorige dag, maar in het gezelschap van Biddy, die ik meer vertrouwde dan wie ook, werd alles opeens veel duidelijker. Ik greep hem bij de arm.

'Biddy, hoe krankzinnig klinkt het als ik zeg dat ik houd van die vrouw?'

'Nou, gefeliciteerd, kapitein.'

'Nee,' zei ik direct, want ik zag de complicaties heel goed in, 'het is niet goed. Er zijn talloze redenen waarom het niet goed is. Het is waarschijnlijk strijdig met mijn plicht. En het loopt niet goed af.' Daarvan bleef ik volkomen overtuigd. Ik wist dat ik er hartzeer van zou hebben.

'Kapitein,' zei hij, 'dat heeft geen zin. Ze kunnen beter voorspellen wat voor weer we morgen krijgen dan wat er in de liefde zal gebeuren. Geniet u er nou maar van, want er zit niets anders op.'

Maar mijn gedachten waren niet veranderd toen Gita die avond naar mijn bed kwam.

'Je uitspraak is de hele dag in mijn hoofd blijven hangen,' zei ik.

'Laquelle?'

'Après la guerre. Ik heb de hele dag nagedacht over wat er na de oorlog zal gebeuren.'

'Als de oorlog voorbij is, moet het toch vrede zijn? In elk geval een poosje.'

'Nee, ik bedoel met jou. En met mij. Ik heb me de hele dag afgevraagd hoe het verder met ons moet. Verbaast je dat, hindert je dat?'

'Ik weet wie je bent, Doe-bien. Het zou me verbazen als je aan iets anders dacht. Dan zou ik veel minder om je geven.'

Ik wachtte even. 'Dus jij geeft ook om mij?'

'Me voici.' Ik ben hier.

'En in de toekomst?'

'Toen de oorlog begon,' zei ze, 'dacht niemand aan de toekomst. Het zou te erg zijn om je voor te stellen dat de nazi's het lange tijd voor het zeggen zouden hebben. Iedereen bij de ondergrondse leefde uitsluitend voor het ogenblik. Vechten dus. De enige toekomst was de volgende actie en hopen dat jij en je kameraden het overleven. Maar sinds Normandië is het anders geworden. De *maquisards* praten maar over één ding: *après la guerre.* Ik hoor die woorden ook in mijn hoofd. Je bent niet de enige.'

'En wat voorzie je?'

'Het is nog steeds oorlog, Doe-bien. Je klimt omhoog om over de muur te kijken, dat begrijp ik wel, maar voorlopig zijn we nog hier. Wie alleen vooruit kijkt, kan nabij gevaar over het hoofd zien. Maar ik heb veel goede mensen zien sterven. Ik heb mezelf beloofd dat ik voor die mensen zal voortleven. En ik geloof dat ik nu ook echt voor mezelf wil leven.'

'Dat is goed.'

'Maar je hebt me toch verteld wat je ziet? Huis en haard. Ja toch?'

'Ja.' Dat bleef definitief. *'Et toi?'*

Je sais pas. Maar als ik de oorlog overleef, zal ik meer geluk hebben gehad dan de meeste mensen. Ik heb geleerd wat ik moet doen.'

'Wat dan?'

'Het gewone waarderen, Doe-bien. In oorlogstijd voel je dat verlies heel pijnlijk. Een vaste gang van zaken. Routine. Ik had er altijd een hekel aan, maar nu verlang ik naar een geregeld leven.'

'En zal je dat voldoening geven? Zal het voor jou hetzelfde zijn als voor mij? Het huis, het thuis, een keurige echtgenote zijn met kinderen aan je rokken? Of zul je zoals Martin zijn, die me heeft verteld dat hij gauw een andere oorlog zou zoeken?'

'Er komt nooit meer oorlog. Voor mij niet. Je hebt eens gezegd dat een vrouw kan kiezen, en dat zal mijn keuze zijn. "Een keurige echtgenote": dat weet ik niet. Vertel eens, Doe-bien,' zei ze met een lief lachje, 'is dit een aanzoek?'

Het klonk luchtig, maar ik kende haar goed genoeg om te beseffen wat de inzet was. Ze zou grinniken om een aanzoek, maar beledigd zijn als ik haar afwees. Tegelijkertijd zou ze, door hoe ze was, gehakt van me maken als ik niet oprecht was. Maar nu ik pas een dag afstand had genomen van mijn verloofde, was ik er nog niet aan toe om nieuwe beloften te doen, zelfs niet voor de grap.

'Laten we zeggen dat ik heel aandachtig naar je antwoord zal luisteren.'

'Je lijkt wel een advocaat.'

We lachten.

'Martin heeft eens gezegd dat je nooit tevreden zult zijn met maar één man.'

'Ach, dat zei hij om zichzelf te troosten. Geloof me, Doe-bien: ik weet wat ik van mannen moet weten. En van mezelf met mannen. Maar één man voor altijd? Dat klonk me jarenlang als gevangenisstraf in de oven.'

'Mag ik iets vragen? Kwam dat misschien door je moeder?'

'Ik denk het niet. Als mijn moeder me had kunnen beïnvloeden, zou ze hebben gezegd dat ik iemand zoals jij moest zien te vinden, een fatsoenlijke, degelijke man, en hem steunen. "Een mens hunkert naar vrede," zei ze altijd.' Ze ging rechtop zitten in het weinige licht. Fysiek was Gita verlegener dan ik had verwacht en ik vond het prettig om naar haar te kijken, met haar kleine borsten die zich volmaakt verhieven tot aan hun donkere toppen.

'Maar haar is dat niet gelukt.'

'Ze heeft het geprobeerd, Doe-bien. Toen ze zeventien was, trok haar schoonheid de aandacht van de zoon van een wolverkoper in de stad. Ze dacht dat hij rijk en knap en ontwikkeld was en trouwde halsoverkop met hem.'

'Was dat Lodzka?' Ik probeerde de naam goed uit te spreken.

'Lodzki, ja. Hij deugde natuurlijk niet. Hij dronk, hij had andere vrouwen, hij hield haar kort. Ze vochten als kat en hond, zelfs met hun vuisten, en natuurlijk verloor zij altijd. Op een dag is ze bij hem weggelopen. Ze ging terug naar Pilzkoba en verklaarde dat haar man aan de griep was gestorven. Al snel had ze bewonderaars. Ze was een maand hertrouwd toen werd ontdekt dat Lodzki nog leefde. Het was een verschrikkelijk schandaal. Ze had geluk dat ze niet werd opgehangen. Ze zei altijd dat ze ook ergens anders heen had kunnen gaan, maar dat ze dat de mensen in Pilzkoba niet gunde.' Gita glimlachte melancholiek. 'Dus,' zei ze.

'Dus,' antwoordde ik en trok haar weer tegen me aan. Een mens hunkert naar vrede.

De volgende dag was ik aan het einde van de middag op zaal op ziekenbezoek toen een soldaat van de verbindingsdienst me een telegram kwam brengen. Teedle had eindelijk antwoord gegeven.

```
Zevende Pantserdivisie heeft gisteroch-
tend Oflag XII-D bij St. Vith veroverd
STOP Bevestiging majoor Martin levend in
gevangenislazaret STOP Onmiddellijk ver-
trekken STOP Arresteren
```

Ik zat bij korporaal Harzer, de soldaat die zijn voet moest missen, toen de ordonnans de gele envelop in mijn hand schoof.

'Kapitein, u ziet er niet goed uit,' zei hij.

'Nee, Harzer. Ik zie spoken.'

Ik zocht Bidwell op. We moesten de volgende ochtend vroeg weg. Daarna maakte ik een lange wandeling door de besneeuwde straten en stegen van Bastogne. Ik wist dat ik het Gita zou vertellen. Ik kon toch niet anders? Maar eerst wilde ik met mezelf in het reine zien te komen. Ik twijfelde niet aan haar gebondenheid. Ze zou me in de steek laten. Dat moet dan maar, hield ik mezelf steeds weer voor, maar ik gruwde bij het vooruitzicht. Ik overdacht enige tijd hoe ik het haar moest vertellen, maar ik was zo ontdaan dat ik het alleen nog maar achter de rug wilde hebben. Ik wachtte tot ze de zaal zou verlaten waar ze aan het werk was en liet haar alleen maar het telegram zien.

Ik keek naar haar terwijl ze het bestudeerde. Ze had een sigaret opgestoken zodra ze op de gang was en terwijl de hand die de sigaret vasthield keer op keer naar haar krullen ging, vroeg ik me even af of ze haar verpleegstersmutsje in brand zou steken. Haar lippen bewogen terwijl ze met de Engelse tekst worstelde. Maar ze begreep genoeg. Haar koffiebruine ogen keken me geschrokken aan.

'*Il est vivant?*'

Ik knikte.

'Is dit je dienstorder?'

Ik knikte weer.

'We praten er vanavond over,' fluisterde ze.

En ik knikte nogmaals.

Het was middernacht geweest voordat ik besefte dat ze niet zou komen, en daarna probeerde ik met het licht aan dat te verwerken. Ik voelde me oneindig gekwetst. Zolang Martin nog leefde, kon ze het niet opbrengen bij mij te zijn. Hun verbondenheid, van welke aard die ook mocht zijn, was sterker dan de onze.

Terwijl Bidwell onze bepakking naar de jeep bracht, zocht ik haar op om afscheid te nemen. Ik had geen idee of ik mijn verbittering zou kunnen beheersen, of dat ik haar zou smeken voor mij te kiezen.

'Gita?' zei soeur Marie, het hoofd, toen ik vroeg waar ze was. '*Elle est partie.*'

Hoe lang is ze al weg? vroeg ik. Sinds gisteren, eind van de middag, zei de non.

Het kostte negen uur om St. Vith te bereiken en ik wist ruim van tevoren wat ik zou aantreffen. De MP bij Oflag XII-D zei dat een verpleegster van het Rode Kruis, onder begeleiding van twee Fransen, uren eerder was gearriveerd om majoor Martin naar een plaatselijk ziekenhuis over te brengen. We volgden zijn aanwijzingen, maar in dat ziekenhuis bleek, zoals ik al had verwacht, niemand iets te weten van een verpleegster, de begeleiders of Robert Martin.

DEEL
ZES

25 LOER

In de hoogste klas van de middelbare school was ik tot over mijn oren verliefd op Nona Katz, de vrouw met wie ik uiteindelijk zes jaar later zou trouwen. Ik vond het verschrikkelijk om haar achter te moeten laten om te kunnen gaan studeren. Ik had een beurs behaald voor de Universiteit van Kindle County. Nona daarentegen was niet zo'n studiebol. Met wat geluk was ze toegelaten tot State, oorspronkelijk een middelbare landbouwschool, een heel wat minder prestigieuze instelling dan de befaamde universiteit in het noorden. Die beurs hield echter in dat ik geen collegegeld hoefde te betalen en vijftienhonderd dollar kreeg voor onderdak en maaltijden. Mijn ouders zaten me achter de broek om te zorgen dat ik naar de universiteit zou gaan. Van Kindle County was het maar vijf uur rijden naar State, zeiden ze, zelfs in de winter. Ze beloofden me te helpen bij de aankoop van een tweedehands auto en de betaling van mijn telefoonrekening.

'Jullie begrijpen het niet,' zei ik. 'Jullie begrijpen niet wat dit met me doet.'

'Natuurlijk niet,' zei mijn moeder. 'Hoe kunnen we dat nu begrijpen? Wij zijn immers niet uit liefde getrouwd.'

'Niet zo sarcastisch doen, ma.'

'Stewart, jij bent degene die het niet begrijpt. Toen ik je vader leerde kennen, beleefde de mensheid misschien wel haar donkerste uur. We begrijpen ten volle hoe wonderbaarlijk zulke gevoelens zijn. Maar het is niet de enige overweging.'

'Maar ma, wat is er verder nog belangrijk? Wat kan er belangrijker zijn dan liefde?'

Mijn vader schraapte zijn keel en mengde zich in de discussie, wat hij zelden deed.

'Liefde in de vorm die jij bedoelt, Stewart, is niet eeuwig en onveranderlijk. Je kunt je leven er niet op bouwen alsof je niets anders aan je hoofd zult hebben.'

Die uitspraak trof me als een donderslag. Ten eerste omdat mijn moeder instemmend toekeek. En ten tweede door het idee dat mijn vader zo koeltjes onder woorden bracht. Nona, de ontdekking dat er in de wereld een aanvullend principe bestond, had de stinkende mist van mijn adolescentie doen optrekken. De wereldwijze opmerking van mijn vader dat liefde zou verdampen was net zoiets als me vertellen dat ik opnieuw in de kerker zou worden gesmeten.

'U ziet het verkeerd,' zei ik.

'Vraag je eens af of ik gelijk zou kunnen hebben. Toe, Stewart. Na verloop van tijd neemt de liefde een vastere vorm aan die minder beslag op je legt. Goddank wel! Anders kwam niemand de slaapkamer meer uit. Er is werk te doen, er moet een gezin worden gesticht. Liefde verandert, Stewart, en je moet voorbereid zijn op wat er verder nog in het leven gebeurt.'

Daarna hoorde ik niet veel meer. Het was dat 'goddank' dat me bijbleef, het bewijs dat mijn vader het eerlijk gezegd een opluchting vond dat hij had kunnen ontsnappen aan zoiets troebels en veeleisends als hartstocht.

En toch was dit dezelfde man die ik me moest voorstellen in de armen van Gita Lodz, zo bezeten van wellust dat hij geilde in een beestenstal en, nog opwindender, het in het bed van een non had gedaan. Ik had minder moeite met zulke scènes dan ik had kunnen verwachten. Wanneer je dik genoeg bent om je op een slechte dag af te vragen of je de weegschaal in de badkamer niet beter kunt verruilen voor zo'n apparaat dat ze in weegstations aan de snelweg gebruiken, dan heb je je al bij een van de vrolijke waarheden in het leven neergelegd. Iedereen neukt. Althans: iedereen wil het. Ondanks Amerikaanse reclame is het een universeel recht. De kale waarheid was dat Gita Lodz, na maandenlang zonder man, er wel pap van lustte. Net als mijn vader heb ik me altijd aangetrokken gevoeld tot kleine vrouwen; Nona is net anderhalve meter.

Belangrijker is dat ik weet hoe het verhaal afloopt. Mademoiselle Lodz was slechts een pitstop op pa's reis van Grace Morton naar mijn moeder. Omdat ironie het themalied van het leven is, zat Stewart als man van middelbare leeftijd in de lounge op het vliegveld van Tri-Cities het einde van pa's verslag te lezen en de jonge David nogmaals te waarschuwen. Het kan alleen slecht aflopen, hield ik hem voor. Omdat ik een treinramp voorzag, verbaasde het me niet dat ik die aan het einde ook zag.

Bij mijn tweede bezoek aan Bear Leach in november 2003, vijf weken na onze eerste ontmoeting in Northumberland Manor, wilde ik weten hoe het met alle personages in het verhaal van mijn vader was afgelopen. Die vraag bracht ons op het terrein waarover Bear had gezegd dat hij er niet vrijuit over kon spreken. Hij had heel wat te vertellen over het lot van Robert Martin en zelfs nog wat meer over generaal Teedle. Maar toen ik vroeg wat er met Gita Lodz was gebeurd, zag ik een luikje dichtslaan. Ik had het manuscript van pa meegenomen en Bear bladerde de vellen op zijn schoot even door, alsof hij wat haar betrof zijn geheugen wilde opfrissen.

'Tja,' zei hij ten slotte, 'misschien kan ik je het beste de volgorde vertellen waarin het is gegaan, Stewart. Aanvankelijk heb ik een poging gedaan juffrouw Lodz te vinden, omdat ik dacht dat ze een belangrijke getuige zou kunnen zijn om het vonnis van je vader te verlichten. Dat was natuurlijk het belangrijkste aspect van de zaak, omdat David wilde verklaren dat hij schuldig was. Je vaders frontdienst bij Bastogne bleef mijn geheime troef; er was ruimschoots documentatie over te vinden in het militaire archief, vooral in de aanbeveling voor de Silver Star, waaraan het ministerie van Oorlog trouwens zijn goedkeuring had gehecht, al is de onderscheiding nooit uitgereikt als gevolg van de krijgsraadzaak. Maar ik wilde kunnen aanvoeren dat David met Martin had gevochten. Het zou onvoldoende excuus zijn om Martin te laten lopen, maar elke fatsoenlijke militair bij de krijgsraad zou een daad van mededogen tegenover een oude strijdkameraad begrijpen.

Ik hoopte dan ook op een ooggetuigenverslag van het voorval waarbij je vader had geholpen de munitieopslagplaats in de zoutfabriek op te blazen, waarover ik hoorde toen ik met Agnès de Lemolland sprak. Ik vroeg de landmacht om de verblijfplaats van alle mensen die aan die operatie hadden meegedaan.

Toen ik je vader daarover inlichtte, was hij in alle staten. "Het meisje niet," zei hij. Omdat hij me nog altijd niet wilde vertellen wat er precies was gebeurd, stoorde me dat heel erg en dat zei ik ook.

"Daar valt niet over te praten," zei hij. "Het zou een totaal debacle worden."

"Voor je zaak?" vroeg ik.

"Dat zeker. En ook voor mij persoonlijk."

"Hoezo persoonlijk?"

Iets minder terughoudend dan meestal zei hij eenvoudig: "Mijn verloofde."'

Ik viel Bear in de rede. 'Grace Morton?'

'Welnee. Dat was toen allang voorbij.'

'Mijn moeder?'

Leach zocht ongehaast naar woorden en zei toen met een droog lachje: 'Tja, Stewart, ik ben er niet bij geweest toen je werd geboren, maar je moeder heeft in kamp Balingen gevangengezeten en daar verbleef de vrouw met wie je vader inmiddels wilde trouwen.'

Hij bestudeerde me met zijn vaderlijke blik om te kijken hoe ik deze informatie verwerkte.

'Dus hij zei, mijn vader zei, dat het een ramp zou worden als ma Gita Lodz ontmoette? Of te weten kwam wie ze was?'

Zoals typerend is voor bejaarde mensen bewoog Bears mond een paar keer alsof hij de juiste woorden op zijn tong wilde proeven.

'David zei niet meer dan ik heb verklaard. Indertijd trok ik mijn eigen conclusies. Natuurlijk kreeg ik een veel vollediger beeld toen ik uiteindelijk las wat je vader had geschreven, zoals jij nu ook hebt gedaan. Het persoonlijke aspect, concludeerde ik uiteindelijk, kon beter niet nader worden onderzocht. Het was een opluchting voor me dat je vader er een stokje voor had gestoken. Zoals ik al heb gezegd was zijn oordeel als jurist heel scherp. Het zou zijn zaak veel kwaad hebben gedaan als juffrouw Lodz was opgeroepen om te getuigen en zich een kruisverhoor had moeten laten afnemen.'

Omdat ik inmiddels het hele verhaal had gelezen, begreep ik het. Als mademoiselle Lodz haar verhaal had verteld, zou pa's beslissing niet lijken op een barmhartige daad jegens een strijdkameraad, al deed zo'n bekwame advocaat als Leach nog zo zijn best. Het zou, zoals Bear eerder had gezegd, een fantasievolle auditeur-militair op het sinistere idee van moord kunnen brengen.

Maar dat was nog het minste, dacht ik. Mogelijk dat pa mijn moeder de bijzonderheden van zijn recente verhouding wilde besparen. Maar ik was ervan overtuigd dat hij op de allereerste plaats zichzelf wilde beschermen. Nu hij verder moest met zijn leven, zou pa er geen enkele behoefte aan hebben Gita Lodz terug te zien. Het zou wel buitengewoon bitter zijn om daar te zitten, in het besef dat hij hard op weg was naar de militaire gevangenis in Fort Leavenworth, terwijl hij in de zaal de vrouw zag die alle denkbare trucs had gebruikt om Martins talloze ontsnappingen mogelijk te maken, met inbegrip van dansen op mijn vaders hart.

Ik was me ervan bewust dat Bear me scherp observeerde, maar ik verkeerde in de greep van de illusie dat ik meer inzicht in mijn vader had gekregen, en had opeens moeten denken aan pa's advies op mijn achttiende. Door me voor te houden dat ik mijn keuze van een universiteit moest baseren op iets anders dan de bobbel in mijn broek bij elke gedachte aan Nona, sprak pa, zag ik nu, uit ervaring en niet vanuit zijn instinctieve behoedzaamheid. Hij wilde me beletten dat me net zo'n loer zou worden gedraaid als Gita tientallen jaren met hem had gedaan.

26 GEVANGEN

Voor het voormalige Franse garnizoensgebouw in St. Vith dat als burgerziekenhuis was ingericht, wachtten Biddy en ik op het organiseren van een ploegje MP's terwijl ik in de kou een sigaret rookte. De gevechten hadden ook van dit stadje een zware tol geëist. Er stond nauwelijks meer een steen op de andere. Alleen het ziekenhuis stond nog overeind omdat er een gigantisch rood kruis op het dak was geschilderd.

De luitenant van de militaire politie die Martin had overgedragen aan de knappe verpleegster was onthutst toen hij hoorde dat Martin werd gezocht, maar hij hield vol dat ze niet ver gekomen konden zijn. Bij de explosie in december waardoor het jachthuis met de grond gelijk was gemaakt had Martin zijn linkerhand verloren en een deel van zijn dij, alsmede haar en weefsel aan de zijkant van zijn hoofd. Een maand later had hij nog open brandwonden en hij had het ziekenhuis in een rolstoel verlaten.

'Als we hem niet vinden,' zei ik tegen Biddy, 'sleept Teedle mij voor de krijgsraad. Let op mijn woorden. Mijn dienstbevel laten zien aan de officiële bijzit van een spion: hoe haalde ik het in mijn hoofd?'

Biddy trok een wenkbrauw op bij het woord 'bijzit'.

'Kapitein,' zei hij ten slotte, 'laten we ze gewoon ophalen.'

Mijn treurnis over mijn falen als militair leek echter in het niet te vallen bij mijn persoonlijke hartzeer. Ik was ervan uitgegaan dat Gita me zou teleurstellen, maar ik had er geen idee van gehad dat ze dubbel spel zou spelen. Eén vraag pikte aan me als een boze kraai: was ze echt de nieuwe Bernhardt? Hoorde alles wat ze me had betoond bij een rol die ze speelde? Terwijl ik wanhopig naar een andere verklaring zocht, kon ik geen beter antwoord bedenken dan ja. Martin en zij waren mensen van het laagste allooi, concludeerde ik, bedriegers die op zachtere gevoelens inspeelden. Als ik een van beiden terugzag, zou ik naar mijn pistool kunnen grijpen.

Volgens de militairen die Oflag xii-d hadden bezet was Martin weggereden met een paard-en-wagen met een langharige zigeuner op de bok. Zes mp's kregen opdracht de stad te doorzoeken. Biddy en ik gingen naar het emplacement, maar er reden nog geen treinen, zelfs geen militaire treinen, zodat het onmogelijk leek dat Martin gebruik had gemaakt van zijn favoriete ontsnappingsroute. Daaruit putte ik hoop. Hier in België had Martin weinig relaties. In Frankrijk maakte hij meer kans, of zelfs in Duitsland, waar hij gebruik kon maken van de resten van zijn oude netwerk. Als Martin die kant op ging, zou hij ook zijn werk voor de Sovjets kunnen voortzetten. Waar hij ook naartoe ging, hij zou medische verzorging nodig hebben, of op zijn minst verband. En de enige betrouwbare leverancier daarvan was het Amerikaanse leger. Hij zou achter de mannen van Patton aangaan, van wie sommigen hem nog goedgezind waren, vooral omdat op instigatie van de oss geen ruime bekendheid was gegeven aan het feit dat hij werd gezocht.

Ik verstuurde een telegram naar Camello om hem te laten weten dat Martin was ontsnapt en dat we een bevel nodig hadden om achter hem aan te kunnen en hem te arresteren. We kregen een kort antwoord van Teedle: 'Doorgaan.' Ik wist nog steeds niet goed wie van de twee ik eigenlijk zocht.

Hoewel het een beetje leek op ezeltje-prik besloten Biddy en ik achter het 87e Infanterie aan te gaan dat optrok van St. Vith naar Prüm. We kwamen bataljonscommandanten van het 347e Infanterieregiment tegen in de stad en zij gaven ons toestemming met hen mee te gaan.

Vrijwel al het terrein dat in het Ardennenoffensief verloren was gegaan was inmiddels heroverd en de mannen van Patton voerden nu aanvallen uit op de massieve betonnen versterkingen van de Siegfriedlinie langs de Duitse grens. De strijd vorderde traag, wat voor Biddy en mij een voordeel was omdat Martins voortgang zou worden bemoeilijkt. Bidwell en ik reden vlak achter het front aan, van de ene medische compagnie naar de andere. Op de derde dag hoorden we twee keer over een kleine verpleegster van het Rode Kruis die zich bij medische posten had gemeld. Ze had korte tijd geholpen de gewonden te verzorgen en was daarna met een flinke voorraad medische hulpmiddelen verdwenen.

Aan het front verschoven de gevechtslinies voortdurend; beide partijen trokken zich na een snelle uitval weer terug. Een paar keer kwamen Biddy en ik in een vuurgevecht terecht. Maar al ging het langzaam, de Amerikanen maakten vorderingen en onze militairen hier waren in een heel andere stemming dan ze tijdens het grote Ardennenoffensief waren geweest. Niet alleen hadden ze meer zelf-vertrouwen, ze waren ook gehard omdat ze zich op vijandelijke bo-dem bevonden. Tegen het einde van onze derde dag kwamen Bid-dy en ik een infanteriepeloton tegen dat net een hooggelegen positie had ingenomen die werd gedomineerd door het huis van een wel-gestelde burger.

Een sergeant kwam ons begroeten. 'Is het hier Duitsland, vol-gens jullie?' vroeg hij. Ik wist van uur tot uur niet of we ons in Bel-gië, Duitsland of Luxemburg bevonden, maar we vergeleken onze kaarten en ik gaf hem gelijk met zijn veronderstelling. Hij maak-te een handgebaar naar zijn mannen en zij gingen snel het huis binnen om er alles van waarde uit te halen wat ze konden vinden. Porselein. Kandelaars. Schilderijen. Bedlinnen. Twee soldaten sleepten met een oud wandkleed. Ik had geen flauw idee hoe ze hun buit naar de vs dachten terug te sturen. De huiseigenaars wa-ren gevlucht, maar een oude dienstbode was achtergebleven en zij kwam hevig protesterend achter de mannen aan om te proberen de spullen terug te halen. Toen ze niet ophield, werkte een mage-re soldaat haar tegen de grond, waarna ze huilend bleef liggen. Een korporaal bracht de sergeant een stel zilveren wijnbekers en hij bood er Biddy en mij een paar aan.

'Ik drink geen wijn,' zei Biddy, wat niet waar was.

'Moet je leren,' zei de sergeant tegen hem en mikte de wijnbekers in onze jeep.

We brachten de nacht door in het huis, waar het voltallige peloton zich te buiten ging aan de drankvoorraad die in de kelder was ontdekt. Een man dronk zichzelf letterlijk in coma. Toen een maat probeerde hem bij te brengen door *Schnapps* in zijn gezicht te gooien, spatte het vocht op de houtkachel midden in de kamer en de vlam schoot in de fles, die explodeerde. Verscheidene mannen werden geraakt door rondvliegend glas en de bank en het kleed vatten vlam. De kerels waren zo dronken dat ze gierend van het lachen de vlammen uittrapten, maar de luitenant die de leiding had was woedend omdat vier soldaten naar de medische post moesten.

De volgende ochtend reden Biddy en ik naar het zuiden. We bevonden ons in door Amerikanen bezet gebied, hoogstens een kilometer bij het huis vandaan, toen zes Duitsers in zwarte leren jassen en gewapend met Schmeisser-pistoolmitrailleurs uit de greppels aan weerskanten van de weg opdoken en de jeep omsingelden. Ik zag dat ze niet van de Wehrmacht waren, maar van de ss, want ze hadden een zilveren doodskop op hun pet en wolfsangels op hun jassen.

Mijn eerste gedachte was iets onnozels roepen als 'we zijn verdwaald' en meteen te keren, maar toen de zes op ons afkwamen om ons te ontwapenen, besefte ik pas hoe ernstig de situatie was. Ik had het front tien dagen eerder verlaten, maar ik merkte dat ik het voortdurend had meegedragen en ik denk dat dat ook wel altijd zo zal blijven. Mijn veerkracht kromp tot iets kleins en hards, als een walnoot, en ik hoorde de vertrouwde boodschap in mijn hoofd: als je eraan gaat, ga je eraan.

Ze bevalen ons uit te stappen, reden de jeep in dicht struikgewas en Biddy en ik moesten doorlopen. Terwijl we door de sneeuw sjokten, zat Hercules op de achterbank als Cleopatra op haar galei; hij keek geïntrigeerd naar het schouwspel, net zo bevreemd als het hondje van rca dat in de toeter van de Victrola staart. 'Moet je die hond zien,' zei Biddy en we grinnikten erom.

Zodra de jeep uit het zicht was, werden we door de Duitsers gefouilleerd; ze namen ons alles af wat van nut kon zijn. Kompas.

Vechtmessen. Granaten. Horloges. En natuurlijk Bidwells camera. Een van de soldaten keek naar de lens en zag dat het een Duitse lens was.

'*Woher hast du die?*' vroeg hij aan Biddy.

Biddy deed alsof hij het niet verstond en de ss'er hief zijn Schmeisser en herhaalde de vraag. Gelukkig werd hij afgeleid toen de anderen onze voedselvoorraad vonden. Ze scheurden diverse dozen open, gooiden de kartonnen verpakkingen met golvende opdruk weg en aten met dierlijke overgave.

'Afgesneden van hun eenheid?' vroeg ik aan Biddy.

Hij knikte. Ze hadden kennelijk in dagen niet gegeten.

'Wegrennen?' vroeg hij. Ik twijfelde nog, toen de Duitse luitenant terugkwam en mij in beroerd Engels begon te ondervragen. 'Vaar Amerikanen? Vaar Duits?' Ze wilden kennelijk terug naar hun eigen posities.

Ik antwoordde met mijn naam, rang en dienstnummer. De Duitsers waren veel te wanhopig om zich iets van de Conventie van Genève aan te trekken. De luitenant gebaarde naar twee van zijn mannen, die mijn schouders vastpakten terwijl de luitenant me drie keer in mijn buik trapte. Ik was direct terug op het schoolplein, de laatste plek waar ik dat ademloze paniekmoment had overleefd waarop het middenrif ophoudt te functioneren na een dreun in de buik. Wat het nog erger maakte was dat ik, toen ik weer lucht in mijn longen kreeg, mijn ontbijt opbraakte over de laars van de luitenant. Met zijn in een handschoen gehulde hand sloeg hij me in mijn gezicht.

Mijn braken leek Hercules' aandacht te trekken. Tot op dit ogenblik had de dove hond meer belangstelling gehad voor de weggegooide etensblikken, maar nu kwam hij met sprongen naar me toe om een enorm kabaal te maken. Hij viel de Duitse luitenant niet aan, maar bleef op een meter afstand blaffen, waarbij hij wolkjes uitblies in de koude lucht. De Duitsers keken meteen de weg af en deden vruchteloze pogingen het beest stil te krijgen: ze brachten hun vinger aan hun lippen, schreeuwden tegen hem en wilden hem ten slotte grijpen. Toen de mannen op hem af kwamen, gromde Hercules, hapte in een hand en beet door het leer heen, zodat de Duitser zielig begon te jammeren.

Er klonk één enkel schot. Dezelfde ss'er die Biddy had ondervraagd had zijn pistool in de hand. Een rookwolkje krulde op voor de loop en de hond lag roerloos op de besneeuwde weg, met een bloederig ovaal als een perzikpit waar zijn oog had gezeten. Verscheidene kameraden begonnen te schreeuwen tegen de man die had geschoten, bang voor de aandacht die het schot zou trekken. In die verwarring mengde zich Biddy.

'Waarom doe je dat nou, verdomme?' vroeg hij woedend. De Duitse soldaat met de getrokken Schmeisser leek geen idee te hebben hoe hij moest reageren op het gescheld van alle kanten. Toen Biddy vastberaden naar de hond toe liep, week de Duitser even naar achteren door de terugstoot van zijn automatische wapen. Gideon viel om en rolde op zijn rug met drie ronde kogelgaten in zijn buik. Het gebeurde zo simpel, zonder voorbereiding, en het was zo zinloos dat ik eerst niet kon geloven dat het waar was. Hoe kon de wereld, die er altijd was geweest, in twee of drie seconden zo'n fundamentele verandering ondergaan?

'O mijn god!' gilde ik, een lange jammerklacht, en even rukte ik me los, maar de beide mannen en de luitenant grepen me weer vast en sleurden me naar de greppel. Ik verzette me hevig en vloekte de mannen stijf tot de luitenant de loop van zijn pistool op mijn voorhoofd zette.

'Halt die Klappe! Wir schauen bereits nach.' Ik hield mijn mond om te kijken of ze Biddy zouden helpen en een van de mannen klauterde naar de weg toe. Hij kwam vrijwel direct terug.

'Er ist tot,' zei hij.

De luitenant kon zien dat ik het verstond en zette meteen weer de ijskoude loop tegen mijn voorhoofd. Het idee van een ijdele poging tot verzet ging als zwakstroom door me heen. Maar ik had op het slagveld al het wanhopige, vernederende geheim geleerd van mijn drang om te overleven en ik zei niets, maar liet me ontredderd meeslepen door de Duitsers.

Met een klein beetje geluk zouden we Amerikaanse militairen zijn tegengekomen, maar het zat niet mee. De Duitsers in de nabijheid voerden een aanvalsactie uit en de mannen die me krijgsgevangen hadden gemaakt begaven zich op het gehoor in de richting van het strijdgewoel. Tegen het invallen van de duisternis troffen ze een Duitse antitankeenheid, die een aantal geallieerde militairen krijgsgevangen had gemaakt. De eenheid zou elders worden ingezet en we marcheerden achter hun kolonne aan, met onze handen achter ons hoofd. Als enige officier werd ik van de tien of twaalf minderen gescheiden door een buffer, bestaande uit een enkele bewaker.

We bevonden ons kennelijk in Duitsland, want in een dorp kwamen inwoners naar buiten om naar ons te kijken. Een oude vrouw kwam uit haar huisje gerend en bespuwde de voorste Amerikaan in de rij. Ze werd gevolgd door een andere, jongere vrouw die begon te gillen, waarna er nog veel meer mensen uit hun huis kwamen. Misschien als verzoenend gebaar gelastte een van de Duitse officieren ons onze jassen af te staan aan de bewoners. Ik kon niet precies zien wat er in dit plaatsje was gebeurd. Waarschijnlijk niets anders dan elders. Lijken van Duitse en Amerikaanse militairen waren in de berm gelegd.

Die nacht sliepen we onder de blote hemel. Een andere gevangene dacht dat we ergens bij Prüm waren. We kregen elk een versleten legerdeken, maar geen eten. Een man, een Brit, was al twee dagen krijgsgevangen. Hij zei dat het voor hem de tweede keer was. De eerste keer was bij operatie Market Garden, in de Lage Landen, niet ver van hier, en hij was naar een Duits gevangenkamp in België overgebracht, waaruit hij met alle aanwezigen was gevlucht tijdens een bombardement. Als enige veteraan-gevangene deed hij zijn best een zonnig humeur te bewaren. Als ik in de stemming was geweest om iemand aardig te vinden, had ik hem waarschijnlijk aardig gevonden.

'Krijgsgevangenschap is het ergste niet, vind ik. De keuken is niet het Savoy, maar in mijn eigen leger heb ik ook soms op een houtje moeten bijten. Het zijn de mensen daarginds op wie geschoten wordt die het zwaar hebben, als je het mij vraagt. Dit is alleen maar saai.'

Een van de dienstplichtingen vroeg hoe het in dat krijgsgevangenenkamp was geweest.

'De moffen zijn getikt. De hele dag door werden we geteld, makker. Opstaan. Zitten. *Eins, zwei, drei.* Niet dat ze ons iets wilden geven. Het eten was een keer brood per dag en een paar keer een smerige prut met aardappel. Op een dag komt de commandant binnen. "Ik heb goed nieuws en slecht nieuws. Goed nieuws. Vandaag krijgt elke man schoon ondergoed. Slecht nieuws. Je moet ruilen met de man naast je." Grapje,' voegde hij eraan toe.

Ons gelach trok de aandacht van de Duitse bewakers, die stampend kwamen aanlopen en bevalen dat we stil moesten zijn. Toch begon het gepraat even later opnieuw. Vroeg of laat zouden we worden overgedragen aan het moffen-equivalent van onze eigen militaire politie. De Brit dacht niet dat we naar een *Stalag* zouden gaan. Voordat hij gevangen was genomen, had hij gehoord dat krijgsgevangenen werden ondergebracht in Duitse steden die door de geallieerden werden gebombardeerd.

Nu de twee bewakers ons hoorden praten, waarschuwden ze niet meer. Ze kwamen aangerend om met hun geweerkolven op hoofden te rammen. Ik dook niet op tijd weg toen de soldaat bij me kwam en liet me stoïcijns slaan. De pijn was enorm. Maar ik trok me er weinig van aan. Vroeg of laat, besefte ik, zouden ze een lijst maken en waarschijnlijk de h op mijn plaatje zien staan. In dat stadium konden de omstandigheden drastisch verslechteren. Maar ik kon nauwelijks meer nadenken. Ik voelde me geen deel meer van deze wereld. Het was alsof ik een kop kleiner was geworden. Ik vraag me vaak af of ik ooit weer mijn volle lengte zal terugkrijgen.

De Duitsers wekten ons kort voor zonsopgang. We kregen ons dagrantsoen, een half broodje de man.

'Meteen opeten,' zei de Brit. 'Anders wordt het door iemand gestolen.'

Terwijl de bewakers ons bevalen op te staan, kwam de luitenant van de ss langs die zijn loop tegen mijn hoofd had gezet. Hij keek naar me en kwam naar me toe.

'Wie geht's?' vroeg hij, zichtbaar meer op zijn gemak nu hij weer zijn eigen mensen om zich heen had. Hij dacht dat ik meer Duits kende dan het geval was. Ik had me kunnen redden met het Jiddisch van mijn grootouders en haalde alleen mijn schouders op. Toch voelde ik me een lafaard. Hij had prachtige blauwe ogen en keek nog even naar me. *'Bald schiessen wir nicht mehr,'* fluisterde hij en glimlachte vermoeid. Hij zei dat het schieten binnenkort voorbij zou zijn en leek niet de illusie te hebben dat hij aan de winnende kant zou staan.

Het grootste deel van de ochtend moesten we lopen. Ik wist niet waar de Duitsers heen wilden, misschien moesten ze zich bij de troepen voegen in het vuurgevecht dat we hoorden, maar zover kwamen we niet. Terwijl we een bos passeerden verscheen uit het niets een eenheid van de Amerikaanse pantsercavalerie. Zes Shermans rolden met gerichte vuurlopen van alle kanten op ons toe. De Duitse commandant gaf zich over zonder dat er een schot was gelost. Kennelijk zag hij het verloop van de oorlog niet anders dan de luitenant.

Er kwamen Amerikaanse soldaten naar ons toe. De Duitsers die ons gevangen hadden genomen moesten knielen met hun handen achter hun hoofd en wij werden als helden begroet. Twee gevangenen hadden lichte verwondingen en werden afgevoerd naar een medische post. De anderen konden in een truck stappen voor transport naar het hoofdkwartier van het regiment. De Duitsers werden onder schot gehouden terwijl ze te voet verdergingen. Dit was het 66e Tankregiment van de 4e Pantserdivisie. Terwijl de meeste mensen van de divisie na Bastogne in Luxemburg op adem konden komen, waren deze tankbemanningen ingezet op de flanken van het 87e Infanterie. Ze deden verdomd goed werk, vond ik.

Hun mobiele hoofdkwartier, drie kilometer achter de linies waar we gevangen waren genomen, bestond uit een verzameling sectietenten in een besneeuwd weiland. Elk van de bevrijde Amerikanen werd ondervraagd door stafleden van het regiment. Omdat ik als enige officier gevangen was genomen, werd ik door de tweede man van de staf, majoor Golsby, in eigen persoon in zijn tent ondervraagd. Hij begreep niet veel van de orders die ik nog in mijn zak had, het enige dat de Duitsers me niet hadden afgenomen.

'Ik moet terug naar de juridische dienst van het Derde Leger,' zei ik. Als de MP's Martin en Gita nog niet hadden gevonden, had het geen zin achter hen aan te gaan nu ze een voorsprong van twee dagen hadden. Bovendien kon ik geen enkele belangstelling meer opbrengen voor mijn taak. Ik besefte dat het een historisch feit was dat de dood van Bidwell mijn schuld was. Mijn jongensachtige gefascineerdheid door Martin en Gita had, zoals elke tragische vergissing, alleen tot tragedie geleid: strijd, gevangenschap en Biddy's graf.

Toen ik Golsby vertelde wat hem was overkomen, besefte ik dat het koel klonk. 'Ik heb gejankt als een kind,' voegde ik eraan toe. Het was een aperte leugen. Ik had nog geen traan gelaten. In plaats daarvan had al mijn verdriet om Biddy de vorm gekregen van weer zo'n dwanggedachte, ditmaal waarom ik er nooit toe was gekomen hem te zeggen dat hij me David kon noemen.

'Ze hebben een krijgsgevangene doodgeschoten?' vroeg hij en herhaalde de vraag een paar keer. 'Ongewapend? Blijf zitten.' Hij kwam terug met luitenant-kolonel Coleman, de plaatsvervangend regimentscommandant. Hij zag eruit als een voormalige football-speler, groot en stevig en licht ontvlambaar, en hij werd naar behoren woedend toen hij van mij vernam hoe Biddy was gestorven.

'Wie heeft uw sergeant dat aangedaan? Zijn de mannen hier die dat hebben gedaan? Hebben we die gevangengenomen?'

Coleman droeg een luitenant tweede klasse en een sergeant op met me mee te gaan om in het kamp naar de ss'ers te zoeken. De sergeant had een Thompson-machinepistool. Het was zo'n onge-bruikelijk wapen dat ik me afvroeg of het het mijne was, afgeno-men van de Duitsers die het hadden buit gemaakt. De gevangen-genomen moffen waren zojuist te voet aangekomen en moesten in rijen zitten met hun handen achter hun hoofd. De MP's hadden de gevangenen gelast hun laarzen uit te trekken om te voorkomen dat ze zouden vluchten. Ik liep op en neer tussen de rijen door. Ik maak-te me geen illusies over wat er zou gebeuren.

De ss'er die Bidwell had doodgeschoten zag me aankomen. De afgelopen twee dagen hadden we elkaar bijna mechanisch een paar keer in de ogen gekeken. Ik had hem een vernietigende blik toe-geworpen, maar zodra hij naar mij keek, wendde ik me haastig af, want ik wist hoe lichtgeraakt hij was. Nu was hij degene die de an-dere kant op keek. Hij was nog jong, besefte ik, eenentwintig mis-schien.

'Deze,' zei ik tegen de luitenant tweede klasse.

'Opstaan.' De luitenant schopte tegen de voet van de Duitser. 'Opstaan.'

De Duitser zou niet waardig sterven. *Ich habe nichts getan,'* bleef hij maar schreeuwen.

'Waren er anderen bij?' Ik keek de rijen langs. Ik vond er nog drie, ook de Duitse luitenant die tegen me had gezegd dat het schie-ten spoedig afgelopen zou zijn. Hij keek me met zijn mooie blau-we ogen aan, een enkele waardig smekende blik, en sloeg toen zijn ogen neer. Hij voerde al te lang oorlog om nog veel illusies te heb-ben.

De vier moesten op hun sokken teruglopen naar de luitenant-kolonel. Twee Duitsers waren vrijwel barrevoets, zulke grote gaten hadden ze in hun sokken.

'Welke heeft het gedaan?' wilde Coleman weten.

Ik wees.

Coleman keek naar de man, trok zijn pistool en zette het tegen de slaap van de Duitser. De jonge ss'er huilde en schreeuwde weer dat hij niets had gedaan. Maar hij was te bang om zijn hoofd ook maar een centimeter te verroeren.

Coleman ontleende enige bevrediging aan het gejammer en stak zijn wapen weg. De Duitser bleef janken en protesteren, maar werd al wat minder luidruchtig.

'Breng hem naar achteren,' zei Coleman tegen de luitenant. Ik liep als toeschouwer mee en wist opeens niet meer wat er zou gebeuren. Ik was bang geweest dat de luitenant-kolonel mij het pistool zou aanbieden, maar ik was teleurgesteld toen hij besloot niet te schieten. Nu leek het maar beter zo.

De luitenant leidde de mannen achter Colemans tent aan de rand van het kampement en beval de vier zich om te draaien met hun handen achter hun hoofd. Hij keek naar mij, niet lang genoeg voor mij om te reageren, en naar de sergeant met de tommygun, die al leek te schieten voordat hij het wapen had gericht. Later bedacht ik dat de sergeant het zo gauw mogelijk achter de rug wilde hebben. De gedachte kwam bij me op dat ik een goed woordje voor de Duitse luitenant had kunnen doen, maar dat deed ik niet. Het spastische geblaf van het machinepistool galmde door het stille kamp en de vier Duitsers gingen tegen de grond als losgeknipte marionetten.

Op dat geluid kwam de luitenant-kolonel om de tent gelopen. Coleman liep naar de vier lijken toe. 'Rot in de hel,' zei hij ertegen.

Ik keek het allemaal aan, aanwezig en niet aanwezig. Ik had me niet kunnen verroeren nadat de Duitsers waren gevallen. De doodsangst van de ss'er had me zo aangenaam getroffen. Nu was het of ik in mezelf tastte naar mijn hart.

27 LONDEN

5 februari 1945

Lieve mensen,
Verlof in Londen. Eindelijk ben ik dan in de gelegenheid te
beschrijven wat we hebben doorgemaakt, alleen ben ik nu
niet in de stemming om iets daarvan opnieuw te beleven.
De oorlog gaat de goede kant op en ik heb mijn aandeel
geleverd. Maar als ik alles overdenk wat ik heb gezien, kan
ik me niet voorstellen dat ik anders dan als pacifist terug
zal komen. Militaire berekeningen zijn zo hard – en dat
moeten ze wel zijn, scherpzinnige calculaties hoe te winnen
en wie moet sterven. Maar met eenzelfde onsentimentele
redenering valt moeilijk te begrijpen hoe een oorlog, of in
elk geval deze oorlog, de moeite waard is geweest. De tol
van dagelijkse onderdrukking die Hitler verscheidene
landen zou opleggen, zelfs voor lange jaren, kan niet
opwegen tegen de pijn en de vernielingen die worden
toegebracht om hem tegen te houden. Ja, Europa zou dan

een gevangenis zijn. Maar nu ligt het in puin. En is een
kwestie van staatsbestel de vele miljoenen levens waard die
in dit bloedbad verloren zijn gegaan? Toen ik hier kwam,
meende ik dat de vrijheid onbetaalbaar is. Maar ik weet nu
dat dit eigenlijk alleen kan worden gezegd van het leven.
Veel liefs voor jullie allemaal. Ik verlang er erg naar jullie
terug te zien.

David

Op 1 februari 1945 keerde ik terug naar het hoofdkwartier van het
Derde Leger in Luxemburg. Omdat Luxemburgers golden als te in-
schikkelijk tegenover de Duitsers, had Patton weinig meegevoel met
hen betoond en de bejaarde bewoners van het nationale tehuis voor
ouden van dagen, de Fondation Pescatore, letterlijk op straat gezet
en in het gebouw zijn hoofdkwartier gevestigd. Het was een gebouw
als een paleis met twee vleugels, opgetrokken uit vierkante blokken
oranje kalksteen en zo groot dat de staven van voorhoede en achterhoede er beide in konden worden ondergebracht. Kolonel Maples
had een salon op de tweede verdieping toegewezen gekregen, waar
tevoren de bejaarden in erkers in de zon hadden gezeten, en hij was
zeer over de entourage te spreken. Hij liep met me mee naar het
raam om me het indrukwekkende uitzicht te laten zien op de kloof
die de stad in tweeën deelt. De inrichting van zijn kantoor was net
als die van andere opperofficieren geleverd door een neef van de
groothertog, wiens royale gebaar alleen maar het vermoeden versterkte dat hij met de Duitsers had gecollaboreerd. De kolonel toonde me het inlegwerk in zijn bureaublad, schildpad met gouden vlek-
jes, en zijn kasten, kostbare erfstukken die de kabinetmaker Boulle
voor Lodewijk de Veertiende had gemaakt. In de met marmer be-
klede open haard brandden houtblokken en de kolonel en ik gingen
in met damast overtrokken stoelen zitten. Onvermijdelijk dacht ik
aan het contrast met de ijskoude kuilen waarin ik nog maar enkele
weken eerder had verbleven, maar ik wist niet goed wat ik daarvan
moest denken. Conclusies kon je daar niet uit trekken, alleen dat het
leven en zeker de oorlog absurd waren, een gevoel dat al zo concreet
was geworden als de botten in mijn lichaam.

De kolonel boog zich naar me toe om een hand op mijn schouder te leggen.

'Je ziet er wat vermoeid uit, David. Magerder. En je kijkt ook niet meer zo fris uit je ogen.'

'Nee, kolonel.'

'Ik heb een voordracht voor medailles gezien. Je hebt je opmerkelijk onderscheiden.'

Ik somde mijn fiasco's op voor de kolonel. Ik had de beste man verloren die ik in het leger had leren kennen en als resultaat van mijn eigen begeerte was Martin opnieuw ontsnapt. Tegenover vrijwel iedereen was ik zo openhartig. Het geslijm van collega's als Tony Eisley wees ik af, maar ik voelde tegelijk stille razernij jegens mensen die deden alsof ik met ongeoorloofd verlof was geweest of, nog erger, vakantie had gehouden. In feite beviel geen enkele reactie. Maar omdat kolonel Maples een kwart eeuw geleden in de loopgraven had gevochten, was in zijn aanwezigheid mijn verbittering wat minder. Mijn niet geringe respect voor hem was nog versterkt door het besef dat hij vrijwillig naar het front was teruggegaan. Dat zou ik nooit doen. Ook kon ik me niet voorstellen dat ik me zijn vaderlijke charme eigen zou kunnen maken. Ik kon mezelf alleen nog zien als een opvliegende oude man.

De kolonel met zijn zachte grijze ogen hoorde me een poosje aan.

'Je hebt verdriet, David. Niemand spreekt daar ooit over als een blijvend bestanddeel van de oorlog. Je hebt tijd nodig.'

Ik kreeg twee weken verlof. De meeste officieren met verlof gingen naar Parijs, waar de vreugde over de bevrijding in een sfeer van schuldeloze losbandigheid werd gevierd, maar daar had ik in mijn stemming geen behoefte aan. Ik koos Londen, waar ik niet ver van Grosvenor Square een kleine hotelkamer vond. Ik had geen andere plannen gemaakt dan urenlang in bad liggen en de halve meter post doornemen die ik in Luxemburg had aangetroffen. Ik wilde slapen, een paar romans lezen en, als ik ertoe in staat was, een paar brieven schrijven.

Achteraf denk ik dat ik het Kanaal overstak met de niet uitgesproken gedachte dat ik weer de man zou kunnen worden die ik was voordat ik de oversteek maakte naar het vasteland van Europa. Maar de oorlog reisde met me mee. Ik had nooit veel langer dan twee of drie uur achtereen kunnen slapen sinds Biddy en ik opdracht hadden gekregen om Martin te arresteren. Nu merkte ik dat ik helemaal niet meer kon slapen. Ik had in maanden niet meer een nacht alleen tussen vier wanden doorgebracht en ik had het gevoel dat de muren op me afkwamen. Vaak kon ik niet eens mijn ogen dichtdoen. De tweede avond kocht ik een fles whisky. Maar met een paar borrels werd het niet beter. De demonen van de oorlog wonnen. Elke keer als ik wegdommelde overviel me een door paniek ingekerfde zintuiglijke herinnering: het gieren van inkomend artillerievuur, de aanblik van Collison met zijn darmen in zijn bebloede handen, de drie gaten in Biddy's buik, de trillende aarde en donder van de 88's of de ondraaglijke koude van Champs. En altijd waren er de doden en, erger nog, de stervenden die gilden om hulp.

Na dat alles te hebben doorgemaakt had ik waarschijnlijk verwacht dankbaar te zijn dat ik nog leefde. Maar het leven was veel aangenamer geweest zonder geconfronteerd te worden met de vrees voor uitroeiing. Ik was er zo aan gewend geraakt om bang te zijn dat mijn angst een tweede huid was geworden, zelfs in de relatieve veiligheid van Londen. Ik verwachtte artilleriebarrages in de parken, sluipschutters in elke boom. Ik schaamde me voor mijn angst en was er vaak woedend om. Ik wilde alleen zijn omdat ik niet wist of ik iemand anders behoorlijk kon behandelen.

De brieven die ik had willen schrijven kostten veel moeite. Zoveel dingen leken niet onder woorden te brengen. Twee dagen was ik bezig met schrijven aan Biddy's familie, de ene versie na de andere, en het eindresultaat was niet meer dan een kort briefje. Ik bleek niet in staat het valse pathos te beschrijven van zijn dood omdat hij een hond wilde troosten, een man die bij talloze gelegenheden zoveel moed had betoond. De enige troost die ik kon bieden was het bijsluiten van honderden van zijn foto's die ik bij zijn bezittingen had gevonden. Ik beloofde de Bidwells dat ik op bezoek zou komen als ik het er levend afbracht. In de dagen dat ik aan de brief werkte had ik me voorgesteld dat ik de pen zou neerleggen en uiteindelijk in volslagen afzondering zou kunnen huilen. Maar ik had eigenlijk niet meer gehuild na mijn tiende en ik kon het ook nu niet, waardoor ik bleef verkeren in een toestand van opgekropte emoties.

En dan was er Grace. In mijn twee dagen als krijgsgevangene van de Duitsers, toen de combinatie van Biddy's dood en Gita's desertie me de overtuiging had gegeven dat ik zou sterven van verdriet, had ik me bedacht wat Grace betrof. Ze was mooi en stralend en evenwichtig. Het enige dat ik in alle oprechtheid kon zeggen was dat ik wilde dat ik haar kon zien, omdat ik had geleerd dat aanwezigheid alles betekende. Maar zonder een foto in mijn hand kon ik me haar nauwelijks meer voor de geest halen. Als we bij elkaar waren, als ik Grace in mijn armen hield, zou ik misschien iets van ons leven kunnen herwinnen. 'Hier, hier, hier,' herhaalde ik voor mezelf, verontwaardigd dat iets dat zo verheffend en eeuwig was als de liefde door afstand verloren kon gaan. Maar de herinnering aan Gita, aan haar naakte huid en de ogenblikken waarop het was geweest alsof onze zielen versmolten, was zoveel sterker dan wat vele maanden geleden en duizenden mijlen ver was achtergelaten. Inmiddels kon ik in mijn hart erkennen dat ik geen berouw had van Gita. Steeds weer zag ik haar naaktheid boven me terwijl ze me met onbeschaamde intensiteit stimuleerde. Fantasieën over hoe ik haar in de smeulende puinhopen van Europa terug zou vinden gingen door me heen, al smeekte ik mezelf soms geen afstand te doen van het goede leven dat ik met Grace zou kunnen leiden. Maar dit was geen tijd voor logica. Ik begeerde Gita tegen beter weten in en mijn onvermogen om mijn hartstocht te beheersen leek onlosmakelijk verbonden met het hardvochtige seizoen dat ik tussen de vier muren van mijn kamertje beleefde.

Ik wende mezelf aan zoveel mogelijk te lopen, maar zelfs in de straten van Londen leverden mijn gedachten weinig anders op dan een serie felbelichte dramatische scènes waarin allerlei figuren, dierbaren en doden en duivels, op onverwachte momenten het toneel opeisten. Vaak zag ik daar Robert Martin en Roland Teedle. In de meeste stemmingen verafschuwde ik beiden omdat zij de stroom van gebeurtenissen hadden ontketend waarin ik nu dreigde te verdrinken. In mijn betere ogenblikken besefte ik dat ik moeite had mezelf te hervinden omdat ik nog altijd niet wist wie van beiden ik moest geloven. Ik verachtte Martin als bedrieger, maar in mijn hart was ik er niet van overtuigd dat de man die ik had zien afdalen naar de Seille zich zou verlagen tot spionage. Zelfs nu leek een deel van wat me was verteld niet waar, voortkomend uit de kern van onbeheerste buitensporigheid die ik altijd instinctief bij Teedle had vermoed. Gezien alle vernederingen die ik had ondergaan was twijfel aan de bevelen die mij op de weg naar ondergang en vernietiging hadden gezet onverdraaglijk.

Op mijn omzwervingen door het West End kwam ik enkele malen in Brook Street terecht. Wat ik op nummer 68 aantrof, een straat verder dan de ambassade van de Verenigde Staten en tegenover Hotel Claridge, was een onopvallend rijtjeshuis met erkers op de derde verdieping, een façade van kalksteen op straatniveau en een overkapte entree. Hier moest de oss gevestigd zijn, althans een afdeling ervan. Er was geen bord dat aangaf wie in het pand gevestigd was, maar nadat ik er een paar keer in de buurt was geweest viel me op dat er zoveel mensen in en uit liepen dat er wel een organisatie in gehuisvest moest zijn, en op mijn vijfde of zesde ochtend in Londen duwde ik het ijzeren hek open en liep naar de voordeur. Binnen vroeg ik een keurige receptioniste van middelbare leeftijd of ik kolonel Bryant Winters kon spreken. Ik vertelde haar hoe ik heette.

'Waar gaat het over?'

'Majoor Robert Martin.' Haar gezichtsuitdrukking bleef neutraal, maar ik meende toch iets van een reactie te bespeuren. Ik werd naar een harde stoel tegen de wand verwezen. Ze was met andere zaken bezig maar pakte ten slotte toch de telefoon.

Ik had weinig geweten van de oss voordat ik opdracht kreeg Martin op te sporen, maar het beeld van de organisatie had in de geesten van de meeste militairen in Europa mythische proporties aangenomen. De sterke verhalen over stoutmoedige acties in Frankrijk, Italië en Afrika waren misschien overdreven maar altijd onderhoudend, en behoorden tot de vaste ingrediënten die voor afleiding zorgden in het soldatenleven van alledag: de oss had een heel bataljon Duitse artillerie uitgeschakeld door hun rantsoenen te vergiftigen. Agenten van de Special Services waren uit de lucht komen vallen, hadden Rommels tent omsingeld en hem afgevoerd naar Rome voor verhoor.

Maar in het heilige der heiligen was de sfeer bepaald niet avontuurlijk. Het deed eerder denken aan de Yale Club in Manhattan waar ik een keer was geweest; alle aanwezigen spraken met stijve kaken en ik had het gevoel dat joden of katholieken eerder beleefd dan hartelijk werden ontvangen. nos, zoals de corpsstudenten op Easton zeiden: Niet Ons Soort. De mannen hier hadden Brits-Amerikaanse namen en velen droegen geen uniform, maar een tweedjasje. Iets in dit milieu stond me tegen, juist omdat ik heel goed wist dat ik er ooit naar had gehunkerd erbij te horen, als een hond bij een dinerend gezelschap. Wat er inmiddels ook met me was gebeurd, dat had ik allang achter me gelaten.

Ik was in dit soort bespiegelingen verdiept toen een lange man in uniform zich vertoonde. Ik schoot overeind om te groeten. Dit was kolonel Winters. Hij lachte me toe als een goede gastheer.

'Kapitein, we hadden er geen idee van dat u langs zou komen. Mijn adjudant bladert druk in de telegrammen, maar ik herkende uw naam. Advocaat-fiscaal, nietwaar? Er is zeker de gebruikelijke administratieve verwarring ontstaan?'

Ik haalde mijn schouders op, het vertrouwde vertoon van eeuwige hulpeloosheid dat bij het leven in het leger hoorde.

'Komt u maar.' Hij had een kleine werkkamer met volle boekenkasten tussen friswit geschilderde zuilen met net voldoende ruimte voor twee kleine ebbenhouten stoelen, waarop we tegenover elkaar gingen zitten. Op zijn grote bureau lagen stapels ingebonden rapporten. Terwijl hij de deur dichtdeed, veroorloofde hij zich een beschaafd lachje. 'U hebt nogal wat opschudding veroorzaakt. Hier komen niet zomaar militairen binnenwandelen om over onze actieve mensen te praten.'

'Nee, natuurlijk niet. Maar het gaat om een officiële zaak.' Ik wilde niet echt liegen, maar ik zei niets om de indruk weg te nemen dat Maples mijn komst had aangekondigd. Ik gaf alleen aan dat ik, nu ik toch in Londen was, graag bepaalde aspecten formeel wilde hebben in mijn onderzoek, dat afgerond moest zijn wilde het ooit tot een zaak voor de krijgsraad komen.

'Natuurlijk, natuurlijk,' zei Winters. Hij was een onberispelijke man met een lang, knap gezicht en briljantinehaar met een messcherpe scheiding. Maar hij gedroeg zich ontspannen. Ondanks Winters uniform had ik niet het gevoel dat ik me in een militaire omgeving bevond. Geen enkele kolonel, zelfs Maples niet, zou naar me toe zijn gekomen om me te begroeten, en we praatten wat over Londen en de oorlog. Hij vroeg wat ik hem over het front kon vertellen. Ik vertelde hem over de Duitse luitenant die had gezegd dat het schieten binnenkort afgelopen zou zijn, maar niet hoe hij was gestorven.

'Mooi, mooi,' zei Winters. 'En vertelt u eens, kapitein, waarover wilt u van ons informatie hebben?'

Ik noemde enkele punten waarop directe bevestiging door de oss tot nu toe achterwege was gebleven; ik bracht mijn opsomming zo droog mogelijk om te suggereren dat het me speet dat de wet, waaraan ik horig was, een dergelijke precisie vereiste. Ten eerste moesten we bevestigd krijgen dat Martin door de oss in Londen was ontboden. Ten tweede, dat hij geen opdracht van de oss had ontvangen om het munitiedepot in de Franse zoutfabriek op te blazen. Ten derde, dat majoor Martin voor de Russen spioneerde.

Bij dat laatste verzoek fronste Winters bedenkelijk.

'Dat is dus wat Teedle beweert. Dat hij een sovjetspion is?'

Toen ik ja zei, bukte Winters zich om iets aan zijn broekspijp te verschikken.

'Ik kan u bevestigen,' zei hij, 'dat Martin insubordinatie heeft gepleegd. Dat hij directe orders in de wind heeft geslagen en belangrijke militaire operaties heeft uitgevoerd zonder definitieve toestemming. En dat de oss zijn arrestatie steunt.'

'En berechting door de krijgsraad?'

'Naar alle waarschijnlijkheid wel. Nadat wij hem hebben gesproken.'

'Maar niet een beschuldiging van spionage?'

Winters keek op naar een raam en de bomen in Brook Street.

'Wilt u me ter wille zijn, kapitein? Bent u degene die bij Bastogne is gedropt?'

'In feite waren we met ons tweeën,' zei ik. 'Mijn sergeant en ik. En niemand hoefde Bidwell een schop tegen zijn achterste te geven om hem uit het vliegtuig te krijgen.'

Winters glimlachte. Vanaf het begin van de oorlog hadden ossagenten zulke dingen gedaan als wij. Dat waren de troefkaarten van de dienst en ik vond het wel ironisch dat veel van die zachtzinnige boekenwurmen zich met zulke staaltjes van durf identificeerden. Als ik die sprong niet had gewaagd had Winters me waarschijnlijk op de receptie laten zitten. Maar ik voelde me geen lid van hun club. De soldaten aan het front hadden weinig illusies over wat zij te verduren hadden gekregen. De mannen hier, met hun aplomb en besef van noblesse oblige, leefden in hun eigen mythen en weigerden waarschijnlijk tegenover elkaar te erkennen dat degenen die hun operaties uitvoerden dat in doodsangst deden. In dat opzicht leek Winters enigszins af te wijken en het leek hem wel te bevallen dat ik er niet op uit was indruk te maken.

'En u hebt die sprong gemaakt omdat Teedle tegen u had gezegd dat Martin een sovjetspion was?'

Ik wist eigenlijk niet meer waarom ik het had gedaan. Waarschijnlijk omdat ik nog niet had begrepen hoe verschrikkelijk het was om te sterven. Maar ik herkende een suggestieve vraag en knikte. Kolonel Winters bevoelde zijn lippen met zijn vingers.

'Ik heb grote achting voor Rollie Teedle. Hij is een bevlogen commandant. Geen andere brigadegeneraal bij de landmacht draagt zoveel verantwoordelijkheid als hij. Hij had allang zijn tweede ster gekregen als die geruchten er niet waren.'

Ik vroeg maar niet verder naar die geruchten.

'Ik twijfel er niet aan dat iemand hier Teedle die suggestie aan de hand heeft gedaan,' zei Winters. 'Het is zeker de meest gehuldigde opvatting. Maar meer is het niet, een opvatting. Eerlijk gezegd, kapitein, weet niemand precies wat Martin in zijn schild voert. In ieder geval niet wat wij hem hebben opgedragen. En dat versterkt de suggestie dat hij de bevelen van anderen opvolgt. De Russen, dat is dan gezien zijn achtergrond de logische conclusie. Het is duidelijk dat we hem daar niet zijn gang kunnen laten gaan. Het is een zeer gevaarlijke situatie.'

Dat begreep ik zelfs. 'Is al eerder gebleken dat hij niet loyaal was?'

'Nee, maar eerlijk gezegd is hij nooit op de proef gesteld. Dit najaar is Martin hier in Londen in het diepste geheim ingelicht over een project dat we hem in Duitsland wilden laten uitvoeren. En de informatie die hij daarbij heeft gekregen kan van bijzonder gewicht zijn voor de Russen. Hij heeft bij die gelegenheid opmerkingen gemaakt die mensen hier verontrustend vonden; daarom is hem in tweede instantie gelast terug te komen. Verkeerde man voor de missie, besloten we. Pas toen hij verdween bedacht iemand dat hij zou overlopen naar de Russen. En als u de bijzonderheden kende, zou u dat ook zien als de meest redelijke conclusie. Het spijt me dat ik me zo cryptisch uitdruk, Dubin. Meer kan ik er niet over zeggen.'

Ik zei dat ik het begreep.

'Persoonlijk,' zei Winters, 'klamp ik me vast aan een gevoelsmatige overtuiging dat die conclusie onjuist is. Maar daar spreek ik niet over, omdat ik ook geen andere verklaring heb voor zijn gedrag.'

'Heeft iemand anders meer geluk gehad met het volgen van zijn spoor dan ik?' Teruggekeerd in Luxemburg had ik zelf geen nieuws meer gehoord en het zoeken naar Martin opgegeven. Robert Martin had me alleen ellende bezorgd. Het zou een zoete wraak moeten zijn om hem in de boeien te zien. Maar ik had het gevoel dat ik Biddy's nagedachtenis het beste kon eren door de zoektocht op te geven die hem het leven had gekost.

'Vroeg of laat zullen we hem wel vinden. We willen niet dat de provoost-geweldige een generaal arrestatiebevel verbreidt waardoor de Russen kunnen worden getipt. We halen Martin liever in stilte terug. Maar veel van onze contactmensen in Duitsland zijn door hem geworven en daar zijn nogal wat linkse mensen bij, vakbondsmensen. En of hun loyaliteit de Russen geldt, dan wel de andere geallieerden, is nu onduidelijk. Afgezien daarvan is het lastig die mensen opdracht te geven hun banden te verbreken met de man die zij als het gezicht van deze organisatie hebben beschouwd. Het ligt allemaal heel gevoelig. We hebben inmiddels alweer andere berichten ontvangen. Martin heeft contact opgenomen met zijn oude bondgenoten, maar hij vraagt alleen hulp onderweg. Hij stelt het voor alsof hij een zeer geheime operatie moet uitvoeren. Een paar keer heeft hij om een onderduikadres gevraagd. Voor hem en het meisje.'

'Het meisje is bij hem?'

'Ik begrijp dat u haar hebt ontmoet. Is ze zo charmant als wordt beweerd?'

'Op haar manier,' zei ik.

'Dat genoegen is me ontzegd gebleven. Ze heeft hier zelf een legendarische reputatie. Martin heeft haar gerecruteerd toen ze in een ziekenhuis in Marseille werkte. Geniaal in de rollen die ze speelt en tot alles bereid. Een paar jaar geleden het hoogste offer gebracht, als u begrijpt wat ik bedoel, om inlichtingen te verzamelen bij een Duitse officier die patiënt bij haar was geweest en haar het hof bleef maken. Kritieke informatie over de bombardementen op Londen. Ze verdient een medaille, als je het mij vraagt, maar de mensen in dit gebouw willen liever niets weten van de gebruikte methoden. Oudste spionagetruc die er is, natuurlijk, het bed delen met de vijand, maar dat is een van onze dubieuze geheimen.' Hij glimlachte.

Daarna vertelde hij een verhaal dat ik eerder had gehoord over Gita, die Martin uit handen van de Gestapo had gered door zwangerschap voor te wenden. Het was maar goed dat Winters aan het woord bleef, want ik kon niets meer zeggen. Het bed delen met de vijand. Ik staarde naar het ingewikkelde motief in het tapijt van de kolonel, waarover waarschijnlijk al honderd jaar was gelopen, en probeerde na te gaan wat dat allemaal voor mij betekende. Elke keer als ik meende deze vrouw te doorgronden, bleek er meer te zijn.

'En het meisje, is zij... Is zij ook op de hand van de Russen?' vroeg ik.

Winters haalde zijn schouders op. 'Onduidelijk. Als Martin echt dat spel speelt, heeft hij zijn ware doel misschien voor iedereen verzwegen. Anderzijds...' Hij maakte een elegant gebaar met zijn hand. 'We tasten min of meer in het duister.'

Ik stond op. Hij bood aan een keer met me te gaan eten, maar na deze informatie betwijfelde ik of ik wel een hele avond naar hem wilde kijken. Ik hield het vaag en zei dat ik zou bellen als ik een gaatje in mijn agenda vond.

Hoe erg de voorafgaande periode ook was geweest, door Winters' mededelingen over Gita raakte ik zozeer in verwarring dat mijn contact met de buitenwereld nog onzekerder werd. Ik liep in de richting van Green Park en merkte een half uur later dat ik nog steeds aan de rand van een pad stond, met mijn hand op het koude ijzeren hek, ten prooi aan innerlijke onrust. Als ik in de spiegel keek, zag ik een normaal uitziende man, maar het leek of dat uiterlijk de achterkant was van een bioscoopscherm. Op die achterzijde werd een marathonfilm geprojecteerd, een eindeloze stroom van beelden en geluiden, allemaal gekweld. Vaak dacht ik, terwijl ik over straat liep: ik heb een zenuwinstorting; dan werd ik in het heden teruggeduwd door de paniek die deze gedachte opriep.

Drie dagen voor het einde van mijn verlof pakte ik mijn spullen in. Voordat ik vertrok schreef ik een korte brief aan Grace. Afgewezen door Gita kon ik niettemin niet terug naar Grace. Ik kon niet verklaren waarom teleurstelling in de ene vrouw had geleid tot het einde van mijn liefde voor de andere vrouw, maar kennelijk was dat het geval. Grace was in alle opzichten lofwaardig. Maar ze hoorde thuis in een leven waarin ik nooit terug zou keren. Dat stond wel vast. Hetzelfde gold voor het vervullen van de dienst. Nog langer nietsdoen zou me schaden. Ik moest werk om handen hebben. Ik wilde terug naar Luxemburg. Daar lagen zaken te wachten op behandeling. Daar moesten schuldigen worden opgeknoopt.

Maar ik hield er rekening mee dat zelfs juridische drama's onvoldoende beslag op me zouden leggen. Als ik niet uit deze diepe put kon ontsnappen, had ik maar één keuze. Ik wist het meteen en kon er niet de minste ironie in ontdekken. Ik zou overplaatsing aanvragen naar een gevechtsfunctie bij de infanterie. De radeloze drang om in leven te blijven, liever te doden dan te sterven, was de enige betrouwbare afleiding van het spervuur in mijn hoofd.

Pas toen ik de deur van mijn hotelkamer dichttrok, met mijn plunjezak over mijn schouder, drong de volle omvang van mijn voornemens tot me door en op een bepaalde manier was het Gita die me toesprak. Ik luisterde naar haar stem in dezelfde staat van razernij en overgave die me al dagenlang kwelde. Ik wilde haar stem niet horen, en hoorde hem toch.

'Jij bent Martin,' zei ze.

11 februari 1945

Lieve Grace,
Ik heb de afgelopen week in Londen doorgebracht in een
poging te herstellen van wat er is gebeurd. Nadat ik
maandenlang zo veel indrukken met je heb gedeeld, weet ik
hoe spaarzaam ik ben geweest met bijzonderheden over de
gevechten. Maar het is zinloos om meer te zeggen. Stel je
het ergste voor. Het is nog gruwelijker. Toen ik de oceaan
overstak betreurde ik het dat ik niet meer zou doen dan
soldaatje spelen. In de afgelopen maanden ben ik in ernst
soldaat geworden, en dat betreur ik pas echt.
Ik weet nu, Grace, dat ik niet bij jou thuis zal kunnen
komen. Ik voel me in mijn kern beschadigd en zal daarvan
nooit volledig herstellen. Toen ik hier aankwam, dacht ik
dat liefde alles zou overleven. Maar dat was een van de
vele misvattingen waarmee ik rondliep. Voor mij is onze
mooie wereld ten einde.
Ik weet dat deze brief een schok voor je zal zijn. En ik ga

gebukt onder schuldbesef en schaamte als ik me voorstel dat
je hem zult lezen. Maar ik ben in een stemming die van me
lijkt te eisen dat ik alle illusies afleg, onder meer de gedachte
dat ik bij terugkomst je liefhebbende echtgenoot zou kunnen
zijn.
Ik zal je eeuwig met me meedragen. Mijn achting en
bewondering zullen altijd blijven.
Vergeef het me alsjeblieft,

David

DEEL
ZEVEN

28 OP BEZOEK

Toen Sarah en ik nog klein waren, kleedde onze moeder ons een keer per jaar mooi aan en zette ons in de Chevy bij mijn vader. Die uitjes hadden een zekere lading, omdat pa ons niet vaak ergens mee naar toe nam zonder dat ma erbij was, behalve naar honkbalwedstrijden, waar ze gewoon nooit iets van leerde begrijpen. Het was zomer en Sarah en ik hoefden niet naar school. Dit ritje was wel het laatste waar mijn zusje en ik zin in hadden. Algauw begon Sarah of ik te klagen over misselijkheid. Maar pa reageerde niet en reed in twintig minuten door de meest haveloze straten naar het hart van de zwarte ring, naar een keurig blok van driekamerflats. Daar liet hij mijn zusje en mij uitstappen, waarbij hij geen acht sloeg op ons geklaag.

Binnen brachten we een kort bezoek aan een zwarte mevrouw met een zachte stem en een lichte huid die mevrouw Bidwell heette. Het was duidelijk dat deze bezoekjes pijnlijk waren voor alle betrokkenen. Nadat we van zo ver gekomen waren bleek dat noch mijn vader noch mevrouw Bidwell een idee had wat ze moesten zeggen. Als klein kind besefte ik al dat mijn zus en ik voornamelijk werden meegenomen als onderwerp van gesprek, zodat de oude dame kon roepen dat we zo groot waren geworden waarmee pa dan kon instemmen. Ras was het punt niet. Mijn ouders woonden in University Park, een van de eerste en meest succesvol geïntegreerde wijken in de Verenigde Staten, en met zwarte buren gingen ze heel ontspannen om.

In de huiskamer van mevrouw Bidwell kregen we een glaasje lekkere limonade en daarna stapten we weer op. Elke keer als ik vroeg waarom dit moest, zei mijn vader dat mevrouw Bidwell de moeder was van een jongen die hij vroeger had gekend. Meer niet. Ik dacht niet eens aan haar toen ik pa's verslag las, omdat ze, anders dan Gideon Bidwell, zwart was: weer een boot gemist.

Jaren geleden had ik een primeur over een van de assistent-aanklagers bij het federale hof in Kindle County, die door gokschulden in problemen was gekomen met onfrisse geldschieters. Mijn bron was een FBI-agent die zich zoals te begrijpen was zorgen maakte over een assistent-aanklager in de klauwen van boeven, en de FBI-man liet me zelfs transcripties zien van *grand jury*-verhoren zodat ik de hoofdredactie gerust kon stellen voordat we overgingen tot publicatie.

Voor mij was het een grote coup. Het enige probleem was dat de betrokken assistent-aanklager, Rudy Patel, een goede vriend van me was. Rudy en ik vormden met een paar anderen een groepje seizoenkaarthouders voor de wedstrijden van de Trappers. We zaten vaak naast elkaar te kankeren op de eeuwige tegenslagen voor de Trappers, gaven elkaar de high five bij een homerun alsof we de bal zelf hadden geslagen en mopperden op de spelers bij vier wijd en gemiste vangballen. Afzien bij de Trappers is in Kindle County een ritueel en het was ook het voornaamste dat Rudy en mij bond. Aan de zaken die hij behandelde besteedde ik geregeld aandacht in mijn kolommen. En vervolgens kreeg hij door mij zijn ontslag.

Gelukkig voor Rudy kreeg hij hulp in een programma voor juristen die in de problemen waren geraakt, hij werd lid van de Anonieme Gokkers en werd niet geroyeerd of vervolgd.

Maar hij moest natuurlijk wel ontslagen worden en hij moest leven met het feit dat hij, beschamend genoeg, door mij eruit was gegooid. Hij is docent geworden aan een goede plaatselijke rechtenfaculteit en heeft zijn leven voortgezet, maar zonder de glans van de belofte die hem in het verleden omgaf. Daar had ik wel voor gezorgd.

Rudy en ik wonen nog steeds aan dezelfde buslijn naar Nearing en soms komen we elkaar tegen op het eindpunt. Elke keer als me dat overkomt voel ik weer de warmte van onze oude vriendschap, en zelfs hij is aangenaam verrast, tot de herinnering terugkomt en hij zich walgend afwendt. In de loop der jaren is de blik van pure haat iets milder geworden. Hij moet weten dat ik alleen mijn werk heb gedaan. Maar dat biedt geen uitweg. Zelfs als hij me van harte zou vergeven, zou onze vriendschap verbonden blijven met een verleden waarvan hij afstand heeft genomen en dat hij te boven is gekomen.

Ik vermeld dit omdat het me een beetje doet denken aan de bezoekjes die mijn vader bracht aan mevrouw Bidwell. Het was duidelijk dat pa daar moeite mee had. Bij het terugrijden was hij kennelijk elders met zijn gedachten; hij liet het stuur telkens los en omklemde het dan weer. Ik weet niet welke illusie hem naar het North End voerde. Dat hij de herinnering in ere moest houden? Dat hij door ons te laten zien iets kon herstellen van het geloof in de toekomst dat mevrouw Bidwell door de dood van haar zoon had verloren? Maar na het laatste bezoek, toen ik een jaar of tien was, keek pa mijn moeder aan zodra we thuis waren en zei: 'Ik kan het niet meer.' Mijn moeder gaf hem een blik vol medeleven.

Ik weet zeker dat pa inderdaad nooit meer is gegaan. Zoals ik al heb gezegd was in het leven van mijn vader geen plaats voor het levend houden van de oorlog. Het was geen leven. Het was oorlog. Trouw kon daar niet tegen op.

Ik vermoed niet dat mevrouw Bidwell ooit heeft geprobeerd weer contact met hem op te nemen. Terugziend op die bezoeken treft het me dat meneer Bidwell of Biddy's broers nooit thuis waren. Zij konden zich waarschijnlijk niet neerleggen bij de ondraaglijke ironie dat hun zoon en broer alleen gelijke kansen had gekregen om te sterven.

In wezen was er een grote overeenkomst tussen mevrouw Bidwell en pa en Rudy en mij. Er was een gezamenlijke voorgeschiedenis, maar een geschiedenis waaraan ze niets konden veranderen. Het onverklaarbare lot had de een begunstigd en niet de ander. Die onrechtvaardigheid was niet uit te wissen, net zomin als enige andere. En omdat ze in dit opzicht machteloos waren, konden ze alleen met grote treurnis terugkijken naar wat het verleden had gebracht en vervolgens verdergaan met de totaal verschillende levens die hun restten.

29 WINNEN

Uit: *Laat je niet beetnemen in Duitsland!*, een pamflet van de
12e Legergroep, gevonden in de nalatenschap van mijn vader:

De feiten in deze brochure zijn verzameld door de provoost-geweldige van het Negende Leger van de Amerikaanse landstrijdkrachten als richtlijn voor militairen in Duitsland. Wat hier staat
is niet 'bedacht' door iemand achter een bureau. Het is een samenvatting van de ervaringen van leden van de Franse, Nederlandse en Belgische ondergrondse die nu dienen in Amerikaanse legeronderdelen. Zij kennen de trucs en hoe je je daartegen
verdedigt. Daarom zijn zij nog in leven, zodat zij hun ervaringen aan u kunnen doorgeven.

TRAP ER NIET IN
Geloof niet dat er in Duitsland ook 'goede' Duitsers zijn. Natuurlijk kent u thuis goede Duitsers. Die hadden de moed en
het benul om zich lang geleden al van Duitsland los te maken.
Geloof niet dat het alleen de nazi-regering is geweest die ver-

antwoordelijk is voor deze oorlog. Elk volk krijgt de regering die het wenst en die het verdient. Slechts een handjevol mensen heeft zich tegen de nazi's verzet. U zult ze niet tegenkomen; die zijn allang door de nazi's weggezuiverd.

Een Belgische majoor, tweemaal gewond geraakt in twee oorlogen met Duitsland, was van 1918 tot 1929 in Duitsland gestationeerd. Hij zegt: 'De Duitser is van nature een leugenaar. Individueel kan hij vredelievend zijn, maar collectief worden Duitsers wreed.'

Als er een Duitse verzetsbeweging opstaat, zal die meedogenloos zijn. De leiding zal in handen zijn van ss'ers en agenten van de Gestapo die niet terugdeinzen voor moord. Zij zullen overal hun handlangers hebben. Elke Duitser, man, vrouw of kind, moet met argwaan worden bezien. Er dient snel en streng te worden gestraft. Dat betekent niet meedogenloos. De geallieerde strijdkrachten moeten wel hun kracht tonen, maar die uitsluitend gebruiken als het noodzakelijk is.

We wonnen de oorlog. In februari en maart vorderde de geallieerde opmars gestaag. De Duitsers leken eindelijk te beseffen dat zij tegenover een overmacht stonden: ze waren verzwakt door de verliezen in het Ardennenoffensief, hadden de heerschappij in de lucht verloren en werden geconfronteerd met een enorme Russische krijgsmacht aan hun oostfront. *'Bald schiessen wir nicht mehr.'*

Voor het Derde Leger waren de voornaamste problemen het weer en het terrein. De strengste winter in vijftig jaar werd gevolgd door een vroege inval van de dooi en hoge waterstanden in de rivieren en beken in het berglandschap waarin de Siegfriedlinie was aangelegd. Waterwegen die doorwaadbaar waren geweest vereisten nu inzet van de genie terwijl de infanterie moest wachten. Maar zoals altijd maakte Patton vorderingen. Het Negentiende Tactische Luchtcommando bood beperkte steun aan vooruitgeschoven eenheden. Op 22 maart trotseerde Patton het geallieerde hoofdkwartier door in het geheim een massale aanval over de Rijn voor te bereiden, waarmee Montgomery de eer dreigde te ontgaan als eerste generaal door te dringen in het hart van Duitsland. Wekenlang woedde het conflict in het hoofdkwartier en ik twijfel er niet aan dat Pattons kleine muiterij er mede toe leidde dat hij in mei van zijn commando over het Derde Leger werd ontheven.

Ofschoon nu het einde in zicht was, werd onze opmars niet begroet met dezelfde bijval als in het bevrijde Frankrijk. Onze mannen hadden te lang oorlog gevoerd om de strijd te verheerlijken en bovendien zagen zij elke dag wat onze overwinning betekende voor de plaatselijke bevolking. Een eindeloze stroom door de gevechten van huis en haard verdreven Duitsers bewoog zich over de wegen, hun dierbaarste bezittingen meedragend op hun rug. Ze sliepen onder de blote hemel, in treurige meutes waarin al spoedig tyfus uitbrak. Sommigen zwaaiden met de *Stars and Stripes* als we passeerden, maar wij hadden hun zoons en vaders gedood en hun huizen gebombardeerd of geplunderd. Er heerste een nors wantrouwen tussen de beide partijen, vooral omdat we wisten dat veel Duitse soldaten hun uniform hadden weggegooid om op te gaan tussen de ontheemden.

Ondanks grootschalige Duitse desertie maakte alleen al het Derde Leger in die weken driehonderdduizend Duitsers krijgsgevangen. Zij werden met vrachtwagens overgebracht naar de achterste linies: vervuilde, hongerige, verslagen mannen, die achter prikkeldraad bijeen werden gedreven. Velen antwoordden op vragen dat ze vurig hoopten op het einde van de vijandelijkheden, waarna zij ingevolge de Conventie van Genève terug konden gaan naar huis.

Wat mij betrof: ik bleef ontroostbaar en soms onberekenbaar. Ik zag af van mijn voornemen me vrijwillig op te geven voor de frontdienst. In plaats daarvan verrichtte ik mijn routinewerk als militair jurist efficiënt maar zonder betrokkenheid. Rapporten omtrent diefstallen, verkrachtingen en moorden op Duitsers kwamen bij stapels tegelijk binnen en werden over het algemeen genegeerd. Alleen bij ernstige misdrijven tegen onze eigen militairen vervolgden we. Veel militaire bevelhebbers, ook generaal Maples (die op 1 april was bevorderd), spraken als hun opvatting uit dat een harde bezetting in Duitsland gerechtvaardigd was, niet zozeer uit wraakzucht, maar om de Duitsers te laten voelen wat ze elders in de wereld teweeg hadden gebracht. Ik sprak die visie niet tegen.

Maar er was weinig waartegen ik in het geweer kwam. Mijn hoge beginselen lagen, net als de steden en dorpen in West-Europa, in puin. Ik wilde alleen nog maar naar huis om ongehaast uit te zoeken wat er nog bruikbaar van was. Het waren de terneergeslagen burgers met wie ik me evenzeer verbonden voelde als met onze eigen militairen.

Van thuis ontving ik nog steeds verdrietige smeekbeden van Grace Morton, die weigerde zich te schikken in mijn oordeel dat ons huwelijk nooit iets zou worden. Mijn lieveling, schreef ze, ik weet hoe verschrikkelijk deze tijd voor je is geweest en van welke tragedies je getuige bent geweest. Binnenkort zullen we weer samen zijn, deze waanzin zal vergeten zijn en wij zullen één zijn.

Ik schreef zo vriendelijk als ik kon terug dat ze ons allebei verder verdriet kon besparen door mijn beslissing te aanvaarden. In haar volgende brieven werden haar smeekbeden nog dringender. Toen ze geen antwoord kreeg, verloor ze haar imponerende waardigheid. De ene dag kreeg ik een felle tirade over mijn ontrouw, de volgende dag een berouwvolle en wellustige beschouwing waarin ze schreef hoe verkeerd het was geweest dat wij voor mijn vertrek niet het bed hadden gedeeld. Ik dwong mezelf elke brief te lezen, altijd met verdriet. Ik was verbijsterd door de vreemde besmetting voortgekomen uit de oorlog, waardoor mijn waanzin haar aan de andere kant van de oceaan had aangestoken.

Tweemaal in een week verplaatste het Derde Leger zijn vooruitgeschoven hoofdkwartier. Begin april was het gevestigd in Frankfurt am Main, dat onophoudelijk was gebombardeerd voor onze komst. Hele huizenblokken waren veranderd in bergen van steen en mortel waarboven stof danste op de wind. In de wijk bij het Hauptbahnhof stonden nog enkele oude gebouwen overeind en de juridische dienst betrok daar een voormalig kantoorgebouw aan de Poststrasse. Ik kreeg een ruim kantoor toegewezen dat van een directielid was geweest en was op 6 april nog bezig met uitpakken toen een mollige jonge officier binnenkwam, die met zijn vingers zijn pet ronddraaide. Het was Herbert Diller, een adjudant van de plaatsvervangend chef-staf van het Derde Leger, die me wilde spreken. Ik draafde met hem mee naar het hoofdkwartier een straat verderop en we waren al halverwege toen hij de naam Teedle liet vallen.

Ik had de generaal niet meer gezien sinds de dag waarop ik onverrichterzake terugkeerde van het château van de comtesse de Lemolland en hem had moeten melden dat Martin was verdwenen. Bij mijn weten had Teedle mijn schriftelijke rapporten ontvangen, al was er geen reactie op gekomen. Nu hoorde ik van Diller dat generaal Teedle op 1 april was ontheven van zijn commando over het 18e Pantserregiment en dat hem voor de rest van de oorlog een staffunctie was toegedacht. Roland Teedle was Pattons plaatsvervangend chefstaf geworden. Terwijl Diller en ik haastig door de gangen van het voormalige ministerie liepen, hoorde ik Teedle al schreeuwen. Zijn doelwit bleek korporaal Frank te zijn, die met hem was overgeplaatst.

Generaal Teedle leek kleiner en ouder in het kantoor waarin ik hem aantrof, een somber vertrek met een hoog plafond en hoge ramen. Hij stond zichtbaar bevreemd te kijken naar een stapel papieren op een bureau die willekeurig leken neergegooid. Tot mijn verbazing voelde ik enige warmte ten opzichte van de generaal bij het weerzien, maar ik denk dat ik na mijn bezoek aan de oss in Londen had moeten erkennen dat hij in grote lijnen gelijk had gehad. Wat Robert Martin verder nog mocht zijn, hij was in elk geval niet oprecht en een subversieve kracht in de militaire organisatie. Niet dat ik Bonners beschuldiging had vergeten. De gedachte kwam even bij me op dat Teedle naar het hoofdkwartier was overgeplaatst zodat iemand hem in het oog kon houden. Maar zekerheid zou ik nooit krijgen: niet over de vraag of Bonner de waarheid had gesproken of afwijkend gedrag onjuist had geïnterpreteerd, of zelfs of, als zijn interpretatie juist was, Teedles wangedrag beschouwd moest worden als een van de vele maskers van de oorlog.

Ik feliciteerde de generaal met zijn nieuwe functie. Er hoorde nog een ster bij. Zoals gewoonlijk interesseerden complimentjes hem niet.

'De veteranen worden al vervangen, Dubin. Ze willen nu diplomaten bij de leiding. De volgende fase van de oorlog wordt politiek. Ik zou liever koeien voeren dan achter een bureau zitten, maar voorlopig is er nog werk te doen. Patton wil voor het eind van de maand in Berlijn zijn, en ik geloof dat ons dat gaat lukken. Hoe bevalt de oorlog je, Dubin? Gore ellende, wat?'

Ik moest een reactie hebben verraden op zijn laatdunkende toon, want Teedle wierp me een bezorgde blik toe.

'Ik weet dat je het zwaar hebt gehad, Dubin. Daar zal ik niet mee spotten.'

'Ik denk niet dat ik de enige ben die treurige verhalen kan vertellen.'

'Er zijn hier drie miljoen man met nachtmerries die ze mee naar huis zullen nemen, en nog eens een miljoen aan de andere kant van de wereld. Je vraagt je af wat voor land we zullen worden. Zoveel beschaving, Dubin, is alleen maar een periode van herstel tussen twee oorlogen in. We bouwen dingen op en we breken ze weer af. Neem dat arme Europa. Als ik bedenk hoe vaak hier is gevochten, verwacht ik dat er bloed uit de grond komt.'

'U klinkt zoals Martin, generaal.' Zoals altijd verbaasde ik me over mijn vrijmoedigheid tegenover Teedle. Maar hij leek niet anders te verwachten.

'Onzin, Dubin. Ik weet zeker dat Martin een einde wil maken aan oorlog. Ik beschouw oorlog als iets dat hoort bij de aard van de mens.'

Bij die opmerking keek ik ongetwijfeld gekweld, maar achteraf weet ik niet goed of dat was omdat ik Teedles visie verwierp, of omdat ik die als onthutsend juist ervoer. Teedle observeerde me, leunde naar achteren en trommelde met een potlood op zijn in wollen broek gehulde dij.

'Weet je waar het in deze oorlog om gaat, Dubin?'

Teedle had Diller voor de deur laten wachten en ik hoorde stemmen die erop wezen dat een ander overleg ophanden was, waarschijnlijk van officieren met een hogere rang dan ik. Maar het verbaasde me niet dat de generaal de tijd nam voor dit gesprek. Het was altijd zonneklaar geweest dat Teedle in zijn strijd met Martin iets essentieels had ontdekt. Hij bevond zich lijnrecht tegenover alles wat Martin symboliseerde: de eenzame avonturier die dacht dat hij de oorlogsmachinerie te slim af kon zijn; een spion die de voorkeur gaf aan trucs boven het gevecht van man tot man; en, natuurlijk, een communist die ieder wilde geven wat hij nodig had, tegenover de onpeilbare wil van God.

Ik vroeg of hij op het Verdrag van Versailles doelde.

'Verdragen zijn gelul,' zei hij. 'Ik bedoel wat er op het spel staat. In de ruimste zin des woords.'

Ik wist dat Teedle mijn ernst waardeerde en ik probeerde serieus te klinken, maar ik had echt geen flauw idee meer en zei dat ook. Natuurlijk had Teedle een visie.

'Volgens mij vechten we om wat mensen zal binden. Ik denk dat alle machines waaraan we in dit tijdperk ons hart hebben verpand

– de spoorwegen, de telegraaf en telefoon, de auto, de radio, de film-camera, het vliegtuig, God mag weten wat nog meer, dat daardoor het kompas van het leven is veranderd. Een herder die zijn kudde hoedde of een smid in zijn smidse, mensen die alleen hun naaste medeburgers kenden, hebben te maken gekregen met mensen die vijftienhonderd kilometer ver weg wonen en direct aanwezig zijn in hun leven. En ze weten niet wat ze gemeen hebben met al die verre medemensen.

Dan komen de communisten die tegen de herder zeggen dat het gemeenschappelijke belang de god van de mens is en dat hij mis-schien een paar schapen moet afstaan aan een arme man een aan-tal dorpen verderop. En dan hebben we de heer Hitler, die zijn bur-gers voorhoudt dat zij zich moeten verenigen in het streven iedereen te doden of te verslaan die anders is. En dan heb je ons: de geal-lieerden. Wat is onze visie die kan concurreren met de heer Stalin en de heer Hitler? Wat bieden wij aan?'

'Tja, Roosevelt en Churchill zouden "vrijheid" zeggen.'

'Wat betekent dat?'

'Persoonlijke vrijheid. De grondrechten. Stemrecht. Vrijheid en gelijkwaardigheid.'

'Met welk doel?'

'Generaal, ik moet zeggen dat ik me weer voel alsof ik nog rech-tenstudent ben.'

'Akkoord, Dubin. Ik begrijp wat je bedoelt. Volgens mij vechten we voor God, Dubin. Niet Christus of Jahwe of elfjes in het bos, niet een bepaalde God. Maar het recht om te geloven. Het recht om te zeggen dat er een grens is aan die grote collectieve samenle-ving, dat er iets is dat voor elk mens belangrijker is en dat hij in zijn eentje kan vinden. Maar we proberen van twee walletjes te eten, Dubin, door tegelijkertijd collectief en individueel te willen zijn, en daar komen problemen van. We kunnen geen fascisten of commu-nisten tolereren die hetzelfde voor ieder mens willen. Of de kapi-talisten, heel eerlijk gezegd. Die willen dat iedereen voor het ma-terialisme is. En dat is ook een collectivisme dat we als zodanig moeten herkennen.'

'Er is ook heel wat collectivisme in religie, generaal, mensen die willen dat je precies doet wat zij geloven.'

'Dat ligt nu eenmaal in de aard van de mens, Dubin. En ik denk dat het ook is wat God verwacht. Maar de mens heeft tot taak elke redelijke inbreng te verwelkomen.'

Ik kon het niet meer volgen en zei dat ook. Teedle liep om zijn bureau heen en kwam naar me toe op een manier die voor hem betekende dat hij zich blootgaf.

'Ik geloof in democratie,' zei hij, 'om precies dezelfde reden als Jefferson. Omdat God ons allemaal heeft geschapen, hoe verschillend ook. De menselijke verscheidenheid drukt Zijn oneindigheid uit. Maar Zijn wereld blijft diegenen toebehoren die zich inzetten voor de opdracht. Hij heeft voor hen gekozen, of het nu de trappist is die in stilte nadenkt over Zijn wil of de reus die de wereld omspant. Als God de wereld met een miljard verschillende menselijke plannen heeft geschapen, moet hij strijd hebben verwacht. Maar Hij kan niet een wereld hebben bedoeld waarin één visie overheerst, want dat zou één enkele visie op Hem betekenen, Dubin.'

'Is oorlog dan wat God wil, generaal?'

'Dat vragen we ons allemaal af, Dubin. Ik kan je het antwoord niet geven. Ik weet alleen dat Hij wil dat we volharden.' Hij pakte een document van zijn bureau. 'Ik krijg al een hele dag berichten over Ohrdruf. Ooit van gehoord?'

'Nee, generaal.'

'Drieduizend politieke gevangenen van een of ander slag die in ondiepe graven liggen, doodgehongerd door de nazi's. De weinigen die nog in leven zijn, leven in onvoorstelbaar smerige omstandigheden. In de berichten wordt telkens herhaald dat het met geen pen te beschrijven is. God moet willen dat we daartegen vechten, Dubin.'

Ik haalde mijn schouders op omdat ik me over dit onderwerp niet wilde uitspreken, terwijl de generaal schattend naar me bleef kijken. Pas toen begreep ik waardoor Teedle zich van meet af aan tot me aangetrokken had gevoeld. Mijn ziel ging hem ter harte.

'Zo, Dubin. Genoeg gepraat. Ik heb een opdracht voor je, maar ik vond dat we eerst even een paar woorden moesten wisselen. Ik heb gehoord van je bezoek aan Londen om navraag naar me te doen.'

'Ik heb gedaan wat ik altijd heb gezegd dat ik moest doen, generaal. Bijzonderheden natrekken.'

'Je wilde navraag naar me doen. Ik neem het je niet kwalijk, Dubin. Ik vermoed dat je in dit stadium Robert Martin erger haat dan ik.'

'Eerlijk gezegd ben ik tamelijk neutraal geworden, generaal. Ik kan hem niet echt peilen. Misschien is hij alleen gek op zijn eigen manier.'

'Hij is een spion, Dubin. Zo simpel is het. Hij staat aan de andere kant.'

Het was duidelijk dat Martin en de generaal in verschillende kampen stonden. Maar dat gold ook voor Teedle en mij. Niet dat ik die kampen zou kunnen benoemen.

'Zoals u wilt, generaal, maar het was geen poging tot insubordinatie. Ik wilde alleen een logisch einde aan de zaak.'

'Maar dat is je niet gelukt, hè Dubin? Die smeerlap is nog steeds aan het rommelen.'

'Misschien is hij wel dood, ik weet het niet, generaal.'

'Dat is hij jammer genoeg niet.' Teedle bladerde in de papieren op zijn bureau, gaf het ten slotte in wanhoop op en brulde om Frank, die kennelijk elders was. 'Laat ook maar, verdomme,' zei Teedle. 'Ongeveer achtenveertig uur geleden heeft een reservebataljon van de 100e Infanteriedivisie een man met één hand ontmoet die beweerde oss-agent te zijn. Dat was bij de stad Pforzheim. Hij zei dat hij een bijzondere opdracht uitvoerde en materiaal nodig had. Een verstandige officier daar nam contact op met de oss, maar toen ze de mp's hadden opgetrommeld, was Martin al in rook opgegaan.

Dus hij is weer verdwenen. Vreemd. Enig idee hoe het meisje de vorige keer te weten is gekomen dat hij in dat ziekenhuis lag? Dat vraag ik me al maanden af.'

'Dat wist ze van mij. Nogal stom van me.'

Hij trok een grimas. 'Dat dacht ik al. Dat is erger dan stom, Dubin. Je hebt haar zeker gepakt?'

Ik gaf geen antwoord.

'Je had beter moeten weten, Dubin.' Maar zijn bijna toegeknepen ogen drukten ook vermaaktheid uit omdat ik zo onnozel was geweest. Welke complexe zedelijke opvattingen Teedle er ook op na mocht houden, hij was een man van zijn woord. God verwachtte dat mensen zouden bezwijken voor seks en oorlog.

'Ik heb er niet veel van gemaakt, generaal. Dat besef ik best. Het heeft een goed mens het leven gekost. Dat zal ik tot mijn laatste snik betreuren.'

Hij keek me vriendelijker aan dan ik had verwacht en zei: 'Als jij het genoegen smaakte generaal te zijn, Dubin, zou je dat tienduizend keer kunnen zeggen. Het is geen prettige baan die meebrengt dat andere mensen voor jouw fouten sterven, wel?'

'Nee, generaal.'

'Maar dat is wat het inhoudt.'

'Ja, generaal.'

Hij wachtte een ogenblik. 'Dit is de situatie. Ik doe nu al een paar maanden de dans met de zeven sluiers met de oss. Donovan wil niet dat het hele leger ervan op de hoogte wordt gebracht dat een van zijn mensen van het rechte pad is afgedwaald. Dat is voor het geval ze de kans krijgen Martin tegen de Russen te gebruiken, zeggen ze, maar het is allemaal politiek, als je het mij vraagt, en ik ben op mijn strepen gaan staan. Er gaat een bulletin uit naar alle MP's, het Derde Leger, het Zevende Leger, de Britten, iedereen in Europa. En ik wil jou graag de leiding geven, Dubin. Jij hebt ervaring die onontbeerlijk voor ons is. Jij weet hoe Martin eruitziet. En je kent zijn trucs, wat nog belangrijker is. Bovendien krijg je de kans je flaters goed te maken. Dat is toch een redelijk voorstel?'

Ik gaf geen antwoord. Redelijkheid was niet waar het om ging, dat wisten we allebei.

'Ik weet dat je genoeg hebt van deze opdacht, Dubin. En gezien wat je hebt gezegd, of juist niet gezegd, begrijp ik ook waarom. Je hebt er goed aan gedaan je terug te trekken. Maar het is oorlog en we hebben je nodig. Ik heb het met Maples besproken. En we zijn het eens. Tot zover je orders, Dubin. Zorg dat je Martin te pakken krijgt.' De generaal sprak het bevel uit met gebogen hoofd, wat de dreigende blik in zijn lichte ogen versterkte. Het was duidelijk dat de generaal me een lesje wilde leren. De aanhouding van Martin zou me tot zijn visie bekeren. En misschien had hij daar zelfs wel gelijk in. 'Ik neem aan dat het niet nodig is er de waarschuwing aan toe te voegen dat je je andere wapen in je holster moet laten. Alleen een ezel stoot zich toch twee keer aan dezelfde steen?'

Ik knikte.

'Ingerukt,' zei hij.

30 BALINGEN

Ik reed naar het zuiden voor een gesprek met de infanterieofficier die Martin had aangehouden bij Pforzheim. De stadjes waar ik doorheen reed deden denken aan koekoeksklokken: kleine, smalle huizen gebouwd op hellingen, als tanden tegen elkaar geklemd, allemaal met geschilderde houten versieringen aan de steile daken. De officier die Martin had aangehouden, majoor Farell Beasley, beschreef hem als robuust, ondanks zijn zichtbare verwondingen; Martin had verklaard dat hij zich ook met één hand nog nuttig kon maken voor de oss. Beasley was net als velen voor hem onder de indruk gekomen van Martins esprit en het leek hem te bevreemden dat zo'n goede militair iets kon hebben misdreven. Martin had nuttige inlichtingen verschaft over de Duitse eenheden een kilometer verderop, die het 100e wilde beletten de Neckar over te steken. Over zijn eigen doelen had Martin zich niet uitgelaten, hij had alleen gezegd dat hij een kleine operatie in de omgeving voorbereidde. Ik vroeg niet of er enige aanwijzing was dat Martin samen met een vrouw reisde.

Ik bleef vierentwintig uur in Pforzheim om de zoekactie van de militaire politie te coördineren. De plaatselijke Duitsers waren niet geneigd mee te werken en aangenomen werd dat Martin zijn toevlucht had gezocht in de omringende heuvels, voorbij het gebied waar nog gevochten werd.

Bij terugkeer in Frankfurt bleek dat de telex die Teedle aan alle MP's in Europa had laten verspreiden talrijke signaleringen van eenhandige mannen had opgeleverd. Maar geen van die mannen had links zulke zware brandwondlittekens als majoor Beasley bij Martin had gezien. Op 11 april ontving ik tegen het einde van de middag een telegram van kolonel Winters van de oss in Londen, bij wie ik op bezoek was geweest.

```
Onze man gevangengenomen STOP Neem mor-
gen om 600 contact op via beveiligde ka-
nalen
```

Hij belde precies op de aangekondigde tijd. De afgelopen drie of vier dagen, zei hij, onderhandelde het Zevende Leger bij Balingen in Zuidwest-Duitsland met de commandant van een Duits kamp waarin politieke gevangenen gedetineerd waren. De nazi's hadden gehoopt hen te kunnen ruilen voor Duitse krijgsgevangenen, maar de Amerikanen hadden rustig afgewacht tot de moffen de vorige dag de leiding uit handen hadden gegeven. Bij het betreden van het kamp troffen de Amerikanen een hel van ziekte en verhongering.

'Het moet heel vreselijk zijn. De meeste ss'ers zijn natuurlijk ontsnapt. Maar toen de inlichtingenmensen op zoek gingen, wezen de gedetineerden een man met één hand aan die nog maar een paar dagen eerder in hun midden was opgedoken. Ze hadden allemaal aangenomen dat hij een Duitse bewaker was die door zijn verminking niet had kunnen vluchten. Hij beweerde een geïnterneerde te zijn, een Spaanse jood die in Duitsland had gewerkt tot hij naar een ander slavenkamp was afgevoerd, maar dat was kennelijk een verzinsel. Hij was te goed doorvoed en hij sprak beroerd Duits. En toen hij zijn broek moest laten zakken, bleek dat hij geen jood was. Hij gaf nog meer verklaringen af, de laatste dat hij een Amerikaanse oss-agent was en Robert Martin heette. Die verklaring gaf hij pas nadat zijn ondervragers hadden gedreigd hem uit te leveren aan de andere gevangenen, die al enkele bewakers met hun blote handen hadden verscheurd. Letterlijk, Dubin. Ik kan me niet voorstellen wat daar verdomme aan de hand is. Maar ik kan je één ding garanderen: Martin zal niet ontsnappen. Ze hebben hem aan een muur geketend. Hij zal uitsluitend aan jou worden uitgeleverd.'

Ik vroeg Winters of hij enig idee had wat Martin daar uitvoerde.

'Ik zou zo zeggen, Dubin, dat de mensen hier die Martin voor een verrader hielden nu wat opgewekter kijken. Wanneer je hem naar Frankfurt hebt overgebracht, willen we daar graag wat mensen naartoe sturen voor een langdurig verhoor.' Hij beëindigde het gesprek met de bekende verontschuldiging dat hij niet meer kon zeggen.

Ik regelde een gewapend escorte voor het vervoer van de gevangene en vertrok zelf vast naar het zuiden om Robert Martin aan te houden.

Gechauffeerd door een nieuwe sergeant van de MP met wie ik niet de moed had een gesprek te beginnen reisde ik af naar Balingen. Het was 12 april 1945, een stralende ochtend met een strakblauwe hemel en een geur van lente in de lucht. Er waren veel rapporten geweest over Duitse concentratiekampen, waaronder gepubliceerde verslagen van ontsnapte gevangenen. Maar de schrijvers daarvan waren al maanden geleden ontsnapt, toen de situatie voor Hitlers regime nog niet zo grimmig was. En zelfs de beweringen van de weinige overlevenden van het slavenkamp in Natzweiler in Frankrijk, waarvan enkelen van ons op de hoogte waren, werden nogal eens afgedaan als propaganda of een van de vele onwaarschijnlijke, ongefundeerde geruchten die onder Amerikaanse militairen de ronde deden; de Russen zouden de strijd hebben gestaakt en Stalin zou zelfmoord hebben gepleegd. Tweehonderd kamikazepiloten hadden grote delen van Los Angeles in de as gelegd. Montgomery en Bradley zouden voor het front van de troepen met elkaar op de vuist zijn gegaan. De nazi's maakten duizenden politieke gevangenen af. Die laatste bewering was eind januari opgedoken nadat de Russen in Polen een verondersteld concentratiekamp van de nazi's genaamd Auschwitz hadden veroverd, maar aan wat de Russen zeiden werd weinig geloof meer gehecht.

Van buiten gezien was er niets bijzonders aan kamp Balingen:

een vrij groot militair kamp aan de rand van de stad, gelegen op een helling te midden van de lariksen en dennen van het Zwarte Woud. Om het hele terrein stond een hoog hek met prikkeldraad en hoogspanningsdraad en bij de ingang stonden de gebouwen van de kampleiding, opgetrokken in gele baksteen. Het draaihek stond open en onder een bloeiende appelboom lag een dode soldaat, waarschijnlijk een ss-bewaker, op zijn buik onder een houten bord waarop ARBEIT MACHT FREI stond. Onze mensen waren gewoon om het lijk heen gereden (we zagen tanks en rupsvoertuigen staan) en we volgden hun voorbeeld.

We waren nog niet ver toen mijn bestuurder op de rem trapte, plotseling overmand door de stank: uitwerpselen, ongebluste kalk, rottend vlees. Het was niet te harden en werd nog erger toen we doorreden. Die stank overvalt me soms weer, meestal als ik ergens van geschrokken ben. Dan stel ik me voor dat de geur zo krachtig was dat hij permanent in mijn reukvermogen is gebrand.

De eerste soldaten die de vorige dag het kamp waren binnengegaan waren van de 100e Infanteriedivisie geweest, hetzelfde onderdeel dat Martin bij Pforzheim korte tijd had aangehouden. Er waren nu enkele officieren van de staf aanwezig, maar de meeste militairen die ik zag waren van toegevoegde pantsercavalerie-eenheden en leken na een dag hun ogen nog niet te kunnen geloven. Ze stonden naast hun wagens met een stuk of tien voormalige gevangenen om zich heen: wankele gedaanten in versleten gestreepte uniformen, angstaanjagende spookverschijningen die uit een andere wereld afkomstig leken. Velen waren uitgemergelder dan ik bij een mens voor mogelijk had gehouden, geraamten met een huid, met knokige polsen en enorme knokkels en zo diep weggezonken ogen dat ze blind leken. Enkelen hadden blote voeten en sommigen hadden grote vlekken van faeces en urine in hun kleding. Ze bewogen zich traag, strompelend, voort zonder duidelijke bestemming. Een van hen, een man met armen als bezemstelen, richtte zich zodra ik uit de jeep stapte met een smekend handgebaar tot mij.

Ik weet nog niet wat hij van me wilde, eten of begrip, maar ik bleef als aan de grond genageld staan, geschokt tot in het diepst van mijn beschadigde ziel en overmand door weerzin. Deze man en de anderen om hem heen joegen me meer angst aan dan de doden op het slagveld, omdat ik in hen op hetzelfde moment de onmiskenbare bewijzen herkende van de grenzeloze vernedering die een mens verdraagt om in leven te blijven.

Het duurde enige tijd voordat ik een luitenant opmerkte die naar voren was gekomen om me te begroeten, een lange jongeman met stroblond haar van de divisiestaf, die zei dat hij Grove heette en bericht had gekregen dat ik onderweg was. Hij wees om zich heen.

'Deze mensen hebben geboft,' zei hij. 'Ze kunnen nog lopen.'

'Wat zijn het voor mensen?' vroeg ik.

'Joden,' antwoordde hij. 'De meesten. Er zijn ook Poolse en Franse slavenarbeiders in een subkamp. En een paar van de Duitsers die Hitler haatte in een ander kamp, voornamelijk zigeuners en homo's. Maar hier zijn het in meerderheid joden, lijkt het. We hebben nog niet alles uitgezocht. Met de tyfus die hier heerst durven we niet goed.'

Ik snakte naar adem en stikte er haast in omdat ik opeens had beseft wat die bleke heuvel was, zo'n honderd meter achter de luitenant. De heuvel bestond uit lijken, het was een nest naakte uitgehongerde lijken, verwrongen in de dood. Ik deed enkele stappen in die richting. Grove greep me bij de mouw.

'Als u wilt, kunt u daar nog veel meer van zien.'

Wilde ik dat?

'U zou moeten kijken,' zei Grove. 'U zult hier mensen over willen vertellen.'

We liepen door. Grove zei dat in dit kamp waarschijnlijk zo'n twintigduizend mensen zaten, van wie velen de afgelopen dagen waren binnengebracht. Sommigen waren in lange marsen overgebracht uit andere concentratiekampen, waarbij onderweg duizenden mensen waren gestorven. Anderen, vooral zieken, waren hier met treinladingen tegelijk gedumpt. Ze waren allemaal ondergebracht in bouwvallige houten barakken van elk zo'n dertig meter lengte; waar ramen en deuren zouden moeten zijn, waren alleen lege gaten. Ik kon me niet voorstellen hoe de mensen hier de strenge winter waren doorgekomen, als de meesten geen andere bescherming hadden gehad dan hun dunne uniform.

Naast de barakken waren open latrines, die omdat ze waren verstopt met lijken overliepen van de uitwerpselen. Als gevolg van een Amerikaans bombardement van enkele weken terug op een pompstation was er geen stromend water meer en de gevangenen waren niet meer regelmatig gevoed sinds begin maart, toen de Duitse commandant de voedselvoorziening goeddeels had gestaakt als een wreed middel om ziekten als dysenterie en tyfus die waren uitgebroken te beperken. In de afgelopen week, tijdens de omsingeling van het kamp, hadden de gevangenen helemaal niets meer te eten gekregen. Sommige mensen, in hun haveloze kleding en met hun onmogelijk lege blik, smeekten om kruimels toen we voorbijkwamen. Grove waarschuwde me dat ik er niet op in moest gaan. De eerste militairen die het kamp binnen waren gekomen hadden snoep en blikken eten gegeven aan de eerste gevangenen die ze zagen. Er was een vechtpartij uitgebroken en daarna waren de gevangenen die de grimmige strijd hadden gewonnen bezweken aan een koliek omdat hun spijsvertering niet bestand was tegen het geschrok.

De barakken waarin de mensen waren ondergebracht waren ellendige donkere, stinkende ruimten. Hier en daar lagen bergen uitwerpselen op de met stro belegde vloer en op de houten planken boven elkaar, als in diepe kasten, lagen zieken en stervenden naast de doden. De levenden waren alleen te herkennen omdat ze van tijd tot tijd kreunden en omdat de luizen op de overledenen zo talrijk waren dat het ongedierte leek op een bewegende golf. Sinds de vorige dag waren honderden mensen gestorven, vertelde Grove. De artsen van de divisie waren deze zelfde ochtend aangekomen, maar zij wisten nauwelijks waar ze moesten beginnen met de behandeling van de zieken en het treffen van sanitaire voorzieningen om te voorkomen dat de tyfus zich verder zou verspreiden, vooral onder de Amerikaanse militairen.

Het gevolg was volgens Grove dat we nauwelijks greep hadden op de situatie. We zagen het stoffelijk overschot van een bewaakster die Grove eerder die ochtend had zien vermoorden. Een groep vrouwelijke gevangenen had haar gevonden toen ze zich onder een van de gebouwen had verstopt en had haar aan de haren eronder vandaan getrokken. De bewaakster had gegild en de gevangenen uitgescholden, terwijl ze werd geschopt en bespuwd. Ten slotte was ze door mannen met einden hout doodgeslagen. De moorden op de kapo's, meest criminelen uit Duitse gevangenissen, en op bewakers van de Wehrmacht die door de ss in de steek waren gelaten, duurden al een dag, zei Grove. Een watertoren was de vorige dag als galg gebruikt en diverse vrijwilligers onder onze militairen hadden meegeholpen mensen op te hangen.

In de nabijheid van de bakstenen gebouwen van de kampleiding, niet te zien vanuit de barakken, stond een vierkant gebouw met een enorme gemetselde oven. Met beide handen wrong Grove de gietijzeren deuren open, zodat twee halfverkoolde lijken zichtbaar werden. De oogkassen van het ene lijk waren op me gericht en ik kromp ineen bij de aanblik. Voor de oven stond een groot slagersblok dat volgens ondervraagde bewakers was gebruikt om gouden vullingen uit de kiezen van de doden te verwijderen.

Maar de dood was voor velen in Balingen de laatste tijd sneller gekomen dan de lijken konden worden verbrand. Overal waar we kwamen, tussen de barakken, aan weerszijden van de paden in het kamp, na elke hoek die we omsloegen lagen lijken, lugubere grijswitte stapels van dode mensen in verschillende stadia van ontbinding, allemaal naakt en aangetast door ongedierte. De stapels hier waren nog niets, zei Grove. Aan de rand van het kamp was een reusachtige kuil gevuld met lijken die gevangenen die nog konden lopen de afgelopen paar dagen daarheen hadden moeten verslepen. In een poging het beeld voor zijn superieuren te verduidelijken had iemand van de staf geprobeerd de stapels lijken te tellen; bij achtduizend was hij opgehouden. Starend naar die bergen mensen, zo deerniswekkend in hun naaktheid, met hun stakerige ledematen en onbedekte geslachtsdelen, raakte ik keer op keer in paniek omdat ik niet wist waar een mens in de stapel begon en ophield.

Een paar keer merkte ik op dat de bovenste lijken op die bergen een bloedige snee in de buik hadden.

'Waarom?' vroeg ik aan Grove. 'Wat hadden ze in hun maag dat iemand wilde hebben?'

De luitenant keek me aan. 'Eten,' zei hij.

Mijn oorlog zonder tranen eindigde in Balingen. Een ogenblik nadat ik de enige barak die ik bezocht had betreden, rende ik naar buiten om erachter over te geven. Daarna merkte ik dat ik huilde. Ik probeerde een paar minuten mijn zelfbeheersing te hervinden, gaf het toen op en liep geluidloos huilend mee met de luitenant; mijn ogen schrijnden in de felle zon. 'Ik heb zelf ook als een kind gejankt,' gaf hij toe. 'En ik weet niet of het erger is dat het is opgehouden.'

Maar het was niet alleen het lijden dat me tot tranen bracht, of de verbijsterende omvang van de wreedheid. Het was een enkele gedachte die na mijn eerste minuten in het kamp bij me opkwam, weer zo'n frase die maar bleef doormalen in mijn hoofd. 'Er was geen keus.'

Ik was nu zes maanden op het continent, een halfjaar, niet veel langer dan een semester in mijn studie, maar het was onmogelijk nog degene terug te halen die ik was geweest. Ik had gevochten in doodsangst en had geleerd oorlog te verachten. Ik kon geen glorie ontdekken in de barbarij die ik zag. Geen rede. En zeker geen recht. Het was alleen geweld, door beide partijen met wetenschappelijke verfijning uitgeoefend, waarbij grote vindingrijkheid was ingezet om volmaakte reusachtige moordmachines te ontwerpen. Er was niets om loyaal aan te zijn en zeker geen reden tot trots. Maar in Balingen huilde ik voor de mensheid. Omdat er geen keus was geweest. Omdat ik, nu ik alles wist, inzag dat deze verschrikkelijke oorlog moest gebeuren, met al zijn bloedvergieten en blinde vernietiging, en misschien opnieuw zou gebeuren. Als mensen hiertoe in staat waren, was het een raadsel hoe we ons ooit zouden kunnen redden. In Balingen was onweerlegbaar wreedheid de universele wetmatigheid.

Te midden van dat alles was ik volkomen vergeten wat de reden was van mijn komst. Toen Grove een van de bakstenen gebouwen bij de ingang binnenging, verwachtte ik opnieuw een schrikbeeld. In plaats daarvan bracht hij me over een koele stenen trap naar een in steen uitgehouwen kelder, waar een MP op wacht stond voor een ijzeren deur. Ik kon me niet voorstellen waar de Duitsers in deze omgeving een kerker voor nodig hadden gehad, tot ik bedacht dat het oorspronkelijk een legerkamp was geweest. Dit waren kennelijk de cellen. Het waren er acht, allemaal met stenen muren en tralies ervoor. Josef Kandel, de voormalige kampcommandant, nu bekend als het Beest van Balingen, zat in een van de cellen, kaarsrecht in een smetteloos uniform maar zonder schoenen, in beenkluisters. Naast hem zag ik twee ss-officieren die zwaar waren verhoord. De ene lag op de grond en de ander had nauwelijks tanden meer; het bloed droop nog uit zijn mond. En in de verste cel, op een krukje, zat majoor Robert Martin van de oss van de Amerikaanse land-strijdkrachten. De verluisde kleren die hij van een van de lijken had gehaald als vermomming waren na zijn gevangenneming verbrand en vervangen door een schoon officiersuniform, een roodbruin over-hemd onder een wollen spencer en de eikenbladeren nog op de rech-terpunt van zijn kraag.

Terwijl ik tegenover hem stond, wist ik dat mijn gezicht opge-zet was van het huilen, maar hij was drastischer veranderd dan ik. Aan de linkerkant van zijn gezicht glom de huid, roze als de zons-opgang, en zijn oor was gedeeltelijk gesmolten; daarboven had hij een kale plek zo breed als een hand. Zijn linkermouw was leeg.

'Majoor,' zei ik, 'op last van generaal Roland Teedle wordt u ge-arresteerd en vastgehouden om voor de krijgsraad te verschijnen zo-dra een zittingsdatum kan worden vastgesteld.'

Hij glimlachte en gebaarde met zijn overgebleven hand.

'Hou op, Dubin. Kom hier, dan kunnen we praten.'

Zijn charisma was nog zo groot dat ik het bijna zonder naden-ken had gedaan. Zelfs met één hand kon Martin me waarschijnlijk overmeesteren en nog eens ontsnappen.

'Ik denk het niet.'

Hij lachte en schudde zijn hoofd. 'Zet dan daar een stoel neer, als je dat beslist wilt. Maar we moeten praten.'

Ik keek naar luitenant Grove, die om overleg vroeg. Terwijl we door de schemerige gang liepen, fluisterde hij wat de sectie was overkomen die Martin een dag eerder had ingesloten. Terwijl ze hem naar zijn cel brachten, had hij zijn bewakers verteld over een berg driehonderd kilometer hiervandaan, waar de Duitsers volgens hem alle gestolen schatten uit Europa hadden opgeslagen. Dui-zenden goudstaven en edelstenen waren in grotten verstopt, ook Amerikaanse goudstukken van tien en twintig dollar. Een sectie van het Amerikaanse leger kon volgens hem daar binnenkomen met de smoes dat ze het Amerikaanse geld in beslag kwamen nemen en als miljonair naar buiten komen. Martin had aangeboden de weg te wijzen. Toen Grove het verhaal te horen kreeg, had hij het als be-lachelijk afgedaan. Maar nadat hij contact had opgenomen met de oss, had kolonel Winters bevestigd dat het 358e Infanterieregiment bij Kaiseroda in de Harz een zoutmijn had veroverd waar in tun-nels onder de grond een gigantische krijgsbuit was aangetroffen.

Schilderijen, edelstenen, kamers vol geld en munten. Ter waarde van miljarden. Grove huldigde de theorie dat Kaiseroda steeds Martins reisdoel was geweest.

'Wat vindt de oss daarvan?'

'Die lui zeggen nooit wat ze denken.'

Ik overwoog de mogelijkheid. Het was aantrekkelijk om aan te nemen dat Martin nooit de bedoeling had gehad te spioneren. Hij wilde zich terugtrekken uit de oorlog en gigantisch rijk worden. Misschien. Maar ik had me er al mee verzoend dat ik Martins motieven nooit echt zou begrijpen. Alleen hijzelf kon die toelichten en natuurlijk kon niemand een woord uit zijn mond geloven.

Even later sleepte een MP op bevel van Grove een zware eikenhouten stoel door de gang. Ik ging voor Martins cel zitten en hij schoof zijn kruk dicht bij de tralies. Hij leek opgewekt, al kon hij door de beenkluisters alleen kleine stapjes nemen.

'Zo,' zei Martin. 'Dit heb je al heel lang gewild. Ik zit in de boeien voor je. Ik wist dat het onzin was van dat huisarrest.'

'U bent hier beter af dan welke gevangene ook, majoor.'

Hij accepteerde mijn verwijt met een strak lachje. 'Hier beneden ruik je de stank ook.' Hij had gelijk, maar zo zwak dat ik ook de vertrouwde geur van keldervocht kon onderscheiden. 'Ik had geen idee waar ik naartoe ging. Maar je jachthonden zaten me op de hielen, Dubin. En omdat het kamp zou worden overgegeven, dacht ik er ongemerkt in op te kunnen gaan. Toen ik eenmaal binnen was, werd me natuurlijk duidelijk dat ik me bezwaarlijk voor gevangene kon uitgeven, ondanks mijn verwondingen. Maar ik kon het niet over mijn hart verkrijgen om weg te gaan. In drie nachten, Dubin, heb ik vier ss'ers gedood. Dat was simpel; ze wilden in het donker naar buiten sluipen. Ik hoefde alleen struikeldraad te spannen.' Hij snoof sceptisch. 'Van die doden zal ik het niet te kwaad krijgen met mijn geweten.'

Zoals altijd had ik geen flauw idee of ik hem kon geloven.

'En je plan om de nieuwe Croesus te worden?' vroeg ik. 'Wilde je dat opgeven?'

'Dat geloof je toch niet, Dubin? Ik geef toe dat het een opzetje was. Ik vond het aardig die jongens te laten geloven dat ze allemaal een Rockefeller konden worden. Maar het is driehonderd kilometer verderop. Als ik naar Kaiseroda had gewild, was ik daar al.'

'Waar wilde je dan heen, Martin?'

'Je wilt mijn plannen weten? Is dat waarom je daar zit? Nou, dat zal ik je vertellen, Dubin. Gita weet ervan, die vertelt het je anders wel als je haar hebt gevonden. Je wilt haar toch vinden?' Zijn rancune om Gita kreeg even de overhand en hij toonde me een leep lachje. Martins kleinzieligheid verbaasde me een beetje en stelde me gerust – het was een scheurtje in zijn pantser – maar overigens voelde ik nauwelijks een reactie toen hij haar naam noemde. Die dag niet. 'Je kunt mijn vrienden bij de oss vertellen wat ik uitvoerde, dat spaart tijd. Ik praat trouwens toch liever met jou.'

Ik reageerde niet.

'Weet je, Dubin, je hoeft niet zo gepikeerd te doen. Ik zou mijn woord aan jou hebben gehouden in Savy. Overgave? Ik was het echt van plan. Je denkt toch niet dat ik hier de voorkeur aan geef?' Hij tilde zijn handloze arm op, zodat de felrode misvormde stomp uit de mouw te voorschijn kwam. Ik had met hem in discussie moeten gaan over de manier waarop hij me had laten uitstappen terwijl hij wist dat Algar al niet meer in zijn hoofdkwartier was, of over de afgelopen tweeëneenhalve maand die Martin op de vlucht had doorgebracht nadat hij door Gita uit Oflag xii-d was bevrijd. Maar ik merkte dat ik een veel belangrijker grief tegen Robert Martin had.

'U hebt misbruik gemaakt van mijn achting voor u, majoor. U hebt me laten denken dat u een onvervalste held was en mijn bewondering gebruikt als middel om te kunnen ontsnappen.'

'Met de beste motieven, Dubin.'

'Welke dan?'

'Ik was met iets goeds bezig, Dubin. De nazi's, Dubin, hebben aan een geheim wapen gewerkt dat de wereld kan vernietigen...'

Ik schaterde het uit. Het was een hoogst onbetamelijk geluid waar we ons bevonden en het schalde door de stenen gang.

'Lach er maar om, Dubin. Het is de waarheid. Het is de enige manier waarop de Duitsers de oorlog hadden kunnen winnen, en misschien hopen ze daar nu nog op. De geallieerden zijn allang op de hoogte. De Duitsers hebben er hun beste natuurkundigen aan laten werken. Gerlach. Diebner. Heisenberg. In de afgelopen maanden hebben zij hun voornaamste inspanningen geleverd in het stadje Hechingen, een paar kilometer verderop. Hun werk wortelt in de theorieën van Einstein en anderen. Ze willen een wapen bouwen, Dubin, waarmee een atoom kan worden gesplitst. Daarbij komt genoeg kracht vrij om een hele stad van de kaart te vegen.'

Zoals gewoonlijk was Martin helemaal in de ban van zijn eigen amusante onzin. Ik wist niet veel van natuurwetenschappen, maar ik wist wel wat een atoom was en dat atomen ontzettend klein waren. Zulke kleine dingen konden nooit zo'n dodelijke kracht ontketenen als Martin nu beweerde.

'Er wordt momenteel een race gelopen, Dubin. Door de Amerikaanse inlichtingendiensten en de Russen. Allebei willen ze de Duitse natuurkundigen zien te vinden, hun papieren en hun laboratorium. Want wie dat wapen in handen heeft, Dubin, zal de wereld regeren. Vraag maar aan je makkers bij de oss. Vraag maar of het niet waar is. Vraag of er niet een groep geleerden op dit ogenblik in Duitsland is die met de oss samenwerkt. De codenaam is Alsos. Ga maar vragen. Dan zullen ze je wel vertellen dat ze op ditzelfde ogenblik achter die geleerden aan gaan.'

'Wilde u daarheen? Hechingen?'

'Ja. Ja.'

Ik leunde naar achteren in de harde houten stoel. Martins donkere krullen vielen over zijn voorhoofd en hij leek gretig en jongensachtig, ondanks de starheid van de hardroze helft van zijn gezicht. Ik verbaasde me over de omvang van wat hij bekende, zij het misschien onbewust.

'Als dat waar is, als dat Buck Rogers-verhaal over een geheim wapen enig verband houdt met de waarheid, dan wordt u opgehangen, majoor. En terecht.'

'Opgehangen?'

'U werkt toch niet voor de oss. Daar ben ik van overtuigd. Dus het is zonneklaar dat u naar Hechingen wilde gaan om die geleerden voor de Russen gevangen te nemen en af te voeren naar de Sovjet-Unie.'

'Dat is gelogen, Dubin. Woord voor woord gelogen! Ik wil niet dat een van beide kanten het sterkst wordt. Ik wil noch dat de communisten, noch dat de kapitalisten de touwtjes in handen krijgen.'

'En hoe komt het dat u dit allemaal weet, majoor? De plannen van de Amerikanen. En de Russen? Als u niet voor de Russen werkt, hoe kunt u dan weten wat ze van plan zijn?'

'Kom nu toch, Dubin. Vorig jaar september ben ik door de oss op de hoogte gebracht. Toen ik weer in Londen was. Maar zeker niet door de Sovjets. Dubin, ik heb je al verteld dat ik aan geen van beide kanten sta.'

'Zouden de Sovjets dat ook zeggen?'

'Ik heb geen idee wat zij zouden zeggen. Maar luister naar me. Luister. Ik was onderweg naar Hechingen, Dubin. Maar niet voor een land. Mijn doel was vernietiging. Van het hele laboratorium. De papieren. En de mannen. Hun verschrikkelijke geheim kon beter met die mannen het graf in gaan. Begrijp je het dan niet? Het is een tweede kans om alle ellende in de doos van Pandora terug te stoppen. Als dit wapen blijft bestaan, wie het ook in handen heeft, zal de strijd voortduren, de overwinnaar zal de verslagene onderwerpen, de verslagene zal het erop aanleggen om het in handen te krijgen en uiteindelijk zal het niet uitmaken welke kant het heeft, want als het bestaat, zal het worden gebruikt. Er is nog nooit een wapen uitgevonden dat niet is ingezet. Het maakt niet uit hoe mannen het noemen, nieuwsgierigheid of wat ook, maar de wereld zal aan dit wapen worden blootgesteld. Laat de wereld behouden blijven, Dubin.'

Hij was geraffineerd. Maar dat wist ik allang. Niemand, Teedle niet, ik niet, zou ooit kunnen bewijzen dat hij voor de Sovjets werkte en niet voor de wereldvrede. Net als Wendell Willkie. Het was, zoals ik zou hebben voorspeld, een volmaakte dekmantel.

'Dubin, je moet Gita vinden. Vind Gita. Zij zal je vertellen dat wat ik zeg waar is. Dit zijn mijn plannen. En het is nog niet te laat om ze uit te voeren. Nog maar een paar dagen. Binnenkort zullen de Amerikaanse strijdkrachten Hechingen bereiken, afhankelijk van het verloop van de gevechten. Het is maar paar kilometer verderop. Zorg dat je Gita vindt, Dubin.'

Het was geraffineerd. Het was onvermijdelijk. Zorg dat je Gita vindt. Zij zal je overhalen naar mijn pijpen te dansen. En de deur opendoen voor de zoveelste ontsnapping.

'Ze is hier, Dubin. In het Poolse kamp. Je kunt naar haar toe. Zij zal je vertellen dat het waar is.'

'Nee,' zei ik. Ik stond op. 'Geen leugens meer. Geen gefantaseer meer. Geen ontsnappingen meer. We gaan naar Frankfurt. Zodra de pantserwagen er is. Vertel je verhaal daar maar, Martin. Je ziet me kennelijk voor een kind aan.'

'Ik spreek de waarheid tegen je, Dubin. Woord voor woord. Woord voor woord. Vraag maar aan Gita. Alsjeblieft.'

Ik keerde hem de rug toe terwijl hij me nog bestookte met haar naam.

31 GITA LODZ, NATUURLIJK

Die vrouw, Gita Lodz, is natuurlijk mijn moeder.

Ik heb er geen slimme verklaring voor dat het me maanden heeft gekost om dat door te krijgen, en al die ingewikkelde verhalen waarmee ik mezelf in die tijd voor de gek hield om de waarheid niet onder ogen te hoeven zien. Volgens mij klampen mensen zich altijd vast aan de wereld die ze kennen. Bear Leach had een vriendelijker verklaring: 'Wij blijven altijd de kinderen van onze ouders.'

Maar toen ik op het vliegveld van Tri-Cities het laatste deel las van wat mijn vader had geschreven, vatte ik de afsluiting van zijn verslag zo op: nogmaals misleid door Gita Lodz was pa zijn ondergang tegemoet gegaan door Martin te laten lopen. En toen moest pa op een of andere manier, terwijl hij gebukt ging onder zijn meest catastrofale misrekening, die andere vrouw in Balingen hebben ontmoet: Gella Rosner, de vrouw die het keerpunt was geworden. Hij moest uit lijfsbehoud verliefd zijn geworden, om niet ten onder te gaan.

Achteraf is dat natuurlijk belachelijk. Maar maandenlang

verzette ik me er niet tegen en ik vond het alleen hinderlijk en teleurstellend dat pa niets schreef over de moedige, jonge Poolse jodin op wie hij, zo was me altijd verteld, in het kamp van het ene ogenblik op het andere verliefd was geworden.

Wat Bear Leach betrof: zodra ik had gevraagd hoe het met Gita Lodz was afgelopen, had hij beseft hoezeer ik was misleid. Maar hij had niet geprobeerd me uit de droom te helpen, hoewel ik hem vaak ging opzoeken om te proberen alles te weten te komen van wat hij zich over het verhaal van mijn vader kon herinneren. Bear was een zachtmoedige, wijze man en kennelijk had hij, met inachtneming van zijn vooraf gestipuleerde voorbehoud, zichzelf beloofd dat hij me alleen zoveel zou vertellen als ik leek te willen weten. Hij bood me de vastgelegde feiten aan. Het was aan mij om de voor de hand liggende conclusie te trekken. Bear zweeg niet om mijn ouders te sparen, maar om mij te sparen.

Op een dag in april 2004 belde mijn zus me thuis op om te praten over de gezondheid van mijn moeder, die achteruit ging. Sarah wilde van me horen of ze haar plan moest vervroegen om in juni op bezoek te komen rond de trouwdag van onze ouders, een periode die in 2003 erg moeilijk voor mijn moeder was geweest, na het overlijden van pa. Ik wist dat het huwelijk van mijn ouders bijna achtenvijftig jaar had geduurd. Hun trouwdag, 16 juni 1945, was voor ons geen geheim. Maar tot op dat ogenblik had ik daar nooit echt over nagedacht. Ik stond met de telefoonhoorn in mijn hand en met opengevallen mond, terwijl Sarah mijn naam riep en vroeg of ik nog aan de lijn was.

Het was inmiddels mijn gewoonte geworden een keer per maand op bezoek te gaan bij Barrington Leach. Ik deed dat voornamelijk omdat ik hem prettig gezelschap vond, maar mijn excuus voor de reiskosten die ik maakte was dat Bear me hielp pa's manuscript geschikt te maken voor publicatie. (Vanwege mijn leugen over mijn moeder en zus was ik in dit stadium van plan tegen hen te beweren dat pa's verslag eigenlijk mijn werk was, gebaseerd op diepgravend onderzoek.) Als ik bij Bear kwam, gaf ik hem de meest recente pagina's en ontving zijn commentaar op wat ik de maand daarvoor had gedaan. Niet lang nadat hij bij mijn bezoek eind april naar de salon was gereden, vertelde ik hem wat me was ingevallen toen ik een week eerder met mijn zus had getelefoneerd.

'Ik heb pas een paar dagen geleden beseft dat mijn ouders vlak voor pa's proces voor de krijgsraad zijn getrouwd. Wist je dat?'

'Natuurlijk,' zei Bear. 'Dat heb ik zelf geregeld.'

'Het huwelijk?'

'De ontmoeting natuurlijk niet,' zei Bear, 'maar de militaire autoriteiten om toestemming vragen voor hun huwelijk, ja, dat heb ik gedaan. Je vader was namelijk terecht beducht dat hij na zijn veroordeling, die onvermijdelijk leek, onmiddellijk naar een militaire gevangenis in de vs zou worden overgeplaatst. Daarom wilde hij wanhopig graag trouwen voordat het proces begon, zodat je moeder als oorlogsbruid het recht zou hebben naar de vs te emigreren. Ze verbleef in het vluchtelingenkamp dat was ingericht nadat de barakken in Balingen waren afgebrand. De omstandigheden waren er natuurlijk veel beter, maar vrij was ze niet. Er waren allerlei verzoekschriften aan de militaire autoriteiten en de bezettingsautoriteiten voor nodig, maar ten slotte mochten je moeder en een rabbijn, die ook in Balingen werd vastgehouden, je vader een bezoek van een halfuur brengen in het kasteel van Regensburg om te trouwen. Ik was getuige. Ondanks de omstandigheden was het heel ontroerend. Ze leken mij tot over hun oren verliefd.'

Dat was het enige dat Bear zei en hij keek naar de pagina's die ik hem had gegeven, zodat ik in de gelegenheid was om de informatie te verwerken. Ondanks de gruwelen van het kamp, of ma's onbekendheid met de militaire wereld, of zelfs haar toen nog beperkte beheersing van het Engels, moest iemand die zo intelligent was als zij de essentie van de situatie waarin pa verkeerde hebben begrepen. Ze wist dat hij was gearresteerd en moest zich dus ernstige zorgen maken over haar echtgenoot. Het was duidelijk dat ma heel wat meer wist van de krijgsraadzaak dan ze tegenover mij had willen erkennen. Toch was mijn eerste gedachte dat ik haar terughoudendheid moest beschouwen als het nakomen van pa's wens om te zwijgen.

Maar de vraag die me al een halfjaar bezighield liet me niet los. Waarom had pa gezegd dat hij vurig hoopte dat zijn kinderen dit verhaal nooit zouden horen? Voor de ramen van de salon in Northumberland Manor werden de rode esdoornknoppen buiten volmaakt belicht, zodat te zien was dat ze net begonnen te rijpen, en terwijl ik daarnaar keek met de intense museumaandacht waarover pa had geschreven, volkomen geconcentreerd, viel de werkelijke verklaring me in. Het was heel eenvoudig. Mijn vaders opmerking over het niet inlichten van zijn kinderen was niet filosofisch. Het was een praktische overweging. Pa had niet gewild dat de waarheid bij zijn proces of later aan het licht zou komen omdat daardoor zijn vrouw in gevaar zou worden gebracht, die genoopt was met een leugen te leven. Daarom zou het rampzalig zijn geweest om Gita Lodz als getuige op te roepen. Daarom hoopte hij dat wij het verhaal nooit zouden horen: omdat dat stilzwijgen zou betekenen dat zij een bestaan als man en vrouw hadden opgebouwd.

In zijn rolstoel zat Bear met gebogen hoofd te lezen en ik omvatte even zijn gevlekte hand en door ziekte gekromde vingers.

'Ze is mijn moeder. Toch? Gita Lodz?'

Bear schrok alsof ik hem wakker had gemaakt. Zijn wolkige ogen met de wijsheid van de ouderdom bleven op me rusten en zijn kaak zakte weg in die scheve grijns van hem. Hij laste een juristenpauze in.

'Ik heb al gezegd, Stewart, dat ik niet bij je geboorte ben geweest.'

'Maar de vrouw die je met mijn vader hebt zien trouwen, dat was toch Gita Lodz?'

'Dat heeft je vader nooit tegen me gezegd,' antwoordde hij. 'Absoluut niet. Het zou me in een onmogelijke positie hebben gebracht als hij me dat had verteld, omdat ik de militaire autoriteiten maandenlang had gesmeekt om toestemming voor David om te trouwen met een overlevende uit een concentratiekamp die een andere naam had. Dan had ik een stokje moeten steken voor die poging tot misleiding. Ik denk dat dat is waarom hij in de Verenigde Staten nooit contact met me heeft opgenomen – zodat ik daar achteraf geen bedenkingen over hoefde te hebben.'

Maandenlang was ik traag van begrip geweest, maar nu trok ik vlot de voor de hand liggende conclusies. Ik begreep onmiddellijk waarom Gita Lodz, heldin van het Franse verzet, hierheen was gekomen als Gella Rosner (haar voornaam werd veramerikaanst tot Gilda), David Dubins oorlogsbruid, die gered zou zijn uit een hels oord van de nazi's dat Balingen heette. Voorjaar 1945 hadden mijn ouders alle reden om aan te nemen dat de oss nooit zou toestaan dat de medewerkster van Robert Martin, verdacht van spionage voor de Russen, naar de Verenigde Staten zou afreizen. Zijnde degene die Martin meermalen had geholpen te ontsnappen riskeerde Gita vervolging als de oss en Teedle haar in handen hadden gekregen. Een nieuwe identiteit was de enige uitkomst. In die zee van lijken zou het onmogelijk zijn haar verklaring te weerleggen. Het was een nieuwe rol voor de vrouw die Bernhardt naar de kroon wilde steken en die al vele rollen overtuigend had vertolkt. En deze rol garandeerde dat Gilda welkom zou zijn in Davids familie. Een joodse bruid. Zoals zijn ouders graag wilden. En zoals Gita zelf, toen ze jonger was, had gewild.

En waarschijnlijk was het ook niet zonder betekenis als verklaring tegenover mijn vader. Toen ik in 1970 mijn achternaam had veranderd, was mijn vader niet echt ingegaan op mijn implicatie dat ik een daad van verwerping ongedaan had gemaakt die tientallen jaren eerder was gepleegd. Er was maar één ding waarover hij geen onduidelijkheid wilde laten bestaan.

'Je hoeft er niet aan te twijfelen, Stewart,' zei hij tegen me, 'dat ik door Balingen jood ben geworden.' Omdat ik wist dat hij nooit zou vertellen wat hij daar met eigen ogen had gezien, ging ik er niet verder op in. Bij nader inzien vatte ik het op als een manier om me te laten merken hoe verknocht hij was aan mijn moeder. En zelfs nu weet ik nog niet precies op wat voor omslag hij doelde. Ik weet niet of hij bedoelde dat hij had beseft, als zovelen in Duitsland, dat aan die identiteit niet te ontkomen valt, of, zoals ik eigenlijk vermoed, dat hij het aan de duizenden uitgeroeide slachtoffers verplicht was niet het erfgoed te verloochenen dat hun noodlottig was geworden. Natuurlijk was het een treffend eerbetoon aan Gita's nieuwe persoonlijkheid, die een van de miljoenen die waren omgekomen in staat stelde niet alleen herdacht te worden, maar te herleven. Maar ik zie in dat pa ook met nadruk iets over zichzelf zei, over wat een individu kon betekenen, waar een mens op kon hopen, ondanks de kracht van de geschiedenis.

Ik daarentegen, die trots de naam Dubinsky weer in gebruik had genomen, die zijn dochters naar joodse godsdienstles had gestuurd en elke vrijdagavond een sjabbesmaal wilde gebruiken, besefte nu in de salon van een quasi-antiek verzorgingstehuis in Connecticut dat ik, in de strenge traditie van een godsdienst die het geloof van een kind bepaalt aan de hand van het geloof van de moeder, niet echt joods ben.

Dit zijn de laatste pagina's van het verslag van mijn vader:

Ik liet de duisternis van de kerker achter me en ging naar buiten, het stralende voorjaarsweer en de verschrikkelijke stank van Balingen in. Ik denk dat mensen instinctief terugdeinzen voor de lucht van rottend vlees en moest me even verzetten tegen de misselijkheid.

Grove stond op me te wachten. Ik dacht dat hij wilde weten hoe het met Martin was gegaan, maar hij had ander nieuws.

'Roosevelt is dood,' zei hij. 'Truman is president geworden.'

'Dat kan toch niet waar zijn.'

'Het was net op de militaire zender. FDR schijnt een beroerte te hebben gehad. Het is echt waar.' Ik was opgevoed met de verering van Roosevelt. Mijn moeder beschouwde de president als naaste familie; zij zou het verschrikkelijk vinden. En toen keek ik naar de dichtstbijzijnde berg lijken. Altijd op zo'n paradoxaal ogenblik verwachtte ik dat ik het leven beter zou begrijpen, maar het was alleen mijn verwarring die groter werd.

Ik vroeg de MP die me had gechauffeerd of we wisten wanneer de halfrups er kon zijn die Martin terug zou brengen, maar door het nieuws van Roosevelts overlijden leek alles voorlopig tot stilstand gebracht. Ik wist zeker dat ik niet de nacht in Balingen wilde doorbrengen. Zodra het transport er was, liet ik weten, moest Martin worden afgevoerd. Wij konden bivakkeren bij het 406e

Pantsercavalerieregiment, een paar kilometer verderop, dichter bij Hechingen.

Een uur of wat later arriveerde een kolonne, maar het was niet het transport waar ik op wachtte. Het was de eerste delegatie van het Rode Kruis. Ik keek met de koele afstandelijkheid van een veteraan toe terwijl de mannen en vrouwen, gewend onvermoeibaar te werken om levens te behouden, de volle omvang tot zich lieten doordringen van wat hun te wachten stond. Een jonge Franse arts viel flauw toen hij de eerste berg lijken zag. Merkwaardig genoeg viel een van de schimmige gestalten die doelloos door het kamp zwierven, een bejaarde man die de bevrijding had gehaald, een meter bij de bewusteloze arts vandaan dood neer. Zoals telkens weer leken we geen van allen in staat tot een adequate reactie.

Veel Amerikaanse infanteristen stonden in groepjes bijeen te speculeren over wat de dood van de president zou betekenen voor de overgave van de nazi's en de oorlog in de Pacific. Ik dacht dat het schokkende nieuws op een bepaalde manier welkom was, omdat ze even aan iets anders konden denken dan waar ze zich bevonden.

De halfrups waarop ik wachtte, een in beslag genomen Duitse 251 die was overgeschilderd, verscheen eindelijk om halfdrie in de middag. Even later kwam Grove naar me toe. We bespraken hoe Martin zou worden overgebracht. Zijn enkels zouden geboeid blijven, en minstens twee vuurwapens zouden te allen tijde op hem gericht zijn.

'Iemand uit het kamp heeft naar u gevraagd,' zei Grove. 'Ze heeft uw naam genoemd.'

Ik wist wie het was. Een beschamende fantasie waarin Gita zou verschijnen was al vele malen bij me opgekomen, al maanden, ondanks mijn verzet ertegen.

'Een Poolse?' vroeg ik.

'Ja, uit het Poolse kamp. Ze ziet er goed uit,' voegde hij eraan toe, 'maar er zijn hier meer jonge vrouwen die er goed uitzien.' Hij zei verder niets over hoe die vrouwen zich konden hebben gered.

Ze was op het regimentskantoor, gevestigd in het grootste gele gebouw, dat eerder die week door de ss was ontruimd. De kamer was leeg; de onderste helft van de muren was voorzien van een gepolitoerde lambrisering van schrootjes. Een kapotte schoollamp hing aan een rafelig snoer. Daaronder zat Gita Lodz op een houten stoel, het enige meubilair in het vertrek. Ze sprong overeind zodra ze me zag. Ze droeg nog het grijze uniform dat de nonnen in Bastogne haar hadden gegeven, maar de mouwen waren gerafeld en ze droeg een opgespelde gele ster op haar borst.

'Doe-bien,' zei ze, en door die naam, meer dan door haar aanblik, voelde mijn arme hart alsof het zou exploderen. Ik hoefde niet te vragen hoe ze wist dat ik hier was. Ze zou het gebouw in het oog hebben gehouden waarin Martin gevangen zat.

Ik haalde nog een houten stoel van de gang en ging op ruim een meter afstand tegenover haar zitten. Zo keken we naar elkaar, zonder andere barrière tussen ons in dan de afstand, allebei met de voeten plat op de afgesleten vloer. Ik was te trots om mijn zelfbeheersing te verliezen, en wachtte met een trillend gezicht tot ik enkele woorden kon uitbrengen.

'We zien elkaar terug in de hel,' zei ik in het Frans. Ik voelde mijn hart en verstand weer pirouettes draaien met de onverklaarbare extremen in het leven. Ik zat tegenover een dappere, doortrapte vrouw, vol wrok en verdriet, terwijl ik nog verdwaasd was door de stank van de wreedheid, in een omgeving waar nog maar een week eerder een aantal van de grootste monsters uit de geschiedenis de lakens hadden uitgedeeld. Roosevelt was dood. Ik leefde nog.

Hoewel ik er niet naar vroeg, vertelde ze over de afgelopen paar dagen. Martin en zij waren heimelijk door hetzelfde gat in de omheining binnengekomen dat de ss-bewakers hadden gebruikt om weg te komen. Na een paar uur al herkende ze vier mensen die ze in Pilzkoba had gekend en het laatst had gezien toen zij in vrachtwagens waren afgevoerd naar Lublin. Een van die mensen was een meisje dat een jaar jonger was dan Gita, een speelgenootje, de laatste van een gezin van zes personen. Een jongere broer en zus waren uit de armen van hun ouders weggesleurd en vergast, in een kamp dat Buchenwald heette. Daar was haar vader een jaar later onder haar ogen doodgeknuppeld door een kapo, een paar weken nadat haar moeder was gestorven aan longontsteking. Maar ook dat had het meisje uit Pilzkoba overleefd. Ze was honderden kilometers hierheen gelopen zonder voedsel, op in vodden gewikkelde voeten, een tocht waarbij nog een van haar broers om het leven was gekomen. Maar gisteren was ze gestorven, als slachtoffer van een van de ziekten die in het kamp woedden.

'In Normandië, Doe-bien, waar we de geallieerde militairen hielpen aansluiting bij elkaar te vinden, heb ik slagvelden gezien met zoveel lijken dat je ze niet kon oversteken zonder over de lichamen te lopen. Ik dacht dat ik nooit meer zoiets ergs zou zien, en nu zie ik dit. En er zijn hier mensen die zeggen dat de Duitsers nog ergere kampen hebben. Is dat mogelijk? *N'y a-t-il jamais un fond, même dans les océans les plus profonds?*' Heeft de diepste oceaan geen bodem?

Ze begon te huilen en ik natuurlijk ook. Op een meter afstand van elkaar huilden we allebei, ik met mijn hoofd in mijn handen.

'Er is zo veel dat ik niet begrijp,' zei ik ten slotte, 'en nooit zal begrijpen. Nu ik hier naar je kijk, vraag ik me af hoe het mogelijk is te midden van dit lijden, dat de ergste pijn van allemaal de ontgoocheling is.'

'Heb je kritiek op me, Doe-bien?'

'Moet dat?' Ik beantwoordde de vraag met zo'n Franse uitdrukking die ze graag gebruikte. *'Conscience coupable n'a pas besoin d'accusateur.'* Een schuldig geweten heeft geen aanklager nodig. 'Maar ik weet zeker dat jij je niet schaamt.'

Ze gooide haar bronzen krullen naar achteren. Ze was mager en haar gezicht had een vale tint. Maar merkwaardig genoeg was ze nog altijd mooi. Hoe was dat mogelijk?

'Je bent verbitterd jegens mij,' zei ze.

'Je hebt me kapotgemaakt met je leugens.'

'Ik heb nooit tegen je gelogen, Doe-bien.'

'Noem het wat je wilt. Ik heb je geheimen verteld en jij hebt ze tegen me gebruikt, tegen mijn land. Allemaal voor Martin.'

'Entre l'arbre et l'écorce il ne faut pas mettre le doigt.' Je moet je vinger niet tussen de bast en de boom steken. Met andere woorden: ze had klemgezeten. 'Dit is geen gerechtigheid. Wat je wilde doen, wat je nu wilt doen. Martin die door dit land in de boeien wordt geslagen? Hij heeft talloze keren zijn leven op het spel gezet voor Amerika, voor de geallieerden, voor de vrijheid. Hij is de moedigste man in Europa.'

'De Amerikanen denken dat hij voor de Sovjets heeft gespioneerd.'

Ze kneep smartelijk haar ogen dicht.

'De dingen die ze je hebben gevraagd te accepteren,' zei ze zacht.

'*C'est impossible.* Martin verafschuwt Stalin. Hij is nooit stalinist geweest en na Stalins pact met Hitler beschouwde Martin hem als de ergste van de twee. Hij noemt Stalin en Hitler zaad van dezelfde duivel.'

'Wat heeft hij dan al die maanden uitgevoerd, in weerwil van zijn orders, terwijl hij de oss ontliep, en Teedle, en mij? Heeft hij jou zijn doel verteld?'

'Nu? Ja, dat heeft hij onlangs gedaan. Tot in de Ardennen geloofde ik wat hij tegen jou had gezegd: dat hij in opdracht van de oss handelde, zoals hij altijd heeft gedaan. Hij wilde niet zeggen waar hij naartoe moest, maar dat was niet ongebruikelijk.'

'En geloof je hem nu?'

'Ik denk dat hij zegt wat hij gelooft.'

Toen ik haar vroeg te zeggen wat dat was, keek ze naar haar kleine handen die ze in haar schoot had gevouwen, zelfs nu nog kennelijk niet geneigd Martins geheimen prijs te geven. En toch waarschuwde ik mezelf dat de reactie die ik zag weer een pose kon zijn.

'Sinds ik hem in St. Vith uit het ziekenhuis heb gehaald,' zei ze ten slotte, 'zegt hij hetzelfde. Martin zegt dat de nazi's een machine maken waarmee de wereld kan worden vernietigd. Hij wil alle mensen uitschakelen die weten hoe de machine werkt en hun geheimen samen met die mensen begraven. Het is waanzin, maar het is waanzin in zijn eigen stijl. Het is hoog gegrepen. Hij beweert dat het zijn lotsbestemming is. Ik voel me meestal zoals hoe heet hij ook weer, dat kereltje dat met Don Quichot meereist?'

'Sancho Panza.'

'Ja, ik ben Sancho Panza. Het valt Martin niet aan het verstand te brengen dat het waanzin is. En ik heb mijn pogingen opgegeven, Doe-bien. De geleerden zitten in Hechingen. Dat heeft Martin geconstateerd. Maar één enkel apparaat waarmee Londen in de as kan worden gelegd? Dat is fantasie, zoals veel dat Martin zichzelf wijsmaakt. En het zal zeker de laatste zijn.'

'Waarom?'

'Omdat hij zijn poging niet zal overleven. Een man met één hand? Hij kan zijn linkerbeen nauwelijks gebruiken. De pijn van de verbrande zenuwen is zo erg dat hij huilt in zijn slaap. En hij heeft niemand om hem te helpen.'

'Alleen jou.'

'Mij ook niet. Ik wil hier niets mee te maken hebben, Doe-bien. Hij vraagt er niet om. En ik wilde ook niet. Ik heb wel voor de ondergrondse gewerkt, maar dit is iets anders. Hij heeft er geen bondgenoten bij, geen organisatie. Toch is het voor hem de belangrijkste zaak ter wereld.'

'Maar niet vanwege de sovjets?'

'Doe-bien, dit is de manier waarop hij de dood wil vinden. Of hij dat in zijn hart toegeeft of niet, het is kennelijk zijn doel de dood te vinden. Hij is verminkt en heeft altijd pijn. Maar als hij nu sterft, wat zeker zal gebeuren, zal hij geloven dat hij niets minder heeft gedaan dan de wereld redden. Het is de hoogste eer waarnaar hij altijd heeft verlangd. Dat wil je hem ontzeggen. Hij zegt dat de Amerikanen hem in plaats daarvan zullen ophangen, als ze hem te pakken krijgen. Is dat waar?'

Dat had ik Martin een paar uur eerder al voorgehouden en nu ik er langer over had kunnen nadenken, meende ik dat het niet overdreven was. Het verhaal dat Martin me had verteld was voldoende om hem naar de galg te sturen. Of hij nu voor de Russen werkte, zoals de meesten van zijn superieuren meenden, of de nieuwe Flash Gordon wilde zijn, hij had toegegeven dat hij een Amerikaans militair was die de Amerikaanse gevechtskracht wilde ondermijnen door het land een wapen te ontzeggen dat essentieel zou zijn voor de veiligheid van de Verenigde Staten. Op zijn minst was hij daardoor een verrader en een muiter. Dat was voldoende voor de wet.

'En is dat rechtvaardig, Doe-bien?' vroeg ze, nadat ik had geknikt.

'Rechtvaardig? Vergeleken bij alles wat hier is gebeurd, is het rechtvaardig. Martin heeft zijn orders in de wind geslagen. Hij heeft het aan zichzelf te wijten.'

'Maar is dat wat je wilt zien gebeuren, Doe-bien? Martin die aan een touw bungelt?'

'Ik heb het niet voor het kiezen, Gita. Ik moet mijn plicht doen.'

'Dat beweerden de bewakers hier ook. Dat ze bevelen hebben opgevolgd.'

'Toe.'

'Ik vraag nogmaals of dat is wat jij voor hem zou kiezen.'

'Ik durf geen lotsbestemming voor Martin te kiezen, Gita. Dat staat de wet niet toe. Die zou zeggen dat ik hopeloos bevooroordeeld ben door mijn gevoelens van jaloezie. En in dat opzicht is de wet zeker wijs.'

'Jaloezie?' Ze keek me neutraal aan tot de betekenis tot haar doordrong. 'Doe-bien, ik heb je keer op keer verteld dat je niet jaloers op Martin hoeft te zijn.'

'En dat bleek opnieuw een leugen te zijn. Je hebt met mij geslapen om te weten te komen waar Martin was en toen heb je mij in de steek gelaten om hem te redden. Jaloezie is nog het minste.'

Ze richtte zich op. De donkere ogen waren nu die van een pop, zo hard als glas.

'Denk je dat ik daarom met je heb geslapen?'

'Ja.'

Ze keek opzij en deed alsof ze op de vloer zou spuwen. 'Ik heb me in je vergist, Doe-bien.'

'Omdat je dacht dat ik goedgeloviger zou zijn?'

Ze bracht haar hand naar haar hart, dicht bij waar de ster was opgespeld.

'Wat denk je, Doe-bien? Dat ik een standbeeld ben en niet kan worden gekwetst? Ik hecht waarde aan je respect, Doe-bien. Meer, zo blijkt nu, dan jij kunt begrijpen. Ik kan je afkeuring niet verdragen.'

'Ik bewonder je kracht, Gita. Daar heb ik nog bewondering voor.'

Ze deed even haar ogen dicht.

'Wees boos, Doe-bien. Wees gekwetst. Denk dat ik nonchalant met je gevoelens ben omgesprongen. Maar geloof alsjeblieft niet dat ik met zulke lelijke bedoelingen de liefde met je zou bedrijven. Beschouw je me als een hoer? Omdat ik de dochter van een hoer ben?'

'Ik zie je zoals je bent, Gita. Als iemand die in staat is te doen wat ze moet doen.' Ik herhaalde het verhaal van Winters over de Duitse officier in Marseille met wie ze het bed had gedeeld om bijzonderheden te weten te komen over de bombardementen op Londen. En terwijl ik vertelde over het gegnuif van de oss om dat slapen met de vijand, besefte ik dat ik maanden op dit ogenblik had gewacht opdat ze tegen me zou zeggen dat het niet waar was. Dat deed ze niet.

'*Qui n'entend qu'une cloche n'entend qu'un son.*' Wie maar één klok hoort, hoort maar één geluid. Er waren, bedoelde ze, twee kanten aan elk verhaal. 'Zoiets kan op afstand zo gemakkelijk worden ver-oordeeld, Doe-bien.'

Ik bespotte haar met een ander spreekwoord. *'Qui veut la fin veut les moyens?'* Wie het doel wil, wil de middelen.

'Is dat niet waar? Er zijn hier, Doe-bien, duizenden mensen die veel ergere dingen hebben gedaan om hun eigen leven te redden, laat staan dat van honderden anderen. Waarschijnlijk zijn duizenden mensenlevens gespaard gebleven door wat ik heb gedaan. Ik heb veel fouten gemaakt die ik mezelf minder gemakkelijk vergeef. Ik was jong. Het was alleen maar een slecht idee omdat ik niet besefte dat de ziel wel een wapenrusting draagt, maar broos blijft. Ik dacht dat een lul gewoon een ding was, Doe-bien. En Martin, overigens, wist er vooraf niets van en smeekte me nooit meer zoiets te doen, voor mijn eigen bestwil en het zijne. Maar ik zal je vertellen, Doe-bien, wat het meest verbijsterende was. Die man, die nazi, die officier, die was aardig voor me. Hij had ook een goede kant. En dat onder val-se voorwendselen over hem te weten komen, dat was het moeilijkst.'

'Dat heb je vast en zeker ook over mij gezegd.'

'Het is niet hetzelfde, Doe-bien! Ik ga hier niet weg zolang je dat nog gelooft.' Ze bleef rechtop zitten, met een van woede ver-trokken gezicht. 'Ik geef veel om je, Doe-bien. Heel veel. Dat weet je. Kijk me aan. Dat voel je toch zeker wel, ondanks de afstand tus-sen ons in? Ik weet dat je dat kunt voelen.'

'En daarom heb je me op mijn hart getrapt. Omdat je zoveel om me geeft?'

'Mijn enige excuus is waar, dat moet je erkennen. Ik ben bij jou weggegaan voordat jij bij mij wegging.'

'Dat zeg je. Dat is een excuus? Ik dacht dat ik van je hield.'

'Je hebt niets tegen me gezegd over liefde.'

'Je was al weg voordat ik dat kon doen. Maar doe alsjeblieft niet of dat iets zou hebben uitgemaakt. Wat ik voelde en wat ik je heb laten zien had niet duidelijker kunnen zijn. Jij hebt mijn liefde met leugens beantwoord. Tot ik hier kwam, dacht ik dat dat in het le-ven de grootste wreedheid was.'

'Ja,' zei ze. 'Zoiets is onaardig. Maar je moet het begrijpen, Doe-bien. Begrijp het alsjeblieft. Had ik kunnen blijven en van je kun-nen houden terwijl je Martin in de boeien sloeg om hem te laten ophangen? Hij heeft me mijn leven teruggegeven, Doe-bien. Had ik hem stilletjes moeten laten veroordelen om zelf gelukkig te kunnen worden?'

'Ik geloof niet dat je het zo zag.'

'Zoals ik het zag, Doe-bien, zou een man als jij, een echte bourgeois, een heer, nooit zijn leven willen delen met een Poolse boerenmeid zonder ontwikkeling. Zo zag ik het toen. Je zou teruggaan naar je eigen Amerika, naar je wetboeken, naar je aanstaande. Zo zag ik het. Ik droomde van kinderen, net als jij. Ik droom van zo ver weg van oorlog zijn als een gelukkig huis kan zijn. Voor mij is dat een droom die waarschijnlijk nooit zal uitkomen.'

'Dat zijn uitvluchten.'

'Het is waar, Doe-bien!' Ze balde haar kleine handen tot vuisten en was opnieuw in tranen. 'Je zegt dat ik Martin niet voor jou in de steek zou laten. Maar jij hebt zelf toch ook idolen? Als ik was gebleven en je had gesmeekt niet je plicht te doen tegenover Martin, zou je dat dan hebben geweigerd?'

'Ik wil graag geloven dat ik daar ja op zou zeggen. Maar ik betwijfel het. Ik ben bang, Gita, dat ik voor jou alles zou hebben gedaan.'

'En waar was je dan mee achtergebleven, Doe-bien, zonder je kostbare principes?'

'Ik weet het niet. Maar dan had ik ervoor gekozen om zo te worden. Dat zou ik bij mezelf kunnen zeggen. Ik zou kunnen zeggen dat ik voor de liefde had gekozen en dat die, in een zo zwaar leven als het onze, op de eerste plaats moet komen.'

Ze staarde me roerloos aan, met een zo intense blik dat ik dacht dat ze me in brand zou steken. Toen vroeg ze of ik een doek had, een zakdoek, bedoelde ze. Ze pakte hem aan en ging weer zitten om haar neus te snuiten. Ten slotte leunde ze naar voren en strengelde haar handen ineen.

'Meen je dat? Wat je hebt gezegd? Spreek je uit de grond van je hart, Doe-bien, of is dit alleen het woord van een jurist?'

'Het is de waarheid, Gita. Of het was de waarheid. Het is voorbij.'

'Is dat zo? We hebben ons ogenblik, Doe-bien. Hier. Nu. Het kan allemaal zoals je zou willen. Zoals ik zou willen. We zullen liefde hebben. We zullen elkaar hebben. Maar laat hem vrij, Doe-bien. Als je Martin laat gaan, blijf ik bij je. Ik zal je haard aansteken en voor je koken en je blagen krijgen, Doe-bien. Dat zal ik doen. Dat wil ik. Maar laat hem vrij.'

'Laat hem vrij?'

'Laat hem vrij.'

'Ik kan me niet eens voorstellen hoe ik dat zou kunnen doen.'

'O Doe-bien, je bent veel te slim om dat te zeggen. Je zou nog geen uur nodig hebben om een plan te bedenken dat kans van slagen heeft. Alsjeblieft, Doe-bien. Alsjeblieft.' Ze liep naar mijn stoel toe en liet haar ene knie op de vloer zakken. 'Alsjeblieft, Doe-bien. Doe-bien, kies hiervoor. Kies voor liefde. Kies voor mij. Als je Robert naar de beul stuurt, zal het altijd tussen ons in blijven staan. Hier in de hel, Doe-bien, kun je voor dit enige goede kiezen. Laat Quichot zijn windmolengevecht voeren. Laat hem niet in schande sterven. Hij heeft geleefd om een held te worden. Als verrader sterven zou erger voor hem zijn dan gemarteld worden.'

'Je zou alles voor hem doen, hè?'

'Hij heeft mijn leven gered, Doe-bien. Hij heeft me alle goede dingen laten zien waarin ik geloof. Zelfs mijn liefde voor jou, Doe-bien.'

'Zou je mij je liefde betuigen, je leven opgeven, om hem liever op de ene dan de andere manier te zien sterven?'

'Doe-bien, alsjeblieft. Alsjeblieft. Het is ook mijn leven. Je bent me dierbaar, Doe-bien. Alsjeblieft, Doe-bien.' Langzaam tastte ze naar mijn hand. Mijn hele lichaam reageerde heftig op haar aanraking en toch dacht ik: ze zal nog een keer zorgen dat hij kan ontsnappen. Maar ik hield van haar. Zoals Biddy had gezegd was daar geen kruid tegen gewassen.

Met mijn hand in de hare huilde ze. 'Alsjeblieft, Doe-bien,' zei ze. 'Alsjeblieft.'

'Je hebt het karakter van een tiran, Gita. Je wilt mij als smekeling om een hogere dunk van jezelf te kunnen hebben.'

Ondanks de tranen slaagde ze erin me een glimlach te tonen. 'Dus nu ken je mijn geheim.'

'Je zult me bespotten omdat ik burgerlijk ben.'

'Ja,' zei ze, 'dat zal ik doen, dat beloof ik. Maar ik zal het ondanks mezelf geweldig vinden.' Ze keek me aan. 'Neem me mee naar Amerika, Doe-bien. Trouw met me. Laat Martin vrij. Laat Martin het verleden zijn. Laat mij de toekomst zijn. Alsjeblieft.' Ze kuste mijn hand wel honderd keer, omvatte hem met haar handen en liefkoosde alle knokkels. Wat ze voorstelde was natuurlijk krankzinnig. Maar niet krankzinniger dan wat ik mannen al maanden zonder een spier te vertrekken had zien doen. Niet krankzinniger dan met een parachute landen bij een belegerde stad. Niet krankzinniger dan gevechtshandelingen waarin soldaten hun leven offerden voor centimeters grond en de grieven van generaals en dictators. Op deze plaats was liefde, zelfs een kleine kans daarop, de enige verstandige keuze. Ik bracht haar handen naar mijn mond en kuste ze een keer. Toen stond ik op en keek op haar neer.

'Als je me misleidt, Gita, zoals ik weet dat je zult doen, zal ik niets meer hebben. Dan heb ik mijn land de rug toegekeerd en jij zult er niet meer zijn. Ik zal eerloos zijn. Ik zal in niets geloven. Ik zal niets zijn.'

'Je zult mij hebben, Doe-bien, dat zweer ik. Je zult liefde kennen. Ik zweer het, Doe-bien. Je wordt niet misleid. Dat zweer ik. Dat zweer ik.'

Gita Lodz is mijn moeder.

32 BEAR: HET EINDE

Toen ik pa's verslag voor de eerste keer las vond ik het einde teleurstellend abrupt. Ik dacht niet alleen dat mijn moeder er niet in voorkwam, er stond ook niet in wat er met Martin was gebeurd. In wat geacht werd te zijn geschreven om zijn advocaat de dingen uit te leggen verzweeg pa of Martin was gevlucht, zoals pa beweerde, of was vermoord, zoals Bear had gevreesd.

Volgens de verklaring voor de krijgsraad was Martin laat in de middag van 12 april 1945 onder schot gehouden door MP's overgebracht naar het pantservoertuig waarop pa had gewacht. In kolonne met de MP's waren ze Balingen uitgereden naar de plaats waar, een paar kilometer verderop in de richting van Hechingen, de 406e Pantsercavalerie zijn tenten had opgeslagen. Daar werd Martin aan een paal geketend waarna over hem heen een tent werd opgezet. Omstreeks drie uur in de nacht verscheen mijn vader, die tegen de twee MP's die de majoor bewaakten zei dat hij niet kon slapen en ze twee uur zou aflossen. Toen zij terugkwamen, was pa er nog wel, maar

Martin was weg. Mijn vader zei zonder verdere uitleg tegen de MP's dat hij Martin had laten gaan. Een dag later was hij terug in Frankfurt en legde tegenover Teedle een bekentenis af.

De eerste keer dat ik Leach weer in Hartford bezocht, in november 2003, kwam ik direct terzake.

'Wat pa heeft geschreven is geen antwoord op je vraag.'

'Welke vraag?'

'Of mijn vader Martin heeft vermoord nadat hij hem had bevrijd.'

'O, dat.' Bear liet zijn droge, schurende lach horen. 'Wat denk je zelf, Stewart?'

Voordat ik de pagina's had gelezen die ik van Bear had gekregen, was ik verbijsterd geweest door zijn vermoeden maar nadat ik had begrepen dat pa alles had opgegeven voor Gita Lodz, kon ik Bears logica volgen. Zoals mijn vader tegen haar had gezegd: als ze hem opnieuw bedroog had hij niets meer. Als Martin daarentegen dood was, kon ze niet naar hem terug. Voor ontdekking hoefde pa niet te vrezen als hij Martin vermoordde. Het was hoogst onwaarschijnlijk dat zijn lijk zou worden ontdekt tussen de duizenden lijken die in de enorme kuil in Balingen lagen te vergaan. Pa had natuurlijk een pistool. En na de gevechten had hij helaas genoeg ervaring met het doodschieten van mensen.

Met andere woorden: pa had een motief en de gelegenheid, de argumenten die ik jarenlang aanklagers had horen noemen als sterke troeven in een moordzaak met indirect bewijs. Maar mijn vertrouwen in het fatsoen van mijn vader, dat me zelfs nu nog even tastbaar leek als zijn lichaam, bleef onveranderd. Nu ik alles kon overzien wat ik niet van hem had geweten, leek hij me niet in staat een moord te plegen, en dat zei ik ook tegen Leach. Bear was aangenaam getroffen toen hij dat hoorde en liet me zijn grappige scheve grijns zien.

'Heel goed, Stewart.'

'Maar heb ik gelijk?'

'Natuurlijk. Het was van cruciaal belang voor mij om het antwoord op mijn eigen vraag te bepalen, zeker na de veroordeling en het vonnis. Eerlijk gezegd, Stewart, zou ik mijn twijfels hebben gehad over het doorzetten van de verzoeken om revisie als er een zwaardere misdaad aan het licht kon komen. Vijf jaar voor moord op een officier die op zijn beurt werd gezocht was geen slecht resultaat, als dat was wat er in feite was gebeurd.'

'Maar Martin bleek nog te leven?'

'Toen je vader hem voor het laatst zag? Dat staat vast. Waar zijn mijn papieren?' De Redweld-map, Bears schatkist in mijn ogen, stond tegen de verchroomde spaken van zijn rolstoel en ik gaf hem aan. Met zijn gekromde vingers bladerde Leach moeizaam de pagina's door. Hij moest elk vel een paar keer aanraken om het vast te kunnen pakken en het dan bijna onder zijn neus houden om het te kunnen lezen. 'Nee,' zei hij dan en het proces begon opnieuw, met zijn verontschuldiging voor het tergend trage tempo. 'Hier!' zei hij ten slotte.

LABORATORIUM

60E EVACUATIEHOSPITAAL

DPN NO. 758, AM. LANDSTRIJDKRACHTEN

DPN

16 mei 1945

SECTIERAPPORT

C-1145

Naam: (naam, rang, onderdeel onbekend)
Leeftijd: plm. 42   Ras: blank   M/V: M
Geboorteplaats: onbekend
Opname: niet opgenomen in dit hospitaal
Overlijdensdatum: plm. 9 mei 1945
Sectiedatum: 1230, 13 mei 1945

Klinische diagnose
1. Ernstige ondervoeding en uitdroging

Pathologische diagnoses

In combinatie: ondervoeding, uitdroging, ernstige derdegraads brandwonden (deels genezen)

Huidige aandoeningen: patiënt is dood aangetroffen, zittend op een sofa in hotel Hochshaus in Berlijn, Duitsland (coörd. Q-333690), bij aankomst van Amerikaanse militairen in die sector op of omstreeks 11 mei 1945. Hij was gekleed in een Amerikaans officiersuniform van de landmacht, met eikenblad rechts op zijn hemdkraag, maar overigens zonder distinctieven of identificatieplaatjes. Hij was kennelijk enige tijd gevangengehouden en door verhongering om het leven gekomen.

Lichamelijk onderzoek: bij het onderzoek zijn geen recente uitwendige verwondingen geconstateerd. Patiënt leek herstellende van enkele maanden oude derdegraads brandwonden; zijn linkerhand ontbreekt.
Dit lichaam is van een goed ontwikkelde maar opvallend vermagerde man van omstreeks 40 jaar, 178 cm. lang en plm. 48 kg. zwaar. Rigor en lividiteit ontbreken. Het hoofd is bedekt met lang zwart haar, afgezien van een gebied met littekenweefsel boven het linkeroor, waarvan de helix grotendeels is verdwenen, waarschijnlijk door verbranding. Het voorste gedeelte van zijn zeer diepliggende ogen bevindt zich dieper dan halverwege de kassen. Een baard van enkele weken be-

dekt zijn gezicht, met wat grijs haar voor elk oor. Het gebit is volledig aanwezig. De ribben zijn zeer prominent zichtbaar en de voorste buikwand rust op geringe hoogte boven zijn wervelkolom. Recente derdegraads brandwonden zijn ook zichtbaar bij de aanhechting van het been en de thorax; littekenweefsel is verkleurd en staat strak, en lijkt op verschillende plaatsen geschaafd. De linkerhand ontbreekt voorbij de pols. De onregelmatige stomp vertoont soortgelijke littekens van brandwonden, wat erop wijst dat de hand verloren kan zijn gegaan bij een explosie of een daaropvolgende amputatie. Littekens van hechtingen wijzen op recent chirurgisch ingrijpen.

Eerste incisie: de gebruikelijke incisie toont 1 mm. onderhuids vetweefsel, spierweefselverval, normale ligging van de organen in de gladde buikholte, geen afwijkingen in hartzakholte en longholte.

Maagdarmkanaal: de maag bevat alleen een geringe hoeveelheid dun slijm, het darmkanaal is leeg en er bevindt zich een minimale hoeveelheid faeces in de colon. Alle mesenterische vaten zijn prominent zichtbaar in de colon.

NB: vrijwel al het onderhuidse vetweefsel in het lichaam is verdwenen en zelfs afgenomen rond nieren en hart. Het ontbreken van gezwollenheid in de weefsels duidt op ernstige uitdroging. Het ont-

breken van recent uitwendig trauma en
alleen slijm in het maagdarmkanaal wijst
erop dat deze man is overleden aan ondervoeding en uitdroging.

Nelson C. Kell
Kapitein v/d Medische Dienst
Laboratoriumofficier

'Dat kreeg ik toegestuurd in juni 1945,' zei Bear, 'van de arts die met je vader bevriend was, Cal Echols. Het was een paar dagen na afloop van het krijgsraadproces. Cal was overgeplaatst naar het ziekenhuis van het hoofdkwartier in Regensburg en hij kwam geregeld bij je vader op bezoek, voor en na de behandeling van de zaak. Aangezien ik vanaf het begin op zoek was geweest naar tekenen van Martin, had ik Cal gevraagd me discreet op de hoogte te stellen als hij ooit iets hoorde over een man met één hand en brandwonden. Ik dacht dat Martin zich misschien onder medische behandeling zou stellen. En toen was dit sectierapport op Cals bureau beland, vanwege de curiositeitswaarde.

Toen het Amerikaanse leger op 11 mei Berlijn binnentrok, werden de Amerikanen door de Russen op dit lijk geattendeerd dat zij een toonbeeld van Duitse wreedheid achtten. Maar je kunt zien dat de patholoog concludeert dat het overlijden in de afgelopen tweeënzeventig uur heeft plaatsgevonden. De Duitsers hadden Berlijn op 2 mei aan de Russen overgegeven. Deze man is pas een week later overleden. De Amerikaanse artsen vermoedden dat de Russen en niet de Duitsers hem gevangen hadden gehouden.'

'Dus de Russen hebben Martin uit de weg geruimd?'

'Daar leek het wel heel sterk op. Na enkele weken was het de gravendienst nog niet gelukt het stoffelijk overschot te identificeren. Maar de omstandigheden van overlijden, en met name de betrokkenheid van de Russen, trok de aandacht en dat leidde ertoe dat de lijkschouwing werd doorgeschoven naar de medische dienst van het leger. Na lang nadenken besloot ik deze ontwikkeling te melden aan generaal Teedle.'

'Teedle?'

'Ik had een paar keer contact met hem gehad. We konden het niet meteen goed met elkaar vinden. Tijdens het kruisverhoor dacht ik dat hij uit zijn stoel zou komen om me te wurgen. Maar de zaak van je vader was Teedle blijven bezighouden, omdat hij er niets van begreep. Hij had me laten weten dat ik altijd een willig oor bij hem zou vinden als ik bewijzen van verzachtende omstandigheden in handen kreeg. En ik moet Teedle nageven dat hij onmiddellijk besefte hoe belangrijk dit sectierapport was.'

'Hoezo?'

'Het was natuurlijk niet aannemelijk dat de Sovjets een loyale agent door verhongering om het leven zouden brengen. Er waren allerlei mogelijkheden – misschien had Martin onmin gekregen met zijn Russische superieuren – maar nu je vader was veroordeeld, besefte Teedle dat het sectierapport ernstige twijfel opriep aan de bewering dat Martin een spion was. Nadat hij het aan de oss had doorgespeeld, stuurde die een team om het lijk te identificeren. Zoals gewoonlijk wilde de oss het resultaat van dat onderzoek niet prijsgeven, maar daar nam Teedle geen genoegen mee.

Alles wat Martin je vader had verteld over Operatie Alsos bleek in grote trekken waar te zijn. De oss had teams van natuurkundigen ingeschakeld die dwars door Duitsland trokken in de hoop de Duitse atoomgeleerden eerder te bereiken dan de Russen. De grootste wetenschappers waren vanuit Berlijn naar Hechingen gestuurd, en dat was inderdaad het voornaamste doelwit van Alsos. Er is nogal wat over geschreven.'

Uit zijn map haalde Bear fotokopieën van gedeelten uit historische werken waarin Operatie Alsos werd beschreven, die ik doorkeek. Hechingen lag in de sector van Duitsland waar eenheden van de Vrije Fransen waren ingezet, maar vanwege de atoomgeheimen van de Duitse geleerden trok een grote Amerikaanse eenheid zonder toestemming de Franse sector binnen voor de linies uit en bereikte op 24 april 1945 Hechingen. Ze bezetten het laboratorium van Werner Heisenberg, dat was verborgen in een voormalige wolfabriek aan de Haigerlocherstrasse, waar verschillende eminente natuurkundigen werden aangetroffen, onder wie Otto Hahn, Carl von Weizsäcker en Max von Laue, en verder twee ton uranium, twee ton zwaar water en tien ton koolstof. Bij een huiszoeking vonden de Amerikanen ook de wetenschappelijke onderzoeksrapporten, verborgen in een zinkput achter Von Weiszäckers huis.

Heisenberg,' vervolgde Bear, 'de meest prominente onderzoeker in de groep, en Gerlach ontbraken. In verhoren door de oss gaven hun collega's vrij snel toe dat Heisenberg en Gerlach tien dagen eerder waren gevlucht na een merkwaardig incident. Een man met één hand was betrapt bij een poging een enorme springlading tot ontploffing te brengen, waardoor het stenen fabrieksgebouw zou zijn ingestort en alle aanwezigen de dood zouden hebben gevonden. De bommenlegger had zich ontdaan van zijn identificatieplaatjes en beweerde aanvankelijk Fransman te zijn, maar toen de ss was gekomen werd zijn uniform herkend: geen distinctieven, alleen een eikenblad. Hij moest een Amerikaanse officier zijn. In het licht van zijn opdracht en het feit dat hij geruime tijd voor de Amerikaanse strijdkrachten in Hechingen was aangekomen, concludeerde de ss dat hij een agent van de oss moest zijn.

De Duitse geleerden in Hechingen hadden voorzien dat de geallieerden, met inbegrip van de Russen, erop uit zouden zijn hun groep gevangen te nemen om inzicht te krijgen in hun onderzoeksresultaten. Enerzijds was dat ontmoedigend, omdat het langdurige gevangenschap zou betekenen, maar ze waren ervan uitgegaan dat degenen die de groep gevangen zouden nemen – en ze wilden veel liever dat het de Amerikanen of de Britten zouden zijn – de groep in leven zou moeten houden om van hun kennis te profiteren. De verijdelde bomaanslag was zo verontrustend geweest omdat die erop wees dat de Amerikanen de hele groep uit de weg wilden ruimen. Hahn, Von Weizsäcker en Von Laue besloten bij hun gezin te blijven en hun lot af te wachten. Heisenberg en Gerlach en enkele anderen besloten te vluchten, maar werden al binnen tien dagen door de Amerikanen opgespoord.'

In de gefotokopieerde teksten van Bear werd de aanhouding van Heisenberg beschreven. Natuurlijk was geen van de wetenschappers gedood. In plaats daarvan werden ze, zoals zij oorspronkelijk hadden voorzien, overgebracht naar Farm Hill in Engeland, een complex van de Britse inlichtingendienst, waar na langdurige verhoren kwam vast te staan dat Heisenbergs team een grote achterstand had op het Manhattan-project.'

'En besefte de oss dat die eenhandige militair Martin was?' vroeg ik.

'Onmiddellijk.'

'Dus dat was eind april, niet? Voor de zitting van de krijgsraad. En vertelden ze je over die poging tot een bomaanslag?'

'Met geen woord. Je moet wel bedenken, Stewart, dat de atoombom toen nog het grootste geheim van de vs was. De oss wilde daar niets over kwijt en evenmin over Alsos, niet aan Teedle of de advocaat-fiscaal en al helemaal niet aan mij. Maar hun manie om alle wetenschap omtrent de bom geheim te houden werkte in ons voordeel. De advocaat-fiscaal van de krijgsraad in Davids zaak was een jurist genaamd Meyer Brillstein die nog veel meer op je vader gebeten leek dan Teedle. De reden laat zich raden. Maar in een vroeg stadium – en dat zal zeker op aandringen van de oss zijn geweest – bood Brillstein aan niet de doodstraf tegen je vader te eisen, in ruil voor zijn schuldigverklaring en een wederzijdse overeenkomst niet dieper in te gaan op Martins activiteiten voor de oss, afgezien van wat David zelf had meegemaakt. Je vader en ik beschouwden dat aanbod allebei als het spreekwoordelijke gegeven paard, omdat het betekende dat de krijgsraad nooit zou weten dat David opzettelijk iemand had vrijgelaten die ervan werd verdacht voor de Russen te spioneren. Hadden ze dat wel geweten, dan had je vader misschien een veel langere gevangenisstraf gekregen.

Natuurlijk is ons nu duidelijk dat Martin veel minder wist dan hij zelf dacht te weten. Hij was in Londen ingelicht over Alsos in september 1944, met het idee dat hij het team van de Amerikaanse natuurkundigen in Duitsland zou begeleiden. Martin was wel ingelicht over het Duitse atoomprogramma, maar in die wereld waarin niemand meer mag weten dan hij moet weten was hij onkundig gehouden van het Manhattan-project. Hij had er geen idee van dat de Verenigde Staten al bijna zelfstandig atoomwapens konden maken; hij kon niet weten dat nog geen vier maanden later de doos van Pandora, zoals hij zei, boven Hiroshima en Nagasaki zou worden geopend. Natuurlijk hadden Martins superieuren bij de oss er nog meer belang bij hem onkundig te houden toen hij openlijk zijn twijfel uitsprak of een wapen zoals de atoombom wel in handen mocht komen van welk land ook. In oktober 1944 kregen ze genoeg van zijn commentaren. Londen besloot hem terug te halen. En Martin besloot dat bevel te negeren.

Toen de oss in april 1945 hoorde van Martins aanslag in Hechingen, dachten ze dat de verklaring voor de hand lag: beseffend dat ze niet tijdig in Hechingen konden zijn hadden de Russen Martin erop uitgestuurd om de fabriek te vernietigen en zo te voorkomen dat de geleerden en hun onderzoek in Amerikaanse handen zouden vallen. Martin was een spion, uitgemaakte zaak. Binnen de dienst bleef een kleine groep, geleid door kolonel Winters, volhouden dat het twijfelachtig was dat de Sovjets zo'n onwaarschijnlijke poging zouden steunen. Volgens de natuurkundigen in Hechingen had Martin een bom geknutseld van niet-ontplofte artilleriegranaten, hij reed rond in een gestolen jeep en leek geen medewerkers te hebben. De aanslag was mislukt omdat hij nog niet in staat was met één hand een lucifer af te strijken

Toen in juni dat sectierapport opdook, waaruit bleek dat Martin in Russische gevangenschap een wrede dood was gestorven, laaide bij de oss opnieuw de richtingenstrijd op over Martins loyaliteit. Winters ontwikkelde een theorie dat Martin in zijn eentje een wanhoopsoffensief had gevoerd omdat hij ervan overtuigd was dat geen enkele natie het nieuwe wapen in handen mocht krijgen. Het gevolg daarvan was dat de dienst met hernieuwde ijver naar de ss'ers ging zoeken die Martin in Hechingen hadden gearresteerd. Begin juli werden er twee teruggevonden in hun geboorteplaats, in uithoeken van Duitsland. Ze hadden allebei hun uniform verbrand en hielden lange, ongeloofwaardige verhalen over hun dienst bij de Wehrmacht. De Amerikanen wisten daar wel raad mee en al spoedig vertelden beide mannen ongeveer gelijkluidende verhalen.

De ss-afdeling die Hechingen had bewaakt was verheugd

geweest dat ze Martin in handen hadden gekregen, maar niet vanwege de inlichtingen die hij zou kunnen verstrekken. Half april beseften ze dat de oorlog voorbij was. Maar een Amerikaanse oss-agent kon een waardevolle troef zijn in onderhandelingen over de vrijheid van de ss'ers, wanneer de Amerikanen er eenmaal waren.

Daarom beweerden ze dat Martin niet was verhoord. Voedsel was schaars en toen hij eten en drinken weigerde, dachten ze niet verder. Hij beweerde dat hij een ernstige darminfectie had en daar namen ze genoegen mee, omdat het onwaarschijnlijk was dat de man zich liever zou doodhongeren dan te worden overgedragen aan zijn eigen leger.'

'Maar Martin besefte dat we hem zouden ophangen?' vroeg ik.

'Dat had je vader in elk geval tegen hem gezegd. Een dag voordat de Amerikanen Hechingen binnentrokken, waren de ss'ers verdwenen en hadden ze Martin meegenomen. De Russen waren begonnen met de belegering van Berlijn en Duitse eenheden werden teruggetrokken van de Oder in de hoop het beleg te doorbreken. De ss'ers sloten zich aan en nadat ze door de Russen waren omsingeld besloten ze te proberen om zich vrij te kopen met behulp van dezelfde trofee die ze de Amerikanen hadden willen aanbieden: een Amerikaanse oss-agent.

Veel historici hebben zich het hoofd gebroken over de vraag waarom Stalin bereid was vele duizenden soldaten op te offeren aan de belegering van Berlijn zonder steun van de andere geallieerden, vooral omdat hij uiteindelijk zijn gelofte gestand deed de stad na de val te verdelen. Sommigen nemen aan dat de Sovjets niet belemmerd wilden worden bij hun wraak op de Duitsers, en gewroken hebben ze zich. In de eerste week nadat Berlijn in handen van de Russen was gevallen zijn honderdduizend Duitse vrouwen verkracht, Stewart.' Bear nam even de tijd om zijn oude hoofd te schudden over een van de grote schanddaden uit de oorlog.

'Maar de theorie die tegenwoordig de meeste aanhang geniet, gebaseerd op documenten gevonden in de archieven van de KGB, is dat Stalin in zijn eentje Berlijn wilde bereiken omdat in het Kaiser Wilhelm-instituut de enige onderdelen lagen van het Duitse atoomprogramma waar de Amerikanen nog niet de hand op hadden gelegd. De Russen ontdekten in het instituut voorraden uraniumoxide waarmee ze uiteindelijk hun eigen min of meer vastgelopen atoomprogramma weer op gang brachten.

Nadat de ss'ers contact met de Russen hadden gelegd en de omstandigheden hadden toegelicht waaronder Martin gevangen was genomen, bleek de Russische militaire geheime dienst graag bereid de ss'ers te laten gaan, in ruil voor alles wat ze wisten over Hechingen en de overdracht van de Amerikaan. Toen hij hoorde van zijn overdracht aan de Russen vroeg Martin, die inmiddels ernstig verzwakt was, de Duitsers als mannen van eer hem dood te schieten. Toen dat werd geweigerd, deed hij ondanks zijn verzwakte toestand nog een poging om te ontsnappen. Hij kwam niet verder dan de deur. Dat was het laatste dat de ss'ers van Martin hadden gezien. Hij was in Russische gevangenschap, negentig kilometer van Berlijn.'

'En waarom wilde Martin liever in Duitse handen sterven dan in Russische?'

'Daar moeten we naar gissen. Gezien wat hij tegen je vader had gezegd is duidelijk dat de Russen wanhopig zochten naar wat de Amerikanen wisten en vermoedden met betrekking tot de atoombom. Het kon voor Martin geen prettig vooruitzicht zijn te sterven terwijl hem elk Amerikaans geheim dat hij kende door martelingen werd afgeperst.' Bear en ik vielen allebei even stil terwijl wij ons dat voorstelden.

Wat ik me op dat ogenblik ook afvroeg was hoe Bear dit allemaal te weten was gekomen. Hij had van Teedle het een en ander gehoord, zei hij. Zijn grote belangstelling voor de zaak van mijn vader had hem nog meer opgeleverd. In de loop der jaren had hij zich in de geschiedenis verdiept. Hij was ook in contact gebleven met kolonel Winters, Martins superieur bij de oss, die naderhand een hoge functie bij de cia had vervuld.

'Toen Bryant in de vroege jaren zeventig met pensioen ging, dronken we een borrel in het Mayflower. Winter vertelde over een intrigerend gesprek dat hij een paar jaar eerder met een Russische tegenhanger had gevoerd die zei dat hij betrokken was geweest bij het verhoor van Martin in Berlijn, een gebeurtenis die tot op de dag van vandaag door de Russen wordt ontkend.

Martin weigerde natuurlijk iets te zeggen. Deze Rus gaf toe dat ze hem zouden hebben gemarteld, maar Martin was zo verzwakt door zijn hongerstaking dat ze bang waren voor een hartstilstand. De enige manier om meer uit Martin te krijgen dan zijn naam, rang en dienstnummer kwam door puur toeval, toen ze er een arts bij haalden die voorstelde Martin aan het infuus te leggen. In dat stadium was de majoor bereid antwoord op vragen te geven als hij mocht sterven. Ze verhoorden Martin een hele middag. Twee dagen later was hij dood. En natuurlijk bleek alles wat Martin had verteld heel overtuigend, maar volstrekt gelogen.'

Bear zweeg en streek over zijn lippen. Ik dacht dat het gesprek te lang had geduurd, maar hij stond erop om door te gaan. Hij had zo lang zijn best gedaan het hele verhaal te weten te komen, dat hij het graag wilde doorgeven.

'Door de jaren heen,' zei hij, 'heb ik vaak gedacht aan de laatste dagen van Martin. Hij was verminkt en leed verschrikkelijke pijn door zijn brandwonden, terwijl het land waarvoor hij die offers had gebracht hem aan de galg wilde brengen. Toch verried hij ons niet. Hij aanvaardde de dood als enige eervolle keuze. Dat hij in Russische handen stierf was voor de oss ironisch genoeg reden tot eerherstel, zeker na de verklaring van de beide ss'ers. Martin gold nu als ongedisciplineerd maar niet langer een spion van de Russen, een van degenen voor wie de last van de oorlog te zwaar was geworden, in plaats van een verrader die erop uit was de vijanden van Amerika te helpen.'

Ik had enige tijd nodig om te verwerken wat Bear me had verteld. Het was interessant, maar had in wezen niet veel te maken met wat mij het meest intrigeerde, namelijk hoe mijn vader zijn gevangenisstraf had kunnen ontlopen. Dat zei ik dus tegen Bear, die reageerde met zijn gebruikelijke scheve knikje.

'Ik begrijp dat het niet voor de hand ligt, maar deze gebeurtenissen leidden er inderdaad toe dat je vader werd vrijgelaten. De oss wist van al deze zaken – de sectie, het verhaal van de ss'ers die Martin hadden overgedragen aan de Russen

– in juli 1945, enkele dagen voordat Truman, Stalin, Churchill en Attlee bijeen kwamen in Potsdam om de naoorlogse situatie te bespreken. Het lot van Robert Martin kwam in die discussies ter sprake omdat onze diplomaten hadden beseft dat ze daar hun voordeel mee konden doen. Het idee dat onze Russische bondgenoten een Amerikaanse oss-officier hadden vastgehouden en in plaats van hem te repatriëren over onze geheimen hadden ondervraagd en laten verhongeren tot de dood erop volgde was dynamiet. Daaruit bleek dat Stalin geen bondgenoot was, maar zich in feite al voorbereidde op een oorlog tegen ons. De Russen bleven officieel ontkennen dat Martin in hun handen was gestorven, maar het medische bewijsmateriaal sprak duidelijke taal en de omstandigheden waaronder de majoor de dood had gevonden brachten de Russen in verlegenheid. Bovendien leidde het bewijs van hun streven naar het bezit van de atoombom tot de ultieme onthulling van Potsdam: Trumans verklaring tegenover Stalin dat Amerika het wapen al had geperfectioneerd. Ik wil het belang van Martins dood niet overdrijven, maar het was een klinkende noot in het geallieerde koor dat Stalin wilde dwingen tot naleving van de akkoorden van Jalta betreffende landsgrenzen en militaire invloedszones – en daarmee, ironisch genoeg, tot het vermijden van een volgende oorlog.

Maar in deze diplomatieke dans op de melodie van onze verontwaardiging om Martins lot moest Robert Martin worden afgeschilderd als een Amerikaanse held en niet als een afgedwaalde agent. De pijnlijke details over Martins insubordinatie, het arrestatiebevel en zijn vele ontsnappingen uit Amerikaanse handen moesten uit het gemeenschappelijke geheugen worden gewist; en dat betekende dat de krijgsraadzaak tegen David Dubin moest gelden als niet gebeurd.

Op 26 juli 1945 ontbood Teedle mij op het hoofdkwartier van het Derde Leger en hij vertelde me dat de beschuldigingen werden ingetrokken. Hij was bereid me het weinige dat hij wist te vertellen, maar de generaal was alleen op hoofdlijnen ingelicht. Hij was echter een groot voorstander van alles waarmee onze positie ten opzichte van de Russen kon worden versterkt. En vanuit zijn positie bezien was de zaak tegen je vader veel minder belangrijk geworden nu de oss verklaarde dat Martin niet voor de Russen had gewerkt. Teedle was eerlijk gezegd nogal misnoegd over de gang van zaken en scheen te denken dat hij ernstig was misleid.

In de rechtszaal had ik geleerd nooit een gunstige uitspraak aan te vechten. Ik bedankte Teedle uitvoerig en wilde daarna meteen vertrekken met de documenten van zijn ontslag van vervolging in de hand, maar Teedle hield me tegen. Hij kwam achter zijn bureau vandaan voor een confrontatie.

"Waarom heeft hij het in jezusnaam gedaan, Leach?" vroeg hij. Je vader, bedoelde hij. Teedle had de verbetenheid van een wild dier. Zijn gestalte was niet indrukwekkend, maar als hij zich opwond, bood hij een vervaarlijke aanblik en je had het idee dat hij je elk ogenblik kon aanvliegen. Ik voelde me niet op mijn gemak toen ik hem moest wijzen op de vertrouwelijke aard van de contacten tussen raadsman en verdachte. Maar de generaal bleek een theorie te hebben.

"Volgens mij was Dubin ervan overtuigd dat Martin geen sovjetspion was, en was hij bang dat de oss en ik de man niettemin zouden laten opknopen. Komt dat in de buurt?"

Ik wist dat ik niet weg zou komen zonder de generaal iets te vertellen, en de veronderstelling waarmee hij kwam was juist, zij het onvolledig. Ik dacht dat ik hem tevreden zou stellen door te zeggen dat zijn vermoeden juist was, maar hij werd heel ernstig.

"Ik heb al heel lang het vermoeden dat die verdomde toestand met Dubin mijn schuld is," zei hij. Hij was een melancholieke man, Roland Teedle, fel en tegelijk contemplatief, maar in de kern somber en zich ten volle bewust van zijn eigen tekortkomingen, waardoor hij te gretig was meegegaan met de onjuiste opvattingen omtrent Martin. Ik weet niet of je het beseft, Stewart, maar na de oorlog is Teedle theologie gaan studeren en in die kringen bouwde hij een zekere naam op. Er zijn ook enkele boeken van zijn hand verschenen. Zijn voornaamste theorie, voor zover ik iets van die dingen begrijp, was dat geloof de zin was van het bestaan, terwijl de zonde de overweldigende realiteit was. De samenleving zou zich ten doel moeten stellen de drempels voor geloof te verlagen, omdat geloof het enige was waardoor we verlossing konden vinden. Heel ingewikkeld. Als militair theoloog werd Teedle na zijn dood in maar liefst twee biografieën herdacht. Eén boek was een totale veroordeling: hij was alcoholist, hij sloeg zijn vrouw en vocht nog na zijn zeventigste in kroegen, maar niets in de trant van het soort schandaal waarop Billy Bonner tegen je vader had gezinspeeld. Het zou me niets verbazen als je in je vaders boekenkasten de werken van Teedle aantreft.' Ik had daar al naar gekeken; pa bezat alle boeken die Teedle had geschreven en aan de pagina's te voelen had hij er ook vaak in gelezen.

'Ik kon niet veel tegen Teedle zeggen,' zei Bear, 'toen hij beweerde dat de hele zaak zijn schuld was. Het was Teedle ten voeten uit. Zijn bereidheid de verantwoording te nemen was bewonderenswaardig, terwijl het egoïsme dat hem ertoe bracht te denken dat hij de stuwende kracht achter alle gebeurtenissen was geweest op zijn minst ironisch kon worden genoemd. Anderzijds was het conflict tussen je vader en Teedle altijd gegaan over de aard van Martins bedoelingen: of hij, met andere woorden, een goed of een slecht mens was. Uiteindelijk leek de generaal bereid je vader op dat punt gelijk te geven, en daarna kon ik pas mijn cliënt op de hoogte gaan stellen.'

'Die was zeker dolblij?' vroeg ik.

'Zeer zeker. Er was zoveel gedoe geweest na de ontdekking van de lijkschouwing dat we wisten dat er iets in de lucht hing, maar noch je vader, noch ikzelf had durven hopen op ontslag van rechtsvervolging. David reageerde passend. Hij schoot overeind om mij de hand te drukken, hij las het ontslagdocument verscheidene keren door en toen hij besefte dat zijn huisarrest was opgeheven, moest ik een borrel met hem gaan drinken. Ik verwachtte dat hij naar zijn manuscript zou vragen dat ik nog altijd in mijn bezit had, maar dat deed hij niet. Misschien wilde hij in zijn hart dat ik zou doen waarop ik had aangedrongen, namelijk de tekst bewaren voor zijn kinderen. Dat is in elk geval de uitvlucht die ik voor mezelf heb gevonden, Stewart, om je dit allemaal te kunnen vertellen.

Je vader genoot van het zomerweer op weg naar het café,

maar toen er twee glazen champagne voor ons waren neergezet, was zijn stemming omgeslagen. Ik dacht dat hij de vele verliezen betreurde die hij bij zijn jacht op Martin had geleden, maar dat was niet wat hem op dat ogenblik bezighield.

"Ik drink op jou, Bear," zei hij, "en jij behoort op mij te drinken. Wens me geluk."

Dat deed ik natuurlijk, maar hij liet me weten dat ik hem verkeerd had begrepen.

"Ik moet naar Balingen," zei hij, "om te kijken hoe mijn vrouw reageert als ik haar vertel dat ik vrij ben om haar man te zijn."'

33 DOODGEWONE HELDEN

Als je mijn moeder ernaar vroeg, zoals ik als jongen een paar keer heb gedaan, omschreef ze mijn vader als haar grote liefde, de held die haar als Orpheus uit de Hades had gehaald en haar door zijn hartstocht in het rijk van de levenden had teruggevoerd. Dat was haar verhaal, zoals ze zeggen, en dat hield ze vol. En ik denk dat het in de kern waar was. Ondanks de twijfels die mijn vader na zijn bevrijding tegenover Leach uitsprak, bleef mijn moeder hem altijd trouw en hij haar. Er waren de gebruikelijke alledaagse irritaties, maar mijn ouders bejegenden elkaar vriendelijk en met waardering. Wat ze verder nog rond hun geschiedenis hadden geïmproviseerd, hun verknochtheid aan elkaar blijft voor mij realiteit. Die was zoals de geheimzinnige krachten die atomen verenigen en was het hart van het huishouden waarin ik ben opgegroeid. Ze hadden altijd elkaar.

Mijn geleidelijke ontdekking van de oorlogsontberingen van de jonge David Dubin, zo vastberaden, hooggestemd en vaak onverstandig, maakte ten slotte sommige van zijn tekortkomingen als ouder gemakkelijker te aanvaarden. Mijn vader had moeite om tederheid te tonen, zoals veel mannen van zijn generatie; maar ik begrijp nu dat hij zijn vermogen lef te tonen eenvoudig in Europa had uitgeput. Hij had alles op mijn moeder gezet en na zijn overwinning had hij zijn fiches nooit meer verplaatst. Door de verschrikkingen van het slagveld, de wreedheden waarvan hij getuige was geweest en de ondermijning van zijn trotse overtuiging had hij in zijn latere leven zich altijd ingehouden. Toch moet ik toegeven dat hij beschikte over de enige deugd die van elk mens kan worden gevergd: hij had zijn uiterste best gedaan.

Maar de onthulling van mijn moeders identiteit trof me diep. Hoe had ze dat kunnen doen? Hoe kon ze mijn zuster en mij hebben misleid omtrent ons erfgoed? Hoe kon ze haar eigen verleden hebben verloochend? Wekenlang sliep ik slecht. De wereld leek me zo dramatisch veranderd alsof ik te horen had gekregen dat ik een telg van een amfibie was.

Ik had altijd geaccepteerd dat mijn moeder een lichte neiging had tot misleiding. Ze was over het algemeen genomen recht door zee, maar ze kon uitstekend liegen als het nodig was. Ik was al jaren ouder toen ik pas besefte dat mijn parkiet, waarvan ik de kooi nooit wilde schoonmaken, niet op mijn zevende was weggevlogen. En ze kon strak en stijf allerlei onwaarschijnlijke verhalen volhouden als die volgens haar leerzaam voor ons waren, zoals de beweerde longontsteking die ze als kind zou hebben opgelopen omdat ze zonder jas naar buiten was gegaan.

Maar wat ze voor haar autobiografie had laten doorgaan was geen leugentje om bestwil, zeker niet haar aanspraak op de gewijde status van kampoverlevende. Hoe kon ze dat hebben gedaan? Maandenlang vielen die woorden me op onverwachte ogenblikken in.

Maar na verloop van tijd werd ik milder. Alle ouders houden dingen voor hun kinderen geheim. Ik besefte op een gegeven moment dat noch zij, noch mijn vader kon hebben voorzien dat de joodse gemeenschap eerbied zou blijven betonen aan degenen die uit hun naam hadden geleden. Toegegeven, die beweerde erfenis stelde mijn moeder soms in staat mijn zus en mij, en de familie van mijn vader, onder forse emotionele druk te zetten, maar ze verzette zich principieel tegen elke poging haar te eren om wat ze zou hebben geleden en hield simpelweg vol dat ze heel wat meer geluk had gehad dan de meeste mensen.

Wat nog belangrijker is, ik accepteer nu dat mijn ouders geen keus hadden. Ze hadden deze weg al gekozen voordat de onthullingen over de dood van Martin in de handen van de Russen bekend waren geworden en zaten vast aan hun verhaal toen pa werd vrijgelaten. Het zou erg onverstandig zijn geweest toe te geven dat ze over Gita's identiteit hadden gelogen; hij riskeerde in dat geval vervolging en zij zou hoogstwaarschijnlijk niet tot de Verenigde Staten zijn toegelaten. Ook in dit land waren er nog juridische valkuilen, zowel voor hem als advocaat als – ironisch genoeg – voor haar, elke keer als onze overheid een voormalige nazi in de kladden greep die het land uit werd gezet omdat hij gelogen had om binnen te komen. Ik ben ervan overtuigd dat hun angst met de jaren toenam. Natuurlijk zou niemand ervoor kiezen zulke gevaarlijke geheimen toe te vertrouwen aan loslippige kleine kinderen. De jaren verstreken. En hun gezamenlijke weigering om over de oorlog te praten sterkte beiden in hun streven alles voor Sarah en mij te verzwijgen. Dat ik me zo ellendig en gedesoriënteerd voelde toen ik achter de waarheid was gekomen, was gek genoeg het bewijs dat ze ons verdriet hadden bespaard.

Ik denk ook niet dat ze het zichzelf gemakkelijker hebben gemaakt. Iedereen die ook maar iets weet van therapie weet dat een tumultueus verleden nooit helemaal vergeten wordt. Zelfs de meest stabiele basis kan er geleidelijk door worden aangetast. Mijn moeder was hartelijk, sterk en moedig. Ze had zich door haar inzet voor minderbedeelden geliefd gemaakt bij honderden mensen die baat hadden gevonden bij de Haven, haar hulporganisatie. Maar ik had nooit de illusie dat ze gelukkig was. Naarmate het verleden verder weg raakte, werd ze brozer en haar wrok kwam dichter naar de oppervlakte. Die woede, besef ik nu, zou misschien gemakkelijker te verwerken zijn geweest als ze openlijk had kunnen uitkomen voor de schande dat ze een onecht kind was, in plaats van te veinzen dat ze uit een tragische, maar liefdevolle joodse familie stamde. Maar mijn ouders hadden de les van Orpheus ter harte genomen en konden alleen in de wereld van het licht blijven door nooit om te kijken.

Ik oordeel niet. Ik weet nog altijd niet wat het betekent om te verdragen of door te maken wat zij en miljoenen anderen hadden beleefd. Mijn moeder sprak zo vaak over 'de donkerste periode die de mensheid ooit heeft gekend' dat die uitdrukking geen enkele betekenis meer voor me had; ze had net zo goed kunnen zeggen: 'Met Coke gaan de dingen beter.' Maar mijn onderzoek confronteerde me wel met de verbijsterende waarheid die ze had willen omschrijven. Tussen 1937 en 1945 zijn in Europa meer mensen gedood dan in elk tijdperk daarvoor of daarna. Zes miljoen joden, ja. En verder twintig miljoen Russen. Nog eens drie miljoen Polen. Een en een kwart miljoen in Joegoslavië. Driehonderdvijftigduizend Britten. Tweehonderdduizend Amerikanen. En, moge een barmhartige God hen ook gedenken, ruim zes miljoen Duitsers. Veertig miljoen mensen in totaal. Mijn moeder had gelijk. Niet de donkerste periode. Een inktzwarte periode.

In juni 2004 bracht mijn zus haar voorgenomen bezoek aan mijn moeder, die steeds zieker werd. Ingeklemd door mijn eigen leugens had ik me maandenlang afgevraagd wat ik tegen Sarah zou zeggen. Zij had net zo goed recht op het verhaal van mijn ouders als ik. Ik dacht alleen niet dat ze me dankbaar zou zijn als ik het haar vertelde. Toch verzamelde ik de dag van haar vertrek al mijn moed, gaf haar een kopie van pa's manuscript en een met de hand geschreven samenvatting van wat Leach eraan had toegevoegd. Die brief las ze waar ik bij was en ondanks de uitvoerige verontschuldigingen die erin stonden, reageerde ze in de geest van onze tijd.

'Ik sleep je voor de rechter,' zei mijn zus.

'Wat schiet je daarmee op?'

'Zoek maar vast een advocaat, Stewart.'

Dat deed ik, mijn schoolvriend Hobie Tuttle, maar er gebeurde niets. Twee weken later belde Sarah me op. Ze kookte nog altijd van woede – ik hoorde haar hijgen in de telefoon – maar ze gaf toe dat pa's verhaal haar had ontroerd.

'Maar de rest, Stewart! Dat ma een andere vrouw is? Dat heb je verzonnen. Zoals je altijd van alles hebt verzonnen. De waarheid is nooit goed genoeg voor je geweest. Pa heeft geen woord op schrift gezet waarin dat staat.'

Ik ging kort met haar in discussie. Laat Leach erbuiten – ze beschouwde hem als een verwarde man van zesennegentig. Maar waarom had pa anders Martin laten lopen? Met welke vrouw kon pa anders zijn getrouwd, gezien het feit dat Teedle zijn arrestatie had bevolen een dag of twee nadat pa Robert Martin had laten lopen? Ik had me inmiddels verdiept in de fotootjes van Gideon Bidwell die pa had gehouden nadat hij de rest van zijn bezittingen naar Biddy's familie had gestuurd. Ik vond er een van mijn vader in uniform, in gesprek met een vrouw die ontegenzeggelijk mijn moeder is. Ze staan op een binnenplaats voor een klein château, gebouwd rond een middeleeuwse toren, echt een 'kasteeltje'. Sarah bezat een duplicaat van die foto, maar zei dat die op een ander tijdstip ergens anders kon zijn genomen.

'Geloof wat je wilt,' zei ik.

'Dat zal ik doen,' zei ze, 'dat zal ik doen. Maar luister goed. Laat ma met rust. Als je haar ook maar één pagina laat zien, spreek ik nooit meer een woord met je. En als je er zolang ze nog leeft ook maar met één woord over spreekt met iemand anders: God sta me bij, dan sleur ik je echt voor de rechter.'

Ma ging inmiddels hard achteruit. Nog geen jaar na de dood van mijn vader begon ze, in een griezelige reprise, symptomen te ontwikkelen van dezelfde ziekten die mijn vader fataal waren geworden. Ze had een vlek op haar long en dichtgeslibde kransvaten. Het lichaam kent zijn eigen wrede geheimen. Hoe kon een orgaanziekte ernstiger worden, zoals kennelijk was gebeurd, door pa's afwezigheid? De chirurgen namen een longkwab weg. Binnen twee maanden had ze op de scans weer kanker op het littekenweefsel. Dat hadden we al een keer met mijn vader meegemaakt. Ze was dapper en filosofisch, zoals hij ook was geweest. Maar ze had weinig tijd meer. Ze had goede en slechte dagen. Maar nadat ik mijn vader had zien wegglijden wist ik dat als ik nog met haar wilde praten, ik niet te lang meer mocht wachten.

Ik ging elke dag bij haar langs om boodschappen te brengen en andere dingen voor haar te doen. Ze wilde geen huishoudster, maar we lieten elke middag iemand een paar uur komen. Op een ochtend, toen ma en ik alleen in de keuken zaten en ons gebruikelijke dagelijkse gesprek voerden over familiezaken en de wereldpolitiek, begon ik over het boek over mijn vader.

'Ik heb besloten het een tijdje weg te leggen,' zei ik.

Ze stond naast het witte fornuis, waar ze thee had gezet, en draaide zich langzaam naar me om.

'O ja?'

'Ik denk dat ik wel heb wat ik wilde hebben. Misschien ga ik er nog eens mee door. Maar ik heb het zo druk met freelance klussen dat ik eigenlijk geen tijd heb om het af te ronden.'

'Ik denk dat dat verstandig is, Stewart.'

'Waarschijnlijk wel. Er is maar één ding waar ik nieuwsgierig naar ben. Maar misschien weet je het niet meer.'

Ze schudde al haar grijze krullen, dezelfde koppige weigering zich te laten uithoren waar ik al twee jaar op stuitte.

'Maar luister nou even, ma. Het is misschien iets dat je wilt weten.'

Zuchtend ging ze aan de oude eikenhouten keukentafel zitten, waarop de geschiedenis van ons gezin geschreven stond in de vlekken en krassen. Ze teerde weg in haar huid, een kleine vrouw die minuscuul was geworden. Ik citeerde de enige paragraaf die ik van mijn zus, na maanden bidden en smeken, mocht uitspreken, mijn pleitnota als het ware.

'Pa heeft een vrouw gekend,' zei ik, 'die Gita Lodz heette. Ze was een geweldige vrouw, ma. Briljant, mooi, een commando die ondergronds samenwerkte met de oss. Ze was wees geworden in Polen en naar Marseille gegaan. Ze was een Wonder Woman. Ze was tien keer zo dapper als de meeste militairen die medailles hebben gekregen. Ik denk dat ze misschien wel de bijzonderste figuur is over wie ik heb gehoord.'

Ma staarde me aan met de ogen van obsidiaan die mijn vader had beschreven.

'Ja?' vroeg ze. 'Wat is je vraag?'

'Ik vroeg me af of pa je ooit over haar heeft verteld.'

'Ze moet hem hebben gekend voordat hij naar Balingen kwam. Ik heb haar naam nooit gehoord toen we elkaar daar eenmaal hadden gevonden.'

Ze verloochende zichzelf in volkomen sereniteit, deze bewonderaarster van Bernhardt die Martin talloze keren had gered. Maar de waarheid, besefte ik nu, was dat haar beweerde leven het leven was dat ze had geleefd. Wat zijn we anders, had ze eens gezegd, dan de verhalen die we over onszelf vertellen en waarin we geloven? Ze was nu al sinds 1945 Gilda Dubin, bijna zestig jaar, veel langer dan ze Gita Lodz was geweest, de onstuimige ingénue die mijn vader had betoverd. Gita was net als miljoenen anderen in Europa verbrand. Als mevrouw Dubin, echtgenote van David Dubin, had ze mij grootgebracht en van me gehouden. Ze had honderden herdenkingen van de Holocaust en diensten in synagoges bijgewoond, had zich onvermoeibaar ingespannen om joden in nood te helpen, meest overlevenden of immigranten uit Rusland. Haar identiteit had ze uit noodzaak aangenomen, maar ze bleef die trouw, zoals ze mijn vader trouw was gebleven.

Overeenkomstig wat Sarah en ik eerder hadden afgesproken liet ik na deze kleine zijsprong het onderwerp rusten. Ik had gezegd wat ik wilde zeggen. Ik controleerde haar pillenteller om te kijken of ze haar medicatie had genomen en wilde weggaan. Zoals gewoonlijk vroeg ze naar Nona, die ze weigerde als verleden tijd te beschouwen, hoewel ik inmiddels met iemand anders omging.

Toen ik naar de deur liep, zei ze achter mijn rug: 'Stewart, kun je je Emma Lazar herinneren?'

'Natuurlijk, ma.' Emma was haar beste vriendin, een overlevende van Dachau.

'Emma kan zich elke dag herinneren. Elke dag valt haar iets in. Ze loopt over straat en dan komt er weer wat: iemand die door een bewaker is verkracht, een man die is gestorven aan het eten van een stukje bedorven vlees dat hij had gevonden, het laatste ogenblik waarop ze haar vaders hand voelde toen ze uit elkaar werden gehaald. Zo leeft ze. Ze kan natuurlijk niet anders. Ik verwijt het haar niet. Maar dat is een kreupel leven. Niet verdergaan. Dat is het gemene litteken dat de nazi's haar hebben bezorgd.

Toen ik hier kwam, beloofde ik mezelf een nieuw leven. Een leven zonder omkijken. Dít is leven.' Ze raakte het hout van de tafel aan en pakte een volmaakt ronde sinaasappel van de altijd hoog opgetaste fruitschaal. 'Nu. Dít is leven. Weet je wel, de filosofen? Het nu houdt nooit op. Er is alleen nu. Je doet het leven te kort door in het verleden te leven. Zo is het toch?'

'Natuurlijk.'

'Het verleden valt niet te veranderen. Goed of slecht. Ik ben je moeder, Stewart. Dat is het heden en de waarheid. En je vader was je vader. Dat is ook de waarheid. Wie hij kende of niet kende heb ik me nooit afgevraagd. Hij heeft me gered. Daarna hebben we elkaar plechtig beloofd verder te gaan. Voor mij was hij een held.'

'Voor mij ook, ma. Nu meer dan ooit. Ik zie hem als een held. Maar jij was ook een held, ma. Een heel bijzondere held. Jullie zijn allebei helden voor me. Dat wou ik je alleen laten weten.'

Wanneer mijn moeder als overlevende van het kamp het woord 'held' werd toebedeeld, weigerde ze strak en stijf het te horen en wees op de grotere dapperheid van anderen. En ook nu wees ze die betiteling af.

'Ik kende mensen, Stewart, die ernaar streefden om helden te zijn, die de menselijke grenzen wilden verleggen omdat ze het gewone leven miserabel vonden, zodat ze gedoemd waren tot teleurstelling. Maar ik ben een gewoon mens, Stewart, en ik heb het geluk gehad te beseffen dat ik een gewoon leven wilde. Je vader ook. Onder ongewone omstandigheden hebben we gedaan wat we moesten doen om onze kans op een terugkeer naar een normaal leven te vergroten. We zijn allemaal veel moediger dan we ons meestal kunnen indenken. Elke dag, Stewart, verbaas ik me erover, nu ik ouder word, hoeveel dapperheid er nodig is om door te gaan, om de klappen op te vangen die er in het bestaan zo vaak zijn. Ik heb de mijne opgevangen en ik heb het geluk gehad dat ik het heb overleefd en het gewone leven heb kunnen leiden dat ik wilde met je vader en Sarah en jou, een leven dat veel meer voor me betekent dan wat er daarvoor is gebeurd. Ben ik daarom,' vroeg ze, op een manier die suggereerde dat ze een antwoord verwachtte, 'een held?'

Ze zijn nu allebei weg. Zoals een favoriete schrijver het uitdrukt: 'De dood verdiept de verwondering.'

Zoals ik heb aangegeven ben ik maanden bezig geweest met het bewerken, omwerken en soms herschrijven van passages in pa's manuscript om het persklaar te maken. In dit stadium, wachtend op het moment dat mijn moeder haar moeizame afscheid van dit leven zou nemen, weet ik vaak niet meer wie wat heeft geschreven als ik de pagina's doorblader.

Ik kan het originele manuscript van mijn vader erop naslaan om het uit te zoeken, maar dat breng ik eerlijk gezegd niet op. Ik heb mijn best gedaan. Dit is een reëel beeld van mijn ouders, zo volledig als ik het kan maken, zo eerlijk als ik tegenover anderen of mezelf kan verdragen. Onvermijdelijk kent het zijn beperkingen. Wanneer onze ouders over hun leven spreken, dragen ze over wat in hun ogen het beste is, voor henzelf of voor ons. En als kinderen horen wij wat we willen horen, geloven wat we kunnen, en mettertijd zoeken we verder, vormen een oordeel en stellen vragen, al naar gelang onze behoefte. In dat licht begrijpen wij onze ouders. En wanneer wij de verhalen van onze ouders aan de wereld vertellen, is het altijd ons eigen verhaal.

OVER DE HERKOMST VAN DIT BOEK

Dit boek is voortgekomen uit fantasie, geïnspireerd door historische feiten, maar daaraan zelden geheel getrouw. Hoewel ik begon met feitelijke verslagen, is de actie in deze roman uit mijn pen gevloeid, ondernomen door personages die, afgezien van de grootste historische figuren, fictief zijn.

Het voornaamste uitgangspunt voor mijn fantasie waren de verhalen die ik als jongen hoorde van mijn vader, voordat hij zich afsloot van die ervaringen en er verder het zwijgen toe deed. Mijn vader, dr. David Turow, is net zo'n soort weg door Europa gegaan als David Dubin; hij was commandant van de 413e Medische Ondersteuningscompagnie, die na oktober 1944 bij het Derde Leger was gevoegd. Van mijn vader, chirurg in het militaire ziekenhuis dat in het klooster van de Zusters van Onze-Lieve-Vrouwe in Bastogne was ingericht, hoorde ik veel verhalen die me bijbleven: over dat sluitspierprobleem bij een parachutesprong boven Bastogne; over krijgsgevangen gemaakt worden door de Duitsers, die nodeloos zijn chauffeur doodschoten; over de gruwelen die de eerste medische teams wachtten die Dachau en Bergen-Belsen betraden.

De verhalen van mijn vader zijn in *Doodgewone helden* sterk vervormd; ze waren alleen een uitgangspunt. David Dubin is geen portret van mijn vader. Voor wie het zich afvraagt: mijn moeder, Rita Pastron Turow, was in de Tweede Wereldoorlog onderwijzeres in Chicago. Ik ben haar bijzonder dankbaar dat ik de dossiers en foto's en brieven van mijn vader van haar mocht lenen (uit die brieven heb ik enkele zinnen geleend die in deze roman staan), omdat er onvermijdelijk allerlei dingen in werden onthuld die een kind anders nooit zou weten, zoals de liefdevolle toewijding van mijn vader aan mijn moeder als jonge echtgenoot. Ik wil ook Peggy Davis hartelijk bedanken voor de foto's en de herinneringen aan haar vader, sergeant-schrijver Donald Nutt, die voor mijn vader werkte.

Na een televisieoptreden waarin ik zei dat mijn volgende roman over de Tweede Wereldoorlog zou gaan, nam Robert Freeman uit Tequesta (Florida) op aandringen van zijn vrouw, Julie Freeman, contact met me op om me de vrije beschikking te geven over allerlei materiaal dat betrekking had op zijn neef Carl Cohen, een infanterist die tegen het einde van de oorlog in een Parijse hotelkamer verhongerd werd aangetroffen. Ik bedank de heer en mevrouw Freeman en de zuster van Carl Cohen, Dottie Bernstein uit Bennington (Vermont) voor inzage in het materiaal, al kon ik niets bijgedragen aan de oplossing van het mysterie hoe Cohen in de handen van de nazi's is geraakt of waarom zijn kameraden ten onrechte hebben gemeld dat zij hem op het slagveld hadden zien sneuvelen.

Op zo'n smalle historische basis is deze roman verzonnen. Alle activiteiten van Robert Martin zijn bedacht, al vertonen ze soms overeenkomsten met historische operaties van de oss. Er was geen munitieopslagplaats in La Saline Royale, de zoutfabriek die een paar kilometer verderop ligt van de plaats die ik beschrijf. Amerikaanse soldaten hebben op of omstreeks 22 december 1944 zonder succes geprobeerd een bij Bastogne gestrande munitietrein te redden, maar de omstandigheden waren anders dan in de roman staat beschreven. Heisenberg is wel uit Hechingen gevlucht, maar niet omdat iemand had geprobeerd het geheime laboratorium van het Kaiser Wilhelm-instituut aan de Haigerlocherstrasse op te blazen. De dood van FDR werd in Europa tegen middernacht bekend gemaakt, niet op de middag van 12 april 1945. *Und so weiter.* Er was een concentratiekamp bij Balingen, maar veel kleiner en minder wreed dan wat ik heb beschreven; die bijzonderheden zijn ontleend aan verslagen over Bergen-Belsen.

Dat alles gezegd zijnde heb ik geprobeerd me te houden aan de historische gang van zaken, met name de chronologie van de oorlog en de troepenbewegingen, en de individuele ervaringen van Amerikaanse militairen getrouw weer te geven. Een bibliografie van de bronnen die ik heb geraadpleegd is op www.ScottTurow.com te vinden.

Bij mijn onderzoek heb ik veel hulp gekregen van enkele mensen die ik hier moet bedanken. Kolonel b.d. Robert Gonzales van de Amerikaanse landstrijdkrachten, gewezen militair jurist, nu werkzaam in Fort Sam Houston (Texas), heeft me het manuscript uitgeleend van zijn uitstekende geschiedenis van de juridische dienst van het leger in de Tweede Wereldoorlog, waarin vele interviews met betrokkenen zijn verwerkt. Ik bereikte kolonel Gonzales na een reeks doorverwijzingen door behulpzame mensen, allereerst Carolyn Alison, voorlichter bij de juridische dienst van de Amerikaanse marine. Met toestemming van haar chef, schout-bij-nacht Michael F. Lohr, auditeur-militair bij de marinekrijgsraad, bracht mevrouw Alison me in contact met een aantal kundige legerhistorici, om te beginnen kolonel b.d. William R. Hagan van de Amerikaanse landstrijdkrachten, die ook een functie bij de juridische dienst heeft vervuld en nu als burger in Camp Shelby (Mississippi) werkzaam is. Bill Hagan heeft zich veel moeite getroost om me in contact te brengen met een aantal van zijn collega's, aan wie ik veel te danken heb, vooral aan Mitch Yockelson van de Nationale Archieven. Dan Lavering, bibliothecaris bij de studiebibliotheek van de juridische dienst van het leger in Charlottesville (Virginia) was bijzonder behulpzaam bij het verschaffen van materiaal zoals afleveringen van *The Judge Advocate Journal*, de nieuwsbrief van de juridische dienst in de Tweede Wereldoorlog, en de in 1943 herziene handleiding militair tuchtrecht: *A Manual for Courts-Martial, U.S. Army*. Assistent-griffier Mary B. Dennis beantwoordde mijn verzoek om een krijgsraadverslag als voorbeeld. Alan Kramer, directeur van de Nationale Archieven, afdeling Washington, in Suitland (Maryland) was een hartelijke gastheer en gids toen ik hem bezocht. Ik moet ook de hulp bij archiefonderzoek vermelden van mijn vrienden bij de openbare bibliotheek in Glencoe (Illinois) en een rechtenfaculteit, het Western New England College of Law. Heel veel dank aan Henri Rogister en Roger Marquet van het onderzoeksinstituut dat zich met het Ardennenoffensief bezighoudt, het Center of Research and Information on the Battle of the Bulge (CRIBA), voor het beantwoorden van mijn vragen. En ook Michel Baert, voorheen van het Belgische Bureau voor Toerisme, die mijn gids was op de route van David Dubin in 2004, ben ik bijzonder dankbaar. Hij was zowel buitengewoon deskundig als een uitstekende reisgezel.

Een aantal veteranen van de strijd in Europa hebben commentaar geleverd op vroege versies van dit boek en gezorgd dat ik minder fouten maakte: mijn kantoorgenoot en zakenpartner Martin Rosen uit New York; Sam L. Resnick uit Bayside (New York), voorzitter van de veteranenvereniging van de 100e Infanteriedivisie; en Harold Tauss uit Wilmette (Illinois). Mijn dank ook aan Bill Rooney en de andere leden van de World War II Round Table, en de bibliothecarissen van de openbare bibliotheek in Wilmette.

Verscheidene lezers van dit boek in een vroeg stadium hebben kritische letterkundige commentaren geleverd: Rachel Turow, Jim McManus, Howard Rigsby, Leigh Bienen, Jack Fuller. Dr. Carl Boyar beantwoordde medische vragen, zoals hij ook in eerdere gevallen heeft gedaan. Mijn assistenten, Kathy Conway, Margaret Figueroa en Ellie Lucas, hielden me gaande, waarbij Kathy een aantal bijzondere bijdragen heeft geleverd, zoals het samenstellen van de bronnenlijst. Mijn agent bij CAA, Bob Bookman, mijn kantoorgenoot en zakenpartner Julius Lewis, Violaine Huisman en mijn Franse uitgever, Isabelle Laffont, hebben veel verbeterd aan mijn *ersatz*-Frans, waarvoor ik mijn excuses aanbied aan alle Franssprekenden ter wereld. Dank ook aan Sabine Ibach voor het verbeteren van de roestige resten van mijn school-Duits. Robert Marcus was mijn voornaamste consulent op het gebied van joodse zaken. Eve Turow was een gewaardeerd klankbord voor veel vragen in verband met de aanbieding van dit boek. En natuurlijk rust het gebouw op drie zuilen: mijn editor, Jonathan Galassi; mijn agent, Gail Hochman; en in het midden: mijn vrouw Annette.

Ik begin niet eens aan een mea culpa voor de vergissingen die ik moet hebben begaan, ondanks mijn niet geringe inspanning om ze te vermijden. Ik hoop dat mijn fouten niet afdoen aan mijn bewondering voor de mannen en vrouwen die in die gruwelijke en noodzakelijke oorlog hebben gevochten. Ik kan alleen de opmerking van mijn oude mentor Tillie Olsen parafraseren, die aan het einde van de roman wordt aangehaald: tijd verdiept het wonder.

S.T.